Drei Wünsche im Wind

Susan de Winter

W0382405

Drei Wünsche im Wind

Ein Island-Roman von

Susan de Winter

Covergestaltung: Christiane Baurichter

Weitere Bücher der Autorin:

Der Stein der Schildkröte (Oktober 2015)

1

Wäre sie an diesem sonnigen, aber noch recht kühlen Apriltag nicht völlig außerplanmäßig in die S-Bahn in Charlottenburg gestiegen, hätte sie die Anzeige nie gesehen. Die Zeitschrift lag auf dem leeren Sitz neben ihr. Jemand musste sie vergessen haben, denn Sabrina hatte schon eine ganze Weile aus dem Fenster gestarrt, und niemand war in dieser Zeit gekommen, um sich das Magazin zu holen.

Seit zwei Stunden war Sabrina unfähig, einen wirklich klaren Gedanken zu fassen. Oder sich konkret mit ihrer Zukunft zu beschäftigen. Sie fuhr einfach drauflos, ohne ein Ziel vor Augen. Irgendwann griff sie nach der Zeitschrift, die auf den Seiten mit den Kleinanzeigen aufgeschlagen war. Erst als sie das Heft schon in den Händen hielt, sah sie, dass es ein Magazin für Pferdefreunde war. Solche Sachen hatte sie früher auch gelesen. Verschlungen. Aber das war in einem anderen Leben gewesen, vor einer gefühlten Ewigkeit.

Zwischen den Anzeigen für Haflinger, Fjordpferde, Warmblüter, Sättel und Trensen war ein Text mit einem Kreuzchen markiert. Daneben prangte auch noch ein mit Kugelschreiber geschriebenes Fragezeichen. Neugierig geworden, las sie die Annonce.

Aushilfskraft auf Reiterhof in Island gesucht. Unser kleines Team der Baldursholt-Farm braucht

Verstärkung von Juni bis September: Ausritte begleiten, Pferde versorgen, Gäste betreuen. Interessiert? Dann melde dich unter ....

Es folgte eine Telefonnummer und eine E-Mailadresse. Ohne weiter zu überlegen, steckte Sabrina die Zeitschrift in ihre Tasche und sah weiter aus dem Fenster. In Tegel stieg sie aus, strich ziellos durch die Straßen und landete irgendwann am Schloss, dem Elternhaus der beiden Humboldt-Brüder.

Früher war sie dort oft mit ihren Eltern spazieren gegangen. Sie hatten den kleinen Familienfriedhof besucht, auf dem auch der berühmte Naturforscher Alexander von Humboldt begraben liegt. Auch heute zog es sie wieder an dem Jagdschloss vorbei zur mächtigen, 400 Jahre alten Wilhelm-von-Humboldt-Eiche und dann weiter zu den Grabstätten. Sie versank mit ihren teuren Lederschuhen im nassen Feldweg und holte sich Moosflecken auf ihrem hellen Trenchcoat.

Die Vögel zwitscherten in den Bäumen. Der Lärm der Großstadt war noch nicht bis hierher vorgedrungen. Auf einmal fühlte Sabrina sich frei. Sie löste die Spange, die ihre Haare zu einem strengen Dutt zusammenhielten, und schüttelte sich die langen kastanienbraunen Locken über die Schulter. Dann nahm sie einen tiefen Atemzug und blickte in den wolkenlos blauen Himmel über sich.

Vielleicht war es ja gar nicht so schlecht, dass sie ab sofort keinen Job mehr hatte? Wenn sie ehrlich war, hatte ihr die Arbeit in der Bank noch nie Spaß gemacht. Sie hatte den Beruf gelernt, weil ihr Vater ihr die Lehrstelle besorgt hatte. Heimlich hatte sie immer damit geliebäugelt, irgendwann einmal etwas ganz anderes zu machen. Irgendwann. Vielleicht war jetzt der richtige Zeitpunkt.

Sabrina schlenderte zu den Gräbern und fand auf Anhieb den Grabstein von Alexander von Humboldt. Er hatte den Mut gehabt, seine Leidenschaft zu leben. Und sie? Was, wenn dieser Tag ihrem Leben eine Wendung geben würde? Sie musste es auf jeden Fall versuchen. Sie war 34. Wenn nicht jetzt, wann dann?

Von Optimismus beseelt, nahm Sabrina die nächste S-Bahn zurück nach Charlottenburg, ging einkaufen und kehrte bepackt mit Lebensmitteln in ihre Wohnung zurück. Bis Jan von der Arbeit nach Hause kam, würde es noch mindestens zwei Stunden dauern. Genügend Zeit, um alles vorzubereiten.

Um Punkt halb sieben, genau wie jeden Tag, hörte sie, wie die Wohnungstür geöffnet wurde. Wie immer zog Jan seine Schuhe direkt neben der Tür aus, stellte sie sorgfältig in den Schrank, schlüpfte in seine Pantoffeln und hängte seinen Mantel auf einen Bügel auf. Im Spiegel kontrollierte er den perfekten Sitz seiner Frisur und stellte fest, dass er gut aussah. Sehr gut sogar. Zuletzt rief er überflüssigerweise ins Wohnzimmer: „Bin wieder zu Hause!“

Und wie jeden Tag verdrehte Sabrina kurz die Augen, antwortete „Das ist schön, Schatz!“ und wandte sich dann mit einem eingeübten Lächeln ihrem Freund zu. Der blieb heute allerdings wie vom Blitz getroffen in der Tür stehen.

„Hab ich was verpasst? Gibt‘s was zu feiern?“

Der Tisch im Esszimmer war mit der weißen Decke für besondere Anlässe eingedeckt. Darauf stand das gute

Geschirr, und in der Mitte brannte eine Kerze. Soulmusik erfüllte den Raum. Sabrina trug ein hauchenges, grünes Kleid, in dem sie unwiderstehlich aussah.
„Ach was, ich dachte einfach, wir machen es uns heute mal gemütlich“, sagte Sabrina mit einem Augenzwinkern und reichte Jan ein Glas mit eisgekühltem Sekt. Der starrte sie noch immer mit großen Augen an und rang nach Worten.
„Also, das macht mir jetzt wirklich Angst. Du willst mir doch nicht etwa einen Heiratsantrag machen, oder?“
Sabrina verschluckte sich fast an ihrem Sekt und prustete los.
„Was? Nee, keine bange. Eigentlich dachte ich, dass der Mann für Heiratsanträge zuständig ist. Also, wenn dir danach ist?“
Sie lächelte ihn an und wartete.
Jan schluckte. So hatte er sich den Abend ganz und gar nicht vorgestellt. Irgendwie nahm die Situation gerade eine höchst unangenehme Wendung.
„Tja, also wenn das kein Heiratsantrag wird, dann feiern wir vielleicht deine Gehaltserhöhung? Genau, das ist es. Du bekommst ab sofort mehr Kohle!“
Breit grinsend stieß er mit seinem Sektglas gegen ihres und setzte noch ein „Glückwunsch, mein Liebes “ nach.
Sabrina zwang sich dazu, zurück zu lächeln. „Auch keine Gehaltserhöhung. Weißt du was? Wir reden später darüber. Jetzt essen wir erstmal. Ich habe etwas Leckeres gekocht.“
Obwohl sie sich mit den Schweinemedaillons in Rotweinsoße, den Rosmarinkartoffeln und dem frischen Salat so viel Mühe gegeben hatte, verspürte sie kaum

Appetit. Im Gegensatz zu Jan, der das Essen in sich hinein schlang und nicht weiter nachbohrte, welchen Anlass es eigentlich dafür gab. Gemeinsam brachten sie schließlich das schmutzige Geschirr in die Küche und kehrten mit einer Flasche Rotwein zurück ins Wohnzimmer.
„Du siehst heute wirklich toll aus, mein Schatz. Verrätst du mir jetzt, wie ich zu der Ehre dieses feudalen Abendessens komme?“, fragte Jan, während er mit einem Auge zur Fernbedienung des Fernsehers schielte. Irgendwann kam heute noch ein Fußballspiel.
Sabrina atmete tief durch und antwortete: „Wir feiern gerade Tag eins meines neuen Lebens. Ich bin nämlich heute gefeuert worden.“
Jans Lächeln gefror. „Wie, gefeuert – wieso das denn? Das gibt's doch gar nicht!“
„Doch, das gibt's. Ich war ja erst seit einem Jahr bei dieser Bank. Die Letzten, die kommen, sind die Ersten, die wieder gehen. Natürlich läge es nicht an meinen Fähigkeiten, aber es wären nun mal Personaleinsparungen notwendig, Blabla. Das Übliche eben.“
„Ach Schatz, so ein Mist!“. Jan strich ihr über die Hände und setzte einen optimistischen Gesichtsausdruck auf. „Dann gehst du eben einfach wieder zurück zu deiner alten Bank. Da warst du schließlich mehr als zehn Jahre. Die nehmen dich mit Kusshand zurück.“
Sabrina schüttelte den Kopf, dass ihre Lockenmähne hin und her flog. „Auf keinen Fall. Ich habe schon lange keine Lust mehr, in der Bank zu arbeiten. Vielleicht ist das meine Chance, mein Leben zu ändern und endlich etwas zu machen, das mir richtig Spaß macht.“
„Und das wäre?“

Sabrina zuckte die Schultern. „So richtig weiß ich das auch nicht. Früher wollte ich immer Malerin werden, das haben meine Eltern mir dann ausgeredet. Damit könnte man kein Geld verdienen."
„Na, da hatten sie ausnahmsweise ja mal völlig Recht. Du kannst doch auch gar nicht malen. Was ist das denn für eine bescheuerte Schnapsidee?"
„Wie bitte?", Sabrinas grüne Katzenaugen sprühten Feuer. „Woher willst du wissen, dass ich nicht malen kann? Du hast noch nie etwas von mir gesehen! Mein Kunstlehrer in der Schule hat immer gesagt, dass ich Talent hätte und das unbedingt ausbauen sollte."
Jan schüttelte belustigt den Kopf. „Das ist doch lächerlich, Sabrina. Wie alt bist du? Ich habe dich immer für eine kluge Frau gehalten. Ist das jetzt eine midlife-Krise oder was?"
„Ganz bestimmt nicht", zischte Sabrina. „Und ich hätte durchaus etwas mehr Verständnis von dir erwartet."
„Okay, okay. Du scheinst es ja wirklich ernst zu meinen. Wie stellst du dir das also konkret vor?"
„Konkret stelle ich mir noch gar nichts vor. Ich weiß es nicht. Ich weiß nur, dass ich nicht wieder in einer Bank arbeiten will."
„Da sind wir ja jetzt echt weiter gekommen. Toll! Ich hoffe, du gehst nicht davon aus, dass ich dich hier durchfüttern werde. Womit willst du zum Beispiel die Hälfte der Miete bezahlen?"
„Darum geht es dir also: ums Geld! Hätte ich mir ja gleich denken können. Gibt es noch etwas anderes, was dich interessiert? Hast du vielleicht schon mal darüber nachgedacht, wie es wäre, wenn wir Kinder hätten? Dann

wärst du schließlich auch für eine Zeitlang der Alleinverdiener."

Sabrina presste die Zähne aufeinander, sie fühlte eine unbändige Wut in sich aufsteigen. Am liebsten hätte sie Jan ihr Glas Rotwein ins Gesicht gekippt.

„Kinder?", Jan schnappt nach Luft. „Daher weht also der Wind. Das kannst du dir gleich aus dem Kopf schlagen. Mit mir nicht, ich dachte, das wäre klar. Kinder waren ja wohl nie ein Thema bei uns. Wenn du jetzt deine biologische Uhr ticken hörst, tut's mir leid. Lass dir einen Termin beim Psychiater geben und sieh zu, dass du wieder normal wirst."

Seine Stimme war immer lauter geworden, und Sabrina war alle Farbe aus dem Gesicht gewichen. Ihr kam es vor, als sähe sie ihren Freund, mit dem sie immerhin seit vier Jahren zusammen lebte, jetzt zum ersten Mal. Mit erzwungener Ruhe in der Stimme sagte sie: „Keine Sorge, mich wirst du nicht durchfüttern müssen. Ich hab die Nase voll von dir. Ein für allemal!"

Sie rückte ihren Stuhl zurück, ging hoch erhobenen Hauptes ins Schlafzimmer, riss ein paar Sachen aus ihrem Schrank und packte sie in ihre Sporttasche.

War sie zu weit gegangen? Wenn er jetzt hinterher käme, und sich entschuldigte, würde sie sich auf ein weiteres Gespräch einlassen.

Aber Jan dachte gar nicht daran. Er hatte es sich auf der Couch gemütlich gemacht und guckte Fußball. Seine Freundin würde schon wieder zur Vernunft kommen, glaubte er. Spätestens morgen würde sie sich bei ihm entschuldigen und sich um eine Stelle bei ihrer alten Bank bewerben.

Sabrina zog sich ihren Mantel über, schnappte sich ihre Autoschlüssel und verließ ohne ein weiteres Wort die Wohnung. Sie brauchte eine knappe halbe Stunde, bis sie vor dem Haus ihrer Eltern stand. Die hatten es sich mit Chips und zwei Bierchen vor dem Fernseher gemütlich gemacht.

„Kind, was machst du denn hier? Warum hast du nicht angerufen, dass du kommst? Dann hätte ich doch was zu Essen vorbereitet!", sagte ihre Mutter.

„Hab schon gegessen. Hallo Mama, hallo Papa", sagte Sabrina und stellte ihre Tasche im Flur ab.

„Kann ich ein paar Tage bei euch wohnen?"

Das Gesicht ihrer Mutter verwandelte sich in ein einziges Fragezeichen.

„Krach mit Jan gehabt?", ertönte die Stimme ihres Vaters vom Sofa.

„Erraten", seufzte Sabrina.

„Komm, wir setzen uns in die Küche und reden. Dein Vater guckt sowieso Fußball", sagte ihre Mutter und begann kopfschüttelnd damit, die Zeitungen und Prospekte vom Tisch zu räumen. „Soll ich dir einen heißen Kakao machen? Der hilft doch immer!"

„Na gut, wenn du meinst." Sabrina wusste, dass es sowieso zwecklos war, ihre Mutter in solchen Dingen zu bremsen. Und dass sie auch keinesfalls ins Bett käme, ohne zuerst zu erzählen, was eigentlich los war.

„Also, warum habt ihr euch denn nun gestritten?"

„Ich hab heute meinen Job bei der Bank verloren. Die wollen Geld einsparen und fangen beim Personal an."

„Oh nein, Kind! Wärst du doch bloß bei der anderen Bank geblieben. Das haben wir dir immer gesagt. So eine schöne

Stelle! Vielleicht nehmen die dich doch wieder. Du solltest gleich morgen früh da anrufen."
Sabrina verdrehte die Augen. „Genau das hat Jan auch gesagt. Aber ich will da nicht mehr arbeiten. Das hat mich nie glücklich gemacht. Ich möchte gerne einmal etwas völlig anderes machen!"
Ihre Mutter starrte sie fassungslos an. „Was anderes? Wieso das denn? Was willst du denn machen?"
Sabrina atmete hörbar aus. „Das weiß ich eben noch nicht genau, Mama. Am liebsten etwas Kreatives. Etwas, das mir richtig Spaß macht. Vielleicht brauche ich einfach etwas Zeit, um herauszufinden, was das ist."
Während ihre Mutter sie noch mit großen Augen ansah, kochte die Milch über.
„Ach du liebe Zeit, auch das noch!", rief sie, zog den Topf vom Herd und wischte die angebrannte Milch vom Ceranfeld. Sie rührte ihrer Tochter den Kakao an und setzte sich zu ihr an den Küchentisch.
„Ich glaube, du bist noch etwas durcheinander, Sabrina. Aber du wirst sehen, wenn du erst eine Nacht darüber geschlafen hast, sieht die Welt gleich ganz anders aus. Vielleicht tut dir ein kleiner Urlaub gut. Ich bin ganz sicher: Du wirst dich schon bald wieder mit Jan vertragen und eine neue Stelle finden."
„Mal sehen, Mama. Ich bin wirklich müde und gehe jetzt ins Bett. Wir sehen uns morgen!"
„Gute Nacht, Sabrina. Dein Bett ist frisch bezogen, wie immer. Schlaf gut!"
Sie hatte ewig nicht zu Hause geschlafen. Ihre Eltern hatten ihr Kinderzimmer im ersten Stock in ein Gästezimmer umfunktioniert. Aber ihr Bett, der

Kleiderschrank und ihr kleiner Schreibtisch standen noch immer an ihren alten Plätzen. Lediglich die Pferdeposter waren den Blumenbildern ihrer Mutter gewichen. Und über dem Bett hing tatsächlich ein aufgeklebtes Puzzle mit mindestens tausend Teilen. Schloss Neuschwanstein. Sabrina schüttelte es innerlich. Früher – sie wusste es noch ganz genau – hatte dort ein Foto von einem schwarzen Andalusierhengst gehangen, der an einem Strand entlang galoppierte.
Während sie sich auszog, dachte sie an Jan. Er hatte nicht angerufen. Ob er sich wohl fragte, zu wem sie gefahren war? Oder war ihm das im Grunde völlig egal, zählte es nur, dass sie auch das nächste Mal pünktlich die Hälfte der Miete bezahlte? Der Gedanke, dass sie in seinem wohl geordneten Leben nur die Rolle einer zahlenden, putzenden und kochenden Statistin einnahm, versetzte ihr einen Stich. Zudem war es nicht zu übersehen gewesen, dass Jan sich geradezu gefürchtet hatte, sie könne ihm einen Heiratsantrag machen.
„Da kann er lange `drauf warten", murmelte Sabrina in ihr Kissen und fiel bald darauf in einen traumlosen Schlaf.
Als sie am nächsten Morgen erwachte, wusste sie zuerst gar nicht, wo sie war.
„O Gott, ich hab verschlafen!", fuhr sie mit einem Ruck hoch und blickte sich im Zimmer um. Dann fiel ihr alles wieder ein, und sie legte sich mit einem tiefen Atemzug zurück ins Bett. Sie brauchte gar nicht früh aufstehen, nicht zur Arbeit gehen, sich nicht zu stylen.
Im Haus war es noch völlig still. Sonnenstrahlen fielen durch die Ritzen der Jalousien und bildeten ein helles Muster auf dem weinroten Teppichboden. Winzige

Staubpartikel tanzten im Licht. Sie erinnerte sich daran, wie sie vor vielen Jahren in den Sommerferien an derselben Stelle gelegen, den Sonnenflecken zugesehen und es genossen hatte, noch im Bett liegen bleiben zu können. Damals hatte sie auf einmal ein Gefühl grenzenloser Freiheit verspürt. Sie hatte darüber nachgedacht, dass das ganze Leben noch vor ihr lag und dass es womöglich die unglaublichsten Abenteuer für sie bereit halten würde. Einen interessanten Beruf. Reisen in exotische Länder. Ein eigenes Pferd. Oder einen Hund. Einen Traumprinzen, der sie leidenschaftlich liebte.

Inzwischen waren viele Jahre vergangen. Und was war aus den Abenteuern geworden? – Sie hatte sie vergessen, ihre Träume verraten. Ihr Job in der Bank gefiel ihr nicht. Sie hatte das Reiten schon vor Jahren aufgegeben. Ein Hund käme Jan nie in die Wohnung. Hunde haaren und riechen, hatte er gesagt, als sie ihm zu Anfang ihrer Beziehung einmal erzählt hatte, dass sie immer gerne einen Hund gehabt hätte. Und Jan selbst? Noch nicht einmal in voller Prinzenmontur käme er ihrem Traum aus Teenie-Tagen auch nur im Entferntesten nahe.

Es muss wirklich was passieren, damit ich nicht als völlige Versagerin ende, dachte Sabrina, während sie sich nun doch aus dem Bett schälte und ins Badezimmer überwechselte.

Von unten drang ihr der Duft nach frisch aufgebrühten Kaffee entgegen. Sie hörte ihre Mutter sprechen.

„… ja, sie ist hier, sie schläft noch. Ich glaube, sie ist ziemlich durcheinander wegen dieser Kündigung. Aber keine Sorge, sie wird sich schon wieder fangen. Was? … Ja, ja, du hast völlig recht. Ich werde nochmal mit ihr reden, dass sie mit Herrn Walther von ihrer alten Bank spricht. Bestimmt kann sie da wieder anfangen. Bis später!"

Das konnte ja wohl nur Jan am Telefon gewesen sein, dachte Sabrina und spürte, wie der Ärger in ihr hochstieg. *Wenn ihre Mutter und Jan dachten, sie könnten über ihr Leben bestimmen, hatten sie sich getäuscht. Schwer getäuscht.*

Ohne Frühstück verließ sie das Haus und fuhr mit der S-Bahn in die Innenstadt. Ihre Mutter war stinksauer gewesen, dass sie nicht mit ihr frühstücken wollte. Aber Sabrina hatte keine Lust, sich eine Stunde lang Ratschläge über ihre Arbeit und über ihre Beziehung mit Jan anzuhören. Sie suchte sich ein Café, bestellte einen großen Milchcafé und ein Croissant und dachte über ihr Leben nach. Genau in diesem Moment fiel ihr die Anzeige aus der Pferdezeitschrift wieder ein. Die Farm in Island. Die Chance, aus der Routine auszubrechen. Ein wirkliches Abenteuer zu erleben.

Vor ihren Augen liefen die Bilder wie ein Film ab. Einsame Moore, wildzerklüftete Klippen, Gletscher und Vulkane. Eine Herde Islandpferde, die in ihrer wilden Schönheit über eine Hochebene läuft.

Sie kramte in ihrer Tasche, holte die inzwischen ziemlich zerknitterte Zeitschrift hervor, und ehe sie sich versah, hatte sie die Telefonnummer aus der Anzeige in ihr Handy getippt.

Eine Frauenstimme meldete sich mit dem Namen der Farm.

Sabrina antworte auf Englisch, stellte sich vor und sagte, dass sie sich als Aushilfskraft für den Sommer bewerben wollte.
„Oh, dann gebe ich dich mal an meinen Mann weiter. Wir sprechen übrigens beide Deutsch“, antwortete die Frau und brüllte etwas, das sich wie „Baldur?!!!“ anhörte, in den Raum. „Moment, er kommt gleich“, wandte sie sich wieder Sabrina zu, und legte das Telefon irgendwo ab. Eine Minute später meldete sich eine tiefe Männerstimme.
„Hier ist Baldur. Worum geht’s denn?“
„Ich habe Ihre Anzeige in der Pferdezeitschrift gesehen, und möchte mich gerne um die Stelle bewerben“, antwortete Sabrina.
„Aha. Kannst du denn reiten?“, kam die Antwort.
Wie der Teufel, wollte Sabrina sagen. Aber tatsächlich lag ihr letzter Ritt schon ziemlich lange zurück. Also beschloss sie, den Ball lieber flach zu halten.
„In meiner Kindheit und Jugendzeit habe ich jeden Tag geritten, auch junge Pferde. Aber jetzt hatte ich eine längere Pause. Wissen Sie, ich habe meinen Job bei der Bank verloren, und da dachte ich, ich nehme mir mal eine berufliche Auszeit und mache etwas ganz anderes. Ich kann wirklich gut anpacken. Ich bin 34. Und ich spreche fließend Englisch. Würden Sie es mit mir versuchen?“
Sabrina verhaspelte sich fast. Sie hatte sich nicht zurechtgelegt, was sie eigentlich sagen wollte. Aber jetzt hatte sie auf einmal das Gefühl, ihr Leben hinge davon ab, diesen Job auf Island zu bekommen.
Baldur ließ ein dröhnendes Lachen hören. „Sabrina heißt du also, richtig? Tja, es ist schon komisch. Wir hatten eigentlich schon längst jemanden für den Sommer

eingestellt und allen anderen Bewerbern abgesagt. Doch diese Person hat vor genau einer halben Stunde angerufen und abgesagt, weil sie sich den Arm gebrochen hat. Und jetzt rufst du plötzlich an. Seltsam. Aber wir hier auf Island glauben ja an solch seltsame Dinge. Und ich habe irgendwie das Gefühl, du bist genau die Richtige für den Job. Also dann: Willkommen auf Island, Sabrina. Wir sehen uns am 1. Juni!“

2

Die Finger des Mannes flogen über die Tastatur des Notebooks wie die geübten Hände eines Pianospielers. Dabei hätte man ihnen eher zugetraut, den Griff einer Axt zu packen und Holz zu spalten, als einen kleinen Computer zu bearbeiten. Scott McNara füllte das spärlich eingerichtete Wohnzimmer seines Sommerhäuschens mit einer Präsenz aus, wie sie nur wenige Menschen besaßen. Als er aufstand, um sich in der Küche eine weitere Tasse Kaffee zu holen, stieß er fast mit dem Kopf an die Decke. Während er sich Milch in den Kaffee goss, gab sein Notebook ein durchdringendes Geräusch von sich. Ein Anruf über Skype kündigte sich an.

Scott kehrte mit seiner Tasse an den Tisch zurück und nahm den Anruf an. Auf dem Bildschirm erschien sein Kollege und Freund Nick Carter aus New York. Er trug wie fast immer ein uraltes University-Sweatshirt und ein Basecap mit Rolling Stones-Logo. Scott konnte das Rauschen des New Yorker Verkehrs im Hintergrund hören, obwohl er Tausende Meilen entfernt war. Er selbst hatte fast sein ganzes Leben in New York City verbracht, und das Rauschen hatte dazu gehört wie das Zähneputzen am Morgen und am Abend. Erst jetzt wurde ihm bewusst, wie wohltuend die Stille in seinem isländischen Sommerhaus war. Und wie sehr ihn die Geräusche der Großstadt auf einmal störten.

„He Scott, altes Haus, wie stehen die Dinge auf Island? Hast du dich schon in eine wunderschöne Elfe verliebt

oder bläst du Trübsal und kaust auf einem alten Gammelhai herum?“
„Der Gammelhai würde jetzt auf deinen Kopf hinunter sausen, wenn du hier wärst“, brummte Scott zurück und bedachte seinen alten Kumpel dabei mit einem Grinsen. „Was kann ich für dich tun, Nicky?“
„Du kannst nach Hause kommen und dich um deinen Job kümmern. Wir könnten um die Häuser streichen und zum Baseball gehen. Die Nacht durchsaufen. Oder mal kurz nach Miami `rüber fliegen und uns da die Sonne auf den Pelz brennen lassen.“
„Dir ist also langweilig ohne mich. Sag das doch gleich!“
Nick gab ein gackerndes Lachen von sich. „Langweilig? Ich weiß nicht mal, wie das Wort geschrieben wird. Aber im Ernst, Scottie, ich finde, du bist jetzt lange genug auf dieser öden Insel geblieben. Es ist nicht gut, so lange alleine zu sein. Komm nach Hause und lass uns amüsieren.“
Scott schüttelte den Kopf. „He, ich bin erst ein paar Tage weg, und es gefällt mir bestens hier. Ich komme endlich mal zur Ruhe. Und ich habe tolle Aufnahmen gemacht. Das Licht ist einfach unglaublich. Ich schicke dir nachher mal ein paar Fotos rüber.“
Nick seufzte. „Okay. Aber ich glaube einfach, dass es nicht gut für dich ist, dich auf so einer einsamen Insel zu vergraben. Das passt doch gar nicht zu dir. Und außerdem: es ist jetzt fast ein Jahr her. Du kannst nicht ewig um sie trauern, Scott. Melanie hätte das nicht gewollt. Du musst sie loslassen und dein Leben weiterleben.“
Scott atmete tief durch. „Soll das jetzt eine Predigt werden? Vielleicht hättest du besser Pastor werden sollen.

Lass mich mit dem Scheiß in Ruhe, Nick. Ich bleibe hier so lange wie es mir Spaß macht. Ob dir das nun passt oder nicht."
Nick hob abwehrend die Hände. „Okay, Alter. Reg dich wieder ab. War nur ein gut gemeinter Ratschlag von einem Kumpel. Lass uns ein anderes Mal weiter reden, ich hab gleich noch einen Termin. Bis bald!"
Nick beendete den Skype-Anruf, und Scott ärgerte sich über sich selbst, weil er so überreagiert hatte. Seit einem Jahr hatten ihn seine Freunde mit Samthandschuhen angefasst. Erst in letzter Zeit versuchten sie ihn auf alle mögliche Weise in irgendwelche Aktivitäten einzuwickeln. Inklusive mehrerer nicht abgesprochener Rendezvous mit Mädchen, an denen er überhaupt kein Interesse hatte. Vor zwei Wochen hatte er seine Koffer gepackt und war nach Island geflogen. Um Urlaub zu machen und zur Ruhe zu kommen, lautete seine offizielle Version. Warum er wirklich auf die Insel im Nordatlantik gekommen war, hatte er selbst seinem besten Freund nicht erzählt. Fast wollte er es sich selbst nicht eingestehen. Es war einfach ein Versuch, redete er sich ein. Und wenn er nicht funktionierte, brauchte auch niemand davon erfahren. Er würde in sein altes Leben zurückkehren und weitermachen wie bisher.
Mit einem Klick auf die Bildergalerie öffnete Scott den Ordner Melanie. Auf dem Bildschirm öffneten sich die Fotos einer jungen Frau in Shorts und T-Shirt an einem weißen Strand. Das war vor zwei Jahren beim Urlaub auf Cape Cod gewesen. Scott öffnete weitere Fotos. Melanie vor einem Weihnachtsbaum. Dann ein Foto von ihnen beiden zusammen. Das hatte Nick an ihrem Hochzeitstag

von ihnen gemacht. Jedes Foto gab Scott einen Stich ins Herz. Und trotzdem zwang er sich, wieder einmal alle bis zum Schluss anzusehen. Warum war es bloß zu diesem schrecklichen Streit gekommen? Er würde alles dafür tun, ihn ungeschehen zu machen.
Vielleicht würde der heutige Tag ja tatsächlich etwas bringen. Seitdem er von der Möglichkeit auf Island gehört hatte, hegte er eine geradezu kindische Hoffnung. Nachdem er auf der Insel angekommen und in das kleine Sommerhaus in der Nähe von Stykkishólmur gezogen war, hatte er sich auf die Suche nach einer Person begeben, die diese ganz besonderen Fähigkeiten besaß, um ihm helfen zu können.
Ein leises ‚wuff' riß ihn aus seinen Gedanken. Scott öffnete die Haustür und blickte auf einen schwarz-weißen Border Collie, der auf der Fußmatte Platz genommen hatte und ihn freundlich ansah.
„Sam! Wieder mal ausgebüchst? Da wird dein Herrchen nicht erfreut sein!“, sprach Scott den Hund an, der seinem Nachbarn und Vermieter Gunnar gehörte. Er wohnte etwa einen Kilometer querfeldein entfernt. Seitdem Scott seinen Mietvertrag dort unterschrieben und Sam kennengelernt hatte, war ihm der Hund nicht mehr von der Seite gewichen. Das ging sogar so weit, dass Sam nun einmal am Tag zu ihm gelaufen kam und ihn auf seinen Spaziergängen begleitete.
„Na gut. Da du schon mal da bist, will ich dich nicht enttäuschen. Machen wir zwei einen kleinen Ausflug!“
Der Hund sprang auf, wedelte mit der Rute und bellte aufgeregt.

„Immer mit der Ruhe. Ich werde mir ja wohl noch schnell eine Jacke überziehen dürfen", murmelte Scott und kehrte ins Haus zurück, um sich seine warme Jacke und die Spiegelreflexkamera zu holen. Ohne ging er nicht aus dem Haus. Die Landschaft rund um sein Sommerhäuschen war einfach zu schön, um sie nicht immer wieder im Bild festzuhalten. Außerdem ließ das wechselnde Licht des Tages sie immer wieder in anderen Facetten scheinen. Scott war Sportfotograf und arbeitete viel für die New York Times. Seitdem er auf Island war, konnte er sich jedoch vorstellen, einen Abstecher in Sachen Landschaftsfotografie zu machen. Er hatte schon einige Aufnahmen auf seinem Rechner gespeichert, die das Potential für Reisemagazine hatten. Die wollte er später noch an Nick mailen. Sein Kumpel arbeitete als Sportreporter bei der Times und hatte beste Kontakte auch in andere Redaktionen und Ressorts. Vielleicht könnte er ihm einen Auftrag für Island-Fotos besorgen.
Sam schien jedes Mal zu ahnen, in welche Richtung es Scott verschlug. Auch heute lief der Hund voraus und wählte exakt die Pfade, die Scott zu gehen gedacht hatte. Lediglich hin und wieder hielt der Hund inne und sah sich nach seinem Begleiter um, wenn dieser sich zu einer Frühlingsblume hinab gebeugt hatte, um ihr Schönheit mit der Kamera festzuhalten. Oder wenn er stehenblieb, um tief durchzuatmen und die archaische Landschaft mit allen Sinnen in sich aufzunehmen.
Obwohl es Ende Mai war, lag die Temperatur gerade mal bei sieben Grad Celsius. An manchen Stellen leuchtete noch Schnee neben den Felsen auf. Scott fragte sich, ob auf dieser Insel jemals der Sommer Einzug halten würde.

Aber nichtsdestotrotz gefiel ihm die wilde Natur in diesem Land aus Feuer und Eis. Sie war weder lieblich noch pittoresk. Dafür von einer kompromisslosen Klarheit, die er noch niemals zuvor irgendwo erlebt hatte.
Mann und Hund schritten zügig voran, erklommen Hügel voller Felsen und Moos, genossen Ausblicke auf Ebenen, die weder von Häusern, noch von Autos oder Menschen gekennzeichnet waren. Genauso wie jetzt muss dieser Blick schon vor Jahrtausenden gewesen sein, durchfuhr es Scott, und eine nie zuvor erfahrene Ehrfurcht vor der Natur überkam ihn. Obwohl er ein Mensch war, der eher der Wissenschaft als dem Glauben zugetan war, verstand Scott nun, warum die Isländer ein Volk der Sagen und Legenden waren. Fast jeder glaubte hier an die Existenz von Elfen und anderer übernatürlicher Wesen. Als er erfahren hatte, dass in manchen Städten Häuser und Straßen umgelegt wurden, um die Elfen nicht zu stören, hatte er ungläubig mit dem Kopf geschüttelt und die Leute für verrückt erklärt. Inzwischen hatte er seine Meinung zumindest etwas relativiert.
Auf seinen Wanderungen hatte er das Handy zu Hause gelassen. Schon nach kurzer Zeit auf den grünen Hügeln der Insel hatte das Gedankenkarussell in seinem Kopf angehalten. Nun nahm er wieder die Geräusche der Umgebung wahr. Er hörte das Schreien der Seevögel, das Plätschern der Bäche, die Stille. Er atmete den Geruch des Frühlings. Er sog die klare Luft in sich ein. Im Vergleich zu dem Smog von New York City schmeckte sie wie prickelnder Champagner. Nach Jahren auf der Überholspur war Scott McNara zur Ruhe gekommen – auch wenn er es selbst noch nicht wusste. Etwas in ihm hatte sich geöffnet.

Inzwischen wünschte er sich sogar, er könnte sie selbst sehen, die Naturwesen, für die Island berühmt war. Doch so sehr er es sich auch herbei sehnte, ein Busch war für ihn einfach nur ein Busch. Eine Elfe hatte er noch nie erblickt.
Nach zwei Stunden gelangten Scott und Sam an den Hof von Sams Herrchen Gunnar. Wie immer war die Haustür nicht abgeschlossen. Scott pochte an die grobe Holztür und trat ein. Gunnar und seine Frau Gitta saßen am Küchentisch und tranken Kaffee.
„Scott! Schön, dich zu sehen. Willst du einen Kaffee mit uns trinken? Ah, ich sehe schon, du hast uns unseren Ausreißer zurück gebracht…“ Dabei bedachte Gunnar seinen Hund mit einem finsteren Blick.
Sam zog die die Rute ein und kroch möglichst unauffällig unter den Tisch.
„Hallo Gitta, hallo Gunnar. Einen schnellen Kaffee nehme ich gerne. Aber dann muss ich wieder los. Sam hat mir heute wieder etwas von der Gegend gezeigt. Er ist echt ein guter Guide. Ihr solltet Geld für ihn nehmen.“
Gitta goss Kaffee in einen Keramikbecher und schob eine Schüssel mit selbstgebackenen Keksen in Scotts Richtung.
„Ist es dir nicht zu einsam, ganz allein in dem Sommerhäuschen?“, fragte sie. „Ich meine, du kommst aus New York. Heißt es nicht immer, das ist die Stadt, die niemals schläft? Du musst dich doch zu Tode langweilen hier bei uns!“
Den letzten Satz hatte Gitta mit etwas Trotz in der Stimme hervorgestoßen, was ihren Mann dazu brachte, alarmiert die Stirn zu runzeln. Gitta kam aus Reykjavik. Sie war eine Lady aus der Hauptstadt und lebte jetzt „in the middle

of nowhere“, wie sie ihren Freundinnen gerne vorhielt. Für sie war es absolut unverständlich, dass ein junger, attraktiver Mann wie Scott aus der Glitzermetropole New York in die Einsamkeit ihres Sommerhäuschens übergewechselt war. Ob er wohl eine Leiche im Keller hatte, fragte sich Gitta manchmal. Ihrem Mann brauchte sie mit solchen Einfällen nicht zu kommen. „Du liest zu viele Krimis“, lautete in solchen Fällen die Antwort von Gunnar.

In wenigen Minuten hatte Scott den Kaffee ausgetrunken und bedankte sich für die Gastfreundschaft.

„Ich will dann mal wieder. Danke für den Kaffee und bis bald“, verabschiedete er sich und machte sich auf den Weg zurück zu seinem Haus. Nachdenklich blickte Gunnar ihm nach. Scott war der erste New Yorker, den er kennengelernt hatte. Und obwohl er es seiner Frau nie eingestehen würde, rätselte auch er darüber, was diesen Mann dazu bewog, bei ihnen zu wohnen. Mit New York verband Gunnar die Vorstellung von smarten Yuppies, die in Maßanzügen ihren coffee-to-go bei Starbucks holten und dann geschäftig in ihren Großraumbüros verschwanden. Scott McNara war anders. Dieser große, breitschultrige Mann mit der tiefen Stimme und einer unbestimmbaren Traurigkeit in den Augen sah aus wie ein Sohn dieser Insel. Er sah aus wie ein Wikinger.

***

Scott legte die kurze Entfernung zu seinem Haus in wenigen Minuten zurück, zog sich ein frisches Hemd an und gab den Versuch, Ordnung in sein widerspenstiges, rötliches Haar zu bringen, nach kurzer Zeit wieder auf. Da er noch etwas Zeit hatte, schickte er die schönsten Fotos aus den vergangenen Tagen mit einer kurzen Nachricht an Nick. Dann musste er los. Er tippte die Adresse, die er schon seit Tagen auf einem Notizzettel mit sich herumtrug, in sein Navi ein und startete den Wagen. Jetzt, da es endlich soweit war, beschleunigte sich sein Puls.

Es war gar nicht so einfach gewesen, Elín aufzuspüren. Er wollte sich nicht zum Idioten machen, deswegen war er vorsichtig vorgegangen.

Schon vor Monaten hatte ihm in New York eine Freundin davon erzählt, dass die Menschen auf Island anders waren als die meisten Leute, die sich ihr Leben von ihren Smartphones und E-Mails, von Facebook und Whatsapp-Nachrichten diktieren ließen. Auf Island, so hatte Megan damals gesagt, seien die Menschen noch auf eine geheimnisvolle Art mit der Natur verbunden. Sie würden bei Entscheidungen intuitiv das Richtige tun, weil sie sich auf ihr Gefühl verließen. Viele würden sogar offen zugeben, dass sie sich dabei von Wesen aus einer anderen Welt leiten ließen. Und einige ganz wenige unter ihnen hätten sogar einen besonderen Draht ins Jenseits.

Obwohl Scott dies seinen Freunden gegenüber nie zugeben würde, hatte er nach genau so einem Menschen gesucht. Schließlich war ihm aus diversen Esoterik-Foren im Internet eine Frau aus Stykkishólmur empfohlen worden: Elín. Sie war der eigentliche Grund, warum er nach Island gekommen war und Gunnars Ferienhaus gemietet hatte.

Gleich nach seiner Ankunft hatte er versucht, einen Termin bei ihr zu bekommen. Aber ihr Haus war abgeschlossen gewesen. Die Nachbarn hatten ihm erzählt, Elín sei in den Urlaub nach Gran Canaria geflogen.

Eine Geisterbeschwörerin in den Dünen der spanischen Ferieninsel? Scott hatte sich zunächst gewundert. Aber schließlich lebte auch Elín im 21. Jahrhundert und hatte wahrscheinlich mal Lust auf Sonne und Wärme.

Seit gestern war sie wieder auf Island, hatte Scott erfahren. Als er nun vor ihrem Haus am Stadtrand von Stykkishólmur hielt, beschlich ihn ein mulmiges Gefühl.

Was für eine Schwachsinnsidee, hierher zu kommen…

Aber nun war er hier und musste die Sache zu Ende bringen. Scott stieg aus dem Auto und stieg die Stufen zu ihrem weißen Einfamilienhaus hoch. Er klingelte mehrmals, niemand öffnete. Da bemerkte er, dass die Tür nur angelehnt war. Scott drückte die Klinke hinunter und trat ein.

3

„Du meine Güte, Sie müssen ja Mut haben. Wahnsinn! Naja, als ich in Ihrem Alter war, hätte ich es vielleicht auch gemacht. Obwohl: vielleicht auch nicht...."
Sabrina bemühte sich aufrichtig um ein freundliches Lächeln, aber die Frau neben ihr im Flugzeug ging ihr inzwischen gewaltig auf den Wecker. Direkt nach dem Start hatte sie angefangen zu quasseln und Sabrina über ihr Leben auszufragen, und seitdem hatte ihr Mund nicht eine Minute still gestanden.
„Tja, was habe ich zu verlieren? Wenn es mir nicht gefällt, bin ich zumindest um eine Lebenserfahrung reicher", antwortete Sabrina der Rentnerin, die bereits zum dritten Mal zusammen mit ihrer Wandergruppe nach Island kam. Dann wandte sie sich mit einem Seufzer zum Fenster und blickte auf die Insel im Atlantik, die für die nächsten Wochen ihr neues Zuhause sein würde. Der Captain hatte in seiner Durchsage eine Temperatur von sieben Grad Celsius durchgegeben. Wie im Winter, dachte Sabrina, die gestern noch bei lauen Sommertemperaturen in einem Biergarten in Berlin den Abschied von ihren Freundinnen gefeiert hatte. Jan hatte sich nicht bei ihr gemeldet, um Lebewohl zu sagen. Seit sie ihre Sachen aus der gemeinsamen Wohnung geholt und bei ihren Eltern deponiert hatte, herrschte Funkstille zwischen ihnen. Sie solle endlich zur Vernunft kommen, war einer der letzten Sätze, die sie von ihm gehört hatte. Ihre Wut war inzwischen einer stillen Traurigkeit gewichen. Sie hatte

auch schöne Zeiten mit Jan erlebt und eigentlich gedacht, dass sie beide für immer zusammen bleiben würden. Aber das hatte sich nun wohl erledigt.
Ihren Eltern und den Freundinnen gegenüber hatte Sabrina stets beteuert, dass der Sommer auf Island ihr größter Wunsch sei. Ihre Herausforderung ans Leben. Im tiefsten Inneren war sie sich da gar nicht so sicher. Was, wenn es ihr auf der Farm überhaupt nicht gefallen würde? Wenn sie mit den Leuten nicht klar käme? Wenn der Job eine Nummer zu groß für sie war?
Aber jetzt war es zu spät, um umzukehren. Das Flugzeug setzte zur Landung an. Sie waren bei wolkenlos blauem Himmel in Berlin losgeflogen. Hier nieselte es. Nebelschwaden waberten über die Landebahn. Rechts und links von ihr erkannte Sabrina eine schwarze Geröllwüste ohne Baum und Strauch.
Na, das kann ja heiter werden, dachte sie.
Nachdem sie ihren Koffer vom Gepäckband geholt und durch die Zollkontrolle gegangen war, erblickte sie in der Ankunftshalle lauter fremde Gesichter. Und ein großes Schild: Willkommen auf Baldursholt, Sabrina!
Hinter dem Schild strahlten sie ein Mann und eine Frau um die 60 an. Das mussten Baldur und Anna sein. Mit einem schüchternen Lächeln ging Sabrina auf ihre neuen Arbeitgeber zu und wurde von beiden sogleich in die Arme geschlossen.
„Willkommen auf unserer wunderschönen Insel, Sabrina! Wir hoffen, dass du dich bei uns so wohlfühlst, dass du im Herbst gar nicht mehr weg willst!“, sagte Baldur und schnappte sich ihren Koffer. Anna hakte sich bei ihr unter und folgte ihrem Mann in Richtung Ausgang.

Auf dem Parkplatz steuerten sie auf einen älteren Pick-up zu und luden Sabrinas Gepäck ein.
“Mach es dir gemütlich. Die Fahrt wird gut zwei Stunden dauern“, sagte Baldur und setzte sich hinters Steuer.
„Du bist zum ersten Mal auf Island?“, fragte Anna.
„Ja, und ich bin ziemlich aufgeregt. Seitdem ich ein Kind war, habe ich davon geträumt, zum Reiten nach Island zu kommen. Dass sich dieser Traum jetzt tatsächlich erfüllt, hätte ich nie gedacht. Ich hoffe nur, dass ich eure Erwartungen erfüllen kann.“
Anna lächelte ihr aufmunternd zu. „Das wird schon, mach dir keine Gedanken. Ich könnte mir nur vorstellen, dass es dir bei uns mit der Zeit zu einsam wird. Immerhin kommst du aus der Großstadt Berlin. Das Leben auf der Farm wird dir wie ein Kulturschock vorkommen.“
„Wahrscheinlich ist das genau das, was ich jetzt brauche“, murmelte Sabrina und bemühte sich, nicht allzu resigniert zu klingen.
„Wie kommt es eigentlich, dass ihr beide so gut Deutsch sprecht?“, fragte sie.
„Oh, wir waren viel in Deutschland“, antwortete Baldur. „In den 70er Jahren war das Islandpferd der absolute Exportschlager unseres Landes. Meine Familie hat schon immer Isländer gezüchtet. Jahrelang bin ich nach Deutschland gefahren und habe unsere Isländer dort verkauft. Und meine Anna habe ich natürlich mitgenommen.“
Er lächelte seiner Frau zu, und Sabrina spürte, dass die beiden eine tiefe Zuneigung verband.
„Inzwischen verkaufen wir nur noch selten Pferde nach Deutschland, aber dafür kommen die meisten unserer

Feriengäste von dort. Da ist es natürlich von Vorteil, die Sprache zu sprechen. Und deshalb haben wir auch nach einer deutschen Aushilfskraft für den Sommer gesucht. In fünf Tagen kommen die ersten Gäste, allein sechs reisen aus Deutschland an. Außerdem sind zwei Ehepaare aus England dabei, unkomplizierte Stammgäste. Die Frauen reiten, die Männer wandern und angeln."
Inzwischen hatten sie die Stadt hinter sich gelassen und fuhren Richtung Norden. Die Gegend war einsam und sah unter dem grauen Himmel düster und trostlos aus. Nicht zum ersten Mal an diesem Tag fragte sich Sabrina, ob es die richtige Entscheidung gewesen war, für diesen Sommer auf Island zu Hause alles zurück zu lassen. Und dennoch regte sich ein lange nicht gespürtes Kribbeln in ihrem Inneren. Eine leise Ahnung, dass ihr Leben bald alles andere als langweilig sein würde.
Sie erreichten die Farm gegen 20 Uhr. Das große Haus mit 15 Gästezimmern lag etwas vom Stall und der Scheune entfernt. Vor dem Stall befand sich ein eingezäunter Paddock, der jedoch leer war.
„Die Pferde sind alle weiter draußen auf der Weide", erklärte Baldur. „Wir sehen sie uns morgen früh an."
Gemeinsam gingen sie ins Haus, und Anna bereitete ein kleines Abendessen vor. Brot, Butter, Käse, Wurst und Schinken, dazu gab es für jeden ein Bier. Sabrina langte kräftig zu und erzählte ihren Gastgebern von ihrem Leben in Berlin. Wenig später zeigte ihr Anna ihr Zimmer. Es war klein und spartanisch eingerichtet. Ein Bett, ein Kleiderschrank, ein Sekretär mit einem Stuhl davor – das war's. Die Wände waren weiß gestrichen, und über ihrem Bett hing eine gerahmte Fotografie von einer Herde

Islandpferde. Das Beste aber war der Ausblick aus dem Fenster. Sabrina schob die Gardinen beiseite und blicke über grüne Wiesen und Büsche, die im Wind wogten. Am Horizont konnte sie das Meer erkennen. Minutenlang blieb sie stehen und sog den Anblick in sich ein.

„Gefällt es dir? Besonders groß ist das Zimmer ja leider nicht…“, fragte Anna zaghaft.

„Das macht nichts. Der Ausblick aus dem Fenster ist überwältigend. Vielen Dank, Anna!“

Die Isländerin strahlte. „Du musst abends am besten die Jalousien herunterlassen, sonst kannst du bestimmt nicht schlafen. Es wird die ganze Nacht hindurch nicht dunkel werden. Naja, du wirst schon sehen. Gute Nacht Sabrina, schlaf gut.“

Es fiel Sabrina tatsächlich schwer, einzuschlafen. Sie hatte gar nicht mehr daran gedacht, dass Island das Land der Mitternachtssonne war. Selbst um Mitternacht war es draußen noch taghell. Als sie aber schließlich doch die schwarze, blickdichte Jalousie herunterließ, schlief sie wenig später ein.

Beim Frühstück am nächsten Morgen waren die grauen Wolken einem hellblauen Himmel gewichen.

„Heute machen wir unseren ersten Ausritt zusammen. Du wirst unsere Pferde und einen Teil der Gegend kennenlernen“, sagte Baldur.

„Welches Pferd wirst du ihr geben?“, fragte Anna.

Baldur ließ seinen Blick für einen Moment auf Sabrina ruhen.

„Sie wird Askur reiten“, antwortete er. Anna riss überrascht die Augen auf.

„Askur? Bist du sicher?“

Sabrina blickte von einem zum anderen.
„Wieso, was ist denn mit diesem Askur?“
„Er ist ein guter Tölter, du wirst schon sehen“, sagte Baldur.
„Was bedeutet sein Name?“, fragte Sabrina.
„In der nordischen Mythologie ist Askur der Vorfahre aller Menschen“, sagte Baldur. Er lächelte. „Und manchmal glaube ich, unser Askur kann auch lesen und schreiben. Auf jeden Fall ist er kein Dummkopf. Ich muss noch ein paar Telefonate machen. Wir sehen uns in einer halben Stunde am Stall, Sabrina.“
Damit erhob er sich vom Tisch und ging in sein Büro. Sabrina blickte Anna fragend an.
„Jetzt aber heraus mit der Sprache. Was ist wirklich mit diesem Askur?“
Anna zuckte resigniert mit den Schultern. „Weißt du, Baldur sucht die Pferde immer passend zu den Charakteren der Menschen aus. Und er ist – warum auch immer – sehr gut darin. Manche Leute wollen unbedingt einen Rappen oder ein Pferd mit goldener Mähne. Aber damit kommen sie bei Baldur nicht durch. Für ihn ist das Aussehen eines Pferdes absolut zweitrangig. Es kommt auf den Charakter an, sagt er immer. Wie bei den Menschen.“
Nachdenklich nahm sie einen Schluck Kaffee. „Askur hat er noch nie an jemanden gegeben. Ein junger Mann aus dem Nachbardorf hat ihn für uns eingeritten und reitet ihn ab und zu mal. Askur ist stark, schnell und wunderschön. Er kann aber auch ziemlich wild sein. Bitte sei vorsichtig.“
Sabrina schluckte. Offenbar hatte Baldur eine völlig falsche Vorstellung von ihr und lag mit seiner Pferde-Einteilung voll daneben. Sie hatte seit Jahren auf keinem

Pferd mehr gesessen und nur kurz vor ihrer Abreise ein paar Reitstunden genommen, um wieder ins Reiten hinein zu kommen. Aber das war auf vollkommen braven Schulpferden in einer Reithalle gewesen. Mit einem mehr als mulmigen Gefühl im Bauch stand sie auf und sagte zu Anna: „Ich glaube, ich muss nochmal mit Baldur reden!“
Schnell schlüpfte sie in Reithosen und einem warmen Fleecepullover, zog sich noch eine Windjacke an und ging dann mit ihrem Chef über die Weiden der Farm. Davon, dass sie für den Anfang am liebsten das bravste Pferd von allen nehmen würde, wollte Baldur nichts wissen.
„Du probierst es heute einfach mit Askur, und wenn es nicht klappt, bekommst du ein anderes Pferd. Mach dir einfach nicht so viele Gedanken.“
Ergeben stapfte Sabrina neben ihn über eine matschige Wiese. Nach gut zweihundert Metern öffnete Baldur ein Gattertor und pfiff einmal laut. Wenige Minuten später tauchten die ersten Islandpferde im vollen Galopp hinter einem kleinen Hügel auf. Eine Herde von rund 80 Pferden stürmte ihnen mit wehenden Mähnen entgegen. Sabrina ging das Herz auf.
Baldur lächelte. „Ich habe das bestimmt schon tausend Mal gesehen. Aber es ist immer wieder wunderschön. Oder was meinst du?“
Sabrina konnte nur stumm nicken. Von einem Moment auf den anderen hegte sie keinen Zweifel mehr daran, dass dieser Ort auf sie gewartet hatte. Vielleicht schon ihr ganzes Leben lang.
Die Pferde strömten an ihnen vorbei in den Paddock, und Baldur schloss das Tor. Er zeigte auf einen goldfarbenen Fuchs mit heller Mähne, der etwas größer war als die

meisten anderen Pferde. „Das ist Askur. Hier ist ein Halfter mit Strick. Geh hin und fang ihn ein.“

Ohne zu zögern, schritt Sabrina durch die Herde und näherte sich dem Wallach.

„Komm her, mein Schöner. Es ist Zeit, dass wir uns kennenlernen“, sprach sie das Pferd mit ruhiger Stimme an und streifte ihm das Halfter über den Kopf. Askur folgte ihr willig in den Stall. Als sie ihn am Putzplatz anbinden wollte, rammte er ihr mit voller Wucht seinen Kopf gegen die Schulter.

„He, spinnst du!“, reagierte Sabrina und boxte Askur reflexartig gegen seine Schulter zurück. Fortan blieb der Isländer ruhig stehen, während Sabrina ihn putzte und sattelte. Baldur hatte sich in der Zwischenzeit einen Dunkelbraunen fertig gemacht. Gemeinsam führten sie die Pferde aus dem Stall und saßen auf. Sie ritten im Schritt über eine Hochebene, und schon bald war die Farm aus ihrem Blickwinkel verschwunden. Um sie herum gab es nur noch Wiesen, Steine, Flechten und Moose. Und Vögel. Mit heiseren Schreien flogen die kleinen, zierlichen Seeschwalben und auch die großen, dunklen Raubmöwen über ihre Köpfe hinweg.

„Es gefällt ihnen gar nicht, dass wir hier über ihr Brutgebiet reiten. Aber damit müssen sie jetzt leben“, erklärte Baldur und ritt ungerührt weiter, als eine Raubmöwe im Sturzflug auf seinen Kopf hinab sauste. Sabrina hatte sich unwillkürlich auf Askurs Mähne geduckt. Der Schreck war ihr in die Glieder gefahren, als der Vogel mit hoher Geschwindigkeit auf sie nieder schoss.

„Keine Angst, sie biegen immer kurz vorher ab", erklärte Baldur grinsend und schlug vor, eine Weile im Tölt zu reiten.
Sobald Sabrina die Hilfen zum Tölt gab, sprang Askur mit einem Riesensatz in die Luft, um gleich darauf in einem Höllentempo davon zu rasen. Obwohl Sabrina keinesfalls mit diesem Manöver gerechnet hatte, behielt sie die Balance, blieb geschmeidig im Sattel sitzen und drückte ihre Waden gegen den Pferdeleib. Sie gab eine energische Parade und knirschte ein „So nicht, mein Lieber" durch die Zähne.
Baldur hatte das Zwischenspiel beobachtet und lachte. „Das war ein Test! Gratuliere, du hast ihn gut bestanden."
Eine halbe Stunde später hatten sie den Strand erreicht und ließen die Pferde in den Rennpass übergehen. Askur hatte den Braunen von Baldur nach kurzer Zeit überholt. Mit raumgreifenden Bewegungen flog er nur so über den Strand. Sabrina gab ihm die Zügel hin und ging in seinem Rhythmus mit als wären sie ein einziges Wesen. Der Wind trieb ihr die Tränen in die Augen, aber sie hätte ewig so weiter reiten können. So glücklich wie in diesen Augenblicken hatte sie sich schon lange nicht mehr gefühlt.
Nachdem sie die Pferde wieder durchpariert und im Schritt einen Feldweg landeinwärts eingeschlagen hatten, klopfte Sabrina Askur den Hals und fragte sich, warum sie damals nur mit dem Reiten aufgehört hatte. Eigentlich gab es doch nichts Schöneres auf der Welt. Im Sattel ihres goldfarbenen Pferdes spürte sie ein Gefühl grenzenloser Freiheit und fühlte sich gleichzeitig geborgen und sicher.

Baldur nickte ihr anerkennend zu. „Du bist eine gute Reiterin, Sabrina. Ich wusste gleich, dass Askur zu dir passt. Er ist ein kleiner Wildfang und braucht jemanden, der gleichzeitig mutig und freundlich ist. Ihr beiden gebt ein schönes Paar ab.“

Sabrina errötete vor Stolz und wollte gerade etwas erwidern, das Baldurs Kompliment abschwächte, doch da hatte ihr Chef schon das Thema gewechselt und erklärte ihr die Reitrouten der Umgebung, die er ihr in den nächsten Tagen alle noch zeigen wollte.

Nachdem sie zum Stall zurückgekehrt waren, entließen sie ihre Pferde zurück in die Herde.

„Wenn wir zweimal am Tag reiten, nimmst du am Nachmittag ein anderes Pferd. Am besten die Schimmelstute dort vorne. Da ist Blika“, zeigte Baldur auf eine grazile Stute, die das genaue Gegenteil von Askur war.

„Sie kann ganz nett sein, aber manchmal ist sie auch eine richtige Zicke. Du kommst schon klar. Jetzt lass uns sehen, was Anna zum Mittagessen gekocht hat“, sagte er und schlenderte voran ins Haus.

Sabrina lebte sich so schnell auf Baldursholt ein, wie sie es nie vermutet hätte. Morgens und nachmittags ritt sie zusammen mit Baldur aus und versuchte, sich die verschiedenen Routen in der Umgebung einzuprägen. Bevor die Pferde am Abend wieder vom Paddock auf die Weide kamen, lernte sie die Namen der Tiere auswendig und schloss Freundschaft mit der Herde. Manchmal stand sie einfach nur am Zaun und beobachtete, wie die Pferde miteinander umgingen, wer das Sagen hatte und wer schnell das Weite suchte, wenn ein ranghöheres Tier

nahte. In diesen Momenten konnte sie ihr Leben in Deutschland völlig vergessen. Warum sollte sie sich Sorgen um ihre Zukunft machen, wenn doch hier auf Island alles so einfach und klar war?
Die Zeit verging wie im Fluge. Heute sollten die ersten Gäste ankommen. Die beiden britischen Ehepaare würden mit einem Mietwagen anreisen, da die Männer in ihrem Urlaub zum Angeln gehen wollten. Die sechs Urlauber aus Deutschland sollte Sabrina mit dem Bulli vom Airport abholen. Sie bekam ein großes Schild mit dem Namen der Farm sowie eine Liste mit den Daten der Urlauber mit und machte sich früh genug auf den Weg. Laut Liste war nur ein einziger Mann dabei. Typisch, heutzutage reiten ja fast nur noch Mädchen, dachte Sabrina, und sinnierte darüber, ob dieser Tobias den Urlaub wohl aus freien Stücken gebucht hatte oder nur seiner Freundin Nele zuliebe. Neben diesem Paar waren noch zwei 18-jährige Mädchen angemeldet, die den Islandtrip zum Abitur geschenkt bekommen hatten. Und dann standen noch die Namen Patricia (28) und Laura (27) auf der Liste. Ohne weitere Angaben, nur mit ihrem Alter.
Eine halbe Stunde nachdem das Flugzeug aus Frankfurt gelandet war, hatte Sabrina das junge Pärchen und die beiden unentwegt quasselnden Abiturientinnen bereits eingesammelt. Nervös hielt sie Ausschau nach den fehlenden Frauen. *Das fehlte noch, dass es gleich beim ersten Abholen der Gäste zu Komplikationen kam.* Als sie schon überlegte, Baldur mit ihrem Handy anzurufen, kamen als letztes zwei junge Frauen betont langsam um die Ecke geschlendert. Vorweg eine langbeinige Blondine in Designerjeans und Highheels. Sie sah mit

vorwurfsvollem Blick hinter sich. Dort keuchte eine etwas mollige Dunkelhaarige mit zwei riesigen Koffern daher. Die wie ein Model wirkende Blonde trug lediglich eine Handtasche.
„Jetzt mach doch mal, Laura. Das dauert ja ewig“, maulte sie. Die wartende Gruppe musterte die beiden, als seien sie aus dem Zoo ausgerissene Paviane. Selbst die Teenager hatten aufgehört zu quatschen und starrten die Neuankömmlinge fasziniert an.
„Patricia und Laura?“, fragte Sabrina und zwang sich zu einem herzlichen Lächeln.
„Erraten! Ihr seid ja hier ganz helle Köpfe auf Island. Wie süß!“, entgegnete die Blonde und kicherte.
Sabrina gefror das Lächeln. „Dann sind wir ja komplett und können los“, sagte sie mit eisiger Stimme. Eines war ihr seit 60 Sekunden klar: Das hier würde garantiert noch Ärger geben.

4

„Hallo?! Ist hier jemand?“
Scott hatte den Flur betreten und lauschte ins Innere des Hauses. Kein einziges Geräusch war zu hören. Links von ihm stand die Tür zur Küche offen. Er spähte hinein, konnte jedoch keine Menschenseele entdecken. *Vielleicht war es doch keine so gute Idee gewesen, herzukommen.* Ihm war unwohl zumute. Es war alles andere als seine Art, einfach so in fremde Häuser einzudringen. Am besten er ging sofort wieder. Doch gerade als er sich umdrehen und hinausgehen wollte, streifte ihn ein Luftzug.
„Hallo! Sie müssen dieser rätselhafte Scott sein, der mich unbedingt treffen will“, sagte eine helle Stimme in seinem Rücken. Die Frau war aus einer Hintertür, die offenbar in den Garten führte, gekommen.
„Ja, ich bin Scott. Bitte entschuldigen Sie, dass ich hier einfach so eingedrungen bin, aber ich hatte zuerst geklingelt…“
„Gar kein Problem“, unterbrach sie ihn und reichte ihm ihre Hand. „Bitte kommen Sie doch herein. Mögen Sie vielleicht einen Tee?“
Er nickte dankend, und Elín führte ihn zu einem Esstisch in die Küche. Die Frau besaß die Stimme eines jungen Mädchens, doch die vielen Runzeln in ihrem Gesicht verrieten, dass sie mindestens 70 sein musste. Ihre Haut war von ihrem Aufenthalt im Süden gebräunt, ihr Haar war grau und kurzgeschnitten. Ohne zu zögern, ging Elín zum Du über.

„Du musst entschuldigen, wenn es hier etwas unaufgeräumt aussieht. Ich bin gerade erst von Gran Canaria zurück. Meine Güte, war es da schön warm!“

Scott schaute sich um. Er fand die Küche sehr gemütlich. Aquarelle von isländischen Landschaften schmückten die Wände, und unter der Zimmerdecke hingen getrocknete Kräuter. Überall lagen Bücher verstreut.

Elín kehrte mit zwei Tassen dampfenden Tees an den Tisch zurück und setzte sich. „Jedes Mal, wenn ich auf die Kanaren fahre, denke ich, dass ich am besten ganz da bleiben sollte. Die Wärme tut meinen alten Knochen einfach gut, und ich liebe es, im Meer zu schwimmen. Aber wenn ich dann wieder hier auf Island bin, weiß ich, dass ich hierhin gehöre und dass es nirgendwo sonst auf der Welt so schön ist wie hier.“

Sie musterte Scott aus ihren klaren, hellblauen Augen. „Woher kommst du?“

„Aus New York City. Ich bin Fotograf. Und das ist mein erster Urlaub seit eineinhalb Jahren. Island ist wirklich das absolute Kontrastprogramm zu New York.“

Elín pustete in ihren Tee und tastete sich weiter voran. „Aber du bist nicht hier, um zu fotografieren, stimmt's?“

Scott schüttelte den Kopf. Es fiel ihm schwer, mit der Sprache herauszurücken. Aber irgendwann musste es ja sein.

„Meine Frau ist vor etwa einem Jahr gestorben. Sie ist bei einem Verkehrsunfall ums Leben gekommen. Seit diesem Tag, es war ein Samstagmorgen…“. Scott brach den Satz ab und schluckte. Nach wie vor war es ihm fast unmöglich, über die Sache zu sprechen.

„Ist nichts mehr so, wie es einmal war“, vollendete Elín den Satz für ihn.
Scott nickte. „Das Schlimmste an der Sache ist, dass wir kurz vor ihrem Unfall einen furchtbaren Streit hatten. Sie war ganz außer sich deswegen und ist aus dem Haus gerannt. Ich habe ihr sogar noch hinterher gebrüllt, dass sie am besten nie wieder käme.“ Er holte tief Luft. „Tja, und das ist sie dann ja auch nicht.“
Elín nickte verständnisvoll. „Du fühlst dich schuldig an ihrem Tod.“
Scott schnitt eine Grimasse und ließ die Schultern sinken. „Ich *bin* schuld an ihrem Unfall. Melanie war eine gute und sichere Autofahrerin. Aber an diesem furchtbaren Tag hat sie einen Laster, der Vorfahrt hatte, komplett übersehen. Sie muss mit den Nerven am Ende gewesen sein. Er ist in sie hinein gerast, und sie hatte überhaupt keine Chance.“
Nachdem Scott einmal angefangen hatte, konnte er nicht mehr aufhören. Vor seinem inneren Auge spulten sich die schrecklichen Szenen noch einmal ab. „Die Feuerwehr musste sie aus ihrem Auto herausschneiden. Sie war völlig von den Metallteilen eingequetscht. Das Schlimmste war aber, dass sie da noch lebte und sogar klar bei Sinnen war. Ich glaube, sie wusste, dass sie sterben würde, und wollte mich noch einmal sehen. Sie hat den Feuerwehrleuten gesagt, sie sollten mich schnell benachrichtigen und hat ihnen meine Handynummer diktiert.“
„Und hast du noch mit ihr sprechen können?“, fragte Elín.
Scott schüttelte stumm den Kopf. Seine Augen hatten jeden Glanz verloren. „Nachdem Melanie aus dem Haus gestürmt war, hatte ich mich umgezogen und war Joggen

gegangen. Mein Handy hatte ich auf dem Küchentisch liegen gelassen. Als ich zurückkam, habe ich erstmal in aller Ruhe geduscht und mir einen Kaffee gemacht. Dann erst habe ich all die Nachrichten von der Polizei und der Feuerwehr abgehört. Als ich endlich an der Unfallstelle eintraf, war Melanie längst gestorben."
„Das tut mir leid, Scott", sagte Elín und streichelte ihn über den Handrücken. „Es muss furchtbar für dich gewesen sein. Aber trotzdem ist es nicht deine Schuld gewesen. Dinge geschehen. Wir können nicht alles beeinflussen. Es ist ihr Schicksal gewesen."
Scott schnaufte. „Es ist ihr Schicksal gewesen, dass ich ihr sozusagen den Tod an den Hals gewünscht habe? Tolles Schicksal!"
Elín lächelte nachsichtig. „Du wirst darüber hinweg kommen. Du musst nach vorne schauen."
„Ich hab's versucht", antwortete Scott. „Aber es geht nicht. Solange ich nicht mit der Vergangenheit abschließen kann, gelingt mir gar nichts mehr. Dinge, die mir früher Spaß gemacht haben, interessieren mich nicht mehr. Ich komme irgendwie so durch den Tag, und ich habe nicht die geringsten Pläne für die Zukunft. Meine letzte Hoffnung bist du."
Sie sah ihn mit hochgezogenen Brauen an. „Wie kann ich dir denn helfen?"
„Ich habe gehört, dass du Kontakt zu den Toten aufnehmen kannst. Ich weiß nicht, ob so etwas möglich ist. Eigentlich glaube ich überhaupt nicht an diesen ganzen esoterischen Quatsch. Aber falls es möglich ist, dann sprich mit Melanie. Und sag ihr, dass es mir leid tut. Alles."

Scott sah sie flehentlich an. Elín antwortete nicht sofort. Dann seufzte sie und sagte: „Hör zu, Scott, ich weiß nicht, wer dir das erzählt hat, aber mit solchen Dingen muss man sehr vorsichtig sein. Es ist richtig, dass ich einige…“. Sie stockte und fuhr dann fort. „besondere Fähigkeiten habe. Ich spüre gewisse Energien, die um uns herum sind, die andere Menschen nicht bemerken. Manchmal weiß ich Dinge, die in der Zukunft passieren. Aber ich kann nie etwas erzwingen. Entweder diese Wesen oder Energien öffnen sich und übertragen mir ihre Gedanken oder nicht. Manchmal ist es auch so, dass über mich eine Art Kontakt zwischen einem feinstofflichen Wesen und einem Menschen entsteht. Aber auch das passiert oder eben nicht. Ich kann dir leider überhaupt nichts versprechen.“
Scott war enttäuscht. „Ich dachte, du kannst eine Art Séance abhalten und mit Melanie sprechen.“
Sie schüttelte amüsiert den Kopf. „Du hast wohl zu viele Gruselfilme geguckt. Tut mir leid, so etwas kann ich nicht.“
„Also bin ich ganz umsonst nach Island gereist“, brummte Scott und ließ den Kopf hängen.
„Nein, bist du nicht“, antwortete Elín und sah ihm ernst in die Augen. „Ich kann spüren, dass du hier eine wichtige Aufgabe erfüllen sollst. Es ist wichtig, dass du hier bist. Ich weiß nicht, ob es mit deiner Frau zusammenhängt oder nicht. Aber vielleicht werde ich das bald herausfinden. Bitte bleib noch einige Zeit hier, bevor du wieder nach New York fährst.“
Scott blickte sie erstaunt an. Bisher war ihm Elín wie eine ganz normale ältere Frau erschienen, die Warmherzigkeit und Gelassenheit ausstrahlte. Jetzt hatte er jedoch das

Gefühl, dass sie ihm bis auf den Grund seiner Seele blicken konnte. Ihn schauderte. *Was für eine Aufgabe meinte sie?* Vielleicht war Elín doch ein bisschen verrückt, und es war besser für ihn, wenn er so schnell wie möglich nach New York zurückkehrte.

„Ich überlege es mir. Danke für den Tee, Elín", sagte Scott und erhob sich.

Elín blieb sitzen und nickte ihm zu. „Du weißt ja, wo der Ausgang ist. Wir werden uns sicher bald wieder sehen. Bis dahin genieße deine Zeit auf Island".

Scott war schon lange weg, da saß Elín noch immer am Küchentisch und dachte über ihren Besucher nach. Sie hatte die ganze Zeit eine zweite Präsenz in ihrem Haus gespürt. Es war eine freundliche Seele gewesen, und sie hatte Scott beim Hinausgehen begleitet. War es Melanie gewesen? – Elín wusste es nicht. Doch sie spürte, dass Scott in naher Zukunft eine ganz besondere Herausforderung erwartete. Das Schicksal würde ihm eine zweite Chance schenken. Und wieder würde es um Leben und Tod gehen.

5.

Sabrina ging von Pferd zu Pferd und kontrollierte kurz, ob die Gurte richtig angezogen und die Trensen vernünftig verschnallt waren. Vermutlich eine überflüssige Maßnahme, aber heute Nachmittag würde sie zum ersten Mal alleine mit den Urlaubern einen Ausritt unternehmen. Sie wollte unbedingt, dass alles wie am Schnürchen klappte und Baldur mit ihr zufrieden war. Auf keinen Fall sollte einer der Reiter wegen eines nachlässig angezogenen Sattelgurtes den Boden küssen und ihr damit ihre Bewährungsprobe verderben.

Zufrieden mit ihrem Rundgang band sie Askur los und ließ die Reiter aufsitzen. Dann schwang sie sich selbst in den Sattel und setzte sich an die Spitze der Gruppe.

In den vergangenen zwei Tagen hatte Baldur die Pferde nach den Fähigkeiten und den Wesenszügen der Reiter eingeteilt und die Ausritte zusammen mit Sabrina begleitet. Die beiden Teenager ritten am besten. Sie hatten keine Angst und waren gut trainiert. Die beiden Engländerinnen hatten sich sofort wieder auf ihre Pferde gestürzt, die sie auch im vergangenen Jahr schon geritten hatten. Beide waren zwar nicht besonders verwegen im Sattel, aber trotzdem routinierte, passable Reiter. Tobias konnte so gut wie gar nicht reiten. Sabrina hatte Recht gehabt, dass er diesen Urlaub nur seiner Freundin Nele zuliebe gebucht hatte. Nele hatte bereits einige Erfahrung mit Pferden, war aber eher ängstlicher Natur. Tobias glich

sein fehlendes Können mit Mut und Sportlichkeit aus. Und dann waren da noch Patricia und Laura.
Schon beim ersten Gang in den Stall hatte Patricia für Missstimmung gesorgt. Abgesehen davon, dass ihre nagelneue Reitkleidung eher in einen noblen englischen Privatclub als auf einen rustikalen Reiterhof in Island gepasst hätte, ließ sie auch beim Anblick der Pferde keinen Zweifel daran aufkommen, dass sie Besseres gewohnt sei.
„Auf diesen Ponys sollen wir reiten? O Gott!“, hatte sie ausgerufen, als die teilweise noch mit zotteligen Winterfell bedeckten Isländer von der Weide in den Paddock strömten. Zu Laura gewandt, hatte sie den Kopf geschüttelt und gemeint: „Die sind doch viel zu klein! Soll ich da etwa mitlaufen mit meinen langen Beinen?“
Laura hatte dümmlich zurück gegrinst und mit den Schultern gezuckt.
„Wisst ihr“, hatte Patricia den anderen erzählt, „zu Hause in Düsseldorf hatte ich früher ein teures Auktionspferd mit top Dressurabstammung. *Das* war ein Pferd!“
„Ach wirklich? Hast du damit auch Turniere geritten?“, hatte Eva, eine der Abiturientinnen höflich zurück gefragt.
Patricia hatte sie gönnerhaft angelächelt. „Dafür hatte ich meine Bereiterin. Die hat natürlich jede Menge Preise mit Lavinia abgeräumt.“
Ja klar, weil du wahrscheinlich zu dämlich zum Reiten warst, hatte Sabrina gedacht, die den Wortwechsel verfolgt hatte. Sie hatte sich fest vorgenommen, ihr Temperament im Zaum zu halten und sich nicht von Patricias dummem Geschwätz aus der Reserve locken zu lassen. Baldur hatte für Patricia einen braven Braunen ausgesucht, der sich so schnell nicht aus der Ruhe bringen ließ. Indes: Er war

nicht gerade der Schönste unter der Sonne. Missmutig hatte Patricia ihren Isländer am Strick genommen und die anderen Pferde begutachtet. Inmitten der Herde hatte sie Askur erblickt.
„Was ist mit dem? Das ist der Einzige, der einigermaßen passabel aussieht. Ich will den haben!“, hatte sie Baldur zugerufen. Der Chef des Reiterhofs hatte keine Miene verzogen, als er ihr in ruhigem Ton antwortete. „Tut mir leid, der ist schon vergeben. Du wirst Bleikur reiten. Er ist genau der Richtige für dich.“
Patricia hatte nach Luft geschnappt und mit dem Fuß aufgestampft wie ein Stier in der Arena. „Wieso ist der Fuchs schon vergeben? Wer reitet den denn?“
„Sabrina reitet Askur. Und damit ist die Diskussion beendet“, hatte Baldur nun schon im schärferen Ton geantwortet. Patricia hatte sich zu Sabrina umgedreht und sie von oben bis unten gemustert. Dann hatte sie kopfschüttelnd gelächelt. Ein gefährlicher Ausdruck war in ihr Gesicht getreten. „Das werden wir ja sehen, ob sich diese Regelung nicht ändern lässt“, hatte sie so leise gesagt, dass nur Sabrina es eben noch hören konnte.
Während der nachfolgenden ersten Ritte war es für jeden offensichtlich, dass Baldur die Pferde bestens für die Reiter ausgewählt hatte. Auch für Patricia. Während sie die anderen Urlauber mit ihren Monologen über ihr teures Auktionspferd und ihre exzellenten Kontakte in die internationale Reitsportszene nervte, saß sie steif auf ihrem Bleikur und ließ jedes Gefühl für eine feinsinnige Verständigung mit ihrem Pferd vermissen. Doch obwohl sie schon mit ihrem braven Pferd leichte Probleme hatte, schielte sie immer noch eifersüchtig auf Askur.

Sabrina hoffte, dass sie keinen weiteren Ärger mit der Barbiepuppe – wie sie Patricia im Stillen nannte – bekäme. Sie verscheuchte die unangenehmen Gedanken, blickte sich noch einmal im Sattel um und stellte fest, dass ihre Gruppe in Reih und Glied hinter ihr her ritt. Baldur hatte ihr geraten, heute nicht am Strand zu reiten. Vom Meer her würde Nebel aufziehen und ihnen die Sicht nehmen, hatte er gemeint. Schon jetzt war der Strand gar nicht mehr zu sehen. Die Luft legte sich wie eine feuchte Decke auf die Reiter und schien jedes Geräusch, das nicht von den Pferden und ihnen selbst ausging, zu verschlucken. Nachdem sie zunächst über die Hochebene geritten waren, folgten sie nun einem schmalen, steinigen Weg, der normalerweise eine fantastische Aussicht auf die Umgebung bereithielt. Inzwischen sah Sabrina jedoch nur noch ein paar wenige Meter um sich herum, alles andere war in dichten Nebel getaucht.

„Können wir nicht auch mal tölten?“, maulte Patricia, die direkt hinter ihr ritt.

„Okay, bleibt aber dicht zusammen. Bei diesem Wetter sieht man ja nicht die Hand vor Augen“, antwortete Sabrina und gab das Kommando zum Tölt. Die Islandpferde waren schließlich jedes Wetter gewohnt. Sie waren trittsicher und hatten keine Angst. Sie ritten etwa zehn Minuten durch den Nebel, und Sabrina entspannte sich mehr und mehr. Das klappte ja wie am Schnürchen. So eine Arbeit ließ sie sich gefallen. Das war doch ganz etwas anderes, als im Businessoutfit in einem klimatisieren Büro zu sitzen. Askur töltete in flottem Tempo durchs Gelände, und Sabrina verließ sich mit jeder Minute mehr auf die Geschicklichkeit ihres Pferdes. Mussten sie nicht

gleich schon bei der Abzweigung sein, wo sie direkt an einem großen Felsen nach rechts abbiegen mussten?
In diesem Moment legte Askur eine Vollbremsung hin, wieherte schrill und stieg. Sabrina ging reflexartig in der Bewegung mit und sah im gleichen Moment, wie vor ihr wie aus dem Nichts ein riesiger Mann mit einem Hund auftauchte. Gleichzeitig flog hinter ihr etwas durch die Luft. Ein Schrei erklang, und Bleikur schoss mit leerem Sattel an ihr vorbei. Wie der Blitz sprang Sabrina von ihrem Pferd und stürzte zu Patricia, die reglos am Boden lag. Der Mann hatte sich im selben Moment zu ihr hinunter gebeugt.
„Idiot! Können Sie denn nicht aufpassen!“, zischte Sabrina ihm zu.
Er schaute ihr schuldbewusst in die Augen und verstand offenbar kein Wort. So wie er aussah, war er bestimmt ein Einheimischer, und sie hatte Deutsch gesprochen. Ihr Herz klopfte ihr bis zum Halse. Hoffentlich war Patricia nichts passiert. Sie konnte sie zwar nicht ausstehen, aber sie hoffte inständig, dass dieser Zwischenfall gut ausgehen würde. Warum war sie bei diesem dichten Nebel bloß über diesen Weg getöltet? Während Sabrina sich noch mit Selbstvorwürfen quälte, öffnete Patricia die Augen und stöhnte leise.
„Gott sei Dank, sie kommt zu sich“, sagte der Mann erleichtert auf Englisch.
Patricia blickte böse auf Sabrina. „Warum hast du das gemacht? Dein blöder Gaul ist gestiegen, und da hat Bleikur natürlich gescheut und ist mir durchgegangen. Du bist schuld. Wärst du nicht so bescheuert geritten, wäre ich nie runtergefallen. Das werde ich Baldur erzählen.“

Sabrina war grenzenlos erleichtert. Patricia schien ganz die Alte zu sein. Wenn sie jetzt schon wieder schimpfen konnte, war der Sturz wohl nicht so schlimm gewesen. Sie lächelte dem fremden Mann zu, der ja eigentlich auch keine Schuld an dem Unfall hatte. Er war um den Felsen gebogen und hatte die Reiter vorher unmöglich sehen können.

„Es tut mir so leid. Ich habe euch nicht erschrecken wollen. Ich habe gar nicht damit gerechnet, dass bei diesem Wetter jemand hier unterwegs ist."

Seine Stimme klang tief und rau. Mit zerknirschtem Gesichtsausdruck blickte er Sabrina an, die auf einmal wackelige Knie bekam. War das die Reaktion auf den Schock oder die Gegenwart dieses Mannes, die sie völlig durcheinander brachte? Er wirkte so ganz anders als die meisten Männer, die sie kannte. Entgegen dem Zeitgeist schien er weder Wert auf Gel in den Haaren, noch auf Tätowierungen, Mode-Bart oder Designermarken zu legen. Er sah herrlich normal aus und irgendwie auch wieder nicht. Auf einmal konnte sie ihren Blick nicht mehr von seinem Gesicht wenden. Sie verlor sich in seinen bernsteinfarbenen Augen, sah die Nebeltropfen in seinem Haar. Am liebsten hätte sie ihm mit der Hand hindurch gestrichen. War sie verrückt geworden?

Der Hund hatte sich inzwischen neben sein Herrchen gelegt und blickte zwischen ihm und Sabrina hin und her. Waren Minuten vergangen oder nur Bruchteile von Sekunden? Die quengelige Stimme Patricias riss Sabrina aus ihren Gedanken.

„Hallo?! Kümmert sich mal jemand um mich? Mein Fuß tut weh!"

„Versuch doch mal aufzustehen. Komm, ich helfe dir“, sagte Sabrina.
„Nein, er soll mir helfen. Du bist so ungeschickt, dass du mich wahrscheinlich gleich wieder fallen lässt“, antwortete Patricia scharf und wandte sich mit einem eingeübten Lächeln an den fremden Mann.
„Can you help me, please?”
Scott blickte irritiert zwischen den Frauen hin und her und bemühte sich dann, Patricia aufzuhelfen. Sie kam auf einen Bein zum Stehen und verzog schmerzhaft das Gesicht.
„Oh Mann, mein Fuß. Der tut so weh, ich kann gar nicht auftreten“, jammerte sie.
„Kannst du vielleicht im Sattel sitzen?“, fragte Sabrina. Bleikur war nur einen Meter weiter gelaufen und graste am Wegesrand.
Patricia warf ihr einen bösen Blick zu. „Auf keinen Fall. Der Fuß ist bestimmt gebrochen.“
Sabrina seufzte. „Okay, dann müssen alle hier warten. Ich reite zurück und hole Hilfe. Aber das wird leider einige Zeit dauern.“
Die anderen nickten zustimmend. Da ergriff der Mann das Wort.
„Mein Name ist Scott. Ich habe hier ganz in der Nähe ein Sommerhaus gemietet, und mein Auto steht auch da. Ich könnte sie schnell zum Arzt nach Stykkishólmur fahren.“ Fragend blickte er zu Sabrina. Noch bevor sie antworten konnte, schenkte Patricia ihm ihr strahlendstes Lächeln. „Oh ja, bitte! Ich glaube nicht, dass ich es hier noch länger aushalte. Der Schmerz wird immer stärker. Bitte nimm mich mit.“

Sabrina zuckte hilflos die Schultern und nickte Scott zu. „Also gut, vielleicht ist es so am besten. Wir kommen von der Baldursholt-Farm. Vielleicht kannst du Patricia dort später absetzen. Sonst können wir sie natürlich auch vom Arzt abholen."

Scott nickte zustimmend.

„Hast du dein Handy dabei, so dass wir dich erreichen können?", fragte sie Patricia.

„Das hat sie immer dabei", antwortete Laura an deren Stelle.

Patricia hatte sich inzwischen an Scott gelehnt und hielt ihren Fuß in die Luft. „Es tut mir leid, aber ich kann wirklich nicht auftreten", jammerte sie.

„Das macht nichts, ich trage dich", beruhigte Scott sie. Er nickte der Reitergruppe noch einmal zu, hob Patricia hoch als wäre sie eine Puppe, und ging mit großen Schritten zurück in die Richtung, aus der er gekommen war. Der Hund folgte ihm auf dem Fuße. Patricias langes, blondes Haar wehte im Wind. Kurz bevor der Nebel die beiden verschluckte, drehte sie ihren Kopf und lächelte den anderen triumphierend zu. Es wirkte gar nicht mehr so, als habe sie noch große Schmerzen. Sabrina verspürte einen Stich im Magen, als die beiden aus ihrem Blickfeld verschwanden. Resigniert sammelte sie Bleikur ein und nahm ihn als Handpferd mit.

„Vielleicht ist es besser, wir kehren um und reiten nach Hause, bevor bei diesem Nebel noch mehr passiert", sagte sie. Die anderen nickten zustimmend. Schweigend ritten sie zurück zur Farm.

6

Als sie zu ihrer Wanderung aufgebrochen war, hatte die Kappe des Snæfellsjökull noch schneeweiß im Sonnenlicht geleuchtet. Inzwischen hatten Schleierwolken die Spitze des 1.446 Meter hohen Vulkans verdeckt. Für Elín war es einerlei, ob sie die Gletscherkappe sah oder nicht. Sobald sie in die Nähe des Berges kam, konnte sie ihn tief in ihrem Inneren spüren. So wie ihr ging es Menschen aus aller Welt. Seitdem Jules Verne in seinem Roman "Reise zum Mittelpunkt der Erde" den Eingang zur Unterwelt am Snæfellsjökull angesiedelt hatte, pilgerten die Touristen dorthin. Der Vulkan, der vor rund 1800 Jahren zuletzt ausgebrochen war, hatte die Halbinsel Snæfellsnes regelrecht berühmt gemacht.

Elín lächelte bei dem Gedanken an die Touristenbusse, die regelmäßig von Reykjavik kamen und die Urlauber am Fuße des Berges ausspukten. Die Leute riefen „Oh, wie schön“, wenn sie den Gipfel des Gletschers vor blauem Himmel sahen und waren enttäuscht, wenn er sich wie so oft hinter den Wolken versteckte. Sie machten haufenweise Selfies mit ihren Handys, während sie in die Schneemobile einstiegen und unentwegt redend, sich dem Krater näherten. Sie hatten nichts verstanden. Die Esoteriker waren oftmals nicht viel besser. Sie hatten davon gehört, dass sich eines der stärksten Kraftzentren der Welt zu Füßen des Gletschers befände und hielten dort merkwürdige Rituale ab, um in Kontakt mit den Naturwesen zu treten.

Elín wusste, dass man den Draht zu übersinnlichen Dingen entweder hatte oder eben nicht. Manchmal wurde diese Fähigkeit von Generation zu Generation vererbt, aber es musste nicht so sein. Erzwingen konnte man jedenfalls gar nichts. Sie selbst hatte schon als kleines Kind die Anwesenheit von Menschen gespürt, die die anderen nicht sehen konnten. Als sie vier oder fünf Jahre alt war, hatte sie regelmäßig mit einem Mädchen gespielt, das für alle anderen unsichtbar war. Ihre Mutter war jedes Mal wütend geworden und hatte mit ihr geschimpft, wenn sie es mitbekommen hatte. Ihre Großmutter hatte nur gelächelt. Sie besaß selbst die Gabe und konnte Elín verstehen.

Als Kind war es für Elín ganz natürlich gewesen, die Wesen aus der anderen Welt zu spüren und zu sehen, ja sogar mit ihnen zu kommunizieren. Später war ihr diese Fähigkeit jedoch oft lästig erschienen und sie hatte sie verdrängt. Erst jetzt, als sie selbst so alt war wie damals ihre Großmutter, hatte sie ihren Frieden damit geschlossen. Seitdem kamen die Geister wieder öfters zu ihr. Meistens dann, wenn sie alleine in der Natur unterwegs war. Und obwohl Elín über die Vulkan-Touristen schmunzeln musste, wusste sie doch, dass in der Nähe dieses Berges tatsächlich besondere Kräfte am Werke waren. Sie halfen ihr, Kontakt aufzunehmen.

Woher die sonderbare Macht des Berges kam, konnte niemand so genau sagen. 30 bis 40 Mal war der 700.000 Jahre alte Vulkan seit der Eiszeit ausgebrochen. Seine Asche war überall im Westen Island verstreut. Auch in seiner Umgebung hatte es immer wieder Eruptionen gegeben. Die Lava war hinab zum Meer geflossen, hatte den Boden durchlöchert und Tausende von Höhlen, Tunneln und geheimen Gängen geschaffen. Nun wucherte das Moos darüber. Doch Elín spürte die heiße Lava. Wenn sie so wie jetzt zu Füßen des Snæfellsjökull wanderte, konnte sie unter sich das Feuer sehen.

Bald hatte sie die Stelle erreicht, an der ihr schon einige Male der Kontakt zu den Wesen gelungen war. Sie musste gar nicht ganz hinauf bis zum Krater steigen. Obwohl sie den Blick von dort oben immer ganz besonders genossen hatte. An guten Tagen konnte man bis nach Grönland blicken. Inzwischen würde ihr Körper wahrscheinlich streiken, wenn sie den ganzen beschwerlichen Weg bis zum Gipfel in Angriff nehmen würde. Elín bewahrte sich ihre Kräfte lieber, zumal sie die Energien des Berges auch dort spürte, wo sie sich gerade befand.

Weit und breit war kein Mensch zu sehen. Ruhig blickte sie einmal in alle Richtungen und nahm den Zauber der Landschaft mit allen Sinnen in sich auf. Von weitem konnte sie sogar das heisere Kreischen der Seevögel von der Küste hören. Sie atmete die kristallklare, kalte Luft ein, blickte aufs Meer, auf die von Moosen und Flechten überwucherte Lava und ließ sich auf einem Felsen nieder. Dann schloss sie die Augen.

Elín konzentrierte sich nur noch auf ihren Atem. Sie atmete ein und atmete aus, ließ die Gedanken kommen und gehen wie Wolken am Himmel. Immer mehr zog sie sich in ihres Inneres zurück, bis irgendwann auch die Gedanken fern blieben. Erst als sich ihr Bewusstsein ganz und gar von dieser Welt verabschiedet und sie sich selbst in tiefe Trance versetzt hatte, war Elín bereit. Sie ließ Scott in ihrem Geist auftauchen und wartete ab, was passierte.

Es kam ihr vor wie eine Ewigkeit, jedes Gefühl für Zeit war ihr abhanden gekommen. In Wirklichkeit waren nur wenige Minuten verstrichen, als Elín ihre Augen wieder öffnete. Sie war kalkweiß geworden und schauderte.
Scotts Wunsch, eine Verbindung zu seiner verstorbenen Frau herzustellen und sie um Verzeihung zu bitten, hatte sie nicht erfüllen können. Stattdessen hatte sie eine Prophezeiung erfahren. Etwas Schlimmes nahte heran. Doch nicht Scott war in Gefahr. Er alleine hatte die Macht, jemanden vor dem Tode zu retten. Aber wäre er zur richtigen Zeit am richtigen Ort? Noch während sie langsam wieder im Hier und Jetzt ankam, wusste Elín, dass der Amerikaner die Insel verlassen wollte.

7

Das Zwitschern der Vögel weckte ihn am nächsten Morgen. Seitdem Scott in Island war, hatte er auf seinen Wecker verzichtet. Und er schlief besser. Die Albträume, die ihn in New York jede Nacht gequält hatten, waren fast verschwunden. Dieses Mal hatte eine andere Frau als Melanie seinen Traum bestimmt. Sie hatte eine glänzende, mahagonifarbene Lockenpracht, zarte, weiße Haut und grüne Augen, aus denen Feuer sprühte. Scott schmunzelte, als er daran dachte, wie genau diese Frau ihn gestern angefahren hatte wie eine Wildkatze. Das Wort Idiot hatte er sehr wohl verstanden. Später hatte sie ihr Temperament gezügelt, aber er hatte gespürt, dass unter ihrer gelassenen Fassade ein Vulkan brodelte.

Scott stand auf, duschte und machte sich ein Frühstück mit Kaffee, Eiern und Speck zurecht. Die gestrige Begebenheit ging ihm währenddessen nicht aus dem Kopf. Was für ein Zufall, dass er gerade in dem Moment hinter dem Felsen hervorgekommen war, als die Reiter ihm entgegen kamen. Bei dem Nebel hatte er sie zwar nicht sehen, aber eigentlich doch hören müssen. Das Hufgetrappel, das Schnaufen der Pferde. Hatte der Nebel auch die Geräusche verschluckt oder war er mal wieder so in Gedanken gewesen, dass er alles andere ausgeblendet hatte? Der Unfall vor einem Jahr und die schreckliche Geschichte, die vorher passiert war, ließen ihn einfach nicht los. Er hatte so gehofft, dass er hier auf Island damit abschließen könnte. Aber diese Hoffnung würde sich wohl nicht erfüllen. Seitdem er vor einigen Tagen bei Elín gewesen war, hatte er nichts mehr von ihr gehört. Er solle unbedingt noch auf der Insel bleiben, hatte sie ihm gesagt. Wozu? Er konnte nicht ewig Urlaub nehmen. Die Ruhe und die Natur auf Island hatten ihm gut getan, aber allmählich wurde er unruhig. Scott war kein Mann, der untätig herumsitzen konnte. Ihm fehlte die Arbeit, die Herausforderung. Inzwischen lebte er wie ein Einsiedler in seinem Häuschen. Bis auf die wenigen Gespräche mit seinen Vermietern hatte er fast keinen Kontakt zu anderen Menschen.

Scott nahm noch einen Schluck Kaffee und seufzte. Nick hatte Recht. Es war besser, wenn er bald seine Koffer packte und nach New York zurückkehrte. Dieser ganze übersinnliche Kram, mit dem die Menschen sich hier beschäftigten, war sowieso völliger Blödsinn. *Wie hatte er bloß so dumm sein können, sich da in irgendetwas hineinzusteigern?*

Sein Entschluss stand fest. Heute würde er noch einmal nach Baldursholt fahren, dem Mädchen, das seinetwegen vom Pferd gefallen war, einen Blumenstrauß bringen und danach würde er gleich zu Gunnar gehen und ihm sagen, dass er in den nächsten Tagen abreisen werde.

Er sah aus dem Fenster. Der Nebel hatte sich komplett verzogen, der Himmel war wolkenlos blau. Den Vormittag würde er noch für einen Foto-Spaziergang nutzen, das Wetter war einfach zu gut. Wie auf Kommando ertönte vor seine Haustür ein leises ‚wuff'. Er öffnete die Tür, sah auf Sam herab und lächelte. Es war fast schon unheimlich, dass der Hund oft im selben Moment auftauchte, wenn er zu einer Wanderung aufbrechen wollte. Er liebte den

Border Collie inzwischen regelrecht und würde ihn am liebsten mit nach New York nehmen. Aber da würde Sam sich bestimmt kreuzunglücklich fühlen.
Während die beiden wenig später über den Strand stapften, musste Scott immer wieder an die beiden Reiterinnen von gestern denken. Unterschiedlicher als diese beiden hätten Frauen gar nicht sein können. Patricia war bildhübsch, sie könnte problemlos als Model arbeiten. Selbst in New York, wo es vor schönen und top gestylten Frauen nur so wimmelte, würde sie Aufsehen erregen. Als er sie zu seinem Auto getragen hatte, war es ihm so vorgekommen, als habe sie sich noch extra ein wenig mehr an ihn heran geschmiegt. Aber vielleicht war das auch Einbildung gewesen. Jedenfalls schien sie keineswegs sauer auf ihn gewesen zu sein, dass er der Verursacher ihres Unfalls war.
Während er mit Patricia im Arm durch die Hügel lief, hatte er den Blick der anderen Frau im Rücken gespürt. Schon als sie ihn zum ersten Mal mit ihren grünen Augen angesehen hatte, war sein Herz wie wild an zu pochen gefangen. Sie war ganz anders, als alle Frauen, mit denen er jemals zu tun gehabt hatte. Innerhalb von Sekunden hatte er sich zu ihr hingezogen gefühlt. Allein der Klang ihrer Stimme hatte ihn schon verzaubert. Für ihn war es keine Frage, welche von den beiden Frauen er lieber nach Hause getragen hätte.
Selbst jetzt, als er wieder darüber nachdachte, fühlte er die Sehnsucht nach der Reiterin mit der wilden Lockenpracht wieder in sich aufsteigen. Er schüttelte energisch den Kopf. „Vergiss es, du Idiot. Es darf einfach nicht sein", sagte er im bitteren Ton zu sich selbst. Sam schaute sich

verwundert zu seinem Begleiter um. Hatte er etwas falsch gemacht?
Scott schmunzelte. „Alles in Ordnung, Sam. Du bist der Beste."
Zwei Stunden später kehrten die beiden ins Sommerhaus zurück. Scott lud die Fotos von der Kamera auf seinen Laptop und begann damit, einige der gelungensten Aufnahmen mit Photoshop zu bearbeiten. Er liebte seinen Job. Das Schönste war natürlich das Fotografieren selbst. Die Suche nach dem besten Motiv. Egal, ob er in einer Sporthalle stand und jede Bewegung der Sportler verfolgte, ja schon vorausahnte, oder ob er durch die Natur streifte, um mit seiner Kamera die besondere Stimmung der Insel einzufangen – immer waren seine Sinne vollauf geschärft. In diesen Momenten gab es für ihn kein Gestern und kein Morgen. Dann lebte er zu hundert Prozent in der Gegenwart – und war glücklich.
Obwohl das Fotografieren für ihn das Größte war, machte Scott aber auch die Nachbearbeitung der Fotos am Computer Spaß. Da war so viel, was man tatsächlich noch verbessern konnte. Hier ein wenig mehr Farbe, dort ein bisschen mehr Licht oder Schärfe. Erst wenn er alles aus einem Bild herausgeholt hatte, war Scott zufrieden.
Sam machte heute überhaupt keine Anstalten, nach Hause zu laufen. Er schlief unter dem Küchentisch, während Scott seine Fotos bearbeitete und dabei einen Kaffee trank. Schließlich beendete er seine Arbeit und checkte kurz noch seine E-Mails. Die Neueste interessierte ihn am meisten. Sie war von seinem Freund Nick.

Hi Scott,
danke für die lausigen Fotos, die du mir gemailt hast. Ich hatte schöne Isländerinnen nackt in der Blauen Lagune erwartet. Was bekomme ich stattdessen? Menschenleere Strände und grüne Hügel. Ich glaube, du bist langsam echt reif für eine Psychotherapie. Oder ein paar Bierchen in unserer Lieblingsbar. Tja, ich habe die langweiligen Bilder trotzdem mal an ein paar Verlage weitergeleitet. Und was soll ich sagen? National Geographic hat angebissen! Die planen gerade einen Naturführer über Island und brauchen noch Fotos von Wasserfällen, Islandpferden usw. DU SOLLST DICH BEI IHNEN MELDEN! Ist ja wohl klar, dass du mir dafür was schuldig bist – mindestens ein Essen in einem wirklich teuren Steakhouse fände ich angebracht. Also, lass mal wieder von dir hören.

Nick

Scott hatte die Nachricht verblüfft überflogen, während Sam sich aufgerappelt und seinen Kopf auf Scotts Knien abgelegt hatte. Er verlangte nach Streicheleinheiten. Scott strich ihm über das Fell und blickte nachdenklich auf den Hund hinab.
„Tja mein Lieber, sieht ganz so aus, als ob ich doch noch ein wenig länger hier bleibe."

8

Pfeifend strich Sabrina mit der Wurzelbürste über Askurs Fell und genoss die Stille im Stall. Alle Feriengäste waren ausgeflogen. Baldur machte einen Ausflug auf dem Golden Circle mit ihnen. Er hatte sie gefragt, ob sie auch mitkommen wollte, schließlich kannte sie die Sehenswürdigkeiten noch nicht, die sich normalerweise kein Island-Tourist entgehen lässt. Aber Sabrina hatte abgelehnt. Sie hatte noch viel Zeit, die Insel zu erkunden, und das alberne Getue von Patricia ging ihr inzwischen dermaßen auf den Geist, dass sie einfach mal eine Pause von ihr brauchte.

Ihr Herz hüpfte vor Freude als sie daran dachte, dass sie den ganzen Tag nur für sich hatte. Sie würde am Vormittag mit Askur ausreiten und nachmittags faul auf dem Bett liegen und ein Buch lesen. Ein perfekter Tag.

Nachdem sie Askur gesattelt hatte, war sogar die Sonne herausgekommen. Sie schlug den Weg in die grünen Hügel des Inlandes ein und spürte einmal mehr das Gefühl von Freiheit, das sie jedes Mal überkam, wenn sie mit ihrem Pferd in der Natur unterwegs war. Heute war es allerdings noch ein wenig schöner, weil sie nicht auf ihre Urlauber aufpassen musste. Sie kraulte Askur am Hals und ließ ihn ein flotteres Tempo einschlagen. Das hektische Leben in Berlin, ihr Business-Outfit für die Bank, die After-Work-Partys und Abendessen in angesagten Restaurants – nichts davon fehlte ihr. Vielleicht sollte ich mir einen isländischen Pferdezüchter

suchen, heiraten und einfach für immer hierbleiben, überlegte Sabrina und musste grinsen, als sie an die doch etwas skurrilen Typen dachte, die manchmal zu Besuch bei Baldur und Anna auftauchten.
„Schau mal Askur, wir sind doch nicht so alleine, wie wir dachten“, rief sie ihrem Pferd zu, während sie in den Himmel schaute. Hoch über ihrem Kopf kreiste ein Seeadler. Der hat bestimmt eine Flügelspannweite von zwei Metern, staunte Sabrina und bewunderte den Greifvogel, der in majestätischer Eleganz im Blau des Himmels schwebte. „Klü, klü, klü, klü“, stieß der Adler nun eine Reihe hoher Laute aus und flog Richtung Westen.
„Komm Askur, wir folgen ihm! Wer weiß, vielleicht führt er uns zu einem Schatz aus purem Gold. Dann kaufe ich dich, eine Farm, einen Hund und wir leben glücklich bis an unser Lebensende“, rief Sabrina übermütig und ließ ihr Pferd im schnellen Tölt über das Grasland gleiten. Der Adler schien selbst Spaß an der Verfolgungsjagd zu haben. Wenn sich der Abstand zum Pferd zu sehr vergrößerte, hielt er in der Luft inne, um auf sie zu warten, bevor er seinen Flug fortsetzte. Eine halbe Stunde ritt Sabrina in einem Höllentempo hinter dem Seeadler, als dieser wieder damit begann, kleine Kreise zu ziehen.
„Ich glaube, wir haben die Schatztruhe erreicht, Askur. Auf jeden Fall, haben wir uns jetzt eine Verschnaufpause verdient“, rief Sabrina strahlend und parierte ihr Pferd durch. Der Platz, zu dem der Vogel sie geführt hatte, war atemberaubend schön. Sie befanden sich im Mittelpunkt einer grünen Tiefebene, in der sich mehrere seltsam geformte Felsen erhoben. Inmitten der Felsen entsprang eine Quelle. Rechts und links des klaren Baches wuchsen

Wildblumen. Sabrina glitt aus dem Sattel und führte Askur zum Wasser. Da vernahm sie hinter dem Felsen ein Räuspern.
„Nicht erschrecken, bitte. Ich bin's schon wieder“, sagte eine tiefe, männliche Stimme.
Sabrina durchfuhr trotzdem ein Schreck. Sie hatte nicht damit gerechnet, dass sich außer ihrem Pferd und dem Seeadler noch ein Lebewesen in dieser einsamen Gegend aufhielt. Selbst Askur war zusammengezuckt, als die Stimme hinter dem Felsen erklang. Nun folgte ihr Besitzer. Der amerikanische Fotograf trat zwischen den Steinen hervor und bedachte sie mit einem entschuldigenden Lächeln.
„Scheint so, als ob ich hier endgültig die Rolle des Pferdeschrecks eingenommen habe. Zum Glück ist diesmal wenigstens keiner wegen mir herunter gefallen.“
Sabrina hämmerte das Herz in der Brust, als Scott auf sie zutrat. Sie hatte versucht, sich jeden Gedanken an den attraktiven Fotografen aus dem Kopf zu schlagen. Vor allem, nachdem Patricia jedem den wunderschönen Blumenstrauß unter die Nase gehalten hatte, den Scott ihr geschenkt hatte. Sabrina hatte einen Stich der Eifersucht empfunden und war sich selbst bescheuert vorgekommen. Schließlich kannte sie diesen Mann doch gar nicht. Als Scott nun jedoch so unverhofft vor ihr stand, schien die Luft zwischen ihnen vor Elektrizität zu knistern.
„Puh, du hast mir wirklich einen Schrecken eingejagt! Ich dachte, hier seien höchstens Elfen und Trolle unterwegs“, antwortete Sabrina.
Scott grinste. „Ich bin ein verzauberter Troll. Aber sag es keinem weiter.“

Sabrina lächelte unbehaglich zurück. Hier konnte einem alles passieren. Vielleicht war dieses Wesen vor ihr ja wirklich nur eine materialisierte Version ihrer Wunschgedanken?
Der Troll hielt sich seine Nikon Spiegelreflex vor die Augen und schoss einige Aufnahmen vom Seeadler, der noch immer über ihren Köpfen kreiste.
„Er ist wunderschön“, murmelte er und schien Sabrina in diesem Augenblick vergessen zu haben.
„Ja, und er hat mich hierher geführt. Ich wusste gar nicht, dass es diese Quelle gibt und wie paradiesisch es hier ist“, sagte sie und kam sich im gleichen Moment reichlich dumm vor. *Er hat mich hierher geführt....* Scott musste glauben, dass sie nicht alle Tassen im Schrank hatte.
Lächelnd wandte er sich ihr wieder zu. „Ja, dieser Platz hat wirklich etwas Magisches, nicht wahr? Ich habe ihn auch nur durch Zufall entdeckt und bin ganz begeistert. Seit einer Stunde bin ich hier schon am fotografieren und wollte gerade meinen Heimweg antreten, als du plötzlich aufgetaucht bist. Wie kommt es, dass du alleine unterwegs bist? Wo sind die anderen Reiter?“
„Baldur ist mit ihnen auf dem Golden Circle unterwegs, und ich habe frei.“
„Und da reitest du trotzdem aus und bist nicht in Reykjavik zum Shoppen unterwegs?“
Entsetzt schüttelte Sabrina den Kopf. „Um nichts in der Welt würde ich einen Ausritt mit Askur bei diesem Wetter mit einem Einkaufsbummel in der Stadt tauschen.“
Scott lachte. „Du scheinst wirklich anders zu sein, als 99 Prozent aller Frauen, die ich sonst so kenne.“

„Ist das nun ein Kompliment oder das Gegenteil?“, fragte Sabrina und errötete dabei. Sie fühlte sich in Scotts Nähe wie ein Teenager, der zum ersten Mal mit seiner Flamme spricht. Es ärgerte sie, aber sie konnte nichts dagegen machen.
Scott zog die Augenbrauen hoch und musterte sie von Kopf bis Fuß. „Ich schätze, du kannst es als Kompliment nehmen“, murmelte er so leise, dass sie es kaum verstehen konnte.
Sabrina spürte, wie ihre Knie weich wurden. Noch nie zuvor hatte ein Mann eine solche Wirkung auf sich gehabt. Sie fragte sich, was Scott wohl über sie dachte.
„Hast du vielleicht Lust, noch auf einen Kaffee mit zu mir zu kommen?“, fragte er sie nun und sorgte mit diesen Worten dafür, dass ihr Herz schon wieder ein paar Takte schneller schlug.
„Gerne“, antwortete sie so unbefangen wie möglich und führte Askur am Zügel, während sie gemeinsam die Felsen hinter sich ließen. Der Seeadler drehte noch eine Runde über ihren Köpfen, ließ einen heißeren Schrei ertönen und verschwand in Richtung Meer aus ihrem Blickfeld.
Als sie Scotts Sommerhaus erreicht hatten, holte Sabrina ein Halfter aus ihrer Satteltasche, befreite Askur von der Trense und band ihn zum Grasen an einem Zaunpfahl fest.
„Shit“, murmelte Scott, während Sabrina ihm durch die Eingangstür folgte. Im Sturmschritt stürzte er sich auf Jeans, Pullover, ein Handtuch, Sachen, die er zuvor achtlos auf den Stühlen rund um den Esstisch verteilt hatte. Auf diesem stand auch noch das Frühstücksgeschirr, und daneben lagen ein Laptop und diverse Zeitschriften und Bücher. Während Scott hektisch versuchte, Ordnung in

sein Durcheinander zu bringen, musste Sabrina lächeln. Jemand, der aussah wie ein kühner Wikinger sollte gar nicht erst leben wie ein penibler Buchhalter, fand sie.
„Kaffee oder Tee?“, fragte Scott nachdem er Platz geschaffen hatte.
„Am liebsten Kaffee. Soll ich vielleicht etwas helfen?“
Scott grinste. „So ein Mist. Es sieht ganz so aus, als müsste ich erst das Geschirr spülen, damit wir saubere Tassen haben. An meinen haushälterischen Fähigkeiten muss ich wohl noch arbeiten…“
„Komm, ich spüle ab und du kochst den Kaffee“, entschied Sabrina und ließ Wasser ins Spülbecken laufen. Die Küchenzeile war klein. Während sie ihre Hände in das heiße Wasser tauchte, stand Scott neben ihr und machte sich an einer Senseo-Maschine zu schaffen. Allein seine Nähe reichte schon aus, dass sich die Härchen in ihrem Nacken aufrichteten.
„Nimmst du Milch? Ich müsste welche da haben“, sagte er und streifte ihren Rücken, als er sich zum Kühlschrank umwandte.
Die kurze Berührung genügte, um ihren ganzen Körper unter Strom zu setzen. Sie schluckte. Was hatte er nochmal gefragt? Ob sie Milch wollte? Ich will dich, hätte sie ihm am liebsten zugerufen. Aber stattdessen nickte sie nur und antwortete leise „Ja, gerne“. Sie hatte das Gefühl, dass er sie ansah und wandte sich um. Kurz trafen sich ihre Blicke. War es dasselbe Verlangen, das auch sie spürte, dass sie gerade in seinen Augen gelesen hatte? Doch so intensiv jener besondere Augenblick gewesen war, so schnell war er vorüber. Von einem Moment zum anderen war Scotts Gesichtsausdruck hart geworden. Er sah zur

Seite. Was war nur los mit ihm? Ob er sich wünschte, Patricia an ihrer Stelle hier zu haben? Ein mulmiges Gefühl breitete sich in Sabrinas Magen aus.
„So, jetzt gibt es endlich Kaffee. Und Kuchen habe ich auch, selbstgebacken von meiner Vermieterin!“, sprudelte Scott betont fröhlich heraus und stellte zwei Tassen auf den Tisch. Sabrina seufzte. Es war offensichtlich. Scott hatte nicht das geringste Interesse an ihr.
„Hast du Lust, dir ein paar Fotos anzusehen?“, fragte er, während er ein großes Stück Apfelkuchen auf ihren Teller ablud.
Sabrina nickte. „Klar, sehr gerne sogar.“
Scott fuhr den Rechner hoch, öffnete den Island-Ordner in seinem Fotoprogramm und rief die Naturfotos auf, die er in den letzten Tagen aufgenommen und schon bearbeitet hatte. Auf dem Bildschirm erschienen Aufnahmen von Wasserfällen und menschenleeren Stränden, von Wildblumen und Islandpferden. Manchmal hatte er einfach nur bizarr geformte Wolken fotografiert, die über den Himmel trieben. Sabrina war sprachlos. Die Fotos waren von solcher Schönheit, dass sie nur andächtig staunen konnte. Scott schien ein ganz besonderes Auge für die Natur Islands zu besitzen. Als er ihr die Umstände und die Schauplätze seiner Bilder erklärte, leuchteten seine Augen, und Sabrina spürte, dass er seinen Beruf mit einer Leidenschaft liebte, die sie selbst noch nicht einmal im Entferntesten erlebt hatte.
„Du hast es gut. Du hast einen Beruf, der dich glücklich macht. Du lebst deinen Traum. Das ist wirklich unbezahlbar.“

Scott schaute sie verwundert an. „Das klingt jetzt aber etwas traurig. Macht dir deine Arbeit denn keinen Spaß? Ich hatte den Eindruck, du liebst es, diese Reittouren zu begleiten."
Sabrina lachte kurz auf. „Doch, natürlich macht mir das Spaß. Aber das ist doch nicht mein Beruf. Bis vor kurzem habe ich noch in einer Bank in Berlin gearbeitet. Den Job auf der Farm mache ich nur den Sommer über. Ich habe noch keine Ahnung, was danach kommt. Ich weiß nur, dass ich auf keinen Fall wieder in einer Bank arbeiten will."
Scott runzelte die Stirn. „Ehrlich gesagt, kann ich mir dich kaum in einem adretten Kostüm hinter einem Bankschalter vorstellen. Das passt doch gar nicht zu dir. Du bist ein Naturmensch!"
Sabrina schmunzelte. „Aber auch Naturmenschen müssen von irgendetwas leben. Ich zerbreche mir schon seit Wochen den Kopf, was ich machen soll, wenn der Sommer zu Ende ist. Aber bis jetzt hatte ich leider noch keine zündende Idee."
Scott rührte gedankenverloren in seinem Kaffee. „Du musst dich auf deine Begabungen konzentrieren, Sabrina. Auf die Dinge, die dir wirklich Spaß im Leben machen. Wenn du einen Beruf hast, der dir richtig Freude macht, siehst du ihn gar nicht mehr als Arbeit an, sondern als wunderbare Möglichkeit, dein Potential zu entfalten. Du genießt jede Minute, die du für deinen Job aufbringst. Den richtigen Beruf zu haben, ist schon fast das ganze Geheimnis, um ein glückliches Leben zu führen."
Solche Gespräche habe ich mit Jan nie geführt, dachte Sabrina. Endlich hatte sie das Gefühl, von einem

Menschen verstanden zu werden. Scott glaubte genau wie sie, dass es nicht nur darum ging, Geld zu verdienen. Man musste das lieben, was man tat, und sein Bestes dafür geben.

„Danke für deinen Rat, Scott“, sagte sie. Ich hoffe wirklich, dass ich eines Tages meine Bestimmung finde. Auf jeden Fall war es schon mal die richtige Entscheidung, hierher nach Island zu kommen.“

„Ganz bestimmt. Und ich würde auch nicht allzu viel grübeln. Gib dem Schicksal eine Chance. Manchmal kommt die Antwort auf deine Frage einfach so im Traum. Oder bei einem Ausritt mit deinem Askur.“

„Askur! Den armen Kerl hätte ich fast vergessen. Ich glaube, ich sollte mich langsam mal auf den Heimweg machen“, antwortete Sabrina und trank schnell ihren Kaffee aus. Es fiel ihr schwer, Scotts gemütliches Sommerhaus zu verlassen. Sie fühlte sich so wohl in seiner Gegenwart, dass die Zeit nur so verflogen war. Scott streichelte Askurs Kopf, als sie sich in den Sattel ihres Islandpferdes schwang und das Tuch um ihren Hals fester zog.

„Vielen Dank für den Kuchen. Es war schön bei dir!“, sagte sie und lenkte Askur in Richtung Meer. Scott nickte und trat einen Schritt zurück. Sie war schon ein paar Meter weiter geritten, als sie ihn rufen hörte.

„Sabrina!“. Sie wandte sich um. Der Wind hatte sein Haar zerzaust, und das Haus wirkte irgendwie klein hinter seiner hoch aufragenden Gestalt.

„Ich will in den nächsten Tagen eine Whale Watching-Tour mitmachen. Brauche die Fotos für National Geographic. Hast du vielleicht Lust mitzukommen?“

Sabrina schlug das Herz bis zum Hals. „Natürlich! Das wäre super. Vielleicht könnte ich am Samstag frei bekommen. Aber ich muss erst Baldur fragen."
Scott lächelte, kam die paar Schritte zu ihr hinüber gejoggt und drückte ihr eine Karte in die Hand. „Hier ist meine Mobilnummer drauf. Ruf mich an, ob es klappt. Ich würde mich freuen!"
Sabrina musste sich zusammenreißen, um nicht laut ‚Juchhu!' zu rufen. Hatte sie gerade ein Date mit dem tollsten Mann auf Island klar gemacht? Vielleicht mochte dieser Scott aus New York City sie ja doch ein kleines bisschen… Mit einem breiten Grinsen drückte sie Askur die Fersen in die Weichen und ritt in einem feurigen Rennpass nach Hause. Ihr langes Haar flatterte mit Askurs Mähne um die Wette. Scott blickte ihr noch lange nach, als ihre schlanke Silhouette schon längst am Horizont verschwunden war. Aber das konnte Sabrina natürlich nicht wissen.

9.

„Genau an dieser Stelle, an der wir hier stehen, kamen sie einst aus allen Teilen des Landes heran geritten. Seit 930 traf sich hier einmal im Jahr, immer in Juni, eines der ältesten Parlamente der Welt. Bis zu 4000 Menschen kamen zu den Volksversammlungen zusammen, um ihre Häuptlinge sprechen zu hören."
Baldur hielt kurz inne und vergewisserte sich, dass sein Publikum seinen Worten auch gebührende Aufmerksamkeit schenkte. Ihm kam es so vor, als interessierten sich seine Feriengäste immer weniger für die Kultur seines Landes. Dafür schossen sie lieber lächerliche Selfies mit ihren an Stäben befestigten Mobiltelefonen. Baldur seufzte leise und fuhr fort.
„Schaut euch nur um. Diese Steine hier haben schon viel gesehen. Hier wurde über Ehre und Verrat, Krieg und Frieden, Leben oder Tod verhandelt. Erst 1798 haben die Dänen das sogenannte Althing aufgelöst. Hier in Þingvellir gibt es aber noch viel mehr zu sehen."
„Warum gibt es denn hier so viele Risse in der Erde?", fragte Eva und deute auf die zerklüfteten Felsen vor ihnen.
„Wir stehen hier in einer Grabenbruchzone. Genau hier driften die Kontinentalplatten Europas und Amerikas auseinander. Deswegen ist diese Gegend ja auch sehr von Vulkanismus und Erdbeben geprägt."
„Wow – Erdbeben! Ich dachte, sowas gibt's heute gar nicht mehr", erwiderte Laura. Die anderen blickten sie

peinlich berührt an. Baldur beschloss, nicht weiter auf die Bemerkung einzugehen.
„Tja nun, ich denke, wir gehen hier noch ein bisschen spazieren und fahren dann weiter zum Geysir.“
Als sie wieder im Bulli saßen, hörte Baldur die Schar hinter sich vergnügt quatschen. Über ihre Angelegenheiten in Deutschland. Wieso mache ich das hier eigentlich, fragte sich Baldur. Er war mindestens schon hundert Mal mit Urlaubern auf dem Golden Circle unterwegs gewesen. Früher hatten sich die Leute für die Naturwunder Islands begeistert, die Erlebnisse mit glänzenden Augen in sich eingesogen. Heute tippten sie lieber Kurznachrichten in ihre Handys ein und warfen höchstens einen flüchtigen Blick auf die Schönheiten vor ihnen. Er suchte einen Sender mit peppiger Musik im Radio, um seine Laune aufzuheitern. Vielleicht würde Strokkur seine Gäste ja ein wenig mehr begeistern.
Vom Parkplatz und dem großen Besucherzentrum aus hatte Baldurs Gruppe den Geysir in wenigen Minuten erreicht. Schwefelquellen blubberten rechts und links des Weges. Tausende von Touristen waren unterwegs. Die meisten Leute hatten sich rund um ein größeres, blau leuchtendes Wasserloch versammelt, das harmlos einige Blasen von sich gab. Doch plötzlich dehnte sich die Blase weiter aus und explosionsartig schoss eine Wassersäule von gut 30 Metern in den Himmel. Einige Urlauber, die trotz der Warnschilder zu nahe an den Geysir herangetreten waren, schrien erschrocken auf, als sie von heißen Wassertropfen getroffen wurden.
Baldur schüttelte grinsend den Kopf. Jedes Mal dasselbe. „Geht lieber nicht ganz so nah heran“, riet er seiner

Gruppe. „Der Geysir bricht zuverlässig alle zehn Minuten aus. Ihr habt genug Zeit, um euch umzusehen. Wir treffen uns in einer Stunde im Restaurant.“

Mit diesen Worten drehte sich Baldur um. Einen großen Kaffee mit einem schönen Stück Kuchen hatte er sich jetzt redlich verdient.

„Toll, oder? Erst sind wir in einem echten Erdbebengebiet und jetzt noch dieser coole Springbrunnen hier – also wenn ich das meiner Mutter erzähle, die ist platt“, sprudelte Laura begeistert hervor. Patricia musterte sie mit einem mitleidigen Gesichtsausdruck.

„Laura, man merkt doch immer wieder, dass du noch nicht allzu viel von der Welt gesehen hast. Es ist ja ganz nett hier, aber eigentlich habe ich mir das etwas aufregender vorgestellt.“

Laura sackte in sich zusammen. „Ach so. Hast du denn schon mal so einen Springbrunnen gesehen, der noch höher ging?“

Patricia presste die Lippen zusammen und betonte jedes einzelne Wort, als sie antwortete: „Nein, habe ich nicht!“

Laura verspürte ein kleines Triumphgefühl, was ihr eher selten passierte. Aber da hatte Patricia schon wieder das Wort ergriffen. „Eigentlich geht mir dieser ganze Urlaub hier auf den Keks. Auf dem Hof ist der Hund verfroren, die anderen Leute sind langweilig, die Pferde hässlich, es gibt überhaupt kein Entertainmentprogramm, keinen Spa, keine Möglichkeit, Shoppen zu gehen. Also wenn Scott nicht wäre, würde ich sofort nach Hause fliegen.“

„Scott?“. Laura machte große Augen. „Du meinst den Typ, der dich zum Arzt gefahren hat?“

„Natürlich, Dummerchen. Wen denn wohl sonst?“

„Aber…“. Laura wusste gar nicht, was sie sagen sollte.
Patricia hakte sich bei ihr unter und ging mit ihr von den anderen fort den Berg hinauf. Von dort aus hatte man bestimmt einen noch besseren Ausblick auf den Geysir. Und außerdem mussten die anderen ja nicht unbedingt mitkriegen, was sie Laura zu erzählen hatte.
„Weiß du, Scott ist einfach ein super Typ. Er hat eine Figur wie ein Zehnkämpfer. Als er mich auf den Arm genommen hat, kam ich mir vor wie Jane, die von Tarzan gerettet wird. Ich hatte das Gefühl, dass er mich am liebsten ewig so durch die Gegend getragen hätte. Aber irgendwann waren wir dann ja an seinem Haus. Und überleg mal, am nächsten Tag kam er gleich wieder und hat mir diesen fantastischen Blumenstrauß geschenkt. Das war doch total süß, oder?“
Laura nickte unbehaglich. „Schon, aber vielleicht war das ja auch nur, weil es ihm leid tat, dass du wegen ihm vom Pferd gefallen bist.“
„Ach was, das ist doch nur wegen dieser bescheuerten Sabrina passiert. Ich würde Scott nie die Schuld daran geben. Das habe ich ihm gleich im Auto schon gesagt. Ich glaube, er hat sich total in mich verknallt und wartet nur auf eine Gelegenheit, mich wieder zu sehen.“
„Habt ihr euch denn verabredet?“, fragte Laura.
„Noch nicht. Aber da wird sich schon etwas ergeben. Vielleicht sollte ich einfach den nächsten Schritt wagen, was meinst du?“
Erstaunt blickte Laura zu ihrer Freundin. Es war das erste Mal, dass Patricia sie um einen Rat gefragt hatte. Und dann noch in Männersachen. Sie musste jetzt unbedingt das Richtige sagen. Aber was?

Patricia hatte nicht wirklich eine Antwort erwartet. Sie überlegte angestrengt, wie sie sich Scott am besten angeln könnte. Ihr war dermaßen langweilig auf dem abgelegenen Reiterhof, das sie schon fast an gar nichts anderen mehr denken konnte. Diesen Typen aus New York würde sie sich schnappen, koste es, was es wolle. Gegenüber Laura wollte sie allerdings nicht zugeben, wie wichtig ihr die Sache tatsächlich war. Daher sagte sie nun: „Ach, ich warte noch ein wenig, ob er zu mir kommt. Und sonst besuche ich ihn einfach mal in seinem niedlichen Sommerhäuschen. Und wer weiß, was dann dort passiert?"

„Und was ist mit Sebastian?", fragte Laura.

„Was soll mit ihm sein? Er arbeitet fleißig in seiner Anwaltskanzlei. Was er nicht weiß, macht ihn nicht heiß!"

Patricia grinste breit und dachte nicht zum ersten Mal an diesem Tag, dass Laura für ihr Alter doch noch reichlich naiv war.

Laura verkniff sich eine Antwort. Sie hätte ihre Großmutter dafür verkauft, einen Freund wie Sebastian zu haben. Er sah gut aus, war weltgewandt und wusste einfach alles. Kein Wunder, dass er schon in jungen Jahren eine glänzende Karriere hingelegt hatte und als Anwalt in einer der renommiertesten Kanzleien von Düsseldorf arbeitete. Insgeheim fand Laura, dass Sebastian viel zu gut für ihre Freundin war. Denn so hübsch Patricia auch aussah, so war sie doch durch und durch ein Biest. Wie oft hatte sie Laura schon vor anderen Leuten blöd dargestellt. Manchmal hätte sie ihrer Freundin dafür am liebsten eine geknallt. Aber dafür war sie dann doch wieder zu feige. Oder zu gutmütig. Oder wie auch immer.

Laura seufzte, als sie daran dachte, dass sie schon von klein auf an immer im Schatten von Patricia gestanden hatte. Ihre Eltern waren befreundet, und so hatten sie schon gemeinsam im Sandkasten gespielt. Heute war Patricia fast immer mit ihrer Clique unterwegs und fand kaum noch Zeit für Laura. Doch als Sebastian ihr den Reiterurlaub auf Island geschenkt hatte, selbst aus geschäftlichen Gründen dann aber nicht mitfahren konnte, da hatten sie Laura gefragt, ob sie nicht einspringen könnte. Sie hatte auch nicht den vollen Preis bezahlen müssen, weil Sebastian froh war, überhaupt einen Ersatz gefunden zu haben. Für Laura war das Ganze ziemlich überraschend gekommen, aber sie hatte sich riesig gefreut. Island war schon immer ihr Traum gewesen, doch alleine hätte sie sich die Reise gar nicht zugetraut.
Jetzt allerdings fühlte Laura eine wachsende Wut in sich aufsteigen. Wie ungerecht die Welt doch war. Da hatte Patricia den tollsten Mann der Welt als Freund und setzte alles aufs Spiel, in dem sie mit diesem fremden Amerikaner flirtete. Wäre Sebastian ihr Freund, könnte er sicher sein, dass sie ihm immer treu sein würde. Aber gegen die makellose Beautyqueen, die gerade vergnügt summend neben ihr her schlenderte, würde sie wohl nie ankommen.
„Warum so still, Laura? Grübelst du immer noch über Sebastian nach?“
Laura fühlte sich ertappt und schüttelte schnell den Kopf. „Nein, natürlich nicht.“
„Da brauchst du dir auch keine Sorgen machen. Sebastian werde ich mir natürlich warm halten. Der verdient

schließlich ein Vermögen. Aber das heißt ja nicht, dass ich hier nicht auch ein wenig Spaß haben kann, oder?“

***

Nachdem Baldur all seine Schäfchen wieder eingesammelt hatte, machte er sich mit ihnen auf den Weg nach Gullfoss. Der berühmteste Wasserfall Islands war die letzte Station auf ihrer Tour auf dem Golden Circle. Baldur freute sich, dass heute die Sonne schien, denn so würden seine Gäste ein ganz besonderes Schmankerl zu sehen bekommen.
Spätnachmittags erreichten sie den gewaltigen Wasserfall, und befriedigt registrierte Baldur, dass es seinen Touris nun endlich doch die Sprache verschlagen hatte angesichts des gewaltigen Naturschauspiels. Bis zu 1200 Kubikmeter Wasser donnerten pro Sekunde die grauen Felsen in die Tiefe hinunter. Ein feiner Sprühnebel schwebte über der Schlucht. Durch die Sonne hatte sich ein bunter Regenbogen gebildet. Die Gischt schimmerte tatsächlich golden. „Daher hat der Gullfoss auch seinen Namen: goldener Wasserfall“, erklärte Baldur stolz.
Nachdem alle ihre Fotos im Kasten hatten, machte sich die Gruppe wieder auf den Heimweg. Fast alle waren müde von dem langen Tag auf dem Goldenen Ring und dösten auf ihren Sitzen, während Baldur sie sicher nach Hause fuhr. Anna hatte das Abendessen schon vorbereitet, als sich die Ausflügler mit einem Bärenhunger am Tisch niederließen.
„Wo ist Sabrina?“, fragte Baldur seine Frau, während er sich ein Bier aus dem Kühlschrank fischte.

„Die werkelt im Stall herum. Sie hat die Fenster geputzt, alle Spinnweben entfernt, die Satteldecken gewaschen…“
Baldur mache große Augen. „Warum das denn? Hat sie ein schlechtes Gewissen? Sie hatte doch heute frei!“
Anna zuckte mit den Schultern. „Keine Ahnung. Am besten, du fragst sie selbst. Und dann sag ihr doch bitte auch, sie möchte jetzt zum Essen kommen.“
Resigniert stellte Baldur sein Bier wieder auf den Küchenschrank und machte sich auf den Weg in den Stall. Dort lief das kleine Transistorradio, und Sabrina hatte ihren Kopf in einen der Sattelschränke gesteckt. Das gesamte Putzzeug war nun ordentlich in verschiedene Eimer verstaut, die vor dem Schrank standen. Dessen Inneres strahlte wie schon seit Jahren nicht mehr vor Sauberkeit.
Baldur räusperte sich. „Gibt es da etwas, was ich wissen müsste?“
Erschrocken zuckte Sabrina zurück und stieß sich den Kopf am Schrank an.
„Puh, hast du mich erschreckt! Ich habe gar nicht mitbekommen, dass ihr schon wieder zurück seid. War es denn schön?“
Baldur brummte so etwas wie „geht so“ und schaute sich anerkennend um. Der ganze Stall war so aufgeräumt wie seit ewigen Zeiten nicht mehr.
„Hattest du heute nicht deinen freien Tag? Ich dachte, du wolltest auf der Farm bleiben, um dich mal richtig auszuruhen. Mir scheint, du hast irgendwie eine merkwürdige Vorstellung vom Relaxen…“
Sabrina grinste ihn an. „Um ehrlich zu sein, wollte ich mich bei dir einschmeicheln.“

Baldur zog überrascht die Augenbrauen hoch. „Du weißt aber schon, dass ich mit Anna sehr glücklich verheiratet bin…?“
„Und das soll auch so bleiben!“, sagte Sabrina. „Die Sache ist nur die, dass ich dich fragen wollte, ob ich am Samstag noch einmal frei haben könnte?“
Baldur wartete ab. Da war schließlich noch eine Erklärung fällig.
Sabrinas Wangen hatten sich bereits etwas gerötet. „Scott, also dieser Fotograf aus den USA, hat mich eingeladen, mit ihm auf Whale Watching-Tour zu gehen. Und das würde ich wirklich irrsinnig gerne machen.“
Daher wehte also der Wind. Baldur schmunzelte. „Eine solche Gelegenheit darf man sich natürlich nicht entgehen lassen. Also gut, du kannst dir am Samstag freinehmen. Die Wal-Touren starten meistens um zehn Uhr. Da sollte er dich spätestens um neun hier abholen, dein Fotograf und Pferdeschreck!“
Sabrina wäre ihrem Chef am liebsten um den Hals gefallen. „Danke, Baldur!“, strahlte sie ihn an.
„Schon gut, schon gut. Jetzt mach aber Feierabend hier. Anna wartet schon mit dem Essen auf uns“, brummte der Isländer und wandte sich zum Gehen. Keiner von beiden hatte den Schatten bemerkt, der durch die Stalltür fiel. So leise der unbekannte Zuhörer herangeschlichen war, so unbemerkt verschwand er wieder.

10

Die Zeit bis zum Samstag dehnte sich endlos. Obwohl Sabrina alle Hände voll zu tun hatte und vor allem die Zeit im Sattel vollends genoss, konnte sie es kaum erwarten, Scott wiederzusehen. Am Samstagmorgen half sie Anna dabei, das Frühstück vorzubereiten, nachdem sie im Bad mindestens doppelt so viel Zeit zugebracht hatte wie sonst.
„Du siehst heute aber gut aus“, stellte Anna fest und betrachtete sie schmunzelnd. „Scheinst dich ja ziemlich auf dein Date zu freuen!“
Eine leichte Röte breitete sich auf Sabrinas Gesicht aus. „Naja, Date würde ich es vielleicht nicht nennen. Aber ich bin schon so gespannt auf die Wale. Ich habe noch nie welche in freier Natur gesehen!“
Anna lachte. „Ja, ist schon klar.“
Gemeinsam verteilten sie das Geschirr auf den Tischen und genossen die Stille, die im Haus herrschte, da die Feriengäste noch schliefen. „Baldur freut sich auch, dass er heute mal seine Ruhe hat“, sagte Anna, während sie frisches Brot aufschnitt. Sie hatte sich bereit erklärt, mit den Gästen nach Reykjavik zu fahren und ihnen ein wenig die Stadt zu zeigen. „Nach der Tour auf dem Golden Circle war mein lieber Mann ein bisschen genervt. Ich glaube, die heutige Fahrt hätte ihm bestimmt den Rest gegeben.“
„Baldur ist aber auch nicht wirklich der Shopping-Typ“, pflichtete Sabrina ihr bei und war froh, dass sie Annas heutigen Job nicht übernehmen musste. Nach und nach

trudelten die Reiterurlauber ein und setzten sich an den Küchentisch. Baldur schlürfte wortlos seinen Kaffee und sah dabei ausnehmend zufrieden aus. Er würde den Tag ganz alleine auf seiner Farm genießen. Und vielleicht auf einen kurzen Besuch bei seinem Nachbarn vorbei schauen. Einen solchen freien Tag hatte er sonst nur im Winter, wenn keine Gäste im Haus herum schwirrten.
Als alle ihr Frühstück beendet hatten, räumten Sabrina und Baldur die Küche auf, während Anna ihre Truppe in den Bulli scheuchte und losfuhr.
„Viel Spaß bei den Walen, Sabrina", sagte Baldur. „Ich schaue mal kurz nach den Pferden und hab dann noch ein paar Dinge zu erledigen. Wir sehen uns heute Abend."
Während er in seinen Pick-up stieg und davon fuhr, blickte Sabrina auf die Uhr. Viertel vor neun. Wenn Scott pünktlich war, musste er in ein paar Minuten hier sein. Sie warf noch einmal einen prüfenden Blick in den Spiegel und legte etwas Lippenstift auf. Überrascht stellte sie fest, dass ihr Spiegelbild jünger aussah als noch vor ein paar Wochen, obwohl sie hier auf Island kaum Zeit darauf aufwendete, sich um ihre Schönheit zu kümmern. Doch die vielen Stunden an der frischen Luft, das gesunde Essen, ein tiefer, erholsamer Schlaf und viel Bewegung zeigten Resultate. Ihr Haar glänzte, ihre Augen strahlten, und ihr Teint war frisch und klar. Sabrina lächelte ihrem Spiegelbild zu. Wer hätte gedacht, dass sich ihr Leben so zum Positiven verändern würde? – Das ist mein Tag heute, dachte Sabrina und wandte sich zur Haustür, als sie draußen ein Auto hörte.
Scott trug ein breites Grinsen im Gesicht, als er aus dem Wagen stieg und auf Sabrina zuging.

„Guten Morgen! Ist das nicht ein super Tag?“ Er blickte in den Himmel und breitete dabei die Arme aus. „Das ist ein sensationelles Fotowetter! Wenn wir jetzt noch einen Haufen Wale sehen, bin ich der glücklichste Mensch auf der Welt.“
„Die habe ich schon bei Neptun bestellt. Ich habe extra gesagt, sie sollen heute schön langsam aus dem Wasser springen, damit du sie gut fotografieren kannst. War das okay?“ Sabrina sah ihn mit unschuldiger Miene fragend an.
„Sehr okay. Ich sehe schon kommen, mir wird nichts anderes übrig bleiben, als dich heute Abend noch zum Essen einzuladen. Schließlich bist da ja so was wie mein Karriere-Kick.“
Scott gab ihr ein Begrüßungsküsschen auf die Wange, und Sabrinas Herz schlug schneller.
„Einverstanden. Bis jetzt kenne ich nur Annas Kochkünste auf Island. Und die sind hervorragend. Mal sehen, ob das Restaurant mithalten kann.“
Vergnügt stieg sie ins Auto, Scott startete den Motor und sie fuhren den Privatweg der Farm Richtung Ólafsvík, dem Hafen, in dem ihre Tour starten sollte. Scott bog schwungvoll in die Linkskurve ein, die weiter zur Straße führte und legte eine Vollbremsung hin. Vor ihnen stand mit roten Wangen und wehendem Haar Patricia.
Sabrina starrte das Mädchen an wie eine Erscheinung und sprang zeitgleich mit Scott aus dem Auto.
„Patricia! Was ist passiert? Ich dachte, du bist mit den anderen nach Reykjavik gefahren?“, rief Sabrina mit einem unguten Gefühl in der Magengegend.

„Gott sei Dank, dass ich euch noch erwischt habe", antwortet Patricia atemlos. „Askur hat sich verletzt. Er ist in den Zaun geraten. Baldur hat gesagt, du sollst einen Bolzenschneider für den Draht, ein Halfter, Blauspray und Verbandszeug mitbringen. Er ist ganz hinten auf der großen Weide. Beeil dich bloß!"
Alle drei sprangen ins Auto, Scott wendete und brauste zurück zum Hof. Eine kalte Faust hatte sich um Sabrinas Herz gelegt. Sie hatte früher schon schlimme Weideverletzungen an Pferden gesehen. Einmal war ein junges Pferd so unglücklich mit seinem Bein in den Zaun geraten, dass eine Sehne durchtrennt war und das Pferd eingeschläfert werden musste. Hoffentlich war Askur nicht so schwer verletzt. Zum Glück wusste Sabrina wo die benötigten Gegenstände lagen und musste nicht suchen. Innerhalb von zwei Minuten hatte sie alles in eine Tasche gepackt und war zurück auf den Beifahrersitz gesprungen.
„Wohin müssen wir?", fragte Scott und gab Vollgas.
„Ein Stückchen weiter, wo Patricia stand. Von da aus kann ich nur noch zu Fuß weitergehen. Die Weide, auf der sich die Pferde im Moment befinden, ist total matschig. Da kommt man mit dem Auto nicht durch."
Kurz darauf hielt Scott, und alle drei blickten über die riesige Weide. Kein Pferd war zu sehen.
„Mist, die Herde ist wirklich am äußersten Ende, das kann man von hier aus nicht sehen. Ich laufe jetzt los", murmelte Sabrina und öffnete die Tür.
„Ich komme mit", rief Scott und stieg ebenfalls aus.
Sabrina schüttelte den Kopf. „Danke, aber ich glaube nicht, dass du etwas tun kannst, Scott. Außerdem hast du

die Tickets für die Wal-Tour schon bezahlt, und du brauchst die Fotos. Fahr ohne mich."
„Das hat Baldur auch gesagt", meldete sich Patricia von der Rückbank. „Vielleicht könnte ich ja mitfahren. Dann verfällt das Ticket nicht, und ich muss nicht alleine auf der Farm herumsitzen. Schließlich habe ich ja schon die Einkaufstour wegen Askur sausen lassen."
Sabrina hielt kurz die Luft an, schüttelte dann aber erneut den Kopf. „Macht, was ihr wollt. Ich muss jetzt los", sagte sie, bückte sich unter den Zaun hindurch und lief über die Weide, ohne sich noch ein einziges Mal umzuschauen.
Scott und Patricia starrten ihr hinterher, warteten noch eine Weile und fuhren dann los.
Sabrina rannte über die aufgeweichte Wiese bis ihre Lunge brannte und sie wegen Seitenstichen langsamer laufen musste. Sie stolperte über Grasbüschel und wünschte sich, eine bessere Kondition zu haben. Jeden Gedanken an Scott und Patricia verbot sie sich. Das Wichtigste war jetzt Askur. Sie hoffte, dass sie rechtzeitig zu ihm käme, und dass ihr Pferd nicht so schwer verletzt war. Ein Glück, dass Baldur heute Morgen nach den Pferden gesehen hatte, sonst wäre das Unglück von niemand bemerkt worden.
Endlich, nach einer halben Stunde, sah sie die Herde. Sie graste friedlich am hintersten Ende der Weide. Von Baldur keine Spur. Schwer atmend blieb Sabrina stehen und schaute noch einmal genauer hin. Lief er vielleicht zwischen den Pferden umher? Direkt am Zaun war weder ein Mann noch ein Pferd zu erkennen. Und nun sah sie auch Askur. Er stand ruhig, auf allen vier Beinen, inmitten der anderen Pferde.

Ein Gefühl unendlicher Erleichterung durchflutete Sabrina. Gott sei Dank, Askur schien in Ordnung zu sein. Sie hätte weinen können vor Erleichterung. Doch irgendetwas stimmte nicht. Wo war Baldur hin?
Sabrina ging nun langsamer auf die Herde zu Die Pferde schauten auf und spitzten die Ohren. Askur und einige andere Isländer trotteten in der Hoffnung auf ein Leckerli auf sie zu. Sabrina streichelte über seidige Mähnen, klopfte hier und da auf eine Kruppe, bis sie schließlich vor Askur stand und auf seine Beine blickte. Nirgendwo war auch nur die geringste Verletzung zu sehen. Wenn das Pferd wirklich in den Zaun geraten wäre, hätte irgendetwas zu sehen sein müssen. Und hätte nicht auch Baldur hier auf sie gewartet, wenn er sie doch mit all dem Zeug zu sich bestellt hätte?
Kalte Wut stieg in Sabrina auf. Patricia, diese falsche Schlange. Wie konnte sie es wagen, ihr direkt ins Gesicht zu lügen und den Tag zu versauen? Wenn sie jetzt vor ihr stehen würde, müsste sie mit Totschlag im Affekt rechnen. Aber nein, dieses Biest war ja nun mit Scott unterwegs und würde wahrscheinlich keine Gelegenheit auslassen, sich an ihn heran zu werfen. Sabrina ballte die Fäuste und hätte am liebsten vor Ärger laut aufgeschrien. Aber sie riss sich zusammen, schließlich konnten die armen Pferde nichts für ihr Dilemma. Sie streichelte Askur noch einmal über die Nüstern und stapfte dann zurück zur Farm.
Eine knappe Stunde später hatte sie das Haus erreicht. Die Farm lag einsam und verlassen im Sonnenschein. Offenbar war Baldur wirklich zu seinem Nachbarn gefahren und nutzte die Gelegenheit zu einem ausgiebigen Plausch. Sabrina schmierte sich ein Marmeladenbrot, trank einen

Kaffee dazu und ruhte sich in der Küche aus. Patricia konnte sich auf etwas gefasst machen, wenn sie heute Abend wiederkam. Gast hin oder her, das hier ging einfach zu weit. Soviel Bosheit in einer Person war Sabrina noch nie begegnet.

Im Haus war es totenstill. Sabrina stieß einen langen Seufzer aus. Fast der ganze Tag lag noch vor ihr. Was sollte sie bloß damit anfangen? Ein Buch zu lesen wäre vielleicht keine schlechte Idee. Sie holte sich ihren Krimi aus ihrem Zimmer und machte es sich auf der Couch bequem. Doch schon nach wenigen Seiten schweiften ihre Gedanken ab. Ob Scott die ersten Wale wohl schon gesehen hatte? Hielt er Patricia jetzt im Arm?

Wütend feuerte Sabrina ihr Buch in die Ecke. Es hatte keinen Sinn. Sie musste hier raus und sich bewegen, sonst würde sie gleich noch platzen. Ohne weiter darüber nachzudenken, wohin sie eigentlich wollte, verließ sie das Haus und folgte einfach der Straße nach Süden.

Sie sah den Berg schon von weitem. Wobei Leute aus alpinen Regionen ihn kaum als Berg bezeichnet hätten, wohl eher als kleine Erhebung. Sabrina fand, dass er trotzdem erhaben aussah. Sie hatte ihn schon einige Male vom Auto aus betrachtet, und jedes Mal hatte er eine merkwürdige Faszination auf sie ausgeübt. Heute war genau der richtige Tag, um ihn zu besuchen.

Weit und breit war kein einziger Mensch zu sehen. Vor dem Hügel stand eine kleine weiße Kapelle mit rotem Dach. Ob die wohl abgeschlossen ist?, dachte Sabrina und zog vorsichtig an der Eingangstür. Zu ihrer Überraschung ließ sie sich leicht öffnen, und sie trat ein. Tatsächlich war sie nicht die einzige Besucherin. In der ersten Reihe saß eine kleine, ältere Frau, offenbar völlig in Gedanken versunken. Als Sabrina hereinkam, wandte sie sich um und grüßte freundlich. Sabrina erwiderte den Gruß, sah sich kurz um und ging dann wieder hinaus. Sie wollte die Frau nicht beim Gebet stören, und ohnehin gefiel es ihr draußen im Sonnenschein besser. Als sie eine Bank entdeckte, setzte sie sich darauf, schloss die Augen und genoss die warmen Strahlen der Sonne auf ihrer Haut. Da hörte sie die Kirchentür zufallen. Die Isländerin hatte sie entdeckt und kam auf sie zu.

„Darf ich mich ein wenig zu dir setzen? Der Platz in der Sonne ist einfach herrlich!“

Sabrina nickte, und die Frau setzte sich mit einem zufriedenen Seufzer neben sie.

„Machst du Urlaub hier bei uns auf der Halbinsel Snæfellsnes?“

„Nein, ich arbeite hier den Sommer über. Drüben auf Baldursholt.“

Die Frau lächelte, und Sabrina erkannte, dass sie in ihrer Jugend einmal sehr schön gewesen sein musste.

„Dann bist du Sabrina, Baldurs neue Mitarbeiterin. Das Mädchen, das so fabelhaft reiten kann!“

Sabrina sah sie erstaunt an und grinste. „Naja, so gut nun auch wieder nicht. Aber ich halte mich oben.“

„Da habe ich etwas anderes gehört“, beharrte die Frau. „Immerhin hat Baldur dir sein bestes Pferd gegeben. Soweit ich weiß, durfte bisher kein Gast den schönen Askur reiten. Darauf kannst du dir wirklich etwas einbilden.“

„Du kennst Anna und Baldur also gut?“, fragte Sabrina.

„Schon fast mein ganzes Leben lang. Hier kennt sowieso fast jeder jeden. Und die beiden mag ich besonders. Mein Name ist übrigens Elín."
Die beiden Frauen lächelten sich an und teilten einen Moment der Stille.
„Gefällt es dir denn hier auf Island?", fragte Elín nun.
„Gefallen ist gar kein Ausdruck. Ich liebe es! Mir graut schon vor dem Moment, wenn ich meine Zelte hier wieder abbrechen muss und nach Berlin zurückkehre."
„Und was machst du dort? In deinem anderen Leben?"
Sabrina zuckte mit den Schultern. „Wenn ich das wüsste. Bis jetzt habe ich in einer Bank gearbeitet, was aber nicht gerade mein Traumberuf ist. Eigentlich wollte ich die Zeit hier auf Island nutzen, um mir darüber klar zu werden, was ich mit meinem weiteren Leben anfange. Aber leider ist mir bis jetzt überhaupt noch nichts eingefallen."
Elín strich ihr aufmunternd über den Arm. „Keine Sorge, die richtige Eingebung wird dir noch kommen. Wahrscheinlich genau dann, wenn du gar nicht damit rechnest. Den ersten Schritt hast du doch schon getan. Du hast deine alte, gewohnte Welt hinter dir gelassen und bist zu neuen Ufern aufgebrochen. Hier auf Island lernst du andere Menschen, andere Lebensweisen kennen, und damit öffnet sich dein Geist ganz automatisch für neue Ideen. Vertraue einfach der Zukunft und dem Schicksal."
Sabrina lachte freudlos auf. „Wenn es nur so einfach wäre. Die Zeit hier vergeht einfach rasend schnell. Und wenn ich im Herbst nach Berlin zurückgehe, muss ich schließlich von irgendetwas leben." Sie fragte sich gerade, warum sie sich eigentlich einer völlig fremden Frau anvertraute. Aber irgendwie hatte sie großes Vertrauen zu Elín.

„Bist du deshalb hierher gekommen? Wolltest du in unserer kleinen Kapelle um Erkenntnis beten?“
Sabrina schüttelt den Kopf. „Nein, mit Religion habe ich es nicht so. Eigentlich war es der Berg, der mich angezogen hat. Ich wollte zu ihm, und hab mir auf dem Weg dahin nur rasch die Kapelle angesehen.“
Elín sah sie mit einem merkwürdigen Blick an.
„Aber du hast dort gebetet, oder? Und ich habe dich gestört..“, sagte Sabrina.
Elín winkte ab. „Nein, du hast mich nicht gestört. Ich suche mir einfach die unterschiedlichsten Plätze um…“, sie machte eine Pause. „Um nachzudenken oder um zu meditieren. Ein Mann hat sich an mich gewendet, weil er Hilfe braucht. Er ist ein guter Mensch, aber seine Seele ist in einem Meer von Traurigkeit gefangen. Ich weiß nicht, wie ich ihm im Moment helfen kann, und ich befürchte, dass er die Insel bald verlassen wird. Ach, egal, ich möchte dich damit nicht belasten. Genau wie du muss ich einfach Geduld haben. Die richtigen Antworten werden von alleine kommen. Manchmal vergesse selbst ich das.“
Sabrina sah Elín erstaunt an. *Wer war diese Frau?*
„Heißt das, du bist eine Heilerin? Oder eine berühmte Psychologin?“
Elín kicherte. „Letzteres ganz bestimmt nicht. Aber ich bin eine gute Beobachterin und Zuhörerin. Und manchmal sehe und höre ich sogar Dinge, die andere Menschen nicht wahrnehmen.“
Sabrina starrte sie wortlos an. Auf ihren Armen hatte sich eine Gänsehaut gebildet. Sie wusste, dass Elín keinen Scherz gemacht hatte.

Die andere spürte ihr Unbehagen. „Du brauchst dich nicht zu fürchten, Sabrina. Viele Leute haben diese Gabe, die ich habe. Die meisten wissen es gar nicht oder verdrängen die Gedanken daran. Du könntest sogar selbst zu jenen Frauen gehören, die diese besondere Intuition haben. Das dachte ich jedenfalls eben, als du sagtest, dass der Berg dich magisch angezogen habe."
„Wieso? Was ist denn mit dem Berg?"
Elín zog sich ihre Windjacke fester um den Körper und blickte zum Berg hinüber.
„Er heißt Helgafell, das bedeutet heiliger Berg. Der Name stammt noch aus heidnischer Zeit, als die Wikinger ihn als ihr Heiligtum feierten. 884 war Þórólfur Mostraskegg der erste Siedler in diesem Gebiet. Irgendetwas muss damals geschehen sein, dass ihn davon überzeugt hat, der Berg sei verzaubert. Er behauptete steif und fest, dass er und seine Verwandten nach ihrem Tode in den Berg einfahren würden. Immer wieder veranlasste der Berg die Menschen hier zu besonderen Taten. Im Jahr 1184 verlegten sie ein Augustinerkloster von der Insel Flatey hierher. Wenn du danach suchst, kannst du die Reste seiner Ruinen noch finden. Oder nimm diese Kirche hier", Elín deutet auf die Kapelle, die vor ihnen stand. „Guðrún Ósvífursdóttir, die Hauptperson der Laxdæla Saga, hat sie bauen lassen und lebte hier als Einsiedlerin bis zu ihrem Tode. Noch heute werden die merkwürdigsten Geschichten über sie erzählt. Sie liegt übrigens dort vorne begraben." Elín zeigte mit dem Arm auf eine Stelle unweit der Kapelle.
„Warst du jetzt eigentlich schon auf dem Helgafell?"
Sabrina schüttelte den Kopf, und Elín nickte zufrieden.

„Das ist gut. Dann erzähle ich dir jetzt nämlich noch eine Geschichte. Jeder hier auf Snæfellsnes kennt sie, aber die meisten erzählen sie nur hinter vorgehaltener Hand."

Elín lachte auf. „Weiß du, es ist schon komisch. Jeder hat hier seinen PC und sein Smartphone, ist bei Facebook oder Twitter, aber dennoch leben alle mit den Geistern und toten Seelen, mit unseren Elfen und Feen. Aber man muss natürlich aufpassen, mit wem man darüber spricht. Davon, dass auf dem Helgafell Wunder geschehen, ist hier aber jeder überzeugt. Immerhin gibt es ja auch genügend Beweise dafür. Doch natürlich erzählt nicht jeder seine persönliche Geschichte, die meisten behalten sie lieber für sich."

„Was denn für Wunder?", fragte Sabrina mit Skepsis in der Stimme.

„Er erfüllt Wünsche", antwortet Elín schlicht.

Sabrina grinste sie amüsiert an. „Ja klar, wie im Märchen…"

„Vielleicht solltest du es einfach ausprobieren. Was hast du zu verlieren?", entgegnete Elín und fuhr fort: „Du musst es allerdings richtig machen, also hör zu. Jeder Mensch hat die Chance nur ein einziges Mal, nämlich dann, wenn er den Helgafell zum ersten Mal besteigt. Du musst vom Grab der Guðrún aus hinauf gehen. Dabei darfst du dich unter keinen Umständen umdrehen. Du darfst nicht reden und mit niemandem über deine Wünsche sprechen. Wenn du ganz oben bist, wendest du dich nach Osten und flüsterst drei Wünsche in den Wind. Glaub mir, sie werden sich erfüllen."

Sabrina schauderte. Elín schien die Geschichte wirklich ernst zu nehmen.

„So, jetzt will ich dich nicht länger aufhalten. Überleg dir deine Wünsche gut und geh los. Wir werden uns bestimmt bald wiedersehen. Es war schön, dich kennengelernt zu haben, Sabrina“, sagte Elín und erhob sich von der Bank. Sie schüttelte Sabrina die Hand und spazierte davon.
Sabrina zitterte ein wenig – vor Aufregung oder weil ihr kalt war, wusste sie selber nicht – als sie zum Grab der Einsiedlerin ging. *Was für ungewöhnliche Menschen hier lebten!* Sie starrte auf die schlichte Grabplatte und hörte den Wind, der um die Kapelle pfiff. Der Helgafell war kaum hundert Meter hoch, dennoch strahlte er eine Aura von Macht auf Sabrina aus. Unwillkürlich setzte sie einen Fuß vor den anderen und marschierte auf die Spitze des Berges. Zeit und Raum waren unwichtig geworden. Sie sah sich nicht um. Sie sprach kein Wort. Doch während sie sich Meter um Meter dem Gipfel näherte, vernahm sie in ihrem Inneren die Stimmen der Wikinger, die Gebete des Einsiedlers. Sie sah die einsamen Tage und Nächte Guðrúns, und sie fühlte die Hoffnungen all der anderen, die vor ihr diesen Weg gegangen waren. Als Sabrina ganz oben auf dem Helgafell stand, waren alle Zweifel weggewischt. Sie wusste nun ganz genau, was sie wollte. Und so sprach sie ihre drei Wünsche in den Wind.

11

Das Ausflugsboot tuckerte gemächlich aus dem Hafen von Ólafsvík. Obwohl die Sonne schien, wehte ein eisiger Wind übers Wasser. Die Touristen an der Reling kuschelten sich tiefer in ihre Jacken und beobachteten die Seeschwalben, die pfeilschnell übers Meer glitten. „Es sind die einzigen Vögel der Welt, die jedes Jahr die lange Reise von der Antarktis in die Arktis auf sich nehmen“, sagte Scott und schoss ein paar Bilder von ihnen.
„Diese kleinen Dinger?“, staunte Patricia und schenkte Scott ein strahlendes Lächeln. „Toll, was du alles weißt!“
„Man traut es ihnen nicht zu, aber im Laufe ihres Lebens bringen es Seeschwalben auf rund 2,4 Millionen Kilometer. Das ist so weit wie dreimal zum Mond und wieder zurück.“ Scott sah den weißen Vögeln fasziniert hinterher.
„Was? Wie alt werden die denn?“, fragte Patricia.
„Ich glaube, so ungefähr 30“, antwortete Scott und verstummte. Er wollte vor Patricia nicht den Oberlehrer herauskehren. Andererseits tat es ganz gut, von ihr so offensichtlich angehimmelt zu werden. Scott war sich sehr wohl bewusst, dass er die mit Abstand attraktivste Frau auf dem Boot an seiner Seite hatte. Einige der anderen Männer hatten Patricia bereits bewundernde Blicke zugeworfen, und Scott konnte sich vorstellen, dass sie ihn ziemlich beneideten. Kein schlechtes Gefühl, stellte er fest.
Dennoch musste er fast die ganze Zeit an Sabrina denken. Sie hatte so unglücklich ausgesehen, als sie sich zum

letzten Mal zu ihm umgedreht hatte und dann losgerannt war. Vielleicht hätte er doch einfach auf die Wale verzichten und mit ihr zu den Pferden gehen sollen. Irgendwie wurde er das Gefühl nicht los, sie im Stich gelassen zu haben. Als sie in Ólafsvík angekommen waren, hatte er versucht, sie auf ihrem Handy zu erreichen. Daraufhin war ein fremder Klingelton im Auto erklungen, der aus einer Tasche kam, die unter den Sitz gerutscht war. Sabrinas Tasche. Nun hatte er noch nicht einmal die Möglichkeit, sie zu erreichen und zu hören, was los war. Scott seufzte. Die Sache war nicht zu ändern, er musste versuchen, das Beste aus dem Tag zu machen.
Stets in Sichtweit des Snæfellsjökull Gletschers tanzte das Boot nun übers offene Meer. Scott blickte durch sein Fernglas und erkannte eine Kolonie von Papageientauchern, an einem der hoch aufragenden Felsen an Steuerbord. Aus den Lautsprechern ertönte die blecherne Stimme des Kapitäns, der die Gäste dazu aufforderte, die Augen aufzuhalten. Wale könnten nun jederzeit auftauchen. Gebannt starrten die Urlauber auf die Wellen und warteten. Auch Scott ließ seinen Blick schweifen. Etwa in dreihundert Metern Entfernung schwamm eine Ansammlung von Möwen auf dem Wasser.
„Siehst du die Vögel?“, fragte er Patricia und zeigte auf die Stelle. „Da wird gleich ein Wal auftauchen.“
„Ja klar! Du meinst wohl auch, nur weil ich blond bin, kannst du mich ver…“. Mitten im Satz verstummte Patricia und starrte mit weit aufgerissenen Augen aufs Meer. Direkt neben den Seevögeln ragte die Fluke eines Wals auf.

„Das gibt's doch nicht! Woher wusstest du das?", rief sie aufgeregt und fiel Scott um den Hals. Er wehrte sie lachend ab. „Intuition?", entgegnete er. „Oder vielleicht doch eher Wissen und Glück. Um diese Jahreszeit haben Wale ihren Nachwuchs. Wenn sie die Jungtiere füttern, geht auch immer etwas Krill nebenher, und darauf warten die Seevögel. Deswegen lohnt es sich, Ausschau danach zu halten, wo viele Möwen auf den Wellen schwimmen."
„Ach, so einfach ist das! Na, das kann ich auch", sagte Patricia und stellte sich ganz dicht neben ihn. „Wenn es nur nicht so kalt wäre", murmelte sie. Scott sah, dass sie sogar etwas zitterte, ihre Jacke war tatsächlich nicht allzu dick. Er ahnte, dass es ein Fehler war und legte trotzdem den Arm um sie.
„So ist es schon viel besser", seufzte Patricia und lehnte sich an ihn.
Sein Nachbar an der Reling zwinkerte ihm zu. Du Glückspilz, schien sein Blick zu sagen. Scott war hin und her gerissen. Es war eine Ewigkeit her, dass er eine Frau im Arm gehalten hatte. Und das war Melanie gewesen. Als sich Patricia nun an ihn schmiegte, wurde ihm klar, wie sehr er dieses Gefühl der Nähe vermisst hatte. Er roch ihr Parfum. Ein paar seidige Strähnen ihres blonden Haares kitzelten ihn am Hals, doch das störte ihn nicht. Er genoss diesen Moment der menschlichen Wärme und versuchte die leise warnende Stimme in seinem Inneren zu verdrängen.
„Mhm, herrlich. Ich bin so froh, dass du mich mitgenommen hast, Scott. Ich wünschte, dieser Tag würde nie vergehen", sagte Patricia. Sie hatte die Augen geschlossen. Wale oder irgendwelche Seevögel

interessierten sie nicht. Sie fuhr gerade auf der Siegerstraße, ihr Plan ging auf.
Die schnarrende Stimme des Kapitäns meldete sich wieder. „Wale an Backbord, Wale an Backbord!“
So ziemlich alle Touristen liefen aufgeregt auf die linke Seite des Schiffes. „Sorry, Patricia. Ich glaube, ich sollte jetzt mal arbeiten“, sagte Scott und griff zu seiner Nikon.
Patricia zog einen Schmollmund. „Na gut, das sehe ich ein. Aber vergiss mich nicht!“
Scott antwortete nicht. Du solltest dich jetzt wirklich besser aufs Fotografieren konzentrieren, alter Junge, sagte er im Stillen zu sich selbst und scannte die Wasseroberfläche mit geübten Blick. Genau in diesem Moment sah er eine Fontäne aus dem Meer aufsteigen. Er richtete seine Kamera auf den Punkt des ruhigen Wasserspiegels und wartete ab. Nur kurze Zeit später tauchte der mächtige Leib eines Tieres auf, danach noch die graue Fluke. „Ein Blauwal!“, rief er begeistert und schoss gleich eine ganze Serie von Bildern. Jetzt war Bewegung in die Schar von Urlaubern gekommen. Immer wieder wurden Rufe laut. „Dort – ein Wal!“ „Und da ist noch einer!“ Sie schienen auf eine ganze Gruppe von Walen gestoßen zu sein, und Scott geriet in einen wahren Fotorausch.
Er hatte schon Orcas und Finnwale in Kanada vor die Linse bekommen, aber noch nie einen Blauwal gesehen. Er stellte sich vor, wie das größte Säugetier der Welt nur wenige Meter von ihm entfernt durch das eiskalte Wasser schwamm und vergaß alles andere um sich herum. Das Schiff begleitete die Blauwale und traf dabei noch auf Buckelwale und Orcas. Papageienvögel segelten über das

Meer, und Scott hatte bereits eine Speicherkarte vollgeknipst.
Patricia hatte beschlossen, ihn besser nicht bei der Arbeit zu stören. Sie badete derweil in den Blicken der männlichen Passagiere und fühlte sich wie die Königin des Kutters. Gegen Mittag aßen die beiden eine heiße Suppe im Inneren des Ausflugsbootes und wärmten sich auf. Nachmittags steuerte der Kapitän sein Schiff zur Insel Melrakkaey, wo Tausende von Papageientauchern in den Basaltfelsen nisteten.
„Boah, sind die süß!“, rief Patricia, und Scott musste zugeben, dass sie auch recht süß aussah, vor allem jetzt mit den von der frischen Luft geröteten Wangen. Er brauchte sie nicht lange überreden, ihm für ein paar Fotos an der Reling Modell zu stehen. Scott schmunzelte, als er daran dachte, dass dies genau die Art von Fotos war, die sein Freund Nick am liebsten ansah.
Inzwischen gab ihr Kapitän über Lautsprecher einen Vortrag über Vogelkunde zum Besten. „Kennt ihr die Geschichte von den Papageientauern?“, fragte er. Dann begann er zu erzählen: „Der männliche Papageientaucher baut eine Höhle mit zwei Zimmern: eins zum Wohnen und eins für die Toilette. Ist er fertig, stellt er sich stolz vor seine neue Höhle und wartet ab. Irgendwann kommt auf jeden Fall ein Weibchen. Es besichtigt zuerst die Höhle. Gefällt sie ihr, bleibt sie dort und nimmt auch den Mann. Fürs ganze Leben. Und Papageientaucher können 30 Jahre alt werden. Sagt ihr die Höhle nicht so zu, fliegt sie weiter, und der Mann hat nur exakt zwei Möglichkeiten: Er geht zu Ikea und verschönert seine Höhle. Oder er wartet auf eine Frau mit geringerem Niveau.“

Die Touristen lachten und klatschten Beifall. Aber der Käpt'n war längst noch nicht fertig mit seiner Geschichte. „Nach dem Sommer verbringt das Papageientaucher-Paar den Winter manchmal getrennt. Kommt der Papageientaucher-Mann zurück nach Island, richtet er zunächst die Wohnung wieder her und wartet dann auf seine Frau. Was passiert, wenn sie nicht kommt?“ Der Käpt'n legte eine kunstvolle Pause ein. „Ganz einfach, er nimmt sich eine Neue. Aber dann kann es natürlich passieren, dass die Alte etwas verspätet doch noch auftaucht. Was macht der Papageientaucher? – Er schmeißt die Neue raus und nimmt die Alte zurück.“ Die Urlauber auf dem Boot guckten ungläubig. Doch der Käpt'n ließ sich nicht beirren. „Das ist wirklich wahr. Unsere Vogelforscher haben das in langjähriger Feldarbeit herausgefunden. Ich finde, dafür wurden die Steuergelder sinnvoll eingesetzt!“
Die Passagiere schüttelten amüsiert die Köpfe und lachten.
„Glaubst du, das stimmt?“, fragte Patricia und sah ihn mit großen Augen an.
Scott nickte. „Er hat die Geschichte zwar etwas unkonventionell erzählt, aber im Prinzip war alles richtig. Außerdem muss er es schließlich wissen, er ist hier zu Hause!“
Als das Schiff am frühen Abend wieder in Ólafsvík einlief, hatte Scott drei Speicherkarten voll mit Fotos, und er wusste, dass einige sehr gute für National Geographic dabei waren.
„Ich bin hungrig wie eine Löwin, Scott. Gehen wir noch irgendwo etwas essen?“, fragte Patricia.

„Eigentlich würde ich am liebsten so schnell wie möglich zurück zur Farm fahren. Irgendwie habe ich ein schlechtes Gewissen, dass wir Sabrina heute Morgen alleine gelassen haben."
Patricia hängte sich bei ihm ein, als sie über den Hafen schlenderten und blickte ihn an wie Bambi im Disneyfilm. „Oh Scott, bitte! Ich bin fast am Verhungern, und wir stehen direkt vor einem Restaurant. Auf die eine Stunde, die wir nun früher oder später auf der Farm sind, kommt es doch nun auch nicht mehr an."
Aus der einen Stunde wurden fast drei. Patricia bestellte eine Vorspeise, ein Hauptgericht und ein Dessert und hielt sich so lange wie eben möglich an ihrem Wein fest. Scott schielte immer wieder unauffällig auf seine Uhr. Sicher, der Abend war ganz nett, und bestimmt war er der am meisten beneidete Mann im ganzen Restaurant, aber trotzdem fühlte er sich unwohl.
„Erde an Scottie, bitte schauen Sie der Frau, die an Ihrem Tisch sitzt, in die Augen!", sagte Patricia gerade mit leichter Schärfe in der Stimme zu ihm. Scott schaute verwirrt auf.
„Entschuldige bitte. Ich habe wirklich einen Moment nicht zugehört."
Patricia schluckte ihren Ärger hinunter und streichelte ihn über den Handrücken. „Es ehrt dich ja, dass du dir Sorgen um Sabrina machst, aber glaub mir, sie ist es nicht wert. Ich kenne sie zwar erst seit kurzem, aber wie viele Fehler sie in dieser Zeit gemacht hat, ist echt unglaublich. Ich verstehe nicht, dass Baldur das alles toleriert. Aber irgendwie scheint er einen Narren an ihr gefressen zu haben."

Scott überlegte, wie er das Thema wechseln konnte, aber da fuhr Patricia schon fort. „Nimm meinen Reitunfall zum Beispiel. Das war eindeutig ihre Schuld. Wie konnte sie uns bei diesem Nebel und an dieser gefährlichen Stelle überhaupt tölten lassen? Ich hätte sie eigentlich anzeigen können, aber dafür bin ich ein viel zu guter Mensch. Ich glaube, Sabrina ist in ihrem Leben in Deutschland total gescheitert, und der Job auf der Farm ist ihre allerletzte Chance."

Patricia schüttelte resigniert den Kopf. „Irgendwie kann sie einem schon fast leidtun. Aber so frech und unverschämt, wie sie sich dann wieder benimmt, hält sich mein Mitleid auch wieder in Grenzen. Baldur gegenüber hat sie zum Beispiel alle Schuld wegen des Reitunfalls auf dich gewälzt. Sie hat sogar behauptet, du hättest die Pferde absichtlich erschreckt und das du eventuell nicht ganz zurechnungsfähig seist."

Scott bedachte sie mit einem erstaunten Blick, und Patricia hielt sich die Hand vor den Mund.

„Oh Mist, das wollte ich dir eigentlich gar nicht erzählen. Ich bin ja nicht der Typ, der andere schlechtmacht. Sorry, das ist mir jetzt einfach so herausgerutscht. Am besten, du vergisst es gleich wieder."

Scott trank seinen Wein aus und blickte jetzt demonstrativ auf seine Uhr. „Ich glaube, wir sollten wirklich aufbrechen. Es war ein langer Tag, und ich bin ganz schön müde."

Patricia lächelte ihn an. „Natürlich. Ich könnte noch ewig mit dir hier sitzen, aber vielleicht können wir das ja mal wiederholen. Du könntest mir zum Beispiel nächste Woche die Fotos zeigen, die du heute geschossen hast."

„Ja, warum nicht. Wir werden sehen“, antwortet Scott und gab dem Kellner ein Zeichen, das er zahlen wollte. „Danke für die Einladung, Scott“, zwitscherte Patricia und hakte sich wieder wie selbstverständlich unter, als sie das Lokal verließen. Eine Stunde später erreichten sie Baldursholt. Scott stellte den Motor ab und wollte sich Sabrinas Tasche vom Rücksitz greifen, doch Patricia kam ihm zuvor.
„Du bist ja so müde Scott, fahr ruhig nach Hause. Ich werde Sabrina die Tasche geben und Grüße von dir ausrichten. Vielen Dank für den wunderschönen Tag.“
Damit drückte sie ihm einen Kuss auf den Mund, sprang aus dem Auto, lief zur Tür und verschwand im Haus. Scott sah ihr konsterniert nach. Was war das denn gerade gewesen? Er blieb noch einen Moment sitzen, bevor er ebenfalls ausstieg und an der Haustür klingelte. Baldur öffnete, im Hintergrund sah er Anna vor dem Fernseher sitzen. Die Feriengäste waren wohl schon alle in ihren Zimmern verschwunden.
„Scott, was kann ich für dich tun?“
„Eigentlich wollte ich Sabrina sprechen. Ist sie da?“
Baldur guckte erstaunt. „Es ist schon spät, Scott. Sie ist auf ihrem Zimmer. Ich möchte sie jetzt ungern stören.“
„Und mit den Pferden ist alles in Ordnung?“
Baldur sah nun noch verwirrter aus, antwortete aber so freundlich wie immer: „Alles bestens, danke der Nachfrage. Und du weißt ja, solange es unseren Pferden gutgeht, geht’s uns auch gut.“
Scott nickte. „Ja, da bin ich wirklich froh. Gott sei Dank. Na dann, gute Nacht, Baldur.“

„Gute Nacht, Scott." Mit gerunzelter Stirn sah er Scott dabei zu, wie er in sein Auto stieg und davon fuhr. Irgendetwas war hier ganz und gar nicht in Ordnung.
„Wer war das?", fragte Anna.
„Es war dieser Fotograf, Scott." Baldur rieb sich den Kopf und sah seine Frau an.
„Weißt du, was hier los ist? – Erst wird Patricia ganz plötzlich schlecht und sie kehrt zur Farm zurück, kaum dass ihr losgefahren seid. Dann treffe ich nachmittags Sabrina, die sich seit Tagen auf den Walausflug gefreut hat und mir dann erzählt, dass sie doch nicht mitgefahren ist und dass Scott stattdessen Patricia mitgenommen hat. Dabei sieht sie aus, als würde sie gleich in Tränen ausbrechen. Also, da ist doch was oberfaul!"
Anna nickte. „Hört sich ganz nach einem Liebesdrama an, Schatz. Ich denke, da sollten wir uns lieber nicht einmischen. Patricia reist sowieso bald wieder ab, und Sabrina ist eine starke Frau. Die wird schon damit fertig werden."
Baldur setzte sich wieder und trank sein Bier aus. „Ja, du wirst schon Recht haben. Später war Sabrina auch wieder besser `drauf. Jökull war hier."
Anna stöhnte auf. „Oh nein. Ausgerechnet Jökull. Ich glaube nicht, dass dieser verrückte Kerl der richtige Mann für Sabrina ist."
Baldur verdrehte die Augen. „Du denkst schon wieder zu weit, meine Liebe. Ich meinte nur, dass er es geschafft hat, sie auf andere Gedanken zu bringen. Außerdem weiß ich wirklich nicht, was du gegen ihn hast. Er ist ein total netter Mensch."

„Klar ist er nett. Aber irgendwie ist er auch ein ziemlich verschrobener Typ, ein Einzelgänger mit seltsamen Ansichten, und so, wie er rumläuft, würde ich nicht mit ihm in ein Restaurant gehen."
Baldur nahm ihre Füße in den Schoß und massierte sie. „Das sollst du ja auch gar nicht, dafür hast du schließlich mich", lächelte er. „Ich gebe ja zu, dass er manchmal ein wenig komisch ist. Wusstest du, dass er mit seinen Schafen redet?"
Annas Augen funkelten. „Du redest mit deinen Pferden!"
„Touché. Aber Pferde sind anders als Schafe. Mit denen kann man durchaus reden, und sie verstehen einen auch."
„Vor allem, wenn die Ehefrau kein Verständnis hat, oder?"
Baldur nickte fröhlich. „Dann natürlich besonders."
„Was fand Sabrina denn nun so toll an unserem Schafe-Versteher?"
„Er hat ihr von seinem Atelier und seinen Kunstausstellungen erzählt. Da bekam sie plötzlich glänzende Augen."
Anna schnurrte vor Wohlbehagen. Allein weil er so schön ihre Füße massieren konnte, würde sie Baldur gegen keinen anderen Mann der Welt eintauschen. „Mhm, mach bloß weiter", seufzte sie und sagte: „Ich wusste gar nicht, dass sich Sabrina für Kunst interessiert."
„Auf jeden Fall ist sie mit ihm mitgegangen. Er wollte ihr seine Bilder und Skulpturen zeigen. Ich finde, da hat er wirklich ein paar sehr schöne Stücke dabei. Und immerhin hatte er ja sogar ein paar recht erfolgreiche Ausstellungen in Reykjavik. Wenn er nicht so verdammt stur wäre, könnte er von seiner Kunst bestimmt sogar leben."

„Ja, manchmal ist Jökull einfach zu dämlich“, bestätigte Anna. „Wenn ihm ein reicher Typ viel Geld für ein Bild bietet, muss er verkaufen. Er kann doch ein Neues malen. Aber nein! Wenn ihm die Nase von einem Interessenten nicht passt, dann schaltet der Idiot auf stur und verkauft ihm gar nichts. Geschäftlich hat Jökull wirklich nichts auf dem Kasten.“
„Aber dafür hat er eben Charakter, das ist ja auch was wert. Ich mag ihn jedenfalls“, sagte Baldur.
Anna zog die Stirn kraus. „Eine so große Auswahl an Nachbarn haben wir hier ja auch nicht. Mir wäre Robert Redford durchaus lieber als Jökull.“
„Waaas?“ Baldur beendet seine Fußmassage abrupt und kniff ihr in den großen Zeh. „Ich glaube, ich muss hier mal andere Saiten aufziehen!“, drohte er ihr spielerisch. Anna kicherte. „Nur als Nachbar. Du bist und bleibst doch mein Held, Baldur.“

12

Sabrina schlief keineswegs, als Scott und Patricia nach Hause kamen. Sie hörte Scotts Auto vorfahren, hörte, wie die Tür ins Schloss fiel und Patricia die Treppe hinauf stürmte. Sie saß auf ihrem Bett und wartete noch ein paar Minuten. Dann erhob sie sich, trat auf den Flur hinaus und klopfte an die Tür des Zimmers, dass sich Patricia mit Laura teilte.

Patricia öffnete und sah Sabrina erstaunt an. „Was willst du denn hier?“

„Mit dir reden“, antwortete Sabrina, schloss die Tür hinter sich und ließ ihren Blick durchs Zimmer schweifen. Laura lag im Bett und las ein Buch. Sie sah verwirrt von einem zum anderen. Patricia hatte ihr Kinn trotzig nach vorne geschoben und sah sie herausfordernd an.

„Ich wüsste nicht, was wir zu bereden hätten. Ich bin müde und möchte jetzt schlafen gehen. Laura liegt schon im Bett. Ein bisschen unverschämt, uns jetzt noch zu stören, oder? Denk dran, wir sind hier die Gäste. Du arbeitest für uns.“

Sie bedachte Sabrina mit einem kalten, herablassenden Lächeln, wandte sich dann um und begann damit, sich die Schuhe auszuziehen.

Sabrina bebte vor Wut. Sie musste sich zusammenreißen, Patricia nicht einfach ins Gesicht zu schlagen.

„Richtig, du bist hier ein Gast. Aber das berechtigt dich noch lange nicht dazu, dich zu benehmen wie die Axt im Walde. Wie konntest du es wagen, mir ins Gesicht zu lügen und Scott und mir diese Geschichte aufzutischen, dass Askur sich verletzt hat?“

„Ach, darum geht es also – um Scott!“. Patricia lächelte zuckersüß.

„Sag bloß, du hast dich in ihn verliebt? Oh, das tut mir aber leid! Dann habe ich jetzt ganz schlechte Nachrichten für dich. Scott ist nämlich ganz verrückt nach mir. Ich hab das schon gleich gemerkt, als er mich vor ein paar Tagen zu seinem Auto getragen hat. Deswegen wollte ich ihm auch die Chance geben, einmal einen ganzen Tag mit mir zu verbringen. Tja, leider musste ich dafür zu einer kleinen Notlüge greifen. Aber schließlich konnte ich ja nicht ahnen, dass du offenbar total heiß auf ihn bist.“

Patricia zuckte mit den Achseln. „Was passiert ist, ist passiert. Ich kann nicht sagen, dass ich es bereue. Nach den langweiligen Walen sind wir nämlich noch zu ihm gefahren. Mir war so kalt, wisst ihr. Aber Scott versteht es wirklich, eine Frau aufzuwärmen. Mannomann, was für ein heißer Typ.“

Sie grinste. „Also diese Nummer war bisher wirklich das Beste am ganzen Island-Urlaub, Mädels!“

Lauras Buch klappte zu. Die beiden Frauen starrten Patricia für einen Moment sprachlos an.

„Patricia! Das hast du doch nicht wirklich gemacht!“, stieß Laura ungläubig hervor.

Sabrina fühlte einen Stich im Herzen, die Knie wurden ihr weich. Ob das wirklich stimmte? Hatte Scott sich mit dieser falschen Schlange eingelassen? Plötzlich hatte sie überhaupt keine Lust mehr, mit Patricia herum zu debattieren. Aber andererseits: Sollte sie dieses Miststück mit ihrer fiesen Intrige einfach durchkommen lassen?

„Ich werde Baldur erzählen, dass du mich angelogen und auf die hinterste Weide geschickt hast, weil er dort angeblich mit einem verletzten Pferd auf mich wartet", presste Sabrina, mühsam beherrscht, hervor.
„Das würde ich an deiner Stelle lieber lassen", entgegnete Patricia. „Ansonsten schreibe ich eine Mitteilung an den Reiseveranstalter, über den wir diese Bude hier gebucht haben, und werde denen mitteilen, dass ich schwer vom Pferd gestürzt bin, weil die Reitführerin nicht in der Lage war, den Ritt verantwortungsbewusst anzuführen. Ich werde vorzeitig abreisen und den Veranstalter auf Schadensersatz verklagen. Außerdem werde ich auf Tripadvisor und anderen Bewertungsseiten sehr, sehr kritisch über diese Farm berichten und von einem Aufenthalt abraten, da hier eine gewisse Person arbeitet, die für diesen Job ganz und gar nicht geeignet ist. Es tut mir natürlich leid, dass dann auch Baldur und Anna unter deinem Verhalten leiden. Aber das, Sabrina, hast du dann ganz alleine zu verantworten."
Inzwischen hatte sich Patricia auf ihr Bett gesetzt und kämmte ihr Haar. Ohne Sabrina weiter zu beachten, sah sie Laura an und sagte: „Und, wie ist dein Buch so?"
Laura starrte sie nur sprachlos an.
Sabrina stand weiterhin bewegungslos im Raum und überlegte ihre Möglichkeiten. Mit so viel Unverfrorenheit hatte sie nicht gerechnet. Sie traute Patricia durchaus zu, dass sie ihre Ankündigung wahr machte. Das konnte sie Baldur und Anna nicht antun.
Und sollte sie sich selbst ihren Sommer auf Island von diesem Biest kaputt machen lassen?

„Schon mal etwas von Karma gehört, Patricia?“, sagte sie nun mit leiser Stimme und wandte sich zum Gehen.
„Man schafft es sich selbst mit seinen Taten. Auch für dich wird die Zeit der Abrechnung kommen. Ich möchte jedenfalls nicht in deinen Schuhen stecken.“

13

Die Bohemian Rhapsody von Queen dröhnte in voller Lautstärke durchs Haus. Scott tigerte von einem Zimmer ins andere und fand keine Ruhe. Am Morgen hatte er ein anstrengendes Workout absolviert, geduscht, gefrühstückt, ein Buch gelesen und darauf gewartet, dass das Wetter endlich besser würde. Jetzt war es schon Nachmittag, doch ein Blick aus dem Fenster ließ seine Laune wieder mal etwas mehr in den Keller sinken. Der Nebel war immer noch da. Er hatte sich in dichten Schwaden aufs Land gelegt. Er hüllte die Landschaft in einen grau-weißen Schleier, verschluckte alle Farben und schien die Energien aus allem Lebendigen zu ziehen. Das Thermometer war auf lausige sechs Grad gesunken, und Scott hatte die Heizung höher gedreht, weil ihm ständig kalt war.
Dieses Land war wirklich eine Herausforderung, dachte er. Mal lockte es mit einer wilden Schönheit, die ihn vor Ehrfurcht ganz still werden ließ, und dann wieder gab es sich düster, geheimnisvoll, fast depressiv. Scott erinnerte sich daran, wie er als Teenager den Film ‚The fog – Nebel des Grauens' gesehen und anschließend Albträume davon bekommen hatte. Den hätten sie ebenso hier drehen können, dachte er nun und stellte die Musik wieder leiser. Sie konnte ihn heute auch nicht aufmuntern. Er fühlte sich fast wie ein Gefangener in seinem gemütlichen Haus. So sehr er die Weite und die Ruhe Islands bisher genossen hatte, so sehr fehlte ihm auf einmal sein altes Leben in New York City. Die Baseball-Spiele, die Kneipenbesuche

mit Nick, die Menschen auf den Straßen. Das alles würde ihm jetzt guttun. Auf jeden Fall würde es ihn von den ständigen Gedanken an die beiden Frauen ablenken.
Ob er es nun zugeben wollte oder nicht, Patricias Reize hatten eindeutig eine Wirkung auf ihn gehabt. Später allerdings hatten ihre gehässigen Worte über Sabrina eher das Gegenteil dessen bewirkt, was sie erreichen sollten. Patricia war mit Vorsicht zu genießen, das war Scott in jenem Moment klargeworden.
Er wunderte sich immer noch darüber, dass Baldur nichts von dem verletzten Pferd erzählt hatte. Aber er hatte auch gespürt, dass der Chef der Farm gestern Abend seine Ruhe haben wollte und hatte deshalb nicht länger nachgefragt. Er musste unbedingt mit Sabrina selbst sprechen. Er wollte ihr sagen, dass es ihm leid tat, dass er sie alleine gelassen hatte. Obwohl die Foto-Ausbeute von der Whale Watching-Tour grandios war, ärgerte sich Scott ein Loch in den Bauch, das er stattdessen nicht Sabrina geholfen hatte. Wieder so ein Fehler, der vielleicht nicht wieder gutzumachen war. Scott stöhnte und starrte missmutig in den Nebel. Warum war er solch ein Idiot? Er konnte prima Fotos machen, aber im Umgang mit Menschen schien er der geborene Versager zu sein. Er dachte daran, was er vor über einem Jahr zu seiner Frau gesagt hatte. Damals hatte es keine zweite Chance gegeben.
Scott griff zum Telefon und wählte zum dritten Mal an diesem Tag die Nummer von Sabrina. Sie ging wieder nicht dran. Er überlegte, ob er einfach zur Farm fahren sollte. Aber dort würde er auch Patricia treffen, und das wollte er nicht.

Er holte sich eine Tüte Chips aus dem Schrank, dabei fiel sein Blick auch auf die Flasche Jack Daniels, die Nick ihm für alle Fälle mitgegeben hatte und die bis jetzt noch ungeöffnet geblieben war. Warum sollte er die voll wieder mitnehmen, wenn er nach Hause fuhr? Er nahm die Flasche und goss sich ein Glas voll ein. Hatte er schon einmal am Nachmittag Whiskey getrunken? Scott konnte sich nicht daran erinnern. Gedankenverloren ließ er die bernsteinfarbene Flüssigkeit im Glas kreisen, nahm einen Schluck und ließ sich den Geschmack auf der Zunge zergehen.

Bullshit, Scott, sagte er zu sich selbst. Du solltest zusehen, dass du die letzten Bilder so schnell wie möglich auf deine Festplatte kriegst und dann von dieser Insel verschwinden.

Resigniert schalte er seinen Laptop an, den er erst vor einer halben Stunde ausgestellt hatte. Stundenlang hatte er alle Bilder von der Waltour auf den Rechner geladen und die besten von ihnen mit Photoshop bearbeitet. Wie in Trance wartete Scott darauf, dass der Laptop hochfuhr und öffnete automatisch den Ordner Melanie. So wie fast jeden Tag. Doch nun durchfuhr es ihn wie ein Blitz. Das konnte nicht sein! Scott starrte wie hypnotisiert auf den Bildschirm und wollte es nicht glauben. Alle Bilder waren gelöscht.

Verfluchte Technik, Scott begann zu schwitzen. Das Hemd klebte ihm am Körper. Er fuhr den Rechner noch einmal herunter und dann wieder rauf. Alle Bilder waren da, nur die von Melanie nicht. Es war zum Verrücktwerden. Er wusste, dass er sie auf keinen Fall aus Versehen selbst gelöscht hatte. Schließlich kannte er sich seit Jahren mit dem System seines Rechners aus. Auch schien die

Festplatte okay zu sein, denn alle anderen Ordner waren vollständig erhalten.
Konnte sich jemand anderes Zugang zu seinem Haus verschafft und die Fotos gelöscht haben? Sicher, er ließ oft die Tür einfach auf, wenn er mit dem Hund loszog. Hatte er vielleicht auch vergessen, die Tür abzuschließen, als er auf der Walsafari war? Scott überlegte fieberhaft. Er konnte sich einfach nicht genau erinnern. Aber auch wenn, wer zum Teufel sollte so etwas tun? Es gab doch überhaupt keinen Grund dafür. Ganz kurz dachte er daran, dass Sabrina wusste, wo er wohnte und dass er gestern nicht da war. Sie hätte die Zeit und die Gelegenheit gehabt, hierher zu kommen. Vielleicht war sie wütend, weil er mit Patricia weggefahren war?
Aber dann schimpfte er sich selbst einen Narren. Um die Programme auf seinem Laptop zu öffnen, musste man zuerst ein Passwort eingeben. Er hatte eines gewählt, das unmöglich erraten werden konnte. Von niemanden.
Scott griff zu seinem Handy und rief Nick an. In New York war es jetzt Vormittag, und es dauerte nur einen kurzen Moment, bis er seinen Kumpel in der Leitung hatte.
„Scottie, was gibt's? Soll ich dich etwa vom Flughafen abholen?"
„Noch nicht, aber das wird nicht mehr lange dauern. Du hattest recht, das Einsiedlerleben ist auf die Dauer wohl doch nichts für mich", erwiderte Scott.
Nick gackerte. „Siehst du, hab ich dir gleich gesagt. Bin froh, wenn du wieder zurück bist. Also wolltest du nur mal meine Stimme hören oder was?"
„Ich habe ein Computerproblem. Ein ganzer Ordner mit Fotos ist verschwunden. Du kennst dich doch gut aus. Wie

kann das passieren? Kann es sein, dass die Fotos sich selbst irgendwo zwischengespeichert haben?“
In der Leitung blieb es einen Augenblick still. „Das hast du jetzt nicht im Ernst gefragt, oder? Natürlich können sich Fotos nicht selbst abspeichern. Genauso wenig wie sie sich selbst löschen können. Das wirst du dann schon selber fabriziert haben, mein Lieber. Hattest du dabei vielleicht ein wenig zu tief ins Whiskeyglas geblickt? Wenn ich mich recht entsinne, hatte ich dir ja einen ganz guten Jack Daniels mitgegeben…“
Scott blickte auf das leere Whiskeyglas vor sich. Von einem Glas war er noch längst nicht betrunken. Und selbst im besoffenen Zustand hätte er niemals die Fotos von Melanie gelöscht.
„Mhm, seltsam. Zum Glück habe ich die Fotos auch nochmal zu Hause auf meinem großen Rechner. Aber merkwürdig ist es doch. Alle anderen Ordner sind nämlich da.“
„Scottie, schütt‘ dir noch einen ein und mach dir nicht so viele Gedanken. Sowas kann schon mal passieren, wenn man die falsche Taste drückt. Vielleicht bist du unabsichtlich drangekommen. Wenn du die Fotos doppelt gesichert hattest, ist es doch kein Problem.“
„Ja klar, das stimmt. Vielen Dank, Nick, und bis bald“, beendet Scott das Gespräch.
Er rieb sich den Kopf und starrte noch einmal auf den leeren Bildschirm. Die ganze Sache war mehr als sonderbar.

14

Askur schritt fleißig voran. Seine üppige Mähne wippte bei jedem Schritt, und Sabrina musste ihn zum gefühlten tausendsten Mal an diesem Tag zurücknehmen. Der Wallach hasste es, als letzter von allen Pferden gehen zu müssen. Da nutzte es auch nichts, dass Blika neben ihm her trottete. Sabrina hatte die Stute als Handpferd dabei, so wie auch alle anderen Reiter heute mit zwei Pferden zugleich unterwegs waren.
Gestern war es den ganzen Tag lang so nebelig gewesen, dass man kaum die Hand vor Augen sehen konnte. Sabrina hätte nicht gedacht, dass sie heute überhaupt zu ihrem Zwei-Tages-Ritt aufbrechen konnten, aber als sie heute Morgen aufgestanden war, schien die Sonne von einem wolkenlos blauen Himmel, und die Tour konnte stattfinden. Baldur ritt an der Spitze, dann kamen alle Urlauber, und Sabrina bildete die Nachhut und passte auf, dass niemand verloren ging. Die meisten Gäste ritten zum ersten Mal mit einem Handpferd und waren dementsprechend aufgeregt. Für die Pferde war es nichts Neues, sie kannten das längst und liefen brav nebeneinander her. Baldur hatte ihnen erklärt, dass heute eine lange Tour von fast siebzig Kilometern auf dem Programm stand. Die Hälfte hatten sie schon hinter sich. Sie waren am Strand und durchs Watt getöltet, hatten den Schreien der Seevögel gelauscht und sich dem Rhythmus der Pferde hingegeben. Sabrina kraulte Askur den schweißnassen Hals und genoss die Sonnenstrahlen auf der

Haut. Sie bewunderte die vielen unterschiedlichen Schattierungen des Grüns, wenn sie über die Ebenen ritten. Und sie wurde still vor Ehrfurcht, wenn sie sich im Sattel umwandte und hinter sich nichts als die reine Natur erblickte, so wie sie schon seit Urzeiten existierte.
Der Sturm, der in ihrem Inneren getobt hatte, als sie aus Patricias Zimmer gekommen war, hatte sich etwas gelegt. Patricia würde in einer knappen Woche abreisen. Danach würde sie diese Frau hoffentlich nie wieder sehen. Warum sollte sie sich von ihr das Leben schwermachen lassen?
Sabrina bemühte sich, so weit wie möglich, den Kontakt mit ihr zu vermeiden. Zum Glück war Baldur bei dieser Reittour auf der Snæfellsnes Halbinsel der Anführer und gab die Anweisungen. Gerade hob er den Arm und bedeutete der Gruppe anzuhalten und abzusitzen. Sabrina stellte sich in die Steigbügel, um besser sehen zu können. Ein Auto stand nahe dem Strand, und eine Frau räumte Kisten und Decken aus dem Kofferraum. Gutes Timing.
Anna hatte ein Picknick vorbereitet. Mit steifen Beinen saßen die Urlauber von ihren Pferden ab und ließen sie grasen. Anna schenke Tee und Kaffee aus, und die Urlauber ließen sich ihre selbstgemachten Sandwiches und Kuchen schmecken. Baldur hatte sich in eine Decke eingemummelt und schloss die Augen für ein kurzes Nickerchen. Nach einer zweistündigen Rast sattelten die Reiter ihre Zweitpferde, saßen auf und nahmen die zweite Etappe in Angriff. Anna winkte noch einmal, stieg in ihr Auto und brauste davon. Sie war ganz froh, die Truppe heute mal los zu sein. Den Abend würde sie mit ihrer besten Freundin und einer Flasche Rotwein teilen. Und sie würden garantiert *nicht* über Pferde reden.

Meist im ruhigen Tempo, manchmal aber auch im flotten Tölt, legte die Reitergruppe Kilometer um Kilometer zurück. Am späten Nachmittag erreichten sie ihr Ziel. Der Bauernhof von Erik lag versteckt in einer Talmulde und schien tatsächlich noch einsamer gelegen zu sein als Baldursholt.
„Da seid ihr ja. Herzlich willkommen in meiner bescheidenen Hütte", begrüßte Erik die Reiter und klopfte seinem alten Freund Baldur auf die Schulter. Die beiden hatten schon vor Jahren ein Gentlemen's Agreement getroffen, dass Baldur bei seinen Zwei-Tages-Reittouren auf Eriks Bauernhof übernachtete. Der Hof lag idealerweise auf der Hälfte der Tour und bot genügend Platz für die Reiter und Pferde. Erik indes freute sich, dadurch ein paar Mäuse zusätzlich zu verdienen. Außerdem schätzte er die Gesellschaft der Urlauber. Viel Abwechslung gab es nicht in seinem Leben. Seitdem seine Frau gestorben war, lebte er zusammen mit seinen Schafen und zwei Hütehunden ganz allein auf dem Hof.
Erik und Baldur zeigten den Reitern, wo sie die Pferde lassen konnten und gingen dann gemeinsam mit ihnen ins Haus. Es gab einfache Vierbettzimmer, in denen sich alle rasch aufteilten. Patricia und Laura bezogen am Ende einen Raum für sich alleine. Seltsamerweise hatte sich niemand gefunden, der mit ihnen aufs Zimmer wollte.
Sabrina freute sich auf eine heiße Dusche, aber natürlich hatten die Gäste erstmal Vorrang. So half sie Erik in der Küche. Er hatte eine deftige Gulaschsuppe vorbereitet, die er nun aufwärmte. Sabrina schnitt einen Laib Brot auf und verteilte die Teller auf den Tischen. Als alles fertig war, kamen schon die ersten Reiter, nach Seife duftend und

umgezogen, in die Küche. Sie hatten einen Bärenhunger. Sabrina beeilte sich, auch schnell zu duschen und schlüpfte zehn Minuten später als Letzte an den Tisch. Die Suppe war heiß und köstlich. Erik hatte eine Flasche Wein dazu geöffnet und ließ sich von jedem Gast erzählen, wo er herkam und was er zu Hause so machte. Bedächtig nickend, saugte er ihre Geschichten in sich auf, und Sabrina dachte, dass es ähnlich schon vor Jahrhunderten gewesen sein musste. Damals, als es noch kein Fernsehen, kein Internet und keine Smartphones gab. Als die Leute auf Island abgeschieden von der Welt ein karges, von der Natur geprägtes Leben führten. Bestimmt waren sie damals an den Abenden in ihren Häusern zusammengerückt und hatten sich Geschichten erzählt – so wie heute.

Obwohl die Atmosphäre in der warmen Küche gemütlich war, zog es Sabrina nach einiger Zeit nach draußen. Sie holte sich ihre Jacke und wollte noch einmal nach den Pferden schauen. Aber noch etwas anderes lockte sie hinaus, weg von den Menschen, in die Stille der Nacht, die immer noch taghell war.

Die Pferde schnaubten leise, schauten kurz hoch und fraßen dann beruhigt weiter ihr Heu, als sie an den Paddock heran trat. Sie blickte auf die bunte Herde der Islandpferde, die ihre Köpfe ins duftende Heu gesenkt hatten und ging dann hinüber in den Stall, wo sie ihre Satteltasche gelassen hatte. Sie würde es einfach mal ausprobieren. Entschlossen zog sie einen kleinen Zeichenblock und einen Kohlestift aus der Tasche. Jökull hatte ihr beides geschenkt, als er gesehen hatte, wie sehr sie sich für seine Arbeit interessiert hatte.

Jetzt setzte sie sich auf eine Bank am Rande des Paddocks und begann zu zeichnen, was sie vor sich sah. Es waren rudimentäre Skizzen: das Auge eines Pferdes, die geschwungene Linie seines Halses, zwei Pferde, die sich gegenseitig die Mähnen kraulten. Bald hatte Sabrina alles um sich herum vergessen. Sie konzentrierte sich auf die Bilder vor ihr und versuchte, das was sie sah, aufs Papier zu bringen. Die Zeit verflog, war unwichtig geworden. Seite um Seite füllte sich mit Bildern von Askur, Blika und den anderen. Sabrina spürte weder die Kälte der Nacht, noch die Müdigkeit nach dem langen Ritt. Sie war gefangen im Fluss ihres eigenen Schaffens.

So hörte sie noch nicht einmal die Schritte, die sich von hinten näherten.

„Hier bist du also. Ich habe mich schon gefragt, wohin du so plötzlich verschwunden warst“, sagte Baldur und setzte sich neben sie.

Sabrina schrak zusammen. „Baldur! Ich habe dich gar nicht gehört. Mann, hast du mich erschreckt.“

Baldur lachte leise. „Du hast Glück, dass ich kein Troll bin. Zeigst du mir, was du da aufs Papier kritzelst?“

Verlegen reichte Sabrina ihm den Block herüber. „Ungern. Es sind nur stümperhafte Versuche. Jökull hat mir die Sachen geschenkt, und irgendwie hatte ich plötzlich Lust, ein wenig zu zeichnen.“

Baldur pfiff durch die Zähne. „Nicht schlecht, Mädchen. Du hast wirklich Talent. Da sind ein paar sehr schöne Skizzen dabei. Diese hier zum Beispiel, das ist doch Atli, oder?“

Sabrina nickte. „Ja, sein Kopf ist einfach unverwechselbar. Er war nicht schwer zu malen. Pferde waren sowieso schon immer meine Lieblingsmotive. Früher in der Schule habe ich so manchen Unterrichtsstoff verpasst, weil ich heimlich meine Zeichenblöcke gefüllt habe – nur mit Pferden!“

Baldur blätterte weiter durch den Block. Sabrina hatte unverkennbar einen Blick für die wesentlichen Details und verstand es, sie herauszuarbeiten. Manchmal schien ihr die richtige Technik oder die Übung zu fehlen, doch die Bilder strahlten trotzdem etwas aus. Sie ließen den Betrachter spüren, welch ein Zauber von diesen Tieren ausging.

„Warum hast du das Zeichnen nicht zu deinem Beruf gemacht, Sabrina?“

Sie lehnte sich seufzend zurück. „Außer meinem Kunstlehrer konnte ich niemand von dieser Idee begeistern. Meine Eltern haben mir immer eingebläut, wie wichtig es ist, einen vernünftigen Beruf zu lernen, von dem ich leben kann. In gewisser Weise ist das ja auch richtig. Natürlich möchte ich für mich selbst sorgen können und finanziell unabhängig sein. Das Blöde ist nur, dass mir die Arbeit in der Bank einfach keinen Spaß gemacht hat.“

„Wer sagt, dass du von der Kunst nicht leben kannst? Du wärst nicht die Erste, die das tut!“, sagte Baldur und gab ihr den Block zurück. „Ich an deiner Stelle würde es ausprobieren. Du bist noch jung, du kannst es schaffen. Aber du musst auch damit anfangen. Wenn du erst alt bist und es zu spät ist, wirst du dich ärgern, wenn du es nicht wenigstens versucht hast.“

Sabrina blickte ihn skeptisch an. „Ich glaube einfach nicht, dass ich genügend Talent habe. Du magst die Bilder ganz

nett finden, es sind ja auch deine Pferde `drauf. Aber würdest du auch wirklich Geld dafür auf den Tisch legen?"
Baldur zuckte mit den Schultern. „Warum nicht? Naja, vielleicht kein Vermögen. Aber schließlich stehst du ja auch erst am Anfang deiner Kunst. Und mit dem Talent ist das so eine Sache. Ich persönlich glaube, dass es überbewertet wird. Es gibt viele Leute mit tollen Talenten, aber sie nutzen sie nicht. Ich glaube, dass die Leidenschaft für eine Sache und das tägliche Üben, darin der Beste zu werden, viel wichtiger sind."

Sabrina schaute ihn fragend an, und Baldur fuhr fort.

„Nimm Mozart oder Picasso oder Michelangelo. Wir sagen heute, dass sie Genies auf ihren Gebieten waren. Und das waren sie zweifellos. Aber warum? Sie haben sich täglich mit aller Leidenschaft ihrer Kunst gewidmet. Sie haben all ihre Zeit, ihre Arbeit, ihren Schweiß hineingesteckt, sich voll darauf konzentriert, in ihrer Sache besser und besser zu werden. Garantiert haben sie Tag und Nacht geübt, während andere geschlafen oder sich anderen Vergnügungen gewidmet haben. Und irgendwann waren sie Weltklasse. Aber das hatte viel mehr mit ihrem täglichen Einsatz zu tun, als wie nur mit einem angeborenen Talent. Glaub mir: allein die Begabung macht noch keinen Meister aus."

Wow, so eine lange Rede hatte Sabrina bei Baldur noch nie gehört. Seine Worte hatten sie mehr beeindruckt, als sie zugeben mochte. Bevor sie etwas erwidern konnte, klingelte Baldurs Mobiltelefon.

„Es ist Anna", sagte er mit einem Blick aufs Handy, nickte Sabrina noch einmal zu und ging langsam aufs Haus zu, während er mit seiner Frau sprach.

„Wie geht es dir, mein Schatz? Vermisst du mich?“, hörte sie ihn mit zärtlicher Stimme sagen und lächelte kopfschüttelnd. Anna und Baldur waren bestimmt seit 30 Jahren verheiratet und hatten sich erst heute Mittag zum letzten Mal gesehen. Trotzdem sprachen die beiden wie zwei frisch Verliebte miteinander. Baldur war einfach ein Glückspilz. Er lebte genau das Leben, das er liebte, und hatte eine Frau, die perfekt zu ihm passte.
Sabrina schlang sich die Arme um den Körper. Auf einmal war ihr doch kalt, sie war müde, und sie fühlte sich wie der einsamste Mensch auf der Welt. Irgendwie schien sie mit ihren 34 Jahren bis jetzt alles falsch gemacht zu haben. Unwillkürlich dachte sie an Scott. Noch nie zuvor hatte sie sich so sehr zu einem anderen Menschen hingezogen gefühlt. Sie hatte keine einzige logische Erklärung dafür. Doch jedes Mal wenn sie in seiner Nähe war, hatte ihr Herz schneller geklopft und ihre Knie waren weich geworden. Sie wünschte sich so sehr, dass er jetzt hier wäre und sie in die Arme nehmen würde. Aber wahrscheinlich dachte er in diesem Moment an Patricia. Oder an irgendeine andere Frau in New York. Dahin würde er ja ohnehin bald zurückkehren. Besser sie schlug ihn sich so schnell wie möglich aus dem Kopf und konzentrierte sich auf ihre berufliche Zukunft.
Aber es wollte ihr nicht gelingen, Scotts Bild aus ihren Gedanken zu verscheuchen. Immer wieder tauchte dieser breitschultrige Hüne in ihrer Vorstellung auf, sah sie mit seinen bernsteinfarbenen Augen an, beugte sich ganz nah zu ihr hinab und…
Nein! Sabrina zwang sich dazu, den Gedanken schnell wieder abzuschütteln. Vergiss den Typen, beschwor sie

sich selbst. Am besten wäre es, ihn nie wieder zu sehen. Am Tag nach der Walsafari hatte sie erst abends auf ihr Handy geschaut und bemerkt, dass er mehrmals versucht hatte, sie zu erreichen. Sie war versucht gewesen, ihn zurück zu rufen. Letztendlich hatte sie es nicht getan. Sie hatte befürchtete, dass er sich nur höflich nach Askur erkundigen wollte oder – noch schlimmer – ihr von dem schönen Tag mit Patricia berichtet hätte.

Es war Zeit, ins Bett zu gehen. Sabrina verstaute ihre Malutensilien wieder in der Satteltasche und ging noch einmal in den Paddock zu den Pferden. Die Isländer fraßen ungerührt weiter, als sie sich ihren Weg durch die Herde zu Askur bahnte. Der Fuchs rieb seinen Kopf an Sabrinas Schulter und begann systematisch damit, ihre Taschen nach Leckerlis zu durchsuchen.

„Pech gehabt, mein Lieber“, murmelte Sabrina und vergrub ihren Kopf in seinem warmen Fell. Sie atmete den vertrauten Geruch des Pferdes ein und fühlte sich auf seltsame Art getröstet. Ermutigt hob sie den Blick und betrachtete die Silhouetten der umliegenden Hügel im Licht des nordischen Sommers. Sie wusste, dass sie ihre Vergangenheit hinter sich gelassen hatte. Die Gegenwart bescherte ihr jeden Tag eine neue Herausforderung. Und die Zukunft? Sabrina dachte an ihren Aufstieg auf den Helgafell. Sie hatte ihre drei Wünsche, so wie es die Legende vorschrieb, in den Wind geflüstert. Ob sie sich erfüllen würden?

15

Nachdem sie einmal angefangen hatte, konnte Sabrina nicht genug bekommen. Kaum waren sie von ihrer Zwei-Tages-Tour auf den Hof zurückgekehrt, konnte sie es gar nicht abwarten, weitere Zeichnungen anzufertigen. Ihre Urlauber kämpften allesamt mit Muskelkater. Als Baldur sie mit listigem Blick gefragt hatte, wer dafür wäre, einen Tag Reitpause einzulegen, hatten alle die Hand gehoben. So waren Baldur und Anna mit ihren Gästen zur Blauen Lagune gefahren. Das große Thermalfreibad in der Nähe von Reykjavik galt ohnehin als eine der Touristenattraktionen des Landes, und heute würde es allen gut tun, nach den vielen Stunden im Sattel ein paar Runden im warmen Wasser zu drehen.

Sabrina war zu Hause geblieben. Sie hatte den Vormittag genutzt, das Sattelzeug der Pferde vom Schmutz zu reinigen und mit Lederfett geschmeidig zu halten. Mittags schmierte sie sich ein Brot, trank einen Kaffee und machte sich dann mitsamt Block und Stiften zu Fuß Richtung Meer auf. Sie kannte eine Stelle am Strand, an der fast immer Seehunde anzutreffen waren. Tiere und die Natur waren einfach ihre liebsten Motive, deswegen hatte sie sich diesmal die Seehunde vorgenommen. Für den Nachmittag war zwar Regen angesagt, aber ein Blick zum Himmel sagte ihr, dass sie bestimmt noch ein paar Stunden Zeit hätte, bevor es ungemütlich wurde.

Unweit der Seehunde breitete sie eine Plastiktüte auf dem Sand aus, setzte sich hin und begann zu zeichnen. Wieder versuchte Sabrina das, was sie vor sich sah, so detailgetreu wie nur möglich wiederzugeben. Sie erinnerte sich an einige der Tipps, die ihr Kunstlehrer ihr damals in der Schule gegeben hatte. Vieles hatte sie jedoch im Laufe der Jahre vergessen.

Mir fehlt das Handwerkszeug, die richtige Technik. Wenn ich besser werden will, muss ich unbedingt Unterricht nehmen, dachte sie. Im Hinterkopf hörte sie noch immer die Stimmen ihrer Eltern und die Ermahnungen von Jan. *Schlag dir das aus dem Kopf. Damit kannst du kein Geld verdienen. Das ist höchstens etwas für Lebenskünstler.* Doch die Stimmen waren leiser geworden. Stattdessen war tief in Sabrina ein Verlangen erwacht. Der Wunsch, der Kunst einen festen Platz in ihrem Leben einzuräumen. Etwas zu Papier zu bringen, auf das sie stolz sein konnte.

Seit zwei Stunden saß Sabrina am Strand und hatte die Zeit komplett vergessen. Dunkle Wolken jagten über den Himmel, und jetzt klatschten die ersten dicken Regentropfen auf ihren Zeichenblock. Erschrocken blickte Sabrina nach oben, raffte ihre Sachen zusammen und machte sich auf den Weg nach Hause. Ein strammer Fußmarsch von mindestens einer halben Stunde lag vor ihr. Nun begann es richtig zu regnen, die Schauer kamen schräg vom Himmel, und Sabrina war innerhalb von wenigen Minuten klatschnass. Sie fluchte, weil sie nicht besser aufgepasst hatte, und begann den Feldweg zur Straße hinauf zu joggen. So fror sie wenigstens nicht zu sehr und war hoffentlich etwas schneller zu Hause. Die Landschaft um sie herum war in einem trüben Grau gefangen, das Wasser quatschte in ihren Schuhen. Da hupte hinter ihr ein Auto. Sabrina sah sich um und

erkannte hinter den schnell hin und her sausenden Scheibenwischern die Gesichter eines Mannes und eines Hundes. Scott und Sam.
Scott öffnete die Beifahrertür, jagte den Hund auf den Rücksitz und rief: „Steig ein!“.
Bei dem Wetter musste Sabrina nicht lange überlegen. Erleichtert ließ sie sich auf den Sitz gleiten und genoss die Wärme des Wagens.
„Danke, dich schickt der Himmel. Ich hätte bestimmt noch zwanzig Minuten zu Fuß bis zur Farm gebraucht. Kannst du mich hinbringen?“
Scott grinste sie an. „Klar. Aber wie wäre es, wenn du erst kurz mit zu mir kommst? Ich gebe dir was Trockenes zum Anziehen und mache dir einen guten Irish Coffee. Das beste Mittel gegen Erkältungen.“
Ich sollte dankend ablehnen, dachte Sabrina und hörte sich selber sagen: „Na gut, wenn es dir nichts ausmacht, dass ich Pfützen in deinem Haus hinterlassen werde.“
„Kein Problem. Ich bin froh, dass ich dich getroffen habe. Ehrlich gesagt, komme ich gerade von Baldursholt, weil ich dich sprechen wollte. Es war niemand da. Und auf meine Anrufe und Nachrichten reagierst du ja leider nicht.“
Sabrina erröte leicht. „Tut mir leid. Ich gucke meist erst abends auf mein Handy. Und die letzten zwei Tage waren wir auf einer Reittour unterwegs und hatten die meiste Zeit über keinen Empfang.“
Obwohl Scott die Heizung auf volle Pulle gestellt hatte, fror Sabrina. Das Wasser lief ihr noch immer aus den Haaren auf ihren Körper, und ihr dicker Wollpullover war vollgesogen mit Feuchtigkeit. Scott warf ihr einen

mitleidigen Blick zu. „Wir sind gleich da, dann kannst du heiß duschen, und ich gebe dir was Warmes zum Anziehen.“
„Warum hattest du mich denn eigentlich angerufen?“, fragte Sabrina.
Scott schluckte. „Ich hatte ein schlechtes Gewissen. Schon als ich an dem Morgen fortfuhr und dich allein über die Wiese laufen sah, wusste ich, dass es ein Fehler gewesen ist, dich alleine zu lassen. Bis jetzt weiß ich noch nicht mal, was passiert ist. War die Verletzung von deinem Pferd nicht so schlimm?“
Sabrina zog eine Grimasse. Sollte sie es ihm sagen? Aber warum eigentlich nicht. Sollte er ruhig wissen, was für eine falsche Schlange diese Patricia war.
„Es gab gar keine Verletzung, Scott. Patricia hatte sich die ganze Geschichte ausgedacht, damit sie mit dir wegfahren konnte. Es war nur ein kleiner Streich, wie sie mir abends erzählt hat.“
„Was?“ Scott riss ungläubig die Augen auf. „Spinnt die? Das hat nichts mehr mit einem Streich zu tun, das war ja ein richtig hinterlistiger Plan. Und ich bin auch noch voll darauf reingefallen. Sie hat sich den ganzen Tag über nichts anmerken lassen.“
Das glaube ich gerne, dachte Sabrina.
„Oh Mann, dann bist du wahrscheinlich richtig sauer auf uns gewesen“, sagte Scott.
„Nicht auf dich. Aber Patricia hätte ich wirklich den Hals umdrehen können.“
„Was hat Baldur zu der ganzen Sache gesagt?“
„Er weiß von nichts. Patricia hat mir gedroht, sich bei ihrem Reiseveranstalter über mich und den Reiterhof zu

beschweren. Weil sie angeblich durch meine Schuld vom Pferd gefallen ist."
Scott sah sie entsetzt an. „Ach du meine Güte! Und das war letztendlich doch alles meine Schuld."
Sabrina schüttelte den Kopf. „Quatsch. Es kann immer mal etwas Unvorhergesehenes passieren. Patricia ist einfach nicht besonders sattelfest. Aber das alles ist jetzt auch egal. Ich möchte nicht, dass Baldur und Anna wegen mir Ärger bekommen. Das lohnt sich alles gar nicht wegen dieser bescheuerten Kuh."
Scott nickte. „Wahrscheinlich hast du recht. Trotzdem bewundere ich dich für deine Gelassenheit. Ich glaube, ich wäre ausgerastet."
Wäre ich auch fast, dachte Sabrina, sagt aber nichts. In diesem Moment hielten sie vor Scotts Ferienhaus. „Warte, ich schließe schnell auf, und dann rennst du rein", sagt Scott und sprintete durch den unablässigen Regen zur Tür. Sekunden später folgten Sabrina und Sam ihm.
Im Haus war es warm und gemütlich. Sabrina zog ihre Schuhe aus, und im Nu hatte sich dort wo sie stand, eine Pfütze gebildet.
„Siehst du, ich hab's dir ja gleich gesagt", murmelte sie, aber Scott winkte nur ab. Er ging zum Schrank hinüber und holte ein riesiges Sweatshirt und eine Jogginghose heraus. „Hier, bitte sehr. Ist leider nicht von Dior, aber dafür frisch gewaschen und schön warm. Da vorne ist das Badezimmer, frische Handtücher liegen im Regal. Lass dir Zeit, ich werde uns schon mal einen Kaffee kochen."
Kurze Zeit später stand Sabrina unter der Dusche und ließ sich das heiße Wasser über den Körper rinnen. Nach und nach taute sie auf und genoss das Gefühl, endlich wieder

warm zu werden. Sie hörte, wie Scott nebenan mit Geschirr klapperte und mit dem Hund sprach. Dann erklang Musik, sie erkannte die Stimme Bryan Adams. In aller Ruhe trocknete sie sich ab, und föhnte ihre Haare an, die ihr lockig über die Schultern fielen. Mehr konnte sie nicht tun. In Scotts Badezimmer gab es lediglich Pflegeutensilien für den Mann. Immerhin fühlte sie sich jetzt wieder sauber, und vor allem war ihr nicht mehr so kalt. Sie öffnete die Tür zum Wohnzimmer und betrachtete Scott, der gerade eine Flasche Jack Daniels verschloss und mit einem kleinen Löffel frisch geschlagene Sahne auf dem Kaffee verteilte. Er sah auf und lächelte.
„Fertig? Das hat bestimmt gut getan, oder? Hier kommt nun Scott McNaras ultimatives Mittel gegen Erkältungen. Voilà, ein first-class Irish Coffee."
Mit diesen Worten übergab er ihr eine der Tassen und blickte sie erwartungsvoll an.
„Na, da bin ich gespannt", antwortete Sabrina und nahm einen Schluck. Der Kaffee war heiß und stark und schmeckte köstlich. Der Whiskey darin schien sie zusätzlich von innen her zu wärmen. „Fantastisch!", seufzte sie und lächelte Scott dabei an.
„Darf ich?", fragte er und strich mit dem Finger über Sabrinas Nase, auf der sich ein Klacks Sahne gesammelt hatte. Er leckte die Sahne von seinem Finger, und Sabrina schluckte. Scott stand so nah vor ihr, dass sie den Wind seines Atems an ihrer Wange spüren konnte. Sie roch den Duft seines herben After Shaves und wünschte sich, er würde sie berühren. Die unbekümmerte Stimmung zwischen ihnen war verflogen. Sie glaubte, Verlangen aus

seinem Blick lesen zu können. Doch gleichzeitig hielt ihn irgendetwas davor zurück, ihr näher zu kommen.
„Komm, wir setzen uns aufs Sofa“, sagte er, nahm seine Tasse und ging mit ihr zur Couch, wo er schon einen Teller mit Keksen deponiert hatte. „Möchtest du noch eine Decke?“, fragte er. Sabrina schüttelte den Kopf. Was war los mit ihm?
„Ich reise bald ab“, sagte er und mied dabei ihren Blick.
Sabrinas Mund wurde trocken. Irgendwie hatte sie es geahnt. Er wollte sich einfach nur von ihr verabschieden.
„Diese Reise nach Island hat sich ganz anders entwickelt, als ich mir vorgestellt hatte. Was ich mir erhofft hatte, ist nicht eingetreten. Dafür ist etwas anderes passiert. Aber, ehrlich gesagt, kann ich solche Verwicklungen in meinem Leben überhaupt nicht gebrauchen.“
Seine Stimme war rau geworden.
Sabrina verstand überhaupt nichts mehr. Wovon redete er? Meinte er die Sache mit Patricia? Sie stellte ihre Tasse auf dem Tisch ab und nahm seine Hand. „Scott, was ist los mit dir? Was willst du mir sagen? Hast du dich vielleicht in Patricia verliebt?“
„Patricia?“ Er sah sie verständnislos an und lachte dann auf. „Hast du denn gar nichts gemerkt, Sabrina?“
Und dann verlor er doch seine mühsam aufrecht gehaltene Beherrschung und zog sie fast brutal an sich. Er nahm ihr Gesicht in seine Hände, presste seinen Mund auf ihren und küsste sie voller Leidenschaft. Sie spürte die Wärme seines Körpers, die starken Muskeln unter seinem Hemd. Sanft streichelte er ihren Rücken und zog sie noch enger an sich. Sabrina hörte nur noch ihr eigenes, hämmerndes Herz und die leisen, liebkosenden Wörter, die er ihr ins Ohr

flüsterte. Es war ihr egal, was die Zukunft bringen mochte. In diesem Moment ließ sie sich nur noch von ihrem Gefühl leiten. Sie schloss die Augen und ließ es geschehen, dass er ihr den Pullover über den Kopf zog. Sie knöpfte sein Hemd auf und streichelte über seine breite Brust, fühlte sein Gewicht auf ihrem Körper ruhen und wünschte, die Zeit würde still stehen.

Da fuhr ein Schwall eiskalter Luft ins Zimmer. Sam bellte aufgebracht.

Jemand rief: „Also ist es doch wahr. Ich habe euch erwischt!“

Wie von der Tarantel gestochen, fuhren Scott und Sabrina hoch. In der Tür stand ein wildfremder Mann.

16

Träge schwamm Patricia durch das warme, hellblaue Wasser der Lagune. Sie trug ihren neuen gelben Bikini, der ihre Figur äußerst vorteilhaft zur Geltung brachte, was sie an diesem Tag eindeutig zum Blickfang des Schwimmbades machte. Während die Reitergruppe von Baldursholt ausgelassen im Wasser plantschte und sich bestens amüsierte, blieben Patricia und Laura für sich.

„Wollen wir nicht doch mal zu den anderen schwimmen? Sonst meinen die noch, wir wollten nichts mit ihnen zu tun haben“, maulte Laura, die einen hochgeschlossenen Badeanzug trug, der mindestens schon zehn Jahre alt war. Patricia warf ihr einen vorwurfsvollen Blick zu.

„Wenn du meinst, dich bei ihnen anbiedern zu müssen – bitte!“, sagte sie schnippisch. „Mir reicht es, sie von morgens bis abends auf dem Hof und beim Reiten ertragen zu müssen. Da ist doch nun wirklich kein einziger dabei, der auch nur etwas interessant ist.“

Das fand Laura zwar nicht, aber wie immer beugte sie sich der Meinung ihrer Freundin, hielt den Mund und schwamm brav hinter ihr her.

„Die Zeit hier auf Island vergeht wirklich wie im Fluge. Nur noch ein paar Tage, und wir fliegen schon wieder nach Hause“, sagte Laura, während sich Patricia auf den Rücken drehte und in den Himmel starrte, der mittlerweile immer dunkler wurde.

„Ja, das stimmt“, antwortete sie, obwohl sie von Island längst genug hatte. Allerdings ärgerte es sie, dass sie Scott

immer noch nicht herum gekriegt hatte. Das war sie ganz und gar nicht gewohnt, und es stachelte ihren sportlichen Ehrgeiz an.
Inzwischen ärgerte sie sich über sich selbst, dass sie heute die einmalige Chance nicht genutzt hatte, auf der Farm zu bleiben und Scott einen Besuch abzustatten.
Sie schwammen zum anderen Ende des Beckens und entdecken Anna und Baldur, die mit einem jungen Mann plauderten. Patricia winkte ihnen zu, und die Drei schauen auf.
„Ah, unsere beiden Düsseldorferinnen", sagte Baldur. „Darf ich euch mit Erik bekannt machen? Er wohnt in Stykkishólmur, seine Eltern sind langjährige Freunde von uns."
Erik streifte Laura mit einem kurzen Blick und widmete seine volle Aufmerksamkeit dann Patricia. Eine solche Schönheit bekam er zu Hause selten zu sehen. „Gefällt es euch in Island?", fragte er und sah Patricia dabei mit einem herausfordernden Blick an.
„Das Wetter könnte besser sein. Aber sonst: ganz nett", antwortete Patricia und schloss die Musterung des jungen Mannes mit einem anerkennenden Lächeln ab.
Erik war entweder Dauergast in einem Fitnessstudio oder Holzfäller von Beruf. Sein Bizeps hätte gestandene Bodybuilder vor Neid erblassen lassen. Ein gut trainierter Körper zählte eindeutig zu den Dingen, die Patricia gefielen.
Vielleicht würde der Nachmittag ja doch noch ganz unterhaltsam werden. Ihre Anspielung aufs Wetter veranlasste Anna jetzt dazu, einen sorgenvollen Blick in Richtung Himmel zu werfen.

„Ich fürchte, es wird nicht mehr lange dauern und es regnet", sagte sie missmutig. „Und das ausgerechnet an Mittsommernacht. Weiß du noch letztes Jahr, Baldur? Da haben wir die ganze Nacht bei Sonnenschein draußen gesessen, gegessen und getrunken und sind erst gegen Morgen ins Bett gegangen."
„Ja, ich erinnere mich, mein Schatz. Aber das können wir uns heute aus dem Kopf schlagen. Vielleicht sollten wir alle zusammen noch nach Reykjavik reinfahren und in ein gemütliches Lokal gehen. Irgendwie müssen wir diese besondere Nacht schließlich feiern, oder?"
Anna nickte begeistert. „Vielleicht möchtest du auch mitkommen, Erik?", fragte sie.
„Warum nicht", antwortete er gedehnt und durchbohrte Patricia dabei mit seinem Blick.
Sie zog die Augenbrauen hoch und lächelte. „Na dann bis später, Erik", entgegnete sie.
Die ersten Regentropfen platschten in die Lagune, als die Reitergruppe das Becken verließ. Niemand hatte etwas dagegen, den Abend in der Stadt zu verbringen.
Ganz Reykjavik schien heute auf den Beinen zu sein. Ein großes Open-air-Festival hatte Besucher aus dem ganzen Land angezogen, und es schien unmöglich, ohne Vorbestellung einen Tisch für die ganze Gruppe in einem Restaurant zu ergattern. Schließlich fanden sie ein Lokal, in dem sich die Gruppe an mehreren Tischen aufteilen konnte.
Erik wich Patricia nicht mehr von der Seite. Sie genoss seine Aufmerksamkeit und flirtete hemmungslos mit ihm, während sie das Abendessen bestellten und Wein tranken. Plötzlich kam Patricia eine Idee.

Erik für ihre Zwecke zu gewinnen, würde nicht schwer sein. Sie wartete ab, bis alle gegessen hatten und weitere Pläne für den Abend schmiedeten. Anna und Baldur waren ebenso in Feierlaune wie die Urlauber und schienen es nicht eilig zu haben, nach Hause zu fahren. Gerade wurde darüber debattiert, ob man das Lokal für weitere Drinks wechseln oder lieber hier noch eine Runde bestellen sollte. Da legte Patricia Erik die Hand auf den Arm und fragte mit einstudiertem Augenaufschlag: „Sag mal Erik, würde es dir vielleicht etwas ausmachen, mich zurück zur Farm zu bringen? Ich bin jetzt doch irgendwie müde. Und Baldursholt liegt doch direkt auf deinem Heimweg, oder?"
Erik sah sie zunächst überrascht an und grinste dann anzüglich. „Überhaupt kein Problem, Baby. Wenn du willst, können wir sofort aufbrechen."
Patricia nickte und zwinkerte ihm zu. „Danke, das ist wirklich lieb von dir. Ich sage nur rasch Anna und Baldur Bescheid, dass wir schon fahren."
Ein paar Minuten später saßen sie in Eriks Toyota. Aus den Lautsprechern hämmerte Hip-Hop-Musik, die Polster waren verschlissen, und unter dem Rückspiegel baumelte ein fleckiger Duftbaum. Mit leicht angewidertem Gesichtsausdruck ließ sich Patricia auf dem Beifahrersitz nieder und drehte das Radio leiser. Für seine Ziele musste man eben Opfer bringen. Die Fahrt zurück würde ja nicht ewig dauern.
Erik konnte sein Glück kaum fassen. Der Tag hatte sich viel besser entwickelt, als er sich in seinen kühnsten Träumen vorgestellt hatte. Wer hätte gedacht, dass eine so scharfe Braut wie Patricia auch noch von selbst den Vorschlag machen würde, alleine mit ihm nach Hause zu

fahren? He Alter, du bist endlich auf der Siegerstraße, gratulierte er sich selbst zu seinem Erfolg und wagte einen Griff auf Patricias Knie. Irgendwo musste man schließlich mal anfangen.
Kurz bevor sie Stykkishólmur erreichten, sagte sie es ihm. „Hör mal Erik, du brauchst mich gar nicht bis ganz zur Farm zu bringen. Ich habe mir überlegt, dass ich vorher noch einen Freund besuchen könnte. Er wohnt hier ganz in der Nähe in einem Ferienhaus. Wäre super, wenn du mich da einfach absetzen könntest."
Erik sah sie entgeistert an und lachte dann. „He Patty, das soll wohl ein Scherz sein, oder?"
Er schlug mit der Hand aufs Lenkrad und lachte jetzt noch lauter. „Hast du plötzlich kalte Füße bekommen? Das brauchst du nicht, Liebling. Ich werde ganz sanft zu dir sein." Dabei griff er wieder auf ihr Bein und rieb mit der Hand über ihren Oberschenkel.
Patricia erstarrte. Ihr Mund wurde ganz trocken, und sie räusperte sich. „Mach keinen Blödsinn, Erik. Anna und Baldur wissen, dass du mich nach Hause fährst. Ich dachte, es wäre kein Problem, wenn du mich an diesem Sommerhaus herauslässt. Aber wenn du lieber zur Farm fährst, ist das auch okay."
Erik grinste und steckte sich ein Kaugummi in den Mund. „Na siehst du, schon verstehen wir uns wieder. Natürlich bringe ich dich zur Farm. Aber vorher fahren wir noch zu mir und haben ein bisschen Spaß. Schließlich bin ich ja nicht blöd, oder? Meinst du, ich habe nicht gemerkt, dass du mir schon den ganzen Nachmittag und Abend schöne Augen machst? Da kann ich dich doch nicht enttäuschen, Baby!"

Er lachte dreckig, und in Patricia kroch eine kalte Angst empor. Kurz vor Stykkishólmur bog Erik in einen schmalen Weg ein, der zu einem dunklen, einsam gelegenen Gehöft führte. „Gleich sind wir da, Patty. Du wirst schon sehen, ich habe es richtig kuschelig zu Hause.“

17

Hastig riss sich Sabrina das Sweatshirt wieder über den Kopf, während Scott noch verblüfft nach Luft schnappte. „Was zum Teufel wollen Sie hier? Und wer sind Sie überhaupt?“, schrie er den Fremden an.
Der Mann machte einen nicht minder verwirrten Eindruck. Er starrte vor allem Sabrina an und schüttelte verwundert den Kopf. „Bitte entschuldigen Sie, ich dachte, Sie wären Patricia.“
„Es wäre schön, wenn Sie uns nun endlich erklären könnten, wer sie eigentlich sind“, knurrte Scott sichtlich verärgert.
Der Mann zog die Tür hinter sich zu und trat einen Schritt vor. Er trug einen gut geschnittenen Designeranzug, und aus seinen teuren Lederhalbschuhen triefte die Feuchtigkeit. „Mein Name ist Sebastian Simmer. Ich bin Patricias Verlobter.“
„Schön, aber das ist ja wohl noch lange kein Grund, hier uneingeladen hereinzuplatzen. Oder ist das in Deutschland so Sitte?“, fragte Scott.
Die Schultern des Mannes sackten herab. Er schien von einem Augenblick zum anderen zu schrumpfen. „Es tut mir leid“, sagte er. „Es war wohl doch ein Irrtum.“
„Wie kommen Sie denn überhaupt auf die Idee, Patricia könnte hier sein?“, fragte Sabrina etwas freundlicher.
Der Mann schien sich immer noch äußerst unwohl zu fühlen. Er sah betreten auf seine Füße und antwortete: „Ich habe eine Nachricht bekommen, dass Patricia hier mit

Ihnen herum machen würde.“ Dabei blickte er wieder zu Scott hinüber. „Erst habe ich das gar nicht ernst genommen, aber dann hat es mir keine Ruhe mehr gelassen. Schließlich ist Patricia nun mal eine bildhübsche Frau. Ich hätte sie auf keinen Fall alleine hierher fahren lassen sollen.“

„Na, diese Einsicht kommt ja nun etwas spät“, murmelte Scott, während Sabrina ihn unauffällig in die Seite boxte.

„Auf jeden Fall habe ich es plötzlich nicht mehr in Düsseldorf ausgehalten. Ich musste mir einfach Gewissheit verschaffen. Also habe ich einen Flug gebucht, einen Mietwagen genommen und bin zur Farm gefahren. Aber dort ist niemand.“

„Sie sind alle in die Blaue Lagune gefahren“, sagte Sabrina.

„Entschuldigung, ich hätte nicht herkommen sollen“, sagte Sebastian verlegen.

Scott und Sabrina entspannten sich. Sah ganz so aus, als ob der ungebetene Besucher gleich wieder verschwinden würde. Sie hatten nichts dagegen.

„Wer hat Ihnen denn eigentlich diese Lüge aufgetischt, dass sich Patricia in meinem Haus befindet?“, fragte Scott, als sich Sebastian schon halb zur Tür gewandt hatte.

„Das darf ich Ihnen nicht sagen. Ich hab’s versprochen. Aber eigentlich ist es eine vertrauenswürdige Quelle.“

Sebastian schien zu zögern. Er sah sich suchend im Zimmer um, und sein Blick blieb auf einer Kommode neben der Tür zum Schlafzimmer hängen. Mit ein paar Schritten hatte er den Raum durchquert und steuerte auf den Schrank zu.

„He, was soll das?“, sagt Scott noch, doch da hatte Sebastian schon die oberste Schublade aufgerissen und wühlte darin herum. Sabrina traute ihren Augen nicht. War der Typ jetzt völlig verrückt geworden?
Mit einem Stöhnen zog Sebastian etwas aus der Schublade. Ein Negligé, ein Hauch von Seide. Es schimmerte blutrot in Sebastians zur Faust geballten Hand. Sein Gesicht war aschfahl geworden. Jetzt reckte er Scott und Sabrina seinen Arm entgegen und starrte sie mit irrem Blick an. „Und was ist das?“, brüllte er. „Das gehört Patricia. Ich würde es immer wieder erkennen, denn ich habe es ihr gerade erst vor vier Wochen zum Geburtstag geschenkt.“
Scott sah aus, als wenn er eine Erscheinung gesehen hätte. Sabrina hielt die Luft an und konnte ihre Augen nicht von dem bordeauxroten Kleidungsstück wenden, das Sebastian triumphierend hin und her schwenkte.
„Ich habe keine Ahnung, wie das dort hingekommen ist“, stammelte Scott und schüttelte ungläubig den Kopf.
Sebastian lachte bitter auf. „Natürlich. Jemand hat es dort hingezaubert. Also war meine Information doch richtig. Und Sie sind noch schlimmer, als ich dachte. Erst verführen Sie meine Patricia, und dann holen Sie sich gleich die Nächste ins Bett. Schämen Sie sich überhaupt nicht?“
Sebastian stopfte sich das Negligé in seine Anzugtasche und ging zur Tür. „Ich wünsche noch einen schönen Abend“, zischte er, bevor er die Tür aufriss und in sein Auto stieg. Sabrina hatte sich in der Zwischenzeit ruckartig erhoben, zog ihre nassen Schuhe an, warf sich ihre immer noch triefende Jacke über und machte ebenfalls

Anstalten, das Haus zu verlassen. Scott versuchte, sie festzuhalten, doch sie wehrte seine Hand ab und sagte mit eisiger Stimme. „Lass mich in Ruhe. Ich will nie wieder etwas mit dir zu tun haben."
„Sabrina!". Scotts Stimme zitterte. „Jetzt warte doch. Ich weiß wirklich nicht, wie das Ding in meine Schublade gekommen ist. Und ich schwöre dir, dass ich nie etwas mit Patricia hatte."
Mit erzwungener Ruhe hielt sie die Tränen zurück und sagte: „Die Tatsachen sprechen für sich, Scott McNara. Gratuliere, dass du es in so kurzer Zeit geschafft hast, gleich zwei Frauen herum zu kriegen. Da hat sich dein Aufenthalt hier ja voll gelohnt."
Mit diesen Worten riss sie die Tür auf und ging nach draußen. In der Ferne waren noch die Rücklichter von Sebastians Auto zu sehen. Mit langen Schritten marschierte sie Richtung Straße, ohne sich noch ein einziges Mal umzublicken.
„Dann verschwinde doch. Ist wohl besser so", hörte sie Scotts Stimme im Rücken. Sie zerrissen ihr vollends das Herz.

18

Das Haus wirkte dunkel und verlassen. Sabrina wunderte sich, dass immer noch niemand wieder auf der Farm war. Eigentlich hätten sie von ihrem Ausflug zum Schwimmen längst zurück sein müssen. Doch dann fiel es ihr ein. Heute war Mittsommernacht. Bestimmt hatten sie sie entschlossen, noch in die Stadt zu fahren und ein wenig zu feiern. Immerhin hatte der Regen endlich aufgehört, aber noch immer trieben schwere Wolken über den Himmel.
Eigentlich ganz gut, dass niemand hier ist, vor allem Patricia nicht, dachte Sabrina, während sie die Treppe zu ihrem Zimmer hochstieg. Sie hätte nicht gewusst, ob sie zu irgendeinem Smalltalk in der Lage gewesen wäre. Vor allem Anna hätte ihr bestimmt sofort angesehen, dass etwas passiert war. Sie konnte es ja selbst noch nicht fassen. Wie hatte sie sich in Scott nur so täuschen können?
Sie schmiss sich auf ihr Bett und starrte an die Decke. Hoffentlich würde Scott bald abreisen, so dass sie ihn nie wieder sehen musste. Vergiss ihn! Er ist es überhaupt nicht wert, versuchte sie sich selbst einzureden. Trotzdem lag ihr das Herz zentnerschwer in der Brust. Wie sollte sie bloß die nächsten Tage überstehen, in denen sie Patricia ständig begegnete? Dann fiel ihr ein, dass Sebastian wohl kaum abreisen würde, ohne mit ihr gesprochen zu haben. *Wo war er überhaupt?* Wenn sie Glück hatte, würde er früher als geplant zusammen mit ihr abreisen.

Sie seufzte tief. War ihr das Leben schon vor ihrer Abreise aus Deutschland kompliziert vorgekommen, so erschien es ihr jetzt als einziges Chaos.
Es war totenstill im Haus. Sie hörte die Wanduhr im Flur ticken und sah, wie die Wolken ein sich ständig veränderndes Muster an die Tapete warfen. Tausend Gedanken schossen ihr durch den Kopf, sie konnte jetzt unmöglich schlafen. Sie musste einfach hier raus, sonst würde sie noch verrückt werden.
Entschlossen zog sie sich ihre Reitsachen an und lief nach draußen.
Die Pferde grasten in Sichtweite des Stalles. Sabrina steckte sich ein paar Leckerlis in die Tasche, warf sich ein Halfter über die Schulter und machte sich auf die Suche nach Askur. Wie fast immer hielt er sich genau in der Mitte der Herde auf und hatte sie schon gesehen, bevor sie ihn entdeckte.
„Askur, ein Glück, dass ich dich habe“, sprach sie ihn an, zog ihm das Halfter über und vergrub ihren Kopf in seiner seidigen Mähne. Es gab doch nichts Besseres als ein Pferd, wenn es einem schlecht ging. „Und was ist mit meinem heißen Kakao?“ hörte sie ihre Mutter in ihrem Hinterkopf fragen.
Sie führte Askur zum Stall, putzte ihn flüchtig und legte ihm den Sattel auf. „Wir machen noch einen kleinen Ausritt ganz alleine, meiner Schöner“, flüsterte sie ihm ins Ohr. „Einen Mittsommernachtsritt. Wie klingt das für dich?“
Im Schritt verließ sie mit Askur den Hof. Sie hatte kein Ziel im Sinn. Da sah sie hoch über sich den Seeadler kreisen.

„Sieh mal, Askur, unser Freund ist wieder da. Was meinst du, sollen wir ihm folgen?“
Sie gab ihrem Pferd die Zügel hin und ließ es in einen schnellen Tölt fallen. Den Blick auf den Adler gerichtet, schien sie sich ein Wettrennen mit dem Wind zu liefern.

19

Erik lag auf dem Rücken und schnarchte. Seine Sachen waren ebenso wie die von Patricia ums Bett herum verstreut. Eine Geruchswolke aus Gin hing in der Luft. Angewidert rümpfte Patricia die Nase und erhob sich vorsichtig von der Matratze. Auf Zehenspitzen schlich sie ums Bett herum, sammelte ihre Sachen auf und zog sich so leise wie möglich an.

Er hatte bekommen, was er wollte und war wahrscheinlich stramm wie eine ganze Football-Mannschaft, aber dennoch hatte Patricia eine Höllenangst davor, dass er aufwachte und sie wieder ins Bett zerren würde. Die letzten Stunden waren ihr wie ein Alptraum vorgekommen. Sie hatte gedacht, dass Erik ein lieber netter Junge mit viel Muskeln und wenig Hirn sei, den sie leicht manipulieren konnte. Die erste Annahme war vermutlich sogar richtig gewesen, aber mit ihrem Einfluss auf ihn hatte sie völlig danebengelegen. Erik war davon ausgegangen, dass sie mit ihm ins Bett wollte und hatte sich dieses *Angebot* nicht wieder nehmen lassen.

Vorsichtig drückte sie die Klinke der Haustür herunter, schlich mit angehaltenem Atem nach draußen und zuckte zusammen, als die Tür mit einem Klacken wieder ins Schloss fiel. Sie lauschte. Aber aus dem Inneren des Haus war nichts zu hören. Offenbar schlief Erik immer noch tief und fest. Mit einem Seufzer machte sich Patricia auf den Weg.

Wie blöd, dass sie ihr Handy in ihrem Zimmer vergessen hatte. Sie würde bestimmt mindestens zwei Stunden brauchen, bis sie zu Fuß die Farm erreichte. Sie blickte auf ihre Armbanduhr: 22 Uhr. Zum Glück war es wenigstens hell, wenn auch die Sonne nicht schien.
Wäre ich doch bloß bei den anderen geblieben, ärgerte sich Patricia, während sie sich Schritt für Schritt von dem Gehöft entfernte. Zunächst fühlte sie sich mit jedem Meter, den sie zwischen sich und Erik ließ, ruhiger. An der Abzweigung zu seinem Haus entschied sie sich nach links zu gehen, anstatt in Richtung der Stadt. Sie war sich hundertprozentig sicher, dass die Farm auf dieser Strecke liegen musste. Natürlich war um diese Zeit kein Mensch mehr auf der Straße unterwegs. Nie wieder Island, schwor sich Patricia. Sie fröstelte in ihrer viel zu dünnen Jacke, der Wind zerrte an ihren Haaren. Eine halbe Stunde später gelangte sie wieder zu einer Abzweigung. Beide Straßen waren höchstens bessere Feldwege. Sollte sie rechts oder links gehen? Sie hatte eigentlich angenommen, die Straße würde sie geradewegs zur Farm führen.
Herrje, was für ein Mist! Sie stampfte mit dem Fuß auf und hätte vor Wut am liebsten geheult. Aber mit Tränen käme sie hier nicht weiter. Sie musste sich entscheiden. Weit und breit war weder ein Haus noch ein Auto zu sehen. Die Wolken warfen ihre Schatten auf dunkles Moos und uralte Lavaplatten.
„Die Mittsommernacht ist hier bei uns auf Island die Zeit der Elfen und Wiedergänger“, hatte Baldur in dem Lokal in Reykjavik ernsthaft erklärt. Patricia fragte sich, warum ihr das ausgerechnet jetzt einfiel. Was für einen Schwachsinn, dachte sie und nahm aufs Geratewohl den

Weg, der nach rechts führte. Der Wind fuhr durch die niedrigen Büsche, die links und rechts des Weges wuchsen. Waren sie hier schon einmal mit der Gruppe entlang geritten? Patricia konnte sich nicht erinnern. Für sie sah alles gleich aus, und sie verbot sich den Gedanken daran, dass sie vielleicht die falsche Abzweigung genommen hatte. Dennoch kehrte er zurück. Was, wenn sie sich nun immer weiter von Baldursholt entfernte? Sollte sie vielleicht doch umkehren und Erik bitten, sie nach Hause zu bringen? Nein, das würde sie auf gar keinen Fall tun. Bestimmt würde sie in ein paar Minuten die Lichter der Farm sehen.
Eine Stunde war sie nun schon in dieser Wildnis unterwegs, fast kam es ihr vor, als liefe sie im Kreise. Ihre modischen Sneakers waren hinüber. Zweimal war sie aus Versehen in ein Matschloch getreten. Seitdem waren auch noch ihre Füße nass.
Da war auf einmal dieses Geräusch hinter ihr. Ein Tier? Patricia blickte sich um. Nichts. Die Landschaft lag in ihrer rauen, archaischen Schönheit vor ihr, und weit und breit war weder ein Mensch noch ein Tier zu sehen. Patricia zuckte mit den Schultern. Sie musste sich verhört haben. Kein Wunder, dass ihre Nerven ihr nach diesem schrecklichen Abend einen Streich spielten.
Sie ging weiter, der Wind hatte zugelegt. Da war es schon wieder. Diesmal hatte sie es genau gehört. Direkt hinter ihr hatte jemand gelacht. Eindeutig war es eine Frau gewesen. Wütend drehte sie sich um. Wenn da jemand einen Jux mit ihr machte, konnte sich diejenige warm anziehen. Verblüfft blickte sie in die Runde. Wieder war niemand da. Ein kalter Schauer lief Patricia über den Rücken. Wer

oder was auch immer hinter ihr her war, musste hier ganz in der Nähe sein. Aber wo konnte es sich verstecken? Die Büsche waren so niedrig, dass kein erwachsener Mensch dahinter kauern könnte. Inzwischen rannen ihr die Tränen über die Wangen. Es sind nur meine Nerven, sagte sie sich immer wieder. Nur die Nerven. In Wirklichkeit spürte sie, dass sie nicht alleine war. Jemand begleitete sie auf ihrer Wanderung durch die Nacht. Jemand, der sich über sie lustig machte und eindeutig im Vorteil war, weil sie ihn nicht sehen konnte.

Immer stärker stieg die Panik in Patricia hoch. All ihre Sinne waren geschärft. Dieses entsetzliche Atmen in ihrem Rücken. Sie wünschte sich verzweifelt, es würde endlich aufhören. Inzwischen traute sie sich nicht mehr, sich umzublicken. Ihr Puls raste.

„Hilfe! Hört mich denn keiner?“, schrie sie in den heulenden Wind.

Als Antwort erklang wieder ein leises, heiteres Lachen.

Vor Angst zitternd, stolperte Patricia weiter in die Wildnis.

20

Wütend ging Scott zurück ins Haus und knallte die Tür hinter sich zu. Frauen! Irgendwie waren sie doch alle gleich, auf jeden Fall hatte man nichts als Ärger mit ihnen. Er blickte auf das Sofa, auf dem er bis vor wenigen Minuten noch mit Sabrina gelegen hatte. Dann wanderte sein Blick zu der Kommode, in der die Schublade immer noch offen stand.
Wie war das verdammte Negligé da hinein gekommen? Patricia war nie hier gewesen. Oder etwa doch? Hatte sie vielleicht auch die Fotos von der Festplatte gelöscht? Kannte sie einen Trick, mit dem sie sein Passwort überlisten konnte? Und wer hatte diesem arroganten Typen aus Deutschland gesagt, dass seine Freundin ausgerechnet mit ihm etwas hätte?
Mit klopfenden Herzen ließ sich Scott auf sein Sofa fallen. Fragen über Fragen, auf die er keine Antwort hatte. Am besten wäre es, er würde so schnell wie möglich von dieser Insel verschwinden. Eigentlich hatte er genügend gute Fotos für den National Geographic auf seiner Festplatte. Was hielt ihn hier also noch? Er würde gleich morgen früh ins Internet gehen, einen Rückflug nach New York buchen und seinen Vermietern Bescheid sagen, dass er abreiste. Beim Gedanken an Gunnar sah sich Scott suchend im Zimmer um. Wo war eigentlich der Hund geblieben?
„Sam?“, rief er. Als Antwort erfolgte zuerst ein leises Winseln aus dem Schlafzimmer, und dann kam der Border Collie mit wedelnder Rute auf ihn zugetrabt. Scott kraulte

seinen Rücken und seufzte. „Na, du hast dich wohl verkrochen bei diesem Budenzauber hier. Recht hast du, da hätte ich auch `drauf verzichten können."
Der Hund ließ sich mit einem kurzen Grunzen zu seinen Füßen nieder und genoss die Streicheleinheiten. „So gerne ich dich hier behalten würde, aber ich glaube, du wirst zu Hause vermisst. Findest du den Weg alleine, Kumpel?"
Sam schaue ihn fragend an und erhob sich widerwillig, als Scott aufstand und die Tür nach draußen öffnete. „Lauf nach Hause, Sam!", sagte Scott. Der Hund schaute beleidigt zu ihm auf, zog die Rute ein und rannte davon. Scott schloss die Tür, sah sich in seinem Sommerhaus um und fühlte sich einsamer als je zuvor. Er ging zur Küchenanrichte und goss sich noch ein Glas Jack Daniels ein. Die Flasche war inzwischen halb leer. Warum sollte er sie nicht gleich ganz austrinken?
Der Whiskey rann stark und heiß durch seine Kehle. Er hatte seit Stunden nichts gegessen, und so stieg ihm der Alkohol schneller als er gedacht hätte in den Kopf. Aber was machte das schon? Er kehrte zum Sofa zurück und sah Sabrina vor sich, wie sie ihn mit einem Blick musterte, der all ihre Enttäuschung offenbarte. „Die Tatsachen sprechen für sich", wiederholte er mit einem bitteren Auflachen ihre Worte.
Er hielt Selbstgespräche. Welche Tatsachen? Du hast mir nicht mal die Chance gegeben, etwas zu erklären. Schon mal was von Vertrauen gehört? Sollte das nicht die Grundlage einer Liebe sein?
Scott zuckte zusammen, als er sich das fragte. Wie kam er überhaupt auf Liebe? Er kannte Sabrina doch kaum. Liebte er sie wirklich? Hatte er Melanie geliebt? Er trank sein

Glas aus und füllte es gleich wieder neu. Na, zumindest hatte er sie in den Tod getrieben. Das war doch auch schon mal was. „Prost, Scott!“ hob er sein Glas und trank wieder. Jetzt war sowieso schon alles egal. Der Whiskey würde ihn zumindest gut schlafen lassen, glaubte er.
Als die Flasche leer war, wankte er hinüber ins Schlafzimmer und ließ sich voll angezogen aufs Bett fallen. Die Frauen konnten ihn kreuzweise. Morgen würde er heim nach New York fliegen. Mit diesem Gedanken schlief er ein.

***

Sie saßen zusammen auf der blau-weiß-karierten Picknickdecke am Strand. Die Sonne schien, aber es war noch zu kalt zum Baden. Sie hatten einen Korb mit Limonade, Sandwiches und Schokolade dabei. Vor ihnen spielten zwei kleine Jungs mit einem Drachen. Sie liebten den Strand in Cape Cod. Stundenlang konnten sie einfach nur da sitzen und aufs Wasser gucken, Bücher lesen, sich küssen, während die Wellen unablässig an den Strand rollten. In Cap Code hatte er ihr damals den Heiratsantrag gemacht. Sie hatte gelächelt, aber nicht gleich ja gesagt. Er erinnerte sich, dass er zuerst sehr enttäuscht gewesen war. Aber sie hatte es ihm wohl einfach nicht zu leicht machen wollen. Noch in derselben Nacht hatte sie ihn geweckt und ins Ohr geflüstert: „Ja, ich will!“
Als sie diesmal auf der Decke lagen und in den blauen Himmel blickten, nahm sie seine Hand und erzählte ihm

ihr Geheimnis. Sie würden ein Kind bekommen. Melanie war in der achten Woche und Scott im siebten Himmel. Sie hatten bis dahin nie über Kinder gesprochen, aber Scott hatte sich immer welche gewünscht. Und irgendwie war er davon ausgegangen, dass Melanie auch welche wollte. Als sie es ihm sagte, hatte er sie hochgerissen, fest an sich gedrückt und im Kreis gewirbelt. Auf einmal hatte sich alles geändert. Die Welt hatte mehr Farbe bekommen. Er sah die Zukunft vor sich: Kindergeburtstage im Garten, gemeinsames Zelten in der Natur, Footballspiele, bei denen er einen kleinen Jungen anfeuerte. Und wenn es ein Mädchen würde? Da sah sich Scott bereits ein braunes Pony neben sich herführen, auf dem eine Miniatur-Prinzessin saß.

Ein warmes Gefühl der Liebe durchströmte Scott. Er war so glücklich wie noch nie in seinem Leben. Sie saßen noch immer auf der Decke am Strand und scherzten und plauderten. Melanies Augen strahlten, die Luft schmeckte nach Salz und Meer. Er hörte die Schreie der Möwen und das Tosen der Brandung. „Hier, iss doch noch ein Sandwich. Du musst jetzt gut auf dich achten, Liebling“, sagte er und kramte im Korb nach einem Käsebrot. Doch Melanie stand auf, klopfte sich den Sand von ihren Jeans und schaute lächelnd auf ihn hinab. „Ich muss jetzt gehen, Scott.“

Sie machte natürlich einen Scherz, dachte Scott. „Was? Nein, du bleibst natürlich hier“, sagte er. „Schatz? Wohin willst du?“

Sie hatte sich zum Gehen gewandt und entfernte sich immer schneller von ihm. „Melanie! Warte doch! Wohin willst du denn?“, rief er und versuchte, ihr zu folgen. Sie

antwortete nicht, sondern lief einfach weiter den Strand entlang. Er wollte sie einholen, doch irgendetwas hinderte ihn daran. Was zum Teufel sollte das? Warum verließ sie ihn?
Als Nächstes saß er alleine in der ersten Reihe einer großen Kirche. Er trug einen schwarzen Anzug, der ihm in den Schultern zu eng saß. Die Orgel spielte. Neben dem Altar stand ein heller Kiefernsarg, umgeben von einem Meer von Blumen. Der schwere Duft von Lilien hing in der Luft. Wie durch einen Nebel hörte er die Stimme des Pfarrers. Er erzählte irgendetwas von Melanie. Und dass es den Menschen schwerfallen würde es zu verstehen, wenn eine junge Frau in der Blüte ihres Lebens schon gehen müsste. Er sah die Worte des Mannes aus dessen Mund strömen, aber sie erreichten seinen Verstand nicht. Es war egal. Er wusste, dass Melanie in diesem Sarg lag. Aber wo war sein Kind?
Irgendetwas musste passiert sein. Aber Scott konnte sich einfach nicht erinnern, was es gewesen war. Sein Geist irrte durch Raum und Zeit. Er suchte etwas. Er spürte die Verzweiflung in jeder Zelle seines Körpers. Er konnte nicht mehr. Wann würde dies alles endlich aufhören? Und auf einmal war da wieder Melanie. Sie stand vor ihm und lächelte ihn an. Sie strich ihm über die Wange und schien ihm etwas sagen zu wollen. Er konnte sie einfach nicht verstehen. Andererseits war das nicht so schlimm. Er war so froh, dass sie zu ihm zurückgekehrt war. Sie strahlte so viel Liebe aus, dass er einfach nur bei ihr bleiben und dieses Gefühl auskosten wollte. Er wusste nicht, wie lange sie so zusammen waren. Es kam ihm viel zu kurz vor. Doch dann veränderten ihre Züge sich. Ihr Gesicht

verwandelte sich in einen Spiegel des Entsetzens. Jetzt konnte er sie doch hören. Sie schrie.
„Scott, du musst ihr helfen! Schnell!“
Und dann war Melanie verschwunden. Ganz kurz sah er stattdessen das leichenblasse Gesicht von Sabrina vor sich. Sie hatte die Augen geschlossen und sah aus wie tot. Jemand rüttelte an seiner Schulter. Und noch während er langsam wieder zu sich kam, wusste er, dass dieses Rütteln nicht zu seinem Traum gehörte. Jemand war hier in seinem Zimmer.

21

Der Raum war in ein Meer von Kerzen getaucht. Doch die freundliche Stimmung, die dadurch aufkommen sollte, wollte sich nicht einstellen. Elín ging ruhelos in ihrer Küche auf und ab. Eine solche Mittsommernacht hatte sie noch nie erlebt. Tagsüber waren heftige Regenschauer über das Land gefegt, und jetzt am späten Abend jagten düstere Wolken über den Himmel. Es war, als ob die Natur die Sommersonnenwende diesmal auf eine ganz besonders dramatische Weise feiern wollte.

Das Wasser im Teekessel brodelte. Elín nahm ihn vom Herd und goss sich einen Becher Tee auf, bevor sie sich wieder an den Tisch setzte. Die Küchenuhr tickte laut in der Stille des Zimmers. Elín wartete.

Den ganzen Tag über hatte sie schon gespürt, dass eine Stimme versuchte, zu ihr durchzudringen. Sie hatte versucht, sich darauf zu konzentrieren, aber irgendwie waren ihre Gedanken immer wieder abgedriftet. Sie musste oft an Sabrina denken. Sie mochte die junge Frau aus Deutschland. Sie hatte großen Mut und eine wilde Entschlossenheit hinter ihrer eher kühlen Fassade gespürt. Die Reise nach Island würde Sabrinas Leben verändern, das wusste Elín genau. Während sie von der Kapelle aus nach Hause gegangen war, hatte sich Elín noch einmal umgeblickt und Sabrina oben auf dem Helgafell gesehen. Ihr langes dunkles Haar hatte im Wind geflattert, als sie sich mit hoch erhobenem Kopf gen Osten gewandt hatte.

Ich hoffe, du wünscht dir das Richtige und es wird sich erfüllen, hatte Elín in diesem Moment gedacht.
Jetzt schüttelte sie lächelnd den Kopf. Sabrina würde ihren Weg schon finden, da war sie sich sicher. Im Wohnzimmer klappte ein Fenster auf und zu. Der Wind hatte zugelegt. Er pfiff ums Haus, rüttelte an Fenster und Türen und drang durch die Ritzen ins Innere. Elín stand seufzend auf, um das Fenster wieder zu schließen. Als sie zurück in die Küche kam, war sie nicht mehr allein.
Die Frau saß auf einem Stuhl am Küchentisch und bedachte Elín mit einem sanften Lächeln. Sie trug ihr langes, blondes Haar offen und war vielleicht 30 Jahre alt.
„Wer bist du?“, fragte Elín, obwohl sie es eigentlich schon wusste.
Sie setzte sich der Frau gegenüber an den Tisch. Jetzt war es totenstill. Die Uhr hatte ihren Dienst eingestellt, der Wind eine Pause eingelegt. Die Temperatur im Zimmer schien um einige Grade gesunken zu sein.
„Mein Name ist Melanie“, erfolgte die Antwort.
Hatte die Frau überhaupt gesprochen? Elín war sich nicht sicher, aber sie konnte die Stimme laut und deutlich in ihrem Kopf hören.
„Du kennst meinen Mann, Scott. Er ist bei dir gewesen“, fuhr die Stimme fort.
Elín nickte.
„Es geht ihm nicht gut. Er macht sich Vorwürfe. Er vergisst, sein Leben zu leben. Wir müssen ihm helfen.“
Das Gesicht der Frau hatte sich verändert. Sie wischte sich eine Träne aus dem Auge, und Elín spürte die grenzenlose Traurigkeit in ihr. Ihre Verzweiflung schien den Raum um sie herum völlig zu durchdringen.

„Was ist passiert?“, fragte sie Melanie in Gedanken.
Und dann sah sie die Bilder wie einen Film vor ihren inneren Augen ablaufen. Scott und Melanie als sie sich auf einer Party in New York kennenlernen, ihre gemeinsamen Ferien am Strand, die Hochzeit.
Elíns Augen weiteten sich, als sie die Szene miterlebte, in der Melanie Scott von dem Baby erzählt. Etwas von dem unbeschreiblichen Glück der beiden in jenem Moment drang wie ein Echo aus der Vergangenheit in ihr eigenes Herz. Doch schon einen Moment später änderte sich die Stimmung. Sie sah Scott mit grimmigem Blick, er war so zornig, dass er nur noch seine eigene Sicht der Dinge wahrnahm. Sein Schmerz war so unfassbar groß, dass er Melanie beinahe schon hasste.
Elín sah den Streit der beiden, sie hörte den Knall, als der Lkw Melanies Auto rammte. Sie war dabei, als Scott durch den Park joggte, während Melanie starb.
„Er hat sich geirrt. Aber ich bin ihm nicht böse. Ich möchte, dass er glücklich wird“, drang die Stimme in Elíns Ohr.
Sie nickte, sie hatte verstanden. Der Wind ließ ihr altes Haus ächzen. Für den Bruchteil einer Sekunde schaute Elín zum Fenster hinaus. Als sie ihren Blick wieder auf Melanie richtete, war sie verschwunden.
Auf einmal fühlte sich Elìn unendlich müde und so alt wie es in ihrer Geburtsurkunde stand. Sie wärmte ihre eiskalten Hände an der warmen Teetasse. Was für eine Geschichte. Kein Wunder, dass Scott wie ein Getriebener durchs Leben lief und sich ständig Vorwürfe machte. Sie hoffte, dass er zur Ruhe käme, wenn sie ihm ihr Erlebnis mit Melanie erzählte.

Elín fror noch immer. Ich bin froh, wenn diese Sommersonnenwende vorbei ist, dachte sie und ging ans Fenster. Die Häuser ihrer Nachbarn waren dunkel, die Straßen leer. Doch Elín wusste, dass niemand schlief. Alle feiern irgendwo Mittsommernacht – in dieser und in jener Welt, dachte sie. Obwohl es draußen hell war, warfen die Wolken bizarre Schatten auf Elíns Garten und die Häuser ihrer Nachbarn.
Sie kehrte dem Fenster den Rücken zu und zog fröstelnd die Schulter hoch. Auch sie würde jetzt nicht schlafen können. Ein Glas Wein kann nicht schaden, dachte Elín und ging in ihren Vorratsraum. Sie kehrte mit einer Flasche Merlot zurück, entkorkte sie und füllte ein Glas mit dem Rotwein. Als sie sich wieder an den Tisch setzte, begannen die Kerzen zu flackern. Wie ein Blitz schoss ein heftiger Schmerz in Elíns Kopf. Vor Schreck stieß sie mit der Hand gegen ihr Glas, und der Wein ergoss sich purpurfarben auf ihr weiß-gelb gemustertes Tischtuch. Elín stöhnte und hielt sich den Kopf.
Etwas Schlimmes war passiert oder würde passieren. Aber was?
Diesmal drang nichts zu ihr durch. Keine Melanie, absolut niemand, erschien ihr.
Aber sie erinnerte sich, dass es Scott war, der noch eine Aufgabe zu erfüllen hatte.
Sie musste zu ihm.

22

Der Teufel flüstert: Diesen Sturm wirst du nicht überstehen.
Der Krieger antwortet: Ich bin der Sturm!

Sabrina wusste auch nicht, warum ihr dieser Satz, den sie mal irgendwo gelesen hatte, jetzt in den Sinn kam. Vielleicht, weil der Wind immer stärker geworden war und die Zweige der Büsche mit zerstörerischer Kraft bearbeitete. Vielleicht aber auch, weil sie sich gerade selbst wie ein Krieger fühlte. Eins mit dem Pferd unter ihr flog sie über die Ebene und trotzte dem Sturm. Niemand außer ihr schien in dieser Nacht unterwegs zu ein.
Nun, nicht ganz, korrigierte sie sich selbst und behielt den Seeadler hoch über ihr fest im Blick. Sie durfte ihn nicht aus den Augen verlieren. Askur war gut trainiert. Noch hielt er mühelos mit. Sein Maul schäumte, und sein Tölt hatte noch nicht einen Deut an Tempo verloren. Das ist wahre Freiheit, kam Sabrina kurz in den Sinn. Dann dachte sie an gar nichts mehr und gab sich einfach dem Rausch des Rittes hin.
Zweimal wäre Askur fast auf dem glitschigen Moos ausgerutscht. Obwohl er beschlagen war, machte ihm der Boden nun etwas zu schaffen. Der Adler über ihnen war langsamer geworden, und so nahm auch Sabrina das Tempo zurück. Der Vogel senkte seinen Kopf, schaute zu ihnen hinab und zog einen Kreis. Wo waren sie?

Sabrina parierte Askur durch und sah sich um. Die Farm lag viele Kilometer hinter ihnen. Ringsherum duckten sich die Büsche im Wind, gab es nichts außer Moose, Heidekraut und Lavageröll. Vor ihr aber ragten einige große Steine in den Himmel. Sie ließ Askur antreten und ritt auf sie zu. Nun erkannte sie sie wieder. Zum zweiten Mal hatte der Adler sie zu der merkwürdigen Felsengruppe geführt, an der sie vor einigen Tagen Scott begegnet war. Inzwischen kam es ihr vor, als sei seitdem eine Ewigkeit vergangen. Zu Füßen der Felsen hörte sie die Quelle plätschern. Heute wirkte sie grau und unfreundlich.

„Das ist wohl dein Lieblingsplatz oder wie soll ich das verstehen?“, rief sie dem Adler zu, der ungerührt weiter seine Kreise zog.

Adler seien Boten aus anderen Welten, hatte sie als Kind in einem Buch über Indianer gelesen und nie vergessen. Auf jeden Fall sehen sie uns Erdenvolk mit all unseren großen und kleinen Problemen aus einer ganz anderen Perspektive, dachte Sabrina und bewunderte den Raubvogel, der in majestätischer Schönheit über ihr schwebte.

Was die Steine wohl zu bedeuten hatten? Wahrscheinlich gar nichts, überlegte Sabrina. Wären sie eine heidnische Kultstätte wie die Externsteine in Deutschland, so hätten sich zur Mittsommernacht garantiert einige Esoteriker hier eingefunden – trotz des Wetters.

Da sie nun schon mal da war, saß Sabrina ab, ließ Askur grasen und ging zu den Steinen hinüber. Es waren neun Stück, und alle waren etwa doppelt so hoch wie sie selbst. Ihre Oberflächen waren glatt, und als Sabrina ihre Hände rechts und links auf zwei der Steine gleiten ließ, wunderte sie sich, dass einer von ihnen wärmer war als der andere. Ein ähnliches Phänomen hatte sie schon einmal in England erlebt. Sie war mit ihrer Schulklasse in Stonehenge gewesen, und damals hatte sie der Reiseführer darauf aufmerksam gemacht, dass die mystischen Steine dort unterschiedlich warm waren. In jenem Sommer war sie umringt von ihren Freundinnen gewesen. Sie hatten gescherzt und gelacht und sich über die Leute lustig gemacht, die einen tieferen Sinn in den Steinen sehen wollten.

Heute war Sabrina alleine unterwegs, der Wind heulte um die Felsen, und sie fröstelte plötzlich. Es war besser, umzukehren und ins Bett zu gehen.

„Komm her, Askur", rief sie. „Wir reiten nach Hause. Da ist es gemütlicher."

Sie stieg in den Sattel, wendete ihr Pferd und gab die Hilfe zum Tölt.

Später wusste sie auch nicht mehr genau, wie es passiert war. Askur töltete los und rutschte weg, als habe ihm jemand den Boden unter den Hufen weggezogen. Er wieherte schrill, bäumte sich auf, versuchte die Balance wieder zu erlangen und krachte auf die Erde.

Es ging so schnell, dass Sabrina nicht reagieren konnte. Sie flog zusammen mit Askur auf den Boden. Ihr Kopf schlug auf einen Stein auf, und gleichzeitig schoss ein greller Schmerz in ihr linkes Bein. Kurz lag Askur mit seinem gesamten Gewicht auf ihr, dann rollte er sich vorsichtig zur Seite und stand auf, ohne sie dabei zu verletzen. Zitternd stand er neben ihr und beugte seinen Kopf zu ihr hinunter.

Der Schmerz glitt in Wellen über Sabrinas Körper. Sie schloss kurz die Augen und stöhnte. Blitze zuckten hinter ihren geschlossenen Lidern. Mühsam versuchte sie, sich aufzurichten. Sie packte einen Steigbügel und zog sich millimeterweise daran hoch. Sofort verstärkte sich der Schmerz, ihr blieb die Luft weg. Sie ließ sich wieder auf den Boden sinken. Jetzt flossen ihr die Tränen übers Gesicht.

Sie musste es irgendwie schaffen, aufs Pferd zu kommen und nach Hause zu reiten. Es wusste doch niemand, wo sie war. Vorsichtig tastete sie ihr Bein ab. Ihre Reithose war aufgerissen, Blut sickerte heraus. Wenn ihr nur nicht so furchtbar übel wäre.

Ich werde mich einen Moment ausruhen und es dann nochmal versuchen, beschloss sie. Askur stand ruhig an ihrer Seite. Gottseidank war ihm beim Sturz nichts passiert. Kurz musste sie daran denken, dass Lassie jetzt nach Hause rennen und Hilfe holen würde. Aber Askur war nun mal kein Filmhund, er würde treu bei ihr ausharren.

Nach einer Weile probierte sie es nochmals. Sobald sie das Bein bewegte, hätte sie am liebsten geschrien, so sehr tat es weh. Erneut überschwemmte sie eine Welle der Übelkeit.

Es ging nicht. Ächzend sank sie wieder auf den Rücken.

Sie wusste, dass sie so schnell niemand suchen würde. Anna und Baldur würden erst irgendwann am Morgen bemerken, dass sie und Askur nicht da waren. Scott wäre es sowieso egal. Und wer sollte überhaupt auf die Idee kommen, sie hier bei den Felsen zu suchen?

Der Boden, auf dem sie lag, war hart und eisig kalt. Sie wusste nicht, was schlimmer war, das dumpfe Pochen in ihrem Kopf oder der andauernde Schmerz in ihrem Bein.
Ich muss unbedingt wach bleiben, dachte sie und biss die Zähne zusammen. Wenige Minuten später verlor sie das Bewusstsein.

23

Elín stand an Scotts Bett und rüttelte an seiner Schulter. Mit einem Blick hatte sie die leere Whiskeyflasche auf dem Wohnzimmertisch registriert und wunderte sich nicht mehr über den Alkoholdunst, der jetzt noch in der Luft lag. Oder darüber, dass Scott kaum wach zu bekommen war.
„Scott, wach auf!“, beschwor sie ihn, und endlich öffnete er die Augen.
Mit einem Ruck fuhr er auf und starrte sie an wie einen Geist.
„Was ist passiert? Was machst du hier?“
„Irgendetwas Schlimmes ist geschehen oder wird gleich passieren. Und es hat mit dir zu tun. Ich kann es spüren. Hast du eine Ahnung, wovon ich spreche?“
Sie wusste selbst, dass ihre Worte merkwürdig klangen und hoffte inständig, dass er sie nicht hochkant aus dem Haus warf.
Der Ausdruck seiner Augen veränderte sich. Er wechselte von Erschrecken und Überraschung hinüber zu Verwunderung und dann – Bestürzung.
„Sabrina!“, sagte er verblüfft. „Irgendetwas muss mit Sabrina passiert sein. Ich habe es eben erst geträumt.“
Elín schluckte. „Du meinst das deutsche Mädchen, das bei Baldur arbeitet?“
Scott nickte.
Elín ging vor seinem Bett in die Hocke. „Was hast du geträumt? Schnell, sag es mir!“

Scott seufzte. „Eigentlich hatte ich von Melanie geträumt, meiner Frau. Sie schrie auf einmal, ich müsse ihr helfen. Aber ich glaube, sie hat damit nicht sich selbst gemeint.“
Er schaute sie mit weit aufgerissenen Augen an. „Denn im selben Augenblick habe ich Sabrina vor mir gesehen. Sie lag auf der Erde wie tot. Und im nächsten Moment hast du an meiner Schulter gerüttelt.“
Elín schüttelte ratlos den Kopf. „Das war alles? Bitte, du musst mir unbedingt die Wahrheit sagen, Scott. Was hast du mit Sabrina zu tun?“
Scott blickte betreten zur Seite.
„Wir kennen uns seit ein paar Tagen, und seitdem geht sie mir nicht mehr aus dem Kopf. Neulich wollten wir zusammen zum Whale Watching, doch dann funkte Patricia – eine von Baldurs Reiturlauberinnen – dazwischen. Heute habe ich Sabrina dann durch einen Zufall wieder getroffen. Wir sind uns…“
Scott zögerte einen Moment. „… nähergekommen. Aber plötzlich stand dann dieser Typ in der Tür. Patricias Freund. Er zerrte so ein Scheiß-Nachthemd aus dem Schrank da vorne.“
Scott zeigte auf die Kommode und schüttelte immer noch ungläubig den Kopf. „Keine Ahnung, wie das Ding da hinein gekommen ist. Ich hatte jedenfalls nie etwas mit dieser Patricia.“
„Aber Sabrina hat dir nicht geglaubt“, mutmaßte Elín.
Scott nickte. „Genau. Sie ist hier raus gestürmt, und ich hab‘ ihr noch hinterher gebrüllt, sie solle ruhig verschwinden…“
Elín verdrehte die Augen. „Schon wieder!“

Dann fasste sie einen Entschluss. „Komm“, sagte sie. „Zieh dir eine Jacke über, wir fahren zu Baldur. Ich weiß nicht, was passiert ist, aber ich glaube, dass Sabrina in Gefahr ist.“
Drei Minuten später saßen sie in Scotts Auto. Es hatte Vierradantrieb und war für den nächtlichen Sturm besser gerüstet. Die Reifen drehten auf dem Schotter durch, als Scott Vollgas gab und den schmalen Weg zur Straße hinunter raste. Er machte sich keine Gedanken, wie blöde es aussehen würde, Baldur und Anna aus dem Schlaf zu reißen, wenn Sabrina vielleicht friedlich in ihrem Bett schlummerte. Tief in seinem Inneren wusste er, dass Elín Recht hatte.

***

Die Farm lag dunkel und still vor ihnen. Beinahe gleichzeitig sprangen Scott und Elín aus dem Wagen und rannten zur Haustür. Sie hämmerten an die Tür und sahen, dass im ersten Stock ein Licht anging. „Ich komme ja. Was ist denn los?“, hörten sie Baldur rufen, während er die Treppe herunter kam. Ein Schlüssel wurde im Schloss umgedreht und ein verschlafen aussehender Baldur blickte seine nächtlichen Besucher entgeistert an.
„Elín! Scott! Was zum Teufel macht ihr hier um diese Zeit?“
Elín sprach als Erste. „Baldur, es würde jetzt zu lange dauern, dir alles zu erklären. Weißt du, wo Sabrina ist?“
Jetzt sah Baldur noch etwas verwirrter aus. „Sie wird im Bett liegen, wo sonst? Habt ihr noch alle Tassen im Schrank?“

Inzwischen war Anna hinter ihm aufgetaucht. „Was ist denn los? Sind die Pferde ausgebrochen?“
Scotts Herz hämmerte. Dieses ganze Palaver dauerte ihm zu lange.
„Es ist wirklich wichtig. Irgendetwas ist mit Sabrina passiert. Bitte seht nach, ob sie in ihrem Zimmer ist.“
Anna und Baldur sahen sich wortlos an. Wenn nur Scott vor ihnen gestanden hätte, hätten sie ihm die Tür vor der Nase zugeknallt. Aber in Elíns schreckensbleiches Gesicht zu schauen, machte einen Unterschied. Sie kannten Elín seit Ewigkeiten. Und sie wussten, dass ihre Freundin Dinge sah, die anderen verborgen blieben. Schon oft hatten sich ihre Vorahnungen später bewahrheitet.
Ohne noch länger zu überlegen, rannte Anna die Treppe hinauf und riss die Tür zu Sabrinas Zimmer auf. Die anderen warteten im Flur, die Sekunden schienen sich endlos auszudehnen.
„Sie ist nicht da!“, gellte Annas Ruf zu ihnen hinunter.
Elín biss sich auf die Unterlippe. „Eure Autos stehen alle vor dem Haus. Ist sie zu Fuß unterwegs oder mit jemanden mitgefahren?“
Baldur rieb sich den Kopf. „Als wir in Reykjavik waren, hat irgendwann ein Mann auf meinem Handy angerufen. Er sagte, er sei der Freund von Patricia und wollte wissen, wo sie ist. Dummerweise war sie da gerade mit Erik weggefahren – nachdem sie den ganzen Abend schon mit ihm geflirtet hatte.“
Er seufzte. „Ich wollte keine Komplikationen heraufbeschwören, deswegen habe ich ihm gesagt, dass wir erst spät in der Nacht heimkommen und er besser ein

Hotel in Stykkishólmur nehmen soll. Vielleicht hat Sabrina ihn getroffen und ist mit ihm weggefahren?“

Scott verspürte einen Stich in der Magengegend. Konnte das wahr sein? Hatte sich Sabrina vielleicht an ihm rächen wollen und war mit diesem Kerl mitgegangen? Das konnte er einfach nicht glauben.

„Moment! Ich muss mal schnell etwas nachschauen…“, rief Baldur und hastete in Schlafanzug und Pantoffeln über den Hof in Richtung Stall.

„Verdammt!“, hörten die anderen ihn fluchen. „Askurs Trense und Sattel sind weg. Sie muss tatsächlich bei diesem Sturm ausgeritten sein. Ist sie denn verrückt geworden?“

Scotts Magen krampfte sich zusammen. Er spürte, dass etwas Schreckliches geschehen war. Hoffentlich kamen sie nicht zu spät. Er packte Elín an den Schultern.

„Elín, bitte, hast du nicht irgendeine Eingebung? Wo kann sie nur sein?“

Die Isländerin sah um Jahre gealtert aus. Sie schüttelte abwesend den Kopf. „Ich habe Sabrina einmal am Helgafell getroffen. Wir könnten dort nachschauen. Aber ehrlich gesagt, habe ich keine Ahnung, ob sie wirklich dort ist.“

„Egal, wir müssen es versuchen“, entgegnete Scott und sprang ins Auto. Die drei anderen folgten ihm, und Sekunden später jagten sie den Weg zur Straße hinunter. Sie waren schon in Richtung Helgafell unterwegs, niemand von ihnen sprach ein Wort, als Scott eine Vollbremsung hinlegte. Das Bild Sabrinas, so wie es ihm im Traum erschienen war, kam ihm wieder in den Sinn. Er

hatte das vage Gefühl, dass er den Ort kannte, an dem sie in seiner Vorstellung gelegen hatte.
Er legte den Rückwärtsgang ein, drehte in der Einfahrt zur Farm und fuhr mit Vollgas in die andere Richtung.
„Was ist los?“, fragte Baldur. „Wo fährt du hin?“
„Ich weiß nicht wie die Stelle heißt, aber ich bin Sabrina dort vor ein paar Tagen begegnet. Vielleicht ist sie dorthin geritten.“
Die Straße endete an einem kleinen Parkplatz, von hier aus führten nur noch Wander- und Reitwege weiter in die Wildnis. Scott sprang aus dem Auto und lief in Richtung der Felsen. Sie waren bestimmt noch einen Kilometer entfernt. Er rannte los, kämpft gegen den Wind an, seine Lungen brannten. Endlich sah er die Steine vor sich. Ein Pferd stand nicht weit entfernt von ihnen. Das musste Askur sein! Aber wo war Sabrina?
Der Sturm hatte sich zu einem Crescendo gesteigert, als er die Felsen erreichte. Jetzt erst sah er, dass sich etwas hinter dem Pferd auf dem Boden befand.
„Sabrina!“ Sein Schrei gellte durch die Nacht.
Er stürzte zu der schmalen Gestalt, die reglos auf der Erde lag. Als er bei ihr war, kniete er sich hin und umschlang sie mit den Armen. Sabrina war leichenblass und hatte die Augen geschlossen. Ihre Reithose war zerrissen und blutbefleckt. War er wieder zu spät gekommen?
Scotts Geist beschwor ein Déjà-vu hervor. Er sah sich selbst, wie er in New York an einer Unfallstelle eintraf und vor Entsetzen zu keiner Reaktion mehr fähig war. Er hatte dagestanden und zugesehen, wie Sanitäter eine Decke über Melanies Kopf breiteten und der Notarzt seine Tasche schloss. Langsam, Schritt für Schritt war er auf die

Frau unter dem Laken zugegangen. Er war zu spät gekommen. Melanie war tot. Es war seine Schuld.
Jetzt spürte er eine Bewegung unter seinen Händen. Sabrinas Lider flatterten, sie öffnete die Augen, schloss sie wieder und fuhr sich mit der Zunge über die Lippen.
„Sabrina! Du lebst, Gott sei Dank“, gleichzeitig lachend und weinend zog er sie näher an sich, küsste ihre Augen, ihre Wangen, ihren Mund. „Bleib bei mir mein Darling, bleib wach, alles wird gut!“
„Scott?“, verwundert starrte Sabrina ihn an. „Was machst du hier?“
Aber dann erhellte ein Lächeln ihr Gesicht Erleichtert blickte sie in seine Augen und konnte nicht mehr aufhören zu lächeln.
„Ich glaube, ich habe mir das Bein gebrochen“, flüsterte sie.
„Das wird wieder, mach dir keine Sorgen. Ich trage dich zum Auto und dann fahren wir ganz schnell ins Krankenhaus.“
Behutsam hob Scott sie hoch und trug sie in Richtung seines Wagens. Sabrina stöhnte vor Schmerzen auf und biss dann die Zähne zusammen. Baldur, Anna und Elín kamen ihnen entgegen.
„Schnell, wir müssen sie in ein Krankenhaus bringen“, rief Scott und versuchte, sich gleichzeitig so schnell und so vorsichtig wie möglich zu bewegen. Die beiden Frauen halfen ihm, Sabrina ins Auto zu verfrachten. Baldur schwang sich auf Askurs Rücken und ritt sein Pferd nach Hause.

24

Ein leichter Geruch nach Desinfektionsmittel hing in der Luft. Scott und Elín saßen im Flur des Krankenhauses von Stykkishólmur und warteten. Anna war mit einem Taxi nach Hause gefahren, sie trug immer noch ihren Pyjama und eine wattierte Jacke darüber. Der Sturm war vorüber. Einen Tag nach der Sommersonnenwende sah das Leben auf der Sneafallnes Halbinsel wieder so aus, als hätte der Wind niemals die Macht an sich gerissen.

„Soll ich uns noch einen Kaffee aus dem Automaten holen?“, fragte Scott.

Elín schüttelte den Kopf. „Das wäre der Dritte in einer Stunde. Ich glaube, dann bekomme ich einen Herzkasper.“

Scott nickte. „Eigentlich will ich auch keinen mehr. Aber hier zu sitzen, macht mich wahnsinnig. Wie lange soll das noch dauern? Sie ist doch schon seit einer Ewigkeit da drin.“

Elín zuckte mit den Schultern. „Es dauert, so lange es dauert.“

In diesem Moment öffnete sich eine Tür am Ende des Flurs, und ein Mann in Operationskleidung trat hinaus. Er registrierte, dass die beiden ihn erwartungsvoll ansahen und kam auf sie zu.

„Sie gehören zu der jungen Dame, deren Bein ich gerade repariert habe?“

Scott schluckte und nickte eifrig. „Wie geht es ihr? Hat sie alles gut überstanden?“

Der Arzt grinste ihn beruhigend an und antwortete: „Ja, sie hat großes Glück gehabt, dass sie so schnell gefunden wurde. Ihr Bein ist mehrfach gebrochen, sie hatte einiges an Blut verloren und eine schwere Gehirnerschütterung. Zusammen mit der Kälte, der sie dort ausgesetzt war, hätte das auch ganz anders ausgehen können."

Scott und Elín sagten noch immer kein Wort, sondern starrten den Mann einfach nur an. Er fuhr sich mit der Hand über die Augen und sah müde aus.

„Was für eine Mittsommernacht. Kurz vor dem Beinbruch wurde sogar noch eine Deutsche hier eingeliefert. Sie hatte sich verlaufen und offenbar einen Schock. Faselte ständig etwas von Elfen und Geistern, die sie verfolgt hätten. Ich glaube, sie hatte Drogen genommen. Auf jeden Fall geht es ihr auch wieder besser, ihr Freund hat sie bereits abgeholt."

„Und Sabrina? Kommt sie wieder ganz in Ordnung?", vergewisserte sich Scott.

„Na klar. Aber mit dem Reiten wird es so schnell nichts mehr. Das Bein braucht ein paar Wochen bis es wieder ganz verheilt ist. Bis dahin kann ich nur sagen: no sports."

Der Arzt schüttelte nochmals ungläubig den Kopf. „Die Schwester sagte mir, dass die junge Frau gestern Abend alleine ausgeritten ist. Was für ein Unverstand bei diesem Sturm! Sie sollten wirklich mal ein ernstes Wort mit ihrer Freundin reden."

Damit schüttelte er Scott und Elín die Hand und wollte sich zum Gehen wenden.

„Danke, Doktor", sage Scott. „Wann kann ich denn zu ihr?"

Der Arzt wandte sich noch einmal um. „Sie ist noch im Aufwachraum. Ich würde sagen, so in einer Stunde.“
Scott nahm Elín in den Arm, drücke sie fest an sich und wirbelte sie im Kreis.
„Oh Elìn, ich bin so froh. Sie wird wieder ganz gesund. Gott sei Dank!“
Elín ließ alles mit sich geschehen. Die Erleichterung war ihr ins Gesicht geschrieben.
„Ja Scott, alles wird gut. Es war ziemlich knapp.“
Sie lächelte ihn an. „Ich nehme an, du wartest hier und wirst bei ihr sein, wenn sie aufwacht?“
„Natürlich! Nichts könnte mich davon abhalten. Bleibst du denn nicht hier?“
Elìn schüttelte den Kopf. „Ich bin nicht mehr die Jüngste, weißt du. Von dieser Nacht muss ich mich erstmal erholen.“
Scott nickte. „Natürlich, das verstehe ich. Und danke noch einmal, dass du zu mir gekommen bist und mich geweckt hast. Ohne deine Hilfe hätten wir Sabrina niemals retten können.“
Elín schaue ihn nachdenklich an. „Ich habe vielleicht ein bisschen geholfen, aber im Grunde genommen hast du sie gerettet. Wenn du nicht diesen Traum gehabt hättest und später die Eingebung, wo sie sein konnte, dann hätten wir sie niemals gefunden. Du hast deine zweite Chance gut genutzt.“
Scott sah sie fragend an. „Zweite Chance?“
Elìn lächelte. „Erinnert du dich noch, warum du vor zwei Wochen zu mir gekommen warst? Du wolltest, dass ich Kontakt zu deiner verstorbenen Frau aufnehme. Nun, sie ist bei mir aufgetaucht.“

Scott starrte sie verblüfft an. „Du hast mit ihr gesprochen?“
„Nun ja, wir haben miteinander… kommuniziert“, entgegnete Elìn.
„Also weißt du auch von dem Baby?“, fragte Scott mit angehaltenem Atem.
Sie nickte. „Ich weiß auch, dass sie es verloren hatte. Und du, du warst außer dir vor Kummer und Zorn. Du hast sie angeschrien, sie beschuldigt, es selbst herbei geführt zu haben, weil sie das Kind angeblich gar nicht haben wollte.“
Scott biss sich auf die Lippen, die Tränen traten ihm in die Augen.
„Du hast Recht. Ich bin ein Schwein gewesen. Anstatt sie zu trösten, habe ich sie fertig gemacht. Am Ende in den Tod getrieben. Und ich konnte mich nie entschuldigen.“
Scott erinnerte sich, als sei es gestern gewesen. Immer hatte er Melanie in den Ohren gelegen, sie solle sich schonen, keinen Sport mehr treiben, sich nachmittags hinlegen. Aber sie hatte nur gelacht und geantwortet, eine Schwangerschaft sei doch keine Krankheit. Sie war mit einer Freundin zum Tennis gegangen, hatte gearbeitet und so weiter gelebt wie vorher auch. Als sie in der elften Woche zur Untersuchung zum Frauenarzt musste, hatte er keine Herztöne mehr beim Kind feststellen können. Ihr Baby war tot. Melanie hatte die erste Zeit kaum etwas gesagt, sich ganz in sich zurück gezogen. Aber dann hatte sie zu ihrem gewohnten Optimismus zurück gefunden. Wir werden es irgendwann wieder versuchen, hatte sie gesagt. Irgendwann. Scott hatte das Gefühl gehabt, dass sie das Kind eigentlich gar nicht gewollt hatte. Dass sie mit

Absicht zu viel Sport getrieben hatte, damit sie es wieder loswürde. Damit es stirbt.
Später hatte ihm ein Arzt gesagt, dass viele Frauen ihr Baby innerhalb der ersten zwölf Wochen verlieren. Es habe nichts damit zu tun, ob man Tennis spielt oder nicht. Aber da war Melanie längst tot.
Sie hatte ihn beim Joggen begleiten wollen, an jenem Samstagmorgen. Sie war besonders liebevoll zu ihm gewesen, hatte alles versucht, die kalte Atmosphäre, die sich bei ihnen eingeschlichen hatte, zu verscheuchen. Aber er hatte sie auflaufen lassen. Sie zunächst ignoriert und später angebrüllt, dass sie jetzt doch gar nicht mehr joggen brauche. Sie hätte ihr Ziel doch längst erreicht, ihr Baby zu töten. Seinetwegen könnte sie verschwinden und bräuchte nicht mehr wiederkommen.
Das waren die letzten Worte gewesen, die Scott seiner Frau entgegen geschleudert hatte. Der Gedanke daran verursachte ihm jetzt noch Herzrasen.
Elín hatte ihm Zeit gelassen, nachzudenken. Jetzt nahm sie seine Hände in ihre und sah ihm fest in die Augen.
„Melanie hat dir verziehen, Scott. Sie wusste, dass du es nicht so gemeint hast und dass du einfach nur krank vor Schmerz und Wut warst. Als sie eingeklemmt in ihrem Auto saß, ahnte sie bereits, dass sie sterben würde. Sie hat versucht, so lange wie möglich auszuhalten, weil sie dich noch einmal sehen wollte. Sie wollte dir unbedingt sagen, dass sie dich liebt und dass sie dir alles verzeiht, was du zu ihr gesagt hast.“
Scott liefen inzwischen die Tränen die Wangen hinunter, aber es war ihm egal.

Elín nahm ihn in die Arme und strich ihm wie einen Sohn übers Haar.
„Es ist vorbei, Scott. Melanie möchte, dass du glücklich wirst. Sie hat uns beiden auf ihre Art mitgeteilt, dass Sabrina in Gefahr ist. Vielleicht ist dieses Mädchen deine zweite Chance, Scott. Lass sie nicht verstreichen."

25

Ihr Gesicht war etwa so weiß wie die Bettdecke, mit der sie zugedeckt war. Als Scott ihr Zimmer betreten hatte, schlief sie noch. Doch als er nun auf einem Stuhl neben ihrem Bett saß, schlug Sabrina die Augen auf. Sie lächelte, als sie ihn erkannte.

„Hallo Pferdeschreck“, krächzte sie. Das Sprechen fiel ihr noch schwer.

„Hallo Prinzessin. Wie geht es dir?“, fragte Scott und griff nach ihrer Hand.

Sie schnitt eine Grimasse und warf einen Blick auf die Bettdecke, unter der ihr Bein lag.

„Könnte besser sein. Aber vermutlich kann ich froh sein, dass ich hier bin, oder? Kann es sein, dass du mir das Leben gerettet hast?“

Scott schüttelte leicht den Kopf. „Da waren auch noch andere beteiligt. Ich bin einfach nur heilfroh, dass du wieder ganz gesund wirst. Und das hat mir der Arzt eben bestätigt.“

„Und das Bein?“, fragte Sabrina mit angstvollem Blick.

„Das wird wieder. Allerdings kannst du in den nächsten Wochen nicht reiten.“

Sabrina seufzte tief auf. „Wie soll ich das Baldur beibringen? Er braucht mich doch jetzt in der Hochsaison.“

„Ich glaube, er ahnt bereits, dass er sich für nächste Zeit nach einer Hilfe umsehen muss. Aber er wird heilfroh sein, wenn er hört, dass du wieder in Ordnung kommst.“

Sie sahen sich schweigend in die Augen.
„Sabrina…“, begann Scott und schwieg erneut. Wenn es doch nicht so verdammt schwierig wäre, die richtigen Worte zu finden. Statt weiter nach ihnen zu suchen, beugte er sich zu ihr hinüber, unendlich vorsichtig, um ihr nur nicht weh zu tun, und küsste sie voller Zärtlichkeit.
Danach sah er sie prüfend an.
„Ich weiß, du konntest dich nicht wehren, deswegen frage ich dich jetzt: darf ich nochmal?“
Sabrina kicherte. „Frag nicht so doof, Scott, küss mich einfach.“
Als die Schwester später ins Zimmer schaute, saß Scott noch immer ganz dicht bei Sabrina und hielt ihre Hand.
„Brauchen Sie irgendetwas?“, fragte das Mädchen.
Sabrina schüttelte lächelnd den Kopf. „Ich habe mich noch nie so gut gefühlt.“
Die Schwester zog grinsend die Augenbrauen hoch und verschwand.
„Erzählst du mir jetzt, was eigentlich geschehen ist gestern Nacht? Was hast du an den Felsen gemacht?“, fragte Scott.
Sabrina holte tief Luft. „Ich war natürlich stocksauer auf dich, das ist dir ja wohl klar. Alleine auf der Farm habe ich es nicht ausgehalten. Also habe ich mein Pferd gesattelt und bin losgeritten, meinem Freund, dem Seeadler hinterher. So richtig kann ich mir auch nicht erklären, was an den Steinen geschehen ist.“
Sie legte eine Pause ein und versuchte, sich zu erinnern. Resigniert schüttelte sie dann den Kopf.

„Kein Ahnung, Scott. Ich wollte zurück reiten, plötzlich rutschte Askur weg, wir stürzten und er fiel auf mich drauf. Es ging alles irrsinnig schnell."
Scott nickte. Zum hundertsten Mal an diesem Tag dachte er, wie froh er war, dass Sabrina nichts Schlimmeres passiert war.
„Glaubst du denn immer noch, dass ich wirklich etwas mit dieser Patricia hatte?"
Sabrina sah ihn lange an. Sein Blick ruhte gelassen auf ihrem Gesicht. Er wirkte weder nervös noch schuldbewusst. Sie hatte noch nie in Augen geblickt, die so ehrlich wirkten.
Sie drückte seine Hand. „Nein, das glaube ich nicht. Ich vertraue dir, Scott."
Erleichtert lächelte er sie an. „Wahrscheinlich werde ich es dir nie beweisen können, aber ich weiß wirklich nicht, wie dieses verdammte Nachthemd in mein Haus gekommen ist. Genauso wenig wie die Sache mit meinem Laptop."
„Warum? Was ist denn damit?", fragte Sabrina.
„Ein kompletter Fotoordner wurde gelöscht. Es waren die Fotos meiner verstorbenen Frau Melanie. Sie sind einfach verschwunden, und ich habe sie definitiv nicht gelöscht."
Sabrina schüttelte verwundert den Kopf. Dann schob sie den Gedanken daran zur Seite. Sie war einfach so froh, dass Scott neben ihr saß, dass sie an all die Ungereimtheiten der Vergangenheit gar nicht mehr denken wollte. Und an die Zukunft?
Sabrina schluckte. Scott lebte in New York und sie in Deutschland. Vermutlich würde es keine Zukunft für sie beide geben. Doch auch daran wollte sie im Moment

keinen Gedanken verschwenden. Was zählte, war das Hier und Jetzt.

Die Tür wurde aufgerissen, und ein Arzt kam herein.

„Sie sind immer noch da?“, begrüßte er Scott mit leicht missbilligtem Blick. „Ich fürchte, unsere Patientin braucht jetzt etwas Ruhe. Vielleicht können Sie ja später noch einmal wiederkommen.“

„Kann ich nicht da bleiben, wenn ich mich ganz ruhig verhalte?“, fragte Scott. Er hasste es, Sabrina jetzt schon wieder alleine zu lassen.

Aber der Arzt ließ nicht mit sich reden. „Kommen Sie heute Nachmittag wieder. Jetzt ist erstmal Schluss“, sagte er und zeigte zur Tür.

„Ich bin bald zurück. Versprich mir, dass du in dieser Zeit keine Dummheiten machst“, verabschiedete sich Scott.

„Versprochen“, lächelte Sabrina.

Scott hielt es nicht lange aus, schon zwei Stunden später stand er wieder in ihrem Krankenzimmer, hatte ihr Waschsachen und einen Schlafanzug gebracht und dazu einen riesigen Strauß Rosen. Diesmal ließ er sich von niemand abwimmeln. Er wollte alles dafür tun, dass Sabrina ihm vertraute. Dazu gehörte natürlich auch, dass sie endlich die ganze Wahrheit über ihn erfuhr.

Und so erzählte er ihr den wahren Grund für seine Reise nach Island, für seine anfängliche Abwehr ihr gegenüber und auch von Elíns Begegnung mit Melanie. Sabrina hörte ihm mit großen Augen zu, ohne ihn zu unterbrechen. Nach und nach wurde ihr so einiges klar. Sie würde Zeit brauchen, um das alles zu verdauen. Doch das Wichtigste war: sie glaubte Scott.

Später am Nachmittag bekam sie noch einmal Besuch. Sie hatte Baldur und Anna erwartet, doch in der Tür stand auf einmal Laura. Sie drehte einen kleinen Blumenstrauß in den Händen und hauchte ein zaghaftes „Hallo“ ins Krankenzimmer.

„Laura!“, staunte Sabrina. „Wie schön, dass du mich besuchst. Mit dir hätte ich überhaupt nicht gerechnet.“

Zögernd kam Laura näher. „Ich habe gehört, dass du dir das Bein gebrochen hast?“

Sabrina nickte und versuchte einen zuversichtlichen Gesichtsausdruck aufzusetzen. „Das wird schon wieder. Aber leider bin ich ein paar Wochen außer Gefecht gesetzt.“

Laura war leichenblass, sie sah aus, als wenn sie sich gleich übergeben müsste.

„Laura, ist dir nicht gut? Komm, setz dich doch!“, sagte Sabrina und runzelte die Stirn.

Die junge Frau ließ sich auf einen Stuhl sinken und legte die Blumen auf den Nachttisch. Sie senkte den Blick, als wäre es ihr nicht möglich, Sabrina in die Augen zu sehen.

„Laura? Was ist denn passiert? Jetzt rede doch mit mir!“, sagt Sabrina.

Sie fasste nach der eiskalten Hand der jungen Frau und strich beruhigend darüber. „Komm, so schlimm wird es doch nicht sein, oder?“

„Doch“, antwortete Laura. „Ich schäme mich so. Ich habe etwas wirklich sehr Schlimmes getan. Und deswegen bin ich auch Schuld an deinem Unfall.“

Sabrina zog die Augenbrauen hoch. „Das kann ich mir nicht vorstellen, schließlich bist du gar nicht dabei gewesen. Also, jetzt erzähl schon.“

Laura liefen inzwischen die Tränen übers Gesicht. „Patricia hat mir erzählt, dass sie sich an Scott herangemacht hat und dass sie alles versuchen würde, um ihn herumzukriegen.“
Sie sah Sabrina mit verquollenen Augen an und schniefte. „Ich kenne Patricia, sie geht über Leichen, wenn sie sich etwas in den Kopf gesetzt hat. Ich war total entsetzt, als sie mir das erzählte. Denn Sebastian, Patricias Freund, ist wirklich so ein toller Mann. Sie hat ihn überhaupt nicht verdient.“
Wieder begannen die Tränen zu strömen. Sabrina reichte ihr eine Packung Papiertaschentücher hinüber. Dankbar griff Laura zu und fuhr fort. „Also habe ich Sebastian angerufen und ihm erzählt, dass Patricia hier ein Techtelmechtel mit Scott hat. Ich dachte, er würde sie vielleicht anrufen und davon abbringen. Aber er wollte sofort herkommen und hat mich beschworen, dass ich Patricia nichts davon sagen sollte.“
Sabrina starrte sie mit großen Augen an. *Was war da abgelaufen?*
„Ich konnte ja nicht davon ausgehen, dass er die beiden auf frischer Tat ertappt, deswegen bin ich zwischendurch zu Scotts Haus gelaufen und habe ihr Negligé dort versteckt. Irgendwie hatte ich mir schon gedacht, dass er seine Hütte nicht abschließt. Er ist irgendwie so ein Typ. Und so war es dann auch.“
Sabrina schüttelte entgeistert den Kopf. Nie und nimmer hätte sie Laura so etwas zugetraut.
„Hast du schon mit Patricia und Sebastian gesprochen?“
Laura seufzte. „Nein, die beiden sind schon abgereist. Patricia ist letzte Nacht mitten in der Wildnis von einem

Autofahrer aufgelesen und hier ins Krankenhaus gebracht worden. Sie hat lauter wirres Zeug geredet. Sebastian hat sie heute Morgen abgeholt und ist gleich zum Flughafen mit ihr gefahren.“

Sabrina lächelte kurz. Sie war ganz froh, dass sie Patricia nun nicht mehr sehen würde.

„Kannst du mir verzeihen, Sabrina?“, Laura blickte erwartungsvoll auf die Frau im Krankenbett.

Sabrina nickte. „Jetzt erklärt sich einiges. Ich bin froh, dass du zu mir gekommen bist und mir alles erzählt hast, Laura.“ Sie drückte ihr die Hand.

„Vielleicht solltest du dich in Zukunft nach einer besseren Freundin umsehen. Patricia hat dich nur ausgenutzt.“

Laura schniefte noch einmal vernehmlich. „Das habe ich mir auch schon überlegt. Dieser Urlaub hier auf Island hat mir die Augen geöffnet. Ich wünschte nur, ich hätte niemals diesen schrecklichen Fehler begangen und Scott damit in diese Lage gebracht. Ich werde mich bei ihm natürlich auch noch entschuldigen.“

„Das solltest du auch, Laura. Eine Frage habe ich allerdings noch: Bist du auch an Scotts Laptop gegangen? Hast du irgendwelche Dateien darauf gelöscht?“

Laura sah sie verständnislos an. „Laptop? Den habe ich gar nicht gesehen. Und warum sollte ich das tun? Nein, ganz bestimmt nicht. Das musst du mir glauben.“

Sabrina sah sie nachdenklich an. Laura sprach die Wahrheit, das wusste sie.

Und wer hatte die Fotos von Scotts Frau gelöscht? – Nun, manchmal gab es Dinge zwischen Himmel und Erde, die niemand verstand.

Nachdem Laura gegangen war, stieß Sabrina einen tiefen Seufzer aus. Die letzten Wochen kamen ihr vor wie ein einziger Traum. War wirklich alles ein Zufall gewesen, dass sie die Stelle auf Baldursholt bekommen hatte, nachdem diese nur eine halbe Stunde vor ihrem Anruf wieder frei geworden war? War es ein Zufall, dass sie Elín am Helgafell getroffen hatte? Und war es vielleicht gar keine Halluzination gewesen, die sie – vor Schmerzen halb wahnsinnig – letzte Nacht an den Felsen erlebt hatte? – Ihr lief eine Gänsehaut über den Rücken, als sie nun daran zurückdachte. Bis jetzt hatte sie die Erinnerung erfolgreich verdrängt. Doch nun kehrte sie mit Macht in ihr Bewusstsein zurück. Fast war es, als würde sie den Moment noch einmal durchleben, als sie am Boden lag und die Präsenz einer Frau spürte. Sie hatte ihr sanft über die Stirn gestrichen. Und noch jetzt hörte sie ihr Flüstern im Wind: „Halte durch, Sabrina. Scott wird dich retten."

Epilog

Sabrina lag lang ausgestreckt auf Scotts Sofa und las ein Buch. Sam kauerte zu ihren Füßen und nagte an einem Knochen. Die Sonne schien warm ins Zimmer und tauchte es in ein goldenes Licht.

„Darf es noch etwas zu trinken sein, Ma'am? Oder vielleicht eine Kleinigkeit zu essen?"

Mit diensteifrigem Gesichtsausdruck deutete Scott eine Verbeugung an und grinste sie an.

„Danke, James, im Moment brauche ich nichts. Sie können jetzt gehen!", antwortet Sabrina im näselnden Tonfall einer adeligen Lady.

„Ich kann jetzt geeeehen?", wiederholte Scott mit drohendem Unterton, beugte sich zu ihr hinab und küsste sie so lange, bis ihr die Luft wegblieb.

„Nein, bitte bleiben Sie, James", flehte sie atemlos und zog ihn zu sich aufs Sofa. Sam verließ beleidigt seine Stellung.

Als das Krankenhaus sie entlassen hatte, war Sabrina gleich in Scotts Sommerhaus gezogen. Seitdem hatte sie dort die glücklichsten Tage ihres Lebens verbracht. Am liebsten wäre sie einfach für immer mit Scott und Sam in dem kleinen Haus am Meer geblieben. Aber sie spürte, dass Scott langsam unruhig wurde. Ihm fehlte die Arbeit. Er hatte alle Island-Fotos für den National Geographic im Kasten, und die E-Mails, wann er denn endlich nach New York zurückkäme, häuften sich.

„Willst du es dir nicht doch nochmal überlegen? Unser Central Park ist auch schön grün“, sagte er jetzt und knetete dabei ihre langen, dunklen Locken.
Er hatte sie in den vergangenen Tagen schon mehrmals gefragt, ob sie nicht doch jetzt gleich zu ihm nach New York ziehen wollte. Sabrina hatte darüber nachgedacht. Ihr Gefühl sagte ihr, nicht lange zu überlegen und mit Scott zu gehen. Sie liebte ihn von ganzen Herzen und wünschte sich nichts mehr, als immer mit ihm zusammen zu sein.
Aber sie liebte auch ihr Leben auf der Insel. Nie zuvor hatte sie sich so frei und glücklich gefühlt wie auf der Farm in Island. Für Baldur war es nahezu unmöglich gewesen, mitten in der Saison so schnell einen Ersatz für sie zu finden. Sabrina hatte ein furchtbar schlechtes Gewissen, dass sie ihn so in die Bredouille gebracht hatte. Da war ihr eine Idee gekommen.
Solange sie ihr Bein zwischendurch immer einmal hoch legen konnte, war es ihr möglich, sich mit den Gehhilfen ganz gut im Haus zu bewegen. Sie hatte zuerst mit Anna gesprochen. Ihr vorgeschlagen, dass sie die Jobs tauschen würden. Sabrina würde kochen, die Wäsche waschen, den Telefondienst und die Schreibarbeiten erledigen. Und Anna würde zusammen mit ihrem Mann die Reittouren begleiten. Zunächst hatte Anna sie mit großen Augen angesehen – und dann gestrahlt. Es war Sommer auf Island, was gab es da Schöneres als über die Insel zu reiten?
„Aber meinst du wirklich, dass es geht mit deinem Bein?“, hatte sie skeptisch gefragt.
„Wir probieren es aus. Ich denke, es müsste klappen“, hatte Sabrina zuversichtlich gemeint.

Auf diese Weise konnte sie ihren Arbeitgebern, die sie längst in ihr Herz geschlossen hatte, wenigstens ein bisschen unter die Arme greifen.
Und auch auf die Frage, was sie nach ihrem Inselsommer mit ihrem Leben anfangen sollte, hatte Sabrina inzwischen eine Antwort gefunden. Während sie dicht an Scott gekuschelt auf dem Sofa lag, dachte sie noch einmal daran zurück, wie sie ganz oben auf dem Helgafell gestanden und aufs Meer geblickt hatte. Genau wie Elín es ihr geraten hatte, war es geschehen. Sie hatte sich nach Osten gewendet und ihre drei Wünsche in den Wind geflüstert.
Einer hatte sich bereits erfüllt. Sie streichelte Scott über den Rücken und lächelte dabei. Den zweiten Wunsch würde sie sich selbst erfüllen. Sie war fest entschlossen, eine Kunstakademie zu besuchen und die Malerei zu ihrem Beruf zu machen. Als sie Scott von ihrem Vorhaben erzählt hatte, war er Feuer und Flamme gewesen und hatte gleich im Internet recherchiert, welche Möglichkeiten es da in New York gab.
Und der dritte Wunsch… Gerade als Sabrina darüber nachdachte, klingelte Scotts Handy.
Es war auf keinen Fall sein Kumpel Nick, das erkannte Sabrina gleich an der konzentrierten Miene, mit der Scott auf den Anrufer reagierte. Er hörte interessiert zu, fragte „Wann soll das sein?“, kritzelte etwas auf einen Zettel und begann damit, zufrieden-dümmlich vor sich hin zu grinsen.
„Okay, vielen Dank für das Angebot. Ich denke drüber nach und melde mich später wieder“, sagte er und legte auf.
„Lass mich raten“, sagte Sabrina. „Ein Zwei-Millionen-Auftrag von der New York Times.“

„Besser“, entgegnete Scott und ließ sich wieder neben sie aufs Sofa sinken.
„Also los, ich will es jetzt wissen. Wer war dieser geheimnisvolle Anrufer?“
Scott genoss es, sie noch ein wenig zappeln zu lassen. Aber schließlich hielt er selbst es nicht länger aus.
„Es war der Ressortleiter Reise vom National Geographic. Ihm haben meine Island-Fotos sehr gefallen.“ Scott legte eine kunstvolle Pause ein.
„Klasse! Und weiter?“, fragte Sabrina.
„Und jetzt fragte er, ob ich Lust hätte, Fotos in den Grampians für sie zu machen.“
„Grampians? Wo sind die denn?“ Von einem solchen Ort hatte Sabrina noch nie gehört.
„Der Grampians Nationalpark liegt in Australien. Über Hunderte von Kilometern gibt es dort nur wildes Buschland, Felsen, Wasserfälle, Kängurus, Schlangen, Höhlenzeichnungen von Aborigines – und so gut wie keine Menschen.“
„Wow“, Sabrina starrte ihn fasziniert an.
„Ich könnte jemanden mitnehmen“, sagte Scott mit Unschuldsmiene.
„Wie meinst du das jetzt, Scott McNara?“
Scott verdrehte die Augen. „Ich glaube, dieser Sturz auf den Kopf hat dir doch etwas mehr geschadet, als der Doktor gesagt hat. Also nochmal ganz langsam: Willst du mit mir nach Australien reisen? Es muss noch nicht sofort sein. Wir können uns so lange Zeit lassen, bis dein Bein wieder heile ist.“

„Sabrina starrte ihn an und strahlte. „Ob ich will? Natürlich! Das ist… Wahnsinn! Das klingt nach einem Abenteuer!“

Sie konnte es kaum glauben. Mehr Abenteuer in ihrem Leben, genau das hatte sie sich gewünscht.

Scott zog sie noch enger an sich. „Es ist das, was wir daraus machen, Baby.“

Sabrina lachte. „Sag ich doch. Ein Abenteuer.“

Nachwort

Sabrina, Scott, Patricia – die Hauptpersonen und die ganze Story „Drei Wünsche im Wind“ sind frei erfunden. Doch die Schauplätze, an denen der Roman spielt, die gibt es wirklich, und sie lohnen den Besuch. Ich war als Reisejournalistin in Island unterwegs und begeistert von der dramatischen Natur auf dieser Insel aus Feuer und Eis. Bei meinen Touren zu Wasserfällen, Vulkanen und Geysiren habe ich mit vielen Menschen gesprochen, die mir ganz offen gestanden, dass sie an Feen und Geister glauben. Sie erzählten mir sehr persönliche Geschichten, die mich schaudern ließen. Eine Isländerin hatte z.B. einmal einen Song in lupenreinem Englisch geschrieben, obwohl – wie sie energisch beteuerte – sie zu diesem Zeitpunkt noch sehr bruchstückhafte Kenntnisse von der englischen Sprache hatte. Immer, wenn eine wichtige Entscheidung in ihrem Leben ansteht, gehe sie in „ihr Elfengebiet“, um sich dort Rat zu holen.

Natürlich bindet einem nicht jeder Isländer sofort seine persönliche Elfengeschichte auf die Nase, aber wenn man interessiert nachfragt, bekommt man manchmal die erstaunlichsten Dinge zu hören. Kein Wunder, dass mich meine Island-Reise später zum Roman über Scott und Sabrina inspirierte. Immerhin gibt es die Sage um die drei Wünsche, die einem der Helgafell erfüllt, tatsächlich.

Vielleicht kann mein Roman ja ein wenig dazu beitragen, dass Sie selbst Lust bekommen, Island auf eigene Faust zu entdecken. Für diesen Fall habe ich Ihnen einige Stationen der Geschichte auf den folgenden Seiten aufgeführt. Sollten Sie sich auf den Weg machen, wünsche ich Ihnen viel Spaß, einen spannenden Trip und viele magische Momente!

Susan de Winter

Reisetipps von der Autorin

Meine Begegnung mit Island war absolut keine Liebe auf den ersten Blick. Ganz im Gegenteil. Wir waren in Deutschland bei Sonnenschein und sommerlicher Wärme losgeflogen und landeten bei Nebel, Nieselregen und einstelligen Temperaturen auf dem internationalen Flughafen in der Nähe von Reykjavik. Was man trotz des Nebels gerade noch erkennen konnte, war eine schwarze Geröllwüste ohne Baum und Strauch. Am liebsten wäre ich gleich wieder nach Hause gedüst.

Stattdessen fuhren wir zum Hafen, gingen an Bord eines Expeditionsschiffes, zogen Winterjacken an, guckten über die Reling und sahen Reykjavik am Ufer immer kleiner werden, schließlich verschwinden. Und dann geschah es: Die dunklen Wolken lösten sich auf, noch am späten Abend strahlte die Sonne vom Himmel, Seeschwalben umkreisten unser Schiff, und irgendwie schien uns der Nordatlantik in eine andere Welt zu versetzen.

In eine Welt, in der die Natur an erster Stelle steht. In der die Stille nur vom Rauschen der Wellen und dem Schreien der Seevögel unterbrochen wird. Und in der die Luft so klar und frisch wie eine Quelle ist. Es hätte uns kein bisschen gewundert, wenn irgendwo am Horizont eine

Flotte von hölzernen Wikingerbooten aus dem Dunst der Zeit aufgetaucht wäre.

Wir erreichten die Halbinsel **Snæfellsnes** im Westen Islands. Der Name bedeutet so viel wie Schneeberghalbinsel. Nur wenige Menschen leben dort, doch sie können sich glücklich schätzen. Jeden Tag dürfen sie sich an so viel Schönheit erfreuen, dass es fast schon ungerecht ist. Sie genießen eine Welt aus Licht und Lava, aus allen Schattierungen von Grün, aus Vulkanen und einer fantastischen Küste.

Stykkishólmur liegt im Norden der Halbinsel Snæfellsnes und hat um die tausend Einwohner. Für isländische Verhältnisse gilt Stykkishólmur schon als einer der größeren Orte außerhalb von Reykjavik. Es gibt ein Vulkanmuseum, eine Wasserbibliothek und einen bunten Leuchtturm, der eine tolle Sicht über das Meer anbietet. Boote fahren hinüber zur Insel Flatey, auf der sich Tausende von Seevögeln beobachten lassen – darunter natürlich auch die Papageientaucher.

Der im Roman beschriebene Vulkan **Snæfellsjökull** liegt am westlichen Ende der Halbinsel Snæfellsnes. Schon seit dem Mittelalter umgibt den 1446 Meter hohen Berg ein

Nimbus von Geheimnis und Gefahr. Der 700.000 Jahre alte Vulkan brach seit der Eiszeit 30 bis 40 Mal aus – meistens explosiv. Die Asche des letzten Ausbruchs vor 1800 Jahren ist jetzt noch über ganz West-Island verstreut. Die Eiskappe des Snæfellsjökull leuchtet sogar bis nach Reykjavík herüber. Das ist aber nicht der Grund, warum der Snæfellsjökull als der berühmteste Berg der Insel gilt. Diesen Ruhm hat er dem französischen Autor Jules Verne zu verdanken. In seinem Roman „Reise zum Mittelpunkt der Erde" legte Verne den Einstieg in die Unterwelt im Krater des Snæfellsjökull an. Rund um den Vulkan stoßen Urlauber außerdem an vielen Orten auf die Spuren der Sagenfigur Bárður Snæfellsás. Esoteriker glauben, dass der Vulkan besondere Energiefelder besitzt, angeblich seien auch schon Ufos in der Nähe gelandet. Wanderer und Reiter finden rund um den Snæfellsjökull gut ausgeschilderte Wege.

Apropos Vulkane: Island gilt heute als größtes aktives Vulkangebiet der Erde. Mehr als 200 Feuerberge soll es auf der Insel am Polarkreis geben. Im Schnitt zählen die Wissenschaftler alle fünf Jahre einen Ausbruch.

Kaum zu glauben, aber den Berg **Helgafell** aus dem Roman gibt es wirklich. Der etwa 73 Meter hohe Hügel erhebt sich knapp vier Kilometer südlich von Stykkishólmur auf dem Gebiet von Helgafellssveit. Auf

Deutsch bedeutet der Name „Heiliger Berg“. In heidnischer Zeit galt er als Heiligtum der Wikinger. Guðrún Ósvífursdóttir, die Hauptperson der Laxdæla Saga, ließ einst eine Kirche am Helgafell bauen und lebte dort bis zu ihrem Tod als Einsiedlerin. Sie liegt nahe der heutigen Kirche begraben. Die Isländer glauben, dass jeder, der den Helgafell zum ersten Mal besteigt, drei Wünsche frei hat. Man muss vom Grab der Guðrún aus hinaufgehen, darf sich nicht umdrehen, nicht reden und mit niemandem über seine Wünsche sprechen. Viel Glück!

Die beliebteste Tagestour Islands heißt **Golden Circle** oder Goldener Ring und startet meist in Reykjavík. Dabei geht es zunächst ins Tal von **Þingvellir,** dem nationalen Heiligtum der Isländer. Im Jahr 930 wurde dort der isländische Staat gegründet. Jahrhundertelang tagte an dieser Stelle das „Althing“, die Volksversammlung. Þingvellir ist aber noch aus einem anderen Grund spannend. Genau hier, auf dem mittelozeanischen Rücken, teilt sich die Erde. Ganz tief unter den Füßen der Urlauber schiebt sich das glühende Magma zwischen die eurasische Platte. Angeblich driften die Platten jedes Jahr zwei Zentimeter weiter auseinander. Im Moment ist der kilometerlange Grabenbruch etwa anderthalb Meter breit, aber viele Meter tief. An den schmalsten Verläufen stellen sich die Besucher breitbeinig über die Rinne und haben damit einen Fuß in Europa und den anderen in Amerika. Wer möchte, riskiert einen Sprung, der in einem Wimpernschlag zwei Kontinente verbindet.

Ganz in der Nähe lässt sich der **Geysir Strokkur** entdecken. Er befindet sich neben dem nur noch selten ausbrechenden Großen Geysir im Heißwassertal Haukadalur. Nach Strokkur kann man die Uhr stellen. Er bricht tatsächlich ungefähr alle zehn Minuten aus. Seine kochendheiße Wassersäule schießt bis zu 30 Meter hoch aus dem Boden.

Das dritte Topziel des Golden Circle ist der **Gullfoss**, der Goldene Wasserfall. Wenn die Sonne scheint, leuchtet er tatsächlich golden – der Grund für seinen Namen. Aber auch wenn das Wetter nicht so gut sein sollte, lohnt der Besuch, denn Gullfoss zählt wirklich zu den schönsten und eindrucksvollsten Wasserfällen des Landes – ein Vergnügen für Fotografen.

In **Reykjavík**, der nördlichsten Hauptstadt der Welt, leben zwar schon seit Tausenden von Jahren Menschen, aber dennoch versprüht die Stadt ein jugendliches Flair. Rund zwei Drittel aller Isländer leben im Gebiet von Reykjavík. Die Innenstadt lässt sich leicht zu Fuß erkunden, vor allem an den Wochenenden herrscht Partystimmung in den Pubs, Restaurants und Cafés der City.

Am Rande von Reykjavík, ganz in der Nähe des Flughafens, liegt die berühmte **„Blaue Lagune“.** Die Lavasenke ist mit zwei Dritteln Salzwasser und einem Drittel Süßwasser gefüllt. Das beliebte Thermalfreibad ist umgeben von Lavafeldern und schwarzen Sandstränden.

Zu den absolut unvergesslichen Dingen, die man auf Island unternehmen kann, gehören auf jeden Fall die **Walbeobachtungen**. Rund 15 Walarten lassen sich von Mai bis Oktober vor Island im Atlantik blicken. Nirgendwo sonst ist die Vielfalt größer. Sogar Blauwale, die größten Tiere der Welt, tauchen zu Beginn der Saison aus den Wellen auf. Touren starten u.a. in Ólafsvík. Was man dabei haben sollte? – Fernglas, Kamera und warme Kleidung. Denn selbst bei bestem Wetter wird es durch den Wind an Bord der Beobachtungsschiffe recht frisch. Die Beobachtungsfahrten dauern je nach Abfahrtsort zwischen drei und zehn Stunden.

Das **Islandpferd** ist für viele Urlauber tatsächlich der Hauptgrund, um auf die Atlantikinsel zu kommen. Isländer sind zwar nicht besonders groß, aber dafür äußerst kräftig, so dass sie auch von Erwachsenen geritten werden können. Außerdem zählen sie zu den so genannten Gangpferden. Das heißt, sie verfügen nicht nur über die Grundgangarten Schritt, Trab und Galopp, sondern zusätzlich über die Gangarten Tölt und Pass. Die isländischen Reiter lieben ihren Tölt. Er ist so bequem zu reiten, weil man im Sattel kaum Erschütterungen verspürt. Ein Reiter könnte im Tölt ein Glas Wasser in der Hand halten, ohne dabei einen Tropfen zu verschütten.

Islandpferde gelten darüber hinaus als besonders widerstandsfähig und werden ganzjährig draußen gehalten. Es macht ihnen überhaupt nichts aus, wenn der Wind eiskalt über die Wiesen pfeift. Um Krankheiten im Pferdebestand zu vermeiden, ist die Einfuhr von Pferden auf Island verboten. Das gilt auch für die Pferde, die in Island geboren wurden. Haben sie die Insel einmal verlassen, dürfen sie niemals zurückkehren.

Für Reiter ist es sonnenklar: die Ursprünglichkeit der isländischen Natur lässt sich einfach am besten im Sattel eines Islandpferdes entdecken. Bei längeren Reittouren wird oft sogar eine freilaufende Pferdeherde mitgenommen. Unterwegs wechseln die Reiter dann ihre Pferde, und die Herde läuft frei zwischen Front- und Abschlussreitern. Bei kürzeren Reittouren werden meist Handpferde mitgeführt.

Seeadler sind auf Island keine Seltenheit. Tatsächlich brüten zwei Drittel der isländischen Seeadlerpopulation im Fjord Breiðafjörður. Er trennt die Region Vestfirðir (Westfjorde) von der Halbinsel Snæfellsnes. Um das Jahr 1960 herum war der Seeadler fast ganz ausgerottet gewesen. Zum Glück hat sich die Population erholt, und heute steht der Seeadler unter strengstem Naturschutz. Von Stykkishólmur aus gibt es Bootsfahrten über den Breiðafjörður, bei denen man den König der isländischen Vögel beobachten kann.

Island ist das Land der Sagen und Legenden. Dabei haben rund 80 Prozent aller Erzählungen mit dem "Verborgenen Volk" zu tun, den **Elfen**. Sie sehen aus wie Menschen, haben Berufe wie Menschen, sind aber nur selten sichtbar. Manchmal werden sogar noch heute Straßenbaupläne geändert, um die Elfen nicht zu stören. Naturschutz und der Glaube an diese Wesen gehen oft Hand in Hand. Vor allem auf der mystischen Halbinsel Snæfellsnes sind Felsen und Berge seit Menschengedenken beseelt. Wer genug Fantasie besitzt, kann hier auf Schritt und Tritt den Geistern und Wiedergängern aus den isländischen Legenden begegnen…

Allgemeine Informationen:
Von Deutschland aus gibt es ganzjährig Nonstop-Flüge nach Island. Die Flugzeit beträgt rund dreieinhalb Stunden. Wer sein Auto mitnehmen möchte, kann zwischen April und Oktober von Dänemark aus mit der Fähre „Norröna" (www.smyrilline.de) nach Island fahren. Die beste Reisezeit ist von Juni bis Ende August. Auch im Sommer sollte man warme Kleidung dabei haben. Die Währung auf Island ist die isländische Króna. Es kann aber wirklich überall mit Kreditkarte bezahlt werden, selbst bei kleinen Beträgen.
Mehr Infos gibt es hier: www.visiticeland.vom

Extra-Tipps:

Viele Fotos, Reisetipps und Geschichten zu den Schauplätzen meiner Bücher finden Sie in meinem Blog unter

www.susandewinter.de

Facebook-Mitglieder sind herzlich willkommen, durch Klicken des Gefällt-mir-Buttons Fan zu werden und über neue Bücher auf dem Laufenden zu bleiben:

https://www.facebook.com/SusandeWintersSchreibblog/

Wenn Ihnen mein Buch gefallen hat, würde ich mich über eine kurze Rezension bei Amazon sehr freuen!!
Ich bedanke mich ganz herzlich und wünsche weiterhin viel Spaß beim Lesen (und beim Reisen!)

Ihre Susan de Winter

Danksagung

Vielen Dank für Eure Hilfe: Christiane für die schöne Covergestaltung, Island-Expertin Martina für Deine unschätzbar wertvollen Ratschläge, Karin und Ulla für Euren Glauben an mich, Margret und die Yoga-Elfen für Ansporn und Inspiration.

Susan de Winter im April 2016

Der Stein der Schildkröte

Eine Reise durch Australien, ein geheimnisvoller Stein und die große Liebe…

Was soll ich alleine in Australien? Ich bin ja noch nicht mal alleine auf Mallorca gewesen, denkt die Mittvierzigerin Claudia, als ihre Tante aus Melbourne stirbt, ganz knapp vor ihrer sorgfältig geplanten, gemeinsamen Reise. Doch dann fliegt sie trotzdem hin und erlebt das Abenteuer ihres Lebens. Auf ihrem Roadtrip durch Down Under hat sie mit viel mehr zu kämpfen als mit wilden Kängurus und einem angefahrenen Wallaby. Sie findet das Tagebuch ihrer Tante Anne und deckt ein altes Familiengeheimnis auf. Sie verliebt sich in den smarten Geschäftsmann David, der jedoch spurlos verschwindet. Und was hat es mit dem Stein der Schildkröte auf sich, den ihr ein alter Aborigine schenkt und der rätselhafte Träume in ihr auslöst?

Der erste Roman von Susan de Winter hielt sich monatelang auf Platz 1 aller Amazon-E-Books über Australien und in den Top 50 der Liebesromane Mystery & Spannung!

Leser-Meinung: 5 Sterne

„Ich habe den "Stein der Schildkröte" als Taschenbuch geschenkt bekommen und war schon nach ein paar Seiten mitten drin: im Land am anderen Ende der Welt. Für Australien-Fans ist das Buch ohnehin ein must-have, aber auch Romantiker kommen voll auf ihre Kosten. Man kann einfach nicht aufhören zu lesen, bevor man weiß, wie es mit der Liebesgeschichte von Claudia in der Jetzt -Zeit und mit dem Drama ihrer Tante vor vielen Jahren ausgeht. Klar, im Land der Traumzeit geht es natürlich auch ein wenig um Magie. Ich hatte jedenfalls einige Male eine richtige Gänsehaut beim Lesen bekommen. Ich gebe eine glasklare Leseempfehlung!

Hinweise, Rechtliches und Impressum

Coverfoto: Stockphoto/emeliemaria

Taschenbuchausgabe April 2016

Herausgegeben von:

Susan de Winter

Von-Tschirsky-Weg 12

D-32602 Vlotho

Printed in Germany
by Amazon Distribution
GmbH, Leipzig

24346272R00122

Reiner Herling

Klassische englische Gärten des 20. Jahrhunderts

Reiner Herling

Klassische englische Gärten des 20. Jahrhunderts

VERLAG
EUGEN
ULMER

Titelfoto: Detail aus Hestercombe Garden
Seite 2: Teil einer reinen Staudenrabatte
in Cliveden (siehe Seite 98).
Sie zeichnet sich aus durch kühle Farben
und eine gute Höhenstaffelung.

Die Deutsche Bibliothek – CIP-Einheitsaufnahme
Herling, Reiner:
Klassische englische Gärten des 20. Jahrhunderts/
Reiner Herling. – Stuttgart:
Ulmer, 1994
ISBN 3-8001-6541-4
NE : HST

Wollgrasweg 41, 70599 Stuttgart (Hohenheim)

Lektorat: Agnes Pahler
Herstellung: Steffen Meier
Einbandgestaltung: Alfred Krugmann, Freiberg am Neckar,
mit einem Foto von Reiner Herling
Zeichnungen: Siegfried Lokau, Bochum,
und Reinhild Hofmann, München
Satz: CSF ComputerSatz GmbH, Freiburg im Breisgau
Reproduktion: eurolitho, Tarzo (TV)
Druck und Bindung: Manfrini R. Arti Grafiche, Calliano
Printed in Italy

Vorwort

Der Versuch, dem Leser britische Gartenkunst in diesem Jahrhundert vor Augen zu führen, fußt auf der Annahme, daß es möglich ist, das Besondere dieser Gärten und die durch sie repräsentierte Gartenkunst in exemplarischer Weise vorzuführen. Aus der Fülle der Gärten mußten diejenigen herausgefunden werden, die als besonders charakteristisch gelten können. So trifft für die meisten der hier vorgestellten Gärten zu, daß sie über mehr als eines der kennzeichnenden Merkmale, für das sie als Beispiele herangezogen wurden, verfügen. Fast alle zeigen eine Gliederung in Räume, haben gemischte Bepflanzungen („mixed borders") und präsentieren Pflanzungen als Gartenbilder in Form und Farben.

Am Beispiel Hidcote Manor Gardens werden zunächst die charakteristischen Merkmale für englische Gärten des 20. Jahrhunderts beschrieben. Diese im ersten Jahrzehnt dieses Jahrhunderts entstandene Anlage hat die Gartengestaltung der Folgezeit so entscheidend inspiriert, daß man in diesem Zusammenhang von einer Hidcote-Tradition sprechen kann. Die wichtigsten Aspekte des „Modells" Hidcote bilden daher in den folgenden Kapiteln eine Art Raster, das typische Merkmale englischer Gärten ordnen hilft und die Vielgestaltigkeit der Gartenkunst deutlich macht. Dies schließt nicht aus, daß einige der vorgestellten Gärten (zum Beispiel die Waldgärten) schon recht deutlich aus der Hidcote-Tradition ausscheren.

Der Leser wird sich am Ende ein Bild vom Reichtum der Gärten und dem hohen Anspruch der Gartenkunst in England, Wales und Schottland machen können, indem er seinen Horizont mit jedem Kapitel um einen typischen Aspekt erweitert. Jedes Kapitel enthält nämlich eine Beschreibung des jeweiligen Gartens, die sich an einem Rundgang, wie er auf Grund der Gegebenheiten vor Ort möglich wäre, orientiert. Im Anschluß daran wird einer der „Modell"-Aspekte ausführlich dargestellt und gegebenenfalls durch Beispiele anderer Gärten ergänzt.

Wer sich auf die Vielfalt englischer Gartenkunst einlassen will, muß wohl die Mühe der Lektüre aller Kapitel auf sich nehmen. Es läßt sich aber auch ein ganz anderer Gebrauch des Buches vorstellen, ein nach Stichworten auswählendes Lesen nämlich. Ein so zentraler Aspekt wie der der „gemischten Bepflanzung", um ein Beispiel zu nennen, ist sowohl über das entsprechende Kapitel als über das Register zu erschließen.

Das Buch soll Mut machen zum gestalterischen Experiment im eigenen Garten. Es soll aber auch den Wunsch wecken, englische Gärten zu besuchen. Zu diesem Zweck findet der Leser im Anhang nützliche Hinweise und Adressen

Reiner Herling
Dortmund, Herbst 1993

Für Do, Susanne und Heri

Inhaltsverzeichnis

Von der Faszination englischer Gärten

Gartenkunst in England, das ist ein bemerkenswerter Reichtum an historischen Spielformen des gärtnerischen Gestaltens auf erstaunlich engem Raum: Allein südlich von London, in den Grafschaften Kent, Surrey und Sussex, kann man einige Dutzend Gärten besuchen und dabei alle wesentlichen Gartenstile der letzten vierhundert Jahre kennenlernen. Auffallend ist die Lebendigkeit der englischen Gartengeschichte in der gegenwärtigen Gartenkunst. So begegnet man dem Einfluß römischer Gärtner, die die sogenannten Halbsträucher ins Land brachten: Lavendel, Rosmarin, aber auch Efeu; sie wird man in jedem Garten finden. Oder das Topiary, der Figurenschnitt an Eiben und Buchsbaum, ein für die Raumgestaltung so reizvolles Mittel, das nirgendwo sonst so vielfältig erhalten geblieben ist und in diesem Jahrhundert wieder zu besonderen Ehren kam. Natürlich sind frühe Architekturgärten in dieser Region ebenso zu finden wie der Typus, der als eingenständiger Beitrag der englischen Gartenkunst gilt und der auf dem Kontinent so erfolgreich übernommen wurde: der Englische Landschaftspark.

Besonders reizvoll erscheint mir die Begegnung mit Gärten aus diesem Jahrhundert. Sie verdeutlichen einmal mehr die Lebendigkeit des Umgangs mit der Gartengeschichte. Ein liebenswerter Eklektizismus (Übernahme von Ideen früherer Kunstrichtungen) der Stilrichtungen vergangener Epochen auf einem hohen Niveau gestalterischer Integration ist für die hier dargestellten Gärten kennzeichnend, und das obwohl die Schöpfer durchweg Laien waren. Stilbildung im strengen Sinne findet sich eigentlich nur dort, wo professionelle Gestalter wie Geoffrey Jellico und Russel Page am Werk waren. Das vielleicht auffallendste Merkmal dieser Gärten der Laien ist die überzeugende Gestaltung des Raumes, die Sicherheit, mit der architektonische Grundlinien gezogen wurden, so daß intime Gartenräume entstanden, die gleichzeitig die kleinklimatischen Faktoren günstig beeinflußten.

Seit alters sind Mauern, Hecken und Pergolen Mittel zur Begrenzung des Gartenraumes. Durch sie entsteht eine kunstvolle Binnengliederung mit dem Effekt, daß diese Gärten voller Geheimnisse sind, da der Besucher sie nie mit einem Blick übersieht. In diesen Gärten herrscht eine heimliche Dramaturgie: der Besucher, der einen Gartenraum nach dem anderen durchwandert, erlebt dabei eine ständig sich erneuernde Spannung. Ein solcher Gartenbesuch gleicht einem Schauspiel, bei dem der Besucher selbst zum Akteur wird. Immer wieder wechseln Durchblicke (Vistas) in den Nachbarraum mit Ausblicken in die Landschaft, durch Hecken und Mauern gelenkt. So entsteht ein kunstvoller Wechsel der Befriedung und Entgrenzung des Raumes.

Das „Englische" dieser Gärten hat nicht nur mit der ausgeprägten Traditionspflege, sondern auch mit dem besonderem Klima, der hohen Luftfeuchtigkeit, den reichen Niederschlägen und den nach Regionen unterschiedlichen, meist milden Wintern zu tun. Sie erlauben es dem Gärtner, das Sortiment der Pflanzen im Vergleich zu denen auf dem Kontinent erheblich zu erweitern.

Neben diesen Faktoren gibt es ein weiteres Kennzeichen: viele englische Gärten sind „artificial" und „high sophisticated", im Klartext: nichts bleibt dem Zufall überlassen, jedes Element der Gestaltung wird bewußt eingesetzt, um die verschiedenen Sinne gezielt anzusprechen. Einen hohen Stellenwert haben dabei Duftpflanzen. Blatttexturen und Farben der Pflanzen sind das Material des „picture gardener", mit dem er eindrucksvolle Szenen einzelner Gartenbilder schafft, deren Wirkung durch raumbildende Mittel noch gesteigert wird. Eine Vorliebe für das Pittoreske ist gar nicht zu übersehen. Besucher britischer Gärten sind immer wieder beeindruckt vom Reichtum der Staudenbeete und gemischten Rabatten und der Delikatesse, mit der sie angelegt sind.

Ist die spontane Begeisterung abgeklungen, taucht die Frage auf, warum solche Pflanzungen so harmonisch wirken oder Kontraste so starke Wirkungen erzielen. Immer bewußter erlebt der Besucher dies alles als Ergebnis gärtnerischer und ästhetischer Überlegungen. Ob ein Gartenbild gelingt, hängt zunächst davon ab, ob die ausgesuchten Pflanzen in ihren Kulturansprüchen zusammenpassen; es stellen sich Fragen nach der Eignung des Bodens, den Ansprüchen

Hidcote Manor Gardens: Die hochwachsende Rosa filipes 'Kiftsgate' dient als Raumabschluß.

Das doppelte Staudenbeet in Crathes Castle Garden (siehe Seite 98).

an das Licht, und die Wachstumseigenschaften wie Größe und Blütezeit der Pflanzen sind zu bedenken. Nach Klärung all dieser Fragen ist der Weg zum Gartenbild jedoch noch weit. Ein zweiter Fragenkomplex betrifft die ästhetischen Qualitäten der in Frage kommenden Pflanzen, Farben und Texturen der Blätter und Blüten, schließlich der Habitus und die Form der Blätter. Ein Gartenbild wird aus den Einzelteilen jedoch nur, wenn es gelingt, mit Hilfe aller dieser Eigenschaften ein spannungsreiches Beziehungsgefüge herzustellen. Hierbei können die gestalterischen Hauptkriterien im Bereich der Farbe oder der Form liegen. Der Betrachter wird, sofern er nicht allein botanischen Interessen frönt, unweigerlich die Spannung wahrnehmen, und die Pflanzung als eine Einheit sehen. Im Vorbeigehen an der Rabatte verändert sich das gesehene Gartenbild, und neue Szenen bauen sich auf. Nimmt der Betrachter Abstand, so erlebt er die Komplexität der ganzen Rabatte, und die Fülle der Einzelbilder setzt sich zu einem einzigen Bild zusammen.

Aus dem bisher Gesagten wird schon deutlich: Eine erschöpfende Antwort auf die Frage nach dem eigentlich „Englischen“ ist schwierig. Nicht schwer dagegen ist es, die Schönheit dieser Gärten zu erleben. Sonne und Regen beeinflussen die jeweilige Atmosphäre, und nicht selten erhält ein solches Erlebnis durch die Begegnung mit dem Besitzer einen besonderen Reiz. Der Besucher erfährt dann nicht nur, wie sehr der Garten Herzensangelegenheit seines Schöpfers ist, sondern welche Motive das Werk in Gang gebracht und welche Einflüsse auf die Gestaltung eingewirkt haben.

Englische Gartenkunst in der Zeit um die Jahrhundertwende

Mit Anbruch des viktorianischen Zeitalters ging die Epoche des Landschaftsparks, der den großen europaweit übernommenen Beitrag der englischen Gartenkunst darstellt, zu Ende, wenn auch etwas vom Gedankengut in den Volksparks der großen Städte weiterlebte.

Der Niedergang der Gartenkunst in viktorianischer Zeit

Die Gärten der viktorianischen Mittel- und Oberschicht waren Repräsentationsgärten. Sie dienten als ein Mittel gesellschaftlicher Selbstdarstellung, der Demonstration sozialen Selbstwertgefühls, das im wesentlichen auf Wohlstand basierte. Der Reichtum, innerhalb einer oder zweier Generationen erworben, erlaubte es, die Grenzen des materiell Machbaren immer weiter hinauszuschieben und Gärten zu schaffen, die ein ausgeprägtes Bedürfnis nach Repräsentation befriedigen konnten. Architekturgärten der Renaissance dienten als Modelle, wurden aber maßlos überdimensioniert. Da in diesen Gärten Pflanzen in Massen verwendet und rein dekorativ eingesetzt wurden, fehlte diesen Anlagen Individualität. Zweimal im Jahr mindestens breitete man vorwiegend aus exotischen Pflanzen bestehende Blumenteppiche in leuchtenden Farben aus, die ausschließlich eine Liebe zum Dekorativen bezeugten.

Es gab selbstverständlich auch Pflanzenkenner und Sammler unter den viktorianischen Gärtnern. Bedeutende Pflanzenjäger waren besonders während der zweiten Hälfte des 19. Jahrhunderts in allen Erdteilen unterwegs, um exotische Pflanzenschätze für botanische Gärten und im Auftrag reicher Sammler auf den Britischen Inseln zu beschaffen. Die Entdeckung und Vermehrung von bis dahin unbekannten Gehölzen, Stauden und Ein- oder Zweijährigen brachte innerhalb weniger Jahrzehnte eine Veränderung des Pflanzensortimentes mit sich, die für den Gärtner der damaligen Zeit eine ständige Versuchung gewesen sein muß, auch die letzte Neueinführung dem Garten noch zuzuführen. Sammelleidenschaft, die oft noch mit Züchterehrgeiz gekoppelt auftritt, ist selten mit der Begabung gepaart, die Pflanzenquartiere auch noch ästhetisch befriedigend zu gestalten. Pflanzenfreunde dieser Art lassen aber Sammlungen entstehen und schaffen selten wirkliche Gärten.

Zwar hatte der bedeutende Gartenschriftsteller John Claudius Loudon (1783–1843) zu Beginn der Epoche versucht, den Gärtnern Fragen der Gartengestaltung ins Bewußtsein zu bringen, indem er forderte, das Gärtnern als eine Form der Kunst zu betreiben. Ein neuer Stil, „the gardenesque style“, war die Art von Design, die Gärtner seiner Auffassung nach brauchten, um aus einer Pflanzensammlung eine gestaltete Gartenszene zu machen.

Jede verwendete Pflanze – in der Regel dachte Loudon dabei an Gehölze – war in ihrer Individualität zu sehen. Um sie richtig ins Bild zu setzen, benötigte sie genügend Platz. Benachbarte Pflanzen durften sich nicht gegenseitig verdekken. Jede einzelne sollte ihren Habitus voll ausbilden können oder durch Schnitt in eine perfekte Form gebracht werden. Niedrigere Gehölze waren separat zu kultivieren. Ein Wegenetz erlaubte es dem Pflanzenfreund, seine Schätze aus der Nähe zu betrachten. Und dennoch waren Loudons Vorschläge zur Gartengestaltung nicht sonderlich dazu geeignet, den Garten als Raum zu gliedern.

Erneuerungsbestrebungen

Die Wiederbelebung des Architekturgartens durch Sedding und Blomfield

Es ist sicher kein Zufall, daß die Wiederentdeckung des Gartenraumes durch die Verfechter des Architekturgartens zu einem Zeitpunkt geschah, als sich die Gartenkunst Englands in extreme Trends zu verzetteln drohte. Setzte die technische Entwicklung der Gewächshäuser die Gärtner einerseits in die Lage, Pflanzenmaterial in riesigen Mengen bereitzuhalten, um große Flächen teppichartig damit zu bepflanzen, so beschränkte sich die gärtnerische Tätigkeit der

Vorherige Doppelseite: Die Bepflanzung verwandelt die Strukturen in Hestercombe House Garden.

Pflanzenliebhaber zu einem erheblichen Teil auf das Sammeln botanischer Raritäten. Fragen der Gartengestaltung im engeren Sinne wurden im Gefolge dieser Entwicklung entweder gar nicht gestellt oder rein dekorativ gelöst.
In dieser Situtation setzten sich John Sedding (1838–1891) und Reginald Blomfield (1856–1942) für eine Erneuerung der Gartenkunst im Geiste des alten Architekturgartens ein. Eine starke Belebung dieser Idee kam aus der Art-and-Craft-Ideologie, einer geistigen Bewegung, die es sich angesichts der industriellen Revolution und ihrer Folgen zur Aufgabe gemacht hatte, bewährte Traditionen aus Kunst und Handwerk zu bewahren. Das betraf die Auswahl bestimmter Materialien ebenso wie die Anwendung althergebrachter handwerklicher Bearbeitungstechniken.
Besonderes Gewicht hatte zunächst die Stimme von John Dando Seddding, einem Kirchenbaumeister, der sich erst gegen Ende seines Lebens mit dem Buch „Gardencraft Old and New" (1891) dem Gartenthema zuwandte. „Alles Gärtnern ist Kunst oder gar nichts", lautete seine Forderung und gleichzeitige Absage an den Landschaftspark. Seine Kunstmittel entstammten dem formalen Garten des 16. und 17. Jahrhunderts in England. Zu den Gestaltungsmerkmalen gehörte eine klar erkennbare Binnengliederung und

Oben: Die Rotunde zeigt typische Materialien und Bauelemente Edwin Lutyens. Unten: Grau- und silberlaubige Pflanzen im Dutch Garden.

eine Begrenzung des Gartens durch Hecken und Mauern. Nur so kann ein Garten „geschützt sein und die Möglichkeit bieten, sich in ihm zurückzuziehen". Beide, Haus und Garten, hatten eine Einheit zu bilden und das Verhältnis von Haus, Garten und umgebender Landschaft war im Sinne eines allmählichen Übergangs von stark formal geprägten Bereichen in Hausnähe hin zu mehr informellen Bezirken an der Peripherie zu gestalten. Viele der verwendeten Schmuckelemente entstammten dem Tudor-Garten, beispielsweise Gartenhäuser, Lauben, Brunnen und Sonnenuhren. Besonders charakteristisch für diese Gärten waren aus Eiben geschnittene geometrische Formen und Tierfiguren (Topiary, Formschnitt). Einen wesentlichen Zugewinn bedeutete die Gliederung des Gartens in Räume. Als Reginald Blomfield 1902 seine programmatische Schrift „The Formal Garden in England" herausgab, ging ein starker Trend innerhalb der Gartengestaltung bereits in Richtung „natürlicher Garten". Blomfield formulierte die Aufgaben einer neuen Gartenkunst, nachdem er sich zuvor ausgiebig mit dem Landschaftspark auseinandergesetzt hatte. Der Gartengestalter hatte Architekt zu sein, nicht „Maler"; ein Selbstverständnis einiger Landschaftsgärtner, die sich durch die Malerei der Franzosen Nicolas Poussin und Claude Lorrain hatten inspirieren lassen. Seine Aufgabe bestand darin, einen Gesamtplan von Haus und Garten bereitzustellen, in dem beide harmonisch aufeinander abgestimmt waren.

Auch Blomfield suchte seine Vorbilder in der englischen Renaissance, aber nur wenige Gärten hatten die Epochen überdauert. Penshurst Place in Kent war ein Beispiel, das seinen Anforderungen entspracht. Die Anlage hatte ihr Überdauern dem Umstand zu verdanken, daß die Familie Sidney während des 18. Jahrhunderts verarmte und eine zeitgemäße Umgestaltung durch die berühmten Gestalter von Landschaftsparks, Lancelot Brown oder später Humphry Repton, unterblieb. Statt dessen blieben die Gärten in der ursprünglichen Gliederung, innerhalb fester Grenzmauern, erhalten. Darüber hinaus bemühte sich Lord L'Isle Mitte des 19. Jahrhunderts um eine Restaurierung der Elisabethanischen Architektur von Haus und Garten. Charakteristisches jener Epoche konnte so gesichert werden, zum Beispiel die Gliederung der gesamten Fläche in voneinander getrennte Gartenräume (durch Mauern, Hecken und Terrassen), einschließlich der auf das Haus zulaufenden Hauptachse. Noch heute erlebt man die Gartenanlage von Penshurst etwa so, wie Blomfield sie gesehen hat, eben als ein Ergebnis einer glücklichen Mischung von Traditionselementen aus dem formalen Garten und behutsamen Erneuerungen.

Blomfields Plädoyer für eine Erneuerung der Gartenkunst richtete sich gegen den Landschaftspark als eine Fehlform der Gartengestaltung und gegen den zur Sterilität verkommenen viktorianischen Blumengarten mit seinen eintönigen Teppichbeeten. Er forderte statt dessen die Einheit der Architektur von Haus und Garten. Für den Garten bedeutete dies die Gliederung in eine Folge von durch Mauern beziehungsweise Hecken getrennte Räume, deren Proportionen durch die Größe des Hauses mitbestimmt wurden. Neben Terrassen und Gartenhäusern gehörten zum formalen Garten Blomfields Alleen, breite Wege, Rasenstücke und Blumenbeete. Sein Garten war ganz wesentlich ein Architekturgarten und die Bepflanzung dazu bestimmt, den Reiz der baulichen Elemente zu verstärken.

Der „natürliche Garten" William Robinsons

Dem Gedanken des formalen Gartens aus dem Lager der Architekten (zu denen die erwähnten Sedding und Blomfield zählten), widersprach William Robinson (1838–1935), ein irischer Gärtner, der sich durch eine fleißige publizistische Tätigkeit rasch einen Namen gemacht hatte, auf das entschiedenste.

Robinson hatte während seiner Tätigkeit als Gärtner viktorianische Gärten kennengelernt und entwikkelte mehr und mehr eine Abneigung gegen das sogenannte „bedding out". Seine ablehnende Haltung bezog sich aber weniger auf die exotischen Pflanzen als auf deren formale Verwendung.

Robinson begann seine Laufbahn in Kew Gardens, wo man ihm die Pflege einer Staudenpflanzung anvertraute mit der zusätzlichen Verpflichtung, die Sammlung um einheimische Arten zu erweitern. Diese Aufgabe gab ihm Gelegenheit, sich regelmäßig aufs Land zu begeben, wo sich seine lebenslange Liebe zur „countryside“ und den wildwachsenden Stauden und Gehölzen entwickelte. Hierbei lernte er den Charme der Cottage-Gärten schätzen mit ihrer charakteristischen Vielfalt an Stauden, darunter besonders viele einheimische, außerdem ließ er sich von der unaffektierten Gestaltung dieser kleinen Gärten beeindrucken. Reisen erweiterten seinen gärtnerischen Horizont. Blühende Almwiesen in der Schweiz und die Herbstfärbung kanadischer Laubwälder verstärkten in ihm die Gewißheit, daß angesichts solcher Schätze, die die Natur bereithält, die englischen Gärten ein erbärmliches Bild böten.

Seine Kritik an der zeitgenössischen Gartenkunst begründete eine einzigartige schriftstellerische Karriere, die mit dem Buch „The Wild Garden“ 1870 begann und bis zum Tode des Autors erfolgreich blieb. Das Buch erlebte viele Auflagen und wurde 1979 als Reprint noch einmal verlegt.

Bei der Durchsicht des von Robinson empfohlenen Pflanzensortiments wird rasch deutlich, daß es sich bei seiner Auswahl keineswegs bloß um einheimische Wildformen handelt. Auch fremdländische Stauden, sofern sie einen ansprechenden Habitus haben, wüchsig sind und sich der Szenerie der Pflanzung natürlich einfügen, gehören in die „mixed borders“ seines „wild gardens“. Ein größerer Teil des Buches „The Wild Garden“ umfaßt die Darstellung dieser „hardy exotic flowering plants“. Die Liste beginnt mit *Acanthus spinosus* und endet etwa mit *Viola cucculata*, Pflanzen also, die bereits lange fester Bestandteil unserer Gärten geworden sind, obschon wir uns deren fremder Herkunft selten bewußt sind.

In Robinsons Aufstellung fehlen allerdings noch Pflanzen, die inzwischen entdeckt worden waren, ohne daß er sie zur Kenntnis hatte nehmen können, die von George Ferguson Wilson entdeckten asiatischen Lilien beispielsweise. In den Gärten von Mount Usher (Irland) und Caerhayes in Cornwall gediehen längst asiatische Gehölze wie Rhododendren und Kamelien, die dort günstige klimatische Bedingungen vorfanden und Robinsons Ideal des „wild gardening“ sehr nahe kamen.

Die Pflanzenlisten in seinem Buch machen deutlich, wie sehr es Robinson nicht um Form und Farbe der Blüte beziehungsweise Blühwilligkeit allein ging, sondern er berücksichtigte ebenso den Habitus der Pflanze und Form und Textur der Blätter. Es gelang ihm, den Lesern die Attraktivität dieser vernachlässigten Arten nahezubringen, und er zeigte ihnen auch, welche Plätze sie zum Pflanzen nutzen konnten. Der „wilde Garten“ Robinsons zu dem Bach, Wiese, Wäldchen, Hecken und Mauern gehörten, war aber zuallererst ein kultivierter Garten.

Mit der Herausgabe des Magazins „The Gardening“ seit dem Jahr 1871 (ab 1874 hieß es „The Gardening Illustrated“) konnte Robinson unter Mithilfe namhafter Gartenschriftsteller (unter anderem Gertrude Jekylls) seinen Einfluß auf die Gartenszene noch verstärken.

In seinem zweiten Buch „The English Flower Garden“ (1883) setzte Robinson fort, was er in „The Wild Garden“ begonnen hatte, nämlich sein Plädoyer für eine naturnahe Gartengestaltung im Gegensatz zum formalen Garten, bei dem der Architekt es dem Gärtner lediglich überläßt, vorhandene, meist geometrisch geformte Beete mit durchgezüchtetem Pflanzenmaterial (Begonien und Pelargonien in Massen!) zu bestücken.

Erfahrungen aus seinem eigenen Garten in Gravetye Manor kamen diesem Buch bereits zugute. Der hausnahe Bereich war dort im übrigen durchaus formal gestaltet; Terrasse, Treppen, Wege und Beete entsprachen traditioneller Architektur. Die Bepflanzung jedoch, das zeigen zeitgenössische Aquarelle sehr schön, war keineswegs formal. Weder sieht man streng lineare Anordnungen oder Gruppierungen noch Muster. Vielmehr behalten und entfalten die Pflanzen ihre natürliche Schönheit. Die Abstufung nach der Größe erfüllt sowohl gärtnerische Zwecke (insofern sich die Pflanzen nicht gegenseitig das Licht wegnehmen) als auch ästhetische. Selbst hinsichtlich der Farben überließ Robinson nicht alles dem Zufall, sondern verlangte eine Art kontrolliertes Farbschema.

Die dem Haus ferneren Bereiche gehörten zum eigentlichen Wild Garden. Entlang der Hecken und auf offenem Feld pflanzte Robinson Tausende von Narzissen und verlängerte deren Blütezeit, indem er früh- und spätblühende Sorten miteinander kombinierte. Mit *Erythronium, Muscari*, wilden Tulpen, *Leucojum, Chionodoxa* und *Orni-*

thogallum setzte er sein „meadow gardening“ fort und das mit Erfolg. Mit Maiglöckchen und Salomonssiegel zeigte er, wie man auch noch Plätze im trockenem Schatten nutzen konnte. Manche seiner Alpinen gediehen auf Mauerkronen und in Treppenfugen.
Nach dem Tode Robinsons geriet der Garten, anders als seine Publikationen, in Vergessenheit und verfiel. Vor wenigen Jahren wurde er in zehnjähriger Restaurierungszeit wieder hergestellt, und der eigentliche Wild Garden zeigt sich heute in gutem Zustand. Die Blumenwiese südlich des Hauses bietet im Frühjahr ein prächtiges Bild: *Eranthis, Crocus, Scilla,* viele Narzissen-Sorten, *Fritillaria meleagris* und Anemonen haben sich längst wieder etabliert. Die Bereiche See und Waldgarten verschmelzen allmählich miteinander. Das Seeufer ist von hohen Gräsern und ausdauernden Stauden gesäumt. Unter einer Eiche breitet sich ein Teppich von Königsfarn *(Osmunda regalis)* aus.
Fragt man nach der Bedeutung William Robinsons für die englische Gartenkunst, so läßt sich feststellen, daß er in der Lage war, vorhandene Strömungen aufzunehmen und zu popularisieren. War er nicht eigentlich der Erfinder des „wild gardening“, so hat er doch entschieden zu seiner Verbreitung beigetragen. Ihm verdankt die englische Gartengeschichte eine Rückbesinnung auf die eigentlichen Möglichkeiten des gärtnerischen Handwerks, ohne die sklavische Abhängigkeit vom Diktat des Architekten. Im „wild garden“ bekam die Natur wieder Hausrecht. Zu seinen Nachfolgern zählen nicht nur Gertrude Jekyll, sondern auch die Deutschen Willy Lange, Karl Foerster und Rudolf Borchardt.

Die Versöhnung der Gegensätze durch Jekyll und Lutyens

Gertrude Jekyll (1843–1932) kam aus einem begütertem Haus der bürgerlichen Mittelschicht und erhielt so eine fast obligatorische künstlerische Ausbildung an der Kensington School of Art, wo sie neben anderen Disziplinen vor allem die Malerei studierte. Dabei geriet sie in den Kreis um den Schriftsteller und Sozialphilosophen Ruskin, der wie sie selbst ein großer Bewunderer William Turners, des bedeutenden englischen Malers, war. Die Auseinandersetzung mit seinen Bildern sollte für Gertrude Jekylls Art der Farbverwendung im Garten noch wichtig werden. Sie lernte in diesem Künstlerkreis auch den Maler und Schriftsteller William Morris kennen, dem es gelang, rechtzeitig ein Interesse für das alte Kunsthandwerk zu wecken, bevor es durch industrielle Herstellungsformen verdrängt wurde und unwiederbringlich verlorenzugehen drohte. Einer der wichtigsten in diesem Kreis der Freunde, die sich der Art-and-Craft-Bewegung verbunden fühlten, war der Maler Hercules Brabazon, der die Tradition von Turners späten, fast abstrakten Aquarellen fortsetzte, in denen Licht und Farbe die eigentlichen Inhalte sind. Er macht Jekyll mit der Farbenlehre des Franzosen Chevreul bekannt. Dessen Buch „Die Prinzipien von Harmonie und Kontrast der Farben und ihre Anwendung in den Künsten“ war 1854 in englischer Sprache erschienen.

Farbige Rabatten in Munstead Wood

Künstlerische Anerkennung und Aufträge für Gertrude Jekyll blieben nicht aus, bis sie erkennen mußte, daß sie die Malerei infolge eines sich verstärkenden Augenleidens langfristig würde aufgeben müssen. Sie hatte mittlerweile das Gärtnern als eine völlig neue Möglichkeit schöpferischer Produktivität entdeckt. Hatte Gertrude Jekyll ihre Kräfte in diesem Bereich zuvor noch nicht erprobt, so standen ihr doch hinreichende ästhetische Erfahrungen und gestalterische Fertigkeiten zur Verfügung, um sich der neuen Herausforderung stellen zu können. Was sie in den gelernten Disziplinen aufgenommen hatte, versuchte sie auf die Gartenkunst zu übertragen. Gertrude Jekyll entwickelte eine Kunstlehre der Verwendung von Farben im Garten und entsprach damit zeitgenössischen Erwartungen, die Gartenkunst habe Teil der schönen Künste (fine arts) zu sein. Verwirklichen konnte sie ihre Vorstellungen zum erstenmal in vollem Umfang in Munstead Wood, ihrem Domizil in Surrey, das sie sich von dem damals noch sehr jungen Architekten Edwin Lutyens (1869–1944) bauen ließ. Haus und Garten entstanden in gemeinsamer Planung, wobei Gertrude Jekyll es

Der Grey Walk entspricht heute noch Gertrude Jekylls Plan.

verstand, den Architekten für die einheimischen Handwerkstraditionen zu interessieren und ihn auch veranlaßte, Baumaterialien der Region zu verwenden. Das Landhaus gilt als eines der bedeutenden Beispiele des Bauens, das durch die Art-and-Craft-Bewegung beeinflußt war.

Ihre gartenschriftstellerische Tätigkeit begann als freie Mitarbeiterin bei William Robinson, in dessen Magazin „The Gardening". 1899 kam ihr erstes großes Buch heraus: „Wald und Garten. Bemerkungen und Gedanken, Praktisches und Kritisches einer Gartenliebhaberin".

Im ersten Teil berichtet sie über ihre Erfahrungen mit dem sogenannten „woodland gardening" in Munstead Wood. Nur knapp die Hälfte der gesamten Fläche wurde dort als Garten im engeren Sinne benutzt, der Rest war „Waldgarten". – Gertrude Jekyll hatte Teile des natürlichen Bewuchses aus Silberbirken, Stechpalmen *(Ilex)*, Buchen und Kiefern auslichten lassen und dafür gesorgt, daß malerische Baumgruppen erhalten blieben und sich dem Auge einprägsame Bilder darboten. Das Gelände wurde durch ein Wegesystem zweckmäßig erschlossen, so daß die vielen Blütengehölze, kombiniert mit Farnen, Fingerhüten und Lilien, auch aus der Nähe betrachtet werden konnten. *Rhododendron*-Sorten wurden gruppiert nach Farben gepflanzt. *Rhododendron luteum (Azalea pontica)* und seine Hybriden erhielten ein eigenes Quartier. (Näheres dazu ab Seite 124 ff.) Im zweiten Teil ihres Buches wandte sich Gertrude Jekyll speziellen Fragen zu, unter anderem den Düften im Garten und der Verwendung von Farben in den Pflanzungen. In einem gesonderten Kapitel lernt der Leser ihr großes Mixed Border kennen. „Mixed" bedeutet hier allerdings nicht „hoffnungslos durcheinander", wie man dies gelegentlich zu sehen bekommt, sondern eine Mischpflanzung aus Gehölzen, winterharten Stauden und Sommerblumen.

In ihrem 1908 erschienenem „Colour Schemes for the Flower Garden" stellt sie das große, 70 m lange und 5 m breite Beet ausführlich vor (siehe Seite 22 bis 25). Darstellung des farblichen Aufbaus und Hinweise auf Pflegemaßnahmen wechseln einander ab. Die Art der Farbverwendung ist der eigentliche Beitrag Gertrude Jekylls zur Gartenkunst. Hinter ihr verbergen sich die Farbtheorie Chevreuls ebenso wie gewisse Farbbeziehungen, die sie im Werk Turners entdeckt hatte. Aus Chevreuls Farbenlehre übernahm Gertrude Jekyll einige Erkenntnisse, die sie in Regeln zur Farbverwendung in der Gartengestaltung beziehungsweise bei der Planung von Beeten umsetzte. Sie kalkulierte dabei ein, daß die sogenannten warmen Farben das Auge anziehen und daß diese dynamischer wirken als die kühlen. Schon kleine Flächen von leuchtendem Rot oder Orange vermögen das Interesse des Betrachters zu wecken, erzeugen eine positive Grundstimmung. Andererseits stellen sie auch ein Moment der Unruhe dar.

Gertrude Jekylls Interesse galt vor allem harmonischen Farbkonstellationen. Sie ergeben sich, wenn im Farbkreis eng benachbarte Farben – entweder aus dem warmen oder kühlen Teil des Spektrums – zusammentreffen. Die Veränderungen einer Farbe in Richtung Weiß oder Schwarz, Aufhellung beziehungsweise Abdunklung, lassen Schattierungen entstehen, die quasi einer natürlichen Ordnung entsprechen. Solche Schattierungen setzte sie gern in Form von Sequenzen ein, zum Beispiel Weiß – blasser Farbton – eigentliche Farbe und umgekehrt. Weiß spielte in ihren Gartenbildern eine zentrale Rolle. Besonders liebte sie es, helles Blau und Weiß, Zartrosa und Weiß und dunkles Gelb und Weiß zu kombinieren. Ausgesprochen kontrastive Farbnachbarschaften kamen bei ihr selten vor.

Eine grundsätzliche Forderung Gertrude Jekylls betraf die „Architektur" des Farbaufbaus. Dunkle Farben geben Stabilität. So erklärt sich vielleicht ihre Vorliebe für das Laub der Bergenien, die sie häufig verwendete, und das des *Acanthus*. Das dunkle Grün der Eibenhecken oder das eines Rasenweges als Begrenzung von Staudenbeeten ist geradezu ideal, um farbige Pflanzenbilder zu „stabilisieren".

Auch die ausgiebige Beschäftigung mit Turners Bildern scheint Auswirkungen auf die Sequenzenlehre Jekylls gehabt zu haben. So glaubt man in dem Bild „The Fighting Temeraire" eine Art Modell Gertrude Jekylls wiedererkennen zu können. Die Farbbeziehungen auf diesem Bild wiederholen sich nämlich in gewisser Weise in ihren Farbkompositionen, insbesondere in ihrem großen Mixed Border.

Dort bestimmten leuchtende, warme Farben das Zentrum des langen Beetes, während kühle und ruhige Farben, etwa Grau, Blau oder Purpur, den Rahmen bildeten. Jeder dieser Bereiche war auch in sich gegliedert: Das Graublau erhielt als Nachbarn ein blasseres Blau, dem blassen Gelb folgte anschließend ein Hellrosa; im Zentrum dann die warmen Farben Gelb, Orange und Rot. Von der Mitte zum Ende des Beetes verwendete sie die gleichen Farben in umgekehrter Reihenfolge bis hin zu Grau und Blau, die der Rabatte einen ruhigen Abschluß gaben. Oder mit ihren eigenen Worten: „Da sind Blüten in purem Blau, in Graublau, Weiß, in blassem Gelb und hellstem Rosa; jeder Farbton teils deutlich separiert, teils auch gemischt. Die Farbgebung verändert sich hin zu einem kräftigeren Gelb, zu Orange und zu Rot in der Mitte; die Farben sind prachtvoll, aber nie grell. Dann schwindet die Farbkraft allmählich in umgekehrter Reihenfolge über Orange und einem saftigem Gelb zu Blaßgelb, Weiß, Hellrosa. In einigem Abstand erlebt man des gesamte Beet als ein Bild. Die kühlen Farben an den Enden steigern die leuchtenden warmen Farben im Zentrum."

Unzählige Farbgärten entwarf Gertrude Jekyll für ihre Auftraggeber. Nicht alle wurden dann so konzipiert, und keiner von den realisierten Gärten ist überhaupt erhalten geblieben. Manchmal erdachte die Gartenschriftstellerin einfach Farbkompositionen, um sie ihren Lesern vorzustellen.

„Mir schwebt eine ganze Reihe von Gärten vor, die auf bestimmte Farben beschränkt sind, nur habe ich leider weder genug Platz, noch genügend Mittel, sie bei mir anzulegen. Ich muß mich mit einem viel zu kurzen Stück einer Rabatte in Grautönen begnügen. Zu meinem kleinen Grauen Garten wünschte ich mir andere, besonders einen goldenen, einen blauen, einen grünen . . . Mein Grauer Garten heißt so, weil die meisten Pflanzen graues Blattwerk haben und auch alle bodendeckenden und einfassenden Pflanzen grau oder weißlich sind . . . Er zeigt sich wahrscheinlich am schönsten, wenn man ihn von der orangefarbenen Rabatte her betritt. Wurde vorher das Auge von starken Rot- und Gelbtönen gesättigt, so ensteht nun umgekehrt ein Bedürfnis nach der Komplementärfarbe . . . Nach den graulaubigen Pflanzen wirkt jetzt der Goldene Garten sehr licht und sonnig. Schließlich eine Augenweide der Blaue Garten: Leuchtkraft und Reinheit der Farben sind fast nicht zu beschreiben. Blaue Blüten hat man gewiß noch nie so blau gesehen . . ."

Gertrude Jekyll war es wichtig, die emotionalen Wirkungen der Farben in einer Pflanzung zu nutzen, dies bezieht sich auf die Teile ebenso wie auf das Ganze. Da sie die gesamte Rabatte als dreidimensionales Bild sah, gab es zwei grundsätzliche Erlebnisweisen: „Aus einiger Entfernung betrachtet – die große Rasenfläche davor erlaubt es – liegt die gesamte Rabatte wie ein geschlossenes Bild da . . . Wenn man dann auf dem breiten Weg an dem Beet entlanggeht, empfindet man das Verhältnis der Farben zueinander noch stärker, jeder Teil wird jetzt zu einem Bild für sich . . ."

Neben der sorgsamen Abstufung der Farben kam es ihr darauf an, daß diese auch tatsächlich ihre ganze Wirkung entfalteten. Das konnten sie am besten, wenn die verwendeten Pflanzen in größeren Stückzahlen in Gruppen oder Bändern gepflanzt wurden, „in drifts", wie sie es nannte. Dadurch entstanden Farbmuster, die an gewebte Strukturen erinnerten. Andere Anordnungen, zum Beispiel kreis- oder triangelförmig gruppiert, bewirkten ihrer Meinung nach eine die Farben trennende Wirkung und ließen den gewünschten Mischeffekt nicht entstehen.

Auch aus gärtnerischer Sicht bedeutete das große Beet eine höchst anspruchsvolle Unternehmung. Eine grundsätzliche Überlegung war, daß man eine Pflanzung dieser Art unmöglich länger als drei Monate gut in Form halten kann. So zeigte die Rabatte im Juni erst ansatzweise, was in ihr steckte. Der eigentliche Höhepunkt war der Hochsommer, Ende Juli bis August.

Aufblühen und Schwinden des Blütenflors sorgten auch während der Saison für einen ständigen Wechsel, so daß Gertrude Jekyll gärtnerische Techniken ersann, mit deren Hilfe es gelang, einen guten Gesamteindruck des Beetes möglichst lange zu erhalten. Rittersporn-Inseln hinterpflanzte sie regelmäßig mit hohem Schleierkraut, so daß sich nach dem Rückschnitt eine weiße Wolke über die entstandenen Lücken legte. Ähnlich verfuhr sie mit Herbstastern, Dahlien und *Helianthus salicifolius*, die sie nach vorn band, um Lücken zuzudecken. Dadurch regte sie die Pflanzen gleichzeitig an, Seitentriebe mit Blütenansätzen zu bilden.

Durch Einkürzen von Triebspitzen verzögerte sie bei Phloxen den Blühbeginn und sorgte außerdem für einen buschigeren Wuchs. Als regelrechte Lückenfüller verwendete sie in Töpfen gezogene Blütenpflanzen, darunter Hortensien und Osterlilien *(Lilium longiflorum)*.

Gertrude Jekyll wußte, daß reizvolle Nachbarschaften im Staudenbeet nicht nur durch die Kombination bestimmter Farbeigenschaften entstehen, sondern durch die zusätzliche Berücksichtigung unterschiedlicher Merkmale im Habitus der Pflanzen, der Blattformen und ihrer Texturen. Sie lassen sich in harmonisierender und kontrastiver Wirkung einsetzen.

Einige Pflanzen hatten eine besondere Bedeutung für die Architektur ihrer großen Mixed Border. Das waren an der Rückseite, an die Mauer angelehnt diverse, zum Teil kletternde Gehölze, darunter *Abutilon vitifolium, Carpenteria californica, Choisya ternata, Cistus cyprius, Magnolia grandiflora* und *Viburnum tinus*. Aber auch am Anfang und Ende der Rabatte verwendete sie Gehölze mit eindrucksvollem Erscheinungsbild, vor allem die beiden großen *Yucca*-Arten *Yucca gloriosa* und *Yucca recurvifolia* wegen des reizvollen Kontrastes von Blattwerk und Blütenstand. Dazu gehörte auch *Euphorbia characias* ssp. *wulfenii*, die größte der aufrechtwachsenden Wolfsmilchgewächse. Die schmalen, graugrünen Blätter sind radial um den Stiel angeordnet, der einen walzenförmigen Blütenstand mit kleinen, lindgrünen Blüten hervorbringt. Bergenien liebte Gertrude Jekyll wegen ihrer glänzenden, ledrigen Blätter. Mit ihnen faßte sie Ränder und Ecken der Rabatte.

Auch *Stachys byzantina (Stachys lanata)*, den Wollziest, verwendete sie gern hierzu. Sie entfernte seine Blütenstände ziemlich bald, um die optisch beste Form zu erhalten. Andere Pflanzen, die sie wegen ihres Blattschmucks schätzte, waren die diversen Storchschnabel-Arten *(Geranium)*, darunter *Geranium ibericum* und *Geranium pratense*.

Englische Gärten um die Jahrhundertwende hatten unvorstellbar große räumliche Ausmaße. Gertrude Jekylls Garten in Munstead Wood, den sie selbst als klein bezeichnete, war so groß, daß einige Bereiche nur zu ganz bestimmten Zeiten attraktiv zu sein brauchten, in den übrigen Monaten aber waren sie nur von geringem oder gar keinem Interesse. Es gab einen Frühlingsgarten, einen Bereich für die Zeit zwischen Frühling und Sommer, und für den Herbst ein Doppelbeet mit Astern, das vom übrigen Garten völlig getrennt lag. Zeitgenössische Aquarelle und ihre eigene Beschreibung lassen etwas vom Reiz und der Atmosphäre dieser Asternbeete ahnen:

„Die Einfassung der Astern-Rabatte besteht aus weißen Nelken, Wollziest und Heiligenkreuzkraut. *Aster amellus*, die Bergaster, wächst an einigen Stellen ganz vorn

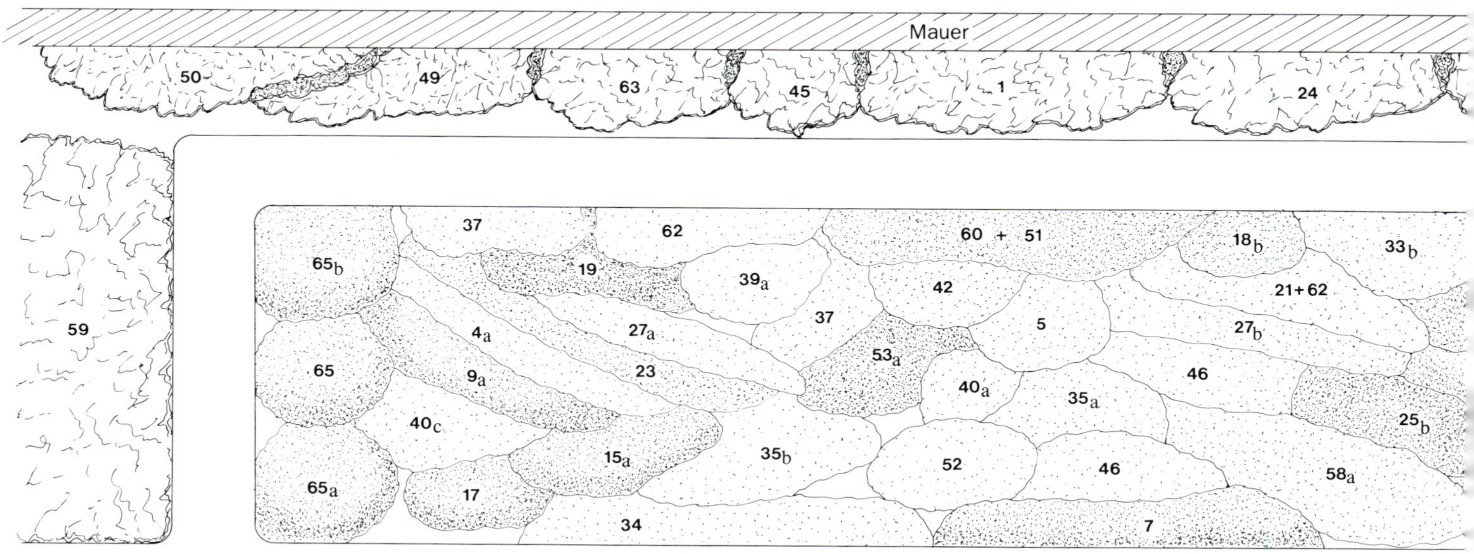

Bepflanzungsschema der langen gemischten Rabatte in Munstead Wood nach dem Originalentwurf von Gertrude Jekyll

1 Abutilon vitifolium
2 Achillea filipendulina
3 Alcea rosea
3 a weiß
3 b gelb
4 Anthirrhinum majus
4 a weiß
4 b gelb
5 Aruncus dioicus
6 a Aster sedifolius
6 b A. shortii
6 c A. umbellatus
7 Bergenia cordifolia
8 Canna, rot
9 a Campanula lactiflora
9 b C. latifolia
10 Carpenteria californica
11 Celosia ‘Flame of Fire’
12 Chimonanthus praecox
13 Choenomeles japonica
14 Choisya ternata
15 a Clematis heracleifolia
15 b C. × jackmanii
15 c C. recta
16 Coreopsis lanceolata
17 Crambe
18 Dahlia
18 a weiß
18 b gelb
19 Delphinium-Hybride
20 Dictamnus albus
21 Digitalis
22 Echinops ritro
23 Elymus
24 Eriobotrya japonica
25 a Eryngium giganteum
25 b E. × oliverianum
26 Euphorbia characias
27 a Filipendula rubra
27 b F. ulmaria

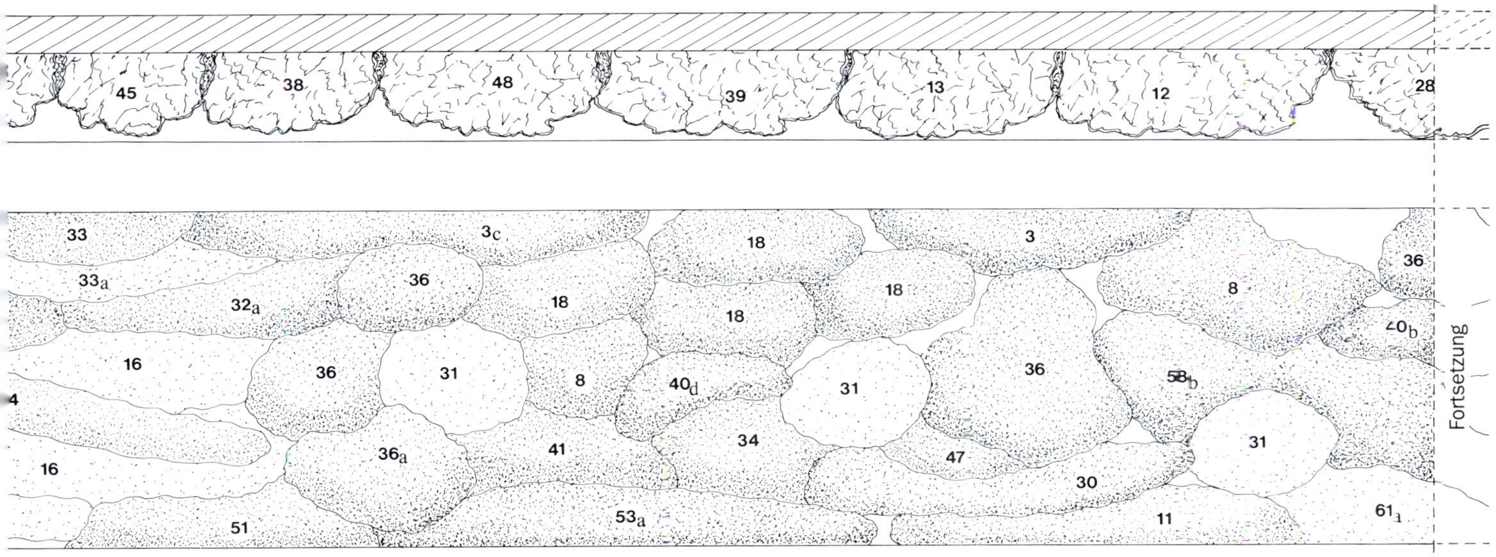

am Rasenweg, während Heiligenkraut *(Santolina)* auch bis in die Bestände der Astern hineinwächst. Ungefähr 15 Sorten wurden in diesem Doppelbeet verwendet; ganz frühe und ganz späte wurden ausgespart, so daß tatsächlich eine zusammenhängende Blütezeit von der dritten Septemberwoche an für einen Monat garantiert ist. Die Sorten wurden meist in größeren Stückzahlen gepflanzt. Zu einer Zeit, wenn im Garten bereits das Ende der Saison herannaht, genießt man es doppelt, durch einen Blütenzauber von violetten, purpurnen und weißen Astern zu gehen; es ist wie ein plötzlich eintretender, unerwarteter Frühling . . ."

Klassische Grundrisse in Hestercombe

Die Zusammenarbeit zwischen Gertrude Jekyll und ihrem Architekten, Edwin Lutyens, dauerte über viele Jahre an. Das gemeinsame Projekt Munstead Wood führte dazu, sich in künstlerischen Fragen immer weiter anzunähern. Hatte zu Beginn der Arbeit der junge Lutyens außerordentlich von der in Fragen der Kunst und des bodenständigen Handwerks versierten Gertrude Jekyll profitiert, so bot die Zusammenarbeit in der Folgezeit der Gärtnerin immer häufiger Gelegenheit, gemeinsam mit dem Architekten Entwürfe zu erarbeiten, in denen Haus und Garten eine Einheit darstellten.

Die so erfolgreich etwa 1889 begonnene Zusammenarbeit dauerte bis in die dreißiger Jahre unseres Jahrhunderts. Neben den nachweisbaren Einflüssen in später entstandenen Gärten sind einige Anlagen in ihrer Grundstruktur erhalten geblieben: Deanery in Berkshire, Folly Farm in Sulhamstead und Combend Manor in Gloucestershire. Eine beklagenswerte Bilanz! Aber es sind immer noch wichtige Ideen der künstlerischen Gesamtkonzeption als Tradition in englischen Gärten lebendig. Die wichtigste ist eine Art kontrapunktisches Prinzip im Zusammenspiel von klarer Architektur des Gartens und überquellender Bepflanzung, von klassischer Form und romantischer Fülle.

Der Garten von Hestercombe ist in diesem Zusammenhang besonders wichtig, weil er exemplarisch die Fähigkeiten der beiden Gartengestalter in der Zusammenarbeit verdeutlicht und weil er seit Mitte der siebziger Jahre restauriert wurde. Zwar verzichtete man auf den Originalentwurf Gertrude Jekylls, rekonstruierte die Anlage aber in ihrem Geiste.

Als Lutyens 1903 den Auftrag erhielt, den Garten auszugestalten, hatte er zunächst die Lage des im übrigen unattraktiven Hauses in Rechnung zu stellen. Es befindet sich auf einem nach Süden hin sanft abfallenden Gelände mit Blick auf das Tal des Taunton. Lutyens suchte daher nach einer technischen Lösung, die die natürliche Umgebung nicht ausschloß und

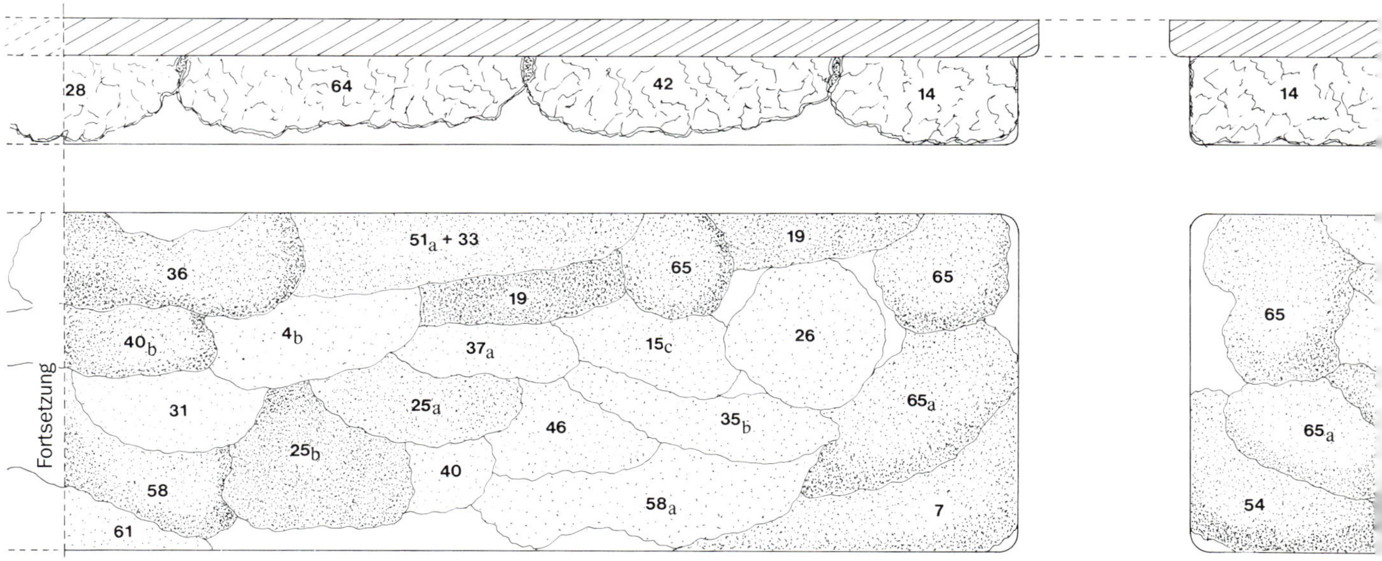

28 Fuchsia
29 Geranium platypetalum
30 Gladiolus canariensis
31 Gypsophila
32 Helenium
32 a H. autumnale
33 Helianthus
33 a gefüllt
33 b H. salicifolia
34 a Hemerocallis
34 b Hydrangea
34 c Iberis
35 a Iris, gelb
35 b I. pallida var. dalmatica
36 Kniphofia
36 a Zwergform
37 Lathyrus
37 a L. latifolius
37 b L. odoratus
38 Laurus nobilis
39 Ligustrum
39 a L. ovalifolium 'Aureum'
39 b L. vulgare
40 Lilium
40 a weiß
40 b L. bulbiferum ssp. croceum
40 c L. longiflorum
40 d L.-Trigrinum-Hybride
41 Lychnis chalcedonica
42 Magnolia
43 Miscanthus sinensis
44 Monarda adonidifolia
45 Nandina domestica
46 Paeonia
47 Phlox
48 Punica granatum
49 Robinia pseudoacacia
50 Rosa, Kletterrose
51 Rudbeckia
51 a R. 'Golden Glow'
52 Ruta graveolens
53 a Salvia, rot
53 b S. patens
54 Santolina chamaecyparissus
55 Saponaria
56 Senecio bicolor
57 Stachys byzantina
58 Tagetes
58 a T. erecta, hellgelb
58 b T. erecta, orange
59 Taxus baccata
60 Thalictrum aquilegifolium
61 Tropaeolum
61 a gelb
62 Verbascum
63 Viburnum tinus
64 Vitis vinifera
65 Yucca
65 a Y. filamentosa
65 b Y. recurvifolia

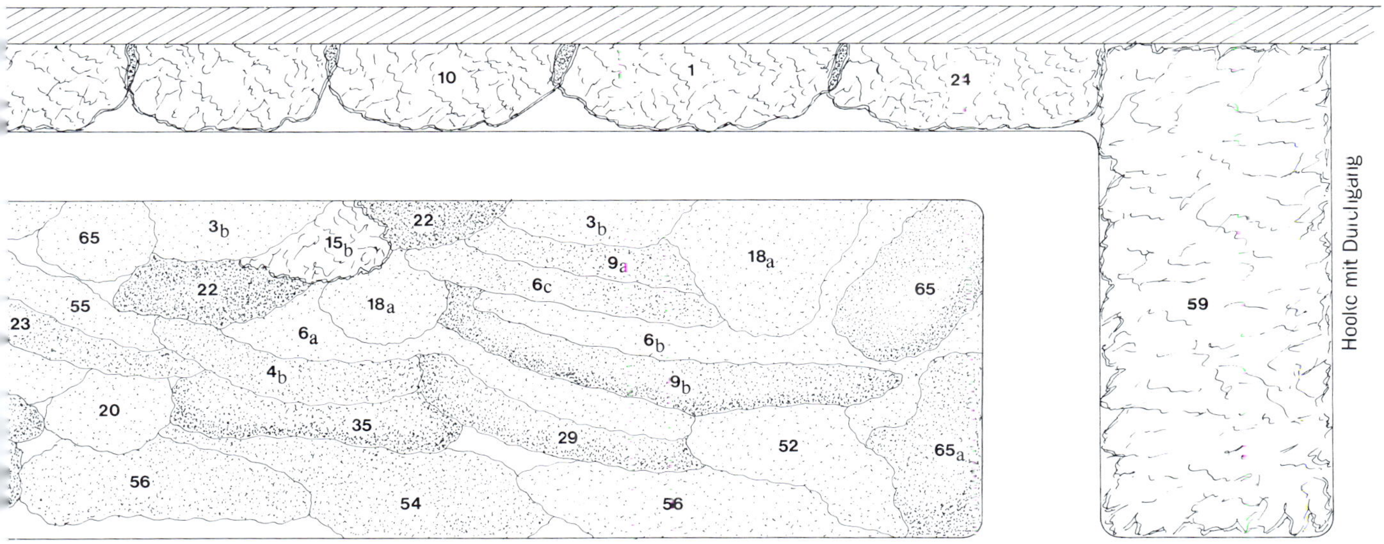

doch den Garten als Raum erfahrbar machte. Er wählte ein formales Konzept mit stilistischen Elementen des 16. und 17. Jahrhunderts. Aus dem Tudor-Garten übernahm er die quadratische, geometrisch gegliederte Grundfläche und die sie seitlich begrenzenden, erhöht liegenden Terrassen.

Das Herzstück seines Entwurfs war das abgesenkte Parterre in der Mitte der Anlage, mit Pergola als südlichem Abschluß. Zu der Achse dieses Hauptgartens im stumpfen Winkel liegend, gehört ein Areal, das über eine Rotunde erreicht wird. Von hier aus gelangt man – vorbei an einer Orangerie – in den erhöht liegenden Dutch Garden, der eine Art Renaissance-Zitat des niederländischen Einflusses auf englische Gärten in der Zeit der Tudor-Könige darstellt.

Die Konzeption erinnert auch mit den besonderen Elementen wie Wasserbecken und Kanälen zunächst doch sehr an Konzepte des Architekturgartens im 19. Jahrhundert. Das Neue aber war der von Jekyll gärtnerisch gesetzte Kontrapunkt. Ihre Bepflanzung sorgte dafür, daß die Strukturen nicht zu kalt und steril wirkten. Sie milderte die Schärfe der Linien und sorgte in der Planung für eine interessante Pflanzenauswahl.

Die quadratische Grundfläche des sogenannten Great Plat ist in vier dreieckige Beete unterteilt, deren Ränder Natursteinplatten begrenzen. Die Einfassung der Beete betont den ornamentalen Effekt der geometrischen Gestaltung, der infolge der durchgängigen Verwendung eines Bandes von *Bergenia schmidtii* noch verstärkt wird. Für das Innere der Beete dachte sich Gertrude Jekyll eine zum darüberliegenden Grey Walk kontrastierende Bepflanzung aus. Sie setzte den sanften Farben der oberen Terrassen auf dem Great Plat warme, leuchtende Töne entgegen, indem sie hier klein- und großblumige, scharlach- und karminrote Gladiolen, orangefarbene Lilien und *Canna indica* plante. An Stauden kamen Päonien und Rittersporn hinzu, und die Lücken wurden mit Einjährigen gefüllt. Die Rittersporne erfüllten zusammen mit panaschiertem Ziermais eine besondere Funktion. Da die Gesamtfläche dieses abgesenkten Gartenteils doch sehr groß war und Gefahr bestand, daß er wie ein riesiges Loch wirkte, setzte Gertrude Jekyll an verschiedenen Stellen deutliche vertikale Akzente, um dem entgegen zu wirken.

Zusätzlich vertraute sie auf die psychologisch nachweisbare Wirkung warmer Farben, die sich dem Auge zu nähern scheinen. Mit diesem Entwurf hatte Gertrude Jekyll offenbar ein Bild vor Augen, das

Nächste Seite oben: Die Pergola bildet den Abschluß des Great Plat in Hestercombe. Unten: Die Rabatte in The Priory „erinnert“ an das Long Border in Munstead Wood (siehe Seite 98). Mitte: Die heutige Bepflanzung im Great Plat.

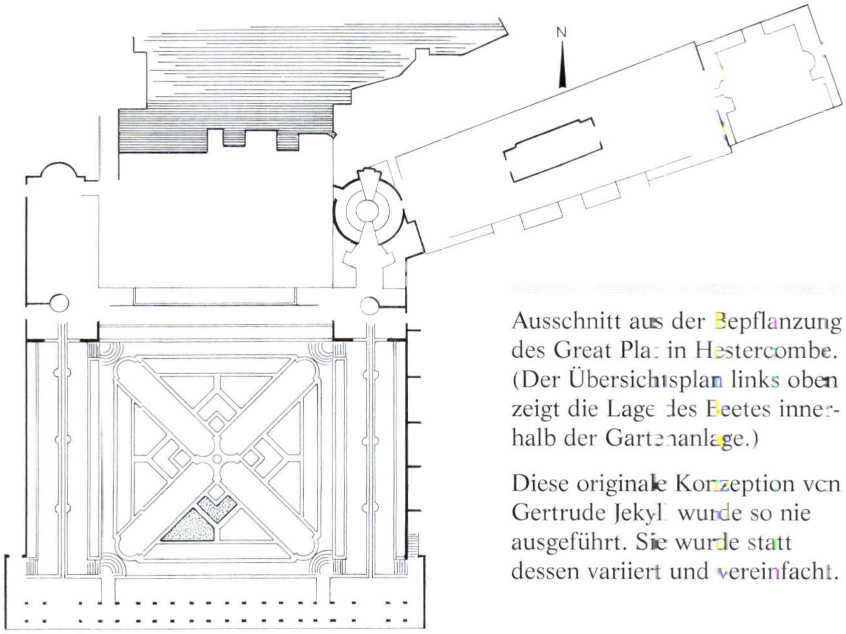

Ausschnitt aus der Bepflanzung des Great Plat in Hestercombe. (Der Übersichtsplan links oben zeigt die Lage des Beetes innerhalb der Gartenanlage.)

Diese originale Konzeption von Gertrude Jekyll wurde so nie ausgeführt. Sie wurde statt dessen variiert und vereinfacht.

Innere Beete:
1 Päonien 2 Canna
3 weiße Lilien
4 in den Zwischenräumen großblumige rote Gladiolen und hoher Phlox drummondii in Scharlachrot
5 als Einfassung Bergenia ciliata f. ligulata

Äußere Beete:
1 Päonien
2 kleinblumige Gladiolen
3 Delphinium-Gruppen
4 panaschierter Ziermais oder Canna
5 orangefarbene Lilien
6 in den Zwischenräumen Phlox drummondii 'Chamois Rose' oder 'Salmon'
7 als Einfassung Bergenia ciliata f. ligulata

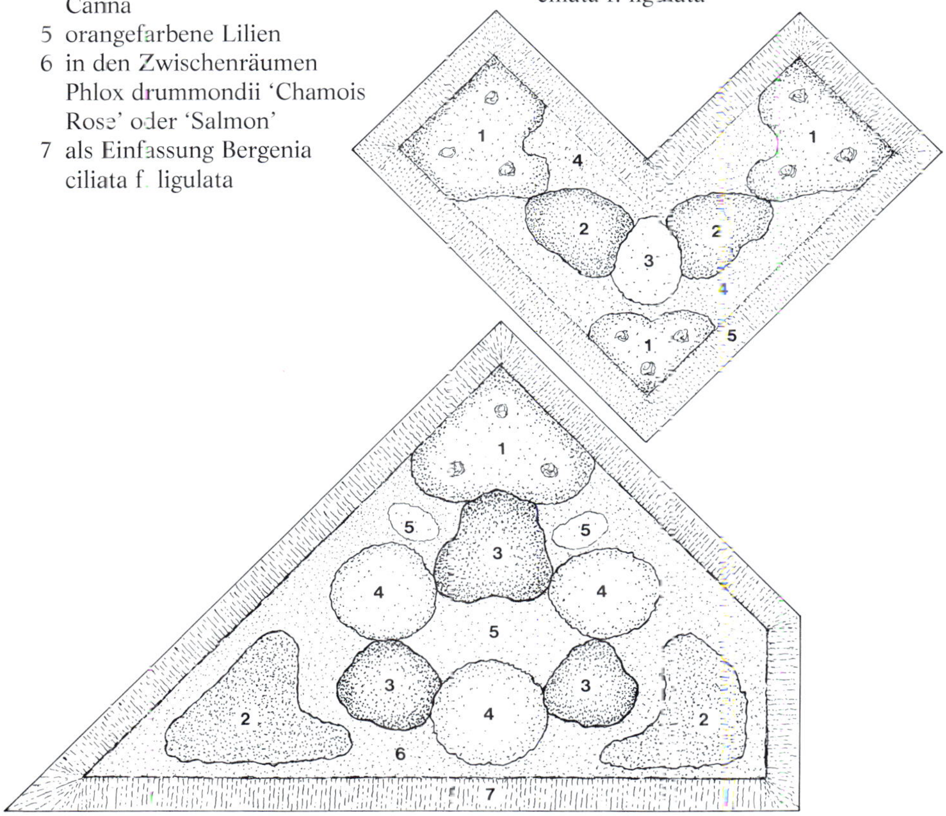

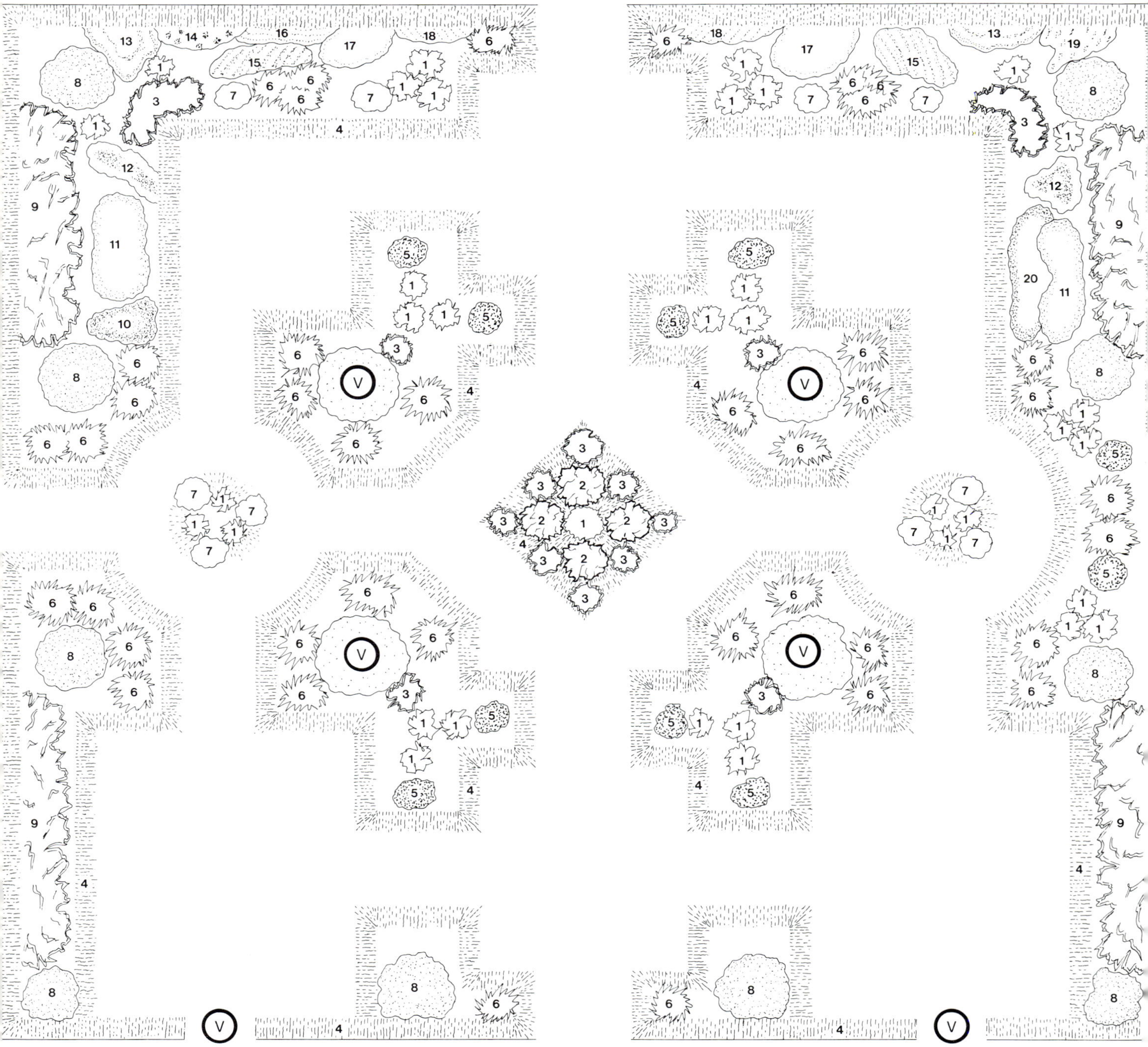

Originalbepflanzung im Dutch Garden von Hestercombe

1 Rosa chinensis
2 Rosmarin
3 Zwerglavendel
4 Stachys
5 Hosta sieboldiana
6 Yucca filamentosa
7 Santolina
8 Fuchsia magellanica 'Gracilis'
9 Lavendel
10 Eryngium × oliverianum
11 Clematis heracleifolia var. davidiana
12 Dicentra
13 Centranthus
14 Buddleja globosa
15 Echinops
16 Solanum jasminoides
17 Phlomis
18 Abutilon vitifolium
19 Vitis vinifera
20 Aster sedifolius
V Vase

einem kostbaren textilen Gebilde, etwa einem Brokatstoff, stärker ähnelte als der farbigen Bepflanzung einer Gartenfläche.

Heute, nach der Restaurierung, erleben wir ein vom Originalentwurf stark abweichendes Bild. Die Bepflanzung setzt sich aus Pfingstrosen, weißen Lilien und Rittersporn zusammen, dazwischen Gruppen der niedrigen, reichblühenden Polyantharose 'Natalie Nypels' aus dem Jahr 1919. Einzelne Gräsersolitäre ragen aus der niedrigeren Gruppenpflanzung heraus und betonen die Vertikale.

Die Zusammenarbeit zwischen Jekyll und Lutyens hatte in Hestercombe Garden, der 1908 fertiggestellt wurde, ihren Höhepunkt erreicht. Der Entwurf zeigt die für beide charakteristischen Merkmale: die Aufgliederung in Abteilungen oder Räume, Blickachsen, sogenannte Vistas, unterschiedliche Ebenen, kunstvolle Treppen und Pflasterungen aus dem Material der Region, außerdem Wasser; all dies kontrapunktisch umspielt von einer reichen Bepflanzung, die bis ins Detail (Farben und Formen) kalkuliert ist und so eine unendliche Folge von Gartenbildern entstehen läßt. Das wird auch heute noch, nach der Restaurierung, deutlich, trotz der Abweichung von Jekylls eigentlicher Planung.

Im Anschluß an die Ausgestaltung von Hestercombe Garden gingen die Interessen Gertrude Jekylls und Edwin Lutyens mehr und mehr auseinander, obwohl sie noch eine Reihe gemeinsamer Projekte verwirklichen konnten. Der Einfluß der Gärtnerin auf den Architekten wurde geringer und seine Entwürfe dominierender. Zum Schluß blieb Gertrude Jekyll immer weniger Raum, ihre Ideen zu verwirklichen. Beider Zusammenarbeit war jedoch so erfolgreich, daß sie die Gartenkunst des ganzen Jahrhunderts inspirierte.

Hidcote Manor Gardens

Es ist schon erstaunlich, daß gerade an dieser Stelle einer der bemerkenswertesten englischen Gärten dieses Jahrhunderts entstand. Weder die klimatischen Verhältnisse, noch der schwere Boden konnten dieses Unternehmen wesentlich begünstigen. Als der amerikanische Major Lawrence Johnston (1871–1958) mit dem Bau der Gartenanlage begann, existierte hier ein unbedeutender Garten, eine Libanonzeder am Haus und ein kleiner Buchenhain. Mit wachsendem Interesse des Majors, ermutigt durch einen größeren Bekanntenkreis von Liebhabergärtnern in der Nachbarschaft, entwickelte sich der Garten. Erste Aufgabe war es, die wenig günstigen Voraussetzungen zu korrigieren. Zum rauhen Klima kam hinzu, daß das Anwesen dem Wind sehr stark ausgesetzt war. Nach der Verbesserung des Bodens und der Terrassierung des hügeligen Geländes begann Major Johnston, Hecken zu pflanzen. Ausgangspunkt für die Planung des Grundrisses war eine herrliche Libanonzeder *(Cedrus libani)*, denn das Haus war nicht attraktiv genug, um es zum Zentrum zu machen. Bei der Libanonzeder nun beginnt eine der beiden Hauptachsen, die zur Mitte hin über eine Treppe ansteigt und bei einem schmiedeeisernen Portal endet. Die Achse ist bis zu ihrem Endpunkt mehrfach gegliedert.

Vorherige Doppelseite: Die Hauptachse endet mit der Stelzenhecke. Rechte Seite oben: Im Old Garden findet sich eine typische Cottage-Garden-Bepflanzung.

Der Garten

Der Besucher beginnt seinen Weg im Old Garden, durchquert den sogenannten Circle, passiert die Red Borders, steigt einige Stufen empor und hat hier den letzten Teil der Achse, den Stilt Garden vor sich. An dieser Stelle stehen die beiden Sommerhäuschen, die zum baulichen Wahrzeichen von Hidecote Manor Garden geworden sind. Eine zweite Achse, rechtwinklig zur ersten stehend, hat hier ihren Ausgangspunkt: der Long Walk. Innerhalb dieses Grundrisses in T-Form liegen, durch Hecken voneinander getrennt, weitere kleine Gartenräume, Freiluftzimmer sozusagen, die insgesamt aber eine organisch gewachsene Einheit darstellen.

Gärten mit dieser Grundstruktur hatte es in England bis dahin kaum gegeben. Historische Einflüsse kann man jedoch nicht übersehen, europäische Traditionen, wie sie zuvor auch in der englischen Gartengeschichte vorgekommen waren. Dem klassischen Garten Frankreichs zum Beispiel verdankt Hidecote seine Achsenstruktur, seine Durchblicke (Vistas) und Blickpunkte (Point of Views); das Motiv der Heckengärten fand sich bereits im italienischen Renaissance-Garten, und die Vielfalt verbundener Räume, die ein Ganzes ergeben, lassen sich als Inspiration durch die spanisch-maurische Gartenkultur deuten. Erweist sich der Garten von Hidcote hinsichtlich seiner Architektur als eine Art Synthese wesentlicher europäischer Stilelemente, so ist im folgenden zu fragen, was in diesem Garten als englisches Spezifikum gelten kann. Natürlich knüpfte der Major auch in gärtnerischer Hinsicht bei Traditionen an, deren Ideen sich gerade zu Beginn des Jahrhunderts in den Köpfen der Gärtner breitmachten. Hinzu kam, daß Lawrence Johnston ein leidenschaftlicher Sammler und hervorragender Kenner von Pflanzen war, der in seinem zweiten Garten in Südfrankreich (Serre de la Madonne) ab 1920 Erfahrungen mit subtropischen Pflanzen sammelte. Noch heute setzen sie, zumindest als Kübelpflanzen, an entscheidenden Plätzen in Hidcote Akzente. Eine Expedition brachte Major Johnston 1927 an der Seite des bekannten Pflanzensammlers Collingwood („Cherry") Ingram nach Südafrika. 1930 begleitete er Georg Forrest nach Yünnan in China. So gelangte Hidcote im Laufe der Jahre zu einem unvorstellbaren Pflanzenreichtum. Einige noch heute im Handel vertriebene Pflanzen haben ihren Ausgangspunkt hier gehabt, zum Beispiel *Hypericum* 'Hidcote', *Lavandula* 'Hidcote Blue' und 'Hidcote Giant' sowie eine Verbene, die den Namen 'Lawrence Johnston' trägt. Auch zwei Kletterrosen erinnern in ihren Namen an Hidcote Gardens.

Die Pflanzenfülle fand einen Rahmen, der seinesgleichen sucht. Um die alte Zeder herum befindet sich der **Old Garden,** ein üppig in sanften Farben bepflanzter Gartenraum. Gleich daneben eine Art Bauerngarten. An den dunklen Eibenhecken ranken *Tropaeolum speciosum* empor, sonst aber ist die Farbwahl auf Weiß und Silbergrau beschränkt. *Rosa* 'Gruß an

Aachen', eine Floribundarose mit herrlich gefüllten Blüten und einem Hauch von Gelb an den Knospen, geben in den Buchsbeeten den Farbton an. Weiße Hornveilchen, *Artemisia, Acanthus spinosus, Campanula, Crambe cordifolia* und Phlox sind einige ihrer Begleiter.

Nicht weit entfernt von diesem Weißen Garten, wie er auch genannt wird, liegt das **Fuchsien-Parterre,** eingefriedet von einer Hecke, die wegen ihrer Vielfarbigkeit wie ein schwerer Wandteppich wirkt. Sie besteht aus unterschiedlichen Pflanzen, darunter Rotbuche, Eibe und Stechpalme. Im Frühling blühen hier *Scilla siberica*, im Sommer und Herbst diverse Fuchsien, unter anderen die Sorten 'Tom Thumb', 'Lady Thumb' und 'Mrs. Popple'. Unterhalb dieses Gartens befindet sich der Badeteich, ein meterhohes Wasserbecken. Ihm schließt sich ein weiterer runder Gartenraum an, von dem aus man in den Stream Garden gelangt. Es ist das Areal, das dem Pflanzenkenner und Sammler Johnston unbegrenzte Möglichkeiten eröffnete. Beiderseits eines kleinen Bachlaufes gedeihen anspruchsvolle Ziergehölze, so etwa *Magnolia denudata* und deren Hybriden, *Rhododendron yunannense* und andere, *Corylopsis maxima* 'Atropurpurea' sowie verschiedene *Hydrangea*-Arten, unter anderem *Hydrangea aspera* 'Macrophylla', *H. serrata, H. sargentiana* und *H. paniculata*. Südlich des Stream Gardens erstreckt sich der Ridge Garden, ein Bereich interessanter Gehölze wie Ahorne, Eberеschen, Birken und wiederum Magnolien.

Die Zahl der Gartenpartien mit eher informellem Charakter ist damit jedoch nicht vollständig. Neue Liebhabereien veranlaßten den Major, Spezialquartiere anzulegen, so entstand zum Beispiel eine Kamelienecke mit Sorten von *Camellia japonica*, für die er Erde von weither holte, um den hohen Ansprüchen dieser heiklen Gehölze Genüge zu tun.

Es sind wohl vor allem die stärker formal gestalteten Gartenräume, die sich dem Besucher einprägen und die in England Gartengeschichte gemacht haben. So der **Pillar Garden,** ein rechteckiges Rasengelände, das von *Taxus*-Obelisken („pillars") und einer lockeren Gehölzpflanzung seitlich begrenzt wird. Die Blütenpracht im Frühsommer der Strauchpäonien (*Paeonia*-Suffruticosa-Hybriden, unter anderen die alte, bewährte Sorte 'Souvenir de Maxim Cornu'), *Philadelphus* 'Belle Étoile' und Gallica-Rosen (*Rosa gallica* in Sorten) erscheint im Frühsommer. Ein weiterer, sehr bekannter Gartenraum wäre der **Stilt Garden** (stilt = Stelze), ein rechteckiger Gartenraum, der von einer doppelten Buchen-Hecke quasi auf „Stelzen" beiderseits begrenzt wird. Von ihm aus geht der Blick zurück zur Zeder am Haus. Auf halbem Weg wird er jedoch festgehalten durch das Scharlachrot der Doppelbeete (Red Borders), die im August ihre hohe Zeit haben.

Mrs. Winthrop's Garden betritt man am besten von Norden. Architektur und Bepflanzung ergänzen einander vollkommen. Trotz konzentrischer Anlage, in deren Mittelpunkt auf einer gepflasterten Kreisfläche eine exotische Pflanzengruppe den Blick auf sich zieht,

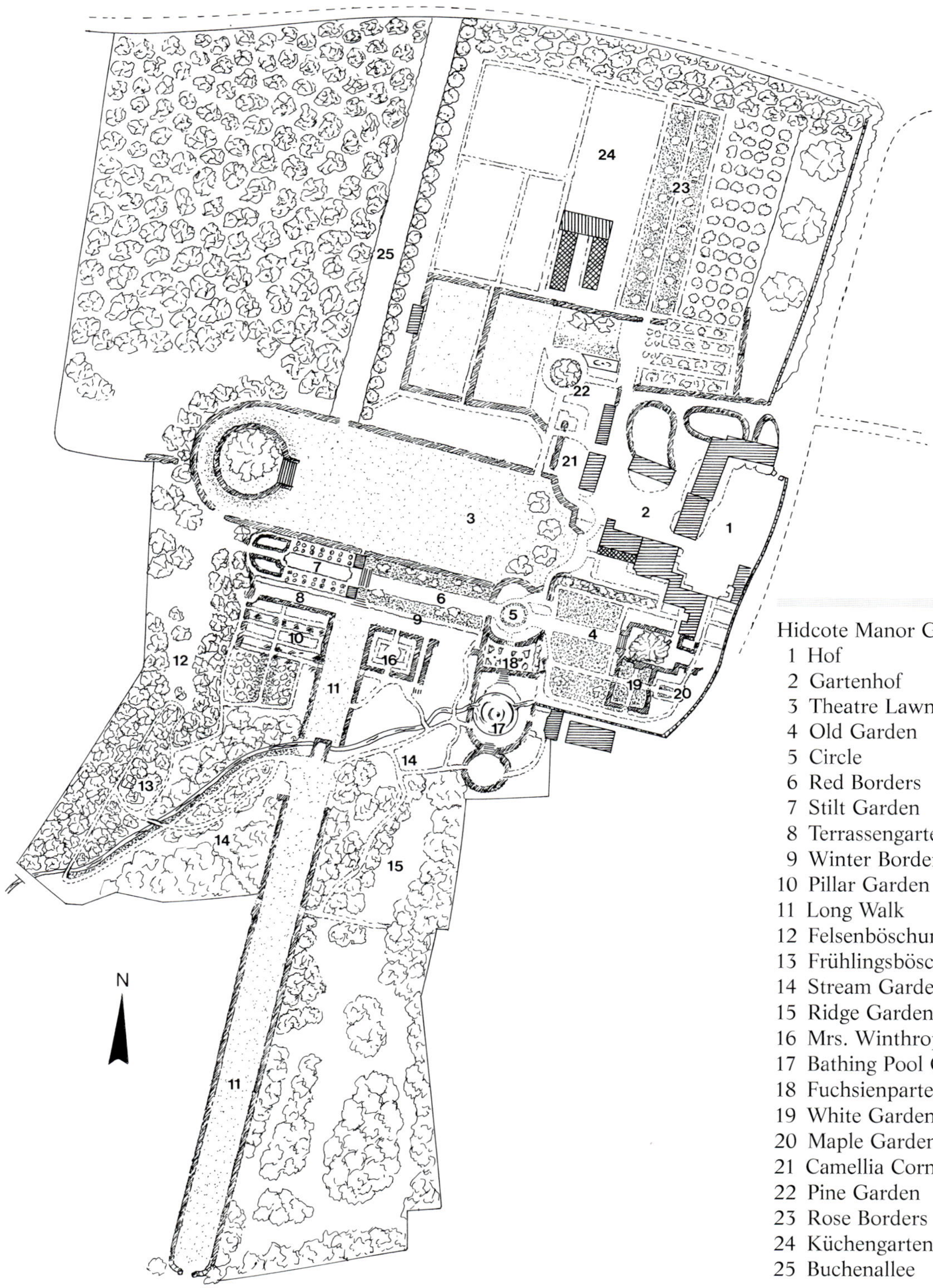

Hidcote Manor Gardens
1 Hof
2 Gartenhof
3 Theatre Lawn
4 Old Garden
5 Circle
6 Red Borders
7 Stilt Garden
8 Terrassengarten
9 Winter Border
10 Pillar Garden
11 Long Walk
12 Felsenböschung
13 Frühlingsböschung
14 Stream Garden
15 Ridge Garden „Westonbirt"
16 Mrs. Winthrop's Garden
17 Bathing Pool Garden
18 Fuchsienparterre
19 White Garden
20 Maple Garden
21 Camellia Corner
22 Pine Garden
23 Rose Borders
24 Küchengarten
25 Buchenallee

wirkt dieser Raum keinen Augenblick langweilig. Farblich ist alles auf sanfte Übergänge angelegt: Schattierungen von Grün und Gelb (*Alchemilla mollis* zum Beispiel als Randbepflanzung, dazwischen ein paar Tupfer Blau von *Anchusa azurea, (A. italica)* und anderen. Aus diesem Teppich heraus wachsen *Thalictrum flavum* ssp. *glaucum (T. speciosissimum), Humulus lupulus* 'Aureus' und *Lilium monadelphum (L. szovitsianum)*. Überzeugend wirkt die Harmonie des Raumes. Eine fast südländische Atmosphäre hat dieses geometrisch gefügte Paradies, wenn die Junisonne das Leuchten der Farben verstärkt. Das optische Zentrum bilden die in einer Dreiergruppe aufgestellten Kübelpflanzen: buntblättrige Agaven links und rechts und eine kugelig wachsende *Cordyline australis* in der Mitte. Sie erhöhen die Wirkung des geometrischen Raumaufbaues, der sich nach Süden hin öffnet. Über die Exoten hinweg wandert der Blick hinüber zum geheimnisvollen Stream Garden.

Ruhe und Bewegung als zwei gegensätzliche Richtungen des Raumerlebnisses liegen nah beieinander; mit der Wahl der Perspektive entscheidet sich der Betrachter für die eine oder die andere.

Wer zum Schluß des Rundganges durch Hidcote Gardens die Begrenztheit der Gartenräume mit mehr Weite vertauschen will, sollte die **Theatre Lawn** besuchen. Auch sie ist von einer makellosen Eibenhecke umgeben. Das Auge wandert über die freie Rasenfläche zur westlich gelegenen „Bühne", einem erhöhten Sockel, auf dem eine etwa zweihundert Jahre alte Buche *(Fagus sylvatica)* das Bild beherrscht.

Wer diesen Garten durchwandert hat, wird zum Anfang zurückkehren wollen, um festzustellen, welche Partien ihm am besten gefallen haben. Bis heute übt Hidcote eine Faszination auf seine Besucher aus, die Jahrzehnte nach der Entstehung, in denen wohl auch Veränderungen stattgefunden haben, ungebrochen ist.

Die Gliederung des Gartens in Räume

Obwohl ein erheblicher Teil von Hidcote Gardens Waldgarten ist, gehört zu seinen auffälligsten Merkmalen die Gliederung in einzelne Bereiche bzw. Räume mit ganz unterschiedlichen thematischen Schwerpunkten. Penelope Hobhouse vergleicht die Anlage mit einem Haus ohne Dach, dessen Inneres aus der Vogelperspektive als eine Folge geometrisch geformter, ineinander übergehender oder durch Heckenkorridore verbundener Räume erkennbar wird. Sobald der Gartenbesucher Hidcote Gardens betritt, gelangt er in eine eigene Welt, die von der Außenwelt völlig getrennt erscheint. Nur an wenigen Stellen öffnet sich der Garten zur Umgebung. So enden die beiden Hauptachsen mit riesigen, schmiedeeisernen Gartentoren, die einen Blick nach außen erlauben. Ein anderes Mal verläuft ein Weg ein Stück an der Periphe-

„Teppich" und hohe Stauden
1 Thalictrum flavum ssp. glaucum
2 Aconitum napellus
3 Euphorbia longifolia
4 Alchemilla mollis
5 Ruta graveolens

rie des Gartens, so daß der Besucher für kurze Zeit in die Feldmark hinübersieht. Diese wenigen Male sind, weil unerwartet, von besonderer Wirkung. Der Effekt resultiert aus dem Gegensatz großer Abgeschiedenheit während des Aufenthaltes in den Gartenräumen und der überraschenden Öffnung in die natürliche Landschaft.

Vorherrschend aber ist das Erlebnis sicherer Geborgenheit in einem von Menschenhand geschaffenen Paradies, das die rauhe Umgebung zuverlässig ausgrenzt. Tatsächlich war das Interesse Lawrence Johnstons bei allem ästhetischen Ehrgeiz auch an praktischen Fragen orientiert; die Hügelregion der Cotswolds gehört nicht zu den mildesten Gebieten Mittelenglands, und Frost- und Windschutz mußten mit gärtnerischen Mitteln angestrebt werden. Mit Hilfe von Hekken konnte er der Lösung dieser Probleme näherkommen.

Die Hecken in Hidcote sind jedoch mehr als Hilfsmittel zur Schaffung günstiger kleinklimatischer Bedingungen. Sie versetzten Major Johnston in die Lage, seine Gartenwelt so zu gestalten, wie er sie sich träumte. Die Entscheidung, Hekken zu verwenden, war an einen zweiten Aspekt gebunden, die Frage nämlich, wie die Binnengliederung des Gartens beschaffen sein sollte. Die hierbei entstehenden Räume mußten in ihrer Form festgelegt werden. Major Johnston entschied sich für einfache geometrische Grundrisse: den Kreis, das Quadrat und das Rechteck. Eine klare Architektur des Gartens bildete die Voraussetzung für eine Bepflanzung, wie sie ihm vorschwebte: reich, üppig und mit exotischen Effekten. Die Gliederung in Räume erlaubte es ihm, einerseits jahreszeitliche Schwerpunkte zu setzen, andererseits einen Wechsel gärtnerischer Themen zu inszenieren. Dieser hat seinerseits Auswirkungen auf die Architektur des Ganzen, insofern auf Räume einer üppigen, natürlich wirkenden Bepflanzung solche folgen, die einen eher formalen Pflanzenbesatz haben oder aber sozusagen „leer“ sind wie die Theatre Lawn oder der kreisrunde Raum zwischen Bathing Pool Garden und Waldgarten; dieser von einer hohen Eibenhecke gebildete Raum hat einen Rasen mit einer weißen Bank und weist keine weitere Bepflanzung auf.

Eine solche Gartenarchitektur, wie sie Major Johnston für Hidcote entwarf, ist nicht Selbstzweck, sondern verfolgt ganz bestimmte ästhetische Ziele, die der Gartenbesucher auch heute noch nachvollziehen kann. Die Präsentation der Pflanzen in Hidcote hängt ganz unmittelbar von dem Gartenraum ab, in dem sie sich befinden, und ihr Arrangement in Gesellschaften, die Wirkung der Farben und Formen werden durch die konkrete Umgebung gesteigert. Dafür gibt es viele Beispiele.

In Mrs. Winthrop's Garden kommt das Zusammenspiel von Gelb und Blau unter anderem deswegen gut zur Geltung, weil dieser Raum

Oben: Cordyline australis als Kübelpflanzen in Mrs. Winthrop's Garden.
Unten: Gemischte Bepflanzung mit Cordyline, Hemerocallis, Dahlien.

dreiseitig von einer Hecke eingefriedet ist. Der Blick des Besuchers verweilt und wird nicht abgelenkt. Dies läßt ihn entdecken, daß die Bepflanzung aus wenigen hohen Solitären besteht, die aus einem dicht gewebten Teppich von Bodendeckern herauswachsen. Die gepflasterte, mit Kübelpflanzen sparsam besetzte Kreisfläche hat eine zusätzlich steigernde Wirkung auf das Farben- und Formspiel der ausgewählten Pflanzen.

Die Anlage der Red Borders als Doppelbeet profitiert ebenfalls durch die Raumgestaltung. Die Tatsache, daß man auf gepflegtem Rasen an der Gesellschaft der Rotblühenden und Rotblättrigen vorbeidefiliert, wirkt sich auf das Farberlebnis in doppelter Hinsicht aus. Denn das Grün als Komplementärfarbe zu Rot erzeugt einen klaren Kontrast zu den Farben im Beet. Da die Red Borders als Doppelbeete angelegt sind, wird das Farberlebnis noch gesteigert, und zwar sowohl bei der Annäherung aus einer gewissen Distanz als auch aus der Nähe, wenn der Blick des Besuchers im Vorbeigehen Gartenbilder wahrnimmt.

Diese heimliche Dramaturgie des Blickes beschränkt sich nicht allein auf die Präsentation und Gruppierung von Pflanzen. Sie beruht auf unterschiedlichen gestalterischen Prinzipien, die in der Tradition der Gartenkunst seit langem verankert sind. Man vermeidet es, alle Schönheiten auf den ersten Blick zu offenbaren und betont das the-

Die Hauptachse führt am Doppelbeet der Red Borders entlang.

matisch Besondere durch eine entsprechende Umgebung. Mit den Stichworten „Verbergen“ und „Rahmen“ werden diese beiden Grundsätze in der Gartenästhetik diskutiert. Major Johnston, dieser Kenner und Bewunderer der großen Gärten auf dem Kontinent, insbesondere der italienischen, kannte diese Prinzipien und nutzte sie intensiv bei der Gestaltung von Hidcote Gardens. Die Wirkung ist einfach verblüffend, denn die Erwartungshaltung des Besuchers wird tatsächlich ständig wachgehalten, und die Neugier, verborgene Geheimnisse zu entdecken, wächst bei jedem neuen Heckendurchgang.

Die bedeutendsten Effekte erzielt die Dramaturgie des Blickes in Hidcote mit den kleinen und großen Vistas, die sich eröffnen, sobald sich der Besucher einem neuen Gartenraum nähert. Jeder dieser Zugänge unterscheidet sich von den anderen. Mal handelt es sich um einfache Heckendurchgänge, mal um Rosenbögen oder, wie beim Zugang zum Bathing Pool Garden, um einen breiten Heckendurchlaß, der eine Art mächtigen Eibengiebel trägt. Aber allen gemeinsam ist, daß sie den Blick des Besuchers lenken und seine Neugier wecken.

Nähert man sich dem Bathing Pool Garden von Süden, eröffnet sich eine Achse, die über die Wasserfläche und Partien des Fuchsiengartens hinweg bis in den Circle reicht. Auf diesem abwechslungsreichen Weg fixiert der Blick nicht nur die kleine Skulptur in der Mitte des Wasserbeckens, sondern passiert zwei Topiary-Figuren aus Eiben, die den Durchgang zum Fuchsiengarten bilden, und einen Durchlaß in einer Rotbuchenhecke *(Fagus sylvatica)*, um schließlich bei einer letzten Hecke im Circle zu enden. Im gesamten Garten fungieren diese Durchlässe als Rahmen reizvoller Gartenbilder.

Zu den großen Vistas in Hidcote gehören die verschiedenen Achsen, wie sie sich aus dem T-Grundriß der Anlage ergeben. Besonders eindrucksvoll ist die von der Libanonzeder *(Cedrus libani)* ausgehende, durch Tore, Treppen und Sommerhäuser gegliederte Hauptachse. Sie endet bei einem prächtigen schmiedeeisernen Tor, das durch Hecken und Baumkronen so eingerahmt ist, daß sich über ihm spitzbogenförmig der Ausschnitt des Himmels wölbt. Erst wenn der Besucher das Ende der Achse tatsächlich erreicht hat, wird der Blick frei in die tiefergelegene Landschaft von Gloucestershire. Aber auch in umgekehrter Richtung eröffnet sich ein lohnender Ausblick, denn von dem nun erhöhten Standort aus kommen die Red Borders gut ins Blickfeld. Der eindrucksvolle Schirm der Libanonzeder dient dem Ganzen als Point of View.

Im Stil des Cottage Gardens?

Seit Vita Sackville-West im November 1949 im „The Journal of the Royal Horticultural Society“ geschrieben hatte, es handele sich bei Hidcote um einen Cottage Garden in der Vollendung, ist dieser Garten auf einen Begriff festgelegt, der seitdem durch die Literatur geistert und leicht mißverstanden wird.

Dabei ist der Vergleich zunächst gar nicht so weit hergeholt, waren doch zu Beginn des Jahrhunderts William Robinson und Gertrude Jekyll nicht müde geworden, den Cottage Garden zu rühmen, nicht zuletzt, weil er im Gegensatz zu vielen zeitgenössischen Gärten einen natürlichen Charme zeigte und manche alte Gartenpflanze hier modische Zeiten überdauern konnte. In einer Unbekümmertheit, die von ästhetischen Skrupeln nicht angekränkelt war, pflanzte der „Cottager“ das, war er liebte und erhalten konnte, zusammen, so daß häufig der Eindruck eines zwar lebendigen, aber großen Durcheinanders entstand. Hier knüpft der Vergleich Vita Sackville-Wests an, wenn sie das Miteinander der Pflanzen ein „Wirrwarr“ nennt: „blühende Sträucher zusammen mit Rosen, Stauden, mit Zwiebelpflanzen, Kletterpflanzen, die über Hecken kriechen, und Sämlinge an Stellen, wo der Samen in die Erde gelangte.“

Auch die Größe der einzelnen Gärten konnte zum Vergleich mit dem Cottage Garden führen, schließlich die Verwendung des Topiary, wie man es beispielsweise in Hidcotes White Garden findet. Die dichte Bepflanzung, wie sie für den Cottage Garden charakteristisch war, ist sicher auch für Hidcote typisch. Der Old Garden mit seiner Fülle stellt wohl nicht den einzigen Bereich dar, den Vita Sackville-West bei ihrem Vergleich im Auge gehabt hatte. Das Miteinander von

Blütengehölzen, Strauchrosen, Stauden und Sommerblumen ist üppiger kaum zu denken. Auch die Auswahl der Pflanzen erinnert an den Cottage Garden, in denen Fuchsien, Dahlien, Montbretien, Muskatellersalbei und Nelken noch heute anzutreffen sind.
Und dennoch: Hidcote Gardens mit dem Stil von Cottage Gardening in Verbindung zu bringen, ist sicher nur auf den ersten Blick zulässig. Denn was die Gartenkunst des Major Johnston ausmacht, das kann weder unbekümmert noch schlicht genannt werden, eine Charakterisierung, die für den Cottage Garden zutreffen mag. In Hidcote war vielmehr ein Gartenkünstler am Werk, der sich seines Tuns in einem hohen Maße bewußt war, und der die Mittel seiner Kunst voll auszuschöpfen wußte. Vor diesem Hintergrund ist das, was an den Cottage Garden erinnert, als kunstvolles Zitat zu verstehen.

Gärtnern in Bildern – das Spiel mit Formen und Farben

Wer den Begriff „picture gardener" (Bildergärtner) in der Gartenliteratur zuerst gebraucht hat, ist schwer zu sagen. Seit Gertrude Jekyll jedenfalls wird er bis in unsere Tage regelmäßig verwendet. In ihrer Gartenphilosophie ist er so etwas wie ein Schlüsselbegriff. Er gibt einen deutlichen Hinweis auf ihr besonderes Interesse an den ästhetischen Qualitäten eines Gartens. Damit stellte sie sich in einen Traditionszusammenhang, der bis zu den Landschaftsgärtnern vor rund zweihundert Jahren reicht. Die hatten mit dem Begriff des „Pittoresken" ein ganzheitliches Konzept geschaffen, das alle ästhetischen Bereiche der Gartenkunst umfaßte.
Der Gedanke Jekylls, in Bildern zu gärtnern, ist im Ansatz sehr viel begrenzter und zielt auf ästhetische Qualitäten, die die Pflanzen schon mitbringen, und auf die bewußte Kombination dieser Eigenschaften, nämlich Form und Farbe. In der Regel werden bei der Planung einer Pflanze beide Merkmale berücksichtigt.
In Hidcote trifft man immer wieder auf die Kombination verschiedener Wuchsformen und deren kontrastive Wirkung. Besondere Effekte entstanden dort, wo Pflanzen mit bizarrem Habitus und solche mit weniger ausgeprägter Wuchsform vergesellschaftet wurden, beispielsweise in Mrs. Winthrop's Garden. Da heben sich deutlich Leit- und Begleitpflanzen durch ihren Habitus voneinander ab. Während niedrigbleibende Gehölze, wie *Lonicera nitida* 'Baggesens's Gold' und Stauden wie *Alchemilla mollis* zusammen mit *Lysimachia nummularia* einen bodenbedekkenden Teppich bilden, setzen die Hanfpalme *(Trachycarpus fortunei), Thalictrum flavum* ssp. *glaucum* und *Humulus lupulus* 'Aureus' deutlich vertikale Akzente. Unterstützt werden sie dabei von den drei Kübelpflanzen in der gepflasterten Mitte: zwei Agaven und eine *Cordyline australis.* Kontrastive Wuchsformen trifft man überall in der Bepflanzung von Hidcote Garden. Nicht immer sind sie gleich so spektakulär wie in Mrs. Winthrop's Garden.
Selbst in den Red Borders, deren Wirkung hauptsächlich auf der Verwendung unterschiedlicher Rottöne beruht, spielen Kontraste im Habitus der Pflanzen eine Rolle. Einige Pflanzen ziehen aufgrund ihrer Größe und Architektur unweigerlich die Aufmerksamkeit auf sich und heben sich aus dem Heer der Begleitpflanzen buchstäblich hervor. Zu ihnen gehören *Rheum palmatum* 'Atrosanguineum' und hochstämmige, rotblättrige *Cordyline australis.*
Neben dem Habitus der Pflanzen kam es Major Johnston darauf an, die Vielfalt der Blattformen bei der Gestaltung von Gartenbildern zu nutzen, eine Tradition, die unter anderem auf Gertrude Jekyll zurückgeht. Der Blattschmuck beispielsweise von *Hosta*-Arten und -Sorten, *Polygonatum* und *Osmunda regalis* allein reicht, um ein Gartenbild von großer Schönheit und auf Dauer zu konzipieren. Sucht man nach noch eindrucksvolleren, schönblättrigen Gestalten, so lassen sich *Gunnera manicata, Rheum palmatum* und *Lysichiton americanus* zusammen mit diversen *Hosta*, Iris, Astilben und Astrantien vorteilhaft vergesellschaften; beides ergibt eindrucksvolle Gartenbilder, auf die man im Stream Garden stößt.
In allen Bereichen der Gartenanlage verdichten sich Pflanzungen zu Gartenbildern, deren Reiz aus dem Spiel mit Formen und Farben resultiert. Gelegentlich übernehmen solche Bilder die Funktion von Blickfängen (Focal Points),

zum Beispiel am Ende einer Allee oder eines Weges.
Dies trifft für den Long Walk im Küchengarten zu, der beidseitig von Rabatten mit Rosen und Begleitpflanzen in den Farben Rosa, Lila, Mauve und Silber flankiert wird. Am Ende des Weges fällt der Blick auf eine alte gußeiserne Bank in Weiß. Sie steht inmitten einer Pflanzengesellschaft, deren Laub oder Blütenblätter Weiß und Silber hinzufügen: große Polster von *Anthemis punctata* ssp. *cupaniana, Helichrysum italicum* ssp. *serotinum (H. angustifolium), Iberis sempervirens* und *Lamium maculatum* 'White Nancy'. Hinter der Bank blüht mit großen cremefarbenen Blüten die Strauchrose 'Nevada', eine *Rosa-spinosissima*-Hybride.
Das wohl spektakulärste Beispiel eines farbigen Arrangements von Pflanzen findet man in den **Red Borders**, die auf das Jahr 1910 zurückgehen, sich allerdings im Laufe der Zeit sehr veränderten.
Gut achtzig Jahre danach frappiert dieser Gartenteil in kräftigen Rottönen den Besucher wie zu Zeiten des Majors. Dieser lebte viele Jahre in einer engen Beziehung zu Nancy Lindslay, einer namhaften Gartenarchitektin, die mit ihren delikaten Farbkompositionen, besonders bei den Staudenbeeten, interessierte Gartenfreunde begeisterte. Ganz offensichtlich hat sie ihren Anteil an den Red Borders.
Die emotionale Reaktion des Besuchers ist Überraschtheit. Aus der Nähe gesehen wirken die Rottöne schwer, unwirklich, geheimnisvoll. Durch das Grün des breiten Rasenweges wird das Farberlebnis noch

Linke Seite: Zwei Gartenhäuser bilden die baulichen Wahrzeichen von Hidcote. Die Bepflanzung umspielt die Architektur, links im Bild: Cytisus battandieri aus Marokko.

Oben: Weißer und roter Phlox ergänzen sich mit Hydrangea im Old Garden (Blütezeit August).
Unten: Die Red Borders überraschen im August mit einem Farbenspiel in Orange und Rot.

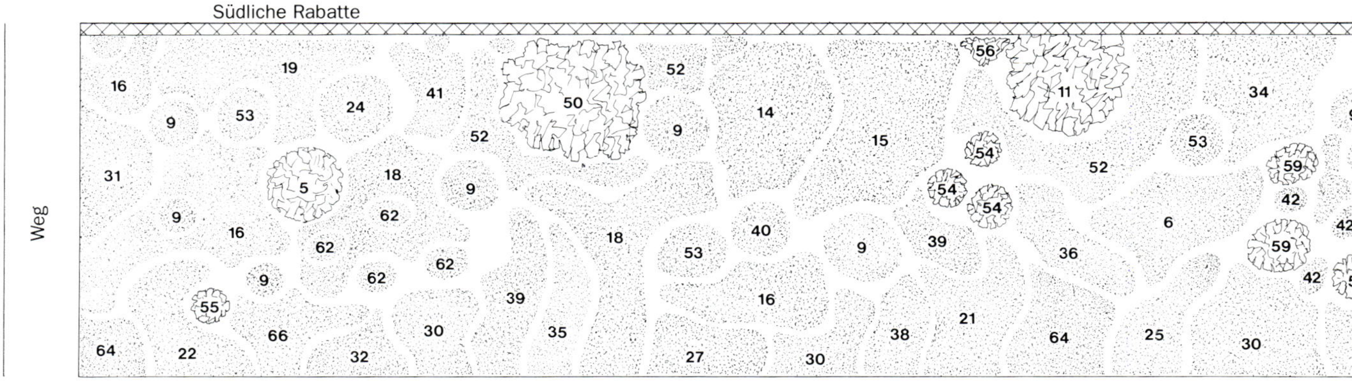

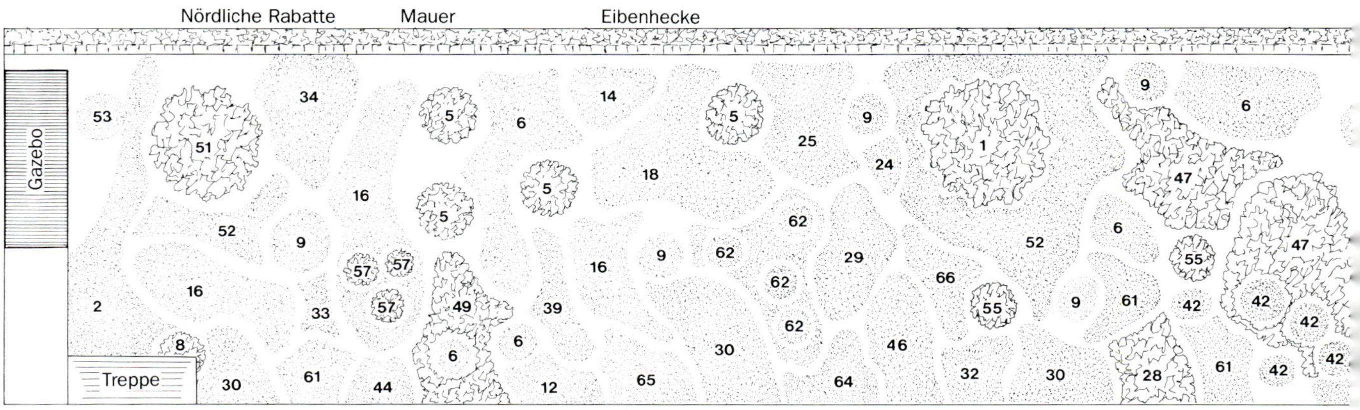

Bepflanzungsschema der Red Borders in Hidcote Manor Gardens

1 Acer platanoides 'Crimson King'
2 Aconitum 'Spark's Variety'
3 Ajuga reptans 'Atropurpurea'
4 Begonia 'Hatton Castle'
5 Buddleja 'Black Knight'
6 Canna indica 'Le Roi Humbert'
7 Cimicifuga racemosa
8 Clematis viticella 'Kermesina'
9 Cordyline australis 'Purpurea'
10 C. australis 'Purpurea' (kurzblättrige Form)
11 Corylus maxima 'Purpurea'
12 Cosmos atrosanguineus
13 Cotinus coggygria 'Purpurea'
14 Crocosmia 'Lucifer'
15 Dahlia 'Alva's Doris'
16 D. 'Bishop of Llandaff'
17 D. 'Bloodstone'
18 D. 'Doris Day'
19 D. 'Grenadier'
20 D. 'Kochelsee'
21 D. 'Red Diamond'
22 D. 'Red Pygmy'
23 D. 'Yvonne'
24 Delphinium 'Startling'
25 Fuchsia fulgens
26 F. 'Rufus'
27 Geum 'Borisii'

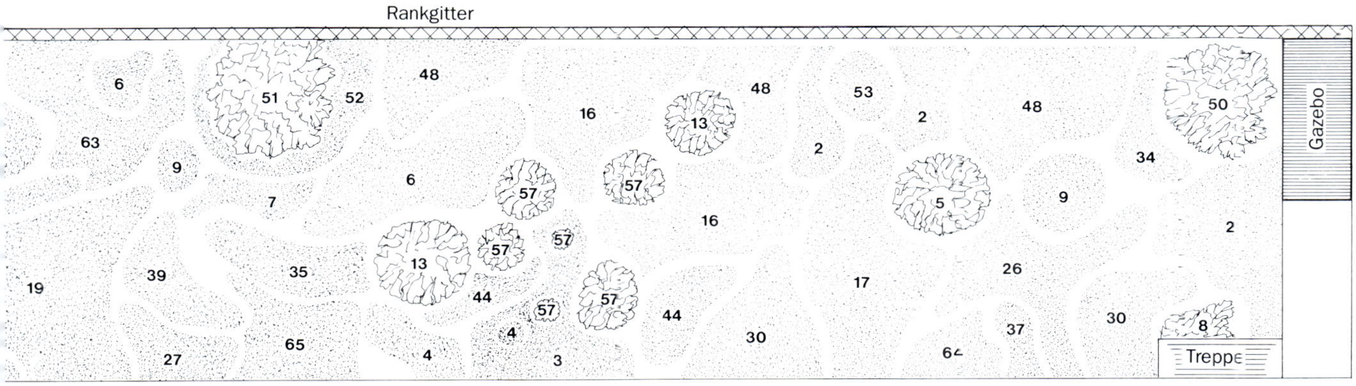

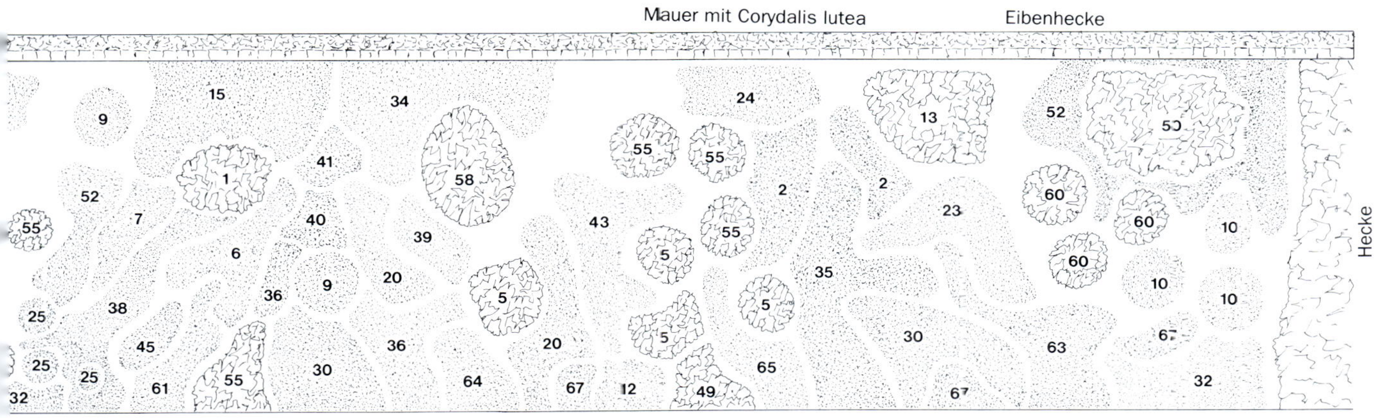

28 Hebe 'Amy'
29 Hemerocallis 'Alan'
30 H. fulva 'Kwanso Flore Pleno'
31 H. 'Stafford'
32 Heuchera 'Palace Purple'
33 Kniphofia uvaria
34 Lilium pardalinum
35 Lobelia cardinalis 'Bees Flame'
36 L. cardinalis 'Cherry Ripe'
37 L. cardinalis 'Queen Victoria'
38 L. cardinalis 'Will Scarlet'
39 Miscanthus sinensis 'Gracillimus'
40 Papaver 'Beauty of Livermere'
41 P. 'May Queen'
42 Pelargonium 'Generale Championette'
43 P. 'Henry Jacoby'
44 Penstemon 'Schoenholzeri'
45 Phlox 'Prince of Orange'
46 Phormium tenax
47 Pinus mugo mit Clematis 'Viticella Rubra'
48 Polygonum amplexicaule
49 Potentilla 'Gibson's Scarlet'
50 Prunus cerasifera 'Pissardii'
51 P. spinosa 'Purpurea'
52 Pulmonaria saccharata
53 Rheum palmatum 'Atrosanguineum'
54 Rosa 'Evelyn Fison'
55 R. 'Frensham'
56 R. 'Climbing Josephine Bruce'
57 R. 'Marlena'
58 R. moyesii 'Geranium'
59 R. 'Orange Triumph'
60 R. 'Super Star'
61 Salvia elegans
62 S. fulgens
63 S. microphylla var. neurepia
64 S. officinalis 'Atropurpurea'
65 Verbena 'Huntsman'
66 V. 'Lawrence Johnston'
67 Viola labradorica

Je nach Tages- und Jahreszeit bieten die Red Borders wechselnde Farbeindrücke: links eine eher unvermittelte Kombination von Farben und Formen im August, rechts fast ein Ton-in-Ton-Gemälde einige Wochen früher, wobei die stabilisierende Funktion der Gehölze deutlich wird. Besonders attraktiv wirken die Gestalten des Rheum palmatum 'Atrosanguineum' mit ihren braunroten Blütenständen. Farbe bringen später die Taglilien (Hemerocallis).

intensiviert. Farbliche Dynamik ergibt sich aus dem Kontrast helleren Rots vor dunklem, purpurfarbenem Hintergrund. Dadurch wirkt das hellere Rot eingebunden, weniger dominierend. Die Palette der Rottöne reicht von Orange über Scharlachrot bis hin zu dunkelstem Purpur. Das fast provozierende Orange ist vor allem in den gefüllten Blüten der *Hemerocallis fulva* 'Kwanso Flore Pleno' und in *Lilium pardalium* vorhanden. Helleres Rot zeigt die Rose 'Frensham', eine sehr wüchsige Floribundarose mit tief scharlachroten, halbgefüllten Blüten und mittelgrünen glänzenden Blättern. Stauden wie *Lobelia cardinalis* 'Queen Victoria', 'Cherry Ripe' und 'Bees Flame' sowie *Polygonum amplexicaule* verstärken mit ihren leuchtenden Blüten das hellere Rot. Als besonders effektvolle Blütenpflanzen erweisen sich im Wettstreit der Rottöne Dahlien und *Canna in-*

dica. Hier sind es die attraktiven Dahliensorten 'Bloodstone' und 'Bishop of Llandaff' und *Canna indica* 'Le Roi Humbert', deren Laub einen purpurnen Farbton beiträgt.
Überhaupt spielt das farbige Laub von Gehölzen, Stauden und exotischen Pflanzen bei der Bildung des dunklen Hintergrundes eine wichtige Rolle, unter anderem tragen dazu bei: *Acer platanoides* 'Crimson King', die beiden *Prunus-cerasifera*-Sorten 'Atropurpurea' und 'Nigra' und *Corylus maxima* 'Purpurea'. Sehr exotisch und dekorativ wirken *Cordyline australis* und *Phormium tenax* 'Nana Atropurpureum'. Mit monumentalen Blättern und auffallendem Blütenstand setzt *Rheum palmatum* kräftige Akzente. Dunkles Violett kommt durch die Blüten von *Aconitum* 'Spark's Variety', *Clematis viticella* 'Rubra' und *Buddleja davidii* ins Spiel.
Rot, diese schwierige Farbe im Garten, präsentiert sich hier in hellen und dunklen Tönen und bietet neben den eindrucksvollen Gesamtbildern der Rabatten unzählige Details von eigenem Reiz. Wie diese jeweils auf das Auge wirken, hängt davon ab, welche Blatt- bzw. Blütentexturen den Farbton tragen; ob sie glatt sind oder glänzend, oder samtig und stumpf.
Der erste Eindruck der Red Borders von Hidcote ist sicher durch das Überraschungsmoment geprägt, da das Rot dieses Gartenraumes den Betrachter förmlich anspringt. Als nächstes kommt wohl das Aparte dieser Pflanzenarrangements in den Blick. Um jedoch die Details entsprechend würdigen zu können, bedarf es des genaueren Hinsehens. Erst dann erschließt sich das ganze Raffinement des Spiels der Farbtöne in der Abhängigkeit von Habitus und Blatt- bzw. Blütentexturen der einzelnen Pflanzen und ihrer Gruppierungen. Zweifellos nutzten die Gärtner des National Trust in Hidcote ihre Chance, indem sie die Möglichkeiten eines größer gewordenen Pflanzensortiments voll ausschöpften. Ist die Idee der Red Border seit den Tagen des Major Johnston auch die gleiche geblieben, deren Realisierung hat sich vielleicht noch vervollkommnet. Seinen Höhepunkt hat dieser Gartenraum übrigens im August.

Die gemischte Rabatte (Mixed Border)

Historische Vorbilder

Weder das reine Staudenbeet noch die Rabatte mit gemischter Pflanzung können als eine Erfindung des Major Johnston gelten. Staudenbeete hat es offenbar bereits Mittes des vorangegangenen Jahrhunderts gegeben, zum Beispiel in dem Garten von Arley Hall, wo ein Pflanzenplan von 1848 gefunden wurde. Es handelt sich um eine Doppelrabatte, die in ihrer ganzen Pracht mit teilweise geändertem Pflanzensortiment heute noch zu bewundern ist.
Solche glücklicherweise erhalten gebliebene Pläne oder die noch verfügbare Gartenliteratur jener Zeit sind nicht der einzige Zugang, sich über die Beetbepflanzung verlorengegangener Gärten Kenntnisse zu verschaffen. Es gibt zeitgenössische Aquarelle in großer Zahl, die als Buchillustrationen hervorragende Aufschlüsse über die Techniken und Vorlieben bei der Bepflanzung von Beeten geben.

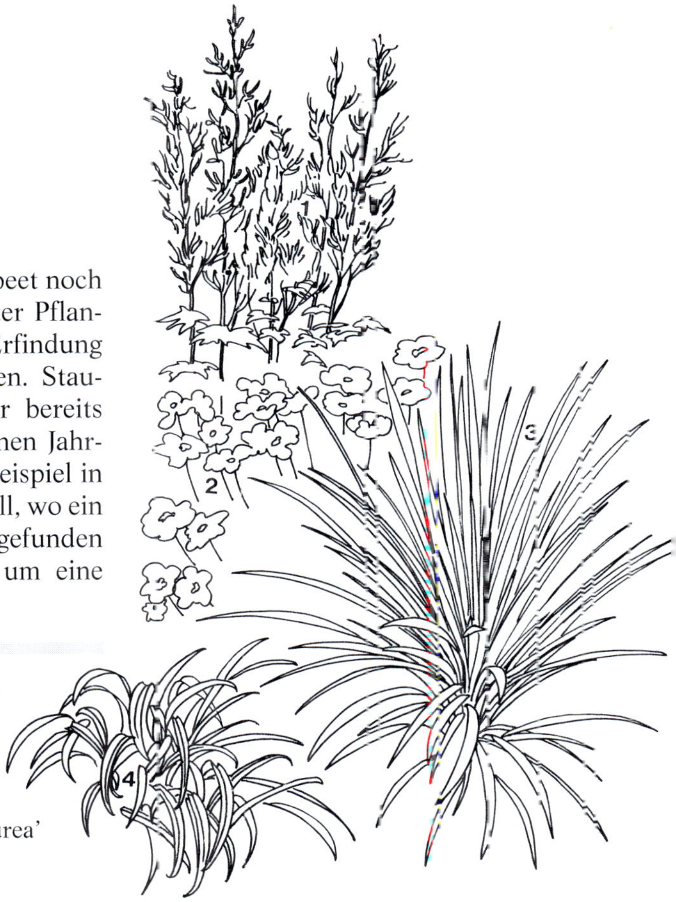

Kontraste der Wuchsformen
1 Rheum palmatum 'Atrosanguineum'
2 Papaver orientale 'Beauty of Livermere'
3 Cordyline australis 'Purpurea'
4 Hemerocallis-Laub

Gertrude Jekylls Buch über „Some English Gardens“ (1904) enthält 50 Aquarelle von Georg Elgood, des damals wichtigsten Illustrators in diesem Bereich. Einige dieser Bilder sind so detailliert ausgeführt, daß man Partien dieser Beete nach ihnen rekonstruieren könnte. Sie zeigen auch, wie verbreitet die gemischte Bepflanzung war. Die Publikationen von Robinson und Jekyll hatten um die Jahrhundertwende bereits ihre Wirkung getan. Bedenkt man, daß ein reines Staudenbeet eine zeitlich nur begrenzte Attraktivität haben kann, etwa von Juni bis August, dann liegen die Vorteile einer solchen Pflanztechnik einfach auf der Hand. Mit Hilfe der Frühblüher kann ein solches Beet bereits Wochen vorher reizvoll sein, und Gehölze geben dem Ganzen Struktur, ganz abgesehen davon, daß sie einen eigenen Blütenflor beitragen. In Hidcote Gardens überwiegen solche gemischten Bepflanzungen. Als besonders charakteristisch hierfür können folgende Gartenteile gelten: Old Garden, Red Borders und Rose Walk.

Die gemischte Bepflanzung im Old Garden

Die vom Old Garden ausgehende Hauptachse teilt diesen Gartenraum in zwei etwa gleich große Bereiche. Hinzu kommen noch Pflanzstreifen entlang der Mauern, ein Nord- und ein Südbeet, deren unterschiedliche Bepflanzung mit dem Lichteinfall und der Bodenbeschaffenheit zu tun hat.

Die sehr einfache Gliederung und die Art der Bepflanzung, die teilweise mannshoch wächst, erinnert tatsächlich an den Cottage Garden, wie man ihn heute noch auf dem Land anzutreffen vermag. Die breiten Beete zu beiden Seiten des Weges sind in der Höhe gestaffelt und sehr dicht bepflanzt. Das garantiert nicht nur ein sommerliches Bild großer Fülle und Üppigkeit, sondern hilft aufkommende Unkräuter zu unterdrücken. Attraktiv ist dieser Gartenteil vom Sommer bis in den Herbst.

Die Gartenmitte präsentiert sich dem Besucher zunächst vom breiten Rasenweg her als Doppelbeet. Ein Pflanzschema ist nicht so ohne weiteres zu erkennen. Es gibt keine Symmetrie in der Anordnung der Gruppen, wohl finden sich bestimmte Pflanzen auf beiden Seiten, so beispielsweise Dahlien und einige nicht winterharte Salvien. Allerdings scheint die Palette der Blütenfarben auf den Bereich Rosa und Mauve begrenzt, sieht man einmal von besonderen farblichen Akzenten, die bewußt gesetzt wurden, ab.

Im frühen Sommer bringen neben *Rosa-moschata*-Hybriden wie 'Felicia', 'Buff Beauty' und 'Vanity' die Buschrosen 'Lavender Pinocchio', 'Magenta', 'Queen Elizabeth' und 'Natalie Nypels' Farben ins Spiel. Zu den Wildrosen dieses Bereiches gehören *Rosa primula* und *Rosa glauca (R. rubrifolia)*. Aber Rosen sind nicht die einzigen Gehölze hier. Vielmehr ergänzen Sträucher mit teilweise interessantem Habitus das Bild. Dazu gehören unter anderem *Indigofera potaninii, Mespilus germanica* und *Deutzia* × *elegantissima*. Und ebenso Stauden wie *Campanula persicifolia* ssp. *sessiliflora (C. latiloba)* 'Hidcote Amethyst', ein Sport, der hier selektiert wurde, außerdem *Astrantia major, Thalictrum* und *Hesperis*, um nur einige zu nennen.

Ein gutes Gartenbild präsentiert sich dem Besucher im August, wenn vor dem Weiß der hohen Stauden (*Phlox*-Paniculata-Hybriden, *Anemone hupehensis* var. *japonica, Galega officinalis)* das Violett von *Campanula lactiflora* und großblumigen Astern steht. Dazwischen setzen einige Dahlien in Rot, Weiß und Rosa in Begleitung nicht winterharter Salvien kräftige Akzente; sehr eindrucksvoll präsentieren sich *Salvia involucrata* var. *bethellii* mit dicken karminrosa Blütenrispen und *Salvia uliginosa* in Himmelblau mit besonders zarten Blütenständen.

Diese Gesellschaft von Gehölzen und Stauden nivelliert sich in der Höhe zum Rasenweg hin, bis sie in einem Streifen von polsterartig wachsenden Stauden und Sommerblumen einen Abschluß findet, unter ihnen Federnelken (*Dianthus-plumarius*-Hybriden), *Diascia, Geranium* × *riversleaianum* 'Mavis Simpson' und *Stachys byzantina (S. olympicum)*, zusammen mit Kapastern *(Felicia amelloides)*.

Der Betrachter gewinnt hier nicht unbedingt den Eindruck großer Geschlossenheit des Ganzen. Bei der Verschiedenartigkeit der Mitglieder dieser Pflanzengesellschaft ist das auch nicht anders zu erwarten. Bestechend aber sind die Fülle und der Reichtum der Bepflanzung, die scheinbare Unbekümmertheit bei der unerwarteten Vergesellschaftung einzelner Arten, die man so nie zusammen sah. Die Freude am Ausprobieren, insbesondere bei der Verwendung der nicht winterharten Sommerblumen, gibt den Beeten eine besondere Frische.

Auch in den Randbeeten wurden die Vorteile einer gemischten Bepflanzung genutzt, mit Zwiebelpflanzen, Stauden und Gehölzen. Der Frühsommerblüte von *Philadelphus* 'Belle Étoile', *Abutilon vitifolium* sowie der Strauchrosen 'Nevada' und 'Pax' folgen diverse *Ceanothus* und *Hydrangea arborescens* 'Grandiflora' mit einer Blütezeit im August.

Da die Erde an der Südmauer ziemlich kalkfrei ist, gedeihen hier *Rhododendron (R. fargesii, R. augustinii, R. argyrophyllum* 'Blue Tit'), *Viburnum opulus* und *Magnolia sinensis*. Den Boden bedekken *Helleborus orientalis (H. olympicus), Bergenia ciliata, Houttuynia cordata* 'Plena', *Geranium macrorrhizum* und *Polygonatum*-Hybriden. Wieder ergänzen einige Zwiebelpflanzen wie z.B. *Erythronium* und *Anemone blanda* das Bild.

Der Grundsatz, nachdem bei der gemischten Bepflanzung alle gartenwürdigen Arten vergesellschaftet werden können, sofern sie miteinander auskommen, läßt sich im Old Garden gut studieren. Die Nutzung des Raumes in Quasi-Stockwerken, vom Bodendecker bis zum ausgewachsenen Gehölz, stellt insofern kein Problem dar, als die Lichtansprüche der beteiligten Arten sehr variieren. Es wird auch deutlich, daß Pflanzen mit unterschiedlichen Vegetationsphasen in der Lage sind, zur Bereicherung des Gartenbildes beizutragen. Dabei kommt den Zwiebelpflanzen als Frühblühern die Funktion zu, bereits in einer Zeit, in der Stauden erst mit der Laubentwicklung beginnen, Farbe auf das Beet zu bringen. Herbstblühende *Crocus*-Arten und *Colchicum* betreiben das gleiche Geschäft im späten Gartenjahr.

Mit Sommerblumen, einjährigen und zweijährigen, ist der Gärtner in der Lage, im wahrsten Sinne des Wortes „Löcher zu stopfen". Das zeigen Dahlien und nicht winterharte Salvien im August besonders gut.

Waldgarten und Bachlauf

Als Major Johnston mit der Anlage von Hidcote Gardens begann, waren andernorts schon Gärten entstanden, die man als Waldgärten bezeichnete, weil sie eine Pflanzengesellschaft beherbergten, die für den Lebensraum Wald typisch ist. Anstöße dazu hatte es von verschiedenen Seiten gegeben. Zunächst hatten die bekannten Arboreten gezeigt, welche Schönheiten es unter den Gehölzen gab. Das Sortiment war immer reicher geworden, und viele Pflanzensammler konnten nicht widerstehen, wenn Neueinführungen angeboten wurden. Die alten Sammlungen platzten aus allen Nähten, so daß vielfach nur eine Lösung blieb, nämlich die Neuanpflanzungen auf das angrenzende Waldgebiet auszudehnen. In vielen Fällen wurde so der einheimische Wald zum neuen Lebensraum auch exotischer Gehölze.

William Robinson und Gertrude Jekyll hatten in ihren Büchern gezeigt, daß Waldgärten reich und reizvoll zugleich sein können, sobald es gelingt, die Bepflanzung so natürlich wie möglich zu gestalten. Dazu gehörten neben den Gehölzen winterharte Stauden, aber auch Zwiebelpflanzen. So entstanden von der Jahrhundertwende an immer neue Waldgärten, nicht zuletzt der von Hidcote, The Ridge Garden, der in Bewunderung für ein bekanntes Arboretum vom Major „Westonbirt" genannt wurde. Nach mehreren Besuchen in Westonbirt, gemeinsam mit seinem Obergärtner, war Johnston so von der Idee, eine Sammlung schöner Gehölze zu besitzen, angetan, daß er 1926 mit der Anlage begann. Einige besonders attraktive Laubbäume stammen direkt aus Westonbirt. Aber Ridge Garden wurde kein Arboretum, sondern ein Waldgarten, der einen Bachlauf einschließt, den Stream Garden.

Einen ersten, besonders romantischen Blick in den Waldgarten hat man von Mrs. Winthrop's Garden aus: ein Durchblick (Vista) öffnet die Sicht über den Stream Garden hinweg bis in den Ridge Garden. Dieser Blick hat seinen besonderen Reiz im Frühjahr des jungen Austriebs und der Blüten von *Acer pseudoplatanus* 'Brilliantissimum' und *Acer palmatum* wegen, außerdem im Frühsommer, wenn am Bach das Quartier der Etagenprimeln in Blüte steht, ganz besonders aber im Herbst, wenn sich die Blätter der Laubbäume färben. Einige Bäume wie *Betula ermanii* und

Acer griseum beeindrucken durch ihre interessante Rinde, andere Laubgehölze wieder tragen über Wochen einen attraktiven Beerenschmuck, zum Beispiel *Sorbus vilmorinii* und *Sorbus cuspidata*. Hinzu kommen im Spätsommer viel Hortensienarten mit ihrem Blütenschmuck, unter anderem *Hydrangea aspera* 'Macrophylla', *H. aspera* ssp. *sargentiana, H. paniculata* 'Grandiflora', *H. macrophylla* ssp *serrata,* und *H. aspera* ssp. *aspera (H. villosa)*. Alle diese Gehölze erheben sich über einem Teppich bodendeckender Stauden. Noch wesentlich reicher an Stauden ist der Stream Garden, der sich beiderseits eines kleinen Bachlaufes erstreckt. Von einem schmalen Weg aus hat der Besucher einen Blick auf die mit Stauden dicht bepflanzten Ufer. Auch hier erheben sich aus einem Teppich interessanter, in Farbe und Form kontrastierender Blattschmuckpflanzen einzelne kleinere Gehölze. Größere Partien sind mit bodendeckenden Stauden einer Art bepflanzt, unter anderem *Symphytum grandiflorum* und seinen Hybriden, *Brunnera macrophylla* und *Geranium nodosum*. Zu den Stauden mit besonders auffallenden Blättern zählen *Darmera peltata, (Peltiphyllum peltatum), Lysichiton americanus, Kirengeshoma palmata* und *Hosta*. Natürlich sind auch Farne vertreten, wie *Matteuccia struthiopteris* und *Blechnum tabulare*.

Partie im Waldgarten (Ridge Garden): Über dem Pflanzenteppich der Bodendecker erheben sich Blütengehölze und hohe Stauden.

Hidcote Gardens – ein Modell für ein Jahrhundert

In Hidecote Gardens sind, wie wir gesehen haben, neben europäischen Einflüssen der Gartentradition auch britische erkennbar. Das axiale Grundgerüst, die Gliederung in Räume, die Verwendung der Hecken und die Durchblicke (Vistas) sind eher kontinentaler Herkunft Diese klassischen Elemente der Gartenarchitektur fügen sich in Hidcote organisch zu einem eigenen Ganzen. Es ist zunächst Ausdruck der Auseinandersetzung Lawrence Johnstons mit der Landschaft, den Bodenverhältnissen und den Bedingungen des Klimas. Das Ergebnis bildet aber zugleich den Rahmen für eine Pflanzenfülle, wie sie so bis dahin noch niemand versammelt hatte. Bedingungen, die dies begünstigten, hatten etwas mit den Besonderheiten der britischen Gartenkultur zu tun, unter anderem den milden klimatischen Bedingungen der Insel, der Romantisierung des Cottage Gardens und der führenden Rolle britischer Botaniker und Gärtner bei der Neueinführung von Pflanzen aus Übersee.

Nicht zuletzt aber waren es bestimmte ästhetische Gestaltungsgrundsätze (ausgearbeitet und verbreitet durch Robinson und Jekyll), die schon im Bewußtsein der zeitgenössischen Gärtner verankert waren, als der Major damit begann, den Garten zu entwerfen. Diese Prinzipien bilden eine Art zweiter Ordnung oberhalb der Ebene der Architektur eines Gartens. Sie fordern, das Material der Gestaltung – die Pflanzen – nach Form- und Farbmerkmalen zu unterscheiden und ihre Qualitäten entsprechend zu nutzten. In Hidcote entstand so zu Beginn dieses Jahrhunderts ein neuer Gartentyp, dessen Besonderheit es war, die Fülle der Pflanzen in einer ästhetisch anspruchsvollen Ordnung zu fassen.

Tatsächlich ist bis in unsere Tage dieses Spannungsverhältnis zwischen klassischen Ordnungselementen einerseits und romantischer Fülle an Pflanzen andererseits für britische Gärten kennzeichnend. Damit stehen sie mehr oder weniger alle in der Tradition von Hidcote Gardens.

Zum Modell ist Hidcote insofern geworden, als eine ganze Reihe später entstandener Gärten sich bei der Konzeption an Hidcote anlehnten und dessen typische Merkmale aufweisen. Zu ihnen zählen Tintinhull, The Courts, Holt, Newby Hall, Sissinghurst. Auch Barnsley House und Westwell Manor, nach dem Zweiten Weltkrieg entstanden, gehören, wenn auch modifiziert, in diese Traditionsreihe.

Sie alle verbindet mehr oder weniger strikt das Merkmal der Gliederung des Areals in einzelne Räume, und die Fülle der Pflanzen kennzeichnet ihre Gärtner als Pflanzenkenner und -liebhaber, zu deren Gestaltungszielen es gehört, die Arten und Sorten zu anspruchsvollen Gartenbildern zusammenzustellen. Dabei hat sich die gemischte Bepflanzung als bewährteste Vergesellschaftungsform fast überall durchgesetzt

Tintinhull

Raumgliederung als Ordnungsprinzip

Tintinhull Garden ist einer der wichtigsten in der erste Hälfte des Jahrhunderts, der in der Hidcote-Tradition entstand, vielleicht war er überhaupt der erste seiner Art. Phyllis und Captain F. E. Reiss begannen mit der Anlage des Gartens etwa 1933 und arbeiteten zwanzig Jahre an seiner Vervollkommnung, bis er 1953 in den Besitz des National Trust überging. Um den Garten in seiner Originalform erhalten zu können, begann man bei der Übernahme mit einer vollständigen Bestandsaufnahme aller Pflanzen. Einige Jahre lag die Verantwortung für die Weiterentwicklung des Gartens in den Händen der bekannten Gartenschriftstellerin Penelope Hobhouse, die nicht müde wurde, in ihren Büchern auf die Beispielhaftigkeit des Gartens von Tintinhull hinzuweisen. Nicht zuletzt ist es ihr zu verdanken, wenn man hier – dreißig Jahre nach dem Tod von Phyllis Reiss – einen wundervollen Garten erlebt, der das hohe Anspruchsniveau seiner Schöpferin bewahrt und in bestimmten Einzelpartien wohl noch gesteigert hat.

Der Garten

Obwohl Hidcote insgesamt mehr als zehnmal größer ist als das Anwesen von Tintinhull, meinte Phyllis Reiss, sich am berühmten Beispiel orientieren zu sollen. Dabei übersetzte sie offensichtlich das, was sie an Hidcote schätzte, in ihre kleineren räumlichen Verhältnisse und vermied jedes bloße Kopieren. Das bedeutete zunächst, das Areal in Räume zu gliedern, um darin unterschiedliche Themen gestalten zu können. Bei der Wahl der Pflanzen war ihre Verwendbarkeit im ästhetischen Konzept zu prüfen und ihre Brauchbarkeit im Hinblick auf einen möglichst ganzjährig reizvollen Garten. Um eindrucksvolle Gartenbilder komponieren zu können, mußte sie sich für Farbschemata entscheiden, die ihr entsprachen.

Als das Ehepaar Reiss den Garten in den zwanziger Jahren übernahm, fand es eine alte Libanonzeder, zwei Steineichen *(Quercus ilex)*, zwei alte Eiben, einige Wege und eine das Anwesen zu einem großen Teil umschließende Außenmauer vor. Mit Hilfe einiger Hekken wurden die für den Hidcote-Stil typische Binnengliederung geschaffen, und zwar entstanden zunächst drei hintereinander liegende Räume, die der Gartenseite des alten, aus dem 17. Jahrhundert stammenden Haus zugeordnet waren. Insgesamt wurden, nachdem der Küchengarten, der Pool Garden und die Cedar Lawn hinzugekommen waren, im Laufe der Jahre sechs Gärten von ganz unterschiedlichem Charakter geschaffen.

Der Wunsch, einen ganzjährig reizvollen Garten zu haben, bestimmte alle Überlegungen zur Pflanzenwahl mit. „Da der Garten flach ist und man ihn von fast allen Zimmern des Hauses aus überblicken kann, war meine wichtigste Aufgabe bei Planung und Pflanzung, ihn über das ganze Jahr so interessant wie möglich zu machen." Dabei war der Boden von Tintinhull nicht unproblematisch, da es sich um schweren kalkhaltigen Lehm mit schlechter Wasserführung handelte. Für Moorbeetpflanzen, auf die Phyllis Reiss nicht verzichten wollte, mußten besondere Pflanzbeete angelegt werden, auf denen sowohl Azaleen als auch Kamelien einen Platz fanden.

Die Tatsache, daß es sich bei den einzelnen Gärten teilweise um ausgesprochene „walled gardens" handelt, erlaubte es Phyllis Reiss, insbesondere die Außenmauer für ein großes Sortiment kletternder Pflanzen zu nutzen. Diese Randbeete sind immer gemischte Bepflanzungen, so wie Phyllis Reiss sie in Hidcote kennengelernt hatte. Das gilt auch für die großen Beete im Pool Garden und an den Rändern der Cedar Lawn. Der Küchengarten, der noch heute in seiner ursprünglichen Funktion genutzt wird, zeigt auch in den die Gemüsebeete umschließenden Außenbeeten eine gemischte Pflanzengesellschaft. Läßt man das große Sortiment der Pflanzen Revue passieren, so fällt auf, wie umfangreich die Liste anspruchsvoller Gehölze ist, darunter finden sich natürlich nicht wenige kalkliebende.

Ein Besuch des Gartens beginnt an der Westseite des Hauses, nachdem man durch das Gartenportal über einige Stufen in den **Eagle Court** gelangt ist. Seinen Namen erhielt dieser Gartenbereich wegen zweier Adler, die auf hohen Pylonen den Ausgang zu dem sich anschließenden Garten bewachen.

Vorherige Doppelseite: Pool Garden mit „Canal" und Rasenfläche.

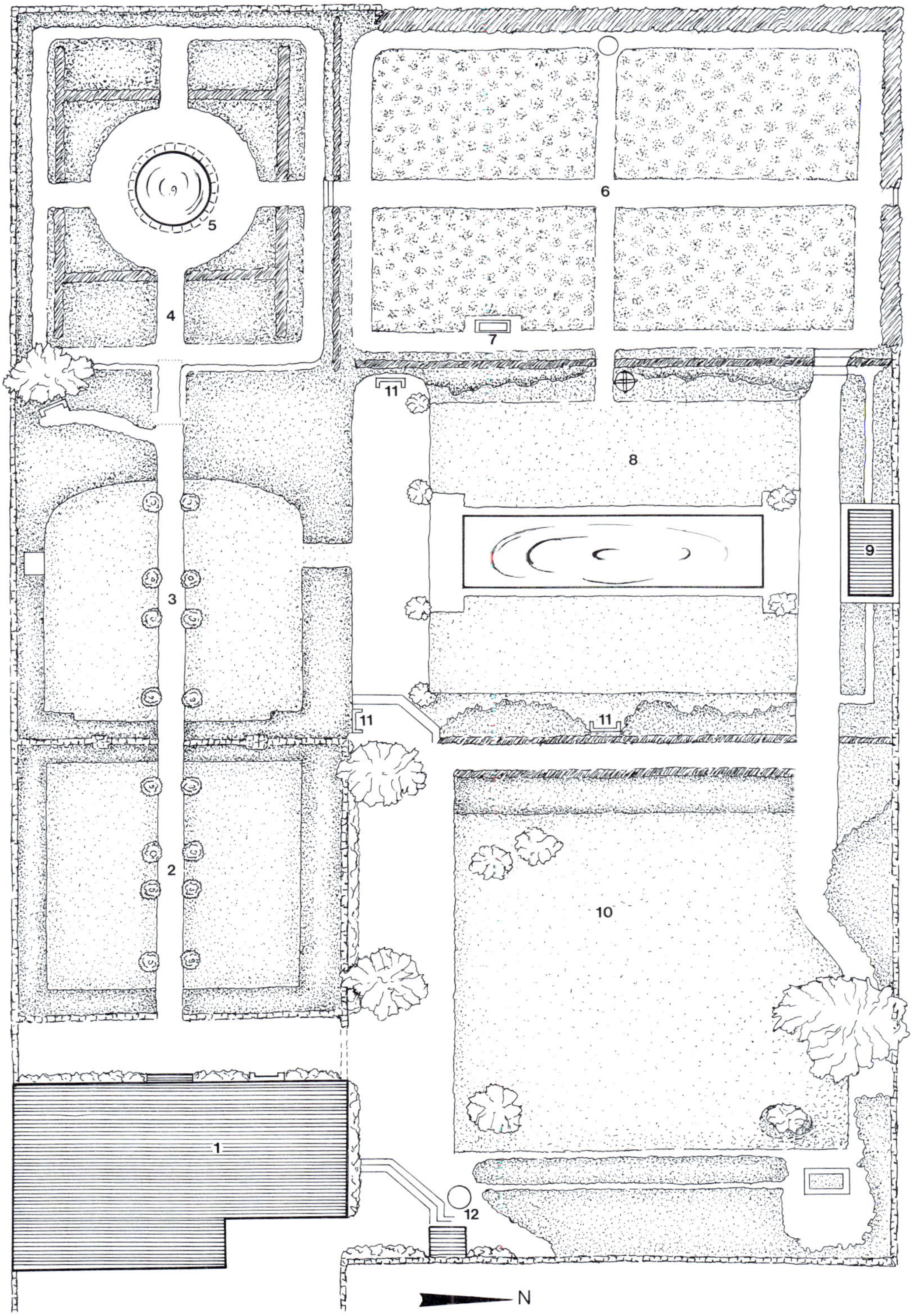

Tintinhull
House Garden
1 Haus
2 Eagle Court
3 Middle Garden
4 Azaleenbeete
5 Fountain Garden
6 Küchengarten
7 Steintrog
8 Pool Garden
9 Sommerhaus
10 Cedar Lawn
11 Bank
12 Quelle

Bereits auf den Stufen der Treppe beginnt eine für Tintinhull typische Gartenszene mit einer Auswahl pflanzlicher Raritäten in Töpfen, unter anderem die fast schwarzrotblühende *Cosmos atrosanguineus* oder eine *Francoa sonchifolia* mit rosa Blütenflor.

Die Westfront des Hauses weist eine für die Situation typische Bepflanzung auf: Clematis und Rosen bedecken die Hauswand, darunter *Clematis viticella* und ihre Sorte 'Purpurea Plena Elegans'; daneben *Clematis campaniflora*; zu den Kletterrosen gehören eine cremefarbene 'Climbing Lady Hillingdon' mit echtem Teerosenduft, die tiefrote 'Guinee' und 'Paul's Scarlet Climber'; davor niedriger bleibende Gehölze wie *Choenomeles* × *superba* 'Rowallane' und *Schizophragma integrifolium*. Polster- und Zwiebelpflanzen ergänzen die Pflanzengesellschaft im Bodenbereich.

Die Art der Bepflanzung setzt sich, durch andere Lichtverhältnisse bedingt, im Eagle Court in leicht geänderter Form fort. Einige der hier gedeihenden Gehölze sind selbst im englischen Klima als heikel zu bezeichnen, *Choisya ternata* zum Beispiel mit weißen, herrlich duftenden Blüten und hellgrünen, glänzenden Blättern; oder ein Sämling von *Abutilon* × *suntense* mit großen hellblauen Blüten und weinblättrigem, graugrünem Laub; schließlich diverse *Ceanothus,* Abkömmlinge teilweise von

Die von Buchskugeln flankierte Achse beginnt beim Haus und endet im Fountain Garden.

Ceanothus arboreus wie 'Cascade' und 'Italien Skie' zusammen mit den *Ceanothus*-Hybriden 'Topaz' und 'Gloire de Versailles', die als weniger empfindlich gelten.
Die wüchsige, kletternde Sorte *Solanum crispum* 'Glasnevin' zeigt ihre purpurvioletten Blütendolden im Sommer und Herbst. Aus trokkenem und heißem Klima stammt *Carpenteria californica*, ein Strauch, der im Sommer große weiße Blüten trägt, bei denen sich die goldgelben Antheren vor dem Weiß der flachen Schalen gut abheben. Ein anderer Sommerblüher von großer Schönheit ist *Hoheria glabrata* mit großen weißen, fast transparenten Blüten, die sich im Juni-Juli in großen Dolden vor graugrünem Laub öffnen. Im August und September blüht *Eucryphia × intermedia* 'Rostrevor' mit weißem, duftendem Flor.
Daneben findet sich eine Fülle weniger heikler Gehölze, darunter diverse *Clematis*-Wildformen wie *Clematis flammula, C. macropetala* und *C. montana* und Hybriden, wie 'Perle d'Azur', 'Lasurstern', 'Bees Jubilee' und *C. alpina* 'Helsingborg'. Eine aparte Erscheinung unter den kletternden Pflanzen stellt *Schisandra chinensis* mit rostroten Blüten und scharlachroten Beeren im Herbst dar. Die Gattung *Lonicera* hat in beiden Gartenteilen mit verschiedenen Arten einen festen Platz, unter anderem *Lonicera tragophylla*, das Geißblatt mit den größten Blüten, und *Lonicera × tellmanniana*, beide goldgelb blühend. Ausgesprochene Frühlingsblüher unter den Gehölzen sind verschiedene *Prunus*-Arten wie *Prunus sargentii* und die Japanischen Kirschen wie die Sorten 'Shogetsu', 'Ukon' und 'Hokusai'. Deren Blütenfarben reichen von Zartrosa bis hin zu Weiß mit einem Grünschimmer.
Einen zuverlässigen Sommerflor garantiert ein gutes Sortiment an *Philadelphus* (unter anderem 'Belle Étoile') und Hortensien. Sie stellen sozusagen das Unterholz der Bäume dar. Unter ihnen befinden sich so hervorragende Arten wie *Hydrangea quercifolia*, die schon wegen des auffallenden Laubes einen Platz im Garten verdiente, oder *Hydrangea aspera* ssp. *aspera (H. villosa)* und *Hydrangea aspera* ssp. *sargentiana*.
Alle Beete schließen zum Rasen hin mit einem geeigneten Saum aus krautigen Pflanzen ab, das heißt neben den Stauden finden sich immer auch Sommerblumen und Zwiebelpflanzen. Ein Ausschnitt im Eagle Court an der Nordmauer zeigt ein Gartenbild in zartgelben, grauen und purpurfarbenen Tönen, geformt aus einer Pflanzengesellschaft mit immer wechselnden Blattformen. Im August, nachdem Königslilien und *Agapanthus* abgeblüht sind, wird das Bild von *Nepeta nervosa, Penstemon* und Ziertabak getragen – neben der einjährigen Sorte *Nicotiana alata* 'Lime Green' steht die Art *Nicotiana langsdorffii* mit kleinen gelben Blütentrompeten vor dem grauen Filigran der *Artemisia* 'Powis Castle'.
Leichter Schatten herrscht im Bereich der Azaleenbeete unter den Steineichen, die den Übergang vom **Middle Garden** zum Fountain Garden markieren. Im wesentlichen handelt es sich um *Rhododendron luteum* mit entsprechenden Begleitpflanzen, die im Milieu eines Moorbeetes gut zurechtkommen: schattenverträgliche Stauden wie *Lamium maculatum, Hosta* und *Meconopsis cambrica* und ein Sortiment früher und später Zwiebelpflanzen, von *Scilla siberica* bis *Colchicum*.
Die Azaleenbeete sind Teil einer Bepflanzung, in deren Mitte, von einer Hecke umgeben, der Fountain Garden liegt. Sie ähnelt der gemischten Bepflanzung in den vorangegangenen Gärten. Einige Gehölze sorgen mit ihrem auffallenden Blattaustrieb *(Photinia serrulata)* und prächtigem Blütenflor *(Malus tschonoskii* und *Malus*

Pflanzliche Raritäten säumen die Treppe: Cosmos atrosanguineus und Francoa sonchifolia.

Gemischte Rabatte vor einer Mauer
1 Hebe pinguifolia 'Pagei'
2 Phlox 'Chattahoochee'
3 Viola labradorica 'Purpurea'
4 Erysimum 'Bowl's Mauve'
5 Iris pallida
6 Euphorbia characias ssp. wulfenii
7 Ceanothus-Hybride 'Cascade'

'John Downie') für spektakuläre Frühlingsbilder. Sie werden dabei von den Seidelbastarten *Daphne* × *burkwoodii* 'Somerset', *D. pontica, D. sericea (D. collina)* und von *Viburnum* × *burkwoodii* unterstützt, die nicht nur hübsch blühen, sondern einen starken Duft an die nähere Umgebung abgeben.

Im **Fountain Garden** selbst laufen gepflasterte Wege aus den vier Himmelsrichtungen zusammen und enden an einem kleinen, runden Seerosenbecken. Da nicht viel Platz für die gemischte Bepflanzung blieb, mußten die Beete klug genutzt werden. Es finden sich daher nur wenige ausgesuchte Gehölze, die zum weißen Farbschema etwas beitragen konnten, beispielsweise Hochstämme von *Salix helvetica* und die Rosen 'Iceberg' (= 'Schneewittchen') und 'Margaret Merill'. Daneben Halbsträucher wie *Santolina chamaecyparissus, Artemisia tridentata* und *Dictamnus albus.* Stauden ergänzen das Gartenbild in Weiß zusammen mit frühjahrs- und sommerblühenden Zwiebelpflanzen, und so ließ sich auf relativ kleinem Raum eine insgesamt reizvolle Pflanzengesellschaft unterbringen.

Zu einer Überraschung wird der Besuch des **Küchengartens**. Das Gemüse befindet sich nämlich in einer ausgesprochen noblen Gesellschaft von Gehölzen und Stauden, denn das Prinzip der gemischten Bepflanzung wird auch hier durchgehalten. So entsteht unvermittelt der Eindruck eines exquisiten Cottage Gardens. Denn zum Sortiment der verwendeten Pflanzen gehören auch die diesen Gartentyp kennzeichnenden Kräuter: *Hyssopus officinalis, Artemisia abrotanum, Myrrhis odorata, Angelica archangelica,* allesamt Pflanzen mit auffallenden Blütenständen, interessantem Laub oder von bemerkenswertem Habitus.

Ins Bild passen auch Flieder und Rosen, unter ihnen *Syringa* × *persica, Syringa microphylla* 'Superba' und diverse Wild- und Gartenrosen. Bieten die Wildformen einen zusätzlichen Fruchtschmuck im Herbst, wie *Rosa moyesii* 'Geranium' oder *Rosa foliolosa,* so verströmt die alte Damaszenerrose 'Isphahan' einen köstlichen Duft. Einer der beiden sich kreuzenden Wege ist der Länge nach von der duftenden 'Nathalie Nypels' gesäumt. Hinter dieser rosaroten Polyantharose sorgen *Caryopteris* × *clandonensis* mit blauem Blütenflor für eine Steigerung des Gartenbildes im August-September. Dabei werden sie von *Nepeta nervosa, Geranium sanguineum* 'Glenluce' und *Verbena bonariensis* unterstützt.

Das Konzept der Bepflanzung in diesem Gartenbereich weicht insofern von allen anderen in Tintinhull ab, als sich das Bild der Gemüsebeete in der Mitte ständig verändert. In traditioneller Weise werden hier verschiedene Gemüsesorten in Reihe angepflanzt und später geerntet. Dabei wird deren Zierwert durchaus einkalkuliert. So haben einige Gemüsearten ausgesprochen interessante Blattformen, einige wenige kommen auch zu einer hübschen Blüte. Ausgesprochene Blattschönheiten sind Mangold und Artischocke.

Der Kurzlebigkeit dieser Bepflanzung steht die Konstanz der Randbeete, insbesondere der dort gepflanzten Gehölze gegenüber. Natürlich trägt auch das Spalierobst zur Stabilität des Gartenbildes bei. Einen zweiten Kontrast neben dem von Wandel und Konstanz bietet die fast schon exotische Fülle in den Außenbeeten.

Pool Garden. Verläßt man den Küchengarten in östlicher Richtung, so fällt der Blick vermutlich zuerst auf das langgestreckte, rechteckige Seerosenbecken, den Pool, nach dem dieser Gartenraum seinen Namen hat. Das Becken liegt inmitten einer rechteckigen Rasenfläche, die von Beeten umgeben ist. Mit Ausnahme der Nordrabatte, in der sich das Sommerhaus befindet, erstrecken sie sich über die ganze Länge der Seiten. Die Abbildung zeigt das Bepflanzungsschema in einem Rabattenausschnitt. Es fällt vor allem die Höhenstaffelung der verwendeten Stauden und Gehölze auf.

Das Summer House Border besteht aus einer gemischten Bepflanzung, in der – stärker als in den Beeten an den Längsseiten – die Gehölze dominieren, die die Loggia förmlich einspinnen, unter anderen *Vitis vinifera* 'Purpurea', *Clematis × jackmanii* und die Rosen 'Allen Chandler' und *Rosa laevigata*.

Das Sommerhaus selbst beherbergt Raritäten in Töpfen, darunter nicht nur Blattschönheiten wie *Melianthus major* oder prachtvoll blühende wie *Tibouchina urvilleana*, sondern vorzügliche Duftpflanzen wie *Datura innoxia* oder *Aloysia triphylla*.

Die eigentliche Attraktion des Pool Garden aber sind die beiden Beete an den Längsseiten. Sie wurden von Phyllis Reiss so konzipiert, daß dem westlich gelegenen Beet mit warmen, leuchtenden Farben auf der Ostseite ein Beet mit gedämpften, kühleren Farbtönen gegenüber liegt. Das West Border läßt sich vielleicht als ein Reflex auf die Red Borders von Hidcote deuten.

Hier zeigt sich aber auch, daß es Phyllis Reiss nicht darum ging, das, was ihr an Hidcote gefiel, einfach zu kopieren, sondern daß sie in der Lage war, eigene, sehr originelle farbliche Konzeptionen zu erfinden und in den gemischten Bepflanzungen ihres Gartens zu realisieren.

Graham Stewart Thomas, bekannter Gartenschriftsteller und Berater des National Trust, bezeichnet die Farbschemata der beiden Beete als männlich und weiblich, ein Kompositionsprinzip, das in Gärten des National Trust nicht selten

Rabatte mit pastellfarbenen Blüten im Teichgarten
1 Achillea ptarmica
2 Eryngium giganteum
3 Salvia × superba
4 Echinacea (Rudbeckia) purpurea
5 Helianthemum spec.
6 Galega × hartlandii
7 Phlox-Paniculata-Hybride in Weiß
8 Phlox-Paniculata-Hybride in Mauve
9 Buddleja davidii
10 Artemisia lactiflora
11 Bouteloua gracilis
12 Dahlia in Rosa
13 Miscanthus sinensis
14 Erysimum 'Bowl's Mauve'

vorkommt. So etwa in Cliveden, wo einem Beet mit kräftig leuchtenden, warmen Farben ein etwa gleich großes in sanfteren, eher kühlen Farbtönen gegenüberliegt. Näheres dazu auf Seite 98.
Phyllis Reiss entwarf beide Beete kurz nach dem Zweiten Weltkrieg zum Gedächtnis ihres gefallenen Neffen. Beide Beete zeigen bereits

Das Sommerhaus, umspielt von Vitis vinifera und umgeben mit Blattschönheiten und Duftpflanzen in Töpfen und Kübeln.

im Frühjahr einen Frühlingsflor, haben jedoch ihren eigentlichen Höhepunkt im Sommer. Dann leuchtet über Wochen das West Border in den Farben Rot, Gelb und Creme. Zur Pflanzengesellschaft gehören vor allem Stauden und Sommerblumen, aber auch einige Gehölze. Zu ihnen zählen vor allem ein purpurblättriger Perükkenstrauch *(Cotinus coggygria)* und die in Gruppen gesetzte Polyantharose 'Frensham', übernommen aus dem Red Border von Hidcote wegen ihrer unermüdlichen Blühwilligkeit und Gesundheit.
Das Westbeet zeigt ein eigenwilliges Farbschema mit purpurblättrigen Sträuchern und Stauden. Zu den größeren Gehölzen gehören die frühlingsblühenden *Prunus*-Arten mit purpurfarbenem Laub, *Prunus × cistena* und *Prunus × blireana,* niedriger dagegen bleiben diverse *Berberis*-Arten, bei denen der junge rötliche Austrieb *(Berberis dictyophylla* 'Approximata') oder das Laub *(Berberis thunbergii* 'Atropurpurea Nana') zum Farbschema dauerhaft beitragen. Ebenso eindrucksvoll wirkt mit ihrem Laub, dem Blütenflor und dem Beerenschmuck *Rosa glauca (R. rubrifolia)*.
Ein Ausschnitt zeigt die Rose 'Frensham' beispielsweise zusammen mit karminrotem Ziertabak *(Nicotiana), Lobelia splendens (L. fulgens)* 'Dark Crusader' und *Penstemon* 'Andenken an Friedrich Hahn'. Den gelben Widerpart spielen *Verbascum* und *Achillea filipendulina* 'Gold Plate' und *Anthemis sancti-johannis.* Der dritte Farbton, ein blasses Gelb beziehungsweise ein Cremeton, hat die Aufgabe, die warmen Farben etwas zu dämpfen. Diese Rolle übernehmen in unserem Ausschnitt *Thalictrum flavum* ssp. *glaucum (T. speciosissimum)* und *Hemerocallis citrina.* Ein großer Teil der kräftigen Rottöne geht auf die reiche Verwendung von Sommerblumen (Einjährigen) und Knollenpflanzen wie Dahlien ('Bishop of Llandaff' und 'Bloodstone') zurück.
Im gegenüberliegenden Beet dominieren Pastellfarben. Grau- und silberlaubige Pflanzen wie *Artemisia* 'Powis Castle', *Anaphalis* und *Eryngium* stellen Bindeglieder der einzelnen Farbgruppen dar. Ein Ausschnitt im August zeigt ein Gartenbild mit einer rosafarbenen *Galega officinalis* inmitten von verschiedenen *Phlox*-Paniculata-Hybriden in Weiß, Mauve und Violett mit *Eryngium giganteum* in Silbergrau. Auch in diesem Beet spielen Dahlien und einjährige Sommerblumen eine wichtige Rolle.
Solche Ausschnitte erlebt der Besucher beim Abschreiten der langen Beete als wechselnde Bilder. Das Detail ist immer wieder von überraschender Schönheit. Und

dennoch wird man gern zum Schluß noch einmal den Gesamtüberblick suchen. Der empfiehlt sich vom Sommerhaus aus. Nicht nur, weil von hier aus beide Beete gut zu überblicken sind, sondern weil sich hier dem Besucher die friedlich-heitere Atmosphäre dieses Gartenraumes am stärksten mitteilt. Keinen geringeren Anteil daran hat das Seerosenbecken, in dem sich der Himmel spiegelt.

Vom Sommerhaus gelangt man in östlicher Richtung in den letzten Gartenraum, die **Cedar Lawn,** der seinen Namen nach der Libanonzeder hat, die diesen Bereich souverän beherrscht. Die Zeder ist in diesen Gärten fast so etwas wie ein lebendes Wahrzeichen für die Pflanzenliebe der Briten. Der charakteristische Habitus mit den weit ausladenden, leicht herabhängenden Ästen erlaubt es, diesen Baum von weitem zu erkennen. In vielen Fällen stehen Zedern in unmittelbarer Nachbarschaft der Herrenhäuser – und das seit dem 17. Jahrhundert – in wahrhaft „beschirmender" Funktion. Zum erstenmal erwähnt wird die Libanonzeder im Garden Book von Sir Thomas Hanmer (1612–1678). Heute leiden viele dieser Nadelbäume, ähnlich wie die Zeder in Tintinhull, unter veränderten Umweltbedingungen beziehungsweise zeigen Alterserscheinungen.

Weitere ältere Gehölze im Bereich der Cedar Lawn sind zwei alte Eibenbäume und drei Magnolien: *Magnolia × soulangiana* und ihre Sorte 'Lennei' sowie *Magnolia stellata*, allesamt Frühlingsblüher. Eine *Magnolia grandiflora* gedeiht im Schutz der Mauer des Nordbee-

Oben: Der Pool Garden im August. Ausschnitt aus der Rabatte in warmen Farben. Cremefarbene Blüten schaffen Übergänge zwischen Gelb und Rot.

Unten: Die Rabatte in gedämpften, kühlen Farbtönen mit Rosa, Weiß und Silbergrau. Vorn im Bild: Galega und Eryngium.

tes. Mit ihren riesigen, glänzenden Blättern und bis zu 25 cm großen, cremeweißen, duftenden Blüten ist sie in den Sommermonaten eine Attraktion.
Eine besondere Spezialität in englischen Gärten sind diverse Arten und Hybriden der kalkverträglichen, immergrünen Mahonie. Im Bereich der Cedar Lawn findet man *Mahonia pinnata, M. repens* und *M.* × *media* 'Lionel Fortescue', letztere mit leuchtendgelben, gut duftenden, aufrechten Blütentrauben.
Ausgesprochene Sommerblüher unter den Gehölzen hier sind Rosen und großblumige *Clematis*-Hybriden. Zu den früher blühenden gehören Wildrosen und deren Hybridformen wie *Rosa pimpinellifolia* 'Double White' und 'Double Yellow', *Rosa* × *harisonii* 'Williams', die zusammen mit Stauden an der Nordseite des Hauses ihren Platz fanden. Dort gedeiht auch die außerordentlich großblumige Kletterrose 'Madame Gregoire de Staechelin', deren karminrosa Blütenblätter an den helleren Rändern eigenartig gewellt sind. Die cremefarbene 'Gloire de Dijon' und 'Zephirine Drouhin' in hellem Karminrot gehören zu den älteren in England weit verbreiteten kletternden Rosenzüchtungen. Als besonders gartenwürdige Gruppe von Strauchrosen gelten die von J. H. Pemberton in der ersten Hälfte des Jahrhunderts gezüchteten *Rosa-moschata*-Hybriden mit intensivem, moschusartigem Duft in angenehmen Pastelltönen. Da sie am jungen Holz blühen, zeigen sie auch im September einen herrlichen Flor. Zu ihnen gehören in den Beeten der Cedar Lawn 'Cornelia', 'Felicia' und 'Penelope'. Zahlreiche Stauden, darunter *Veronica, Lythrum* und *Eupatorium,* ergänzen das gesamte Gartenbild.
Verdeutlicht man sich den Reichtum und die Raffinesse der Bepflanzung aller Gartenräume in Tintinhull, kann man der Schöpferin Phyllis Reiss und denen, die in ihrem Geist den Garten weiter erhalten haben, hohe Anerkennung nicht verweigern. Schon Sylvia Crowe, die bekannte Gartengestalterin, meinte in den sechziger Jahren: „Die Bepflanzung des Gartens ist einzigartig, weil sie einerseits völlig verschiedenartige Pflanzenarten und -sorten in naturgemäßer Kultur vorführt, sie andererseits strikt als Elemente eines künstlerischen Konzepts behandelt."

Die Gliederung in Räume

Einen der Aspekte des Modells Hidcote übernahm Phyllis Reiss ganz augenfällig in das Konzept der Gestaltung ihres Gartens in Tintinhull – die Gliederung des Ganzen in einzelne Räume.
Selten ist dabei in der Hidcote-Nachfolge so eindeutig und klar verfahren worden wie hier. Alle Raumgrundrisse sind geometrisch, und zwar mehr oder weniger rechteckig. Vom subjektiven Erlebnis her erscheinen allerdings drei der Räume, der Eagle Court, der Fountain Garden und die Cedar Lawn fast quadratisch. Auf den Besucher wirken jedoch weniger die Grundrisse als die Binnengliederung und die Bepflanzung.
Der der Westfront des Hauses zugeordnete Gartenbereich stellt, obwohl er sich aus drei unterschiedlichen Gartenräumen zusammensetzt, eine Einheit dar. Das erlebt man vor allem von den Enden der alle drei durchziehenden Hauptachse her ganz deutlich: der gepflasterte Weg beginnt bei der Haustreppe und endet beim Fountain Garden. Optisch wird diese Wirkung verstärkt durch Buchsbaumkugeln *(Buxus sempervirens),* die die Achse flankieren.
Da der Blick durch dieses Strukturelement gelenkt wird, entsteht also gleich zu Beginn eines Gartenbesuches das Gefühl eines vielfach gegliederten Ganzen. Das gilt in gewisser Weise auch für die Nachbarschaft von Middle Garden und Pool Garden, da hier gelenkte Durchblicke existieren. Blickfänge (das Sommerhaus beziehungsweise eine klassizistische Vase) sorgen dafür, daß der Besucher das Gefühl für den Zusammenhang des Ganzen nicht verliert.
Raumerlebnis und Bepflanzung hängen insofern eng zusammen, als die Gartenszenen darauf angewiesen sind, daß der Betrachter Abstand nehmen muß, um einzelne Gartenbilder wahrnehmen zu können. Pflasterungen und Rasenflächen erlauben beides, das Abstandnehmen und ein sich Annähern, wenn es um das Detail geht. Darüber hinaus gilt für fast alle Gartenräume, daß die Rasenflächen mit ihrem satten Grün das Farbspiel der Randbeete beruhigen. Das Wasser im Fountain Gar-

den und im Pool Garden hat eine ähnliche Wirkung. Hinzu treten reizvolle Effekte der Spiegelung. Die Wasseroberfläche scheint aber das Raumerlebnis zu irritieren, da die Raumgrenzen hier auf geheimnisvolle Weise offen bleiben.

Beide Gartenräume profitieren von dieser Wirkung, und so erstaunt es nicht, daß in einer ganzen Reihe englischer Gärten dieses Jahrhunderts ebenfalls mit diesem Effekt gearbeitet wurde. Beispiele dafür sind Hillbarn House, Folly Farm und Hazelby House. Alle drei vergleichbaren Gartenräume haben einen rechteckigen Grundriß, eine sparsame oder gar keine Randbepflanzung und ein länglich rechteckiges Wasserbecken (canal), dessen einziger Schmuck ein paar Seerosen sind.

Das markanteste Gestaltungsmerkmal der Gärten nach Hidcote, die Gliederung des Ganzen in einzelne Räume, wurde hier wohl zum erstenmal mit solcher Konsequenz angewendet. Mit ähnlichen Mitteln arbeiteten danach aber noch viele andere Gartengestalter, unter anderem in The Courts, Crathes Castle und Sissinghurst.

Auch einige in der zweiten Hälfte dieses Jahrhunderts entstandene Gärten zeigen diese Struktur. Das gilt für York Gate House und Hazelby House. Gerade diese beiden zeigen noch einmal exemplarisch, wie durch die Raumgliederung die Vorteile des Modells – Intimität des Raumerlebnisses und Wechsel der Gartenthemen – zu nutzen sind.

Daneben beginnt sich das Grundmuster zu verändern, und es zeigen sich Tendenzen, die starre Raumgliederung zu lockern. Das bekannteste Beispiel hierfür ist wohl der Garten von Barnsley House, der ab Seite 83 ausführlich beschrieben wird.

East Lambrook Manor Garden

Der Cottage Garden als Vorbild

Der Garten von East Lambrook Manor ist, gemessen an englischen Verhältnissen, nicht sehr groß, er mißt etwa knapp einen halben Hektar. Das Dorf gleichen Namens gehört zu South Petherton bei Ilminster in Somerset. Walter und Margery Fish kauften das Anwesen 1937, um sich aus London aufs Land zurückzuziehen. Haus und Garten erstanden sie für 1000 Pfund, obwohl sich Walter Fish zunächst gar nicht zum Kauf entschließen konnte, da ihm alles ziemlich verkommen schien. Es gab aber einige Dinge, die das Ehepaar Fish doch zum Kauf reizten, so die Lage in Somerset. Mit den Worten Margery Fishs: „Somerset war die Grafschaft meiner Wahl ... Es hat sich im Laufe der Jahre nur wenig verändert: grüne Felder und Apfel-Obsthöfe und Flüsse, gesäumt von Weidenbäumen. Überall Weiden ... Corot hätte hier seine Bilder malen können, denn das Szenarium ist von einem unaufdringlichen Reiz mit einem sanft leuchtenden Himmel und bläulichem Dunst am Horizont." („Home and Gardens", 1962).

Auch das Haus gewann bei näherem Hinsehen. Es verfügte über hinreichende Bequemlichkeit und war solide aus honigfarbenem Sandstein gebaut. In einiger Entfernung stand noch, im rechten Winkel zum Wohnhaus, ein größeres Gebäude, Malt House genannt; ein kleineres daneben wurde als Cow House bezeichnet. Alles zusammen Reste früherer Farmbetriebe. Das zwischen Manor House und Malt House existierende kleine, offene Gebäude wurde von Margery Fish Summer House genannt. Um diese Gebäude herum lag das, was man als Garten bezeichnen konnte, dazu ein Obsthof und in Nähe des Manors ein besonders schönes Exemplar eines Ahorn mit panaschiertem Laub (*Acer pseudoplatanus* 'Leopoldii'). Sonst gab es an Pflanzen einige Kletterrosen, *Fuchsia magellanica*, Madonnenlilien und ein paar alte Rosensträucher. Eine hohe Natursteinmauer grenzte das Anwesen zur Dorfstraße ab. Insgesamt keine schlechte Situation für einen Beginn.

Vorherige Doppelseite: Die Üppigkeit der Bepflanzung spart schmale Gartenpfade für den Besucher aus. Die Devise lautet „thick planting".

Vom Werden eines Gartens

Über geringe gärtnerische Vorkenntnisse verfügte nur Walter Fish. Er hatte von Anfang an klare Vorstellungen darüber, welche Entscheidungen zu Beginn getroffen werden mußten. Das Wichtigste war, dem Garten eine klare Grundstruktur zu geben, und das hieß für ihn ein zweckmäßiges System von Wegen, ein gepflegter Rasen und gut geschnittene Hecken. Dazu gehörten selbstverständlich auch ordentliche Beetkanten und Wegeränder – eine Einstellung, die Margery Fish nicht teilte – und außerdem ein begrenztes Pflanzensortiment, das vor allem Prachtstauden wie Rittersporn und Lupinen, aber auch Dahlien umfaßte. Er wußte, daß der angetroffene schwere Lehm verbessert werden mußte. In ihrem letzten Buch „Gardening on Clay and Lime" (1970) hat sich Margery Fish mit dieser Frage auseinandergesetzt. Bis zu seinem Tode war der Garten zunächst das Werk Walter Fishs. (Die Entstehungsgeschichte hatte Margery Fish in ihrem Buch „We Made a Garden " von 1956 festgehalten.) Erst danach entwickelte sich East Lambrook Manor Garden zu dem, was es später wurde: zum Modell des Cottage Gardens, entstanden mitten im 20. Jahrhundert. Nicht eigentlich der Garten der Cottager, der Häusler, die einen Teil ihres Lebensunterhaltes aus ihm bestritten, und der nur zu einem kleinen Teil ästhetischen Bedürfnissen diente. Vielmehr eine Art Überhöhung des alten bäuerlichen Gartens mit vielen seiner Zierpflanzen, aber nach anspruchsvollen ästhetischen Maßstäben eingerichtet.

Der Weg zu diesem Ziel war für Margery Fish mit deutlichen Wegmarken versehen. Malerei und Literatur hatten noch in diesem Jahrhundert den Traum vom Cottage Garden genährt. Um die Jahrhundertwende war er ein Stück Sinnbild geworden für eine bessere Zeit, die verlorenzugehen schien. Robinson und Jekyll hatten ihn als einen Hort wertvoller, uralter Gartenpflanzen in ihren Büchern gerühmt und seinen natürlichen Charme gepriesen.

Auch noch zu Beginn von Margery Fishs Laufbahn als Gärtnerin gab es in den Dörfern einzelne Gärten, in denen die „cottage plants" kultiviert wurden und als Arten und

Sorten von Generation zu Generation weitergegeben wurden. Dadurch blieben sie und die Tradition ihrer Kultivierung erhalten.
Eine bestimmte Gartenliteratur war parallel dazu entstanden und prägte jahrzehntelang die Vorstellung vom Cottage Garden: Maria Theresia Earles „Pot Pourri from a Surrey Garden“ (1897), Eleanor Sinclair Rohdes „Gardens of Delight“ (1934) und „The Scented Garden“ (1931) trugen dazu bei, Margery Fishs Augen für das „cottage gardening“ zu öffnen. So mögen bestimmte Aspekte, etwa die Empfehlung einer dezenten Farbverwendung und das Interesse für Pflanzen mit ausgeprägtem Habitus auf Earle, das für „alte“ Gartenpflanzen auf Rohde zurückzuführen sein. In dem 1961 veröffentlichtem Buch „Cottage Garden Flowers“ von Margery Fish hat vieles davon einen Niederschlag gefunden. Tatsächlich hat sie Edward August Bowles berühmte Bücher „My Garden in Spring“, „My Garden in Summer“ und „My Garden in Autumn and Winter“ (1914) wiederholt studiert. Noch heute werden diese Bücher in Großbritannien gelesen. Als Sammler eröffnete Bowles ihr ungeahnte Pflanzenschätze und stiftete wohl auch bestimmte Vorlieben, zum Beispiel das Interesse an gefülltblühenden Sorten und Pflanzen mit panaschiertem Laub.
Auch Vita Sackville-Wests Veröffentlichungen hat Margery Fish zur Kenntnis genommen. Gartenbesu-

Acer pseudoplatanus ‘Leopoldii’ formt ein breit ausladendes Blätterdach.

che in Hidcote und Sissinghurst waren längst eine Selbstverständlichkeit für Gartenenthusiasten, und manche in Margery Fishs Garten gedeihende Pflanze hatte ihren Ursprung in Hidcote oder anderen damals gut besuchten Gärten. Auch Tintinhull, das sich heute im Besitz des National Trust befindet, unweit East Lambrook gelegen, lohnte einen Besuch, nicht zuletzt der anregenden Gärtnerin Phyllis Reiss wegen, an die sich Margery Fish später freundschaftlich anschloß, wenn auch deren Neigungen einen stärker ästhetischen Schwerpunkt hatten.

Gartentalente entwickelten sich also auch damals nicht ohne ein entsprechendes Umfeld, sondern im Zusammenhang mit vorherrschenden Trends und im Kontakt mit Menschen. Als Walter und Margery Fish begannen, ihren Garten anzulegen, ging die Zeit bereits zu Ende, in der Arbeitskräfte zur Genüge und für wenig Geld zu haben waren. Das Gartenkonzept Margery Fishs kalkulierte diesen Umstand bewußt mit ein: Pflanzen mußten nach Möglichkeit so vergesellschaftet werden, daß lästiges Unkraut gar nicht erst hochkam.

Diese zum Teil aus praktischer Notwendigkeit abgeleitete Technik ließ Margery Fish darüber nachdenken, welche Pflanzen sich in besonderer Weise dazu eignen, den Boden zu bedecken, eine Frage, die sie in ihrem Buch „Ground Cover Plants“ (1964) standortbezogen, das heißt in Abhängigkeit von Boden- und Lichtverhältnissen, erörterte. Infolge der vielen Gebäude gab es im Garten auch reichlich Schatten. Überlegungen hierzu hat sie unter anderem in ihrem 1964 erschienenem Buch „Gardening in the Shade“ festgehalten.

Die Lage der Gebäude, unterschiedliche Bodenverhältnisse, Licht und Schatten, Trockenheit und Feuchtigkeit bedingten sehr verschiedene Standorte. Der Terrassenbereich war ein mäßig feuchter Platz mit viel Licht und reichlicher Sonneneinstrahlung. Er wurde zum Quartier einer gemischten Gesellschaft von Stauden, Zwiebelpflanzen und Sträuchern. Gepflasterte Wege und niedrige Trockenmauern nutzte Margery Fish als Standorte für Pflanzen, die auf Trockenheit angewiesen waren, und ein Graben im hinteren Garten eignete sich wegen des feuchten Bodens, der hohen Luftfeuchtigkeit und des dort vorhandenen Schattens für eine bunte Pflanzengesellschaft, die sonst an Teichrändern und Bachufern anzutreffen war. Für Alpine legte sie eigens ein Quartier aus Natursteinen an. Da ihr der lehmige Boden gewisse Grenzen setzte (Moorbeetpflanzen waren beispielsweise ausgeschlossen), richtete sie besondere Torfbeete ein, um auch in diesem Bereich Erfahrungen sammeln zu können.

Zunehmende Kenntnisse, eine bereits entstandene Vorliebe für bestimmte Pflanzen und Anregungen durch Freunde hatten im Laufe der Jahre den Gedanken, einen wirklichen Cottage Garden anzulegen, immer stärker werden lassen. Das hieß für Margery Fish zunächst, alle diejenigen Pflanzen in ihren Garten zu holen, die das Bild des traditionellen Cottage Gardens mitgeprägt haben.

Der Garten

Der Garten liegt im wesentlichen rund um das Malt House, sieht man einmal von einem vorgartenähnlichen, gepflasterten Eingangsbereich südlich des Wohnhauses (Manor House) ab. Zwischen Manor und Malt House erstreckte sich eine große Rasenfläche (lawn), die zur Mauer hin von einem schmalen, aber langen Beet (Wall Border) begrenzt ist. Ihm schließen sich ein Alpinum, der Grüne Garten (Green Garden) und der Obsthof (orchard) an. Von hier aus gelangt man über den Bereich der Anzuchten (nursery) zu einem von Bäumen teilweise beschatteten Garteteil, in dessen Zentrum ein Graben (ditch) liegt. Er erstreckt sich von der östlichen Begrenzung des Anwesens bis zum Malt House und geht nach Westen in einen Gehölzstreifen (strip) über, an den sich heute der neue Anzuchtbereich anschließt. Am Ende des Malt House knickt der Graben nach Westen ab. Dieser Gartenteil wurde, als man damit rechnete, daß der Bach tatsächlich Wasser führen würde, „Lido“ genannt.

Zwischen Malt House und Manor erstreckt sich das Herzstück von East Lambrook, bestehend aus Terrassengarten, Oberer Rasen (Top Lawn) und den Gartenteilen, in denen weißblühende und silberlaubige Pflanzen kultiviert werden (White Garden und Silver Garden).

Den Terrassenstufen in Hausnähe gehörte Margery Fishs ganzes Interesse. Sie sah einen besonderen Vorteil darin, daß sich dieses Gelände über dem Gartenniveau er-

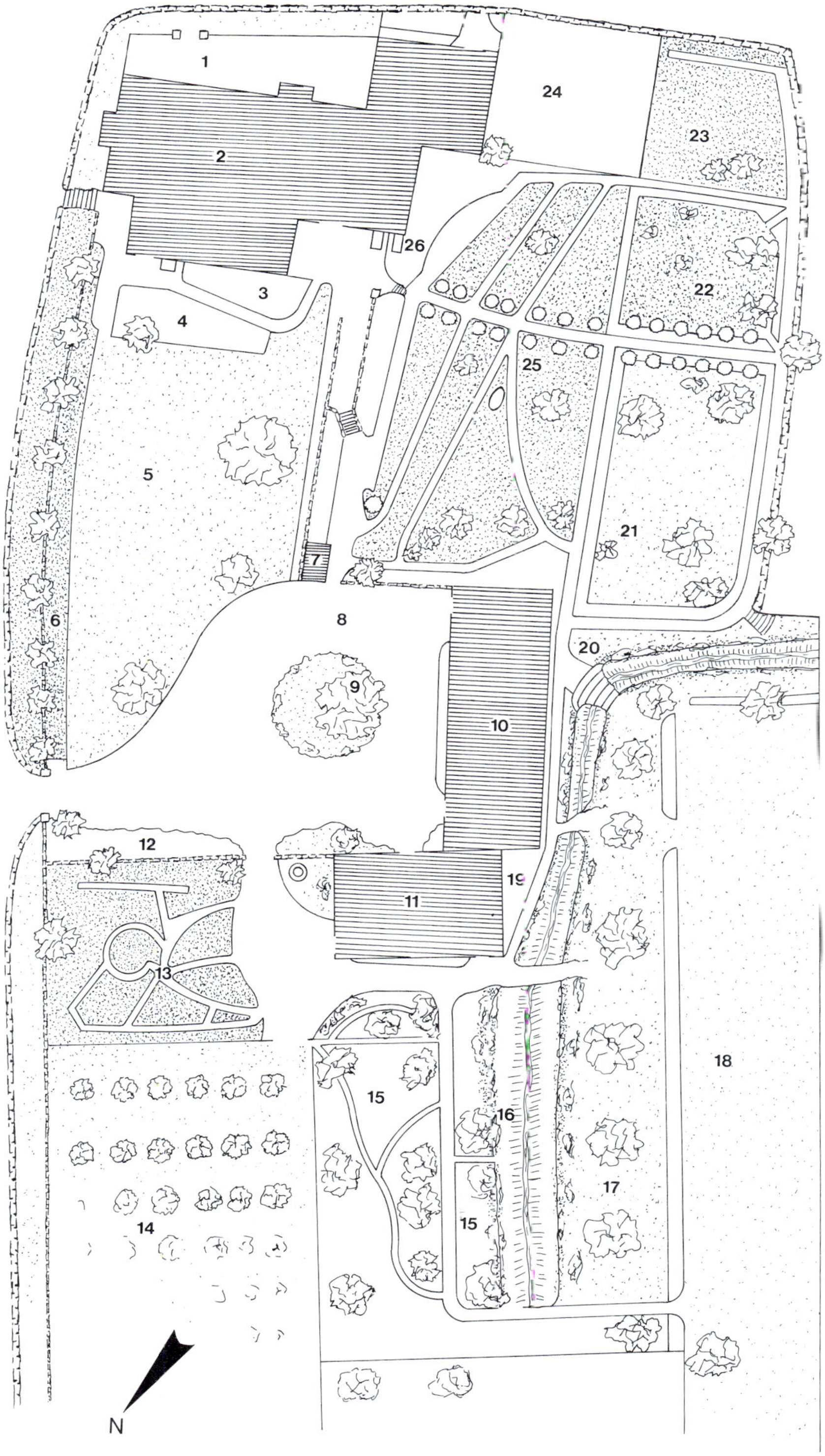

East Lambrook Manor Garden
1 Hof
2 Wohnhaus
3 Moorbeet (Peat Bed)
4 Kräutergarten
5 Rasenfläche
6 Wall Border
7 Sommerhaus
8 The Barton
9 Hügel
10 Malt House
11 Cow House
12 Alpinum
13 Green Garden
14 Obsthof
15 Anzuchten (Nursery)
16 Graben (The Ditch)
17 Gehölzstreifen
18 neuer Anzuchtbereich
19 dreieckiges Beet
20 „Lido“
21 Top Lawn
22 White Garden
23 Silver Garden
24 Cottage Nursery
25 Terrassengarten
26 Terrasse

Oben: Die Achse der sogenannten Pudding trees (Chamaecyparis lawsoniana) teilt den oberen Terrassengarten. Unten: Auch Steinfugen sind Pflanzplätze, zum Beispiel für sich versamende Akeleien.

hebt und damit den Garten auch interessanter macht. Um dieser erhöhten „Plattform" des Gartens mehr Struktur zu verleihen, verwendete Margery Fish Immergrüne wie *Skimmia japonica,* deren kompakten Habitus sie schätzte, und eine Doppelreihe von Koniferen – *Chamaecyparis lawsoniana* 'Fletcheri', „pudding trees" genannt, – markierten eine Hauptachse durch die Terrasse. Beidseitig dieser Achse breiteten sich niedrige und höhere Polster von Stauden aus, die einen dichten Teppich bildeten. Blattformen und -texturen sowie Blütenformen und -farben zeichneten ihre Muster hinein. Dieser Teppich bestand aus Polstern von *Iberis sempervirens, Geum montanum* und *Geum rivale*, aus *Omphalodes cappadocica, Arabis,* Blaukissen *(Aubrieta)* und *Erigeron.* Dazwischen immer wieder Storchschnabel wie *Geranium himalayense* 'Gravetye', *G. endressii* 'Wargrave Pink' und *G. sanguineum* var. *lancastriense.* Kriechend wachsen hier *Potentilla × tonguei* mit rötlich-gelben Blüten und die weißblühende *Potentilla montana.* Aus diesem dichten Pflanzenteppich heraus erhoben sich einzelne höhere Gestalten und setzten dadurch vertikale Akzente. *Verbascum bombyciferum,* die Königskerze, und *Onopordum acanthium,* die Eselsdistel, aber auch einige Rosensträucher gehörten dazu.

Der Terrassengarten war zu Lebzeiten Margery Fishs ein getreues Abbild ihrer Gartenphilosophie. „Alte“ und neuere Gartenpflanzen präsentierten sich nebeneinander und sorgten für reizvolle Gartenbilder. Entscheidend für die Zuwahl neuerer Arten oder Hybriden war, ob sie sich für eine natürliche Verwendung eigneten. Margery Fish erweiterte ständig ihr Sortiment um Pflanzen, die im traditionellen Cottage Garden vielleicht noch nicht kultiviert, die aber in East Lambrook so etwas wie Markenzeichen wurden. Das gilt allen voran für *Euphorbia characias* ssp. *wulfenii*, von der sie die Auslese 'Lambrook Gold' gewann.

Nach Margery Fishs Tod war der Niedergang des Gartens unaufhaltsam, so daß es eine Zeitlang so aussah, als ginge der Garten ganz verloren. Die heutigen Besitzer von East Lambrook, das Ehepaar Norton, haben es sich glücklicherweise zur Aufgabe gemacht, den Garten im alten Geiste wieder erstehen zu lassen. Damit wurde etwa 1984 begonnen, und die Veränderungen zeigen, daß das East Lambrook Margery Fishs wieder eine Zukunft hat.

Zu alten Gartenpflanzen gehört diese Aurikel-Hybride.

„Alte“ Gartenpflanzen

Vor allem Primeln waren im traditionellen Cottage Garden zu finden. „Kaum eine andere Blume scheint so sehr Hausrecht genossen zu haben wie die Primel“, ist in „Cottage Garden Flowers“ (1961) zu lesen. Neben den in Somerset wild vorkommenden fand Margery Fish in den Gärten an die hundert unterschiedliche Sorten: gefülltblühende wie *Primula vulgaris* 'Alba Plena' und 'Lilacina Plena', aber auch die mauverote 'Marie Crousse' und die rubinrote 'Mme de Pompadour'. Obwohl viele geeignet scheinende in ihrem Garten zur Verfügung standen, verlief die Kultivierung der Primeln nicht immer erfolgreich. Da die Vermehrung der Sorten nur durch Teilung möglich ist, hielten sich die Pflanzen auch zahlenmäßig in Grenzen. Mit der Zeit kamen andere Arten hinzu, beispielsweise *Primula amoena* mit mauve-rosafarbenen Blüten. Dazu gesellten sich *Primula juliae* mit purpur-karmesinroten Blüten und einige ihrer Sorten, nämlich 'Kinlough Beauty', 'Cottage Maid' und 'Irish Polly'. Primeln mit dem in Großbritannien als „hose-in-hose“ bezeichnete Blütentypus (aus dem Blütenkelch entspringt ein zweiter) gelten seit Generationen als begehrtes Sammelobjekt. Margery Fish nennt unter anderem 'Dark Beauty' und 'Flora's Garland', die diese Eigenheit aufweisen. 'Jack in the Green' zeigt eine weitere bei Primeln vorkommende Abnormität: Die Blüte ist von kleinen grünen Blättern eingefaßt. Diese und viele andere Sorten wurden in East Lambrook kultiviert, aber nur sehr wenige Sorten konnten die Jahrzehnte überdauern. In den letzten Jahren haben einige von ihnen im Bereich des Grabens wieder Einzug gehalten, und das halbschattige, feuchte Milieu scheint ihnen zu behagen.

Eine weitere Gruppe alter Gartenpflanzen sind die Polsternelken. Für sie gab es im alten Cottage Garden immer einige Plätze. In East Lambrook boten sich viele geeignete Standorte an, zum Beispiel Trockenmauern und gepflasterte Bereiche mit genügend Feuchtigkeit in den Fugen und zusätzlicher, von Steinen gespeicherter Wärme. Nach Margery Fishs Meinung betrieben die alten Gärtner vor allem deshalb eine Auslese, um gut duftende Sorten zu erzielen, danach erst kamen die Kriterien Farbe und Form zum Zuge. Eine von diesen Auslesen war 'Old Crimson Clove', ein Abkömmling von *Dianthus caryophyllus*, der wohl den stärksten Wohlgeruch von allen aufwies. Ihre Vorläufer blühten schon im Elisabethanischen Garten. Auch die kleinen und tief karmesinroten Blüten von 'Fenbow Nutmeg Clove' duften stark. Einige dieser Polsternelken setzte Margery Fish auch in Tröge, deren Substrat stark mit Torf angereichert war, zum Beispiel die leuchtend scharlachrote 'Holbein' und die hellrote 'Napoleon III'. Zu den Federnelken *(Dianthus plumarius)* gehört die alte Sorte 'Dad's Favourite'. Sie hat einen guten Duft wie alle Federnelken und Blüten mit dunklem, purpurrotem Zentrum. 'Sam Barlow' ist eine gefüllte weiße Nelke mit fast schwarzer Mitte. Ein weitere gefülltblühende *Dianthus plumarius* ist 'Pheasant's Eye', deren weiße Kelchblätter kastanienbraun überlaufen sind. Die Sorte wurde bereits im 18. Jahrhundert erwähnt. Aus viktorianischer Zeit stammt die kleine weiße, gefülltblühende 'Ruth Fischer'. Margery Fish lobt deren dunkle Knospen und das ansehnliche Laub. Ein Favorit in ihrem Garten war auch 'Bat's Double Red', ein Kultivar aus dem frühen 18. Jahrhundert. Neben *Dianthus plumarius* waren im Garten von East Lambrook Manor auch die Karthäusernelke *(Dianthus carthusianorum)* und *Dianthus fragrans* vertreten. Viele von ihnen waren ausdauernde Gäste, manche verloren sich wieder mit der Zeit.

„Kein Cottage Garden, der etwas auf sich hält, wird ohne kleine Flecken von Maßliebchen auskommen wollen. Ein bißchen steif, aber immer in guter Form, so recht geeignet, um schmale Pfade und Ekken einzufassen." Schon Parkinson beschrieb *Bellis perennis*, diese alte Gartenpflanze, in seinem „Paradisus" (1629). Margery Fish kultivierte stets einige ausgesuchte Formen: 'Dresden China' war eine von ihren Lieblingen. In „Cottage Garden Flowers" bezeichnete sie diese Sorte als elegant und etwas heikel, keine Pflanze, die man einfach sich selbst überlassen könnte. Noch weniger robust erwies sich das weiße Gegenstück zu 'Dresden China', 'The Pearl'. Da die Maßliebchen Trockenheit übelnehmen, pflanzte Margery Fish sie in Steinfugen mit ausreichender Feuchtigkeit und Kühle für die Wurzeln. Auch Standorte mit leichtem Schatten kamen für *Bellis* in Frage. Die großblumige, karmesinrote und langstielige 'Rob Roy' hatte ebenso Hausrecht wie 'Prolifera', auch als „Hen-and-Chicken" bekannt. Allen gemeinsam ist, daß man sie öfter teilen muß.

Primeln, Nelken und Maßliebchen waren über Jahrhunderte Kultivare des englischen Cottage Gardens und auch in East Lambrook Grundstock einer mit den Jahren immer reicher werdenden Pflanzengesellschaft. Die Liebe zu diesen klassischen Gartenpflanzen hatte Margery Fishs Interesse an Gefülltblühenden geweckt. Obwohl sie einräumte, daß die einfachen Formen oft einen größeren Charme haben, heißt es in „Cottage Garden Flowers": „Cottage-Gärtner haben zu allen Zeiten eine Liebe zu gefülltblühenden Pflanzen gehabt."

Die gefüllte Nachtviole *(Hesperis matronalis* 'Alba Plena', 'Purpurea Plena' und andere), schon seit dem 16. Jahrhundert als Gartenpflanze in der einfachen Form in England kultiviert, ist eine von diesen. Unverzichtbar wegen ihres Duftes, beklagt sich Margery Fish darüber, wie schwierig ihre Kultur ist.

Der gefüllte Goldlack *(Cheiranthus cheiri)* erweist sich mit der alten Sorte 'Harpur-Crewe' zum Glück unproblematischer. Die niedrig bleibende Pflanze hat graugrünes Laub und einen dichten Blütenstand. Die Blüten selbst sind goldgelb und duften. Nicht so leicht zu kultivieren ist dagegen die gefüllte rote Sorte 'Old Bloody Warrior'. Sie bevorzugt einen warmen, trockenen Standort. Auf Trockenmauern und in gepflasterten Bereichen gab es für sie viele Verwendungsmöglichkeiten. Eher feuchte Plätze benötigen der Eisenhutblättrige Hahnenfuß, *Ranunculus aconitifolius* 'Pleniflorus', mit kleinen gefüllten, weißen Blüten und eingeschnittenen, dunklen Blättern, gleiches gilt für *Ranunculus bulbosus* 'Pleniflorus' und *Ranunculus repens* 'Flore Pleno'.

Unter ähnlichen Bedingungen gedeihen *Cardamine pratensis*, die sich durch Samen sehr schnell vermehrt, ohne allen Sämlingen die gefüllte Blüte vererbt zu haben, und *Geranium pratense*. Den gefüllten Wiesenstorchschnabel *(Geranium pratense* 'Plenum') gab es im Garten von East Lambrook in drei verschiedenen Farbvarianten, in Weiß, Blau und Violett ('Plenum Violaceum'). Zuerst an „natürliche" Standorte gesetzt, gab Margery Fish ihnen später auch Plätze in beetähnlichen Pflanzungen. Die übrigen kultivierte sie vor allem im Bereich des Grabens, in dem es immer eine gewisse Feuchtigkeit des Bodens und der Luft und lichten Schatten gab.

Auch das gefüllte Veilchen, *Viola odorata* in den Sorten 'Duchesse de Parme' (lavendel), 'Marie Louise' (dunkles Blau) und 'Comte de Brazza' (weiß), gehörten zum

Bestand der Gefülltblühenden, die in East Lambrook gesammelt wurden. Ungeschützte Standorte schienen ihnen jedoch nicht zu bekommen, so daß Margery Fish empfiehlt, sie bei Kälte und Nässe entweder abzudecken oder in Kalten Kästen zu kultivieren.

Der Garten von Margery Fish war somit eine Schatztruhe solcher gefülltblühender Pflanzen, und die Liste ist nicht einmal vollständig.

Viele andere „alte“Pflanzen beweisen ihre Gartenwürdigkeit dadurch, daß sie genügsam und ausdauernd sind, sich durch Aussaat oder Ausläufer gut vermehren und außerdem ansprechende Erscheinungen sind. Zu ihnen gehört zweifellos die Gattung der Sterndolden *(Astrantia)*. Von ihnen kultivierte Margery Fish ein reiches Sortiment, zählen sie doch seit Generationen zum Bestand der Bauerngärten, und als Wildstauden paßten sie genau in ihr Konzept des naturnahen Gartens. In „Cottage Garden Flowers“ heißt es: „Das gegenwärtige Interesse an Astrantien ist wieder ein Beispiel für die fast unheimliche Sicherheit der Cottager, mit der sie gute Gartenpflanzen fanden und durch Kultur bewahrten.“ Und: „Sie sind in Aufbau und Farbe delikat, haben einen aufrechten Habitus und sind immer ganz ansehnlich. Sie fühlen sich hier absolut zu Hause, passen sich so gut in die nicht formal angelegten Beete ein und gedeihen auch gut in der Nachbarschaft von Sträuchern.“

Durch genaues, jahrelanges Beobachten fand sie bei *Astrantia major* eine Reihe unterschiedlicher Formen heraus. So selektierte sie eine vom Normaltyp abweichende Form, blaßgrün und mit Deckblättern von dreifacher Länge, die sie ‘Shaggy’ nannte. Die Auslese kam später in den Handel und heißt heute *Astrantia major* ‘Margery Fish’; sie ist wohl tatsächlich aus der Familie der Sterndolden eine der reizvollsten. Von *Astrantia carniolica* kultivierte Margery Fish eine Form, deren Blüten karmesinrot überhaucht sind: ‘Rubra’. Bei *Astrantia maxima* schätzte sie das helle, leuchtende Grün des Laubes und die recht großen, rosafarbenen Blüten.

Als „Sommerschönheiten“ bezeichnete Margery Fish eine Gruppe von Stauden, die im alten Cottage Garden zu Hause waren und auch von ihr kultiviert wurden. Zu ihnen rechnete sie die Jakobsleiter, den Wiesenstorchschnabel und den Wollziest. Von der Jakobsleiter *(Polemonium)* hatte sie bis zu 15 verschiedene Formen. Statt der gewöhnlichen Gartenform *Polemonium caeruleum* in Blau und in Weiß bevorzugte sie die aufrechte *Polemonium × richardsonii* mit größerem Blütenstand, an dem sich die kleinen Blütchen ziemlich gleichzeitig öffnen, oder aber die eher seltene Form *Polemonium carneum*, von der sie zwei Auslesen kultivierte – ‘Lambrook Mauve’ und ‘Lambrook Pink’. Wegen der sehr langen Blütezeit schätzte sie auch *Polemonium foliosissimum*, die buschig wächst, bis zu 60 cm hoch wird und sanft violette Blüten, in lockeren Rispen angeordnet, hervorbringt.

Auch die Vertreter der Gattung *Geranium*, die Storchschnäbel, gehören zum Bauerngarten. Mit ihrer relativ weiten Standorttoleranz fanden sie an den verschiedensten Plätzen in East Lambrock Verwendung. Die höheren Arten wie *Geranium pratense*, *G. sylvaticum* und *G. ibericum* pflanzte sie teilweise in naturnahe Situationen, wo sie zusammen mit anderen bald gute Bodendecker abgaben. *Geranium psilostemon* mit leuchtend kirschroten Blüten und einem schwarzen Auge dagegen setzte sie in Nachbarschaft zur Moosrose ‘William Lobb’. Auch andere, darunter die gefüllten Formen von *Geranium pratense*, fanden prominentere Plätze in den hausnahen Beeten. So verwendete sie *Geranium endressii* ‘Wargrave Pink’ mit rosa Blüten und graugrünem Laub im Terrassengarten an sonniger, zentraler Stelle, von wo aus sich die Pflanze bald in den gesamten Garten ausbreitete.

Zur Gruppe der „Sommerschönheiten“ rechnete Margery Fish – etwas überraschend – den Wollziest (*Stachys byzantina*, früher *S. lanata*), dessen Blütenstände eher unscheinbar wirken. Seine Qualitäten liegen allerdings, anspruchslos wie er ist, in der silbernen Farbe, der wolligen Textur seiner Blätter und der Eigenschaft, sich durch Ausläufer zu vermehren. Dieser Tatsache ist es zu verdanken, daß er sich besonders gut dazu eignet, „Ecken“ einzufassen. Im Juni wachsen aus dem silbernen Teppich dicke behaarte Blütenstiele und vermehren den Farbeffekt. Bevor sich die winzigen Blüten öffnen, sollte man die Stiele entfernen. Auf diese Weise behält der silberne Teppich sein untadeli-

Alte Gartenpflanzen sind meist ausdauernde, unschwierige Pflanzen, die sich im allgemeinen auch gut vermehren. Links: Aster frikartii und eine gefülltblühende Lichtnelke (Lychnis). Rechts: Eine Staudenwicke in üppigem Flor.
Rechte Seite: Fast schon wächst der Weg zum Sommerhaus zu, denn vieles versamt sich und gedeiht gut in den Steinfugen.

ges Aussehen. Wertvoller als die gewöhnliche Art ist *Stachys byzantina* 'Silver Carpet', eine Form, die nicht blüht.

Auch Zwiebelpflanzen gehörten zum Cottage Garden, darunter besonders die Narzissen. Aber „die Narzissen, die in der guten alten Zeit in den Gärten gezogen wurden, sind nicht die von heute", heißt es in „The Cottage Garden Flowers".

Und weiter: „Denkt man an die alten Sorten, so fallen einem zuerst die gefüllten ein. Sie tragen noch eine Spur von alter Welt an sich . . ." Neben den einfachen kultivierte Margery Fish auch solche alten „Doubles". Zu ihnen zählen 'Queens Anne's Double' (gelb), *Narcissus poeticus* 'Flore Pleno' (weiß) und die ganz alte, aus dem 17. Jahrhundert stammende 'Van Sion' (gelb). Noch höher schätzte sie die etwas später blühenden, einfachen weißen Sorten 'Beersheba', 'Mount Hood' und 'Thalia'. „Man sollte sie in den Schatten pflanzen, wo das silberne Weiß ihrer Blüten vor einem dunklen Hintergrund besser zur Geltung kommt." An den Böschungen des Grabens, der von einer Reihe von Bäumen beschattet wurde, fand sie weitere geeignete Standorte und pflanzte dort *Narcissus bulbocodium* und die frühblühenden Hybriden von *Narcissus cyclamineus*, zum Beispiel 'February Gold' und 'Peeping Tom'. Auch die gelbblühenden Narzissen plazierte sie bewußt vor dunklem Hintergrund.

Von allen in East Lambrook kultivierten Frühlingszwiebelpflanzen gediehen Narzissen am besten. Daneben sammelte Margery Fish Schneeglöckchen *(Galanthus)*. Im Schatten des Grabens gab es große Kolonien von ihnen. Wertvollere Arten wie *Galanthus graecus (G. gracilis), G. plicatus* und ebenso *G. byzantinus* kultivierte sie auch in Trögen. An beschatteten Grasplätzen kam auch der Hundszahn mit den Arten *Erythronium denscanis* und *E. revolutum* ganz gut zurecht. Die anspruchsvolleren *E. californicum* und *E. tuolumnense* setzte sie allerdings in Spezialbeete.

Die Liste typischer Cottage-Garden-Pflanzen ist damit nicht vollständig. Viele hier nicht erwähnte, aber von Margery Fish verwendete alte Gartenpflanzen tauchen in anderem Zusammenhang später auf.

Verschwenderische Fülle durch „thick planting"

Das Bild des Cottage Gardens setzte sich für Margery Fish aus verschiedenen Elementen zusammen. Das Sortiment „alter" Gartenpflanzen war nur einer der Aspekte. Ein anderer war die verschwenderische Fülle. Für Margery Fish mußte ein wirklicher Cottage Garden so üppig bepflanzt sein, daß außer im Gemüsegarten nirgendwo Erde zu sehen war. Sie nannte es das Prinzip des „thick planting". Dies bedeutete, geeignete Pflanzen zu vergesellschaften, die in einem dichten Verband gut gedeihen konnten und sich durch Versamen oder Ausläufer zusätzlich vermehrten. Der optische Effekt: solche Pflanzungen wirken „natürlich". Gleichzeitig bewirkt die Anwendung dieses Prinzips eine Verminderung des unerwünschten Unkrautes.

Es gibt Pflanzen, mit denen man die gewünschten Effekte leichter erreicht als mit anderen. Hervorragend eignen sich hierzu alle diejenigen Stauden und niedrigen Gehölze, die die Eigenschaft haben, Kissen oder Polster zu bilden. Die meisten *Dianthus*-Arten gehören zu dieser Kategorie. Andere eignen sich auf ihre Art dazu, sie massiert zu pflanzen, das heißt, größere Gruppen zu bilden. Zu ihnen gehören zum Beispiel die *Epimedium*- oder *Pulmonaria*-Arten. Mit Margery Fishs Worten: „Pflanzen fühlen sich in enger Gesellschaft wohl, pflanze dichter, als es in den Büchern steht!"

Bei der Sichtung des Sortiments untersuchte sie, wie wüchsig bzw. vermehrungswillig die jeweiligen Pflanzen sind, die sie in einer dichten Pflanzung wünschte. Besonders rasch verbreiten sich *Lamium, Ajuga, Campanula, Vinca.* Höchstes Lob erhielt unter ihnen *Lamiastrum (Lamium) galeobdolon* 'Variegatum' mit seiner Bereitwilligkeit, leere Flächen, Böschungen und die Sockel der Mauern zu kleiden. Wertvoll ist auch das mit einer Silberzeichnung versehene graugrüne Laub. Margery Fish verwendete diese Pflanze unter anderem an Plätzen unter Bäumen, zusammen mit Zwiebelpflanzen.

An bestimmten Standorten pflanzte sie gerne *Cerastium tomentosum* mit seinem einzigartigen silbernen, wolligen Laub. Überall, wo es hell genug und der Boden nährstoffarm war, an Mauern und Böschungen, gab es gute Verwendungsmöglichkeiten für *Cerastium*; insbesondere dann, wenn Wuchern erwünscht war.

Ajuga reptans breitet sich mit dikken, rosettenbildenden Stielen aus, aber längst nicht so temperamentvoll wie *Lamium* und *Cerastium*. Margery Fish schätzte am Günsel die aufrechten blauen Blütenähren und das frische, bronzefarbene Laub, das bei *Ajuga reptans* 'Rubra' stärker rot gefärbt ist. Weniger schnell vermehren sich 'Variegata' und *Ajuga pyramidalis*.

Unter den polsterbildenden Glokkenblumen rangieren *Campanula poscharskyana* und *Campanula portenschlagiana* an vorderster Stelle. *Campanula poscharskyana* hat den Vorzug, an sonnigen und an schattigen Plätzen zu gedeihen und praktisch in jedem Boden. Die blaue Form ist wesentlich robuster als die weißblühende. *Campanula portenschlagiana* hat einen dichteren Wuchs. Beide Arten eignen sich auch für Mauerfugen. Weniger invasiv gebärdet sich *Campanula garganica*. Sie hat einen dichteren Wuchs und sternartige, hellblaue Blüten.

Für schattige Plätze eignet sich besonders das Immergrün, *Vinca minor,* von der Margery Fish nicht weniger als sieben verschiedene Formen sammelte, darunter die weißblühende 'Alba', die gefülltblühende 'Azurea Flore Pleno' und eine mit panaschierten Blättern, 'Argenteovariegata'.

Eine eigene Gruppe stellen die teppichartig sich ausbreitenden und niedrig bleibenden Pflanzen aus den Gattungen *Thymus, Mentha, Saxifraga* und *Acaena* dar. *Thymus serpyllum* bildet mit sehr feinen Blättern dichte Matten; 'Coccineus' verfügt in der Farbe der Blüten über ein kräftigeres Rot, auch die Blätter sind dunkler als bei *Thymus serpyllum.* Ein Muschelrosa zeigen die Blüten der Sorte 'Chintz'. Graugrüne Blätter hat *Thymus doerfleri*, die kleinen Blüten sind rosa und erscheinen etwas später als bei den zuvor genannten. Margery Fish pflanzte diese Teppichbildner nicht nur an vollsonnige Plätze, wo man sie normalerweise erwartet. Auch im Schatten entwickelt sich *Thymus serpyllum* zu dichten aromatischen Matten; die Blütenfarbe spielt dann von Weiß bis Karmesinrot. Regelrechte kleine Teppiche in voller Sonne bildeten verschiedene Sorten im gepflasterten Bereich vor dem Haus.

Seit es in Sissinghurst einen Thymian-Teppich gab, war es überhaupt Mode geworden, *Thymus* großflächig zu verwenden.
Wegen seines feinen Minzeduftes freute sich Margery Fish auch über die flachen Matten der Poleiminze *(Mentha pulegium)*. Sie pflanzte sie zusammen mit *Mentha gattefossei*, einer kleinblättrigen Minze mit weißen Blüten. Noch flachere Teppiche bildet die aus Korsika stammende *Mentha requienii*. Nicht nur im Alpinum verwendete Margery Fish Saxifragen. Im Schatten gediehen sie ohnehin noch besser, und so pflanzte sie die kleinen oder großen Rosetten in die Steinfugen der Plattenwege und an den Rand von Beeten, wo sie sich zu brauchbaren Einfassungen entwickelten. *Saxifraga* 'James Brenner' trägt auf 15 cm hohen Stielen große weiße Blüten und vermehrt sich besonders rasch. Margery Fish setzte diesen Steinbrech gern mit den rosablühenden 'Elf' und 'Dwarf' zusammen. Kräftiges Rosa zeigt 'Dartington Double', ein besonderer Liebling von Margery Fish. Durch Sammeln vermehrte sie das Steinbrech-Sortiment ständig.
Das Stachelnüßchen *(Acaena)* lobt sie nicht nur hinsichtlich seiner Eigenschaft, sich schnell zu vermehren. Die kontrastierende Textur von Blatt und Blüte macht es ebenso wertvoll wie die teilweise aparten Blütenfarben. Neben *Acaena buchananii, A. anserinifolia (A. sanguisorbae)* und *A. microphylla* verwendete Margery Fish *A. glauca* als geeigneten Partner von Zwiebelpflanzen und ebenso *A. microphylla* 'Kupferteppich' ('Inermis'), dessen purpurne Blüten sich vom bronzefarbenen Laub abheben. Ähnliches Laub besitzt *Acaena novae-zelandiae* und dazu leuchtend purpurne Blüten.
Von den teppichbildenden Phloxen kultivierte sie ein reiches Sortiment, oft an Plätzen, die erst im Herbst Farbe zeigen. So hatte sie im Frühsommer mit *Phlox subulata* 'G. F. Wilson','Betty', 'Sprite' und 'Samson' ein schönes Rosa und mit 'Tamescaming' ein leuchtendes Kirschrot zur Verfügung. Im Habitus feiner, aber auch weniger wüchsig waren die Sorten von *Phlox douglasii* 'Boothman's Var' mit kleinen mauvefarbenen Blüten und violettem Zentrum, 'Rosea' in Silberrosa und 'Violett Queen'.
Neben den kissen- und mattenbildenden Bodendeckern kultivierte Margery Fish auch höher werdenden Pflanzen, die auf Grund ihres dichten Habitus in der Lage sind, mit ihrem Laub den Boden zu beschatten und die Feuchtigkeit festzuhalten. Aus der langen Liste seien nur die Gattungen *Nepeta, Euphorbia, Helleborus, Alchemilla* und *Geranium* erwähnt, da sie tatsächlich so allgemein in englischen Gärten verbreitet sind, daß man sie als Grundbausteine unter den Bodendeckern bezeichnen kann.
Die Katzenminze ist mit zwei in der Größe recht verschiedenen Typen vertreten: *Nepeta × faassenii* hat weiches, graugrünes Laub und eine endlose Folge lavendelblauer Blüten; die Sorte 'Six Hills Giant' wird doppelt so hoch. Wie bei Margery Fish sieht man beide in englischen Gärten häufig als Wegeinfassungen oder am Fuß einer Mauer, wo sie gelegentlich die Funktion haben, einen farbigen Übergang zu schaffen.
Die dunklen immergrünen, glänzenden Blätter der Wolfsmilch *Euphorbia robbiae* sind in Rosettenform um den Stiel angeordnet, und schon ohne Blüten ist die Pflanze ein Schmuckstück Ihre Bereitschaft, sich durch Ausläufer und Aussaat zu vermehren, macht sie zu einem wertvollen Bodendecker im Halbschatten.
Ähnliche Kulturbedingungen brauchen einige Vertreter der Gattung *Helleborus*, bei denen Margery Fish unterschied zwischen denen, deren Laub über lange Zeit ansehnlich bleibt, und solchen, die zum Ende der Vegetationsperiode hin braun und häßlich werden. *Helleborus viridis* und *Helleborus purpurascens* scheiden daher aus. Für eine der besten Arten in diesem Zusammenhang hielt Margery Fish *Helleborus foetidus*, deren hellgrünen Blütenstände sich deutlich vom dunklen Laub abheben. Daß sie sich auch bereitwillig versamt, macht sie noch nützlicher. Eine interessante netzartige Zeichnung haben die graugrünen, gezähnten Blätter von *Helleborus lividus* ssp. *corsicus (H. corsicus)*. Vor dem dunkleren Hintergrund des Laubes heben sich die großen Büschel apfelgrüner Blüten gut ab. In East Lambrook gedieh diese Art in Gesellschaft mit *Euphorbia esula* ssp. *esula (E. androsaemifolia)* und *Euphorbia villosa (E. valdevillosacarpa)*.
Zu den *Helleborus*-Arten mit dem besten Laub rechnet Margery Fish *Helleborus kochii*. Diese frühblühende Art besitzt cremefarbene Blüten auf frischgrünem Laub. An-

Frühling im Terrassengarten. Die dichte Bepflanzung gibt diesem Gartenteil einen natürlichen Charme.

sehnliches Laub hat außerdem *Helleborus orientalis (H. abchasicus* und *H. olympicus)* mit purpurfarbenen oder weißlichen Blüten. Zu dieser Gesellschaft der Schönblättrigen gehört sicherlich *Acanthus* mit den Arten *Acanthus mollis* und *A. spinosus. Acanthus mollis* hat grüne, glänzende Blätter, während das Laub von *Acanthus spinosus* dunkler und stärker eingeschnitten ist. Das Blatt trägt an seiner Spitze einen feinen Stachel. Margery Fish setzte die beiden *Acanthus*-Arten gern neben Euphorbien.

Kolonien von Beinwell *(Symphytum)* bedeckten ganze Partien des Grabengartens. Die von Margery Fish ausgesuchten *Symphytum*-Arten haben allesamt die Eigenschaft, sich rasch zu vermehren und auch noch an weniger guten Standorten zu gedeihen, allen voran *Symphytum caucasisum* mit blauen Blüten und *Symphytum peregrinum*. Dieser wird insgesamt größer und trägt blaßblaue Blüten an gebogenen Stengeln. Weniger ansehnlich, aber als Bodendecker hervorragend zu gebrauchen, ist *Symphytum grandiflorum*. Es gab in East Lambrook selbstverständlich auch panaschierte Formen, zum Beispiel *Symphytum × uplandicum* 'Variegatum'; leider vermehrt sich diese Pflanze nur langsam.

Wegen ihres Laubes zu Recht geschätzt, waren verschiedene Arten des Storchschnabels in East Lambrook als Bodendecker vertreten. Da die meisten von ihnen Schatten vertragen, eignen sie sich auch zur Unterpflanzung von Bäumen. *Geranium ibericum* var. *platypetalum* beispielsweise bildete einen dichten Teppich unter *Magnolia grandiflora* 'Exmouth'. Die Blütenfarbe ist ein tiefes Purpurviolett. Das dichte Wurzelsystem läßt unerwünschtes Unkraut nicht hochkommen. Das gilt auch für *Geranium reflexum* und *Geranium punctatum*; das eine mit pastellrosa, das andere mit purpurfarbenen Blüten. Einen niedrigen Teppich bildet *Geranium macrorrhizum* mit stark aromatisch duftendem Blattwerk. Mit seinem wenig eingeschnittenen, ledrigen und graugrünen Laub schert *Geranium renardii* aus der Reihe; die Blütenblätter sind weiß, manchmal mit bläulichem Hauch, und von violetten Adern gezeichnet.

Eine letzte Gruppe von Bodendekkern, wie Margery Fish sie sah, umfaßt eine Auswahl von Stauden, die sich auch für tieferen Schatten eignen, also in Waldgärten Verwendung finden können. *Lysimachia nummularia* gehört ebenso dazu wie *Tiarella cordifolia*. Margery Fishs Sortiment enthält aber einige Favoriten. Zu ihnen rechnete sie das Salomonssiegel *(Polygonatum multiflorum)*, diese einheimische Waldstaude mit weißen, hängenden, an den Kelchrändern grün getupften Blüten, und die Art *Polygonatum odoratum (P. officinale)*, deren Blüten größer sind und duften. Wüchsiger und etwas höher ist *Polygonatum verticillatum* mit quirlig angeordneten Blättern. Schließlich muß *Polygonatum oppositifolium* erwähnt werden wegen der ausgesprochen dichten Belaubung; die Blüten sind klein und sternchenartig.

Alle genannten Arten fanden in East Lambrook Verwendung, insbesondere im Bereich des Grabens mit seinen feuchten, schattigen Standorten. Eine andere besondere Schattenstaude ist die Süßdolde *(Myrrhis odorata)*. Sie hat große, gefiederte Blätter und vermehrt sich gut durch Versamung. Auch einige *Hosta*-Arten zählte Margery Fish zum Sortiment der im Waldgarten als Bodendecker geeigneten Stauden. Das Grün-Weiß der Variegata-Formen, beispielsweise *Hosta crispula, Hosta undulata* und *Hosta fortunei* 'Albo-Picta', kommt im Schatten der Bäume besonders gut zur Geltung. Margery Fish wußte aber auch, daß sie sich an helleren Standorten kompakter entwickelten und bereitwilliger blühen.

Verschwenderische Fülle war ein Motto, das überall in East Lambrook seine Spuren hinterließ und deshalb überzeugte, weil die an bestimmten Standorten versammelten Arten jedweder Größe gut miteinander auskamen und ein natürlich erscheinendes Bild abgaben. Die Farben- und Formenvielfalt einzelner Bereiche bleibt, in Jahren des Experimentierens herangewachsen, erstaunlich genug.

Grundsätzlich galt der Anspruch, daß bestimmte Bereiche des Gartens nicht nur für wenige Wochen interessant zu sein hatten. Nicht allein der Grabengarten erfüllte diese Ansprüche zu Margery Fishs Zeiten. Vielleicht ist er als Beispiel besonders geeignet, weil es sich hierbei um einen durch Apfelbäume und Weiden beschatteten Bereich handelte, der nicht unter einem monotonen Teppich weniger Bodendecker-Arten verschwand, sondern er gewann seine Attraktivität durch geeignete, Schwerpunkte setzende Pflanzen.

Bis zu dem Zeitpunkt, als Margery und Walter Fish begannen, die beiden Ufer des kleinen Baches für ihre Zwecke herzurichten, indem sie das Bett mit Natursteinplatten auslegten, winzige Wasserfälle einbauten und die Böschungen in einigen Stufen mit Bruchsteinen abfingen, hatte der Graben Wasser geführt. Danach nicht mehr, allenfalls nach extremen Regenfällen.

Anstatt diesen Umstand zu betrauern, sah Margery Fish hierin einen besonderen Vorteil, konnte sie den Graben nun doch bequem begehen und ihre Pflanzenschätze aus der Nähe betrachten. Einige ihrer Lieblinge, deren Blütenköpfe nikken, wie die vielen *Helleborus* und manche Primeln, konnten ihren Schmuck nun dem Betrachter offenbaren, da er sich etwa auf gleicher Höhe mit den Pflanzen befand.

Beide Böschungen bleiben auch im Sommer ausreichend feucht. An einigen Stellen veränderte Margery Fish durch reichliche Torfgaben den pH-Wert des Bodens, um einige Moorbeetpflanzen kultivieren zu können. Der Grabengarten war aber zunächst einmal ein hervorragendes Quartier für Schneeglöckchen und Primeln. Aus dem Kreis der Primeln zeigten sich ab März an den Böschungen des Grabens unter anderem die purpurne 'Wanda' und 'Mrs. McGillivary' mit mauverosa Blüten. Die meisten

der hier kultivierten Primeln waren in den Jahren nach Margery Fishs Tod verlorengegangen. Aber auch heute gedeihen wieder niedrigbleibende Abkömmlinge von *Primula juliae*: so zum Beispiel 'Guinevere' mit lila Blüten und gelbem Auge; 'Miss Massey', eine Sorte mit ungefüllten Blüten und lebhaft grünen Blättern, die Margery Fish sehr schätzte; aber auch 'Prince Silverwings', eine Primel mit mauvefarbenen, gefüllten Blüten vom Polyanthus-Typ.
Verschiedene *Trillium*-Arten, darunter *Trillium sessile* mit leuchtendroten Blüten über hellgrün glänzenden Blättern, setzen im Mai die Glanzpunkte im Grabengarten. Im Frühling zeigt *Darmera peltata (Peltiphyllum peltatum)* seine rosa Blüten; danach breiten sich die großen, schirmartigen Blätter aus und beherrschen das Bild. Dazwischen stehen Massen von *Astrantia* verschiedener Formen in enger Nachbarschaft mit *Campanula persicifolia* ssp. *sessiliflora (C. latiloba), Geranium endressii* 'Wargrave Pink', *Symphytum* und Farnen. Bringen Frühling und Frühsommer in erster Linie mit reichhaltigem Flor Farben in diesen Gartenteil, so bestimmen danach Form und Textur der Blätter über eine lange Zeit das Gartenbild.
Mit ihrem Prinzip des „thick planting" hat Margery Fish etwas vorausgedacht, was Jahre später unter dem Begriff „Bodendecker" eine nützliche Gartenmode wurde. Während der dichte Pflanzenteppich einerseits das Unkrautaufkommen unterdrückt, verstärkt er andererseits den natürlichen Eindruck von diesen Gartenpartien.

Formen und Farben

Pflanzengestalt und Blattformen

Mit dem Prinzip des „thick planting" erreichte Margery Fish eine auch in englischen Gärten selten gesehene verschwenderische Fülle an Pflanzen. Dahinter verbarg sich ein enormer Reichtum an Formen, Texturen und Farben der Pflanzen, ihrer Blüten wie ihrer Blätter, und die Kunst der Gärtnerin bestand darin, dies alles wirkungsvoll in Szene gesetzt zu haben. Damit knüpfte Margery Fish an eine Tradition an, die auf Gertrude Jekyll zurückging, und die auch von der damals noch lebenden Vita Sackville-West gepflegt wurde.
Dabei ging es nicht allein um so spektakuläre Erscheinungen wie Rhabarber *(Rheum palmatum)* mit seinem Blütenständen bis zu einer Höhe von 1,80 m, seine riesigen Blätter tragen eine rote Zeichnung. Weit weniger auftrumpfend wirken *Veratrum album* mit gelbweißen Blüten und *Veratrum viride* mit grünlichen Blüten. Nicht zu vergessen *Kirengeshoma palmata.* Daß sie Vollschatten verträgt, ist nur einer ihrer Vorzüge, ein weiterer, daß sie erst im September blüht. Ihr größter Wert aber besteht darin, eine lockere Gestalt auszubilden, deren bogige Triebe herzförmige Blätter und gelbe, wachsartige Glocken tragen. *Morina longifolia*, die Kardendistel, wird 60 bis 120 cm hoch und bevorzugt sonnige Plätze. Sie hat quirlig angeordnete, weißrosa Blüten auf kräftigen Blütenschäften und macht in Gesellschaft niedrig bleibender Stauden eine wahrhaft gute Figur.
Daneben gibt es das Heer der weniger aufsehenerregenden, aber deshalb nicht minder wichtigen Pflanzengestalten, *Geranium* und *Hosta*, um nur zwei Gattungen zu nennen, die mit Form und Textur ihrer Blätter das Gartenbild bereichern.

Der Gebrauch der Farben

Bei der Verwendung von Pflanzen zählten der Habitus sowie Form und Textur der Blätter zu den wichtigsten Auswahlkriterien in East Lambrook. Das Merkmal der Farbe gewann erst relativ spät an Bedeutung. „Es gab Zeiten, da war Farbe das entscheidende Kriterium für einen guten Garten, und das wichtigste Ziel war ein lebhaftes Farbspiel massenhaft verwendeter Blumen. Wir wünschen uns auch heute noch Farben im Garten, aber nicht unbedingt die kräftigsten." (Aus: „An All the Year Garden")
Aus der Erfahrung, daß bunte Pflanzungen sehr unruhig wirken, zog Margery Fish den Schluß, mit Farben kontrollierter umzugehen. Bei allem war es wichtig, leuchtenden Farben wie Gelb oder Orange einen dunklen, sprich grünen Hintergrund zu geben. Überhaupt wurden gelbblühende Pflanzen mit Sorgfalt plaziert; meistens erhielten sie Partner, deren Blüten weiß beziehungsweise deren Laub silbern war. Die vielen graulaubigen Varietäten von *Artemisia* und *Helichrysum* waren willkommene Nachbarn für die leuchtendgelben Blütenpflanzen. Unproblemati-

scher dagegen waren alle Gelbgrün-Töne oder blaßgelb blühenden Pflanzen.

Weiße Gärten waren, seitdem Vita Sackville-Wests Garten in Sissinghurst einen gewissen Bekanntheitsgrad erreicht hatte, fast schon in Mode, obwohl es nur sehr wenige geglückte Nachempfindungen gegeben hat. Dazu gehörte allenfalls der Weiße Garten von Crathes Castle. Margery Fish entwarf selbst einen von der Farbe Weiß dominierten Gartenteil auf der Terrasse, wo sie unter anderem eine Gruppe von weißem Rittersporn *(Delphinium*-Pacific-Hybriden) zusammen mit *Libertia grandiflora* und Malven pflanzte. Zusammenhalt bekam das Ganze durch das Silbergrau des filigranen Laubes von *Artemisia absinthium* 'Lambrook Silver'.

Tradition hatte auch die Kultivierung „grüner" Pflanzen, also solcher Stauden oder Gehölze, bei denen außer dem Laub auch die Blüten eine grüne Grundfarbe aufweisen. Unter den Gehölzen ist *Rosa chinensis* 'Viridiflora' ein prominentes Beispiel, *Garrya elliptica* mit graugrünen Kätzchen und grünen ledrigen Blättern soll hier stellvertretend für andere Arten stehen. Einige Stauden wie *Hacquetia epipactis*, Salomonssiegel *(Polygonatum biflorum)* oder Zwiebelpflanzen wie Schneeglöckchen *(Galanthus nivalis)* mit Sorten wie 'Colesborne' und 'Merlin', außerdem *Ornithogalum pyrenaicum* und *Galtonia princeps* bringen über die Blütenblätter zusätzliches Grün ins Spiel, wenn auch der Anteil an Weiß überwiegt. Selbst bei der Muschelblume *(Moluccella laevis)* sind die Blüten weiß. Sie treten jedoch wegen der großen grünen, muschelförmigen Kelchblätter weniger in Erscheinung.

In der Mitte der sechziger Jahre begann Margery Fish damit, im Bereich ihres Terrassengartens Pflanzen mit grauem beziehungsweise silberfarbenem Laub zu sammeln. Neben Anregungen, die sie aus Hidcote mitbrachte, gab es berühmte Vorbilder, die für sie wichtig waren. So hatte Gertrude Jekyll Anfang des Jahrhunderts in Hestercombe ein Beet angelegt, das überwiegend graulaubige Pflanzen, beispielsweise Lavendel, Katzenminze, Nelken und neben anderen *Yucca*, präsentierte. Auch die bedeutenden Pflanzenkenner Edward August Bowles und Ellen Willmot hatten Vorlieben für die Grau- beziehungsweise Silberlaubigen. Schließlich gab es in Tintinhull, dem Garten von Phyllis Reiss, überzeugende Gartenbilder, in denen Grau und Silber den Ton angaben.

Als Standort wählte Margery Fish einen Teil des nach Süden leicht geneigten Terrassengartens, weil er relativ offen ist, Sonne einfängt und über einen hinreichenden Wasserabzug verfügt. Erst wenn diese Pflanzen einen ihnen zusagenden Platz finden, zeigen sie sich in ihrer besten Form. Erst dann präsentiert sich die Textur ihrer Blätter – mal seidig , mal wollig – richtig. Der schon erwähnte Wollziest *(Stachys byzantina = S. lanata)*, war eine der wichtigsten Bausteine für einen solchen Garten. Überall, wo eine schnell sich vermehrende silberlaubige Pflanze von kräftiger Substanz gebraucht wird, die in der Lage ist, den Boden flächig abzudecken, kann man auf den Wollziest nicht verzichten. „Eine der zuverlässigsten Pflanzen aus dem Cottage Garden ist *Stachys lanata* mit ihren pelzartigen Blättern und hübschen Blütenständen. Als Bodendecker ist sie am besten, wenn man ihre Blütenstiele entfernt und sich über die dichten Matten des samtigen Silbers freut." (Aus „Ground Cover Plants")

Um die farbliche Wirkung des Laubes möglichst zu steigern, verzichtete Margery Fish auch bei anderen dieser Stauden auf die Blüte. So entfernte sie bei *Salvia argentea* die Stiele vor der Blüte, um die Schönheit der großartigen Blattrosetten ungestört zur Geltung kommen zu lassen. Die meisten der hier verwendeten Graulaubigen sind Pflanzen mit gelben Blüten. Einige von ihnen tragen allerdings unscheinbare Blütenstände oder präsentieren ein hartes Gelb, das Margery Fish nicht willkommen war, so zum Beispiel *Helichrysum plicatum* oder *Santolina chamaecyparissus* ssp. *tomentosa (S. pinnata)*. Auch bei diesen entfernte sie rechtzeitig die Blütenansätze. Neben *Stachys* blieb unter anderem die große Gruppe der *Artemisia-, Senecio-* und *Anaphalis*-Arten und -Sorten teilweise bis in den Winter hinein ansehnlich.

Artemisia nitida (A. lanata, A. pedemontana), ebenfalls eine niedrig bleibende Art, bildet dichte silberne Teppiche, *Artemisia stelleriana* hat stark eingeschnittene Blätter, die glänzen. *Artemisia absinthium* 'Lambrook Silver' wächst als ein bis zu einem Meter hoher Halbstrauch mit auffallend silbern

Eine Pflanzengesellschaft im Sinne Margery Fishs, unter anderem mit Storchschnabel und Sterndolden.

schimmernden Blättern, während *Artemisia ludoviciana* etwas niedriger bleibt.
Eine wichtige Rolle spielen in diesem Konzert der Silbergrauen verschiedene Arten des Kreuzkrautes *(Senecio)*. Unter günstigen Bedingungen wächst *Senecio greyii* zu einem kräftigen Busch von ziemlich kompaktem Habitus heran. Das Laub ist silbergrau und an der Unterseite der Blätter fast weiß. An großen Büscheln zeigen sich schneeweiße Knospen, die sich als Margeriten-ähnliche Blüten in leuchtendem Gelb öffnen. Margery Fish benachbarte diese Art mit Euphorbien wie *Euphorbia characias* 'Lambrook Gold'.
Andere halbharte Formen waren *Senecio bicolor (S. cineraria)* 'White Diamond' und 'Ramparts', die eher als Stauden anzusprechen sind, aber häufig als Einjährige kultiviert werden. Besonders schätzte Margery Fish *Senecio vira-vira* wegen seiner farnartigen Blätter, bedauerte aber auch, daß diese Form in East Lambrook gar nicht winterhart war.
Anaphalis margaritacea hat ausgeprägt silbernes Laub und feine weiße Blüten, die im Spätsommer blühen. Dagegen zieren *Anaphalis triplinervis* und *A. margaritacea* var. *yedoensis* die herbstlichen Gartenbilder. Bei *Anaphalis triplinervis* öffnen sich erst im Oktober die Blüten richtig und lassen das gelbe Zentrum zur Geltung kommen. *Anaphalis margeritacea* var. *yedoensis* wächst höher als die vorige, hat aber nicht so helles Laub. An den geeigneten vollsonnigen Standorten bildet das Heiligenkraut, *Santolina chamaecyparissus*, kompakte runde Büsche mit feinem grauen Laub. Etwas wüchsiger und größer ist *Santolina pinnata* ssp. *neapolitana*. Die knöpfchenartigen, gelben Blüten entfernte Margery Fish vor der Blüte, um den silbergrauen Farbeindruck zu erhalten.
Das Sortiment dieser Grau- und Silberlaubigen wurde durch höhere Pflanzen ergänzt, zum Beispiel *Lychnis coronaria* mit weißen Blüten und fein behaartem Laub, oder *Verbascum bombyciferum*, die mit ihrer eindrucksvollen Gestalt auffällt. Als ein Riese fand sich in dieser Gesellschaft die Eselsdistel *(Onopordum acanthium)* ein, die noch im Winter einen Blickfang bildet.
Margery Fish teilte mit vielen ihrer Gartenfreunde eine Liebe zu Pflanzen mit panaschierten Blättern. Sie übernahmen ihren Part beim Farbenspiel in East Lambrook, unter anderem an Schattenplätzen, wo die helle Zeichnung des Laubes besonders zur Geltung kommt. Dies trifft nicht nur auf *Lamium maculatum* 'Variegatum' zu, das großflächig vertreten war, sondern auch auf die Aronstabarten *Arum italicum* 'Pictum' und 'Marmoratum'. Auch eine panaschierte Form von *Pachysandra terminalis* gab es in East Lambrook.
Noch größer aber war die Zahl der Gehölze mit buntem Laub. Darunter waren einige Kleinsträucher wie *Daphne odora* 'Aureomarginata' und *Daphne mezereum. Fuchsia magellanica* 'Versicolor' und *Hypericum × moserianum* gehören auch noch zu den niedrigen Vertretern, zumal härtere Winter sie bis zum Boden zurückfrieren lassen. Zu den höheren Gehölzen zählt eine von Margery Fishs Favoriten: *Ilex aquifolium* 'Ferox'. Im Schutze einer Mauer kultivierte sie *Jasminum officinale* 'Aureovariegatum', eine frostempfindliche Kostbarkeit, da zur ohnehin interessanten Form des Blattes eine Goldpanaschierung des grünen Grundtones hinzutritt.

Durchs ganze Jahr

Einer der wichtigsten Grundsätze Margery Fishs im Konzept ihres „cottage gardening" war ihre Forderung, daß der Garten das ganze Jahr hindurch etwas Interessantes bieten müsse. Eines der Mittel, Partien im winterlichen Garten ansehnlich zu machen, war die Verwendung von Immergrünen. „Als ich meinen Garten konzipierte, sorgte ich dafür, genügend Immergrüne mit einzuplanen, die dem Garten ganzjährig eine feste Struktur geben konnten ." Margery Fish faßte diesen Begriff allerdings ziemlich weit, so daß auch Farne, Gräser und Stauden hinzugerechnet wurden, wenn deren Laub Grün in den winterlichen Garten brachte. Außer Buchs verwendete sie kleine und größere Gehölze wie *Daphne*, verschiedene *Skimmia*- und diverse *Ilex*-Arten sowie Mahonien.
Das Sortiment der Mahonien fällt in englischen Gärten erheblich reicher aus als auf dem Kontinent. In

East Lambrook wurden neben *Mahonia nervosa* die duftende *Mahonia japonica* und *Mahonia aquifolium* kultiviert. Aristokrat innerhalb dieser Gattung ist *Mahonia lomariifolia*, ein aufrechter Strauch mit langen Blättern und tiefgelben Blüten im Winter. Wie diese nur bedingt winterhart ist *Choisya ternata*. Sie hat hellgrünes, glänzendes Laub und blüht im Frühjahr mit weißen, süß duftenden Blütenbüscheln.
Ein wirklicher Aktivposten im winterlichen Garten war für Margery Fish der Efeu in unzähligen Varietäten, *Hedera helix* 'Jubilee Gold Heart' schätzte sie besonders. Die Sorte hat rötliche Stiele und sehr dunkle Blätter mit einem leuchtend goldenen Zentrum. Im Dezemberkapitel ihres Buches „A Flower for Every Day" lobt sie die Farben der panaschierten Efeusorten wie *Hedera colchica* 'Dendata Variegata' (golden), *Hedera helix* 'Gloire de Marengo' und 'Harold' (silbern) sowie 'Marmorata', die sie als Bodendecker verwendete. Da sich die Efeusorten mit schattigen Standorten zufrieden geben, können sie Farbe an Plätze bringen, die im Winter sonst nicht viel zu bieten haben.

Einen wesentlichen Beitrag in diesem Zusammenhang leisteten in East Lambrook Zwiebelpflanzen und Stauden. Zu den ganz frühen gehören die Schneeglöckchen. Von ihnen kultivierte Margery Fish bis zu 45 verschiedene Varietäten. Gefüllte und solche mit einem auffallenden Anteil an Grün in den Blüten gehörten zu ihren Lieblingen, so zum Beispiel *Galanthus elwesii* und *Galanthus plicatus.*
Die *Helleborus-Arten* decken mit ihrer Blütenpracht einen längeren Zeitraum ab, beginnt doch *Helleborus niger* 'Praecox' bereits Ende Oktober mit der Blüte, während die *Helleborus-orientalis*-Hybriden noch im Mai blühen. Margery Fish pflanzte sie in Gruppen, zum Teil zu beiden Seiten des Grabens, so daß man – wie schon erwähnt – von unten in ihre Blüten hineinsehen konnte. Im Januar blühten *Helleborus orientalis (H. kochii), H. dumetorum* ssp. *atrorubens, H. lividus* ssp. *corsicus (H. argutifolius)* und *H. foetidus.* Im Anschluß an diese beherrschten die unzähligen Hybriden aus der Orientalis-Gruppe das Feld. Mitten im Winter gab es so in East Lambrook Gartenpartien, die in voller Blüte standen.

Wirkungen

Es hat einige Jahre gebraucht, bis Margery Fish ihren eigenen Gartenstil gefunden hatte. Mitte der fünfziger Jahre begann East Lambrook so etwas wie eine Institution zu werden. Die Gartenfreunde hatten viele Gründe, einem Gartenstil zuzustimmen, der einerseits das naturnahe Gärtnern propagierte und sich andererseits anheischig machte, weniger arbeitsintensiv zu sein, als traditionelle Gärten es sind. Damit verbunden begann ein Interesse an Wildstauden zu wachsen, die ja schließlich im Cottage-Garden-Stil Margery Fishs das Fundament bildeten. Ihre schriftstellerische Tätigkeit und der Garten selbst, von Hunderten von Gartenfreunden jährlich besucht, sorgten für eine weite Verbreitung ihrer Ideen.
Wie fruchtbar der Gedanke dieses Gartenstils noch heute ist, wird deutlich, wenn man die Gärten von Joyce Robinson (Denmans) und Beth Chatto (Beth Chatto Gardens) besucht. Viele Ideen Margery Fishs wurden hier aufgenommen, dabei weiterentwickelt und in das Bewußtsein der Gartenfreunde gebracht.

Sissinghurst Castle
Gartenbilder in Farbe

Zu den großen englischen Gärten dieses Jahrhunderts gehören auch die Gärten von Sissinghurst, das gemeinsame Werk der Schriftstellerin Vita Sackville-West und ihres Mannes Harold Nicolson. Beide besaßen bereits einen sehr schönen Garten in Long Barn (der heute noch existiert und besichtigt werden kann), als sie zu Beginn des Jahres 1930 entdeckten, daß ein aus ihrer verwandtschaftlichen Linie stammender Landbesitz zum Verkauf angeboten wurde.
Obwohl der Preis für dieses Objekt äußerst niedrig lag, war man sich bald darüber im klaren, daß zur Wiederherstellung des Anwesens und seiner Baureste ein Mehrfaches des Kaufpreises einzusetzen war. Es sollten allerdings noch drei Jahre vergehen, bis erkennbar wurde, daß hier ein bemerkenswerter Garten entstand.

Die Gärten von Sissinghurst

Die Ausgangssituation

Wie verwahrlost des Anwesen war, darüber berichtet Vita Sackville-West selbst: „Der Landbesitz stand einige Jahre nach dem Tod des letzten Eigentümers zum Verkauf; der Besitz eines Farmers, der das angrenzende Gelände des Castles natürlich nicht wie einen Garten pflegte, vielmehr darin eine bequeme Müllkippe, Parzellen für seine Landarbeiter oder einen Auslauf für die Hühner sah. Der Berg von alten Bettgestellen, Pflugscharen, zerbrochenen Kloschüsseln, alten Drahtrollen, Haufen von Sardinenbüchsen, alles hübsch durcheinander und von Ackerwinde und Holunder übergrünt, hätte eigentlich zur Folge haben müssen, jeden zu entmutigen."
Die Nicolsons hatten jedoch offenbar genügend Phantasie, um sich vorzustellen zu können, was sich aus diesem verkommenen Anwesen machen ließ. Eine wichtige Frage war, wie man die Gebäudereste in die Gartengestaltung mit einbeziehen konnte, zum Beispiel die hohen Mauern. „Einige rostbraune Ziegelmauern aus der Tudorzeit schienen wie geschaffen, dem Garten ein Gerüst zu verleihen."
Die Lösung der Probleme gelang in überzeugender Weise, weil beide Partner, so exzentrisch sie in ihrer Ehe gewesen sein mögen, sich mit großem Ernst um eine gemeinsame Konzeption bemühten. „Wir stimmten in dem überein, welche wichtigen Prinzipien wir bei der Gestaltung des Gartens berücksichtigen wollten: eine Kombination von langen Wegeachsen, die von Nord nach Süd und von Ost auch West liefen, an deren Ende jeweils eine Vase, Statue oder ein Torbogen den Blick fesselte." Es sollte die strenge Formalität der Grundstruktur verbunden werden mit einem hohem Maß an Zwanglosigkeit in der Bepflanzung und einer verschwenderischen Fülle von Pflanzen.
Über ihrer beider Zusammenarbeit schreibt Vita Sackville-West: „Ich hatte den bescheideneren Part; Harold entwarf das Grundgerüst für den Garten, und ich übernahm die Bepflanzung. Wir ergänzten uns auf diese Weise großartig: Mir war es unmöglich, dem Garten eine Struktur zu geben, und er war nicht in der Lage, ihn zu bepflanzen, da er nicht genug von Pflanzen verstand. Ich bin sicher, ich habe mit meinen Blumen den Garten verschönert, aber die wirkliche Anerkennung gebührt ihm, der die Grundlinien so gut und sicher festlegte, daß man sie immer mit Interesse betrachten kann, sogar im Winter, wenn alle meine Blumen vergangen sind und das bloße Gerüst freigelegt ist."

Vorherige Seite: Am Torbogen wachsen die Kletterrosen 'Allen Chandler' und 'Gloire de Dijon' empor.

Sissinghurst Castle Gardens
1 Eingang
2 Big Room
3 Courtyard
4 Purple Border
5 Vitas Turm
6 Rosengarten
7 Lindenallee
8 Haselhain (Nuttery)
9 South Cottage
10 Cottage Garden
11 Moat Walk
12 Azaleenbeete
13 Dionysos-Statue
14 Thymianwiese
15 Kräutergarten
16 Burggraben (Moat)
17 Obstgarten (Orchard)
18 Eibenallee
19 Tower Lawn
20 White Garden
21 Priest's House
22 Delos
23 Gazebo zur Erinnerung an Harold Nicolson

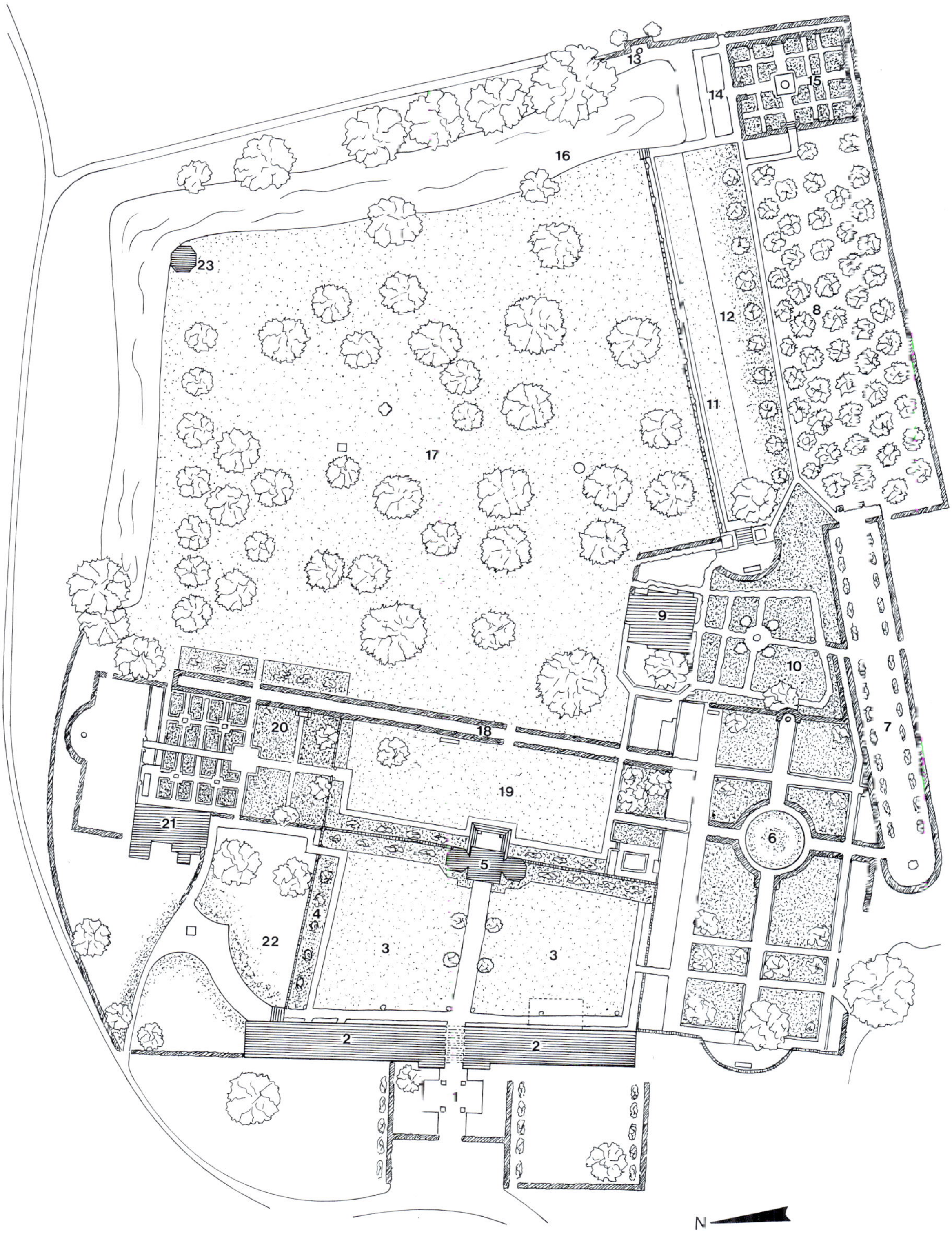
1
2
2
3
3
4
5
6
7
8
9
10
11
12
13
14
15
16
17
18
19
20
21
22
23
N

Eine alte Urne dient als Blickfang am Moat Walk, dahinter ein Perückenstrauch (Cotinus coggygria).

Einflüsse der zeitgenössischen englischen Gartenkunst auf die Entstehung von Sissinghurst sind – ohne die Originalität der Nicolsons schmälern zu wollen – mit Händen zu greifen. Dazu gehört die Auseinandersetzung mit den Ideen William Robinsons – den Vita Sackville-West noch persönlich kennenlernte –, seine Vorstellungen über die Einbindung von Stauden, vor allem der einheimischen, in eine „natürliche" Pflanzengesellschaft. Schließlich einige Ideen von Gertrude Jekyll, die eine Verwendung von Stauden in Rabatten nach bestimmten definierten Regeln unter Berücksichtigung geeigneter Gehölze propagierte. Diese Rabatten hatten oft eine erhebliche Länge und waren bis zu sechs Meter tief. Die Massierung einzelner Arten und Sorten führte zu starken Farbwirkungen und ermöglichte bei entsprechender Höhenstaffelung eindrucksvolle Gartenbilder.

Zuletzt ist der Einfluß von Hidcote Manor Gardens zu nennen, den die Nicolsons mehrfach besuchten. Ein 1949 in „The Journal of the Royal Horticultural Society" erschienener Essay aus Vitas Feder über diesen Garten macht deutlich, wie sehr sie mit dem Konzept von Hidcote übereinstimmte.

Kernpunkt von Vita Sackville-Wests Gartenphilosphie war die verschwenderische Fülle an Pflanzen. Sie ließ sich auf unterschiedliche Weise erzielen. Der eine Weg war, jahreszeitliche Schwerpunkte zu setzen. Harold, der Frühjahrsblüher besonders liebte, verwirklichte dies in der Lindenallee, wo er Tausende von Anemonen, Krokussen und Kaiserkronen pflanzte. Im Frühsommer folgt der Rosengarten mit seinem Blütenrausch, und im Juli und August bilden Cottage Garden und White Garden großartige Höhepunkte.

Der andere Weg hin zur verschwenderischen Fülle ist der des dichten Bepflanzens, bei dem Ausgewogenheit zwischen Leitpflanzen und den Begleitern angestrebt wird, ein harmonisches Miteinander von Zwischen- und Unterbepflanzung zur Steigerung eines Hauptthemas, zum Beispiel der Rose.

Immer handelte es sich um die Vergesellschaftung von in ihrer Erscheinungsweise recht verschiedenen Pflanzen, Gehölzen und Stauden, Sommerblumen und Zwiebelpflanzen. Vita Sackville-West nutzte also die unterschiedlichen Eigenschaften des Habitus der Pflanzen, um zur Lösung ihrer gestalterischen Aufgabe zu kommen, dem Bild verschwenderischer Fülle. Bodendecker und kompakt und niedrig bleibende Pflanzen setzte sie zusammen mit aufrechtwachsenden und rankenden.

Courtyard und Purple Border

Der Courtyard bildet das Entree zu den Gärten von Sissinghurst. Er wird durch eine breite Wegeachse geteilt, die beim Eingang beginnt, durch den Turm und die Turmwiese führt und erst im Obsthof endet. Das Rechteck des Hofes wird durch Mauern gänzlich eingefriedet, so daß sich viele Möglichkeiten zur Kultivierung von Kletterpflanzen anbieten. Bei der Auswahl der Pflanzen spielen natürlich kleinklimatische Gesichtspunkte eine wichtige Rolle, so daß ein vielfältiges Sortiment an Gehölzen mit ganz unterschiedlichen Ansprüchen geeignete Standorte findet. Einige gedeihen an der Ostwand recht gut, beispielsweise *Ceanothus* 'Southmead', *Solanum crispum* 'Glasnevin' und die Kletterrose 'Allen Chandler', während sich andere mit einer Nordwand begnügen wie die riesige *Hydrangea anomala* ssp. *petiolaris*, rechts und links des Tores zum Rosengarten. Die volle Sonneneinstrahlung und die reflektierte Wärme der nach Süden zeigenden Mauer nutzten *Vitis vinifera*, aber auch etliche *Clematis*, die allerdings mit ihren „Füßen" im Schatten der Pflanzung des Mixed Borders stehen. Diese die Mauern bedeckende ausgesuchte Pflanzengesellschaft hat nicht nur Anteil an der Raumbildung dieser Gärten, sondern übernimmt in ihnen für einen langen Zeitabschnitt eine hohe Schmuckfunktion. In den Mixed Borders bilden die unverzichtbaren Gehölze nicht selten den Hintergrund dieser Pflanzungen, kletternde oder rankende Arten werden an Mauern kultiviert.

Vor der langen Ostwand gibt es einige Steintröge, die Vita Sackville-West so installieren ließ, daß die in ihnen gesammelten blühenden

Ausschnitt aus dem Purple Border.
Vorn: Eryngium tripartitum,
links: Rosa moyesii 'Geranium'.

oder duftenden Schätze Auge und Nase möglichst nahe waren. In der Pflasterung entlang der Hauswand blieben immer wieder Nischen für Pflanzen ausgespart, denen günstige kleinklimatische Bedingungen – Kälteschutz und relative Trockenheit – das Überwintern erleichterten.

Neben vielem anderen, was zum Verweilen in diesem ersten Gartenraum einlädt, fasziniert immer wieder die einzigartige Farbkomposition des Purple Border, Vita Sackville-Wests ureigene Idee. Seine Gesamtwirkung beruht auf der ausgewogenen Kombination einer gemischten Pflanzengesellschaft wie sie für Mixed Borders charakteristisch ist: Gehölze, Stauden, Sommerblumen und Zwiebelpflanzen. Als 2,5 m hohes Gehölz übernimmt *Rosa moyesii* 'Geranium' beispielsweise raumgliedernde Funktion in der langen Rabatte. Andere Gehölze gedeihen im Schutz der Mauer, unter ihnen *Vitis vinifera* und diverse *Clematis*-Sorten, darunter 'Étoile Violette', 'Abundance', *Clematis viticella* 'Rubra', 'Victoria', 'Ville de Lyon', 'Star of India' und 'Ernest Markham'.

Das Sortiment der Stauden ist mit dem Flor ganz auf das Thema abgestimmt: Akelei, Astern, *Campanula glomerata, Delphinium* 'Black Knight', *Eryngium tripartitum, Geranium pratense* 'Plenum Caeruleum', *Geranium psilostemon, Iris* 'Sissinghurst', *Liatris spicata, Monarda, Penstemon, Salvia nemorosa* und *Thalictrum aquilegifolium*, um nur einige aus dem umfangreichen Sortiment zu nennen.

Als einjährige Sommerblume wird *Salvia viridis (S. horminum)* kultiviert, deren Schopfblätter die Farbe sehr lange halten. Mit ihr lassen sich Lücken im Beet gut schließen. Und das Gartenstiefmütterchen (*Viola*-Wittrockiana-Hybriden) findet seinen Platz am vorderen Rand der Rabatte.

Eine wichtige Funktion im Farbschema dieses Mixed Borders übernehmen Zwiebelpflanzen wie *Allium* (zum Beispiel *Allium cernuum*) und Dahlien, da sie viele Schattierungen des Violett beitragen können. Gerade das Sortiment der Dahlien ist reich an roten Farbtönen und interessanten Blütenformen. Die Kugelform der Pompon-Dahlien zum Beispiel ist durch keine Blütenstaude zu ersetzen. Ein weiterer Vorteil der im Frühjahr erst zu treiben beginnenden Wurzelknollen ist der, daß man mit ihnen entstandene Lücken schnell füllen kann.

Das Purple Border hat sich über die Jahre nur geringfügig verändert, da sein Bild im wesentlichen von den hier kultivierten Pflanzen geprägt wird, dem Wein *(Vitis)*, den *Clematis* und den Rosensträuchern. Kleinere Veränderungen des Bildes entstehen durch den Ausfall weniger langlebiger Stauden. Nicht zuletzt führt der Wunsch, das Farbschema womöglich noch zu verbessern, dazu, daß einzelne Pflanzen ausgetauscht werden. Ein Vergleich mit Pflanzenlisten aus der Zeit Sackville-Wests zeigt aber, daß der Grundstock der alte geblieben ist.

Von allen farbigen Gartenbildern in Sissinghurst ist das Purple Border das ungewöhnlichste. Anders als Gertrude Jekyll, die eine gemeinsame Verwendung von Purpur und Karmesinrot, wie es hier geschieht, für „schwierig" hielt, und sich im Zusammenhang mit einer *Rhododendron*-Pflanzung dafür entschied, die Farben getrennt zu halten, kombinierte Vita Sackville-West beide Farbtöne und überzeugte damit. Da das Beet in der vollen Sonne liegt, wirkt es allerdings am eindrucksvollsten am späten Nachmittag oder bei bedecktem Himmel.

Der Rosengarten

Der Rosengarten von Sissinghurst hat in der zweiten Junihälfte seinen ersten Höhepunkt, und ein Besuch dort wird zu einem ganz besonderen Erlebnis. Zwar präsentiert sich fast der gesamte Garten in üppigem Flor, aber nirgends sind die Gartenbilder so verschwenderisch, die Fülle der Blüten und der Reichtum des Farbenspiels so überwältigend wie hier. Der Duft von Zentifolien, Damaszenerrosen und Moschata-Hybriden, von denen die Atmosphäre im Rosengarten gesättigt zu sein scheint, kommt noch hinzu.

Dieser Garten, den man über den Courtyard erreicht, hat die Form eines langgestreckten, von Mauern und Hecken eingefriedeten Rechtecks. Dem malerischen Reiz dieser Mauern kann man sich kaum entziehen, daneben haben sie aber eine ganz praktische Funktion, indem sie den Rosen Schutz vor Wind und Kälte bieten. Außerdem tragen sie dazu bei, daß sich der Rosenduft nicht allzu schnell verflüchtigt. Durch Wege wird dieser

Raum vielfach gegliedert, so daß weitere Rechtecke und Quadrate, die Rosenquartiere, entstehen. Im Zentrum, dem das Wegesystem entsprechend zugeordnet ist, befindet sich ein Eibenrondell, das eher an eine prähistorische Kultstätte erinnert als an die Mitte eines Rosengartens.

Was im Rosengarten an Strauch- und Kletterrosen, zusammen mit Stauden, Sommerblumen und Zwiebelpflanzen Ende Juni blüht, ist reicher nicht zu denken. Diese Üppigkeit wird durch eine Fülle von Begleitpflanzen erreicht, die sich teilweise als Teppich unter den Rosensträuchern ausbreiten oder wie am Long Border die Mauer bedecken. Da viele dieser Sträucher erst in einer gewissen Höhe belaubt sind, ist es sehr vorteilhaft, ihren kahlen „Fuß" hinter Stauden zu verstecken.

Akelei, *Geranium, Stachys macrantha* und *Iris* gehören zu den halbhohen Begleitpflanzen; *Aconitum, Anemone hupehensis* var. *japonica, Delphinium* und *Thalictrum* sind einige der hohen. Die Wegränder haben vielfach einen Saum von *Alchemilla mollis, Hosta, Pulmonaria*, so daß die harten Kanten der Plattierung verdeckt werden. Zu den traditionellen Begleitern gehören auch die vielen polsterbildenden Nelken. Einige Arten der Gattung *Allium* eignen sich, wie man hier sieht, vorzüglich als Rosenbegleiter, vor allem *Allium cernuum* und *A. christophii*, die sich zu der Remontantrose 'Ulrich Brunner' gesellen.

Entlang der langen Mauer gedeihen *Ceanothus dentatus, Ceanothus impressus* und *Clematis* 'Nelly Moser', 'Gipsy Queen' und 'Kermesina', eine Hybride aus der Viticella-Gruppe. *Euphorbia characias* ssp. *wulfenii* 'Lambrook Gold' und *Acanthus spinosus* sind so interessante Blattschönheiten, daß sie während der ganzen Saison einen Blickfang darstellen. Eine späte Blütenpracht im August bietet unter anderem ein Strauch *Hydrangea aspera* ssp. *aspera* mit seinen großen violetten, weiß gerandeten Blütentellern.

Vor dem großen, dunkelgrünen Eibenrondell heben sich die weißen beziehungsweise cremefarbenen Blütenkerzen von *Digitalis purpurea* 'Alba' und *Eremurus himalaicus* oder *Eremurus stenophyllus* ssp. *stenophyllus (E. bungei)* in Gelb besonders gut ab.

In dieser Begleitung befindet sich eine noble Gesellschaft von Rosen, die von englischen Gärtnern liebevoll „old fashioned" genannt werden; zu ihnen gehören Sorten und Formen der alten Gartenrosen, *Rosa gallica, R. × damascena, R. × alba*, Zentifolien und Moosrosen. Bourbonrosen und Remontant-Hybriden aus dem 19. Jahrhundert sind mit wertvollen Sorten ebenfalls vertreten. Bei der Auswahl ließ sich Vita Sackville-West vom charmanten Erscheinungsbild der Alten Rosen leiten, die sich durch besonderen Duft und charakteristische Farben so deutlich von den duftarmen und manchmal grellen Farben moderner Teehybriden unterscheiden.

Wenn es einen Einfluß Jekylls auf die Gestaltung dieses Gartens gibt, dann äußert er sich im besonderen Hausrecht für Strauchrosen mit ihrem laxen Habitus, von dem Vita Sackville-West meinte, er entspreche in besonderer Weise der romantischen Szenerie von Sissinghurst. Schließlich erkannte sie, daß sich der vielfach steife Habitus der modernen Hybriden für einen romantischen Rosengarten weniger eignet als der strauchartige Wuchs der historischen Rosen. Ihr Duft, ihre Farben und ihre Namen brachten das Flair in den Garten, das Vita sich wünschte.

Unter den Gallica-Rosen waren es 'Cardinal de Richelieu' in Purpurviolett, 'Charles de Mills' in Karmesin-Weinrot, 'Tuscany' in tiefdunklem Rot und Schattierungen in Kastanienbraun mit samtigen Flecken. Schließlich findet sich die sehr alte *Rosa gallica* 'Versicolor' („Rosa Mundi").

Unter den Zentifolien wählte sie 'Fantin Latour' und 'Tour de Malakoff', eine späte Züchtung. Beide sind in englischen Gärten noch weit verbreitet, und 'Fantin Latour' ist zurecht wegen ihrer Qualitäten 1968 mit dem „Award of Garden Merit" der Royal Horticultural Society ausgezeichnet worden. Die schalenförmigen, gefüllten Blüten in Zartrosa erscheinen in kleinen Sträußen und duften; das hellgrüne Laub glänzt und bleibt gesund.

Schließlich entdeckte Vita Sackville-West eine weitere Klasse von Strauchrosen, die für ihren Garten wie geschaffen schienen, die sogenannten Pemberton-Hybriden. Dabei handelt es sich um Züchtungen des Reverend Pemberton, der besonders die Lambertianer-Rose 'Trier' für seine Züchtungsversuche verwendete und außerordentliche Erfolge damit erzielte.

Vita Sackville-West erkannte sehr bald die guten Eigenschaften dieser mehrfach blühenden Strauchrosen, deren Herbstblüte oft den Sommerflor noch übertrifft. Fast allen gemeinsam ist, daß sie ihre Blüten in kleinen Sträußen präsentieren, daß sie duften und die Farben pastellartig gedämpft sind. Vita pflanzte sie auf das Long Border entlang der Mauer und vergesellschaftete sie mit einer Fülle von Stauden und Sommerblumen. Noch heute sind Sorten wie 'Belinda', 'Cornelia', 'Felicia', 'Moonlight' und 'Penelope' auf den britischen Inseln weit verbreitet. Der Rosengarten von Sissinghurst hat nicht wenig dazu beigetragen, sie bei Gartenfreunden bekannt zu machen.

Lindenallee und Haselhain

Verläßt man den Rosengarten durch den südlichen Ausgang, so gelangt man auf die langgestreckte Achse der Lindenallee. Dieser Gartenraum ist neben dem Haselhain und dem Obsthof (orchard) der eigentliche Frühlingsgarten. Harold Nicolson entwarf diese Allee als langgestrecktes Rechteck, etwa 60 m lang und beidseitig durch eine Buchenhecke eingefriedet. Ab November 1932 wurde eine Doppelreihe von 15 Linden *(Tilia × vulgaris = T. europaea)* gepflanzt und ein breiter Plattenweg angelegt. Die Allee beginnt bei einer Skulptur (Bacchantin) und endet beim Haselhain (nuttery).
Zwischen Plattenweg und Hecken entstanden zu beiden Seiten lange Pflanzstreifen, für die sich Harold Nicolson wechselnde Pflanzschemata ausdachte. Er numerierte die Linden und ordnete ihnen jeweils Gruppierungen von Frühblühern zu, die sich so nicht wiederholten. Da er mit der Lindenallee einen reinen Frühlingsgarten konzipierte, konnte er den zur Verfügung stehenden Raum zwischen Plattenweg und Hecken und rund um den Fuß der Linden gänzlich zur Pflanzung von Frühblühern nutzen, so daß sich ab März ein immer dichter werdender Blumenteppich entwikkelte, dessen Flor bis in den Mai hineinreicht.
In der Zeit danach ist die Lindenallee nicht sehr attraktiv, sieht man einmal von der reizvollen geometrischen Strenge des Raumes und einigen mit Sommerblumen bepflanzten Terrakotta-Töpfen ab. 1976 erkannte man, daß die Verwendung von *Tilia × vulgaris* wegen der starken Bildung von Ausläufern eine Fehlentscheidung war; alle Exemplare mußten durch *Tilia platyphyllos* ersetzt werden. Dies ist die Erklärung dafür, warum die Allee noch immer nicht das überzeugende Bild bietet, das man eigentlich erwarten dürfte.
Nicolsons Ziele jedenfalls waren sehr hoch gesteckt, als er sich und seiner Frau die Aufgabe stellte: „Wir sollten unseren Frühlingsgarten zum hübschesten von ganz England machen!" Nachdem die Form dafür gefunden war, galt es, einen anspruchsvollen Pflanzplan zu entwerfen. Einige erhaltene Pläne in seinen Gartennotizbüchern zeigen, mit welcher Präzision er das Vorhaben plante und wie er sein Werk nach der Realisierung kritisch begleitete und Korrekturen vornahm.

Oben: Als Vorpflanzung vor einem Beet in der Tower Lawn dienen ausgepflanzte „Topfpflanzen" wie Fuchsien, Kapastern, gefüllte Balsaminen. So entsteht ein Ton in Ton gehaltenes Gartenbild. Darunter: In Gelb, Rot, Orange – den Farben des Sonnenuntergangs – konzipierte Vita Sackville-West diesen kleinen Garten beim Cottage. Zu sehen ist der Augustflor.

Darüber hinaus enthalten die Pläne exakte zeitliche Hinweise über den Vegetationsverlauf Hunderter von Pflanzen, angefangen beim Knospenstadium über die Vollblüte bis hin zum Verblühen.
Die Vielfalt der Pflanzenarten ist schon erstaunlich, und jede Art ist wieder in einer großen Zahl von Sorten vertreten. Beispielsweise umfaßte das von Harold Nicolson zusammengestellte Sortiment der Anemonen: die in England wildwachsenden blauen Buschwindröschen, *Anemone nemorosa* 'Allenii' und 'Robinsonia', die sternenblütigen *A. blanda* und *A. appenina*, schließlich die rote *A. fulgens* und das Gelbliche Windröschen, *A. ranunculoides.*
Die Wildformen bei den Tulpen zog er den Hybriden vor, zum Beispiel *Tulipa kaufmanniana, T. greigii, T. praestans, T. tarda* und *T. linifolia (T. batalinii)*. Aber auch unter den Hybriden traf er seine Wahl: etwa die lilienblütige rote 'Captain Fryatt' und die gelbe 'Ellen Wilmott'. Narzissen liebte Harold Nicolson sehr, unter ihnen besonders die Jonquillen *(Narcissus jonquilla)*. Der Frühling in Sissinghurst war für ihn untrennbar mit diesen kleinblütigen und duftenden Blumen verbunden.
„Unter den Linden" nannte Harold Nicolson wehmütig seinen Frühlingsgarten, sich guter Jahre in Berlin erinnernd. Blühende Alpenwiesen hatte er bei der Konzeption der Lindenallee vor Augen, und dank

Weniger bunt präsentiert sich die Lindenallee nach der Zwiebelpflanzenblüte.

Der Haselhain im Juni
1 Hosta tokudama
2 Dactylorhiza × grandis
3 Epimedium pubigerum

der ständigen Verbesserung Jahr für Jahr muß er seinem Traum ziemlich nahegekommen sein.
Heute bietet der Blumenteppich, diese Mischung aus Zwiebelpflanzen, ein- und zweijährigen Frühblühern und Stauden, ab März einen reichen, wechselnden Frühlingsflor. Sein Reiz beruht auf der über Wochen andauernden Blütenfolge und dem Wechsel von Gartenbildern, in denen Vertreter der verschiedenen Arten eine harmonische Pflanzengesellschaft bilden: Tulpen und Vergißmeinnicht, *Allium, Scilla,* Narzissen und Primeln, so daß neben der Vielgestaltigkeit der Blüten auch die Blattformen Wechsel ins Spiel bringen.
An einigen Stellen öffnet sich die Allee zu den benachbarten Gärten. So gibt es Blickverbindungen hinüber zum Zentrum des Cottage Gardens mit seinen vier *Taxus*-Säulen und zum Rondell im Rosengarten. Am Ende der Allee geht die Achse optisch in den Haselrain über, hin zum Pendant der Bacchantin, der Skulptur eines jungen Gottes, der unter dem Blätterdach der Haselsträucher in geheimnisvolles Licht getaucht ist.
Auch der Haselhain ist ein Frühlingsgarten. Die regelmäßig über das rechteckige Areal verteilten Haselsträucher bilden ein Wäldchen, in dem Frühblüher einen natürlichen Standort finden, da das Sonnenlicht vor dem Blattaustrieb den Boden erreicht.
Bereits Gertrude Jekyll hatte solche Plätze für ihre Waldgarten-Pflanzungen genutzt. So gab es in Munstead Wood im Schatten alter Eichen einen Standort mit *Primula*-Elatior-Hybriden. Vielleicht hat sich Vita Sackville-West von dieser Idee anregen lassen, als sie unter den Haselsträuchern einen Teppich von Elatior-Hybriden pflanzte, und zwar einen Typ, der das Merkmal der Schattenverträglichkeit von *Primula vulgaris* und das des Sonnenanspruches von *Primula veris,* der Schlüsselblume, in sich vereint; er tritt in allen Farbschattierungen von Gelb und Orange bis Rot und Violett in Erscheinung.
Schon bald zeigte sich, daß nicht alle diese Primelzüchtungen in harten Wintern überlebten. Als in den Jahren nach dem Krieg auch dieser Gartenteil sorgfältig restauriert worden war, prunkte der Haselhain im Frühling ein lange Zeit mit seinem üppigen Primelteppich, bis in den Sechzigern die gesamte Pflanzung von einer Krankheit befallen wurde, die nur noch Reste übrig ließ. Bis in die Mitte der siebziger Jahre löste man das Problem provisorisch, indem man die entstehenden Freiflächen unter anderem mit Hybriden von *Helleborus orientalis* und *Euphorbia robbiae* bepflanzte. Inzwischen zeigt der Haselhain das Bild eines Waldgartens, der über mehrere Monate hinweg eine attraktive Pflanzengesellschaft beherbergt: Farne, *Myosotis, Euphorbia,* Lilien und *Meconopsis cambrica,* um nur einige zu nennen.

Ein Cottage Garden in den Farben des Sonnenunterganges

Von allen Gartenräumen, die in Sissinghurst entstanden, übernahm der Cottage Garden im Leben der Nicolsons am stärksten die Funktion eines Wohngartens. Die unmittelbare Nähe zum Gebäude, in dem beide ihre Schlafzimmer hatten und Harold arbeitete, erlaubte in besonderer Weise, das tägliche Leben hier zu beginnen und auch enden zu lassen. Noch heute steht der Gartenstuhl an der Stelle, von wo aus Harold Nicolson das Farbenspiel der Blüten und Blätter beobachten konnte, das den „Sonnenuntergang" farblich in Szene setzt.
Warme, lebhafte Farben prägen das gesamte Bild, in dessen Zentrum vier *Taxus*-Säulen einen Kupferbottich rahmen. Kupferfarben leuchtet auch die Sommerbepflanzung mit *Mimulus aurantiacus (M. glutinosus),* das im Kalthaus überwintert. Das Thema dieses fast quadratischen Gartens sind die „Farben des Sonnenuntergangs". Im Juni zitieren es unzäh-

lige Akeleien und Johanniskraut in gelben Farbtönen, dazu Montbretien, *Anthemis*, Lilien, *Achillea* und *Potentilla*. Bei einigen dieser Pflanzen wird durch einen rechtzeitigen Schnitt dafür gesorgt, daß sich noch ein zweiter Flor einstellt, oder daß zumindest der Blattschopf sich verjüngt.

Im August hat der Cottage Garden seine hohe Zeit: Orange und Gelb sind nun seine Farben; das leuchtende Rot von *Lobelia splendens (L. fulgens)* und das warme Orange von *Tithonia rotundifolia* setzen einige Akzente im leuchtenden Gelb der Taglilien. Nur noch vereinzelt zeigen sich Blüten der Kletterrose 'Mme Alfred Carriere' am South Cottage.

Vita Sackville-West hatte in ihrem bekannten Essay den Gartenstil von Hidcote als „cottage garden style" bezeichnet, womit sie offenkundig das Romantische und paradisisch Üppige dieses Gartens kennzeichnen wollte. Ebensowenig wie Hidcote ist irgendein Gartenraum von Sissinghurst tatsächlich ein Cottage Garden, auch nicht der so bezeichnete! Vielmehr hat sich der Begriff mit den Inhalten des Romantischen und Üppigen verbunden, vielleicht auch des „Natürlichen", Merkmale, die auch in der idealisierten Charakterisierung des alten Cottage Garden ihren Niederschlag gefunden und so allerdings zu fruchtbaren Konsequenzen geführt hatten. Weder das Farbschema, noch das Pflanzensortiment haben etwas mit dem alten Cottage Garden zu tun. Was diesen Gartenteil mit den alten Bauerngärten verbindet, ist, sieht man einmal von der Beschränkung auf die Farbwahl ab, das Unprätentiöse: die einfache Raumgliederung durch die traditionelle Wegeführung, die etwas „wilde" Gruppierung einzelner Pflanzenarten und die Präsenz von Pflanzen, die üblicherweise mit den Bauerngärten in Verbindung gebracht werden.

Moat Walk

Vom erhöhten Standort des Cottage Gardens sieht man über den Moat Walk zu einer Dionysos-Skulptur, die den Blick auf der anderen Seite eines wasserführenden Grabens auffängt. Es ist das Überbleibsel des alten Burggrabens (moat), der den Obstgarten im Osten und Norden begrenzt.

Diesen tiefergelegenen, korridorähnlichen Moat Walk erreicht man vom Cottage Garden über eine großzügige Treppenanlage, von wo aus sich der Gartenteil, der zwischen Obsthof und Haselhain liegt, in seiner ganzen Länge präsentiert. Linker Hand wird er von einer Ziegelmauer aus Zeiten des alten Schlosses und rechter Hand von einer Böschung begrenzt, die mit ihrem lockeren Bewuchs von Azaleen einen reizvollen Kontrast zur geraden Linie der Mauer bildet.

Die Pastellfarben der alten Mauer und das kräftige Grün des Rasens bilden einen wirkungsvollen Gegensatz. Vereinzelt haben sich in den Fugen zwischen den Backsteinen Pflanzen angesiedelt, Farne, Goldlacke und Leinkraut. Noch heute gedeiht hier und da das von Vita Sackville-West geschätzte *Erysimum* 'Bowles Variety', ein Kreuzblütler, der wegen des tiefen Violetts der Blüten und des sanften Graus des Laubes in englischen Gärten zu Recht häufig kultiviert wird.

Ein breites Band *Aster × frikartii* 'Mönch' zu Füßen der Mauer bringt im Spätsommer Farbe in den Moat Walk. Über die Mauerkrone ragen einzelne Gehölze aus dem Nachbargarten, unter anderem eine im Mai blühende *Wisteria floribunda* 'Alba'.

Die Böschung rechts präsentiert etwa zur gleichen Zeit duftende Azaleen *(Rhododendron luteum)*, unterpflanzt mit *Hosta* und *Houttuynia cordata*.

Am Wassergraben angekommen, sollte man den Blick zurück nicht versäumen: zur Lutyens-Bank und der makellosen, einen Halbkreis bildenden Eibenhecke, hinter der die vier *Taxus*-Säulen aus dem Cottage Garden hervorragen.

Der Kräutergarten

Über eine Thymianwiese gelangt man in einen ab 1938 formal gestalteten, quadratischen Kräutergarten. Auch er ist von einer perfekt geschnittenen Eibenhecke (1934 gepflanzt) eingefriedet. Die meisten englischen Kräutergärten sind nicht nur Gärten für die Küche, sondern aufregende Plätze für Auge und Nase. Dies trifft in besonderem Maße auf den Herb Garden von Sissinghurst zu mit seinen an Formen und Texturen reichen Kräutern und Halbsträuchern. Für Vita Sackville-West war der Kräutergarten auch ein Ort, an dessen Pflanzen sich Legenden knüpfen, deren Trivialnamen etwas über die Sprachkraft des Volkes aussagen und die immer wieder auch an Sha-

Die „Duftbank“ im Kräutergarten lädt nur zum Riechen, nicht zum Sitzen ein. Bepflanzt ist sie mit Chamaemelum nobile 'Treneague'.

kespeare erinnern, in dessen Dramen sich die Vorliebe für gewisse Pflanzen der Elisabethanischen Epoche spiegelt. Die praktischen Aspekte waren jedenfalls nebengeordnet, war doch der Weg von der Küche (im sogenannten Priest House) zum Kräutergarten viel zu lang, um sich schnell mit Petersilie oder Schnittlauch zu versorgen.

Das ästhetische Interesse an der Eigenart der Pflanzen und ihren Gruppierungen ist augenfällig. Sehr stark sind die hohen Gestalten vertreten, Alant *(Inula), Angelica archangelica,* Kardendistel *(Morina longifolia)*, Fenchel *(Foeniculum vulgare)* – auch in der bronzeblättrigen Form – und der Muskatellersalbei *(Salvia sclarea)*. Daneben die niedrigeren wie Kümmel *(Carum carvi)*, Lavendel *(Lavandula angustifolia)*, Rosmarin *(Rosmarinus officinalis)* und Knoblauch *(Allium sativum)*. Auch die Apothekerrose *(Rosa gallica* var. *officinalis)* fehlt nicht.

Bauliche Elemente wie eine mit Dachwurz *(Sempervivum)* besetzte byzantinische Steinschale auf Löwenfüßen und eine steinerne Bank, deren Sitz mit Duftkräutern bepflanzt ist, unterstreichen den ästhetischen Anspruch.

Das Interesse am Duft war bei englischen Gartenfreunden immer schon hoch entwickelt, nicht erst bei Vita Sackville-West. Außer in der Vorliebe für Duftpflanzen spiegelt sich dies auch in der Gartenliteratur mit ihren einschlägigen Veröffentlichungen zum Thema wieder. Einer der inzwischen klassischen Titel „The Scented Garden“ (1931) von Eleanor Sinclair Rohde war im Besitz der Nicolsons. Das Buch überliefert im Anschluß an die Beschreibung des Duftgartens, nach Saisonabschnitten gegliedert, alte Rezepte zur Herstellung von Potpourris, also aromatischen Arrangements für das Haus; eine Tradition, mit der sich Vita und Harold liebevoll beschäftigten. Bezeichnenderweise werden solche Gartenklassiker noch heute gehandelt und kosten ihr Geld.

Der Obstgarten (Orchard)

Bevor man zur Tower Lawn gelangt, durchquert man den Obsthof. Apfel- und Birnbäume, Strauch- und Kletterrosen geben zu unterschiedlichen Zeiten ein Blütenfest. Es beginnt aber bereits im März, wenn das Weiß und Gelb Tausender von Narzissen diesen Obsthof zu einem Frühlingsgarten werden lassen, gefolgt von der Blüte einiger Zierkirschen wie *Prunus* 'Tai-Haku' im April, die noch aus der Zeit stammt, als Vita Sackville-West diese japanischen Gartenschätze bei dem berühmten Pflanzensammler Collingwood Ingram, genannt „Cherry“, bewundern konnte und für würdig hielt, sie im eigenen Garten anzupflanzen. Eine andere Sorte, die auch im Obsthof gedeiht, ist *Prunus* 'Great White Cherry'.

Die meisten Obsthöfe der großen englischen Gärten, wie in Great Dixter unweit Sissinghurst und Penshurst Place bei Tunbridge Wells in Kent, um nur einige Beispiele zu nennen, haben ein ausgesprochen romantisches Flair, das etwas mit der ehrwürdigen Tradition dieser „orchards“ zu tun hat. Ihre Ursprünge gehen bis in die Zeit der Renaissance-Gärten des alten Englands zurück, in denen sie ebenso nützliche wie ästhetisch schöne Bestandteile der gesamten

Gartenanlage waren, wo Rosensträucher und Obstbäume miteinander vergesellschaftet wurden. Erst zu Beginn des 18. Jahrhunderts, mit der Einrichtung von Küchengärten (walled kitchen garden), wurden die Anpflanzungen von Obstgehölzen räumlich ausgegrenzt.
Diese Traditionslinie der alten Tudorgärten wurde bereits zum Ende des vorigen Jahrhunderts wieder aufgenommen und reicht weiter bis in unsere Zeit. Harold Nicolson kannte den historischen Hintergrund genau, als er seiner Frau in einem Brief riet, es sei genügend Platz für Blühendes da, weniger für Prachtstauden als für „Alte Rosen, weißen Fingerhut in Mengen und ganze Regimenter von Narzissen".

Tower Lawn

Viele der größeren Gartenräume in Sissinghurst haben mit der rechteckigen Tower Lawn eine gemeinsame Grenze. Obwohl er doch so zentral liegt, hat dieser Gartenraum kein eigenes Thema. Auf dem ausgedehnten Rasen existieren keine bepflanzten Flächen. Angrenzend an die Mauer zum Rosengarten gibt es allerdings zwei Pflanzenquartiere, unter anderem einen kleinen Senkgarten, in denen Moorbeetpflanzen gedeihen.
Im übrigen verlaufen entlang der begrenzenden Mauern schmale Beete, auf denen rankende und kletternde Pflanzen wachsen, also das ermöglichen, was die Engländer „wall gardening" nennen. Links und rechts vom Turmdurchgang wächst die großartige Kletterrose 'Albertine', eine einmalblühende Schönheit, deren große, silbrigrosa Blüten in verschwenderischer Fülle im Juni erscheinen. Daneben werden auch solche Gehölze verwendet, die im Schutz der Mauern besonders gut gedeihen, zum Beispiel *Indigofera potaninii* und *Carpenteria californica*.

White Garden: ein Garten in Silbergrau und Weiß

Von der Tower Lawn gelangt man durch das Bishop's Gateway in den berühmten Weißen Garten. Er entstand Ende der vierziger Jahre als eine der letzten Partien in Sissinghurst. Der Garten ist dem Priest House zugeordnet und allseitig von Mauern und Hecken umgeben. Nicolson ersann die sehr einfachen, aber wirkungsvollen Binnenstrukturen dieses Raumes. Es handelt sich um ein Rechteck mit einem Wegekreuz, in dessen Zentrum sich heute eine Art Rosenlaube befindet, die Ende Juni, Anfang Juli von einer weißen Rosenwolke *(Rosa mulliganii)* eingehüllt ist.
Der dem Haus vorgelagerte Teil ist stärker gegliedert als die andere Hälfte. Hier haben alle Beete eine Einfassung von Buchs. Es sind Quartiere von Rosen ('Schneewittchen'). *Zantedeschia aethiopica, Gypsophila,* allesamt weißblühende Pflanzen mit stark kontrastierenden Texturen.
Reicher und romantischer präsentiert sich der andere, südlich gele-

Oben: Die Cospoli-Schale im Kräutergarten ist mit Sempervivum bepflanzt. Unten: Das Farbenspiel im berühmten White Garden.

gene Teil. Hier steht am Ende einer Wegachse – im Schatten einer *Pyrus salicifolia* 'Pendula' – eine Mädchenskulptur, The Virgin. Zu ihren Füßen breitet sich ein Pflanzenteppich aus, der, zu den Rändern hin ansteigend, alle silbernen und grauen Töne und sämtliche Abstufungen von Weiß im Laub bzw. in den Blüten der Pflanzen zeigt. Alle Arten bis auf wenige hohe wie die Eselsdistel (*Onopordum acanthium*) oder das Riesenschleierkraut (*Crambe cordifolia*) sind in Gruppen gepflanzt. Nur die Massierung der niedrigen und halbhohen wie *Artemisia, Senecio bicolor (Cineraria maritima)* und *Stachys byzantina*, um nur wenige zu nennen, bewirkt die großartigen Effekte der Farben und Texturen, die diesem Garten seinen unverwechselbaren Reiz verleihen. Dutzende von *Lilium regale* spenden im Juli zusätzlichen Duft.

Die Zukunft von Sissinghurst Castle Gardens

Gut dreißig Jahre nach dem Tod von Vita Sackville-West (1962) läßt sich sagen, daß die Zukunft dieser großartigen Gärten gesichert ist. Das sah zunächst nicht so aus, da eine sehr hohe Erbschaftssteuer bei der Übernahme durch die beiden Söhne, Benedict und Nigel Nicolson, den Verkauf von Land notwendig gemacht hätte, in dessen Folge der ländliche Charme der Umgebung verändert worden wäre. Noch zu Lebzeiten hatte Vita Sackville-West ihrem Tagebuch anvertraut, daß sie niemals einer Übergabe an den National Trust würde zustimmen können. Aber genau mit dieser Lösung ließ sich der Bestand von Sissinghurst garantieren. Am 17. April 1967 übernahm der National Trust den Besitz und damit die Verantwortung für dessen Erhalt.

Betrachtet man die von Jahr zu Jahr stetig ansteigenden Besucherzahlen in den Monaten April bis Oktober – von November bis Ostern ist Sissinghurst nicht zugänglich –, so wird deutlich, daß sich die Anlage selbst erhalten kann. Auf der anderen Seite drohen allerdings Gefahren. Sissinghurst war zuvor ein privater Garten, geschaffen, um den Eigentümern und ihrem Freundeskreis Vergnügen zu bereiten. Vita Sackville-West haßte alle Maßnahmen, die dazu führten, dem Garten sein romantisches Flair zu nehmen. Experiment und Improvisation waren Elemente ihrer Gartenpraxis. Sie hatte wohl weder den Ehrgeiz noch die Kraft, alle Bereiche über die ganze Saison in Hochform zu erhalten.

Mit der Öffnung von Sissinghurst traten Veränderungen ein, die teilweise durch sehr handfeste Zwänge bedingt waren, teilweise aber auch den Erlebnisansprüchen des Publikums entsprechen sollten. Rasenwege und schmale Ziegelsteinpflaster konnten nicht länger ihre Funktion erfüllen; sie mußten durch das Legen von Platten breiter und sicherer gemacht werden. Das hat die Atmosphäre der Gärten tatsächlich verändert. Außerdem war man bestrebt, durch die Zuwahl besonderer Pflanzen und mit Hilfe bestimmter Techniken die Dauer der Attraktivität einzelner Bereiche zu verlängern. Die sehr wohl professionelle Pflege der Gärten in der Verantwortung des National Trust hat ihnen etwas von ihrer Intimität und Romantik genommen, sie andererseits aber auch perfekter gemacht. Ein Glücksfall bleibt allerdings die Tatsache, daß die beiden verantwortlichen Gärtnerinnen, Pamela Schwerdt und Sibylle Kreutzberger, noch von Vita Sackville-West in ihre Arbeit eingeführt wurden und deren Werk nun über dreißig Jahre gewissermaßen authentisch fortführen konnten.

Der Weiße Garten und seine Folgen

Sissinghurst ist noch zu Lebzeiten Vita Sackville-Wests, etwa ab 1950, ein Mekka der Gartenbesucher geworden, und der Weiße Garten stand in deren Gunst an erster Stelle. Vita hatte mit ihren Veröffentlichungen im „Observer" nicht wenig dazu beigetragen, daß es hierzu kam. Aber auch namhafte Gartenarchitekten wie Lanning Roper hatten auf das Romantisch-Besondere dieses Gartenentwurfes hingewiesen.

Es blieb nicht aus, daß in Großbritannien und auf dem Kontinent etliche Versuche unternommen wurden, Gärten mit ähnlichem Charme entstehen zu lassen, zum Beispiel im Garten von York Gate House (bei Leeds) und in Crathes Castle (Schottland) oder im Garten von Huys de Dohm (in Heerlen in den Niederlanden), um nur einige zu nennen. In einigen von diesen wird die scheinbare Schwerelosigkeit des Vorbildes erreicht. Sie

August-Rabatten in Parham (oben) und Cliveden (unten). Kühle, gedämpfte Farben hier, leuchtende, warme dort. Weiß und Grau schaffen sanfte Übergänge, das Violett bewirkt Spannung. Rechts: Gartenbilder leben nicht nur von der Farbe, sondern von Wuchs- und Blattformen sowie Texturen.

alle haben den Gartenliebhabern die Augen für die Qualitäten von Weiß geöffnet. Dabei haben sie gelernt, die unterschiedlichen Schattierungen wahrzunehmen, die von Grau über Cremefarben hin zu Rosa reichen können, denn reines Weiß ist ja eher selten. Daß man dunkle Partien mit Weiß aufhellen und die Intensität von Farben durch die Nachbarschaft von Weiß im Sinne einer Kontrastierung steigern kann, hat die Erfahrung und das Erlebnis in weißen Gärten gelehrt.

Schließlich ist der Weiße Garten zum Inbegriff des monochromen Gartens überhaupt geworden und hat zur Popularisierung dieses Gedankens entscheidend beigetragen. Das hat britische Gärtner in der zweiten Hälfte dieses Jahrhunderts dazu angespornt, monochrome Gartenbilder und Farbgärten zu gestalten und die jeweiligen Farbschemata auf unterschiedliche Situationen zu übertragen.

So entstanden Frühlingsgärten, Wassergärten und Topiary-Gärten in Weiß. Daneben trifft man auch auf gemischte Rabatten, die es dem Gestalter erlauben, auf relativ begrenztem Raum ein üppiges Sortiment zu nutzen, denn von sehr vielen Stauden gibt es ja auch eine weiße Variante. Im Frühling helfen kurzlebigere Arten wie Goldlack *(Cheiranthus cheiri)* und Stiefmütterchen *(Viola*-Wittrockiana-Hybriden) zusammen mit Narzissen und Tulpen, die Zeit bis zum Staudenflor zu überbrücken, der in der Saison außerdem von Sommerblumen wie Fleißiges Lieschen *(Impatiens)* oder Ziertabak *(Nicotiana)* unterstützt wird. Panaschierte Gehölze können der Rabatte zusätzlichen Reiz und Halt geben, beispielsweise *Aralia mandshurica* 'Variegata', *Weigelia florida* 'Variegata' und *Cornus controversa* 'Variegata'.

Monochrome Gärten oder Gartenteile sind wohl eher die Ausnahme. Im allgemeinen sieht man gemischte Rabatten, in denen eine reduzierte Verwendung der Farbpalette vorherrscht. Ausgesprochen bunte, farbenfrohe Staudenbeete sind in den bekannten Gärten selten.

In **Jenkyn Place**, einem Garten mit Räumen im Stile Hidcotes, gibt es ein prächtiges, farbenreiches Stauden-Doppelbeet, dem kein erkennbares Farbschema zugrundeliegt, ohne je bunt oder grell zu sein. Vielmehr entdeckt der Besucher

im Vorbeigehen Gruppierungen, die, auch für sich betrachtet, gelungene Gartenbilder darstellen.
Auch die Bemühung, das ausgefeilte Farbschema der Großen Rabatte Jekylls in Munstead Wood nachzuempfinden, hat es in unserer Zeit gegeben. In **The Priory** (Kemerton in Gloucestershire), einem von Peter Healing angelegten, durch Hidcote inspirierten Garten, ist die Rabatte die Hauptattraktion, obwohl es daneben eine ganze Reihe weiterer interessanter Gartenräume gibt. Peter Healing übernahm den Farbaufbau von Gertrude Jekyll, verwendete jedoch im wesentlichen andere Pflanzen. Seine Auswahl repräsentiert im großen und ganzen das heutige Sortiment und verfügt dabei auch über entsprechende Verbesserungen. Als Pflanzenkenner und -sammler entdeckt man auch seltenere Schätze, zum Beispiel die scharlachrote *Lobelia cardinalis* 'Dark Crusader' oder den Perückenstrauch *Cotinus coggygria* 'Foliis Purpureis'.
Das Beet ist 55 m lang und etwa 5,5 m tief; es liegt vor einer dunklen Eibenhecke. Am Südende beginnt es mit blaßsilbernen Blattpflanzen, denen Blütenpflanzen in Weiß, Cremefarben, Blaßrosa und Pastellgelb folgen. Leuchtendes Gelb schließt sich an wie das von *Achillea* 'Coronation Gold', danach orangefarbene und rostrote *Heliopsis*, gefolgt von *Lobelia cardinalis* 'Dark Crusader'; die Mitte wird dominiert von *Cotinus coggygria* 'Foliis Purpureis'. Zum Ende des Beetes hin verblassen die Farben in umgekehrter Reihenfolge. Die Auswahlmerkmale Peter Healings neben der Farbe waren Wuchseigenschaften und Texturen der Blätter. Auch in dieser Hinsicht stellt die Rabatte eine Meisterleistung dar.
Als bewußte Nachschöpfung im Geiste Getrude Jekylls können die Beete von **Cliveden** gesehen werden. Länge und Breite entsprechen ungefähr denen von Munstead Wood. Beiden gemeinsam ist die Halt und Schutz bietende hohe Mauer. Im Gegensatz zu Jekylls gemischter Rabatte liegen sich in Cliveden zwei Beete gegenüber. Graham Thomas, der langjährige Berater des National Trust, entwarf sie und verwendete auf der nach Westen zeigenden Rabatte warme, auf dem nach Osten gerichteten gedämpfte Farben. In beiden kommt die Farbe Weiß als überleitendes Moment vor. An der Mauer des Westbeetes blühen purpurfarbene *Clematis* und gelbe Rosen, an der gegenüberliegenden Mauer lavendelfarbene und rosa *Clematis* und Rosen in blassem Pink. Juli und August sind die Hauptsaison.
Graham Thomas verfuhr bei der Pflanzung der Stauden nach der Technik Jekylls, die Farbgruppen „in drifts" anordnete, also in unregelmäßig verlaufenden Bändern, die ineinander verwoben erscheinen, so daß die Rabatte wie ein textiles Gebilde, etwa wie ein prächtiger Wandteppich, wirkt.
In gedämpften Farben wurde das berühmte Doppelbeet in **Crathes Castle** angelegt. Es ist Teil des Lower Gardens und beginnt unterhalb des Fountain Gardens bei einer Treppe. Es liegt beidseitig eines breiten Plattenweges, der auf eine kugelig geschnittene *Prunus lusitanica* zuläuft (Abbildung Seite 9). Jedes Beet ist ungefähr 25 m lang und 4 m breit. Die Höhenstaffelung beginnt am Weg etwa kniehoch und erreicht am hinteren Rand ungefähr Mannshöhe. Vor allem Stauden wurden hier verwandt. Den Abschluß des Beetes bilden allerdings Kletterrosen, beispielsweise 'New Dawn', deren Triebe an Seilen geführt werden.
Reizvolle Einzelbilder des in seiner Gesamtheit prachtvollen Doppelbeetes entstehen durch eine interessante Vergesellschaftung von Pflanzen, die zum Beispiel ähnliche Wuchseigenschaften wie etwa einen lockeren Aufbau haben. So ragen Triebe einer *Campanula lactiflora* mit hellvioletten Blütenständen durch das filigrane Laub einer *Indigofera*, deren Zweige Hunderte von dunkelvioletten Blütenkerzen tragen. Rötliche Knospen und zartrosa Blüten der Rose 'New Dawn' leuchten in einem Meer rosavioletter Glöckchen von *Campanula lactiflora* 'Loddon Anne'. Die schlanken Kerzen der karminrosa *Lythrum salicaria* und weiße *Sidalcea* überragen die zarten Blütenstände von *Geranium pratense*. Aus weißen Wolken der *Filipendula*-Blüte tauchen tiefviolette Blütenköpfe von *Geranium pratense* 'Plenum Violaceum' auf. Zur Vielfalt der Blütenformen kommt als Begleitakkord das Spiel der Farben. Tiefes Violett, Magenta, helles Blau, Silbergrau und blasses Rosa werden immer wieder unterbrochen von Cremeweiß, Apricot oder blassem Gelb. Die hohe Luftfeuchtigkeit Schottlands bringt die Farben zum Leuchten. Wegen der

nördlichen Lage von Crathes Castle hat diese Doppelrabatte ihren Höhepunkt drei bis vier Wochen später als Staudenbeete in Südengland. Das Pflanzensortiment enthält nach Farben geordnet:
Blau, Violett, Magenta: *Aconitum, Campanula lactiflora* ‘Loddon Anne’, *Delphinium*-Pacific-Hybriden, *Geranium psilostemon, Geranium pratense* und die Sorte ‘Violaceum Plenum’, *Nepeta* ‘Six Hills Giants’
Rosa: *Galega*-Hybriden, *Lythrum salicaria, Sidalcea*-Hybride
Weiß: *Anaphalis triplinervis, Filipendula, Sidalcea candida*
Silbergrau: *Artemisia*
Apricot, Gelb: *Achillea*-Hybride, *Verbascum*-Hybride.

Das „picture gardening“, wie das Gestalten von Gartenbildern in Farbe schon bei Gertrude Jekyll heißt, ist noch Ende unseres Jahrhunderts höchst lebendig. 1990 wurde der Garten von **Parham**, einem elisabethanischen Landsitz in Pulborough, West Sussex, von Christie’s Historic Houses Association zum Garten des Jahres gekürt. Hier sind nach dem Prinzip der gemischten Bepflanzung, neben einer kleineren weißen Rabatte, ein Doppelbeet in „Blau“ und eine Rabatte in „Gold“ entstanden. Während das Gold Border in Gelb und Orange die warmen Farben vereinigt, dominieren im Blue Border unter Verwendung weißblühender und graulaubiger Stauden kühle Farben.

Die Wahl der Farbtöne und der besonderen Blattexturen bewirkt Farbeindrücke von großer Zartheit und Vollkommenheit. Hohe Luftfeuchtigkeit und diffuses Licht eines bedeckten Augusthimmels sind Voraussetzungen, die Farbbilder der Rabatten zum Leuchten zu bringen.

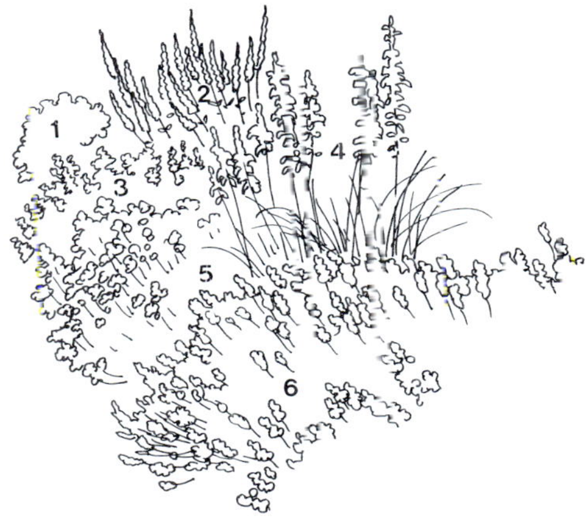

Ein Beispiel für „picture gardening“ in Parham
1 Clematis × durandii
2 Lythrum salicaria ‘Robert’
3 Nepeta × faassenii ‘Six Hills Giant’
4 Galtonia candicans
5 Origanum laevigatum ‘Hople’s’
6 Lavandula angustifolia ‘Munstead’

Great Dixter
Gemischte Rabatten

Die Gärten von Great Dixter

In seinem Anfang der sechziger Jahre erschienen Buch „Great Gardens in Britain" meint Peter Coates: „Von allen Gärten scheint Great Dixter der englischste zu sein", ein Eindruck, der sich aus verschiedenen Gründen einstellen kann. Da ist die sehr englische Landschaft von Sussex, lang schwingende, sanfte, teilweise bewaldete Hügel mit weiten Obstgärten und Hopfenfeldern, Hecken und schmalen, gewundenen Straßen.

Das Haus mit malerischem Tudor-Fachwerk stammt aus der Mitte des 15. Jahrhunderts und liegt auf einer Anhöhe, mitten in einem Garten mit lockerem Bestand von Apfel- und Birnbäumen.

Als Nathaniel Lloyd dies Anwesen 1920 kaufte, beauftragte er Edwin Lutyens mit der Restaurierung aller Gebäude, einschließlich des für die Region so typischen Oast Houses, dessen drei Darre-Türme bis 1939 noch zum Trocknen von Hopfen benutzt wurden. Durch Entfernen von Zwischendecken im alten Haus stellte Lutyens die ehrwürdige Great Hall wieder her und fügte aus Resten eines Abrisses aus der gleichen Zeit nach Süden einen Flügel und eine hochliegende Terrasse an. Es gab nichts, was man als Garten hätte erhalten können; im vorderen Garten hat eine alte wilde Birne und ein *Prunus laurocerasus* überlebt, hinter dem Haus eine gut fruchtende Feige.

Vorherige Doppelseite: Allseitig von Mauern umgeben, bietet der Senkgarten den Pflanzen kleinklimatische Vorteile und dem Besucher ein intimes Raumerlebnis.

Beim Entwurf seines Plans für den Garten (um 1911) hatte Lutyens die unregelmäßig im Gelände verteilten Farmgebäude zu berücksichtigen. Das Haupthaus lag zwar in der Mitte, jedoch stand keines der übrigen Gebäude zu ihm im rechten Winkel. Durch zusätzlich errichtete Mauern und Hecken gelang es, den Garten so zu gliedern, daß eine Folge von Gartenräumen entstand. Einzelne Vistas sorgen für Blickverbindungen zwischen diesen Räumen. Die Erwartungshaltung des Gartenbesuchers wird – ähnlich wie in Hidcote auch – ständig aufs Neue gespannt, und er erlebt Great Dixter als eine Folge von Räumen mit wechselnden Gartenthemen. Die Übergänge von einem Bereich in den nächsten durch Torwege und Heckendurchlässe fungieren gleichzeitig als Rahmung zentraler Bildmotive beziehungsweise verstärken die Wirkung der Focal Points. So hat man schon von der Front Lawn aus einen überraschenden kurzen Blick in den benachbarten Barn Garden, ohne daß dieser sich dem Auge völlig offenbart.

Die von Edwin Lutyens im Entwurf rund ums Haus vorgesehenen Mauern ersetzte Nathaniel Lloyd teilweise durch Eibenhecken, die im Laufe der Jahrzehnte zu gewaltigen grünen „Mauern" herangewachsen sind. Nicht alle sind schnurgerade; im Bereich der Topiary Lawn und des Kitchen Garden gibt es auch schwungvoll gebogene Eibenhecken. Einige erinnern an zinnengeschmückte Burgmauern und prägen so das Flair von Great Dixter.

Ein weiteres charakteristisches Strukturmoment des Gartens sind die Treppen von Lutyens. Ihre Bedeutung wird durch die besondere Verwendung bodenständiger Materialien noch hervorgehoben; unter anderem sind es schmale Dachziegel, die, senkrecht nebeneinander gesetzt, eine lebendige Oberflächenstruktur entstehen lassen. Ein Teil der eindrucksvollen Wirkung Great Dixters läßt sich mit der geglückten Gesamtstruktur erklären: der Zusammenhang von Gebäuden, Mauern, Hecken und Wegen bietet den festen Rahmen, innerhalb dessen zwei Generationen der Lloyd-Familie ein Gartenparadies entstehen ließen.

Great Dixter
1 Eingang
2 Meadow Garden
3 Wildbirne
4 Lorbeer
5 Wohnhaus
6 Wall Garden
7 Senkgarten (Sunk Garden)
8 Barn Garden
9 Scheune (Barn)
10 Hopfendarre (Oast House)
11 Terrasse
12 Lower Terrace
13 Oberer Graben (Upper Moat)
14 Topiary Lawn
15 Rosengarten
16 Obstgarten (Orchard)
17 Unterer Graben (Lower Moat)
18 Long Border
19 alte Eibe
20 High Garden
21 Horse Pond
22 Anzuchten

1
2
3
4
5
6
7
8
9
10
11
12
13
14
15
16
16
16
17
18
19
20
21
22
N

Linke Seite: Pfauenfiguren, herausgeformt aus Eiben, stehen rund um das alte, ehrwürdige Haus von Great Dixter. Der Formschnitt (Topiary) ist Teil der Architektur des Gartens. Rechts: Auffallende Blattformen und bizarre Blütenstände bewirken Kontraste.

Meadow Garden

Der erste Blick auf den Giebel des Hauses bietet ein klassisches Bildmotiv aus dem alten England. Die Wiesen links und rechts des breiten Plattenweges sind zu den entsprechenden Zeiten im Jahr übersät mit Blüten einheimischer und exotischer Wildflora. Diese Form des „meadow gardening", wie es heute allgemein genannt wird, praktizierte in Great Dixter zuerst Daisy Lloyd, die Mutter des heutigen Besitzers, die Robinsons Ideen des „wild gardening" kannte. Vom Winterling bis zur Herbstzeitlose gibt es rund ums Jahr in den Wiesen hier etwas zu sehen.

Narzissen, *Crocus*, Schachbrettblume und Primeln *(Primula veris)* konnten sich in vielen Jahrzehnten fest etablieren. Winterlinge, Schneeglöckchen und Krokusse sind an ihnen zusagenden Plätzen die ersten. Sie gedeihen gut unter Bäumen, wo der Grasteppich nicht so dicht ist, während die Schachbrettblume *(Fritillaria meleagris)* an offeneren, feuchteren Standorten steht. Narzissen blühen in der Nähe des Eingangs zum Garten in größeren Kolonien auf der Front Lawn. Auch ihnen scheint der Platz zu gefallen, denn *Narcissus pseudonarcissus* und die Sorte 'Tête-à-tête' vermehren sich hier durch Versamen.

Im Sommer blühen Orchideen *(Dactylorhiza maculata* ssp. *fuchsii* und *Orchis mascula*), Wiesenstorchschnabel *(Geranium pratense)*, die purpurfarbene *Centaurea nigra*, das Mädesüß *(Filipendula ulmaria)* und Margeriten *(Leucanthemum vulgare)*. Ein dritter Wiesenflor stellt sich ab Ende August mit Herbstzeitlosen *(Colchicum*-Arten wie *Colchicum autumnale)* und herbstblühendem *Crocus (C. speciosus, C. nudiflorus)* ein.

Zu den wichtigsten Grundvoraussetzungen für das Gelingen des „meadow gardening" gehört es, die Fertilität des Bodens nicht künstlich zu verbessern und den Rasenschnitt dem Vegetationsrhythmus der Wiesenflora anzupassen. So wird das Gras im allgemeinen erst nach der Versamung geschnitten. Die erste Mahd erfolgt Ende Juli, eine zweite im August und die letzte Ende November.

Der Weg endet bei der von *Taxus*-Kugeln flankierten malerischen Vorhalle des Hauses. Im Eingangsbereich fällt der Blick auf Blatt- und Blütenpflanzen, die, im Kalthaus herangezogen, von März bis Oktober die Besucher begrüßen – je nach Jahreszeit eine Gruppe Frühblüher, Töpfe und Tröge mit *Iris bucharica*, Anemonen, Narzissen oder später im Jahr Trompetenlilien *(Lilium formosanum)* und *Begonia scharffii (B haageana)*, deren rosafarbenene Blätter von der Nachmittagssonne zum Leuchten gebracht werden. Als sollte die Üppigkeit der Bepflanzung hierdurch noch unterstrichen werden, gibt es an verschiedenen Plätzen im Garten reich bepflanzte Töpfe.

Wall Garden

Der erste Gartenraum, den man nach dem Verlassen des Meadow Gardens erreicht, ist der Wall Garden. Treppen und Mauern dieses rechteckigen Raumes zeigen mit der ausgesuchten Verwendung des heimischen Materials deutlich die Handschrift des Architekten Edwin Lutyens. An den Außenbegrenzungen verlaufen Rabatten einer Pflanzengesellschaft, die Christopher Lloyd als eine typische „mixed border community" bezeichnet. Licht und Schatten bedingen die Zusammensetzung dieser gemischten Bepflanzung. Ab Juli beginnt dieser Gartenteil seine Schönheit voll zu entfalten. Gehölze und Stauden, Sommerblumen und Zwiebelpflanzen sind, ihren Verwendungsmöglichkeiten entsprechend, daran beteiligt.

An einem sonnenbeschienenen Standort zum Beispiel setzt ein prächtiges Exemplar von *Cistus* ×

cyprius mit seinen weißen Blüten, die an der Basis karmesinrot gefleckt sind, einen Akzent; benachbart von Affodil und Nachtkerze. Diese Zistrose gehört wegen der bemerkenswert großen Blüte und ihrer besonderen Zeichnung zu den schönsten *Cistus*-Formen überhaupt, deren graugrünes, klebriges Laub ein harziges Aroma an die Umgebung abgibt. Die Pracht dieser Blüten ersteht jeden Morgen aufs Neue, endet aber bereits in den Mittagsstunden.

Auch das Blühverhalten der vor der Zistrose stehenden gelb gesternten *Asphodeline liburnica* weicht von der Norm ab: ihre Blüten öffnen sich erst am Nachmittag. *Oenothera stricta*, eine blaßgelbe Nachtkerze, zieht mit ihrem Duft erst abends ein Heer von Insekten an. Einen sonnigen Platz hat auch die Strauchmalve, *Lavatera olbia*; ihr üppiger Blütenflor in Rosa dauert bis in den Herbst an. Einen langanhaltenden Blütenschmuck präsentieren auch diverse Hortensien, die weiße *Hydrangea* 'Mme Emile Mouillère' und die tiefrosafarbene 'Hamburg'; neben ihnen ein im September blühender Strauch mit starkem Duft: *Ligustrum quihoui*, und an der Mauer eine kletternde Vertreterin aus der Familie der Hortensiengewächse (Hydrangeaceae): *Pileostegia viburnoides* mit langen weißen Blütenständen. In einer schattigen Ecke des Wall Gardens gibt es ein Gartenbild von bemerkenswerter Dichte. Es handelt sich um zwei Pflanzennachbarn, die man so nie nebeneinander gesehen hat: die mit kerzenartigen, weißen Blütenständen fast 1,50 m hoch werdende *Veratrum album* und *Hosta ventricosa* 'Variegata'. Beide sind in mehreren Exemplaren vertreten und bieten mit ihren ausdrucksvollen Blättern schon vor der Blüte im Juli einen interessanten Anblick. Im August zeigt *Cestrum parqui* Rispen hellgrüner Blüten, die ihren mächtigen süßen Duft gegen Abend im Garten verströmen. Auch dieser Strauch, an einer Mauer kultiviert, ist wie so viele in diesem Gartenraum nicht ganz frosthart. *Clerodendrum bungei* blüht im September karminrot und lockt mit seinem Duft Schmetterlinge an.

Am Ausgang des Wall Gardens präsentiert sich eine Gruppe prächtiger Blattpflanzen in mehreren Etagen: eine größere Kolonie *Hosta undulata* zusammen mit verschiedenen Farnen unter einer mehr als mannshohen *Fatsia japonica*, die mit ihren immergrünen Blättern noch im Winter eine ansehnliche Gestalt darstellt.

Barn Garden und Sunk Garden

Vom Wall Garden aus gelangt man in den Barn Garden und den Senkgarten, die zusammen einen geschlossenen Gartenraum bilden. 1923 entwarf Nathaniel Lloyd diesen Gartenteil, der von Gebäuden und Mauern umschlossen ist. In der Mitte liegt abgesenkt ein oktogonales Seerosenbecken in einer rechteckigen Vertiefung. Große Vorbilder sind in England schon vorher vorhanden gewesen, etwa der Pond Garden in Hampton Court. Noch 1892 hatte Reginald Bloomfield in seinem Buch über den formalen Garten in England für Strukturen des Architekturgartens geworben. Der Edwardianische Garten zu Beginn des Jahrhunderts lebt noch vom Gedankengut eines Reginald Bloomfield, und Nathaniel Lloyd, selbst Architekt, ist mit ihm vertraut gewesen. Neben der reizvollen Form dieses Senkgartens sind eine Reihe von Vorteilen bei der Kultivierung von Pflanzen zu nennen. So ergeben die Seitenwände günstige Standorte für solche Stauden, die einen geringen Bedarf an Feuchtigkeit haben, vielleicht sogar Trockenheit im Bereich des Wurzelhalses fordern. Alle Halbsträucher wie Lavendel, Rosmarin, *Helianthus*, aber auch Ein- und Zweijährige fühlen sich unter solchen Bedingungen wohl, weil zur gut funktionierenden Dränage ein günstiges Kleinklima hinzukommt, bewirkt durch Wärmespeicherung und Windschutz.

Der **Senkgarten** ist von Gebäudeteilen und Mauern so eingefaßt, daß ein nach oben hin offener Raum entsteht, der von zwei Seiten her zugänglich ist. Die Mauern und Wände werden von kletternden oder rankenden Gehölzen bedeckt. Von den Rändern her fällt das Gelände zum eigentlichen Senkgarten in der Mitte leicht ab. Die Form ist ein Rechteck, in dessen vertieftem Zentrum das achteckige Seerosenbecken liegt. Die Seitenwände bestehen aus Trockenmauern; in sie wurden Treppen und Steinbänke eingelassen.

Während die Ränder des Gartenraumes einen üppigen Pflanzenbesatz aufweisen, ist der Senkgarten nur sparsam bepflanzt. Ein Rasenstreifen bildet einen ruhigen

Übergang von einem Bereich zum anderen.
Die Treppen werden beiderseits von *Osmanthus delavayi* flankiert, einem Gehölz, das durch jährlichen Schnitt in Form gehalten wird. Durch Selbstaussaat verbreiten sich in den Fugen der Mauern *Campanula portenschlagiana* und *Geranium dalmaticum*. Das grazile *Erigeron karvinskianus* übersteht kältere Winter im Schutz des Kleinklimas leicht. Am Boden bilden Flecken von *Acaena novae-zelandiae* zusammen mit *Lotus corniculatus* einen kostbaren rötlichen Teppich mit gelben Einsprengseln. Seerosen und *Iris* ('Gerald Barberg') bedecken sparsam die Wasserfläche, so daß sich Wolken und die Türme der Hopfendarre noch spiegeln können.
Der Reiz dieses Architekturgartens resultiert aus der Spannung zwischen der formalen Strenge der Struktur und ihrer teilweisen Auflösung durch die sich den Raum erobernden Pflanzen. Es sind dies vor allem Arten, die eine natürliche Verbindung zum Stein haben, teppichbildende oder zierlich bleibende Pflanzen. Das Verhältnis von Architektur und Bepflanzung ist ausgewogen und kontrolliert. Weder darf das Gebaute dominieren, noch die Bepflanzung alles überwuchern. Diesem Zweck scheinen auch die großen Terrakottatöpfe an den Längsseiten des Senkgartens zu dienen, die in jeder Saison mit neuer Bepflanzung aufgestellt werden. *Helichrysum petiolare* eignet sich hierzu wegen seiner besonderen Wuchseigenschaften. Mit seinen langen, gut verzweigten Trieben ragt es noch in den Senkgarten hinein. Vor dem Hintergrund des silbergrauen Laubes hebt sich das Orange der Begleitpflanze, einer Pelargonie 'Maxim Kovalevski', gut ab.
Rund um den Senkgarten verläuft der **Barn Garden** (barn = Scheune). Ein schmaler Rasen fungiert als Überleitung von einem Bereich in den nächsten. Der Barn Garden besteht im wesentlichen aus breiteren Pflanzstreifen entlang der Gebäude und Mauern, in deren Schutz sich ein günstiges Kleinklima bildet, das ein bemerkenswertes Sortiment frostempfindlicher Pflanzen zuläßt. Das Kriterium für die Auswahl war sicher nicht ausschließlich die Tatsache, daß es sich bei manchen von ihnen um ausgesprochen heikle Vertreter handelt, ein Sachverhalt, der die Experimentierfreude des Pflanzensammlers Christopher Lloyd immer wieder herausgefordert haben mag, sondern die individuelle Attraktivität jeder einzelnen Pflanze im Hinblick auf ihren Habitus, ihr Laub und ihren Blütenschmuck. Entscheidend für ein geglücktes Gartenbild ist das ausgewogene Verhältnis aller drei Merkmale, wobei dem Umstand Rechnung zu tragen ist, daß der Schmuck der Blüten nur über eine relativ kurze Zeit anhält, der der Blätter jedoch über eine ganze Vegetationsperiode, wenn es sich um laubabwerfende Pflanzen handelt.
Der besondere Wert immergrüner Gehölze wird an der Auswahl im Barn Garden einmal mehr deutlich. Sie bilden ein saisonübergreifendes Grundgerüst, das durch eine Anzahl interessanter Gräser noch verstärkt wird. Da diese im Herbst nicht abgeschnitten werden, geben die weißlichen Fahnen der Blütenstände und das gelbe Blattwerk ein reizvolles Wintermotiv ab. Zu der Gesellschaft der höheren Gräser gehören im Barn Garden *Miscanthus* 'Silver Feather', *Spartina pectinata (S. michauxiana)* 'Aureomarginata' und eine niedrige Form des Pampasgrases, *Cortaderia selloana* 'Pumila'; zu den niedrig bleibenden Gräsern zählen *Pleioblastus variegatus (Arundinaria variegata)* und *Hakonechloa macra* 'Aureola'. Zusammen mit alten Blütenständen von *Hydrangea* oder Astern entstehen vor dem Hintergrund glänzenden Laubes der Immergrünen im Herbst und im Winter Farbeindrücke, wie man sie von den Bildern alter niederländischer Meister kennt.
Ein unschätzbarer Vorteil dieser „mixed borders" ist tatsächlich ihre andauernde Attraktivität. Die stärkste Wirkung geht allerdings von den vielen immergrünen Gehölzen aus, Exoten zumeist, die sich im Schutz der Mauern zu prächtigen Exemplaren entwikkeln: *Skimmia japonica* zum Beispiel, die zum glänzenden Grün der Blätter leuchtendrote Beeren trägt.
Nicht gerade sehr winterhart sind die Ölbaumgewächse, *Olearia*, die im Sommer große Büschel kleiner Blütensträuße hervorbringen, von denen jede einzelne Blüte an eine Margerite erinnert. *Olearia ilicifolia* hat wie *Olearia macrodonta* 'Minor' gezähnte, ledrige Blätter, aber statt cremeweißer bläuliche Blüten. Graugrünes Laub dagen trägt *Olearia* × *scilloniensis*, eine auf den Scilly-Inseln entstandene

Linke Seite: An dieser Mauer der Upper Moat haben sich Centhranthus, Erigeron und andere angesiedelt. Links: Fugenbewohner dringen auch im Senkgarten vom Rand aus in die bepflanzte Fläche ein.

reichblühende Hybride. Andere Ziergehölze, die ihr Laub behalten, sind *Pieris formosa* mit blaßgrünem Blattwerk oder die schmalblättrige *Osmanthus delavayi* mit duftenden und weißen, jasminähnlichen Blüten, außerdem *Eucryphia × intermedia*, weißblühend und mit glänzendem, dunkelgrünem Laub. *Yucca gloriosa* nimmt in der Reihe der Immergrünen hier eine Sonderstellung ein, denn schon Nathaniel Lloyd bepflanzte die vier Ecken des Barn Gardens mit ihnen, wohlwissend, daß sie sich dank ihres regelmäßigen Aufbaues dazu eignen, Akzente in Rabatten zu setzen. Christopher Lloyd kultiviert heute die blühwilligere *Yucca gloriosa* 'Nobilis', die einen verholzenden Stamm hat, der lanzenförmige, graugrüne Blätter trägt. Vor diesem Hintergrund einer immergrünen Kulisse setzen sich eine Reihe laubabwerfender Blütengehölze in Szene: *Prunus tenella* 'Firehill' und *Prunus* 'Alba Plena' im April, das zierliche *Abutilon megapotamicum* mit rotgelben Blütenglocken, die kletternde *Schisandra grandiflora* und *Schisandra rubriflora* im Mai, *Philadelphus* im Frühsommer und *Hydrangea* im Juli-August.

In einem richtigen „mixed border" dürfen Stauden und Zwiebelpflanzen nicht fehlen. Einige von ihnen, zum Beispiel die Elfenbeindistel *(Eryngium giganteum)* und die Vexiernelke *(Lychnis coronaria)*, beide mit silbergrauem Laub, vermehren sich kräftig durch Aussaat, ebenso wie das einjährige Gras *Briza maxima*.

Hortensien-Hybriden bringen ab Juli Farbe in den Barn Garden. 'General Vicomtesse de Vibraye' beginnt mit dem Flor als erste. Sie ist besonders frostfest und hat rosa Blütenstände, die lange ansehnlich bleiben. Eine farblich passende Nachbarschaft zu ihr bilden *Rosa glauca* mit grauem, rötlich überhauchtem Laub und *Astilbe chinensis* var. *taquetii* 'Superba', deren mauvefarbene Blütenstände wie Federbüsche aussehen. Lavendel und *Geranium pratense* 'Plenum' ergänzen das Gartenbild.

Topiary Lawn

Die Gliederung eines Garten in einzelne Räume erlaubt – wie das Modell Hidcote zeigt – den Themenwechsel. Sie fördert ihn, weil Ungleichartiges an seinem Platz zu seinem ästhetischen beziehungsweise ökologischen Recht kommen kann. Der Wechsel mag sich auf die Architektur des Gartenraumes beziehen wie auf das Ensemble seiner Bepflanzung. Meist trifft er für beide zu. Der üppigen Rabattenbepflanzung des Old Gardens in Hidcote mit seiner Mischbepflanzung, in die alte Gartenpflanzen gut eingebunden sind, folgt der Weiße Garten mit einer deutlich formaleren Struktur und einer vergleichsweise sparsameren Verwendung von Pflanzen. Die Reduktion kann bis zum völligen Verzicht auf Bepflanzung gehen. Zwischen Bathing Pool Garden und Stream Garden liegt ein kreisrunder, hekkenumfriedeter Raum, dessen einziger Schmuck die Farbschattierungen von Grün und die unterschiedlichen Texturen der Rasenflächen und der Eibenhecke sind. Mit dem Eintritt in den Waldgarten erlebt der Besucher einen Wechsel, wie er stärker kaum sein könnte.

Auch in Great Dixter gibt es solche Themenwechsel, zum Beispiel der vom Wall Garden zur Topiary Lawn. Der komplexen Fülle der „mixed border“ im Wall Garden und des Barn Gardens steht hier das gänzliche Fehlen von Rabatten gegenüber. Auf einer unregelmäßig zugeschnittenen, rasenbedeckten Grundfläche verteilen sich *Taxus*-Figuren aus dem klassischen Topiary-Arsenal. Nathaniel Lloyd, der die Eiben zu Beginn dieses Jahrhunderts pflanzte, hatte eine so große Vorliebe für diese Kunst, daß er 1923 ein Buch zu dem Thema veröffentlichte: „Garden Craftmanship in Yew and Box“.

Alte Vorbilder für das Topiary Revival waren trotz des Sturms der Landschaftsgärtner auf die Architekturgärten des 17. und frühen 18. Jahrhunderts geblieben, allen voran **Levens Hall**. An diesem Garten war der Wandel völlig vorübergegangen. Ursprünglich für das Parterre gedachte Eiben- und Buchsfiguren haben sich in Jahrhunderten zu grotesken Solitären entwickeln können, die der originalen ästhetischen Idee längst entwachsen sind. Reste eines anderen alten Topiary Gardens sind in **Packwood House Gardens** zu sehen. Das älteste Exemplar, The Mount, soll vor 1756 gepflanzt worden sein, während der größte Teil der Anpflanzungen aus der Mitte des vorigen Jahrhunderts stammt. Das Ensemble der *Taxus*-Figuren soll die Bergpredigt und die Zwölf Apostel darstellen. Gegen Ende des 19. Jahrhunderts setzte, von Bloomfield gefördert, eine starke Wiederbelebung des Topiary ein, von denen sich einige Beispiele erhalten haben. Besonders eindrucksvoll ist der Topiary Garden von **Earlshall** in der schottischen Region Fife, den Peter Coates immerhin für wert hielt, in sein Buch „Great Gardens of the Western World“ aufzunehmen. Die Bepflanzung besteht unter anderem aus „Schachfiguren“ und ist etwa hundert Jahre alt. Weitere „Chessman“-Topiary sind in **Hever Castle**, Kent, und in **Hasely Court**, Oxfordshire, zu sehen. Selbst in sehr viel später entstandenen Gärten wird die Topiary-Kunst noch gepflegt, wenn auch nicht mehr so große Ensemble wie in Earls Hall oder Hever Castle entstehen. Wohl aber kann man einzelne, geometrisch geformte Exemplare aus Eibe oder Buchs finden, die wie in **York Gate**, Adel bei Leeds, in Rabatten eingebunden sind.

Einen Sonderfall stellen die sogenannten Knotengärten dar, die ihren Ursprung im 16. Jahrhundert haben. Es handelt sich hierbei um niedrige, verschlungene Miniaturhecken aus meist unterschiedlichem Material, zum Beispiel Buchs, Gamander *(Teucrium)*. Im Garten von Barnsley House gibt es einen besonders gelungenen Knotengarten (siehe Seite 154).

Die Topiary Lawn von Great Dixter mit dem wohlgepflegten Rasen gibt dem Auge Gelegenheit, herumzuschweifen, sich auszuruhen, wird doch das Interesse des Besuchers lediglich von den überwiegend an den Rändern postierten Eibenfiguren beansprucht, da offenbar einige von ihnen im Laufe der Jahrzehnte ausgefallen sind.

Die Eibe ist ja nicht gänzlich anspruchslos. Das mildfeuchte Klima der Insel bekommt ihr gut, aber sie liebt nicht gerade den schweren Lehm, wie man ihn hier antrifft, sondern einen eher lockeren Boden mit guter Dränage. Die geometrischen Figuren umgrenzen diesen Raum und beleben ihn mit ihrem dunklen Grün und den auf dem Rasen wandernden Schatten. Andere Topiary-Figuren, eine etwas steife Gruppe von „peacocks“ (Pfauen), begrenzen einen Plattenweg vor dem Haus.

Die Kunst des Topiary umfaßt ja nicht nur die Formung geeigneter Gehölze, wie Eibe und Buchs, zu Skulpturen, sondern auch den Formschnitt von Hecken. Auch hiervon gibt es in Great Dixter einige bemerkenswerte Exemplare, beispielsweise der große Durchgang beim Long Border. Wie ein mächtiger Treppengiebel erhebt er sich über dem Niveau der zu beiden Seiten verlaufenden Hecke. Ein zweiter, ähnlicher Durchlaß führt in den High Garden.

Alle diese Hecken und Topiary-Figuren geben der gesamten Anlage von Great Dixter Struktur und Farbe, ein Aspekt, dessen Bedeutung für den winterlichen Garten überhaupt nicht hoch genug geschätzt werden kann.

Die Topiary Lawn wird westlich durch den Bereich der Anzuchten (nursery) und südlich durch ein Gebäude begrenzt, das als Sommerhaus genutzt wird. Sieht man vom Rasen (lawn) zum Hauptgebäude hinüber, so schweift der Blick über den Oberen Graben (Upper Moat) und die Trockenmauer zu den Terrassen an der Südseite des Hauses.

Der untere Garten und die Terrassen

Im Gegensatz zum Rasen der Topiary Lawn gehört die wannenförmige Upper Moat zu den Bereichen, wo sehr früh schon das „meadow gardening" ausprobiert wurde. Hier begann Daisy Lloyd zuerst damit, die Schachbrettblume *(Fritillaria meleagris)* auszupflanzen, um sie verwildern zu lassen. Der feuchte Standort sagte ihr so zu, daß Jahrzehnte später im April ein zuverlässiger Grundstock die Wiese ziert. Auch *Primula*-Elatior-Hybriden und *Anemone appenina* konnten sich etablieren. Mit einem kräftigen Karminrosa und gefleckten Blättern ist auch *Orchis mascula*, eine einheimische Orchidee aus den umliegenden Wäldern, mit von der Partie.

Um die gleiche Zeit ist die hinter der Upper Moat aufragende Trockenmauer mit *Aubrieta*-Kissen bedeckt. Später dann, im Juni, bildet diese Mauer einen Garten für sich. Überall in den Fugen haben kleinere und größere Pflanzen Fuß gefaßt und finden hier ihren idealen Standort: gute Dränage und dennoch ausreichend Feuchtigkeit. Zusätzliche Wärme, die von den Steinen gespeichert und abgestrahlt wird, ist hochwillkommen. Das Ergebnis überzeugt: die Pflanzengesellschaft wächst üppig, und ihr Bestand ist stabil, da durch Versamung junge Pflanzen nachwachsen. Manches, was zunächst auf dem oberen Rand angepflanzt wurde, verteilte sich später durch Sämlinge entlang der Mauerwand. Spornblumen *(Centranthus ruber)* gehören zu diesen sich freundlich Vervielfältigenden. Kurz nach der Blüte heruntergeschnitten, bringen die Pflanzen im September einen zweiten Flor hervor. Die Pflanze hat einen lockeren Aufbau und trägt an kräftigen, hellgrün belaubten Stielen Blütenrispen in verschiedenen Rottönen und in Weiß. Die weiße Form ist allerdings weniger vermehrungsfreudig und nicht ganz so wüchsig.

Einen Hauptanteil an dieser Gesellschaft der Mauersiedler hat *Erigeron karvinskianus*, ein Korbblütler, der an das gemeine Gänseblümchen erinnert, dessen Blütenblätter jedoch zwischen Weiß und Karminrosa spielen; die Stengel sind, wie das lanzettförmige Laub auch, feiner. Das Herkunftsland ist Mexiko, und so wundert es nicht, daß dieses Mauerblümchen nicht ganz winterhart ist. Da es sich reichlich versamt, stellt sich ein Ersatzflor auch nach kälteren Wintern wieder ein.

Die Trockenmauer stützt die Lower Terrace; sie führt in östlicher Richtung zum Long Border und liegt unterhalb der Hauptterrasse. Die Stützmauer der dem Haus unmittelbar zugeordneten Terrasse ist ihrerseits von Pflanzen reich bedeckt. Es sind vor allem Gehölze, darunter eine prachtvolle *Magnolia*-Soulangiana-Hybride 'Lennei', unweit einer *Azara microphylla* mit gelben Blütenbüscheln und dem Duft von Vanille. Bevor die Magnolie im April blüht, breitet sich zu ihren Füßen ein Teppich von *Scilla bithynica* aus. Als weitere Gehölze stehen an der Lower Terrace eine alte Feige mit großen dekorativen Blättern und außerdem Rosen, unter anderem 'Zephirine Drouhin' mit karminrosa Blüten, die exzellent duften. (Siehe Farbfoto auf Seite 165.) *Campanula persicifolia* in Violett und Weiß bilden zusammen mit dieser Bourbonrose einen Farbakkord. Auch auf der oberen Terrasse gibt es einige bemerkenswerte Gehölze: eine alte, ausladende Myrte *(Myrtus communis)* mit Sträußen weißer, duftender Blüten und *Jasminum officinale* 'Affine', der seinen Duft in den Nachtstunden verströmt; beide – die Myrte und der Echte Jasmin – blühen im August. In den Fugen zwischen den Platten haben sich *Erigeron karvinskianus* und *Sisyrinchium angustifolium* angesiedelt. Das Trichterschwertel *(Dierama pulcherrimum)*, grasartig im Laub, aber eindrucksvoll im Habitus während der Blütezeit, wenn die rötlichen Glocken in Rispen an langen, gebogenen Stengeln schweben, hat hier einen zusagenden Standort: die Wärme der Terrasse im Sommer und die geringe Feuchtigkeit im Wurzelbereich während der Wintermonate helfen ihr, auszudauern. Pelargonien, *Helichrysum petiolare* und *Plecastachys serpyllifolia (Helichrysum microphyllum)* in Töpfen ergänzen das Gesamtbild.

Taxushecken machen einen wesentlichen Teil der Architektur Great Dixters aus, hier ein Durchgang mit Treppengiebel.

Der Obstgarten (Orchard)

Unterhalb der Terrassen beginnt eine Wiese mit alten Apfelbäumen (The Orchard). Der Architekt Edwin Lutyens hat in Form eines Treppenfächers einen bemerkenswert schönen Übergang zwischen Terrassen und Garten geschaffen.
In der Nähe eines alten Birnbaumes, ziemlich in der Mitte der Lower Terrace, beginnt die Treppe mit einem ersten halbkreisförmigen Element, bestehend aus Natursteinen, die einen Rasenhalbkreis einfassen. Drei Stufen tiefer weitet sie sich zu einer teilweise rasenbesetzten Plattform, in die sich drei kreisförmige Treppen hineinschieben. Alle Ebenen dieser Treppenanlage werden farblich einerseits durch das satte Grün des kurzgehaltenen Rasens und das Grau der flechtenbesetzten Natursteine bestimmt, andererseits setzen Aubrietien und *Erigeron karvinskianus* einige Farbtupfer hinein, so daß die Anlage an ein zurückhaltend bepflanztes Alpinum erinnert. Alle drei Treppen sind Ausgangspunkte für Vistas, von denen einer beim kleinen Rosengarten, zwei weitere in der Tiefe des Obstgartens enden.
Der Obstgarten ist das Quartier Tausender von Narzissen, vieler Tulpen und Anemonen. In Jahrzehnten der Erprobung bewährte sich das Pflanzschema des „meadow gardening": Trennung der Varietäten und der Farben. Breite Rasenbänder trennen also die Kolonien von weißen und gelben, von Schalen- und Trompetennarzissen. Christopher Lloyd empfiehlt, großblumige holländische Krokusse an die Feldränder zu setzen. Eine Faustregel in Great Dixter besagt, nur maximal ein Drittel der Wiese und die Zentren dichter als die Ränder mit Narzissen zu besetzen. Zu den späten Narzissen gehören 'Barri Conspicuus' und 'Emperor'. Sie blühen ab Mitte April, zu einer Zeit, wenn sich die ersten Besucher im Garten von Great Dixter einstellen.
Der Obsthof endet bei einem der beiden Teiche, The Lower Moat, einem grabenartigen Gewässer, das zum Teil im Schatten alter Eichen liegt. Ein bemerkenswertes Exemplar von *Gunnera manicata*, 1930 gepflanzt, und einige andere Pflanzen im Uferbereich wie *Iris pseudacorus* und *Lysichiton americanus* gehören zum Bild dieses Wassergartens. Es hat etwas mit der Lage dieses Teiches zu tun, daß seine Ufer nicht sehr reich bepflanzt sind. Er liegt an dieser Seite des Gartens sehr schattig, und der Boden ist besonders schwer und lehmig. Der Horse Pond dagegen bildet das genaue Gegenstück zur Lower Moat, offen gelegen und mit günstigeren Bodenverhältnissen.

Horse Pond und High Garden

Der Horse Pond liegt nordöstlich des Hauses inmitten einer Wiese, östlich des Meadow Gardens. Auch sie hat ihren Frühlings- und Sommerflor. Im April stehen beispielsweise *Leucojum aestivum* 'Gravetye Giant' in Blüte. Ihr Standort ist besonders feucht, ein Platz, der auch dem Hartriegel *Cornus alba* zusagt. Zur Uferbepflanzung gehören einige besondere Gräser, die binsenähnliche *Scirpus lacustris* 'Albescens' und *Carex elata (C. stricta)* 'Aurea' sowie Wildstauden, zum Beispiel die leuchtendgelb blühende Butterblume *Ranunculus lingua* 'Grandiflora'. Der Ginster *Genista virgata* gehört zu den wenigen Gehölzen am Rand des Teiches. Zur gleichen Zeit wie der Ginster blühen auch *Iris pseudacorus* mit großen gelben Blüten. Auffallend weiß leuchten am Uferrand nun auch die Blütenschalen von *Zantedeschia aethiopica*. Später trägt der Blutweiderich *(Lythrum salicaria)* seine roten Blütenrispen, inmitten eines Teppichs blühender Wildgräser. In voller Blüte steht im August immer noch die Seerose *Nymphaea* 'Rose Arey'.
Dieser Teich mit seiner Uferbepflanzung erscheint so natürlich, daß man sich fragt, ob in diesem Zusammenhang von einem Wassergarten gesprochen werden kann. Christopher Lloyd macht in seinen Büchern deutlich, daß es ihm darauf ankommt, den Pflegeaufwand für Teich und Uferbereich möglichst gering zu halten und beide längere Zeitabschnitte sich selbst zu überlassen. Dies war erst möglich geworden, nachdem nach leidvoller Erfahrung wuchernde Wasserpflanzen wie *Lagarosiphon major (Elodea crispa)* ausgeschieden und durch geeignetere ersetzt wurden.
Südöstlich des Teichgeländes liegt angrenzend der High Garden, eine bunte Mischung aus Gemüse-, Kräuter- und Obstgarten (Spa-

Linke Seite: Der Horse Pond – ein natürlicher Wassergarten und eindrucksvoller Übergang in die Landschaft. Oben und unten: Das Long Border stellt ein klassisches Mixed Border dar. Die Pflanzengemeinschaft setzt sich zusammen aus langlebigen Pflanzen (Gehölze, Stauden, Zwiebelpflanzen) und kurzlebigen (Einjährige).

liere!); er wird von einer mächtigen Eibenhecke eingefriedet. Seinen Ursprung hat dieser Gartenteil im Edwardianischen Küchengarten, und viele Merkmale seiner Anlage deuten noch darauf hin. Die einfache, zweckmäßige Wegeführung mit Hilfe großer Natursteinplatten zum Beispiel und der Saum von Stauden und Zwiebelpflanzen, der die Wege begleitet. Die Obstspaliere, die nicht nur den Birnen (mit der Sorte 'Comice'), sondern auch diversen Clematis eine Stütze sind, bilden den Abschluß dieser Rabatten. Die hinter ihnen sich ausbreitenden freien Flächen blieben für den Anbau von Gemüse reserviert. Heute dienen sie dazu, Zweijährige vorzuziehen, um sie im Herbst an den Platz ihrer Bestimmung zu verpflanzen. Ein größerer Teil der Fläche wird für die Pflanzenanzucht genutzt.

Dennoch bietet auch der High Garden dem Besucher interessante und reizvolle Gartenbilder in den Blumenrabatten. Sie sind als eine Art Vorlauf im Juni gedacht, der dem eigentlichen Höhepunkt des Gartens im Juli, wenn das Long Border sich in seiner besten Form präsentiert, vorausgeht. Lupinen, Mohn und Päonien sind dann die Glanzlichter in diesen Beeten. Neben den staudigen, bunten Formen

Situation in der gemischten Rabatte im Juli
1 Clematis × jackmanii 'Superba'
2 Sambucus racemosa 'Plumosa Aurea'
3 Telekia speciosa (Buphthalmum speciosum)
4 Phlox in Rosa

der Lupine, die aus Samen gezogen, nach der Blüte entfernt und durch Einjährige ersetzt werden, um einen späten Flor an dieser Stelle zu erzielen, gedeihen im High Garden duftende gelbe Lupinen, die verholzen und eine gewisse Winterhärte haben: *Lupinus arboreus.* Mohne sind mit *Papaver orientale* in verschiedenen Farbtönen, *Papaver spicatum (P. heldreichii)* und *Papaver bracteata* 'Goliath' zahlreich vertreten. *Paeonia officinalis* steht inmitten einer Kolonie von *Saxifraga × umbrosa*, einer für Beeteinfassungen sehr beliebte Steinbrechart. *Geranium himalayense* und *Geranium endressii* 'A. T. Johnson' sind bodendeckende Begleiter von Gehölzen, zum Beispiel von der Rose 'Felicia', einer Moschata-Hybride mit silberrosa Blüten. Das sehr wüchsige *Geranium endressii* wird nach der Blüte zurückgeschnitten, so daß es wieder austreibt und einen neuen, ansehnlichen Blattschopf bildet.

Einige exotische Stauden kommen ebenfalls im Juni zur Blüte, darunter *Osteospermum jucundum*, ein mauvefarbener Korbblütler aus Südafrika, und *Baptisia australis*, deren leuchtendes Indigoblau einzigartig ist. Im Gegensatz zu den Lupinen bleibt das Laub der *Baptisia* bis in den Herbst hinein ansehnlich. Ebenfalls in diesem Monat präsentiert sich *Eremurus bungei* mit langen gelben Blütenrispen. Unweit des großen *Taxus*-Torbogens trifft man im Juni in leicht schattiger Lage auf ein Gartenbild, das von einem Horst *Thamnocalamus falconeri (Arundinaria falconeri)* dominiert wird. Zu Füßen dieses Bambus gedeiht ein Ensemble von Pflanzen, die im Schatten gut zurechtkommen, zum Beispiel der Farn *Polystichum falcatum*, außerdem *Hosta sieboldiana* 'Elegans' zusammen mit *Silene dioica (Melandrium rubrum)*, einer einheimischen Wildstaude, die hier als gefüllte Form blüht. *Aconitum* 'Ivorine' und *Dicentra spectabilis* ergänzen die Gruppe.

Außer den erwähnten Stauden gibt es über den gesamten High Garden verteilt eine interessante Fülle teilweise exotischer Gehölze. Neben einigen Rosen wurden überwiegend Immergrüne eingestreut, also meist Koniferen, aber auch andere wie Strauchveronika, zum Beispiel *Hebe cupressoides* 'Boughton Dome', strauchartige Euphorbien und ein erstaunlich ausdauerndes *Helichrysum splendidum* mit grauem Laub und gelber Blüte. Einige Koniferen markieren den Kreuzungspunkt in der Mitte des High Gardens zusammen mit niedrigeren Immergrünen, die farblich kontrastieren oder Merkmale der Texturen verstärken. So bilden zwei *Chamaecyparis thyoides* 'Ericoides' und *Helichrysum splendidum* zusammen mit *Dorycnium hirsutum*, einer graulaubigen Art mit kleeartigen Blütenständen, eine Pflanzengruppe ähnlicher Textur. Eine andere interessante Kombination besteht aus *Chamaecyparis lawsoniana* 'Ellwood's Gold' und einem alten, weißblühenden Busch einer Strauchveronika, *Hebe* 'Pewter Dome', und *Dorycnium hirsutum.*

Die Lange Rabatte (Long Border)

Unterhalb des High Gardens liegt, durch eine hohe Eibenhecke von diesem getrennt, das 60 m lange und 4,5 m tiefe Long Border, Herzstück von Great Dixter. Flankiert wird es von einem breiten Plattenweg, der die Achse der Lower Terrace nach Osten hin verlängert. Auf diesem Weg kann man gemächlich entlang schlendern und wechselnde Gartenbilder in sich aufnehmen. Unmittelbar an diesen Weg grenzt die Wiese des Obsthofes an, eine Nachbarschaft von großem Reiz, wenn sich ab Juni der

Blütenflor auf dem Long Border zu entwickeln beginnt. Ihm setzt die Wiese einen Teppich blühender Gräser und Margeriten entgegen. Der farbigen Pracht der Rabatte bekommt es ausgesprochen gut, ein so schlichtes Gegenüber zu haben; das Auge genießt den Kontrast.

Wenn im High Garden der Frühsommerflor beendet ist, beginnt die hohe Zeit des Long Borders: im Juli zeigt sich diese Rabatte von ihrer besten Seite. Von diesem Zeitpunkt an bis in den September bleibt das Long Border, dank ganz bestimmter Techniken Christopher Lloyds, ein attraktiver Gartenteil. Ein „englisches Staudenbeet" ist diese Rabatte nicht, das machen die relativ hohen Gehölze schnell deutlich. Neben dem gelbblühenden Äthnaginster *(Genista aetnensis)* und einer *Escallonia* 'Iveyi', die beide Baumstatur haben, fallen die vielen Sträucher auf. Sie geben der Architektur des Beetes Festigkeit und bewirken mit ihrer Höhe eine Durchgliederung des gesamten Bildes. *Ligustrum × vicaryi*, weißblühend mit hellgrünem Laub, gehört ebenso dazu wie die Strauchrose 'Florence May Morse' und *Clematis × jackmanii* 'Superba', die eine rot-, die andere violettblühend.

Der Juli ist aber auch der Monat der Stauden auf dieser Rabatte. *Phlox*-Paniculata-Hybriden in größeren Partien und in verschiedenen Farbtönen auf dem langen Beet verteilt, bringen zusammen mit einigen anderen Farbe in die Rabatte. Als ausdauernde (perennierende) Pflanzen sorgen sie – wie die Gehölze auch – für eine gewisse Konstanz des Bildes, und doch ist ein gelegentlicher Wechsel durch Ausfall gar nicht zu vermeiden. So trat an die Stelle eines großen Flecken der karmesinroten *Monarda didyma* 'Cambridge Scarlet' *Penstemon* 'Drinkstone Red', weil der Befall mit Mehltau immer stärker wurde.

Im mittleren Feld haben die hohen Stauden ihren Platz wie *Aconitum* 'Spark's Variety', *Campanula lactiflora* 'Prichard's Variety' und *Helenium* 'Moerheim Beauty', klassische Staudensorten, die sich hier im Hinblick auf Standfestigkeit und Unempfindlichkeit gegenüber Regen bewährt haben. Ergänzt werden solche Namenssorten durch brauchbare Wildformen, wie zum Beispiel *Lychnis chalcedonica* und *Salvia nemorosa*. Aber auch Sämlinge gewinnen Platzrecht, beispielsweise die von *Campanula lactiflora*, die bis auf Abweichungen im Farbton den Mutterpflanzen gleichen. Den vorderen Rand beherrschen unter anderem polsterbildende niedrigere Stauden wie *Geranium* 'Russel Prichard' oder *Alchemilla mollis*. Aber auch Zwiebelpflanzen, diverse Zierlaucharten *(Allium)* und Sommerblumen beteiligen sich an dem Farbenspiel im Juli.

Mixed Border: Gehölze, Stauden, Sommerblumen in einem Beet

Das Long Border von Great Dixter ist kein reines Staudenbeet, sondern die Rabatte einer sehr bunten Gesellschaft von Pflanzen, die eigentlich kaum eine Klasse ausschließt.

Bereits Gertrude Jekylls großartige lange Rabatte war ein Mixed Border. In ihren Büchern hat sie verdeutlicht, welchen Gewinn es bringt, Gehölze, Stauden, Sommerblumen und Zwiebelpflanzen miteinander zu vergesellschaften. Im Nebeneinander dieser vier verschiedenen Pflanzengruppen entfalten sich jeweils besondere Eigenschaften, die sich im reinen Staudenbeet nicht erreichen lassen. Die Gehölze sorgen für das Grundgerüst, für Form und Textur. Die Stauden bringen im wesentlichen Farbe in die Rabatte, und die Sommerblumen erlauben es, kleinere Veränderungen rascher vorzunehmen, etwa Lücken zu füllen. Zwiebelpflanzen können unter anderem dazu beitragen, die Saison früher beginnen zu lassen. Christopher Lloyd hat diese Vorteile in seinen Büchern immer wieder beschrieben, und im Long Border von Great Dixter sind sie augenfällig.

Jahrzehntelange Beobachtungen Christopher Lloyds waren Grundlage ständiger Verbesserungen. Tatsächlich hat sich das Bild des Long Borders im Laufe der Jahre immer wieder leicht verändert, sei es, daß Pflanzen verlorengingen oder daß sie sich nicht bewährten.

Die meisten der gepflanzten **Gehölze** sind wesentlich größer geworden als erwartet. So hat zum Beispiel der 1950 gepflanzte Äthnaginster *(Genista aetnensis)* regelrechtes Baumformat erreicht, und seine Krone wirft einigen Schatten auf das Beet, mit der Folge, daß für die Bepflanzung zu

Kontrast der Wuchsformen. Clematis × jouiniana, eine im August blühende, kleinblütige Waldrebe, zusammen mit der meist wegen des bizarren Habitus kultivierten Helianthus salicifolius.

seinen Füßen schattenverträglicher Ersatz gefunden werden mußte. In der vorderen Reihe gedeihen heute *Hosta ventricosa* 'Aureomarginata', *Hemerocallis* 'Marion Vaughan' und *Phlox*-Paniculata-Hybriden dahinter, die Blütenfarbe des Ginsters in Blüten oder Blättern aufnehmend, *Telekia speciosa (Buphthalmum speciosum)* und *Sambucus racemosa* 'Plumosa Aurea'. Der durch die Gehölze im Long Border entstehende Schatten wirft also keine unlösbaren Probleme auf, zumal es sich meist um lichten Schatten handelt wie im Bereich der *Gleditsia triacanthos* 'Elegantissima', einem langsamwachsenden Baum.

Unter den Gehölzen finden auch schnellwüchsige Sträucher wie *Sambucus, Buddleja, Lavatera olbia, Lupinus arboreus* und *Hydrangea* Verwendung, um nur einige wenge zu nennen. Sie bauen sich nach jedem Frühjahrsschnitt wieder auf und blühen am neuen Holz.

Viele dieser Sträucher sind ausgesprochene Laubschönheiten; der erwähnte Holunder ist weniger wertvoll wegen seiner Blüte, sondern wegen der geschlitzten gelben Blätter. Auch *Indigofera heterantha* und *Tamarix ramosissima (T. pentandra)* gehören zu dieser Gruppe.

Die Auswahl der **Stauden** im Long Border hängt von einer Reihe von Kriterien ab. Eines der Merkmale

Der Reiz des Long Border resultiert aus der Begegnung mit Kontrasten, unter anderem den unterschiedlichen Blattstrukturen: das Filigrane in unmittelbarer Nähe zum Groben.

ist die Farbe der Blüten. Die Bewertung dieses Kriteriums wird in erster Linie im Hinblick auf die jeweilige farbliche Nachbarschaft getroffen (siehe Seite 121).
Ganz wesentlich ist aber die Frage der Blühdauer und der Blütezeit. Es gibt ausgesprochen attraktive Stauden mit sehr kurzer Blühdauer: *Centaurea macrocephala* ist dafür ein Beispiel. Ihre großen gelben Blütenköpfe sind wirklich sehr ansehnlich, aber sie blüht nur eine Woche lang. Christopher Lloyd wählt für sein Long Border jedoch nur solche Stauden aus, bei denen er mit einer Blühdauer von rund drei Wochen rechnen kann. Um die Saison zu verlängern, verwendet er zusätzlich Spätblüher; Japan-Anemonen und Astern gehören dazu. Ein nicht unwichtiger Gesichtspunkt bei der Auswahl ist das Merkmal der Standfestigkeit. Stauden, die nach jedem Regen umfallen, kommen für das Long Border nicht in Frage.
Unter den **Zwiebelblumen** sind die *Allium*-Arten Universalpflanzen, was ihre Verwendung im Mixed Border betrifft. Die Tatsache, daß Mitglieder dieser Gattung vom Frühjahr bis in den Herbst hinein blühen, macht sie allein schon wertvoll. *Allium*-Arten gibt es in unterschiedlichen Höhen und mit sehr verschiedenen Blütenständen; sie können ihren Platz am vorderen Rand der Rabatte einnehmen oder im Mittelfeld, sie können Begleit-

musik sein oder Paukenschläge. *Allium christophii* beispielsweise setzt sich mit seinen riesigen, auch nach der Blüte interessanten Fruchtständen unübersehbar in Szene. Da die Zierlaucharten in der Regel nach der Blüte ihr Laub einziehen, wird man ihnen Plätze zuweisen, die später von sich ausbreitenden Nachbarn bedeckt sein werden. So setzt Christopher Lloyd *Allium murrayanum* neben *Geranium wallichianum* 'Buxton Blue'. Der im Juli blühende Zierlauch läßt eine Lücke entstehen, die später vom Storchschnabel geschlossen wird. Die Verwendung von Zwiebelpflanzen und Stauden in enger Nachbarschaft erlaubt eine intensive Nutzung des Pflanzplatzes. Christopher Lloyd erwähnt als Beispiel *Allium christophii*, das aus einem dichten Teppich von Fetthenne (*Sedum* 'Ruby Glow') herauswächst. Andere sommerblühende Zwiebelpflanzen für das Mixed Border sind Lilien und Galtonien, die hier, vereinzelt oder massiert, ihren Platz finden können.

Sommerblumen sind im Mixed Border im besten Sinne Lückenfüller. Hinsichtlich ihrer Verwendung dort braucht man Ein- und Zweijahresblumen nicht unbedingt zu unterscheiden. In beiden Fällen eignen sie sich hervorragend dazu, notwendige Veränderungen in der Rabatte rasch vorzunehmen. Schließlich blühen die in eine Lücke hinein gesäten Einjährigen, zum Beispiel *Clarkia, Eschscholzia, Gypsophila* und *Iberis*, um nur wenige zu nennen, noch im selben Jahr. Zweijährige kommen jedoch erst im nachfolgenden Jahr zur Blüte, so daß sie für die schnelle Veränderung nicht so in Frage kommen. Da sie sich wie der Fingerhut oft reichlich versamen, besteht meist die Möglichkeit, Sämlinge aufzunehmen und sie an entsprechender Stelle in der Rabatte unterzubringen.

In ähnlicher Weise verwendet Christopher Lloyd auch solche Pflanzen, die in ihren Herkunftsländern ausdauernd sind, bei uns aber wegen ihrer Frostempfindlichkeit überwintert werden müssen.

Von der Kunst, langlebige Gartenbilder zu schaffen

Das Bestreben, eine Rabatte solcher Größe über einen längeren Zeitraum attraktiv zu erhalten, setzt voraus, daß man bereit ist, eine erhebliche Portion an Mehrarbeit zu investieren. Es bedarf der Klärung, welchen Veränderungen das Gesamtbild der Rabatte während der Saison unterworfen ist; Veränderungen, die den Blütenflor ebenso betreffen wie den Habitus und das Blattwerk der Pflanzen.

Denn mit dem Abblühen farbgebender Partien von Stauden ändert sich das Bild der Rabatte. Es wandelt sich aber auch mit dem Wachstum der einzelnen Pflanzen, insbesondere, wenn es sich um starkwüchsige handelt. Arrangiert man solche Pflanzen geschickt vor die frühblühenden Arten, so wachsen Lücken noch während der Saison wie von selbst zu.

Christopher Lloyd entwickelte im Laufe der Jahre unterschiedliche Maßnahmen, die ihm helfen, ein über lange Zeit ansehnliches Beet zu haben. Seine Lösung lautet: bestimmte abgeblühte Stauden werden ausgegraben und durch Blattschmuckpflanzen oder Spätblüher ersetzt. Alle diese Ersatzpflanzen benötigen einen ausreichenden Vorlauf im Wachstum. Unter den Pflanzen mit besonders schönem Blattschmuck kultiviert er regelmäßig *Senecio vira-vira (S. leucostachys)* und *Ricinus communis* 'Gibsonii' in Töpfen. Ende Juli – Anfang August, wenn sie gebraucht werden, um *Anchusa* oder *Delphinium* zu ersetzen, haben sie sich zu kräftigen Pflanzen entwickelt. Ebenso verfährt er mit der etwa 150 cm hohen *Tithonia*, einer Einjährigen mit leuchtend orangefarbenen Blüten, die an Zinnien erinnern. Gelegentlich werden im Long Border auch abgeblühte Sommerstauden gegen spätblühende wie Astern und Chrysanthemen ausgetauscht. Die ausgesuchten Pflanzen werden zuvor allerdings gut gewässert, ausgegraben und am neuen Platz wieder eingepflanzt.

Im Juni gibt es einen schönen Farbdreiklang in Rot, Weiß und Violett. Durch den Blütenflor von *Papaver orientale* var. *bracteatum* 'Goliath', *Viburnum opulus* 'Compactum' und *Iris spuria* entsteht hier für eine gewisse Zeit ein eindrucksvolles Gartenbild, das kurz darauf wenig ansehnlich wäre. Weder der Mohn noch die *Iris* behalten nach ihrer Blüte ein attraktives Laub. Um dem abzuhelfen, pflanzt Christopher Lloyd vorgezogene *Canna indica* 'Purpurea' hierher. Zusammen mit dem leuchtendroten Fruchtschuck des *Viburnum* entsteht Ende August ein Motiv, das viele Wochen attraktiv ist.

Eine andere Kombination, die durch gärtnerischen Eingriff länger ansehnlich bleibt, ist die Gesellschaft von *Alstroemeria*-Ligtu-Hybriden und *Verbena bonariensis*. In der zweiten Julihälfte beginnen Laub und Blütenstiele der *Alstroemeria* unansehnlich zu werden. Man kann sie entfernen, sobald sie abgewelkt sind. Die spät im Gartenjahr noch blühenden Verbenen benötigen also einen neuen Partner. Das reizvolle Laub von *Senecio vira-vira* bietet sich hier an, denn es kaschiert nicht nur die Reste der Alstroemerien, sondern nimmt den hohen Verbenen etwas von ihrer Länge, da sie aus dem weißen Blattwerk herauszuwachsen scheinen.

Eine andere ungewöhnliche Vergesellschaftung im Long Border zeigt über einen längeren Zeitraum ein Bild, das sich wandelt, aber seinen Reiz nicht verliert. Gemeint is *Euonymus fortunei* 'Silver Queen', dessen Panaschierung von Gelb im Frühjahr zu Weiß im Sommer wechselt. Aus dem Blattwerk rekken sich die schwertblättrigen *Gladiolus communis* ssp. *byzantinus*; das Rot ihrer Blüten macht sich besonders gut vor dem Hintergrund des *Euonymus*-Laubes.

Das Spiel mit Farben und Formen

Vergleicht man die Verwendung der Farben im Long Border mit der in den Farbgärten von Sissinghurst und Hidcote, so fällt auf, daß sie hier stärker in den Zusammenhang anderer Kriterien integriert ist. Monochrome Gartenräume wie den Weißen Garten in Sissinghurst oder Rabatten wie das Red Border in Hidcote gibt es in Great Dixter nicht. Neben der Farbe der Blüten haben die Blattfarben große Bedeutung. Christopher Lloyd verwendet sie so, daß entweder kontrastive oder harmonische Beziehungen entstehen. Beide möglichen Verhältnisse werden jedoch nicht auf die Farbe allein, sondern zugleich auf den Formenaspekt bezogen. So genügt es hier zum Beispiel nicht, durch die Kombination von Violett und Gelb der Blütenfarbe eine kontrastreiche Beziehung zu gestalten, wenn der Habitus fast gleich ist, sagen wir rund und kompakt wächst die eine, etwas kleiner, aber sonst gleich die andere Pflanze.

Christopher Lloyd vermeidet diesen Fehler, indem er bei der Form variiert. Die gelbblühende *Hemerocallis* 'Marion Vaughan' und die violettblühende *Hosta ventricosa* 'Variegata' unterscheiden sich nämlich nicht nur hinsichtlich der Form der Blüten und ihrer Präsentation, sondern auch in bezug auf die Blätter. Während die Taglilie aufrechtstehende Blütentrompeten präsentiert, zeigen sich bei der Funkie glockenförmige Blüten, rispenartig angeordnet nach unten nickend. Die Blätter sind grasartig bei der *Hemerocallis*-Sorte und abgerundet herzförmig bei der *Hosta*. Ähnlich formenreich zeigt sich eine Gruppe von *Clematis, Sambucus* und *Telekia*, die einen Gelb-Violett-Kontrast der Blüten und des Laubes präsentieren. Bei genauem Hinsehen wird deutlich, daß der Kontrast der Blatt- und Blütenformen eine spannungsreiche Beziehung der Pflanzen zueinander entstehen läßt, die durch den Farbaspekt noch verstärkt wird.

Blüten- und Blattfarben werden auch so verwendet, daß harmonische Farbkombinationen entstehen. Als harmonisch gilt, wenn die Farben der Beteiligten auf derselben Seite des Spektrums im Farbkreis liegen. Im Long Border gibt es eine ältere Kombination von *Helenium* 'Moerheim Beauty' und *Lychnis chalcedonica*, ergänzt durch *Salvia nemorosa*. In den Blüten aller drei Pflanzen ist jeweils ein Anteil Rot vorhanden, selbst in den violetten Salbeiblüten. Während das Rot der *Helenium*-Sorte braun getönt ist, ist es in den *Lychnis*-Blüten ziemlich rein vertreten. Kontrastiv dagegen wirken die verschiedenen Formen der Blütenstände, rispenartig angeordnet beim Salbei und flach bei der Lichtnelke.

Zu den eindrucksvollsten Gartenbildern in Great Dixter gehören die vielen Beispiele interessanter Verwendung von Blattformen bei der Gestaltung von Pflanzengruppen, ein Ziel, dem sich schon Gertrude Jekyll verschrieben hatte. Christopher Lloyd setzt damit eine Tradition fort. Ihr fühlt sich auch Beth Chatto verbunden, die in ihrem eigenen Garten und in ihren Büchern aus dieser Idee ein Programm gemacht hat. Wie bei Christopher Lloyd steht bei Beth Chatto der Formenschuck der Blätter im Vordergrund. Denn es sind die Blätter, die geraume Zeit vor und nach der Blüte ansehnlich wirken und helfen können, Gartenbilder über eine lange Zeit attraktiv zu erhalten.

Gartenreisen auf den Britischen Inseln

Waldgärten verdanken ihre Entstehung um 1900 dem Umstand, daß für ein ständig wachsendes Angebot an Exoten Platz gefunden werden mußte. Bereits um die Mitte des 19. Jahrhunderts hatte der Pflanzensammler Hooker wichtige Arten von *Rhododendron* nach England gebracht. Viele von ihnen bewiesen an der Süd- und Westküste mehr Winterhärte als zunächst angenommen worden war. Um die Jahrhundertwende setzten Ernest Henry Wilson, George Forrest und Francis Kingdon Ward in den Bergen und Wäldern des Himalajas, Nordburmas und an den Grenzen Chinas und Tibets das Sammeln fort. Sie brachten enorme Schätze an Pflanzensamen von Rhododendren, anderen Gehölzen, aber auch von Stauden und Zwiebelpflanzen mit. Schon bald begannen sie, die herangewachsenen Neueinführungen zu kreuzen: ein Reichtum an Farb- und Formvarianten der Blüten war die unmittelbare Folge und damit verbunden eine große Fülle Pflanzenmaterial, so daß die Gärten bald zu klein wurden. Dies um so mehr, als nicht wenige von den Neueinführungen innerhalb einer Generation zu Baumgröße heranwuchsen.

Als naheliegende Lösung wurde der Gartenbezirk einfach in den umgebenden Wald ausgedehnt, indem man diesen auslichtete und auf diese Weise geeignete Pflanzplätze für die neuen Gehölze schuf.

Vorherige Doppelseite: Das von Hecken-„Zinnen" eingefaßte große Wasserbecken in Knightshayes Court.

Humusböden und lichter Schatten waren im allgemeinen genau das, was ihnen zusagte. Viele der Neueinführungen fanden so in dem berühmten Garten von Bodnant in Wales eine neue Heimstatt, zum Beispiel *Rhododendron falconeri* var. *eximium* und *R. macabeanum*. Wegen des milden Klimas, der hohen Niederschläge und Luftfeuchtigkeit entstanden solche *Rhododendron*-Gärten besonders im Südwesten der britischen Hauptinsel (Cornwall), im Westen (Wales) und im Nordwesten (schottische Küste). Zuallererst waren sie also Sammlergärten.

Munstead Wood

Sicherlich noch gut im Gedächtnis der Gärtner war die Botschaft William Robinsons, der 1881 in seinem Buch „The Wild Garden" dazu aufgerufen hatte, Gärten naturnäher zu gestalten. Er hatte die Verwendung winterharter einheimischer und exotischer Pflanzen unter Bedingungen gefordert, die der natürlichen Herkunft entsprachen. Seine Sortimentsliste ist lang und umfaßt Zwiebelpflanzen, Sommerblumen und Stauden. Sie reicht von Winterling *(Eranthis hyemalis)* und Schneeglöckchen *(Galanthus nivalis)* über die Lilie hin zu Fingerhut *(Digitalis purpurea)* und Akelei *(Aquilegia vulgaris)*. Sein Rat war, es der Natur nachzumachen, das heißt „. . . prächtige Kolonien von Pflanzen anzulegen; dabei sollten ein bis zwei Arten an einem Standort den Ton angeben".

In „The Wild Garden" gibt es einen Bericht über den Waldgarten George Fergusson Wilsons, der später Teil der Anlage von Wisley Garden wurde, dem Garten der Royal Horticultural Society (RHS). „Der Wald besteht überwiegend aus Eichen; unter ihnen hat sich eine mächtige Schicht aus Lauberde gebildet, ein Boden, in dem viele Pflanzen gut zurechtkommen. Ein besserer Standort für schattenliebende Pflanzen ist nicht so leicht zu finden . . ." Hier pflanzte George Wilson in den achtziger Jahren Rhododendren und Azaleen zusammen mit anderen Blütengehölzen und schattenliebenden Stauden. Hinzu kamen unzählige Zwiebelpflanzen, darunter *Lilium rubellum* und *Lilium superbum. Cardiocrinum giganteum*, die Riesenlilie, war auch vertreten. Zwiebelpflanzen sind noch heute fester Bestandteil der Bepflanzung, ebenso wie die verschiedenen *Meconopsis*-Arten und Etagenprimeln, die schon zu George Wilsons Zeiten zum Frühlings- und Frühsommerbild gehörten.

Im Schutz von alten Baumbeständen konnten sich viele der exotischen Gehölze zu prächtigen Exemplaren entwickeln. Wo dieser Schutz nicht gegeben war, mußte er durch Anpflanzung geeigneter Gehölzgürtel geschaffen werden. Eine besondere Kiefernart, *Pinus radiata*, und eine Zypressenart, *Cupressus macrocarpa*, erwiesen sich hierbei als besonders brauchbar, da sie sowohl relativ rasch wuchsen als auch der Belastung von Stürmen standhielten. Dies war insbesondere für die küstennahen Gärten wichtig, solche wie in

Glendurgan, Trelissick und Trengwainton (Cornwall). Der so geschaffene Baumbestand bietet einen doppelten Schutz: Windbruchgefährdete Magnolien zum Beispiel können so ihren natürlichen Habitus entwickeln, während andere Gehölze vor der Austrocknung durch Sonne und kalte Winde im Winter geschützt sind.

In Waldgärten, die nach Robinsons Idealvorstellungen gestaltet wurden, kommt nicht der Eindruck reiner Sammlungen auf. Auf Wegen und Pfaden, die den natürlichen Gegebenheiten weitgehend folgen, erlebt der Besucher eine Folge und Fülle natürlich scheinender Waldszenen. Dies trifft bereits für den in den achtziger Jahren des 19. Jahrhunderts von Gertrude Jekyll angelegten Waldgarten in Munstead Wood (siehe auch dazu Seite 18 ff.) zu, der sich über die Hälfte der gesamten Gartenanlage erstreckte. Jekylls Idee war, den Garten allmählich mit der Umgebung verschmelzen zu lassen. Der natürliche Baumbestand wurde so ausgedünnt, daß Birken, Kastanien, Eichen und Stechpalmen *(Ilex)* stehenblieben, die für das Blätterdach eines Waldgartens gebraucht wurden. An den Rändern kamen auf Grund einer natürlichen Verteilung Buchen und Kiefern hinzu. Gertrude Jekyll sah, wann es sich lohnte, eine Baumgruppe zu erhalten, weil diese ein reizvolles Bild abgab, oder sie bestimmte besonders markante Bäume am Ende eines der Wege durch den Waldgarten zu Blickpunkten.

Der teilweise sandige Boden von Munstead Wood hatte eine dicke Humusauflage und eignete sich gut zur Bepflanzung mit Moorbeetpflanzen, von denen insbesondere die nach Farben gruppierten Rhododendren die Wege flankierten. Die Sonnenseite der Wegränder besetzte Gertrude Jekyll mit Heide *(Calluna vulgaris)* und Steinsame *(Lithodora diffusum)*, die Schattenseite mit Farnen, *Pieris floribunda* und *Pieris japonica*. Neben einem breiten Hauptweg gab es verschiedene schmale Pfade, auf denen der Besucher abwechselnde Motive des Waldgartens vorgeführt bekam.

Im Frühling schmückten kleine Teppiche von Christrosen, Krokussen und Narzissen die Wegränder. Die Christrose *(Helleborus)* siedelte Gertrude Jekyll gern in der Nähe von Farnen an. „Sie benötigen guten Lehm, in dem sie nicht trocken werden; in einer Mulde zusammen mit wintergrünem Farn, zum Beispiel Hirschzungenfarn *(Phyllitis scolopendrium)*, dessen Blattwerk sehr eindrucksvoll ist, wäre ein guter Platz." Auch Krokuskolonien sind ein reizvolles Waldgartenmotiv. In Munstead Wood standen sie an halbschattigen, leicht grasbesetzten Standorten, an denen sie, nach Farben getrennt, in langen Driften gepflanzt wurden. Im Mai gab es Plätze mit *Trillium grandiflorum*, der Waldlilie, deren große weiße Blüten auf attraktiven Blättern prächtig zur Geltung kommen. Ganz in der Nähe, inmitten eines Teppichs von *Luzula sylvatica*, breiteten sich Salomonssiegel *(Polygonatum multiflorum)* aus. Ausgedehnte Partien von Maiglöckchen *(Convallaria majalis)* und Schattenblume *(Maianthemum bifolium)* gediehen im lichten Unterholz von Kiefern und Buchen, umgeben von einem Teppich aus Heidelbeeren *(Vaccinium myrtillus)*.

Alle Rhododendren, vor allem die Pflanzungen in Hausnähe, hatten ein Gefolge von Sommer- beziehungsweise Herbstblühern. Dazu gehörten weißer Fingerhut (*Digitalis purpurea* 'Alba'), weiße Akelei *(Aquilegia vulgaris)* und weißer Elfenspiegel *(Epilobium angustifolium)*. Besonders gut gedieh der Schwalbenwurzenzian *(Gentiana asclepiadea)*. Die Gestaltung des Waldgartens zeigte bis hin zur Wahl der Farben die Vorlieben Jekylls. Sie hatte vor allem zum Ziel, unter Berücksichtigung der Ansprüche der ausgesuchten Pflanzen, natürlich wirkende Gartenbilder zu schaffen, wie sie William Robinson so vehement gefordert hatte. Um die Jahrhundertwende war der Garten von Munstead Wood, also auch der Waldgarten, voll entwickelt und zu einem Dorado der Gartenfreunde geworden. Robinsons Prinzipien waren überzeugend verwirklicht in einem Gartenstil, der aus ästhetischer Sicht den zu gestaltenden Raum als Ganzen betrachtete, und aus ökologischer Warte entstand ein gemeinsamer Lebensraum für unterschiedlichste Pflanzen, die sich nicht gegenseitig schadeten, sondern voneinander profitierten. Die ungebrochene Aktualität dieses Gestaltungsprinzips liegt einerseits im umweltfreundlichen Ansatz – denn die natürliche Pflanzengesellschaft bleibt erhalten –, die Hinzufügung von Pflanzen stellt jedoch einen Eingriff dar, der aus dem „woodland" einen Garten macht!

Trewithen Gardens

Viele der heute existierenden Waldgärten entstanden nicht auf jungfräulichem Boden wie der von Gertrude Jekyll, sondern innerhalb bestehender, älterer Anlagen. Sie umzugestalten hieß, Raum zu schaffen durch Fällen des alten Baumbestandes. Es hatte mit Umsicht zu geschehen, wollte man die wünschenswerte Schutzfunktion der hohen Buchen, Eichen und Kiefern nicht zerstören.

Dies galt auch für Trewithen Gardens, wo man sich 1905 zu einer grundlegenden Umgestaltung entschloß. Mit den Worten des letzten Besitzers, George Horace Johnston (1882–1960): „. . . es war notwendig, die Axt zu nehmen und für Licht und Luft zwischen den Bäumen zu sorgen" (Trewithen Booklet). Als das geschehen war, begann man mit der Pflanzung von hundert *Rhododendron-arboreum*-Hybriden. Wenig später, während des Ersten Weltkrieges, mußten auf Anordnung der Regierung weitere dreihundert Buchen geschlagen werden. Johnston nutzte diese Gelegenheit, um an der Gartenseite des Hauses eine ausgedehnte Lichtung entstehen zu lassen, eine Entscheidung, die dazu beitrug, beide, Haus und Garten, zueinander in eine spannungsreiche Beziehung zu bringen und zugleich einige der Gehölze wirkungsvoll in Szene zu setzen.

Asien nimmt unter den Herkunftsgebieten der neu eingeführten

Eingang zum Waldgarten Rosemoor, der seit geraumer Zeit der Royal Horticultural Society gehört.

Pflanzen den hervorragendsten Platz ein. Ab 1899 hatte Ernest H. Wilson fortlaufend Pflanzenschätze aus China nach England auf den Weg gebracht, was George Forrest später fortsetzte. Dessen Förderer, John Charles Williams, wurde Namensgeber einer stark verbreiteten Kameliengruppe, die aus Kreuzungen von *Camellia saluenensis* und *Camellia japonica* hervorging. *Camellia × williamsii* gelten als robuster als *Camellia japonica*. Eine der besten, 'Donation', wurde in Trewithen schon sehr früh kultiviert, und der dortige Bestand geriet zum Grundstock ihrer Verbreitung. Eine besondere Rarität gedeiht im Schutz einer Mauer: 'Bentin' blüht rötlich und trägt helles, panaschiertes Laub. Eine besonders schöne weißblühende Kamelie ist 'Cornish Snow', eine Hybride aus *Camellia cuspidata* und *C. saluenensis*, die als Sorte auch im Handel ist. Die Liste der Kamelien in Trewithen umfaßt etwa 40 Formen von *C. japonica* und C. × *williamsii*. Hinzu kommen aus Sämlingen entstandene Sorten von *C. reticulata*.

Nicht weniger bedeutend ist die Sammlung von über zwanzig Magnolien, darunter Formen von *Magnolia campbellii* (unter anderem *M. campbellii* ssp. *mollicomata* und die Sorte 'Lanarth') mit enorm großen weißen beziehungsweise rosafarbenen Blüten, *M. delavayi*, deren cremeweiße Blüten einen Durchmesser von 20 cm haben, *M. denudata* mit reinweißen, tassenförmigen, duftenden Blüten, *M. sargentiana* var. *robusta* mit karmesinroten Blüten und verschiedene sommerblühende Arten wie *M. grandiflora* und *M. sieboldii*, deren Kelche an Seerosen erinnern. Einige von ihnen säumen die Lichtung am Haus und haben beträchtliche Höhen erreicht.

Die Liste der Rhododendren weist einige Raritäten auf, zum Beispiel ein stattliches Exemplar *Rhododendron sinogrande* mit cremefarbenen Blüten und bis zu 80 cm langen Blättern oder ein gelbblühender Strauch von *Rhododendron macabeanum*, der als der größte seiner Art auf den Britischen Inseln gilt. In guten Jahren erscheinen vom März bis April Hunderte von großen Blütenständen und lassen das dunkle Laub unter dem blassen Gelb der gepunkteten Blüten fast verschwinden. Natürlich umfaßt die Liste auch neuere Hybriden, zum Beispiel 'Trewithen Orange', deren Blütenfarbe einen zusätzlichen rosa Anflug hat. Zu den Moorbeetpflanzen gehört auch *Pieris formosa*. Eine alte Hecke dieser Art hat die beträchtliche Höhe von 3 m.

Die Pflanzen wurden zu Beginn des Jahrhunderts in Trewithen aus Samen gezogen, die George Forrest aus China mitgebracht hatte. Die weißen Blüten duften leicht, besonders attraktiv ist aber der junge leuchtendrote Blattaustrieb. Trewithens beste Zeit sind die Monate März bis Mai.

Trengwainton Gardens

Wie die meisten Gärten in Cornwall, ist auch Trengwainton am schönsten im Frühjahr. Zahllose ausgesprochen heikle Pflanzen

Blütenstand von Rhododendron macabeanum.

werden im Schutz von Mauern und größeren Gehölzen kultiviert und überstehen auch niedrigere Temperaturen. Das Januarmittel beträgt hier 7,2 °C, der Niederschlag im Jahresdurchschnitt liegt bei 1011 mm. Im ehemaligen Küchengarten, einem Areal, das von hohen Mauern umgeben ist, nutzt man die besonders günstigen Bedingungen, um empfindliche Pflanzen, zumeist der südlichen Hemisphäre, zu kultivieren. Die stärker wachsenden unter ihnen, wie *Podocarpus salignus* (gepflanzt 1910) und *Magnolia campbellii* ssp. *mollicomata* (um 1926), sind zu großen Bäumen herangewachsen.

Aber auch manche Sträucher haben sich inzwischen zu stattlichen Exemplaren entwickelt, wie die immergrünen Ölbaumgewächse aus Neuseeland, Tasmanien und von den Chatan-Inseln: *Olearia furfuracea* trägt zur Blütezeit Trauben von winzigen „Aster-Sträußen".

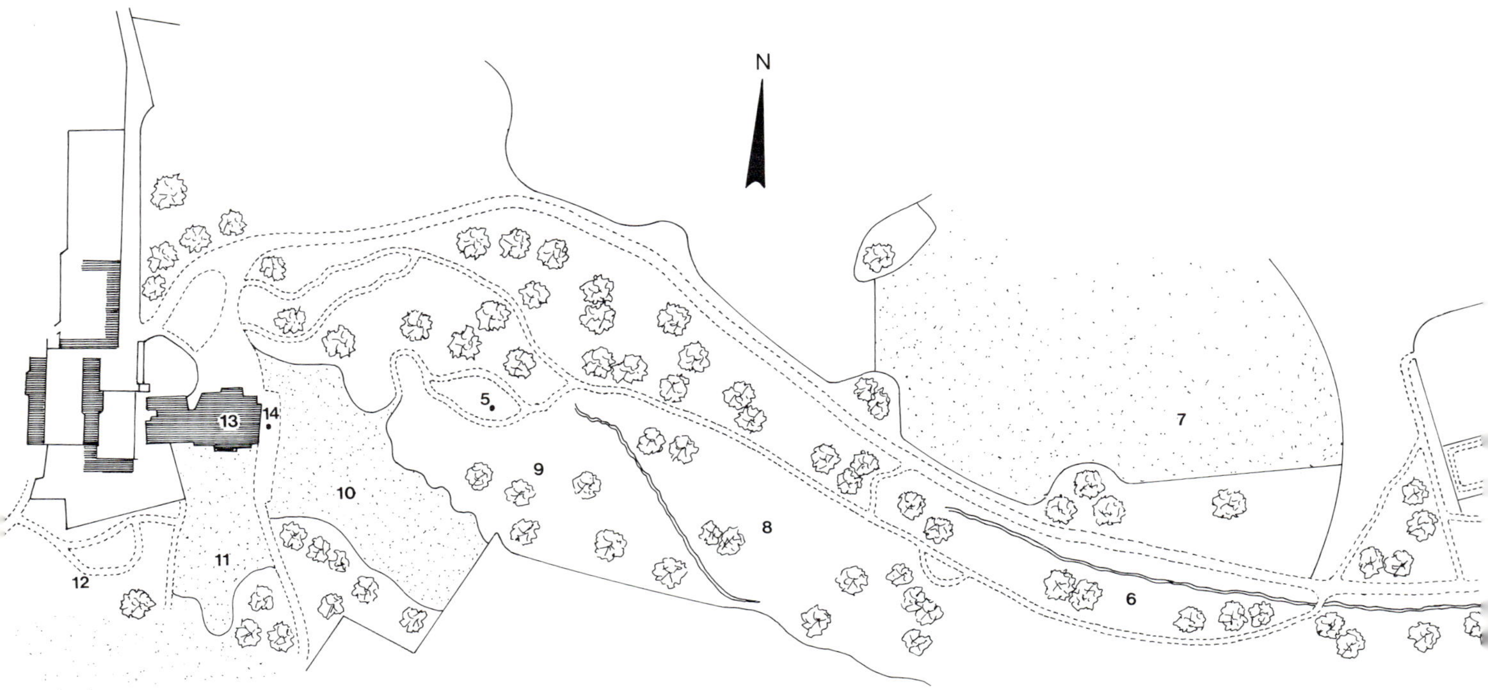

Das gilt auch für *Olearia semidentata*, deren graugrünes Laub an der Unterseite silbern schimmert. Die lila Blüten haben ein purpurnes Zentrum. *Olearia ilicifolia* wächst dicht und trägt ledriges, graugrünes Laub. Ein Duft von Moschus geht von seinen Blüten aus. Das interessanteste Laub besitzt *Olearia macrodonta*. – Es ist ebenfalls graugrün, aber dazu gezähnt wie die Blätter bei *Ilex aquifolium*. Andere Immergrüne sind *Abutilon* 'Kentish Bell', *Buddleja lindleyana, Rhododendron maddenii* und die Hybride 'Fragrantissimum'. Fuchsien und Myrten *(Myrtus communis)* bilden eine Art Unterholz.

Viele der im Walled Garden kultivierten Pflanzen blühen spät, dann nämlich, wenn der Waldgarten seine beste Zeit schon hinter sich hat. Dessen Saison beginnt im März mit frühen Rhododendren, Kamelien und Magnolien. Viele der im Schutz der Mauern versammelten stattlichen Rhododendren wurden aus Samen gezogen, die Kingdon Ward 1927/28 auf einer Expedition unter anderem in Assam sammelte. Aus Burma stammt *Rhododendron macabeanum*, eine Art mit großen gelbblühenden Doldentrauben und großen dunkelgrünen Blättern, deren Unterseite silbern beziehungsweise grauweiß schimmert. Etwa zur gleichen Zeit blüht *Rhododendron sinogrande* mit weiß beziehungsweise rosa überhauchten, großen Blütendolden.

Der eigentliche Waldgarten beginnt jedoch außerhalb der Mauern des Walled Gardens. Er erstreckt sich zunächst zu beiden Seiten eines breit angelegten Weges, The Drive, macht aber zur Rechten, bis auf einen schmalen Gehölzsaum, ausgedehnten Wiesen Platz. Mal weicht der Saum zurück, und es entstehen Lichtungen mit Rasen, der im Frühjahr einen reichen Narzissenbesatz hat und der vereinzelt niedrigere Ziergehölze trägt, mal nähert er sich wieder, und der Weg verschwindet unter dem Blätterdach von hohen Buchen, rechts und links von Bambuskolonien *(Pseudosasa japonica)* und Rhododendren flankiert. Wo genügend Licht herrscht, breiten sich Teppiche von Etagenpri-

Trengwainton Gardens
1 Eingang
2 ehemaliger Küchengarten („Walled Garden") mit Gehölzsammlung
a Magnolia × veitchii (1936)
Metasequoia glyptostroboides
Embothrium coccineum
diverse Magnolien u. a.
b Magnolia campbellii
M. campbellii ssp. mollicomata 'Lanarth'
Eucryphia moorei
Abutilon-Hybride 'Canary Bird'
Stewartia sinensis u. a.
c Styrax japonica
Magnolia cylindrica
M. sprengeri var. diva
M. × wieseneri (M. watsonii)
Acacia melanoxylon
Eucryphia cordifolia u. a.
d Acacia simplex
Passiflora caerulea
Fuchsia excorticata
Pittosporum tobira
e Frementodendron californicum
Cassia corymbosa
Magnolia × highdownensis u. a.
3 The Drive
4 Bambushain
5 Brunnen
6 Stream Garden
7 Wiese
8 Glockenblumen-Lichtung (Bluebell Glade)
9 Glockenblumen-Teppich (Bluebell Cover)
10 Lower Lawn
11 Hufeisenrasen (Horseshoe Lawn)
12 Magnolienrasen
13 Wohnhaus
14 Sonnenuhr

meln aus, *Primula pulverulenta* und *Primula japonica*. Der Weg endet beim Haus. Dorthin unterwegs, hat man zur Linken einen Bachlauf, der sich in den Monaten Mai und Juni am schönsten präsentiert. Die Breite seines Bettes wechselt. Einige kleine Kaskaden sorgen dafür, daß sich das Wasser mit Sauerstoff anreichern kann. Der Saum der Uferbepflanzuung begleitet den Bach beidseitig in unregelmäßig verlaufenden Bändern. Ihm schließt sich Rasen an, der allmählich in den Gehölzbestand übergeht, Buchen und Eichen zumeist und Ziergehölze darunter.

Ein idealer Wassergarten ist dieses Bachgelände mit einer ganz natürlich wirkenden, üppigen Bepflanzung. Ganz früh im Jahr blüht gelb der Amerikanische Aronstab, auch Scheincalla genannt *(Lysichiton americanus)*, zusammen mit der Sumpfdotterblume *(Caltha palustris)*, ihre Begleitung bilden Farne. Die großen Horste der Astilben, Rodgersien und Taglilien zeigen bereits unterschiedliches Blattgrün. Hier und da ragen aus ihnen große Exemplare von *Zantedeschia aethiopica*, als Calla bekannt, hervor, die wohl nur an klimatisch günstigen Stellen so gut gedeihen. Im Spätfrühling beziehungsweise Frühsommer bringen die Etagenprimeln, *Primula helodoxa, P. japonica, P. prolifera* und andere, Farben in das Bild. Das leuchtende Blau stammt von *Meconopsis grandis* und *Meconopsis betonicifolia*, Scheinmohnen aus dem Himalaja. Noch später blühen Montbretien, *Crocosmia × crocosmiiflora* 'Solfatare' mit bronzefarbenem Laub oder 'Lucifer', zusammen mit dem goldgelb blühendem *Hypericum* 'Rowallane', das unter den günstigen klimatischen Bedingungen fast mannshoch wird und große, tassenartige Blüten besitzt. Wegen des reichen Wechsels der Blattformen bietet der Bach auch noch im Hochsommer, wenn es an Blüten fehlt, ein interessantes Bild.

Am Ende des Weges, am Haus, öffnet sich der Wald zu einer großen Lichtung. Sie gibt den Blick in die Landschaft frei. Neben dem Haus gibt es einen separaten Magnoliengarten mit zwei bemerkenswerten *Magnolia sargentiana* var. *robusta*, 15 m hoch und 18 m breit,

Links: Bachlauf in Trengwainton mit reichem Uferbewuchs, aufgenommen im zeitigen Frühjahr.
Rechts: Das milde Klima Cornwalls erlaubt die Kultur von Baumfarnen (Dicksonia antarctica).

im April von Tausenden von großen dunkelrosa Blüten bedeckt, und dahinter *Magnolia delavayi* mit mächtigen Blättern und cremeweißen, duftenden Blüten im Sommer; ebenfalls spät blüht die immergrüne *Eucryphia cordifolia* aus Chile. In enger Nachbarschaft gedeihen eine Reihe empfindlicher Rhododendren, darunter die im Mai blühenden *Rhododendron taggianum* und *Rhododendron megacalyx,* beide mit weißen, über 10 cm langen Blütentrompeten; oder der rosablühende *Rhododendron maddenii* zusammen mit den Hybriden 'Golden Oriole Talavera' und der gelbblühenden Sorte 'Velaspis'.
Selbst noch in Hausnähe befinden sich eine Reihe interessanter Exoten, die wie *Pieris formosa* ssp. *forrestii* nicht allein wegen der Blüten attraktiv sind, stehen diese doch in einem reizvollen Kontrast zum scharlachroten Frühjahrsaustrieb. Ganz früh im Jahr blüht mit rosa Blüten die Magnolien-Hybride 'Raffillii', eine Kreuzung aus *Magnolia campbellii* und *Magnolia mollicomata*. Nicht weit davon entfernt gedeiht eine 1890 gepflanzte *Luma apiculata (Myrtus luma)* aus Chile. Ungefähr 6 m hoch, blüht sie im Sommer mit perlenähnlichen, weißen Blüten. Eine zusätzliche Attraktion dieses Gehölzes stellt die mahagonifarbene, abblätternde Rinde dar.

Exotisch anmutende Lysichiton americanus und Gunnera manicata in Chyverton.

Der Weg zurück führt über den Rasen mit einem Blick hinunter zur Halbinsel Lizzard. Einen Augenblick lang erkennt man, gerahmt von den Kronen hoher Buchen, die Insel von St. Michael's Mount. Im Waldgarten stößt man zunächst auf Gruppen sehr großer Exemplare von *Rhododendron-arboreum*-Hybriden, die im März blühen. Etwas später kommt der Strauch von *Rhododendron falconeri* zur Blüte; um 1890 gepflanzt, ist er mit seinen 10 m Höhe ein wirklicher Riese; er trägt große glockenförmige, cremefarbene Blüten. *Rhododendron griffithianum*, von Hooker aus dem Himalaja eingeführt, trägt weiße Blütendolden und hat auffallende Blätter. Andere großblättrige Arten sind *Rhododendron sinogrande* (die Blätter werden bis zu 80 cm lang) und *Rhododendron magnificum*. Ein weiteres immergrünes Gehölz in der Nähe ist *Cryptomeria japonica* 'Elegans', die Japanzeder, deren Nadeln sich im Winter bronzerot färben.

Auch Trengwainton besitzt eine Sammlung von Kamelien-Hybriden, manche sind Abkömmlinge von *Camellia reticulata*, zum Beispiel die blaß lachsrosa blühende 'Salutation'. Ein Teil des Waldbodens ist im Frühjahr von „bluebells" *(Hyacinthoides non-scripta)* bedeckt. Entlang des Long Walk gedeiht eine weitere Reihe exotischer, im Sommer blühender Gehölze, etwa *Lomatia ferruginea* und *Embothrium lanceolatum*, beide aus Chile; letztere ist im Juni mit scharlachroten, leuchtenden Blüten bedeckt. Gruppen von ebenfalls im Sommer blühenden Hortensien bilden das „Unterholz" zu den größeren Gehölzen. *Gentiana asclepiadea* (Schwalbenwurzenzian) blüht in Blau und Weiß und bedeckt an einigen Stellen den Waldboden teppichartig. Hat man den Hauptweg (The Drive) wieder erreicht, sollte man im unteren Gartenteil den Baumfarnen *(Dicksonia antarctica)* noch einen Besuch abstatten. Von einem Blätterdach geschützt, in einer feuchten Mulde, fühlen sie sich ganz offensichtlich wohl. Der Blattzuwachs verfärbt sich im Laufe der Vegetationsperiode: die jungen kupferfarbenen Blätter werden im Sommer dunkelgrün.

Trengwainton wurde im Jahre 1867 von Bolitho, später Sir Edward, übernommen und in Jahrzehnten zu einer der reichsten Sammlungen exotischer Gehölze gemacht. 1961 kam der Garten in die Obhut des National Trust.

Die Liste der wichtigen Waldgärten in Cornwall ist zu lang, um sie alle vorzustellen. Erwähnt werden sollen allerdings noch **Carhayes** – wegen seiner bedeutenden *Rhododendron-* und Kamelien-Sammlung –, außerdem **Glendurgan** und **Trebah**, die oberhalb des Helford River besonders reizvoll gelegen sind; beide verfügen über einen reichen Bestand an exotischen Gehölzen. Dann sei **Lanhydrock** erwähnt, ein altes Haus inmitten eines großen Baumbestandes mit bemerkenswerten Sammlungen von Rhododendren, Azaleen, Kamelien und Magnolien. Zuletzt sei auf **Chyverton** hingewiesen, das ebenfalls kostbare Ziergehölze beherbergt, einschließlich einer hier entstandenen 16 m hohen *Magnolia dawsoniana* 'Chyverton' und einer der größten Kolonien von *Lysichiton americanus* in englischen Gärten, begleitet von *Gunnera manicata*.

Bodnant Gardens

An der Westküste, im nördlichen Wales, liegt einer der berühmtesten englischen Gärten überhaupt: Bodnant. Es gibt sehr viele Gründe, warum dieser Garten zu den besten gezählt wird. Zum einen findet man auf den Britischen Inseln kaum ein zweites Mal eine derartig attraktive Lage. Haus und Garten liegen auf einer Anhöhe, oberhalb des Conway River mit dem Snowdon als Gegenüber. Zum andern hatte der Zweite Lord Aberconway, letzter Besitzer von Bodnant, erkannt, wie er diese besondere Lage für den Garten nutzen konnte.

Henry Pochin, der Großvater des Lords, hatte 1875 das Haus mit Waldgelände gekauft, um an geeigneter Stelle ein Pinetum anzulegen. Die spektakulärste Pflanzung aus dieser Zeit ist ein Goldregentunnel (vermutlich *Laburnum* × *watereri* 'Vossii') von über 50 m Länge, der im Mai eine große Anziehungskraft auf Besucher ausübt.

Lady Aberconway, die Tochter des Gartengründers, bemühte sich sehr um den Garten, aber erst ihr Sohn, der Zweite Lord, machte die Anlage zu dem, was heute, Jahrzehnte später, so vollkommen zu erleben ist. Er entschied sich nämlich dafür, dem Garten am Haus eine klare Architektur zu geben, indem er das nach Westen hin abfallende Gelände in Stufen abfing, und zwar so, daß sechs unterschiedlich große Terrassen entstanden, die ganz verschieden gestaltet wurden. Steht man auf der obersten Terrasse, so blickt man über die Croquet Terrace hinunter zu einem von Atlaszedern flankierten großen Seerosenbecken. Unterhalb dieser Stufe befindet sich ein Rosengarten (Lower Rose Terrace) mit einer riesigen Treillagen-Pergola und darunter der Kanal (Canal), der an beiden Enden von Architekturelementen begrenzt wird: einem Sommerhaus (Pin Mill) und einer von Eibenhecken eingerahmten Bühne (Stage). Unterhalb dieser Terrasse leiten Magnolienpflanzungen (Magnolia Borders) zum Waldgarten über. Alle Terrassen sind reich an exotischen Gehölzen; sie unterstreichen das fremdländische Flair, das dieser italienisch inspirierte Gartenteil ausstrahlt.

Der Waldgarten, der ihn umgibt, stammt aus unterschiedlichen Epochen. Ein Teil des originalen Baumbestandes wurde bereits Ende des 18. Jahrhunderts gepflanzt. Nach dem Kauf des Anwesens durch Henry Pochin wurde das Pinetum angelegt. Erst ab 1909 kamen *Rhododendron*-Arten in den Garten, zusammen mit anderen fremdländischen Gehölzen. Dank der regen Züchtungsbemühungen des Zweiten Lords und seines Gärtners, Frederik Charles Puddle, entwickelte sich der Waldgarten allmählich zu einer Schatzkammer bemerkenswerter *Rhododendron*-und *Camellia*-Hybriden.

Die Bedingungen erwiesen sich als günstig. Ein saurer Boden, hohe Luftfeuchtigkeit, ausreichende Niederschläge (1016 mm im Jahresdurchschnitt) und eine lichte Beschattung durch einen hohen Baumbestand waren ideale Voraussetzungen. Mit einem Januarmittel von 6 °C waren auch die Wintertemperaturen relativ mild.

Ein Gang durch den Waldgarten beginnt im sogenannten North Garden, nördlich der Seerosen-Terrasse. Seine hohe Zeit ist der Frühling, wenn Azaleenarten wie *Rhododendron schlippenbachii* und *Rhododendron albrechtii* ihre Blüten vor dem Blattaustrieb zeigen. Zu den Nachbarn dieser hell- beziehungsweise dunkelrosa blühenden Azaleen gehören unter anderem *Rhododendron*-Hybriden aus der Cinnabarinum-Gruppe, deren gemeinsames Merkmal röhrenförmige, wächserne Blüten sind. Eine für die Gruppe ungewöhnliche gelbe Blütenfarbe zeigt 'Bodnant's Yellow', während Farbtöne dieser Gruppe sonst im Bereich von Zinnober liegen. *Rhododendron augustinii* trägt zum Farbenspiel einen Lavendelton bei.

Überquert man die Terrassen in südwestlicher Richtung, gelangt man in den eigentlichen Waldgarten, The Dell. Der Name bezeichnet das enge Tal, durch das der Fluß Hiraethlyn seinen Lauf nimmt. Um 1875 wurde hier Platz geschaffen für eine reiche Sammlung interessanter Koniferen, die heute zu stattlicher Größe herangewachsen sind. Als einen der Höhepunkte im Verlauf des Gartenbesuches kann man von einer Anhöhe aus auf das Pinetum hinübersehen mit seiner überraschenden Vielfalt an markanten Kronen in unterschiedlichen Grüntönen.

Zu ihnen gehören *Abies grandis, Sequoiadendron giganteum* ('Wellingtonia'), *Sequoia sempervirens, Tsuga heterophylla, Tsuga canadensis, Tsuga mertensiana, Abies concolor* var. *lowiana, Abies nordmanniana* und *Abies cephalonica*, außerdem *Pseudotsuga menziesii* und verschiedene Zedern. Da diese Bäume in einem lockeren Stand stehen, kann auf dem Boden Gras wachsen; es bildet sogar einen relativ dichten Teppich. Der Baumbestand des angrenzenden Waldgartens besteht aus einheimischen Gehölzen wie Eichen, Buchen und Kiefern.

Im Schutze der Bäume gedeihen Rhododendren, Kamelien und Magnolien. Nicht nur *Rhododendron*-Arten sind reich vertreten, wie *Rhododendron calophytum* und *Rhododendron falconeri*, sondern eine unvorstellbare Zahl an Hybriden, die teilweise hier entstanden sind. Lord Aberconway und sein Obergärtner Frederik Charles Puddle betrieben über Jahre hinweg eine erfolgreiche Züchtungsarbeit, von der Martin Puddle, der jetzige Gärtner von Bodnant berichtet: „In kleinen hölzernen Gewächshäusern wurden in Tiegeln und Töpfen Tausende von Sämlingen herangezogen, die man anschließend in größere Behälter umtopfte. Die jungen Pflanzen blieben aber weiterhin unter Glas, um sie so schneller zum Blühen zu bringen. Ständig wurden schwächere Pflanzen ausgeschieden, aber auch solche mit unbefriedigenden Farben oder Formen der Blüten und Blätter. Natürlich war auch die Wuchsform ein Kriterium. Über viele Jahre erstreckte sich diese Züchtungsarbeit, bei der *Rhododendron griersonianum* häufig eine Rolle spielte . . . Viele Hybriden gewannen in London hohe Auszeichnungen, zum Beispiel 'Elizabeth', 'Choremia', 'Matador' und 'Sirene'." Ab 1947 setzte der Sohn des ersten Gärtners mit geänderter Zielsetzung die Züchtungsarbeit fort. Unter Verwendung von *Rhododendron forrestii*, einer eher karg blühenden Art, erzielte man blühwillige, aber niedrig bleibende Hybriden, von denen viele Auszeichnungen erhielten.

Der Waldgarten ist reich an Kamelien und Magnolien, sowohl an Arten als auch an Hybriden. *Camellia* × *williamsii* 'Citation' und *Magnolia sprengeri* 'Claret Cup' erhielten den begehrten „Award of Merit". Der Waldboden ist in den Frühlingswochen von einem Blütenteppich bedeckt. An feuchten Stellen gedeihen Etagenprimeln (*Primula japonica, P. pulverulenta* und andere), *Arum, Lysichiton, Helleborus* und *Meconopsis*-Arten und so fort.

Auch der Waldgarten von Bodnant ist kein reiner Frühlingsgarten, da er genügend sommerblühende Gehölze birgt. Im Juni blühen *Rhododendron luteum* und die Hybriden 'Loderi King George' und 'Loder's White', beides herrlich großblumige Sorten. Im Juli folgen *Rhododendron griersonianum* und *Rhododendron kaempferi* und im August neben den unzähligen Hortensien *Eucryphia* × *intermedia* 'Rostrevor' und *Eucryphia* × *nymansiensis*, deren große weiße Blüten sich prachtvoll vor dem Hintergrund des dunkelgrün glänzenden Laubes abheben.

Der hohe Rang der Gärten von Bodnant läßt sich also nicht zuletzt mit dem Hinweis auf den unendlichen Reichtum an Pflanzen, sowohl an Arten als auch an Züchtungen, begründen. Die lange Liste der Neueinführungen durch Züchtung hat ihn über Jahre bekräftigt. Auch nach der Übernahme von Bodnant durch den National Trust 1949 hat sich Lord Aberconway, der über viele Jahre Präsident der Royal Horticultural Society war, intensiv um die Weiterentwicklung des Gartens bemüht. Unter der Ägide des National Trust ist Kontinuität gewährleistet.

Inverewe Gardens

Inverewe Garden, an der Nordwestküste Schottlands gelegen, profitiert wie die vorangegangenen Waldgärten vom Einfluß des Golfstroms auf das Klima. Es war jedoch nicht einfach für Osgood Mackenzie, der 1862 dieses Stück Heideland auf einer Halbinsel in den Highlands erwarb, daraus einen Garten zu machen. Zwar weckte die Tatsache, daß der Platz in den Wintern fast frostfrei blieb, große Erwartungen im Hinblick auf die fast unbegrenzten Möglichkeiten der Pflanzenauswahl, eine Art „Kew unter Glas", wie er in seinem Buch „A Hundred Years in the Highlands" 1922 schrieb. Hinzu kamen reichliche Niederschläge und eine hohe Luftfeuchtigkeit. Aber es gab zwei Hindernisse, die dem Gedeihen eines Gartens im Wege standen: eine an manchen Stellen nur 5 cm dicke

Oben: In Inverewe Gardens steht dieses windgebeugte Exemplar von Eucalyptus coccifera. Unten: Der Saum birgt niedrige exotische Gehölze, darunter Phormium tenax (hinter der goldlaubigen Eibe) und Hebe-Arten.

Bodenschicht über dem Sandstein der Halbinsel und die völlige Schutzlosigkeit vor Stürmen, die zusätzlich erhebliche Mengen Salz mitbrachten.

Im Grunde bedeutete dies eine ziemlich hoffnungslose Ausgangssituation für einen Garten. Es dauerte viele Jahre, bis Abhilfe geschaffen war. Gleichzeitig mit der Bodenverbesserung wurde für Windschutz gesorgt. In fast 15 Jahren entstand ein mächtiger Gehölzgürtel aus *Pinus nigra* var. *calabrica* (Korsische Kiefer) und *Pinus sylvestris*, durch weitere Nadel- und Laubgehölze bereichert wie *Tsuga heterophylla*, die Tannen *Abies procera*, *A. pinsapo*, *A. lasiocarpa* und *A. nordmanniana*; außerdem *Cupressus macrocarpa*, *Chamaecyparis* und *Thuja plicata*. Hinzu kamen Birken, Eichen, Eschen, Buchen und Lärchen. Auch *Eucalyptus (E. coccifera)* konnte angepflanzt werden. *Rhododendron ponticum*, der sich sehr stark versamt, bildete bald dichte Hecken. Wo es möglich war, verwendete man zu diesem Zweck später lieber *Griselinia littoralis*, einen Strauch aus Neuseeland mit ledrigen, apfelgrünen Blättern. Insgesamt bewirkt das Laubdach der Bäume einen guten Schutz vor Bodenerosion und vor Feuchtigkeitsverlust.

Diese Schutzwälle erlaubten es Osgood Mackenzie, einen Waldgarten

Die natürliche Vegetation hat in Inverewe Gardens Platzrecht und trägt nicht wenig zum Charme dieses Waldgartens bei, ähnlich wie die kaum veränderte Oberflächengestalt.

zu schaffen, in dem sich Pflanzen aus allen Erdteilen gut entwickeln konnten und heute bereits ein beträchtliches Alter erreicht haben. Nach seinem Tod 1922 übernahm seine Tocher, Mairi Sawyer, den Garten. Sie förderte ihn mit hohem Sachverstand und übergab ihn 1954 dem schottischen National Trust. Dieser stellte sich den Herausforderungen eines solchen „Erbes“, sah aber zugleich eine Aufgabe darin, den Garten für Besucher, deren Zahl sich ständig vergrößerte, zu erschließen. Wo sich früher enge Pfade durch die Wildnis schlängelten, führen heute befestigte Wege durch die Pflanzenquartiere. Auf einer vorgegebenen Route gelangt man zu den Höhepunkten dieses Pflanzenparadieses.

Einen sehr starken Anteil daran haben die Arten und Hybriden von *Rhododendron*. In vielen Gartensituationen bilden sie das Grundgerüst zusammen mit Feuchtigkeit liebenden Gräsern und Stauden. In einer Lichtung des Waldgartens gibt es einen kleinen Teich und Quartiere für Moorbeetpflanzen. Hier gedeihen Primeln und Scheinmohn in größeren Kolonien. Von den aus Asien stammenden Etagenprimeln finden sich *Primula pulverulenta* mit Blüten in kräftig roten Tönen, dann die eher robuste *Primula japonica* mit der bewährten Sorte 'Miller's Crimson' und

die leuchtendgelbe *Primula helodoxa*, eine besonders kalkfliehende Primelart. Auffallendste unter den Etagenprimeln ist die ziegelrote 'Inverewe', deren einer Elternanteil *Primula pulverulenta* sein könnte. *Primula bulleyana* bringt Gelb, Orange und Rosa in das Farbenspiel. Aus der Sikkimensis-Sektion ist die wüchsige *Primula florindae* vertreten, aber auch *Primula secundiflora* mit glänzenden Blättern und purpurfarbenen Blüten. Außerdem gedeihen hier *Primula nutans, P. chionantha, P. sinopurpurea, P. capitata* und *P. vialii*. Letztere gehört zu den attraktivsten Primeln überhaupt, und es lohnt, ihr einen nährstoffreichen, feuchten und leicht beschatteten Platz einzurichten.
In enger Nachbarschaft zu den Primeln wachsen unterschiedliche Arten des Scheinmohns, deren Farben von tiefem Blau über Rot hin zu leuchtendem Gelb reichen. Ihre Blütezeit erstreckt sich von Mai bis Juli. *Meconopsis* sind meistens schon lange vor der Blüte ansehnliche Pflanzen, da sie im ersten Jahr attraktive Blattrosetten ausbilden, aus denen heraus der Blütenstil wächst. *Meconopsis betonicifolia* hat bis zu 10 cm große, himmelblaue Blüten und wird ungefähr 80 cm hoch. *Meconopsis napaulensis* blüht in den Farbtönen Blau, Weiß, Purpur und Rot. Behaarte Rosetten hat die gelbblühende *Meconopsis regia*. *Meconopsis integrifolia* blüht früher und hat tassenartige Blüten in der gleichen Farbe. *Meconopsis grandis* 'Branklyn', eine Selektion aus einem schottischen Garten bei Perth, zeigt ein eindrucksvolles Blau und verhält sich ziemlich ausdauernd. Die Wiesenraute *(Thalictrum diffusiflorum* und *Thalictrum chelidonii)* und Orchideen wie *Dactylorhiza foliosa* ergänzen die Pflanzengesellschaft, zu der noch blaßgrüner Königsrhabarber *(Rheum alexandrae)* gehört. Auf dem Weg zu einem kleinen Tal (Wet Valley) passiert man Quartiere von *Rhododendron* der Trifolium-Gruppe. Zu ihnen gehören *Rhododendron davidsonianum, R. rubiginosum* und *R. yunnanense*, allesamt mit trichterförmigen Blüten. *Desfontainia spinosa* ist ein Strauch aus Chile mit röhrenförmigen, leuchtendroten Blüten und Blättern, die an den gemeinen *Ilex* erinnern. Im Tal angekommen, begegnet man wiederum großen Quartieren von Rhododendren, unter anderem dem großblättrigen *Rhododendron sinogrande* mit fußballgroßen, cremefarbenen Blütensträußen und einer Hybride dieser Art: 'Ronald'. Primeln und *Meconopsis* sind ihre zierlichen Begleiter. Mächtigste Gestalt unter den Nicht-Gehölzen ist *Gunnera manicata*, deren Blätter Mannshöhe leicht übersteigen können. Faszinierend ist ihr walzenförmiger Blattaustrieb im Frühjahr. Zu ihren Füßen breitet sich ein niedrigbleibender Verwandter aus: *Gunnera magellanica*. Ebenfalls die Feuchtigkeit lieben die Trollblume *(Trollius europaeus)* und eine rotblühende *Ourisia* 'Loch Ewe', eine Kreuzung aus *Ourisia coccinea* und *O. macrophylla*.
Verfolgt man die Route weiter, so öffnet sich der Weg immer wieder zu exotisch wirkenden Gartenszenen. Im Schutze von *Griselinia littoralis* gedeihen Rhododendren wie *Rhododendron hodgsonii* mit 30 cm langen, dunkelgrünen, an der Unterseite filzigen Blättern und glockenförmigen, magentafarbenen Blüten und deren Hybriden. Weiter auf dem Weg gelangt man zum „Camas Glas“, einem Bereich mit diversen *Rhododendron*-Arten wie die weißblühende Art *R. leucaspis* oder *R. russatum* mit blauen und *R. williamsianum* mit rosa Blüten, außerdem die gelbblühende *R. lutescens* und mit rosa Blüten *R. racemosum*. Ein Sandsteinfelsen in der Nähe ist teilweise von einer *Hydrangea serratifolia (H. integerrima)* bedeckt. Sie trägt im Juli 30 cm große, weiße Blütenstände. Auf dem weiteren Weg durchquert man wieder Quartiere von Primeln, *Meconopsis* und sommerblühenden Hortensien.
In den fünfziger Jahren begann man mit neuen *Rhododendron*-Pflanzungen, hauptsächlich eigenen Sämlingen. Zu Ehren Königin Elizabeths wurde der neue Bereich „Coronation Knoll“ genannt und bis in die neunziger Jahre ständig weiter ausgebaut. In den Monaten Mai und Juni ist dies der farbenreichste Teil des Waldgartens. Der in der Nähe liegende Rhododendron Walk beherbergt unter anderem auch die großblättrigen Arten *Rhododendron sinogrande* und *R. hodgsonii*, beide etwa 9 m hoch, aber auch moderne Hybriden sind vertreten. Der sogenannte Peace Plot ist ein idealer Platz für so heikle Gehölze wie die *Rhododendron*-Hybride 'Frangrantissimum' und Hybriden aus der Maddenii-Gruppe wie 'Naomi Pink Beauty' und die schwefelgelb blühende

'Hawk'. Den Boden bedecken *Trollius, Iris ensata (I. kaempferi)* und *Meconopsis*. Kolonien von *Trillium*- und *Erythronium*-Arten blühen im Spätfrühling bis Frühsommer.

Der Reichtum an Pflanzen und üppigen Gartenszenen scheint nahezu unbegrenzt, und wie alle Gärten sind auch Waldgärten einem ständigen Wandel unterworfen. Sowohl Kälteeinbrüche als auch Stürme richteten in den letzten Jahren schwere Schäden an. So verlor der Garten Anfang Januar 1984 bei einem Sturm 47 und Ende Januar noch einmal 100 Bäume.

Andere Waldgärten, zum Beispiel Bodnant in Wales und die cornischen Gärten, hatten ebenso unter Windbruch zu leiden wie Inverewe, verloren aber durch überraschend niedrige Januartemperaturen (bis – 14 °C in Bodnant) eine große Zahl wertvoller Ziergehölze. Es entstanden zum Teil unersetzliche Verluste, da einige Exemplare noch Originalpflanzen der Samenausbeute von Hooker, Ward und Forrest waren. Nur sehr langsam werden sich die Lücken wieder schließen lassen.

Viele der Waldgärten entsprechen dem Bild, das Edward Hyams 1962 in seinem Buch „The English Garden" gezeichnet hat: „. . . Es sind Gärten, in denen Pflanzen, zumeist Gehölze von herrlicher, exotischer Schönheit, so vergesellschaftet sind, daß es einer ‚natürlichen' Waldszene ähnelt, obwohl sie in der Natur nirgendwo zusammen anzutreffen sind . . . Waldgärten sind daher dem romantischen englischen Traum vom ‚Paradies' am nächsten."

Knightshayes Court: ein spätes und eindrucksvolles Beispiel

Die Entwicklung im Verlauf dieses Jahrhunderts hat gezeigt, wie fruchtbar die Forderung Robinsons nach einer natürlichen Gartengestaltung war; sie hat nach dem Zweiten Weltkrieg sogar noch an Anziehungskraft gewonnen. Es ist aber auch deutlich geworden, daß sie sich nirgendwo erfolgreicher realisieren läßt als in Waldgärten. Ein Garten, für den das oben Gesagte in ganz besonderem Maße gilt, ist der Waldgarten von Knightshayes Court in Devon.

Das Anwesen liegt an einem leicht geneigten Hang oberhalb des Exe-Tals. Das im neugotischen Stil errichtete Haus wurde 1874 fertiggestellt und ist heute teilweise von einem Landschaftspark umgeben, der in den späten siebziger Jahren des 19. Jahrhunderts von Kemp, einem Schüler von Paxton, angelegt wurde. Dieser in seinen schönsten Partien nach Süden hin ausgerichtete Park wird vom Haus aus über eine Terrasse und ein abgesenktes, heute sehr schlichtes Parterre erreicht. Von Kemp stammen auch noch die stattlichen Eibenhecken östlich des Hauses, die das damalige Bowling Green einschlossen. Die Terrassenbepflanzung erinnerte bis in die fünfziger Jahre an die viktorianischen Ursprünge, bis sich Sir John und Lady Heathcoate Amory, die damaligen Besitzer von Knightshayes, zu einer grundlegenden Umgestaltung des Terrassenbereiches und des Waldgeländes entschlossen.

Klimatisch liegt dieser Garten mit einem Januarmittel bei 5 °C ungünstiger als die Küstengärten; die Niederschläge sind mit 762 mm Jahresdurchschnitt um 25 Prozent niedriger. Der Boden ist kalkfrei.

Wie Lady Heathcoate Amory im Rückblick schreibt, hatte das Vorhaben einige gute Ratgeber. Graham Thomas, Gardens Consultant beim National Trust, und der amerikanische Landschaftsarchitekt Laning Roper gehörten dazu wie auch Sir Eric Savill, dessen Ermutigungen wesentlich zur Entstehung des Waldgartens beigetragen haben. Da beide Amorys völlige Laien waren, war diese begleitende Unterstützung sicher sehr wichtig. Dabei zielten die Interessen von Sir John und Lady Heathcoate Amory in verschiedene Richtungen. Sie erinnert sich: „Der Gedanke, einen ‚Garten im Wald' zu schaffen, ließ uns nicht mehr los. Meinen Mann, von Haus aus ein Sammler, faszinierten einzelne Pflanzenarten. Mein Interesse dagegen zielte stärker auf die Planung von Lichtungen und Durchblicken, die geschaffen werden mußten, und darauf, wie Stauden, Sträucher und größere Gehölze gruppiert werden sollten." Als sie 1946 ernsthaft an die Planung herangingen, stellten sie außerdem fest, daß er sich vor allem für Gehölze, insbesondere Magnolien, interessierte, während sie sich zu niedrigen Pflanzen, etwa den Alpinen, hingezogen fühlte. Vielleicht hat diese Tatsache dazu beigetragen, daß es in diesem Garten zu keiner ausgesprochenen Spezialisierung kam und in den

Links: An den Rändern des Landschaftsparks von Knightshayes Court präsentiert der Rasen reichen Narzissenbesatz. In den linken Bildrand ragen Äste einer der beiden prächtigen Libanonzedern. Oben und darunter: Trillium gehören zu den Kostbarkeiten dieses Waldgartens.

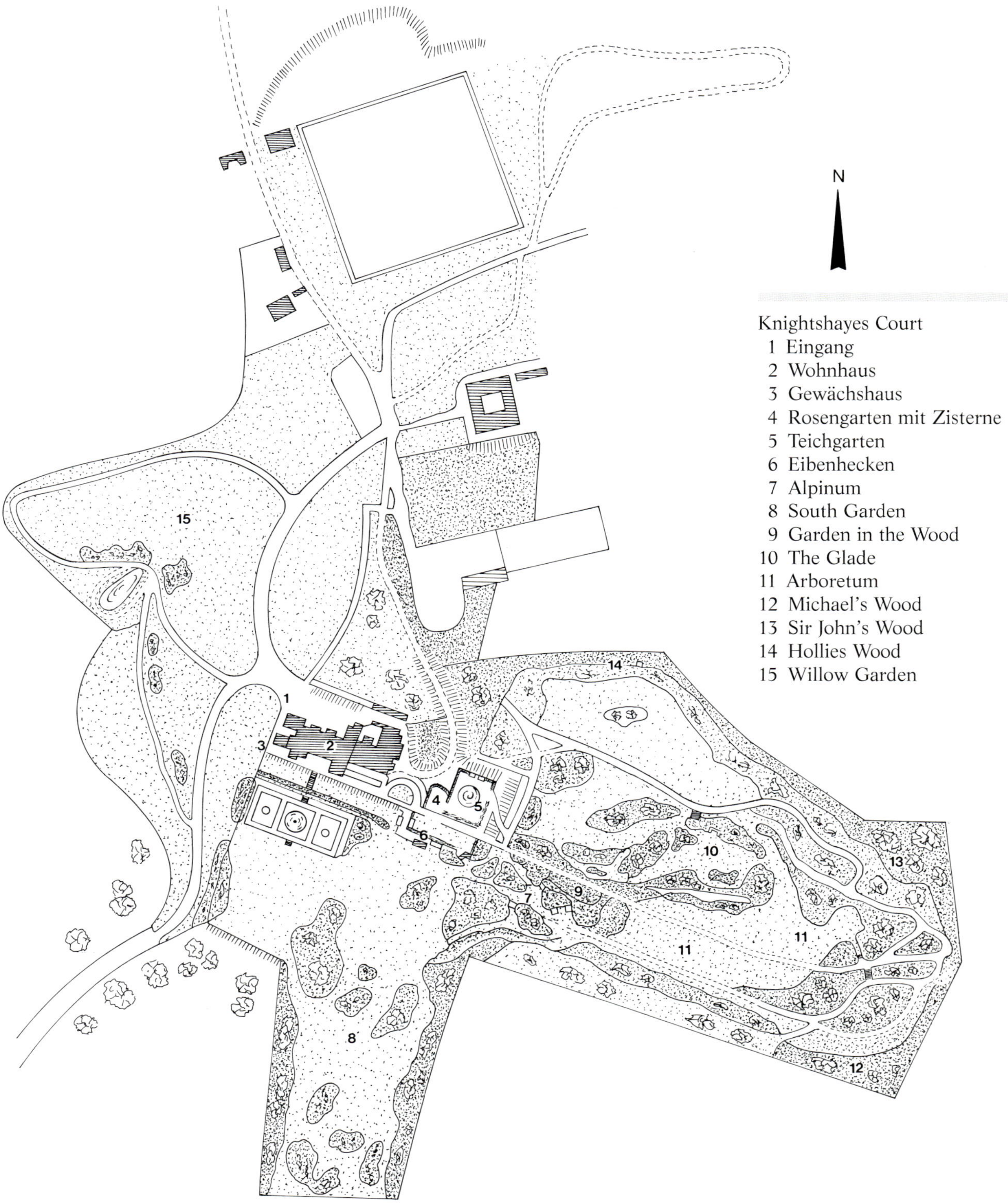

Knightshayes Court
1 Eingang
2 Wohnhaus
3 Gewächshaus
4 Rosengarten mit Zisterne
5 Teichgarten
6 Eibenhecken
7 Alpinum
8 South Garden
9 Garden in the Wood
10 The Glade
11 Arboretum
12 Michael's Wood
13 Sir John's Wood
14 Hollies Wood
15 Willow Garden

Jahren ein reiches Sortiment aufgebaut wurde.

Die Arbeit begann in Hausnähe an der Terrasse. Der Pflanzstreifen unmittelbar an der Hauswand wurde mit niedrigen Gehölzen und Stauden besetzt. Zu ihnen gehörten vor allem sonnenhungrige Halbsträucher wie Lavendel und Zistrosen, aber auch Baumpäonien und *Indigofera*-Arten. An der Hauswand fanden ältere Kletterrosen ihren Platz, darunter 'Souvenir de Madame Léonie Viennot' und 'Madame Alice Garnier', letztere eine gelbe Teerose mit starkem Duft, aber geringer Neigung zum Klettern. Dafür wird 'La Mortola' um so höher und ist im Juni mit Tausenden weißer Blüten bedeckt; in der Nähe wächst die karmesinrote 'Climbing General Mac Arthur'; beide reichen bis zur Dachrinne. Zwiebelpflanzen wie Nerinen, Spaltgriffel *(Schizostylis)* und *Sternbergia* bringen zusätzliche Farbe im Sommer beziehungsweise Herbst. *Yucca, Dierama* und *Agapanthus* ergänzen die exotische Pflanzengesellschaft.

Der östlich vom Haus liegende, von einer riesigen Eibenhecke dreiseitig eingefaßte, gepflasterte Rosengarten wurde zum Quartier niedriger, graulaubiger Pflanzen mit Blütenfarben in Rosa und Mauve. Sie decken den Boden der steingesäumten Beete mit ihren Polstern ab. An der Stirnseite dieses Gartenraumes steht eine Bleizisterne aus dem Jahr 1727. Sie wird als Pflanzgefäß benutzt und ist alljährlich mit Kugelmalven *(Sphaeralcea munroana)* und silberblättrigen *Helichrysum petiolare* und *Helichrysum microphyllum* oder ähnlichem bepflanzt. Zu beiden Seiten der Zisterne erheben sich mannshohe *Wisteria*-Hochstämme.

Neben diesem Raum, durch die Eibenhecke getrennt, liegt heute der Garten mit dem Seerosenbecken (Pool Garden), das ehemalige Bowling Green. Eiben umgeben ihn an allen vier Seiten. Das runde Becken ist mit Seerosen, zum Beispiel der tiefroten *Nymphaea* 'Escarboucle', und weißen 'Gladstoniana' besetzt. Im Wasser spiegeln sich eine silberblättrige *Pyrus salicifolia* 'Pendula' und eine kleine viktorianische Skulptur. Sie markiert die Mitte der Stirnseite dieses sparsamst bepflanzten Gartens; hinter ihr, schon jenseits der Hecke, erhebt sich *Acer pseudoplatanus* 'Brilliantissimum'. Sein junges Laub treibt im Frühling rosafarben aus und wird später im Jahr gelbgrün. Der Charme des Teichgartens liegt in der Schlichtheit seiner Bepflanzung.

Verläßt man diesen Raum, so gelangt man noch einmal in einen von Eiben eingefriedeten Gartenraum. Alle diese mächtigen Hecken sind so geschnitten, daß sie zinnenbewehrten Mauern gleichen. Auf der Heckenkrone des unteren Gartens gibt es mehrere sich jagende Tiere, die die Schere des Gärtners in Jahren herausgeformt hat, zu bewundern. Der vom Haus hierher führende Weg hat zu seiner Linken ein terrassiertes Beet mit einer Sammlung ausdauernder kleiner Gehölze, darunter *Daphne*-Arten, daneben finden sich Alpine und Zwiebelpflanzen. Dieser Weg führt dann über eine Treppe direkt in den Waldgarten.

Anstöße dazu, das Waldgelände umzugestalten, hatte es mehrere gegeben. Ein Flugzeugabsturz gegen Ende des Krieges und die Ulmenkrankheit hatten zu einigem Baumverlust geführt. Hinzu kam ein wachsendes Interesse Sir Johns an exotischen Gehölzen. Anders als in allen bisher vorgestellten Waldgärten, hatte es hier zuvor keinen nennenswerten Bestand an Ziergehölzen gegeben. Die Gestaltung des „Gartens im Wald“, wie das Vorhaben genannt wurde, war also ein tatsächlicher Neuanfang, bei dem man nicht auf vorhandene Sammlungen Rücksicht nehmen mußte. Im Wald, östlich des Hauses gelegen, wurden also in den sechziger Jahren zunächst weitere 160 Bäume gefällt, um so Lichtungen und Durchblicke entstehen zu lassen. Der alte Baumbestand – Buchen, Kastanien und Eichen – bildete nun einen idealen, schutzspendenden Baldachin für Gehölze und Waldstauden, die in den neuen Waldgarten einziehen sollten.

Die Entwicklung dauerte viele Jahre, wobei aus Fehlern zu lernen war. Einzug hielten Magnolien-Arten wie *Magnolia sprengeri, M. campbellii* und *M. kobus* und deren Hybriden und Formen. Sie fanden beidseitig des Hauptweges geeignete Plätze. Wo irgend möglich, wurde der Waldboden in langen Jahren mit einem frühlingsblühenden Teppich versehen. Für Moorbeetpflanzen präparierte man den Boden an manchen Stellen, indem man von Torfziegeln eingefaßte Hochbeete errichtete. Ein solches Quartier eignet sich hervorragend, um Farne, Primeln, Christrosen (hier vor allem *Helleborus orienta-*

Vorherige Seiten. Links: Ein reizvoller Kontrast entsteht in Knightshayes Court zwischen der Anlage im Vordergrund und dem Waldgarten dahinter. Rechts: Zum Frühling der Waldgärten gehören blühende Rhododendren, hier 'Cornish Red' in Chyverton.

lis) aufzunehmen, die im Frühjahr und frühen Sommer ihre Blütenpracht präsentieren. Im späten Sommer blühen hier *Celmisia* mit lanzettlichen, behaarten, silbernen Blättern und weißen Margeritenblüten.
Südlich des Hauptweges gedeihen einige seltenere Rhododendren wie eine im April blühende rote Form von *Rhododendron moupinense* oder *R. johnstoneanum* mit cremefarbenen, duftenden Blüten im Mai und schließlich *R. chamaethomsonii* mit wächsernen, scharlachroten Blütenglocken. *Magnolia sinensis* und *Magnolia wilsonii* mit großen tassenförmigen, hängenden Blüten, deren weiße Blätter karmesinrote Staubgefäße einfassen, tragen zur gleichen Zeit ihren prächtigen Flor. Azaleen, Ahorn, *Kalmia, Pieris* und Eriken ergänzen das Gehölzsortiment. Erstaunlich gut entwickelten sich auch Kletterrosen, die sich mit Hilfe stützender Gehölze ihren Weg zum Licht suchen müssen.
Eine andere Lichtung, The Glade, zeigt eine in Waldgärten häufig anzutreffende Pflanzenanordnung, das Inselbeet. Es ist ein in der Waldwiese ausgespartes, unregelmäßig geformtes Pflanzenquartier mit Leitgehölzen, Sträuchern, Waldstauden, Gräsern und Zwiebelpflanzen. Die Gehölze stehen im weiten Stand, so daß sie einerseits mit den Jahren ihren Habitus voll ausprägen können, andererseits genügender Lichteinfall gewährleistet ist. Nicht immer sind es Blütengehölze, die eine Leitfunktion übernehmen. Der Sumach *Rhus potaninii* verdient seinen Platz hier wegen der hervorragenden Herbstfärbung, ebenso der aus Japan stammende *Pterostyrax hispida*, um nur zwei zu nennen. Von den niedrig bleibenden Sträuchern sind zwei Formen von *Hypericum* zu erwähnen: 'Rowallane' mit großen gelben Blüten, allerdings nicht ganz winterfest, und *Hypericum bellum* mit dunkelgelben, tassenartigen Blüten. Euphorbien sind mit *Euphorbia characias, E. dulcis* und mit dem Teppichbildner *E. cyparissias* vertreten. *Hosta sieboldiana* und *Hosta fortunei* 'Hyacinthina' sind in großen Zahlen vorhanden und tragen unter anderem dazu bei, Unkraut zu unterdrücken. *Meconopsis*-Arten und *Digitalis* bringen Farbe in das Bild. Zur Pflanzengesellschaft dieses Inselbeetes gehören nicht zuletzt auch Gräser, zum Beispiel die Goldsegge (*Carex elata* 'Aureae'), die sich selbst gut versamt.
Andere Bereiche im Waldgarten, zum Beispiel Holly's Wood, haben ähnlich aufgebaute Pflanzengesellschaften mit anderen Artenschwerpunkten. So bilden in diesem Teil chinesische Rhododendren und einige asiatische Magnolien markante Pflanzengruppen. In Sir John's Wood sind *Acer, Photinia, Osmanthus*, zusammen mit Stauden wie *Actaea, Tricyrtis* und *Helleborus* zu erwähnen. Ein relativ neuer Gartenteil ist der South Garden. Er präsentiert im Frühling mit diversen Rhododendren und japanischen Zierkirschen ein Fest der Farben. Große Flächen sind mit Narzissen bedeckt. Wie so viele Waldgärten, so ist auch dieser Teil des Gartens von Knightshayes Court ein großartiger Frühlingsgarten, von dem Penelope Hobhouse sagt, er könne als eine Art Modell angesehen werden.

Barnsley House Gardens

Neuere Tendenzen in der Gartengestaltung

Unweit Cirencester, inmitten der lieblichen Landschaft der Cotswold, liegt einer der bekanntesten Country House Gardens der Nachkriegszeit. Rund um ein ehemaliges, 1607 erbautes Pfarrhaus (rectory), entstand ein bemerkenswerter, etwa 1,6 ha großer Garten, der sowohl wegen seiner Gestaltung als auch hinsichtlich des Pflanzenreichtums in den Sommermonaten Woche für Woche Besucher anzieht, wie so viele der privaten Gärten, die im National Gardens Scheme zusammengeschlossen sind, um sich einem Kreis von Interessierten zu öffnen. Gartenfreunde und Pflanzensammler holen sich bei solchen Besuchen Anregungen und erwerben in der kleinen Gärtnerei das eine oder andere, was sie bei ihrem Rundgang entdeckt haben.

Barnsley House ist in den letzten Jahren so bekannt geworden, daß der Garten genauso zum Besuchsprogramm von Gartenfreunden gehört wie die großen Vorbilder Hidcote und Sissinghurst, in deren Tradition auch der Garten von Barnsley House steht. Der lang gehegte Lebenstraum einer begeisterten Hobbygärtnerin, die inzwischen zu einer der bekanntesten lebenden englischen Gartenschriftstellerinnen reüssierte, konnte hier verwirklicht werden.

Geheimnisvoll mutet der Laubengang aus Goldregen (Laburnum × wateri 'Vossii') in Barnsley House Garden an. Die Steinsäule dient als Blickpunkt und markiert den Übergang in die Lindenallee.

Der Garten

Rosemary und David Verey begannen ab 1960 mit der Gestaltung, nachdem sie 1951 das Anwesen geerbt hatten. Als Architekt fühlte er sich für die Gliederung des Areals zuständig. Rosemary Verey übernahm die Aufgabe, die vorgegebenen Strukturen durch eine entsprechende Bepflanzung zu beleben. Da sie weniger reine Pflanzensammlerin als -liebhaberin ist und zunehmend auch Expertin wurde, gelang dies überzeugend.

Rosemary Verey besitzt eine bemerkenswerte Sammlung historischer und richtungweisender Gartenbücher, angefangen bei den großen Kräuterbüchern des früheren 17. Jahrhunderts bis hin zu den Standardwerken der Gegenwartsliteratur aus diesem Jahrhundert. Russel Pages „The Education of a Gardener" wurde für sie selbst zur wegweisenden Lektüre auf dem Weg zur Meisterschaft der eigenen Gartengestaltung.

Oft waren es nur die Besuche von Gärten in der näheren Umgebung, die Anregungen brachten. Rosemary Verey schreibt: „Mein Gartennotizbuch enthielt bald eine Fülle von Entdeckungen und Ideen. Es gab Namen von Gehölzen und Stauden, die ich nicht kannte und denen ich drei- bis viermal begegnete, bis ich erkannte, welchen Wert sie für mich haben könnten. Bei Besuchen in bekannte Gärten notierte ich besonders gelungene Pflanzenkombinationen. Einmal begegnete ich purpurrotem Salbei, der gleichzeitig mit dunkelroten Tulpen blühte. In einem Garten sah ich apfelgrünen Hirschzungenfarn zusammen mit graulaubiger *Hosta*. Jene Unterpflanzung in Grau und Gold unter den alten Apfelbäumen in Powis Castle – Weinraute, gelber Majoran, Goldnessel und Pfennigkraut – eines Tages würde ich das in meinem Garten auch alles haben." Tatsächlich wandern Gartenbilder, wenn sie überzeugen, auf diese Weise von Garten zu Garten, manchmal auch in abgewandelter Form, und vielleicht erklärt dies ein wenig den überdurchschnittlichen Standard vieler privater englischer Gärten.

Rosemary Vereys Interesse an der Gartengeschichte führte geradewegs zu den wichtigsten Gestaltungsmitteln der klassischen Gartenkunst. Einige der wesentlichen Prinzipien und Elemente lassen sich in Barnsley House Garden

Barnsley House Garden
1 Auffahrt
2 Wohnhaus
3 Terrasse
4 Kräuterbeet
5 Knotengarten
6 gemischte Rabatten (Mixed Borders)
7 Eibenallee
8 klassizistischer Tempel
9 Goldfischteich
10 Lindenallee
11 Goldregentunnel
12 Brunnen
13 Kräutergarten
14 gotisches Sommerhaus
15 Rosenbeet mit Rosa-rugosa-Sorten
16 Rasen
17 „Wilderness"
18 Swimming Pool
19 Natursteinmauern

19
8
9
10
11
12
6
6
13
13
13
14
7
15
4
6
6
6
3
2
5
16
17
18
1
1
16
19

Links: Vom Wassergarten öffnet sich der Blick zur Eibenallee. Rechts: Ein Buchsgitter faßt das Kräuterbeet mit ornamentalen Halbsträuchern, Stauden und Zwiebelpflanzen ein.

leicht entdecken. Kulissenhaft öffnen sich immer neue Gartenpartien, so daß die Aufmerksamkeit und Neugierde des Besuchers ständig wachgehalten wird.

Überlegungen Russel Pages fielen hier auf fruchtbaren Boden: „Glücklicherweise erschien sein Buch rechtzeitig, 1961. Ich war fasziniert von der Originalität, und manches von seiner Botschaft kam bei mir an. So beherzigte ich seinen Rat, Durchblicke (Vistas) zu schaffen, um das Auge des Betrachters zu leiten und zu verführen. Fließend sollte ein Bereich in den anderen übergehen, jeder eine Stimmung vermitteln und Licht und Schatten einander abwechseln. Auch im Winter sollte der Garten attraktiv genug sein, um zu einem Rundgang einzuladen. In Hausnähe gehörten daher winterblühende Duftsträucher und Stauden beziehungsweise Zwiebelpflanzen.“ Beide Gesichtspunkte hielt Rosemary Verey konsequent durch, und sie gehören zu den eigentlichen Charakteristika dieses Gartens. Sie werden unten weiter ausgeführt.

Die **Terrasse** als Ausgangspunkt für einen Gang durch den Garten präsentiert eine große Fülle von Pflanzen. An der Hauswand drängen sich bis in den ersten Stock reichende *Wisteria floribunda, Lonicera periclymenum* 'Belgica', Rosen, *Clematis* und die exotische *Fremontodendron californicum* mit ihren ledrigen Blättern und großen gelben Blüten. Das Violett von *Ceanothus arboreus* ist dazu eine eindrucksvolle farbliche Ergänzung.

Die Bepflanzung gibt einen Hinweis auf die vergleichsweise günstige Lage des Gartens mit einem für die Cotswolds ermittelten Durchschnittswert von 2,9 °C im Januar und einer 246 Tage andauernden Wachstumsperiode. Damit kann natürlich das Pflanzensortiment reicher ausfallen als bei uns auf dem Festland. Andererseits ist der Boden kalkhaltig, und die Pflanzenvielfalt in diesem Garten widerlegt die immer wieder geäußerte Meinung, daß die Zahl gartenwürdiger kalkliebender Pflanzen doch eher begrenzt sei. Neben den Stauden beweisen dies zahlreiche Gehölze, die sich dort prächtig entwickeln. Ein Exemplar von *Metasequoia glyptostroboides* ist inzwischen 15 m hoch; ähnlich eindrucksvoll präsentieren sich *Sequoiadendron giganteum* und *Cedrus atlantica*. *Liriodendron tulipifera, Parrotia persica* und einige Rosengewächse wie *Malus tschonoskii, Sorbus aria* 'Lutescens', 'Embley', *Prunus sargentii* und die Sorte 'Ukon' sind zu den wichtigsten Blüten- und herbstfärbenden Gehölzen in diesem Garten geworden.

Die Terrasse hat einen Natursteinbelag, in dessen Fugen sich *Alchemilla mollis* kontrolliert ausbreiten darf. Die Treppe zum Hauseingang beherbergt eine Sammlung buntblättriger Pelargonien und Topfpflanzen mit duftendem Laub, unter anderem die Zitronenverbene, *Aloysia triphylla (Lippia citriodora)*.

Ein **Kräuterbeet** erstreckt sich ein Stück entlang der Terrasse. Sein großer Reiz resultiert aus einer Art Gitterwerk aus Buchs, in das hinein Rosemary Verey Kräuter und Halbsträucher pflanzte, die wäh-

Rund um ein altes Pfarrhaus (rectory) erstreckt sich der Garten. Zwischen den Ilexsäulen befindet sich der Knotengarten als kleines Parterre.

rend der Hauptsaison mit Düften, Blättern und Blüten die Besucher anlocken.

Durch die ornamentale Verwendung von Immergrünen, die hier entscheidend an der Strukturbildung beteiligt sind, gelingt es, gewisse Partien im Garten ganzjährig ansprechend zu halten. Die gleiche Wirkung erzielt ein kleiner Knotengarten (etwa 5 × 8 m!) am Ende der Terrasse, dessen Muster aus Lawsons „Countie Housewife's Garden" von 1617 stammt; auch dieses Buch befindet sich in der Vereyschen Sammlung.

Von der Mitte der Terrasse nimmt eine **Eibenallee** ihren Ausgang. Sie teilt eine dem Haus vorgelagerte Rasenfläche mit einigen der Achse zugeordneten Inselbeeten, Mixed Borders, auf denen neben Gehölzen auch Sommerblumen und Stauden in üppiger Fülle vergesellschaftet sind. Zwei Besonderheiten fallen hier ins Auge: eine aparte Farbwahl und die spannungsreiche Verwendung besonderer Blattexturen. Gelb erscheint in vielen Schattierungen zusammen mit graulaubigen Stauden und Halbsträuchern, darunter *Artemisia* in Arten und *Santolina*. Aus der Gesellschaft der Stauden ragen zwei bis drei Exemplare bronzefarbener Fenchel, die sich im Spätsommer mit gelben Blütendolden schmükken. Ihr gefiedertes Laub hat eine einzigartig duftige Wirkung. Neben der Blütenfarbe machen die unterschiedlichen Formen, Größen und Oberflächen der Blätter, der Wechsel grob- und feinstrukturierter Arten, glänzend oder matt erscheinender Texturen den Reiz der Bepflanzung aus.

Die Eibenallee hat ausschließlich optische Funktion. Begehbar ist sie kaum, da sich auf ihr ein Teppich aus Sonnenröschen ausbreitet. Diese *Helianthemum* in den Farben Weiß, Rosa und Rot stehen in einem guten Kontrast zum dunklen Grün der flankierenden Eibensäulen (*Taxus baccata* 'Fastigiata'). Die Allee läuft auf ein schmiedeeisernes Gittertor zu, hinter dem der Gemüsegarten liegt.

Eine zweite Achse steht quer zur Eibenallee. An deren Endpunkten liegen ein klassizistischer Tempel im Osten und ein Brunnen im Westen. Die Bepflanzung der Brunnenumgebung besteht aus feuchtigkeitsliebenden Stauden wie *Hosta, Rodgersia* und *Ligularia*. Einen unübersehbaren Akzent setzen einige Exemplare *Angelica archangelica* mit ihrem imponierenden Habitus.

Lenkt man seine Schritte in die entgegengesetzte Richtung, so fällt der Blick unmittelbar auf den kleinen Tempel am Ende des Rasenweges. Flankiert wird er von Sommerblumen und Gehölzen, die mit ihren Blüten oder Blättern zum Farbschema Weiß, Blau und Goldgelb gehören: *Lonicera nitida* 'Baggesen's Gold' und der duftende *Philadelphus coronarius* 'Aureus' lassen eine lichte Atmosphäre entstehen. Panaschierte Pflanzen sind eine besondere Vorliebe englischer Gärtner. Sicher nicht ganz zufällig! Einerseits lieben diese Pflanzen eine im allgemeinen höhere Luftfeuchtigkeit und milde Winter. Zum anderen bringen sie in die nicht selten regnerischen Sommer der Insel mit ihrem Gelb und Weiß etwas mehr „Licht".

Zur Rechten, parallel zum Weg, verläuft ein geheimnisvoller **Laubengang** aus *Laburnum × watereri* 'Vossii', der zur Mitte des Gartens hin in eine Allee geschnittener Linden übergeht. Durch diese Allee zieht sich ein Plattenweg, der bei einer Steinsäule am Ende des Goldregentunnels beginnt. Beidseitig begleiten ihn weiß panaschierte *Hosta*. Aus ihnen ragen im Juni die violetten kugelförmigen Blütenstände von *Allium aflatunense* hervor. Die Stammregion der Linden (*Tilia platyphyllos* 'Rubra') ist von graulaubiger Weinraute *(Ruta graveolens)* umgeben, aus der im Frühjahr Zwiebelpflanzen blühen.

Bevor man den Tempel erreicht, streift das Auge ein von *Rubus phoenicolasius* 'Wineberry' sehr dekorativ umsponnenes Gitter. Hinter diesem spiegelt sich im runden Seerosenbecken der kleine Tempel mit seinen dorischen Säulen. Den Beckenrand umsäumen *Iris sibirica* und Bergenien zusammen mit gelbblühendem Hahnenfuß *(Ranunculus)* und *Primula florindae*.

Schaut man von hier aus nun in die entgegengesetzte Richtung, erhält man ein gänzlich neues Bild. Hatte vorher der Tempel am Ende des Weges das Auge nicht mehr losgelassen, so eilt der Blick nun zum Endpunkt der Achse, findet nur flüchtig am Brunnen Halt und verliert sich in den Baumgruppen der Landschaft. Bewegt man sich dann auf die Gartenmitte zu, läßt sich das Auge schnell von neuen Gartenszenen fesseln. Eine davon ist das Gartentor zum Gemüsegarten, der unter anderem Inspirationen durch das Vorbild Villandry ahnen läßt.

Dieser Wechsel der Gartenbilder und -szenen ist für alle in der Tradition von Hidcote stehenden Gärten typisch. Dennoch erkennt man in Barnsley House Garden hinsichtlich der Architektur des Gartens eine gewisse Loslösung und Veränderung des Konzeptes der Raumgliederung: Die Idee einer strikten Bildung geschlossener Räume wird aufgegeben, der Übergang von Szene zu Szene verläuft statt dessen fließend.

Gartenthemen, die nach dem Zweiten Weltkrieg aufkamen

Alleen, Durchblicke und Blickfänge

Die Idee, das Problem der Raumgliederung des Gartens nicht nach dem Hidcote-Konzept zu lösen, indem man eine Reihe unterschiedlich großer, mehr oder weniger geschlossener Räume aufeinander folgen läßt, sondern mit Hilfe von Alleen und Durchblicken (Vistas) für einen optischen Zusammenhalt zu sorgen, verdankt Rosemary Verey – wie sie selbst bekundet – der Ideenwelt des Gartenarchitekten Russel Page. Sie folgte hiermit einer Gestaltungsrichtung nach dem Zweiten Weltkrieg, die sich vor allem in kleineren Gärten bemerkbar machte, die nicht wie Hidcote über ein Areal von 4 ha verfügen.

Wie in Hidcote und anderswo sorgen auch in Barnsley House Garden die Achsen für einen Zusammenhalt des Ganzen. Hier besteht dieses raumgliedernde Koordinationssystem aus parallel verlaufenden und sich kreuzenden Achsen. Die zwei wichtigsten sind die Eiben- und die Lindenallee, die im weiteren Verlauf zu einem Goldregen-Laubengang wird. Das Charakteristische dieser Alleen ist ihr formales Erscheinungsbild. Sollen sie ihre Funktion erfüllen, so bedürfen sie der regelmäßigen Pflege, vor allem des Formschnittes. Für den Goldregen gilt dies ebenso wie für die Eiben und die Linden, die hier als sogenannte Stelzenhecke (stilt hedge) kultiviert werden.

Die Alleen wirken sich deswegen wesentlich auf das Gartenerlebnis aus, weil sie Ziele erschließen helfen. Als „Laufbahnen" führen sie den Besucher zu neuen Gartenszenen oder -bildern. Blickfänge in Form von Skulpturen zum Beispiel, spielen dabei in allen Fällen eine ganz wesentliche Rolle. So nimmt die Eibenallee ihren Ausgang bei der Treppe zum Haus und endet bei einem schmiedeeisernen Gartentor. Die Lindenallee ist einerseits dem Tempel zugeordnet und führt in der Verlängerung durch den Goldregen-Laubengang zu einer Stele.

Die direkte Verbindung zwischen dem Brunnen und dem Tempel bildet ein breiter Rasenweg, wie man ihn in englischen Gärten so oft erlebt und schätzen lernt, weil er zum Schlendern und Betrachten einlädt. Bewegt man sich vom Brunnen weg, so hat man zur Rechten den Laubengang und die Lindenallee, zur Linken zunächst eine in die Tiefe gestaffelte Rabatte mit einer typischen Mischpflanzung aus panaschierten Gehölzen und Stauden, die sich trotz der Beschattung durch die Allee kräftig ins Bild setzen. Die interessanten Details lassen den Besucher verweilen, aber der Tempel als Blickfang am Ende der Achse wird dafür sorgen, daß er sich der ganz neuen Gartenszene nähert, um auch sie zu erkunden.

Eine viel kleinere „Allee" verläuft als Doppelbeet südlich der Stelzenhecke aus Linden. Der Weg durch dieses Beet ist beidseitig flankiert von zierlichen Buchskugeln, die dieser Rabatte besonders im Winter ihren Reiz erhalten.

Während Alleen einerseits den Besucher zu Gartenszenen oder -bildern führen, engen sie andererseits das Gesichtsfeld ein. Sie lenken das Interesse des Besuchers, der sich von einem Blickpunkt am Ende der Achse angezogen fühlt. Durchblicke in den benachbarten Gartenraum oder Ausblicke in die Landschaft scheinen diese Regie zu unterlaufen, in Wirklichkeit tragen sie wesentlich zur gespannten Erwartungshaltung des Besuchers bei.

Ausblicke in die Landschaft, wie sie einige der großen, hier vorgestellten Gärten Great Dixter, Hestercombe, Hidcote und Sissinghurst nutzen, findet man in Barnsley kaum; dafür um so reizvollere, wenn auch manchmal nur flüchtige Durchblicke. Denn der abschweifende Blick muß nicht immer das Ergebnis großer dramaturgischer Bemühungen des Gärtners sein. Es genügt oftmals ein Loch in der Hecke oder eine Kulisse hoher Stauden, die durch eine Lücke einen Blick in die eigentlich verborgene Nachbarschaft erlauben. Aber auch in Barnsley House Garden sind die reizvollsten Durchblicke Elemente der Gartenstruktur, also nicht zufällig entstanden, sondern künstlerische Absicht.

Blickfänge sind jedoch nicht ausschließlich den Alleen zugeordnet. Gerade in mehr informellen Bereichen übernehmen sie die Funktion, optische Akzente zu setzen und das Interesse des Besuchers wachzuhalten. Der Gehölzrand jenseits einer größeren Rasenfläche westlich des Hauses zieht nicht zuletzt die Aufmerksamkeit auf sich, weil eine fast lebensgroße, geheimnisvolle Statue, eine verschleierte Dame in Reitkostüm und mit Zylinder, aus dem Laub eines *Viburnum*-Strauches herauszutreten scheint. Südlich des Rasenstückes befindet sich ein „gotisches" Sommerhaus, das in der heißen Jahreszeit Kühlung bietet; es ist aber gleichzeitig Blickfang aus verschiedenen Richtungen. Den stärksten optischen Anziehungspunkt bildet allerdings der kleine Tempel, zu dem man nicht nur entlang der Hauptachse einen Sichtkontakt haben kann.

Neben diesen gewichtigen Blickpunkten der Architektur gibt es eine Vielzahl kleinerer Blickfänge, beispielsweise die im Garten aufgestellten Bänke oder auch nur Pflanztröge und -töpfe.

Auch Pflanzen können Blickfänge sein, und zwar nicht nur Gehölze, die mit Hilfe des Topiary zu kunstvollen Gebilden geformt werden wie eine panaschierte Stechplame in der Nähe des Sommerhauses. Ein alter Birnbaum am Ende des Kräuterbeetes war lange Zeit unübersehbarer Blickfang dieses Garteneiles, bis ihn eine Pilzerkrankung dahinraffte. Aber auch Stauden dienen, eine entsprechende Nachbarschaft vorausgesetzt, über eine kurze Zeitspanne als Blickfang. Im allgemeinen sind dies hohe Stauden mit auffallendem Habitus, wie Rittersporn oder wie oft zu sehen Hybriden von *Galega orientalis*. So beherrschte bei einem Besuch im August eine größere Gruppe *Acanthus spinosus* in der Nähe des kleinen Tempels auf Grund der auffälligen Blütenstände und seiner aufrechten Wuchsform optisch die gesamte Rabatte.

Die „verschleierte Dame im Reitkostüm" dient als Blickfang jenseits einer größeren Rasenfläche

Der Garten im Winter

Alle großen englischen Gärtner dieses Jahrhunderts haben sich mit dem winterlichen Garten in irgendeiner Form, nicht zuletzt in den Büchern, die von ihnen geblieben sind, beschäftigt. Das gilt für Gertrude Jekyll ebenso wie für Vita Sackville-West, für Margery Fish wie für Christopher Lloyd. Insofern steht Rosemary Verey, die mit ihrem Buch „The Garden in Winter" (1988) einen eigenen Beitrag leistete, in einer fruchtbaren Tradition.

Schon Gertrude Jekyll hatte den Winter zum Gartenjahr gerechnet und auf die verborgenen Attraktionen dieser Jahreszeit hingewiesen. In einem Beitrag für „Country Life" (1916) erörtert sie Charakteristika einer Gartenszene vor dem Hintergrund einer immergrünen Kulisse aus Eibe, *Ilex* und Zypressen, eines an sich schon attraktiven Anblicks in jener Jahreszeit, und läßt so vor dem geistigen Auge des Lesers ein winterliches Gartenbild entstehen.

So blühte „im frühen November bereits die große Christrose (*Helleborus niger* 'Macrantha'), gefolgt von den späteren Arten (modernen Gartenformen der *Helleborus niger*), schließlich im Frühling die Orientalische Nieswurz (*Helleborus orientalis* und deren Hybriden). Diese würden als blühender Unterbewuchs einen beträchtlichen Platz auf der schattigeren Seite beanspruchen, während in der sonnigen Lage gegenüber Horste von *Iris unguicularis (I. stylosa)* zu finden wären . . ., auch der gelbe Jasmin *(Jasminum nudiflorum)* sollte einen Platz finden und so gepflanzt werden, daß er über eine Böschung hängt. Diese wenigen Pflanzen schaffen genügend Anziehungspunkte. (Denn) Der Garten wirkt um so überzeugender, je sparsamer der Blütenflor ist. Der winterliche Garten sollte seinen eigenen Charakter haben als Ort vergleichsweiser Ruhe für Gemüt und Auge."

Was ihre Wertschätzung der Immergrünen und das Interesse am Blumenflor, den die Jahreszeit zuläßt, betrifft: Jekylls Überlegungen und Empfehlungen beziehen sich vor allem auf den Waldgarten, dem in Munstead Wood ihr andauerndes Engagement galt, weniger auf den Hausgarten.

Auch Margery Fish hat in East Lambrook den Winter für sich entdeckt und ihre Erfahrungen darüber in Zeitschriftenbeiträgen und Büchern veröffentlicht. Als Pflanzenliebhaberin und -kennerin suchte sie das Sortiment der Gehölze, Stauden und Zwiebelpflanzen mehr und mehr zu erweitern, um den winterlichen Garten attraktiv zu machen. Natürlich hat auch sie den Wert der Immergrünen für sich genutzt, Sträucher wie *Ilex*, Mahonien, *Choisya ternata, Skimmia* und *Eleagnus* einbezogen, um nur einige zu nennen; ihre besondere Liebe galt jedoch blühenden Kostbarkeiten, oft winzigen Blütenpflanzen wie *Galanthus* in diversen Arten oder *Cyclamen*. „Ich liebe die im Winter blühenden Pflanzen. Jede einzelne ist eine

kleine Sensation, und ich bin der Meinung, daß wir an einem Wintertag an einer kleinen Blume ebensoviel Freude haben wie an einem Garten voller Rosen im Sommer." Sie fand aber auch veränderte Wuchsformen der entlaubten Gehölze attraktiv, zum Beispiel die interessante Wintergestalt von *Cornus kousa* var. *chinensis*.
Schließlich suchte sie den winterlichen Garten durch duftende Pflanzen zu bereichern. „Duft ist im Garten ebenso wichtig wie Farbe und Form, und zwar zu jeder Zeit im Jahr", also auch im Winter. Daß sie dabei vor allem an Gehölze dachte, an *Chimonanthus*, der im Englischen „winter sweet" heißt, an *Hamamelis, Viburnum* und vor allem an diverse *Daphne*-Arten, liegt nahe, weil diese schon eine gewisse Frosthärte mitbringen und ihren Duft vor allem in den Gartenraum verströmen.
Gertrude Jekyll und Margery Fish erlebten den Gartenwinter also nicht als lästige Zeit des Übergangs, eine viel zu lange Periode der Gartenruhe, die nichts anderes erlaubte, als auf den Beginn des Frühlings zu warten. Vielmehr sahen sie in ihm eine eigene Gartensaison mit sparsamen, aber besonderen Reizen, und sie empfanden die Jahreszeit als Herausforderung an die gärtnerische Kunst.
Rosemary Verey konnte hier anknüpfen, wenngleich sie über den Ansatz von Jekyll und Fish hinausging und jahrelange Erfahrungen

Die Terrasse wartet mit Blattschönheiten und Duftpflanzen in Töpfen und Kübeln auf.

schließlich in ihrem Buch „The Garden in Winter" niederlegte. Wie Gertrude Jekyll sieht sie zunächst einmal in den winterlichen Gärten „mehr als Gräber, die feierlich an den Sommer erinnern". Sie entdeckt Schönheiten im Garten nicht trotz des Winters, sondern wegen der durch jahreszeitliche Bedingungen, also Kälte und Schnee, geschaffenen Veränderungen, die einen hohen ästhetischen Reiz auf sie ausüben. „Der Garten ist reifüberzogen, die Stämme altersgrau behaart und die Blätter durch den Rauhreif scharf umrissen. Die Fetthennen, die Efeublätter, die braunen Samenstände des Brandkrautes *(Phlomis fructicosa)* haben ihre Farbe nach Silber oder Grau gewechselt. Alles hat ein leichtes und zerbrechliches Aussehen bekommen."

Mit Margery Fish verbindet sie das überwiegende Interesse am Hausgarten. Wie diese sucht sie nach Wegen, das Gartenjahr zu verlängern und die zu dieser Jahreszeit reduzierten Möglichkeiten voll auszuschöpfen. Anders als Margery Fish, die in dieser Frage stärker von ihrer Liebe zu einzelnen Pflanzenarten gelenkt wurde, hat die Pflanzenkennerin und -liebhaberin Rosemary Verey den Garten grundsätzlich als Ganzen im Blick. So erkennt sie den unschätzbaren Wert der Immergrünen für den winterlichen Garten auch, sieht aber zugleich deren strukturstiftende Funktion im Kleinen wie im Großen. Zum Beleg eignet sich das Beispiel des Knotengartens, dieses Traditionselementes aus der Tudor-Zeit, bei dem mit Hilfe von Buchs, Gamander *(Teucrium chamaedrys)* und *Phillyrea*, also niedrig bleibenden und stark austreibenden Pflanzen, abstrakte und geometrische Muster gestaltet wurden. Die sich teilweise überkreuzenden Bänder dieser niedrigen Hecken erinnern an den Kreuzungsstellen an Knoten, daher der Name „Knot Garden". In seiner formalen Perfektion hat dieses Renaissance-Zitat an sich schon einen ästhetischen Reiz, im Kontext des Hauses dient es als „Parterre" und Übergang in den nicht formal gestalteten Gartenteil. Im Winter erweisen sich die unterschiedlichen Schattierungen von Grün für den Blick von drinnen nach draußen als willkommener Augentrost.

Im größeren Maßstab sind es allerdings die wintergrünen Hecken bzw. Alleen aus Eiben, Buchs und Stechpalme, die dem Garten auch oder gerade im Winter Zusammenhalt geben, wie die Eibensäulen, die Buchskugeln des Doppelbeetes, das Buchsgitterwerk des Kräuterbeetes und die geformte Stechpalme. Ein parallel zur Lindenallee verlaufendes Doppelbeet, das im Sommer einen reichen Staudenflor zeigt, unterstützt durch eine Kletterrose und eine *Lonicera* 'Dropmore Scarlet', bietet mit seinen abgeblühten Stielen und verwelkten Blättern im Winter eine Komposition erdiger Farbtöne ohne auffallende Formgebung, da die immergrünen Buchskugeln (*Buxus sempervirens* 'Suffruticosa') noch teilweise von den Stauden verdeckt sind. Das winterliche Gartenbild kann für kurze Zeitspannen durch Rauhreif oder Schnee noch einen zusätzlichen Reiz bekommen. Später werden die abgestorbenen Stengel und Blätter der Stauden entfernt. Die Rabatten wirkten dann trotz einiger *Helleborus* wie abgeräumt, wären nicht die Ränder zum Weg hin von sauber geschnittenen Buchskugeln gesäumt. Der zu Kugeln geformte Buchs bewirkt nun den Zusammenhalt des Ganzen. Das gilt auch für die Zeit des Frühjahrs, wenn sich das Beet unter anderem mit *Leucojum aestivum* und Primeln füllt.

Noch deutlicher wird dies beim Buchsgitter des Kräutergartens. Hatten diese niedrigen Hecken im Sommer die Aufgabe, den hier versammelten Kräutern mit hohem Schmuckwert eine würdige Einfassung zu bieten, verändert sich im Winter zwangsläufig die Funktion, da die meisten dieser Halbsträucher oder Stauden eine optisch untergeordnete Rolle spielen, und der Rahmen selbst wird zur Attraktion. Da dieses Rautengitter durch hinzugefügte Würfel und Kugeln gut rhythmisiert ist, bietet die Anlage ein reizvolles winterliches Gartenbild, das auch vom Haus aus zu sehen ist.

Auch das Bild der Eibenallee ändert sich im Laufe des Gartenjahres. Ein farbiger Teppich aus *Helianthemum* und Stauden kontrastiert im Sommer einige Wochen lang zum kräftigen Grün der Eiben, die vom Herbst bis zum Frühling vor allem eines sind: schwere, dunkle Säulen, die den Weg von der Terrasse zur Gartenpforte flankieren, die nahezu runde Fläche des Rasens dabei teilend. Da sich die Rasenfläche sehr weit ausdehnt, helfen die Eiben den Eindruck der Leere zu vermeiden, ein

Effekt, der sich im Winter sicher noch stärker einstellt.
Viel kleinere Regionen als die große Rasenfläche profitieren im Winter vom Schmuck der Immergrünen. Östlich der Eibenallee endet eine gemischte Rabatte in einer Pflanzengruppe, die sich Rosemary Verey ganzjährig interessant wünschte, weil sich an dieser Stelle die Hauptachsen kreuzen und der Bereich ständig im Blick liegt. Sie pflanzte daher auf das auslaufende Ende der Rabatte einen Wacholder (*Juniperus chinensis* 'Pfitzeriana'). Dem immergrünen Nadelgehölz gesellte sie eine Gesellschaft attraktiver Stauden hinzu, nachdem sie durch Entfernen der ausladenden unteren Äste Platz geschaffen hatte. Im Sommer bietet der Wacholder dem Farbenspiel aus Silber, Grau und unterschiedlichen Grün- und Rottönen einen willkommenen ruhigen Hintergrund (*Santolina chamaecyparissus, Stachys byzantina, Iris foetidissima* 'Variegata' und *Euphorbia griffithii* 'Fireglow'). Im Winter reduziert sich zwar die Farbpalette, und es ändert sich das Gartenbild. Trotzdem beibt mit den wenigen Farben der *Iris* und des Heiligenkrautes *(Santolina)* soviel an Kontrast zum Grün des Wacholders, daß die Gruppe als Ganzes überzeugt.
Die Funktion der Immergrünen in Barnsley Garden, vor allem im Hinblick auf ein Grundgerüst, das dem winterlichen Garten Form gibt, erweist sich auf Schritt und Tritt. Innerhalb dieses Rahmens optisch prägnanter Strukturen bieten sich auch Farberlebnisse an. Dabei muß es sich nicht ausschließlich um bedeckte, erdige Farben handeln, wie sie das verwelkte Laub der Stauden und die trockenen Blätter der Gräser nun zeigen. Selbst leuchtendes Rot kann vertreten sein, zum Beispiel das der Hartriegelzweige (*Cornus alba* 'Sibirica') oder der Fruchtschmuck einiger Wildrosen. Die Stelzenhecke der Linden (*Tilia platyphyllos* 'Rubra') bekommt durch den Austrieb des letzten Jahres einen karmesinroten Schleier.
Überhaupt ist der Beitrag an Farben durch die Rinde der Gehölze nicht zu unterschätzen. Vielmehr gibt es einige Kostbarkeiten, die des näheren Hinsehens wert sind.

Der Gemüsegarten

Gemüsegärten haben im großen und kleinen Rahmen eine lange Tradition in der britischen Gartenkunst. So existieren noch heute die im Bereich der großen Landhäuser errichteten „walled gardens" als Küchengärten. Sie hatten mit einem beträchtlichen Stab von Gärtnern die Aufgabe, das Haus rund ums Jahr mit Obst und Gemüse zu versorgen, wozu sie mit allen erdenklichen Hilfsmitteln ausgestattet waren. Angelehnte Gewächshäuser erlaubten die Kultur von Edelobst, das im regnerischen Großbritannien sonst kaum eine Chance hätte. Aprikosen und Wein, Pfirsiche und Birnen konnten im Schutz der Mauern, die – teilweise zentralgeheizt – Wärme abstrahlten, gut gedeihen.
Ein großer Teil der Beete war dem Anbau von Gemüse vorbehalten, ein kleinerer Teil diente der Bereitstellung von Schnittblumen. Hier und da gibt es noch heute Küchengärten im oben beschriebenen alten Stil. Die meisten der „walled gardens" wurden im Laufe der letzten fünfzig Jahre in reizvolle Ziergärten umgewandelt, die als Ganze von den kleinklimatischen Vorteilen profitieren. Einer der bekanntesten wurde der ehemalige Küchengarten von Mottisfont Abbey, in dem sich, von Graham Stewart Thomas angelegt, eine der größten Sammlungen historischer Rosen in schönster Begleitung von Sommerblumen und Stauden befindet.
In sehr viel kleinerem Rahmen gibt es, überall auf dem Land verteilt, Gemüsegärten in der Tradition des „cottage gardening", einer Mischung aus Zier- und Nutzgarten. Hatte die Versorgungsfunktion des Cottage Gardens zunächst ein Übergewicht, so verschob sich dies in den letzten fünfzig Jahren deutlich zugunsten einer rein dekorativen Nutzung. Immer stärker näherte sich auch der ländliche Bauerngarten den Ziergärten an. So erscheint es folgerichtig, wenn sich der Trend bis hin zu einer dekorativen Verwendung des Gemüses fortsetzte. – Ähnlich wie in Villandry, wo die durch Buchshecken getrennten Quartiere für das Gemüse jeweils eigene ornamentale Aufgaben übernehmen, unterschieden nach Farben, Formen und Texturen der Arten und Sorten. Die Logik dieser Gemüse-Ziergärten ist dabei gar nicht so weit hergeholt, lassen sich doch die Farben und Texturen des Gemüses bei der Gestaltung nutzen.
Der Gemüsegarten von Barnsley House empfindet das Vorbild Villandry mit seinem geometrischen Parterre, auf dem Gemüse zu Zier-

zwecken angebaut wird, auf einem winzigen Stück Land nach. Es ist etwa 20 mal 30 m groß und mußte schon aus diesem Grunde klug durchgeplant werden. Rechnet man einmal den reinen Arbeitsbereich ab, so blieb für die Gestaltung eine quadratische Fläche von ungefähr 20 mal 20 m übrig. Rosemary Verey teilte das Ganze durch zwei axiale Wege, so daß vier gleich große Quadrate, die eigentlichen Gemüsebeete, entstanden. Diese gliederte sie mit Hilfe weiterer schmaler Wege in Anlehnung an Vorbilder aus dem 16. und 17. Jahrhundert so, daß zwei gleiche Grundmuster nebeneinander liegen. Praktische und ästhetische Überlegungen blieben bei der Planung bis heute stets aneinander gekoppelt. So hatte die Wegeführung nicht nur den Sinn, eine optisch überzeugende Gliederung zu bieten, sie hatte sich auch bei der Arbeit zu bewähren: die Beete sind daher gerade so breit, daß man sie von beiden Seiten gut bearbeiten kann, und die Hauptwege lassen die Benutzung einer Schubkarre zu. Als Material für die Pflasterung wählte Rosemary Verey alte Ziegel unterschiedlicher Färbung.

Obstgehölze bringen eine dritte Dimension ein und lassen das Gärtchen dadurch zum Raum werden. Sie werden teilweise als Spalierobst, teilweise in Formschnitt (Pokalform) kultiviert, eine Anregung, die aus William Lawsons „Countie Housewife's Garden" stammt.

Das Zentrum der quadratischen Fläche ist durch einige Rosenhochstämme ('Little White Pet') markiert, die man aus jeder Ecke des Gärtchens sehen kann. Auch die an Stangen gezogenen Bohnen und Duftwicken erheben sich aus der überwiegend kniehohen Gemüsepflanzung.

Eine stabilisierende Funktion haben kleine Einfassungen und hier und da eingestreute 60 cm hohe Pyramiden bzw. Kugeln aus Buchs (*Buxus sempervirens* und die Sorte 'Suffruticosa') und *Ligustrum* 'Aureum'. Raumbildende Funktion haben auch zwei sich gegenüberliegende, von Wein und Hopfen eingesponnene Lauben, die mit ihren Sitzen zum Verweilen einladen.

Um innerhalb dieser Strukturen unter Verwendung von Gemüsepflanzen dekorative Gartenbilder zu erzielen, bedurfte es gründlicher gärtnerischer und ästhetischer Überlegungen.

Wichtig ist die Einhaltung sachgerechter Pflanzenfolgen. Der Arbeitsplan sieht daher im ersten Jahr den Anbau von Hülsenfrüchten vor, im zweiten Kohl und im dritten Wurzelgemüse. So profitieren die Pflanzen des zweiten Jahres von der Stickstoffanreicherung des ersten. Das Wurzelgemüse gedeiht dann in dem im dritten Jahr umgegrabenen frischen Boden. Die Beete langsamwachsender Pflanzen wie Kohl werden in der ersten Zeit mit Salat aufgefüllt. Zur Bodendüngung werden unterschiedliche organische Dünger wie gut verrotteter Kuhmist und Gartenkompost verwendet.

Dekorative Effekte erzielt Rosemary Verey mit Hilfe der Einfassung von Beeten und Ecken, soweit das nicht durch Gehölze besorgt wird (wie oben beschrieben), unter Verwendung von Karotten, Petersilie, Walderdbeeren, Schnittlauch und Salat. Hinzu kommt die Nutzung der unterschiedlichen Farben und Texturen, die das Blattgemüse mitbringt. Allein die Blätter der Salate haben Farbtöne, die vom Smaragdgrün über Dunkelgrün bis zum dunklen Rot eines Burgunder reichen. Nicht zu vergessen die abwechslungsreichen Texturen und Blattformen. Die Oberfläche kann gekräuselt, gefältelt, glatt und rauh sein. Kontraste entstehen dadurch, daß bei der Einsaat Salatsorten mit gegensätzlichen ästhetischen Eigenschaften benachbart werden. Auf diese Weise wächst mehr an Salaten heran, als verbraucht werden kann; der Salat beginnt zu schießen, und ein völlig neues, ganz reizvolles Bild entsteht. Auch im Gemüsegarten sind also die Gartenbilder instabile optische Gebilde. Ihr rascher Wandel ist einkalkuliert.

Anders als im übrigen Garten Rosemary Vereys haben die Gartenbilder im Gemüsegarten eine unübersehbar besondere Eigenschaft: der optische Reiz resultiert nicht allein aus den Merkmalen der Pflanzen selbst, die ihren Gebrauch im Gestaltungsprozeß rechtfertigen. Vielmehr kommt durch die massenhafte Verwendung einer Art bzw. Sorte eine zusätzliche Qualität ins Spiel, die etwas mit Mathematik oder Geometrie zu tun hat: ein starkes Moment der Ordnung, gelegentlich der Symmetrie wie in den alten formalen Gärten des Barock. Rosemary Verey ist so konsequent, das abtrocknende Zwiebellaub am Boden so zu ordnen, daß alle Lauchspitzen in dieselbe Richtung zeigen.

Moderne Gärten in der Tradition von Hidcote

Bis auf die Ausnahme von Great Dixter haben die hier vorgestellten Gärten eine Gemeinsamkeit: Sie sind allesamt von Laien gemacht. Amateure haben vor den Augen der Kunstrichter bekanntlich nur eine mäßige Reputation. Schon William Robinson war ja nicht eigentlich Gartengestalter, sondern Gärtner, und er rang um die Rolle des Gestalters, „maßte" sie sich an. Gertrude Jekyll war ausgebildete Malerin und fand auf pragmatischem Wege, in der Beschäftigung mit Gestaltungsproblemen im eigenen Garten, in die Rolle hinein. Nicht anders erging es Major Lawrence Johnston, der für die gestalterischen Aufgaben überhaupt keine erkennbare Voraussetzung mitbrachte. Margery Fish arbeitete in einem Verlag, bevor sie East Lambrook schuf. Auch Harold Nicolson und Vita Sackville-West verfügten über keinerlei entsprechende Ausbildung, die sie befähigt hätte, einen der schönsten Gärten Englands zu gestalten. Rosemary Verey berichtet in „The English Womans Garden" anschaulich, wie sich aus einer Hausfrau mit Erziehungsaufgaben allmählich nicht nur diejenige Person entwickelte, die einen der richtungsweisenden Gärten der zweiten Hälfte dieses Jahrhunderts schuf, sondern die darüber hinaus mit ihren Veröffentlichungen Tendenzen heutiger Gartengestaltung mit festlegt. Seit Goethe wird ja das Treiben der Dilettanten grundsätzlich als problematisch angesehen, nicht zuletzt dann, wenn sie sich an das Gestalten von Gärten begeben, denn die Gartenkunst „hat noch kein rechtes Regulativ" und: „Die Kunst gibt sich selbst Gesetze und gebietet der Zeit: der Dilettantismus folgt der Neigung der Zeit." Goethe, der selbst leidenschaftlicher Gärtner war, gönnt dem Gartenliebhaber zwar sein Vergnügen, sieht aber in einer von Laien geprägten Gartenkunst die Gefahr großer Beliebigkeit und den Mangel an wirklicher Kunst.

Der Amateur, so meint Nikolaus Pevsner, der sich umfassend über „Das Englische in der englischen Kunst" geäußert hat, ringt nicht leidenschaftlich um einen eigenen Ausdruck. Er bedient sich vorhandener, meist historischer Kunstmittel bei der Gliederung des Raumes. So verwendet er Formen des Topiary und des Parterres, Knotengärten, Stelzenhecken, Vistas, Achsen und Kanäle. Schon Major Johnston verfuhr bereits zu Beginn des Jahrhunderts in Hidcote Gardens auf diese Weise. Mühelos konnten die Gartengestalter bei dem für die Philosophie des Landschaftsgartens maßgeblichen Alexander Pope Anleihen machen, dessen Rat, die Schönheit zu verbergen, in der heutigen Raumstruktur der Gartenanlagen uneingeschränkt zur Wirkung kommt.

„Laßt nicht allenorts die ganze Schönheit sichtbar werden, da doch ein Teil der Kunst darin besteht, sich schicklich zu verstekken. Der gewinnt am meisten, der gefällig verwirrt, überrascht, verändert und die Grenzen verwischt."

Und legt es nicht der Topos vom „genius loci" den Gartengestaltern nahe, vor der Kulisse ehrwürdiger historischer Gemäuer – sei es im Umkreis der Tudor-Türme von Sissinghurst oder rund um ein altes Pfarrhaus (rectory) wie im Falle von Barnsley House – auch Gestaltungsmittel jener Epochen zu nutzen?

Wenn fast alle der hier genannten Gärten das Werk von Laien sind, stellt sich nicht nur die Frage nach ihrem künstlerischen Rang, sondern auch die nach der Rolle professioneller Gartenkünstler in der gleichen Zeit. Beiden Fragen soll in gebotener Kürze noch nachgegangen werden.

Oft wird es dem interessierten Besucher vom Kontinent gar nicht bewußt, daß Laienkunst diese Gärten hervorbringt, so überwältigt ist er vom Reichtum der Pflanzen und ihrer Plazierung. Er läßt sich einfangen von einer Atmosphäre der Frische und Düfte und betrachtet begeistert das Spiel des Lichts, der Farben und Formen. Schließlich genießt er das Ganze doppelt, wenn er zu durchschauen beginnt, daß alles, was wie zufällig aussieht, in Wirklichkeit nach feinen Regeln – gärtnerischen und ästhetischen – gesponnen ist. Und wo dies alles gelingt, wirkt es aus sich heraus, wie das Modell Hidcote beweist, ohne aufzutrumpfen: „Was aber schön ist, selig scheint es in ihm selbst." (Mörike)

Es bleibt ein Geheimnis, warum trotz des offenkundig eklektisch verfahrenden Gestaltungswillens, bei dem der Rückgriff auf überkommene historische Stilmittel zu den legitimen Ausdrucksmitteln

Leycesteria formosa durchwächst ein Gartentor in Barnsley House Garden.

gehört, Kreativität überwiegt und Kitsch vermieden wird.
Es fällt auf, daß viele dieser Gärtner schriftstellerisch aktiv waren und noch sind. Bis auf Major Johnston (dem Gestalter von Hidcote Manor Gardens) haben alle nachfolgenden Schöpfer der hier beschriebenen Gärten ihre Erfahrungen und Gedanken zu Papier gebracht und sich zu Fragen der Architektur und Ästhetik der Gärten und zur Kultur der verwendeten Pflanzen geäußert. Gemäß der Tradition des „picture gardening" finden sich nicht wenige Buchtitel unter den zahlreichen Veröffentlichungen, die höchst anspruchsvolle Konzepte einer ästhetischen Pflanzenverwendung vorstellen, zuletzt von Penelope Hobhouse „Die schönsten Blumengärten" und von Rosemary Verey „Good Planting".
Hinzu tritt für den interessierten Gartenfreund die Möglichkeit, das alles an Ort und Stelle selbst zu erleben, dann wenn die Gärten ihre Pforten öffnen und ein regelrechter Wochenendtourismus einsetzt. Dadurch entsteht nicht nur eine Art „Regulativ", sondern ein wachsend kollektives Bewußtsein der Gartenfreunde von der „Schönheit" der Gärten.
Neben dieser Kunst der Laien artikulierte sich bereits in der ersten Hälfte dieses Jahrhunderts die Stimme der Professionellen. In Anlehnung an die Nachbarkünste, die Architektur vor allem, propagierten sie die Funktion als Hauptkriterium des Gartens und warnten vor dem bloß Ornamentalen. Stilanleihen galten als verpönt.
Erstaunlicherweise gelangten sie mit ihren Vorstellungen gar nicht in das Bewußtsein derer, die es hätte interessieren sollen. Die Zahl der Beispiele solcher moderner Gärten blieb sehr begrenzt, und so ist es kein Zufall, daß die meisten britischen Gartenarchitekten von einigem Format Betätigungsfelder vor allem im Ausland gesucht haben, darunter Russel Page, Geoffrey Jellicoe und der in England lebende Amerikaner Lanning Roper, um nur einige wenige zu nennen.
Zu den modernen Trends der letzten Zeit gehören ähnliche Bestrebungen, wie wir sie auch aus Deutschland kennen: Verwendung von einheimischen Pflanzen und Bodendeckern, Artenvielfalt, Üppigkeit und „Wildheit" der Gartenanlage; schließlich der Verzicht auf Insektizide und Herbizide.
Es sieht aber ganz so aus, als hielten die Briten, dank ihrer Traditionsliebe, weiterhin am Modell Hidcote fest, das zum Symbol für eine überaus reiche Gartenkunst wurde, die in Cottage Gardens ebenso präsent ist wie in den großen Gärten der Country Houses. Der oben bereits erwähnte Nikolaus Pevsner sieht in diesem Konservativismus auch Positives: „Vertrauen in das Erprobte, Mißtrauen gegen Experimente um des Experimentierens willen sowie – am wichtigsten – Glaube an die Fortdauer und Abneigung gegen Brüche."

Folgende Doppelseite: Ausschnitt aus Hestercombe House Garden.
In der Mitte: The Rill; rechts das tiefergelegene Great Plat.

Waldgärten

Eine Reise zu den Gärten der Britischen Inseln war noch Mitte der siebziger Jahre nur wenigen Eingeweihten vorbehalten. Die Nachrichten von einem Dorado kleiner und großer Gartenparadiese wurden eher durch Flüsterpropaganda verbreitet als durch eine entsprechende Literatur bekannt gemacht. Deutschsprachige Bücher zum Thema gab es nicht, und Literatur englischer Autoren boten nur ganz wenige Spezialbuchhandlungen an. Aber auch diese Bücher behandelten ihren Gegenstand eher nüchtern und in der Aufmachung bescheiden, ganz im Gegensatz zu den heute auch bei uns erhältlichen „Coffee Table Books", die auf Doppelseiten britische Gärten in Hochglanz präsentieren und dem Betrachter helfen, sich ein ungefähres Bild von ihrem Reiz zu machen. Der Wunsch, sie alsbald in Augenschein zu nehmen, wird im allgemeinen dazu führen, sich genauer zu informieren.

Die Wahl der Region

Eine Gartenreise zu den Britischen Inseln sollte gut vorbereitet sein! Die Vorarbeit beginnt mit der Festlegung der Region. Erfahrungsgemäß spart es Kräfte und verdichtet die Eindrücke, widmet man sich den Gärten einiger weniger Grafschaften. Allein die Region südlich und östlich Londons ist einen Besuch wert, da hier kleine und große Gärten wie Perlen einer kostbaren Kette beieinander liegen, unter ihnen Sissinghurst Castle Gardens und Great Dixter. Diese Region hat alles, was an englischer Gartenkunst sehenswert ist, den Garten mit seiner typischen Raumgliederung, die gemischten Rabatten, aber auch großartige Waldgärten, beispielsweise Wakehurst Place, diese ländliche Dependance von Kew Gardens südlich Londons.

Ein anderer Schwerpunkt könnte Gloucestershire sein mit Grenzüberschreitungen nach Oxfordshire und Buckinghampshire. Neben den Glanzlichtern Hidcote Manor Gardens (Jahrhundertmodell), Barnsley House Gardens (neuere Tendenzen) und Cliveden (formale Bereiche, Farbrabatten) sind gut zwei Dutzend weiterer Gärten einen Besuch wert. Nicht nur so große Anlagen wie Pusey House Gardens mit einer der längsten und schönsten gemischten Rabatte in England, einem Landschaftspark und Anteilen eines Waldgartens lohnen den Besuch, sondern viele kleinere Gärten, typisch englisch in ihrer Gestaltung, aber stets mit unverwechselbar eigenem Gesicht.

Der Südwesten - Devon, Cornwall und Wales - ist besonders reich an Waldgärten. Freunde seltener Gehölze kommen hier voll auf ihre Kosten. Neben den im Kapitel „Waldgärten" beschriebenen, herausragenden Beispielen sollen hier noch Lanhydrock und Killerton Gardens erwähnt werden: letzterer verfügt auch über eine besonders reizvolle gemischte Rabatte. Unbedingt empfehlenswert wäre ein Abstecher zu den Scilly Isles, wo man auf Tresco Island einen 150 Jahre alten subtropischen Garten erleben kann, der selbst nach den schweren Frostschäden des Winters 1986/87 noch einen Besuch wert ist.

Ähnlich lohnende Ziele ließen sich auch nördlich Londons finden, beispielsweise in den Regionen Suffolk, Norfolk und Cambridgeshire. Große, spektakuläre Gärten wie der Blickling Halls mit Farbrabatten und ausgedehntem Parkgelände und kleine private bieten sich als Reiseziele an. Der Garten der namhaften Gärtnerin und Schriftstellerin Beth Chatto sollte jedenfalls dabei sein.

Auch Mittelengland ist voller sehenswerter Gärten, sowohl großer als auch kleiner privater. Im Vergleich zum englischen Süden liegen die Ziele hier vielleicht etwas weiter auseinander. Bei genauerem Hinsehen fällt eine leichte Veränderung des Gehölzsortimentes auf, denn nicht alles, was den Besucher vom Kontinent im klimatisch begünstigten Süden beeindruckte, kann hier mit gleichem Erfolg kultiviert werden. Schwerpunkt einer Reise in diese Region könnte Harlow Car Gardens bei Harrogate sein, dem Garten der Royal Horticultural Society im Norden. Überall befindet sich die Gartenkunst auf der Höhe der Zeit.

Eine Reise nach Schottland der Gärten wegen würde zu einem Zeit und Kräfte zehrenden Unternehmen, wollte man versuchen, alle lohnenden Ziele auf einmal anzugehen. Im vom Golfstrom verwöhnten Westen liegen vor allem Gärten, Logan Gardens und Inverewe beispielsweise, die ein exotisches Sortiment an Gehölzen beherbergen. Im Inneren Schottlands und nördlich von Edinburgh trifft man auf Gärten der Hidcote-Tradition, von denen Crathes Castle das prominenteste ist.

Neben der wichtigen Frage nach der Zielregion stellt sich die des Zeitpunktes. Beide Gesichtspunkte sind eng miteinander verknüpft.

Jahres- und Tageszeiten der Gartenbesuche

Wer die Waldgärten im Südwesten besuchen will, wird sich wegen der Gehölze wahrscheinlich einen frühen Zeitpunkt aussuchen. Vor allem die Monate März, April und Mai kommen wegen der Blüte von Rhododendren und Magnolien in Frage. Ein Besuch im April garantiert als Zugabe den Flor der Kamelien.

Die beste Zeit zu einem Besuch der sommerlichen Gärten ist die zweite Junihälfte. Sie bildet mit der Blüte von Strauchrosen und Stauden den Höhepunkt des Gartenjahres überhaupt. Diese zeitliche Fixierung ist durch Erfahrung vielfältig abgesichert, kann aber dennoch gewissen Schwankungen unterworfen sein, je nach Verlauf der Witterung. Ein langer harter Winter und ein kühler Frühling können tatsächlich zu geringfügigen zeitlichen Verschiebungen der Vollblüte führen. Grundsätzlich verzögern sich die Blütezeiten, je nördlicher die Gärten liegen. Auf einer meiner Schottlandreisen präsentierten sich die gemischten Rabatten mit Stauden wie Rittersporn in der ersten Augusthälfte noch im vollen Flor, während sie im Süden längst verblüht waren. Die große Rabatte hat ihren Höhepunkt überhaupt erst im August (siehe Red Borders in Hidcote Gardens, Seite 41 ff.).

Selbstverständlich lohnt sich auch im Herbst eine Gartenreise zu den Britischen Inseln. Der September bietet nicht nur blühende Stauden, sondern eine geradezu üppige Blüte der Rosen. Die Sträucher der Moschata-Hybriden übertreffen mit ihrem zweiten Flor die Sommerblüte leicht. Etwas später dann lohnt sich ein Besuch der Waldgärten und Parks, die wegen des hohen Anteils an Laubgehölzen meist eine prachtvolle Herbstfärbung zeigen.

Nicht allein von der Saison hängt der Eindruck ab, den ein Gartenbesuch hinterläßt, sondern ebenso von der Tageszeit, in der man einen Garten erlebt. Die frühen Morgenstunden wird man sich nicht aussuchen können, da die wenigsten, abgesehen von den Öffnungszeiten am Wochenende, vormittags zugänglich sind. Da haben die Gärten noch ihre Frische, die Rasenwege noch ihren Tau, und lange Schatten einzelner Gehölze sorgen für eine angenehme Kühle.

Das weiße Licht des Tages hat die Farbwerte noch nicht verändert, die eigentlichen Farbtöne noch nicht verblassen lassen. Christopher Lloyd rät niemandem, an einem heißen Julitag mittags seinen Garten zu besuchen. „Die Umstände sind gänzlich unbefriedigend. Mit kurzen Schatten und einem weißen Licht sieht alles flach, welk und matt aus. Es ist traurig, daß die Leute den Garten in diesem Zustand zu sehen bekommen." Fotografen kennen das Problem. Sie hadern spätestens dann mit dem Schicksal, wenn sie um diese Zeit in Sissinghurst eintreffen und im Mittagslicht das Purple Border ablichten müssen. Und so sind sie vielleicht gar nicht so ganz unglücklich über einen grauen, bedeckten Himmel, der die gedämpften Farben stärker leuchten läßt.

Am späten Nachmittag schließlich kommt die Farbenpracht der gemischten Rabatten erst richtig zur Geltung, die Pastellfarben vor allem und Weiß und Gelb. Je stärker das Licht abnimmt, desto mehr treten die dunklen Farben (Rot, Blau, Grün) zurück, um zuletzt das Weiß vorherrschen zu lassen. Der Weiße Garten von Sissinghurst bedeutet selbst im letzten Licht der Dämmerung noch ein Erlebnis.

Dufterlebnisse in den Gärten

Auch Dufterlebnisse sind nicht unabhängig von der Tageszeit. Viele Pflanzen, deren Blätter ätherische Öle enthalten, verströmen ihren Duft nur in den heißen Tagesstunden. So duften die Blätter der Zistrose zwar das ganze Jahr über, aber erst im Sommer, wenn diese Sträucher ihre jungen, klebrigen Zweige und Blätter treiben, verströmen sie ihren Duft an die Umgebung. Das gilt insbesondere für *Cistus ladanifer* mit dem sehr harzigen Holz und den herrlichen weißen Blüten, deren Blütenblätter je einen dunklen Fleck zeigen, oder für die reinweiß blühende Art *Cistus laurifolius*. Kaum ein Gehölz weckt in gleicher Weise mediterrane Duft-Assoziationen wie die Zistrosen, allenfalls Lavendel, denn auch er verströmt seinen kräftigen Duft an heißen Sommertagen am stärksten.

Andere Blatt-Duftpflanzen, deren Aroma auf sommerliche Wärme oder gar auf Mittagshitze angewiesen sind, um ihren Duft voll zu entwickeln, sind das Heiligenkraut *(Santolina chamaecyparissus)* und das Currykraut *(Helichrysum italicum* ssp. *serotinum)*. Andere Pflanzen verströmen ihren Duft erst abends, zum Beispiel die Nachtkerze *(Oenothera biennis)*. Nur am frühen Morgen und am Abend erfüllt das Geißblatt die Luft mit seinem fruchtig würzigen Aroma.

Britische Gärten sind reicher an Geißblättern als jene auf dem Kontinent. Man kultiviert dort *Lonicera americana* mit einem kräftigen Nelkenduft und *Lonicera japonica* 'Halliana', der fruchtig duftet, während der süße Duft von *Lonicera* × *heckrottii* an Gewürze erinnert. Im frühen Sommer blüht *Lonicera periclymenum* 'Belgica'. Der umherschweifende Duft ist zwischen 18 und 24 Uhr am stärksten. Die Duftwellen können sich bei Windstille leicht im Umkreis von 10 m verbreiten. Tagsüber muß man sich unmittelbar über die Blüte beugen, will man wenigstens eine Spur dieses herrlichen Duftes aufnehmen. Und auf diese Gegebenheiten muß sich der Gartenbesucher einstellen.

Der Besuch privater Gärten

Private Gärten sind gelegentlich außerhalb der offiziellen Zeiten nach Anmeldung zugänglich. Das gibt dem Interessierten nicht nur die Möglichkeit, auch die Vormittage zu Gartenbesuchen zu nutzen, sondern schließt meist auch die Gelegenheit ein, den Gartenbesitzer selbst kennenzulernen. Bei einem solchen Besuch sieht man den Garten selbstverständlich auch anders. Nicht selten kommt es zu einem ausgiebigen Erfahrungsaustausch. So ließ es sich ein uralter Lord nicht nehmen, seine Besucher persönlich durch den Garten zu führen. Das angenehme Licht des leicht bedeckten Junitages ließ die pastellfarbenen Rabatten sanft leuchten und beeindruckte jeden. Der Lord gab zunächst einen kurzen Geschichtsabriß dieses Gartens, dessen Regie er nun rund fünfzig Jahre in den Händen hielt, und bat dann die Besucher, ihm eventuelle Mängel und Fehler unbedingt zu melden. Ein Aufenthalt im Hause des Lords offenbarte ihn als einen hervorragenden Aquarellisten, dessen Begabung ihn dazu befähigte, solch delikate Gartenbilder zu schaffen. Glücklicherweise fand der Sohn dieses Gartenästheten Gefallen am Garten des Vaters, so daß dessen Bestand gesichert erscheint.

Nicht minder beeindruckend verlief eine Begegnung mit einem versierten Pflanzensammler und -kenner und seinem Bruder, einem bekannten Gartenschriftsteller. Dieser Sammlergarten beherbergte einen großen Reichtum interessanter und teilweise heikler Gehölze, die den Besuchern vom Besitzer vorgeführt und dessen gelehrten Begleiter vorgestellt wurden. Eine verborgene Dramaturgie sorgte dafür, daß das Interesse der Besucher wuchs und ihre Begeisterung sich steigerte. Voller Stolz zeigte der Gartenbesitzer Hybriden von *Abutilon vitifolium*, die in seinem Garten entstanden waren und nun – im Handel verbreitet – den Namen seines Hauses trugen. Das tiefe Purpurviolett der becherförmigen Blüten hob sich sehr wirkungsvoll vom Lindgrün der Blätter ab und bot zusammen mit einer weißen Art einen üppigen Anblick, um die ihn jeder Kontinentalgärtner nur beneiden konnte.

Auf dem langen Weg durch diese Schatzkammer der Gehölze fiel auch ein nicht sehr hoher Kirschbaum auf. Seine Rinde war außerordentlich schön. Sie glänzte, als sei sie poliert und hatte eine rötlichbraune Farbe wie Mahagoniholz. Ganz offensichtlich hatte man diese Tibetanische Wildkirsche *(Prunus serrulata)* ausschließlich wegen der auffallenden Rinde gepflanzt, da sie als Blütengehölz von anderen Zierkirschen leicht übertroffen wird. Der Gartenbesitzer war so von ihrer Pracht eingenommen, daß er ausdrücklich darum bat, die Rinde nicht zu berühren. Bevor er im lichten Schatten einer *Magnolia sinensis* seine Führung beendete, erklärte er seinen Besuchern mit einem Augenzwinkern, daß er seine Morgenandacht während der Blütezeit nach Möglichkeit hier verrichtete. Eine durchaus glaubwürdige Äußerung, zieht man die Schönheit der becherförmigen, nickenden Blüten in Betracht, in die man von unten leicht hineinsehen und deren karminrot gefärbten Staubgefäße man so bewundern kann. Eine herrliche Zugabe ist ihr Duft nach Zitrone.

Schließlich die Erinnerung an einen Garten in Gloucestershire. Während der Hausherr seine Besucher selbst durch die vielfach gegliederte Gartenanlage führte, blieb er wiederholt stehen, um an

Blättern und Blüten zu riechen. Er forderte die Besucher auf, es ihm nachzutun. Ab und zu zerrieb er ein Blättchen, unterbrach seine Erläuterungen und lenkte den Blick nach innen, bis ein Lächeln auf seinen Zügen erschien. Seine ausgeprägte Liebe zu Düften hatte diesem ohnehin reichen Garten zu den Qualitäten Farben, Formen und Texturen die Düfte hinzugefügt. Gestalterische Konsequenz schließlich waren zwei Kräutergärten, in denen er seiner Obsession freien Lauf lassen konnte.

Solche Zugänge in das Reich leidenschaftlicher Pflanzensammler und -liebhaber werden eher die Ausnahme als die Regel sein. Trotzdem bleiben dem Interessierten die privaten Gärten nicht verschlossen. Ein kleines gelbes Plakat am Dorfplatz weist ihm sicher den Weg, und an der Gartenpforte dann liest der Besucher es noch einmal: „Garden open today!“ Diese Einladung kann er getrost wörtlich nehmen, und er wird nicht allein sein. Weitere Besucher aus der nahen Umgebung sind dem Angebot gefolgt und sprechen dem stolzen Gartenbesitzer ihre Anerkennung aus. Kenntnisreiche, ob der Gartenschätze nicht selten begehrlich dreinschauende Herren ziehen ihre Runden ebenso wie zerbrechlich scheinende alte Damen, deren Sommerhüte ihrerseits Miniaturgärtchen zur Schau stellen. In Fällen besonderer ästhetischer Erregung halten sie es dann mit Queen Victoria, die in solchen

Die Bourbonrose 'Zephirine Drouhin' an der Lower Terrace von Barnsley House Garden.

Situationen ein „Extremely pretty, isn't it?" von sich gegeben haben soll. Nicht selten wandern dann Ideen, manchmal sogar Pflanzen, die man dem Gartenbesitzer abschwatzen konnte, in den eigenen Garten. Meistens werden unter dem Dach eines Schuppens noch Tee und Kuchen angeboten, so daß hinreichend Gelegenheit geboten ist, weitere gartenfachliche Probleme zu erörtern. Das alles ist nicht unentgeltlich, aber ein Obolus wird, da ein Teil der Einnahmen sozialen Zwecken dient, gern gegeben.

Die Gärten des National Trust

In den meisten der Fälle wird also ein Eintrittsgeld erhoben. Seine Höhe reicht von 30 Pence für die kleinen privaten Gärten bis zu mehreren Pfund für die großen Gärten des National Trust. Dabei muß man sich immer verdeutlichen, daß die Einnahmen aus den Eintrittsgeldern einzig und allein für den Erhalt so wichtiger Gärten wie Hidcote Manor Gardens und Sissinghurst Castle Gardens sorgen. Zu den meisten großen Gärten kommen noch die Kosten für die Instandhaltung der Herrenhäuser hinzu. Der reiche Kunstbesitz und die meist noble Architektur der Schlösser und Burgen machen einen Besuch der Häuser fast immer zu einem unvergeßlichen Erlebnis.
Es empfiehlt sich, gleich beim ersten Besuch eines Gartens des National Trust für ein Jahr Mitglied zu werden. Dies ist oft nicht nur preiswerter, als wenn man jeden Eintritt einzeln zahlt, sondern vermittelt das Gefühl, einer guten Sache zu dienen.
Als im Jahr 1895 der National Trust von drei weitsichtigen und verantwortungsbewußten Engländern gegründet wurde, setzten sie dieser gemeinnützigen, privaten Institution das Ziel, der fortschreitenden Bedrohung der Landschaft und Architektur Englands, Wales und Nordirlands Einhalt zu gebieten.
Bedingt war dies durch eine ständig sich ausweitende Industrialisierung und später durch eine Gesetzgebung sehr hoher Erbschaftsteuern. Ein erster öffentlicher Erfolg für Octavia Hill, eine Sozialarbeiterin, den Anwalt Sir Robert Hunter und den Pastor Hardwicke Rawnsley bestand darin, daß der National Trust und dessen Ziele 1907 per Parlamentsbeschluß anerkannt wurden. Der Kampf für den Erhalt von „Plätzen von historischem Interesse oder natürlicher Schönheit" trug nicht nur dazu bei, ganze Dorflandschaften und zusammenhängende Küstenstriche zu sichern. Ab 1937 konnten auch Herrenhäuser und ab 1948 sogar Gärten in den Besitz des National Trust überwechseln.
Heute ist der National Trust der größte private Eigentümer der Britischen Inseln und damit zugleich bedeutendster Bewahrer englischen, ja europäischen Kulturerbes. So wird eine Reise, einst als Gartenexkursion geplant, durch die Begegnung mit Architektur und Kunst am Ende angereichert mit vielfältigen Eindrücken der englischen Kultur:
Chartwell, der Sitz Churchills von 1924 bis zu seinem Tode im Jahre 1965, bietet dem Besucher nicht allein einen Einblick in den kultivierten Lebensstil der Upper Class, sondern offenbart viele private Züge des großen Staatsmannes, beispielsweise seine beachtliche Malerei und seine Gartenleidenschaft.
Knole, das Vaterhaus Vita Sackville-Wests, liegt nicht nur in einem ausgedehnten großartigen Landschaftspark und verfügt über einen formalen Garten, in dem Vita ihre Liebe zum Gärtnern anbahnen konnte, es enthält außerdem eine bedeutende Gemäldesammlung, insbesondere englischer Maler, unter ihnen Reynolds und Gainsborough.
Auch Rudyard Kiplings Landhaus, dessen Einrichtung noch den Originalzustand zeigt, kann zusammen mit einem formalen Garten besichtigt werden, ebenso wie das mitten in einem Cottage Garden gelegenen Haus Thomas Hardys.
Da sehr viele der großen Herrenhäuser auch über beachtliche Gärten verfügen, lohnt ihr Besuch also meist in doppelter Hinsicht. Das trifft auch für die meisten der Schlösser und Burgen in Privatbesitz zu. Auch sie öffnen zu bestimmten Zeiten für Besucher ihre Pforten.
Gewarnt werden muß allerdings davor, die großen Herrenhäuser und bedeutenden Gärten an Wochenenden zu besuchen. Kaum eine Vergnügung ist in Großbritannien verbreiteter und findet größeren Zuspruch als die, seine Freizeit am Samstag und Sonntag in herrschaftlichen Gemäuern und fremden Gärten zu verbringen. Da

wundert es einen nicht, daß die jährlichen Besucherzahlen ständig ansteigen. Sissinghurst und Hidcote schlagen dabei alle Besucherrekorde.

Veröffentlichungen mit Adressen und Terminen

Britische Gartenkunst kann also besichtigt werden. Schon 1927 hat sich ein kleiner Kreis von Gartenbesitzern dazu entschlossen, einer interessierten Öffentlichkeit ihre Gärten zugänglich zu machen. Jahr für Jahr erscheint seit der Zeit ein Katalog mit Adressen, Terminen und einer kurzen Beschreibung des Gartens, die es dem Interessierten ermöglicht, eine Auswahl im Lande zu treffen. Das „Yellow Book“, wie es von den Gartenfreunden nach der Farbe des Einbandes genannt wird, erscheint alle Jahre im März und hat den offiziellen Titel „Gardens of England and Wales - A complete list of private gardens open in aid of the National Gardens Scheme“. Kleinere, regional begrenzte Institutionen geben ebenfalls Terminlisten heraus.

Große Gärten findet man vor allem in dem vom National Trust für seine Mitglieder jährlich neu veröffentlichten „National Trust Handbook“, das auch im Buchhandel erhältlich ist. Überregional und unverzichtbar ist schließlich die jährlich im Frühjahr erscheinende Publikation „Historic Houses, Castles and Gardens“.

Gartenadressen

Barnsley House Garden
Barnsley bei Cirencester, Gloucestershire
täglich außer Dienstag und Sonntag, 10 bis 18 Uhr

Beth Chatto Gardens
Elmstead Market, Essex
März bis Oktober, Montag bis Samstag, bis 17 Uhr

Bodnant Garden
Tal-y-Cafn (Colwyn Bay), Wales
Mitte März bis Ende Oktober,
täglich 10 bis 17 Uhr

Branklyn Garden
Perth, Tayside (Schottland)
März bis Oktober, täglich 9.30 Uhr bis zur Dämmerung

Chyverton
Zelah bei Truro, Cornwall
März bis Mai nach Anmeldung

Cliveden
Taplow bei Maidenhaid, Berkshire
März bis Ende Oktober, täglich 11 bis 18 Uhr

Crathes Castle
Banchory bei Aberdeen, Grampian (Schottland)
April bis Ende Oktober, täglich ab 9.30 Uhr

Denmans
Fontwell bei Chichester, Sussex
täglich außer Montag bis 17 Uhr

East Lambrook Manor Garden
South Petherton, Somerset
März bis Oktober, Montag bis Samstag, 10 bis 17 Uhr

Glendurgan Garden
Mawnan Smith, Helford River, Cornwall
März bis Ende Oktober, Dienstag bis Samstag,
10.30 bis 17.30 Uhr

Great Dixter
Northiam, East Sussex
1. April bis 10. Oktober, täglich außer Montag,
14 bis 17 Uhr

Hestercombe House Garden
Cheddon Fitzpain bei Taunton, Somerset
ganzjährig Montag bis Freitag, 9 bis 17 Uhr;
1. Mai bis 30. Oktober auch Samstag und Sonntag,
14 bis 17 Uhr

Hidcote Manor Gardens
Hidcote Bartrim bei Chipping Campden,
Gloucestershire
täglich außer Dienstag und Freitag, 11 bis 19 Uhr

Inverewe Garden
Poolewe, Wester Ross (Schottland)
ganzjährig, täglich 9.30 Uhr bis zur Dämmerung

Knightshayes Court
Bolham bei Tiverton, Devon
April bis Ende Oktober, täglich 10.30 bis 17.30 Uhr

Lanhydrock
Bodmin, Cornwall
April bis Ende Oktober, täglich, außer Montag,
11 bis 17.30 Uhr

Parham House and Gardens
Pulborough, West Sussex
Mittwoch, Donnerstag, Sonntag, 13 bis 18 Uhr

Penhurst Place
Imbridge Wells, Kent
März bis Oktober, täglich 13 bis 17.30 Uhr

Sissinghurst Castle Gardens
Sissinghurst bei Cranbrook, Kent
April bis 15. Oktober, Dienstag bis Freitag,
13 bis 18.30 Uhr;
Samstag, Sonntag und Karfreitag, 10 bis 17.30 Uhr

The Priory
Kemerton bei Tewkesbury, Worcester
ab Ende Mai bis September an Donnerstagen und einigen Sonntagen, 14 bis 19 Uhr

Tintinhull House Garden
Tintinhull bei Yeovil, Somerset
April bis 30. September, Mittwoch, Donnerstag, Samstag, 14 bis 18 Uhr

Trebah Gardens
Nähe Falmouth am Helford River, Cornwall
April bis September, Sonntag, Dienstag, Donnerstag, 11 bis 17 Uhr

Trelissik Garden
Nähe Truro, Cornwall
März bis Ende Oktober, Montag bis Samstag, 10.30 bis 17.30 Uhr;
Sonntag 13 bis 18 Uhr

Trengwainton Garden
Nähe Penzance, Cornwall
März bis Ende Oktober, Mittwoch bis Samstag, 10.30 bis 17.30 Uhr

Trewithen
Probus, Cornwall
März bis 30. September, Montag bis Samstag, 10 bis 16.30 Uhr

York Gate, Yorkshire
nach Anmeldung

Literaturverzeichnis

Bärtels, Andreas: Kostbarkeiten aus ostasiatischen Gärten. Eugen Ulmer, Stuttgart 1987.

Bisgrove, Richard: The Gardens of Britain. Band 3: Berkshire, Oxfordshire, Buckinghamshire, Bedfordshire and Hertfordshire. Batsford, London 1978.

Blomfield, R., Thomas, F. I.: The formal Garden in England. Waterstone, Reprint, London 1985.

Brickell, Christopher, Sharman, Fay: Pflanzenschätze aus alten Gärten. Eugen Ulmer, Stuttgart 1988.

Brooks, John: The Country Garden, Dorling Kindersley, London 1987.

Brown, Jane: Gardens of a Golden Afternoon. The Story of a Partnership: Edwin Lutyens and Gertrude Jekyll. Allen Lane, London 1982.

Brown, Jane: The English Garden in our time. Antique Collector's Club, Woodbridge 1986.

Brown, Jane: Vita's Other World. A Gardening Biography of Vita Sackville-West. Viking, Harmondsworth 1986.

Brown, Jane: Kunst und Architektur englischer Gärten. Deutsche Verlagsanstalt, Stuttgart 1990.

Brown, Jane: Sissinghurst – A Portrait of a Garden. Weidenfeld und Nicolson, London 1990.

Chatto, Beth: The Green Tapestry. Perennial plants for the garden. Collins, London 1989. Deutsche Ausgabe: Im grünen Reich der Stauden. Der neue englische Staudengarten. Eugen Ulmer, Stuttgart 1991.

Chivers, S., Woloszynska, S.: The Cottage Garden. Margery Fish at East Lambrook Manor. John Murray, London 1990.

Clark, Timothy: Margery Fish's Country Gardening. David and Charles, London 1889.

Clarke, Ethne: Hidcote – The Making of a Garden. Michael Joseph, London 1989.

Coats, Peter: Great Gardens of Britain. Weidenfeld and Nicolson, London 1967.

Coats, Peter: Great Gardens of the Western World. Weidenfeld and Nicolson, London 1968.

Cooper, Guy, u. a.: English herb gardens. Weidenfeld and Nicolson, London 1986.

Cowan, May: Inverewe: A Garden in the North-West Highlands. Geoffrey Bles, London 1964.

Elgood, G. S., Jekyll, Gertrude: Some English Gardens. Longmans, Greenland Co., London 1935.

Fish, Margery: Cottage Garden Flowers. Collingridge, London 1961.

Fish, Margery: Ground Cover Plants. Collingridge, London 1964.

Fish, Margery: A Flower for every Day. Studio Vista, London 1965.

Fish, Margery: We made a Garden. Collingridge, London 1970.

Fleming, L., Gore, A.: The English Garden. Michael Joseph, London 1980.

Fox, Robin Lane: Variation on a Garden. Robin Lane Fox, Oxford 1986.

Glendinning, Victoria: Vita Sackville-West, Frankfurter Verlagsanstalt, Frankfurt/Main 1990.

von Goethe, Johann Wolfgang: Über den Dilettantismus. In: Sämtliche Werke, Band 6.2. Hanser, München 1988.

Gorer, Richard: The Flower Garden in England. Batsford, London 1975.

Hadfield, Miles: Gardening in Britain. Hutchinson, London 1960.

Harpur, Jerry (Ed.): The Gardener's Garden. Viking, Harmondsworth 1985.

Hobhouse, Penelope (Ed.): Gertrude Jekyll on Gardening. The National Trust and William Collins, London 1983.

Hobhouse, Penelope: A Book of Gardening – Ideas, Methods, Designs. Pavilion Books, London 1986.

Hobhouse, Penelope: Colour in your Garden. Collins, London 1985. Deutsche Ausgabe: Farbe im Garten. Eugen Ulmer, Stuttgart 1986.

Hobhouse, Penelope: The private gardens of England. Weidenfeld and Nicolson, London 1986.

Hobhouse, Penelope: Garden Style. Lincoln, London 1988.

Hobhouse, Penelope: Painted Gardens. English Watercolours 1850–1914. Pavilion Books, London 1988.

Hyams, Edward: The English Garden. Thames and Hudson, London 1964.

Jefferson-Brown, Michael: Leaves. David and Charles, Newton Abbotnear London 1989.

Jekyll, Gertrude: Wood and Garden. Longmans, Green and Co., London 1899.

Jekyll, Gertrude: Roses for English Gardens. Newness, London 1902.

Jekyll, Gertrude: A Gardener's Testament. Antique Collector's Club, London 1982.

Jekyll, Gertrude: Colour Schemes for the Flower Garden. Antique Collector's Club, London 1982. Deutsche Ausgabe: Pflanzenbilder aus meinem Garten. Über englische Gartengestaltung. Eugen Ulmer, Stuttgart 1988.

Lacey, Stephen: The Startling Jungle – Colour and Scent in the Romantic Garden. Viking, Harmondsworth 1986.

Lacey, Stephen: Scent in your Garden. Lincoln, London 1991.

Lancaster, Roy: Gartenpflanzen für Kenner. Eugen Ulmer, Stuttgart 1991.

Lees-Milne, Alvilde: Lawrence Johnston, Creator of Hidcote Garden. National Trust, 1977.

Lees-Milne, Alvilde, Verey, Rosemary: The English Woman's Garden. Chatto and Windus, London 1980.

Lees-Milne, Alvilde, Verey, Rosemary: The Englishman's Garden. Allen Lane, London 1982.

Lees-Milne, Alvilde, Verey, Rosemary: The New Englishwoman's Garden. Chatto and Windus, London 1987.

Lennox-Boyd, Arabella, u. a.: Traditional English Gardens. Weidenfeld and Nicolson, London 1987.

Little, Allan G.: Scotland's Gardens. Spurbooks, Edinburgh 1981.

Lloyd, Christopher: The Well-Tempered Garden. Collins, London 1973.

Lloyd, Christopher: The Adventurous Gardener. Allan Lane, London 1983.

Lloyd, Christopher: The Well-Chosen Garden. Elm Tree Books, London 1984.

Lloyd, Christopher: The Year in Great Dixter. Viking, Harmondsworth 1987.

Lloyd, Christopher: Kleine Gartenparadiese. DuMont, Köln 1990.

Massingham, Betty: Miss Jekyll – Portrait of a Great Gardener. David and Charles, Newton Abbot 1973.

Massingham, Betty: A Century of Gardeners, Faber and Faber, London 1982.

Nicolson, Philippa (ed.): Vita Sackville-West's Garden Book. Michael Joseph, London 1976.

Ottewill, David: The Edwardian Garden. Yale University Press, New Haven-London 1989.

Pevsner, Nikolaus: Das Englische in der englischen Kunst. Prestel, München 1974.

Plumptree, George: The Latest Country Gardens. The Bodley Head, London 1988.

Rix, Martyn and Alison: Garden Open Today. A Guide to Gardens open to the public through the NGS. Viking, Harmondsworth 1987.

Rix, Martyn and Alison: Wisley – The Royal Horticultural Society's Garden. Julian Holland, Baltonsborough 1989.

Robinson, William: The Wild Garden. The Scolar Press, London 1977.

Robinson William: The English Flower Garden. John Murray, London 1883.

Rohde, Eleanour Sinclair: The Scented Garden. Medici Society, London 1932.

Sackville-West, Vita: Aus meinem Garten. Ullstein, Frankfurt/Main-Berlin 1991.

Sales, John: West Country Gardens. Alan Sutton, Gloucester 1980.

Schinz, M., Littlefield, S.: Vision of Paradise. Thames and Hudson, London 1985.

Scott-James, Anne: Sissinghurst – The Making of a Garden. Michael Joseph, London 1974.

Scott-James, Anne: The Cottage Garden. Penguin Books, Harmondsworth 1981.

Sitwell, George: On the Making of Gardens. John Murray, London 1909.

Strassel, Jürgen: Englische Gärten des 20. Jahrhunderts. DuMont, Köln 1991.

Synge, Patrick M.: The Gardens of Britain, Band 1: Devon and Cornwall. Batsford, London 1977.

Taylor, Geoffrey: The Victorian Flower Garden. Skeffington, London 1952.

Thomas, Graham Stuart: Gardens of the National Trust. Weidenfeld and Nicolson, London 1979.

Thomas, Graham Stuart (ed.): Recreating the Period Garden. Collins, London 1984.

Thomas, Graham Stuart: An English Rose Garden. Gardening with Roses at Mottisfont. Abbey. Michael Joseph, London 1991.

Truscott, James: Private Gardens of Scotland. Weidenfeld and Nicolson, London 1988.

Turner, Tom: English Garden Design. History and styles since 1650. Collector's Club, Woodbridge 1986.

Verey, Rosemary: Der Garten im Winter. Otto Maier, Ravensburg 1989.

Verey, Rosemary: Good Planting. Frances Lincoln, London 1990.

Weaver, Lawrence: Houses and Gardens by E. L. Lutyens. Antique Collector's Club, Woodbridge 1981.

Wimmer, Clemens Alexander: Geschichte der Gartentheorie. Wissenschaftliche Buchgesellschaft, Darmstadt 1989.

Wright, Tom: The Gardens of Britain. Band 4: Kent, East and West Sussex, Surrey. Batsford, London 1978.

Register

Bedeutende englische und holländische Beispiele zeigen, daß eine Gartengestaltung nach architektonischen Gesichtspunkten nicht nur großen Gartenanlagen vorbehalten bleiben muß, sondern daß sich gerade auf beengten Flächen kleiner Hausgärten oder in Gartenhöfen mit entsprechenden Gestaltungselementen reizvolle Lösungen finden lassen. Denn entscheidend für das Gelingen ist das Gespür, sich der wichtigsten Gestaltungselemente richtig zu bedienen. Der Autor zeigt am Beispiel oft ungenutzter Altstadtgrundstücke und Hinterhöfe und an einigen einfachen Reihenhausgrundstücken, welche Möglichkeiten sich gerade für solche Situationen mit formalen Gestaltungen auftun. Beispiele für Pflanzungen mit Gehölzen, Kübelpflanzen, Stauden und Sommerblumen schließen das Buch ideenreich ab.

Formale Gärten *– Gestaltungselemente und Anlage architektonischer Gärten. Von Hans Meyer. 171 Seiten. 68 Farb-, 5 sw-Fotos, 106 Zeichn. ISBN 3-8001-6340-3.*

Die Gartenkunst ist in Europa seit fast 2000 Jahren ein fester Bestandteil der Kultur. Auf keinem Kontinent der Erde gibt es eine solche Vielfalt von Gärten – vom versteckten maurischen Garten im Herzen der Alhambra bis zu den großartigen barocken Parkanlagen in Versailles oder Vaux-le-Vicomte und der üppigen Gartenpracht von Sissinghurst Castle und Hidcote in England. Alle berühmten Parks und Gärten – von Skandinavien bis Sizilien, von Portugal bis zum Schwarzen Meer – sind in diesem Buch zu finden. Dazu gibt es zahlreiche Informationen zur Gartengeschichte und zu den klimatischen Besonderheiten eines jeden Landes, ferner Gebietskarten mit den Standorten der Gärten, Fotographien, Gemälde und Stiche, Biographien von Architekten, Gartengestaltern und Gärtnern.

Gärten in Europa *– Führer zu 727 Gärten und Parkanlagen. Hrsg. von Penelope Hobhouse und Patrick Taylor. 384 Seiten. 107 Farb- und 38 sw-Fotos, 16 Karten. ISBN 3-8001-6474-4.*

Dieses anregende und faszinierende Buch zeigt, daß die formale Gartengestaltung nicht nur auf große Gärten beschränkt ist, sondern im Gegenteil gerade für kleine und winzige Grundstücke ideale Lösungen bietet. Es ist anregend, weil es neben den zahlreichen konkreten Gartenplänen und Gestaltungsbeispielen eine Fülle von Ideen enthält, wie Gartenflächen verschiedenster Formen und in unterschiedlichsten Situationen sinnvoll gestaltet werden können – Ideen, die jeder in seinem Garten verwirklichen kann. Das Buch ist faszinierend, weil der Autor dem Leser die Augen öffnet für das Wesentliche: die Akzente im Gartenbild. Meisterhaft entwickelt er seine Entwürfe aus der Geschichte der Gartenkunst und erzeugt damit das richtige Stilbewußtsein, ohne die Kreativität des Lesers einzuengen.

Architektonische Gärten und Gartenteile *– Entwerfen und Anlegen. Von Roy Strong. 159 Seiten, 109 Farbfotos, 100 Zeichnungen. ISBN 3-8001-6496-5.*